フィリップ・ボッジオ

浜本正文❖訳

ボリス・ヴィアン伝

Philippe Boggio

Boris Vian

国書刊行会

Philippe BOGGIO

BORIS VIAN

This book is published in Japan by arrangement with FLAMMARION
through le Bureau des Copyrights Français,Tokyo.

1941年7月5日、ミシェルとボリスの結婚式

左から、ミシェル、ボリス、少佐ことジャック・ルスタロ

1938年に初めて結成された楽団：トランペットのボリス、ドラムスのアラン、中央でギターを持っているのは、未来の青少年スポーツ大臣フランソワ・ミソフ

ヴィアン家の屋敷内のダンス・ホール入口（ボリスは最後列の左）

1926年ランドメールのボリスと父親ポール

ランドメールへ行く途中、いとこたちと。前席にはニノンを抱いたザザ伯母さん

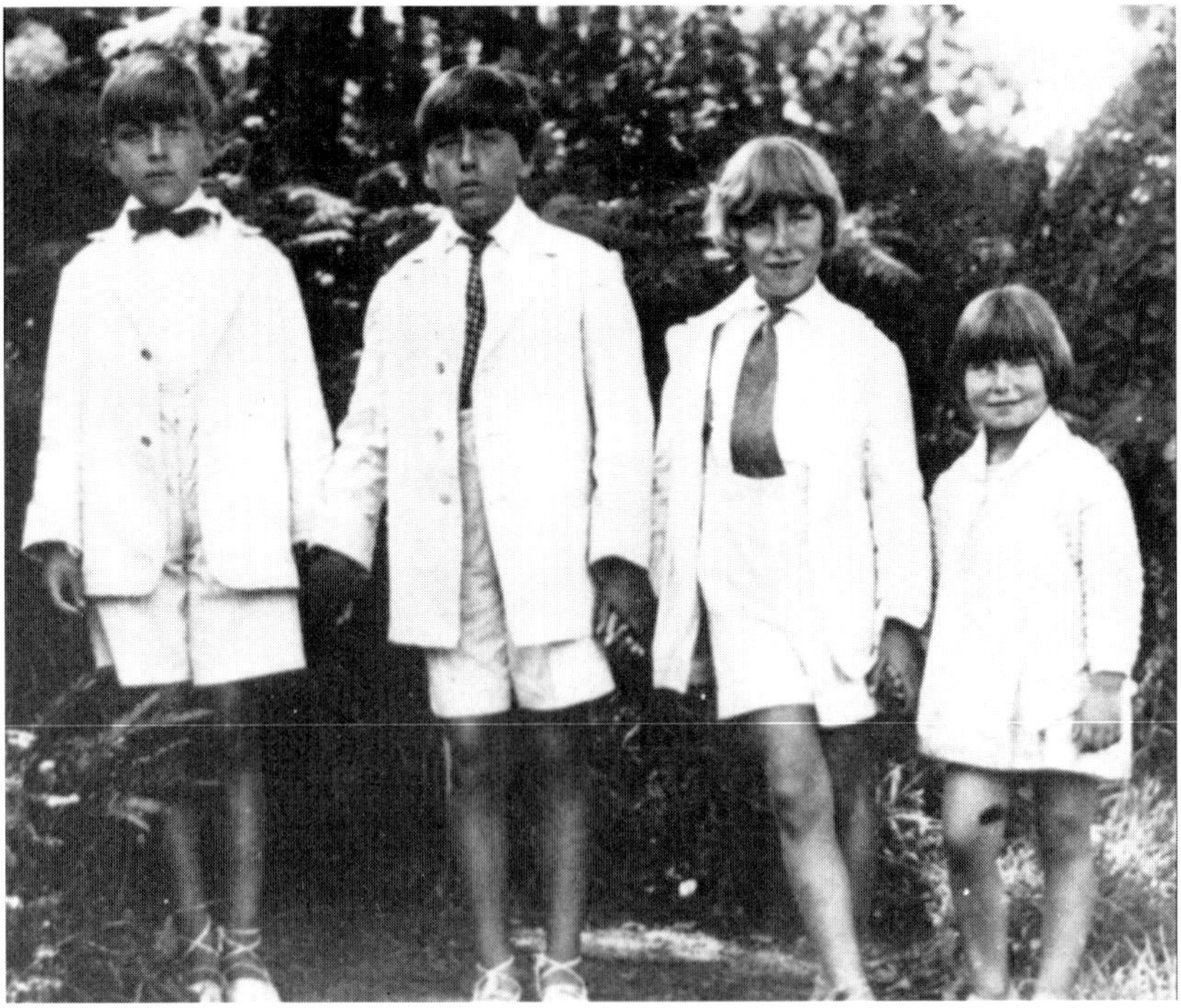

左から右へボリス、レリオ、
アラン、ニノンの四兄弟

左から右へボリス、ポール、
レリオ

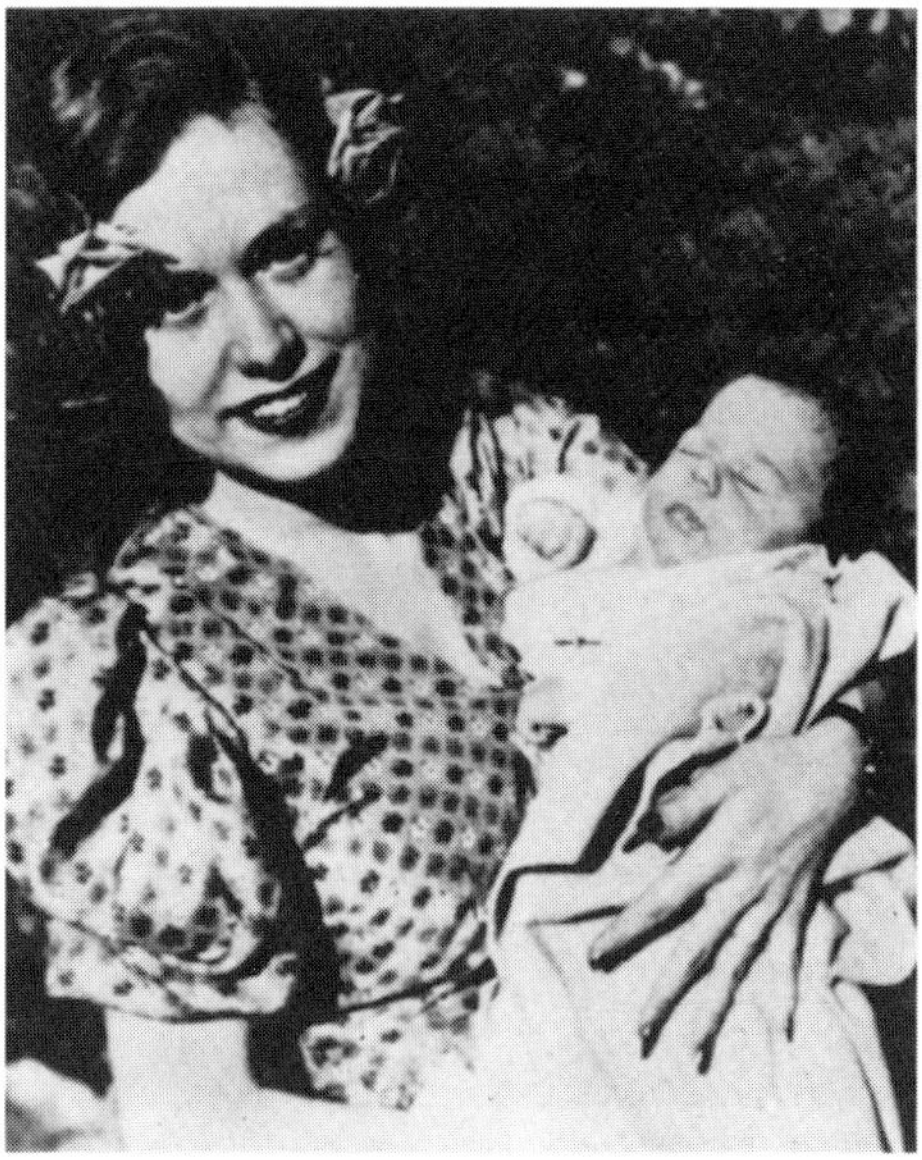

1942年4月12日生まれのパトリックを抱いたミシェル

ミシェル・ヴィアン（1948年撮影）

《もぐりのアマチュア》楽団：クラリネットのクロード・アバディ、トランペットのボリス

トランペットを吹くボリス

危険な屋根の上の少佐

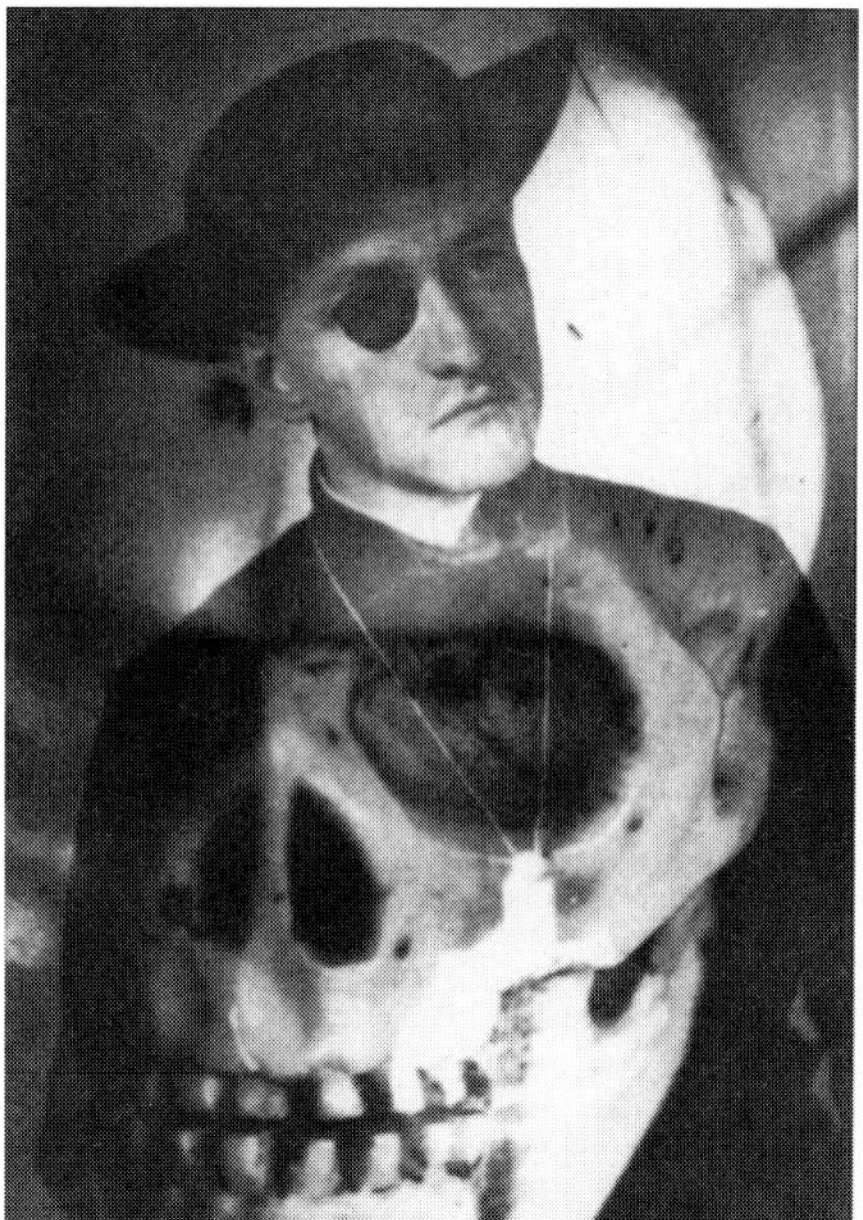
お気に入りの聖職者法衣をまとった少佐の合成写真

フレディ・ボーム監督の映画を撮影中の「タブー」で、ジュリエット・グレコ、ジャン・ジョゼ・マルシャンとボリス

地下のメロディ：フレディ・ボームがサン＝ジェルマン＝デ＝プレを撮った映画のワンカット

左から、ダニエル・イヴェルネル、ボリス・ヴィアンと『墓に唾をかけろ』の女優たち

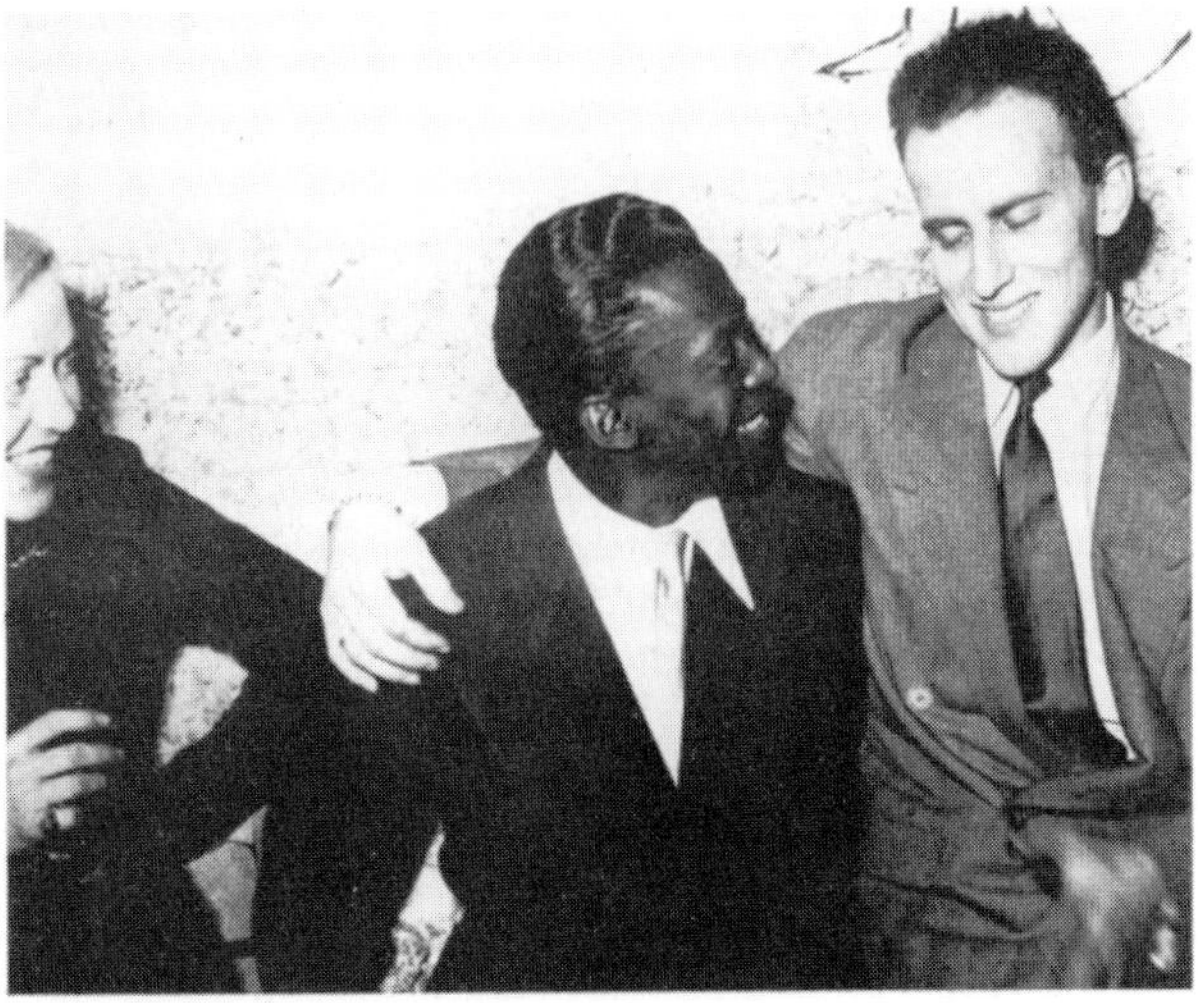

左から右へ、ミシェル、
マイルス・デイヴィス、
ボリス

サン＝トロペ、オマール通り３番地の家の入口のユルシュラ・キュブレールとボリス

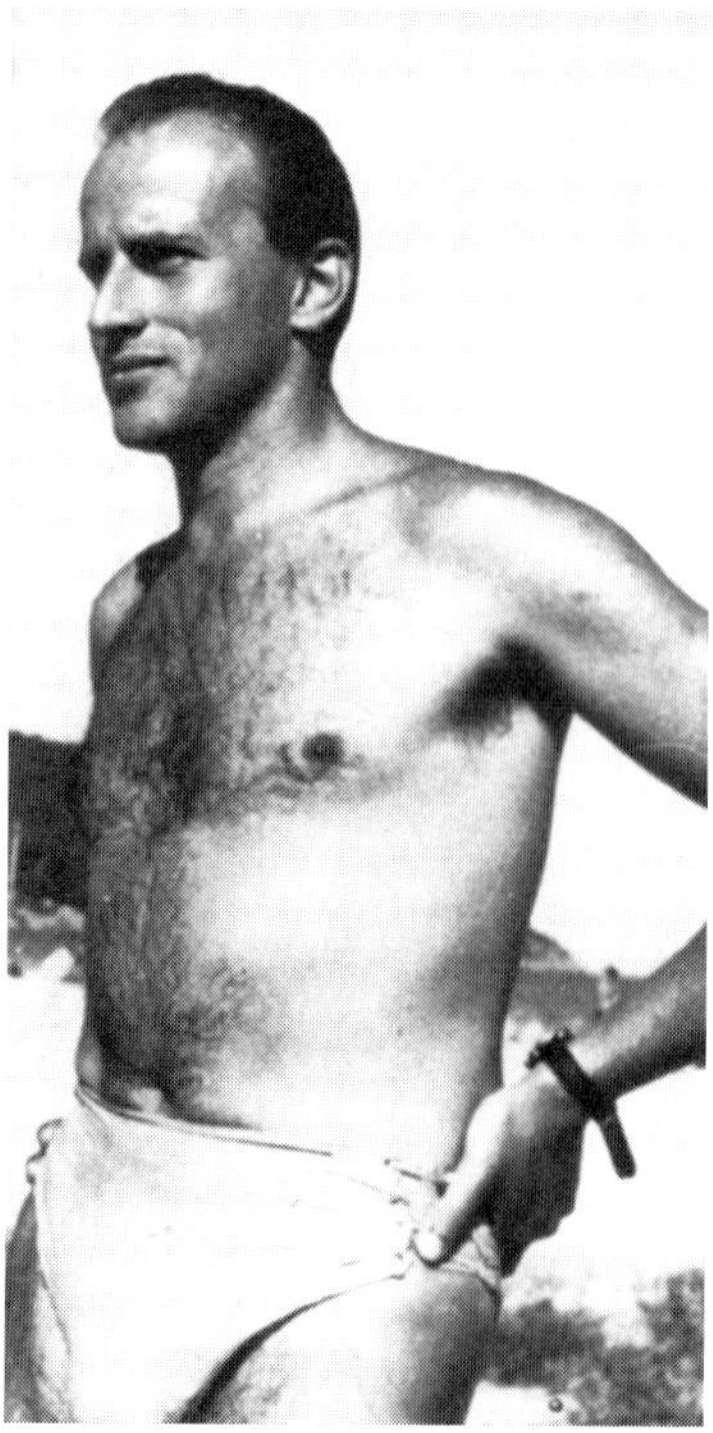

サン＝トロペの海岸で

畑の中のブラジエに乗ったユルシュラとボリス。この写真は、結婚式案内状にも使われた

街の中のブラジエ。サン＝トロペでは、フランソワーズ・サガンのスポーツ・カーよりも数年早かった

ブランシュ広場のバーでくつろぐユルシュラとボリス

《個性派ダンサー》のユルシュラ

「トロワ＝ボーデ」で歌うボリス

「脱走兵」を歌うボリスのしぐさ

「ジョニー、私をいじめて！」を
演じるマガリ・ノエルとボリス

『死刑台のエレベーター』のジャンヌ・モロー（ボリスはこの映画で使われたマイルス・デイヴィスのジャズをレコード化し、ジャケット解説も書いた）

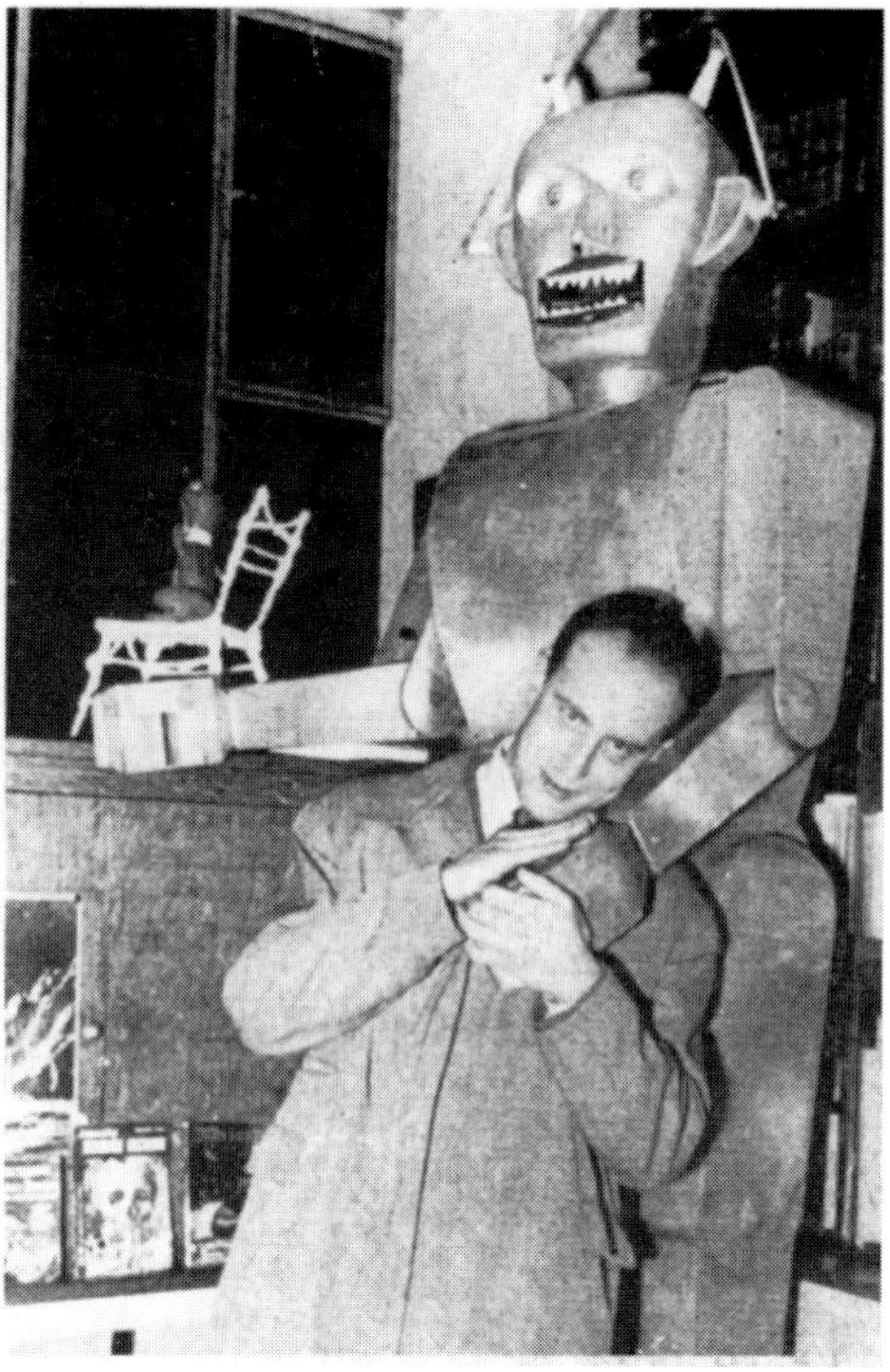

「サヴァンチュリエ・クラブ」の守護神ロボット

ボリスの絵の一枚「鉄の男たち」

ボリスとミシェル・レリスに囲まれた「コレージュ・ド・パタフィジック」の副後見人ジャン・モレ男爵

シテ＝ヴェロンのテラスで行われた祝賀会で、モレ男爵と談笑中のアンリ・サルヴァドールとボリス（ボリスが胸につけているのは、パタフィジシャンの証である渦巻き模様のグランド・ジドゥーイユ勲章）

再版の序

あまり幸せとは言えなかった、ボリス・ヴィアンの人生。短命の上に、失意の連続——想像してみてほしい。借金に追われ、失望し、多くの同時代人から理解されることなく、心臓抜き［小説『日々の泡』に登場する凶器］の一撃によって、三十九歳で絶命したのだ。その後は、パタフィジシャンの注釈者たちによって美しく作り直された死後の人生。注釈者たちは、死後の人生の安らかならんことを願って、多少彼の意図を深読みしたり、生きていた時の苦労を棒引きしたりした。そして今、偉人廟《パンテオン》に祀り上げられる危険性すらある。作品の魅力を実現するためにのみ払われた並々ならぬ努力を過小評価する、褒め言葉に気をつけよう。六月の死後五十周年を機に行われる、講演や執筆や記念行事や専門家による神格化には注意が必要だ。それは新たな愛好者を、大げさな言葉によって窒息させる心配があるのだ！　二〇一〇年に予定されている高名なプレイヤッド叢書への昇格。その修正の効かない通過儀礼も要注意だ。長編・短編の小説や時評集は、全二巻にもなるというではないか！

プレイヤッド叢書の仲間入りをするボリス・ヴィアン。そのこと自体は、もちろん間違っていない。それどころか、誰が考えても遅すぎる。彼ほど長い間不当な扱いを受けた作家もいないし、ねちねちと身元調査をされた作家もいない。この叢書がガリマール社で創設されたということは、運命の皮肉、しかもかなり辛辣な運命の皮肉というほかない。ガリマール社は、ボリス・ヴィアンがあんなにも憧れ、専属の作家になりたいと望んで、果たせなかった版元だからだ。彼らは『ヴェルコカンとプランクトン』、『日々の泡』を大した熱意もなく刊行したものの、その後に執筆された『北京の秋』、『蟻』、『赤い草』等の作品は、ことごとく撥ねつけた。その事情に触れるべきだろうか？

一九四六年から一九五〇年にかけて、ガストン・ガリマールおよびガリマール社の査読委員会と、向こう見ずな若者との間に持ち上がった軋轢。それがこのプレイヤッド叢書入りを機に解消され、読者にも事情説明がなされるのだろうか？　なぜなら、その時には、きちんとした調査が行われて、双方の間違いに判定が下されるべきだからだ。

ボリス・ヴィアンはその時代に受け入れられなかった。だが、上手に世渡りをすることなんかできなかったし、無理をして歓心を買いたいとも思わなかった。彼は、拘束や連帯や徒党を組むことなど、一切の戦後的風潮をかたくなに拒んだ。自分の恵まれた境遇や文才をいくぶん過信した多くの若者たち同様、彼もフランスの解放は力の関係からの解放を意味するものと思っていた。時代の寵児である文学者たちと同じテーブルで話したり、サン＝ジェルマン＝デ＝プレの穴倉酒場で彼らをもてなすことで、自分も偉くなれると思い込んでいた。ジャズ・トランペッター兼ジャズの推進者、びっくりパーティの主催者、気さくな友人、内気で聡明な若者として、彼はパーフェクトであった。サン＝ジェルマンの至福の時代は、町内だけでなく、ガリマール社の作家であるサルトル、クノー、ルマルシャン、そして少しだけカミュ、との交流においても続いた。しかし、地下のサン＝ジェルマンにしろ、地上のサン＝ジェルマンにしろ、ビ＝バップ流行の一時期のにぎわいにすぎなかった。せいぜい一九四六年〜一九四九年の三年間。それは、歴史の流れの中では一瞬にすぎないし、人生の流れにおいても似たようなものだ。その後は、余白の中の存在だった人も物も、すべて時代の政治的要請やそれ以上にビジネス上の野心に屈し、富裕階級やお上品な人たちの意向に蹂躙されてしまう。ジュリエット・グレコだけは、多少彼女の意志に反したが、ぎりぎりのところで救出に成功した。まあ、うまくいった方だ。

彼には心臓病がかなり重いという自覚があったので、何をするにしても時間のない焦燥感に駆られた。次に、彼はとりわけ、長く重苦しい時代に回帰するフランス、一九五〇年代の急激に保守化するフランスに直面した。彼はサン＝ジェルマン＝デ＝プレ時代の子供じみた悪ふざけの代償を、少なからず支払わされる。彼は一九五九年に疲労困憊して死ぬが、それは自分自身の行いについてもまた、代償を払ったことになるのだろう。彼の焦り、彼の何でもやりたがる性格、次から次へと移って行く興味、二ヶ月で完成させた小説群。彼の大きな経済的逼迫《ひっぱく》は、ますます速く書くことを、そして、時にはいい加減に書くこと

目次

ボリス・ヴィアン伝／フィリップ・ボッジオ著／浜本正文訳

1　ヴィル＝ダヴレーのすてきな日曜日

ディレッタント趣味の見習い期間

ボリス・ヴィアンの何人かの友人は、彼が先祖のことを想起する際に——それはめったになかったが——爆笑しながら話すのを聞いている。彼の説によれば、ヴィアン家の財産は溶けてなくなる運命だった。それというのも、その財産は融解［ブロンズ加工による蓄財］から生じたもの——この場合はブロンズのそれだが——だからだ。ブロンズは幸運に恵まれてたちまち金へと生まれ変わったが、その後でまたブリキに変貌した。彼に言わせれば、それこそまさに物質がユーモアのセンスをもつ証なのである。

ブロンズの時代は一八三二年アルプ＝マリティーム県ガンティエールに生まれたセラファン・ヴィアンとともに始まった。靴修理業の息子で、蹄鉄工の孫であったセラファンは、金属錬金術を志す。彼の一族は数世代前からフランス国籍だったが、名前はピエモンテの香りがする。イタリア半島で「ヴィアナ」というと「街の」つまり都会の、という意味になる。ヴィアン姓は数世紀前からニースの後背地、グラースやヴァンスさらにはプロヴァンスあたりで散見される姓である。

セラファンの息子アンリ・セラファン・ルイは、パリでまたたく間に美術ブロンズ工の名声を得た。彼のつくった門の鉄柵はカンボ＝レ＝バン（ピレネー＝アトランティック県）のエドモン・ロスタンの大邸宅を飾ったと言われている。そのほか、彼の彫刻は首都の多くの邸宅に用いられ、オッシュ通りのパレ・ローズもその一つだ。彼は印刷・紙業会社ブルース・ナヴアールの娘ジャンヌ・ブルースと結婚したので、十九世紀末の篤実な手工業者一族に物質的な豊かさがもたらされた。ヴィアン家は画家のジャック゠エミール・ブランシュと懇意になり、ヴィル゠ダヴレーのサロンにはブランシュの絵が掲げられている。ヴィアン一家は初めトリニー通りの広壮なサレ館に住み、その後ノワジー゠ル゠グラン近郊のシャトー・ド・ヴィルフィックスに移った。彼らは余暇のために、田舎に別荘を入手し、パリのオペラ座にもボックス席が用意されていた。

一八九七年三月四日にアンリの息子ポールが生まれた頃、ヴィアン一家は、貴族の生活を模倣する当時のブルジョワジーの暮らしぶりに、ごく自然に溶け込んでいた。彼らにはもう南仏なまりは残っていなかったし、教育は家庭教師が家に来て教えた。父親同様にすらりとした長身の若者は、至れり尽くせりの毎日を送った。少年時代のポールは野外の遊びや室内のゲームを心ゆくまで楽しみ、庇護され、洗練された趣味を享受した。また、手仕事を愛する家風があった。日曜大工、機械いじり、木工細工は、疲れを伴う賃稼ぎの労働ではなく、年長者たちの褒め称える健康的な遊びである。ポール・ヴィアンは好奇心から父の仕事場でブロンズ鋳造のこつを学ぶが、彼の両親は一連の金型を販売する仕事に家業を切り替える際、それを息子に継がせる意志はなかった。ポールは年金生活者になったのである。彼は十五歳で最初の車を運転し、まだ実験時代の飛行機さえ購入した。もっとも、その飛行機は飛ばず、二、三度地面を跳ねただけだったが。彼は一日中整備工や発明狂の仲間と過ごすのだった。ポールは新しいものには何でも夢中になった。乗物に乗らない時は、読書に打ち込み、下手な詩を作り、趣味でイギリス小説の翻訳に挑戦した。

彼は二十世紀初めの資産家の子供たちが皆そうであったように、暇人でおそろしく活動的だった。前衛的で、傲岸不遜で、好きなことにはとことん入れ込んだ。彼にはそれが可能だったのだ。というわけで、彼は自然主義者となり、タキシードの合間にはスポーツウェアに身を包み、海のレジャーが社会的注目を集めるはるか以前に、海水浴や水上スポーツの魅力を知るだろう。

ポールの両親は短命だった。母親はまだ神経衰弱という病名がない頃の神経の病気で何回か入退院を繰り返し、兄は第一次世界大戦中砲弾の穴に生き埋めとなり、長年ヴィル゠エヴラールで治療を受けている。姉は結婚生活に絶望し、バスに飛び込んだ。安らかな幸せの人生を引き裂くこうした最初の傷によって彼は孤児となり、一人で兄と甥の面倒を見る羽目に陥るわけだが、経済的な不安はなく、幸福な時代は続いた。

その上、この遺産相続者は、一九一七年十二月三日二十歳でイヴォンヌ・ヴォルドマール゠ラヴネーと結婚する幸運にも恵まれた。イヴォンヌはバクー油田やドコーヴィル事業所など幾つかの企業のオーナーや重役または取締役であるルイ゠ポール・ヴォルドマールの娘で良家の子女、ポールよりも八歳年長だった。ヴォルドマール＝ラヴネー一族は南アルザスの出身で、ドイツ人と姻戚関係を結んだ後、イギリス連合王国に方向を転じ、ルイ＝ポールは若いイギリス女性エリザベス・マーシャルと結婚、六人の子宝に恵まれた。子供は六人ともヌーイ＝シュール＝セーヌで育った。

ヴィアン家同様、ヴォルドマール家も財を成すと同時に早々と消え去り、子孫に国債を管理したり分配したりする手間を残すという困った習慣を持っていた。イヴォンヌの兄弟の一人フェルナンは、二十歳のときにルーレットの借金で首が回らなくなり、挙げ句の果てにモンテ＝カルロのカジノの庭園でパーティを開き、招待客に自殺場面を目撃させる特権まで与えた。姉妹の一人フェルナンドは、アイルランドの本物の大貴族ガストン・バーミンガム卿と結婚。彼は片眼鏡をかけ、派手な衣装に身を包んだ破産賭博者で、ヴィアン家の者は長いことその姿を目にすることになる。他のラヴネー家の子供たちは早世し、そのためポールとイヴォンヌの婚礼の出席者は大分さびしいものになった。

アルザスの一族は、持参金代わりにボルドー近くの貴族の小館とランドメールの海沿いの建物を贈った。そして、とりわけ、子供なら誰もが欲しがるような「甘い伯母さん」、イヴォンヌの長姉アリスを。彼女については父親とサンクト＝ペテルブルクへ旅行したこと、恋愛をしたが家のために結婚をあきらめたらしい、ということくらいしか分からない。自分を犠牲にするタイプのおばちゃんなのだ。

ポールとアリスは一九一八年初頭に、ヴィル＝ダヴレーの池から遠くないヴェルサイユ通りのお屋敷に引っ越した。セーヌ河に臨んだセーヌ・エ・ワーズ県のこの小村には、あらゆる形式の立派なお屋敷や館や別荘が立ち並んでいた。ヴェルサイユとパリの中間にあるこの場所は、一世紀前から「第二の妻」や社交界の囲われ女、私生児の乳母たちの隠れ家なのである。お屋敷街はサン＝クルーの丘の傾斜地を庭から庭へと上昇していた。

ヴェルサイユ通りで、イヴォンヌとポール・ヴィアン夫妻に二人の子供が生まれた。一九一八年十月十七日に長男のレリオ、一九二〇年三月十日に次男のボリスである。一家が全員集合を急いだのと若い夫婦が運命に感謝する良い心がけを持っていたために、続いて一九二一年九月二十四日には三男アラン、一九二四年九月十五日に長女ニノンも誕生した。ただし、その間には一族の最初の一大イベントが挟まっている。ヴィル＝ダヴレーの別の屋敷への転居である。今度の家は村の一番高台の並びで、公園と背中合わせの位置にあった。ポール・ヴィアンはプラディエ通りに簡素な形をした明るい色の広壮な邸宅を買ったのである。そこはバルザックがバナナを栽培した庭園の近くだった。サン＝クルーの公園は門から五十メートル、家からはもっと近かった。子供を育てる環境としては最高の場所だった。通りの邸宅がみなそうであるように、「フォーヴェット［うぐいす］荘」は花壇に囲まれた庭の巨木の合間からセーヌの流れを見下ろすことができた。敷地内には生垣や芝生、砂利の小道、小屋や付属家屋を建てるのに最適な片隅、そして管理人の家があった。

　プラディエ通りでは、毎日の生活があたかも千年続くかのように続けられた。楽しいことばかりだった。イヴォンヌ・ラヴネーはプロのミュージシャンになる力を持っていたが、母親が彼女のハープ好きを職業にすることに反対した。音楽は無料で演奏すべき仲間内の芸術である、というのが母親の考え方なのである。娘はいくつかの私的なコンサートで演奏することしか許されなかった。結婚後イヴォンヌは、名人芸のハープ演奏やピアノ曲、歌のレッスンで家族みんなの耳を楽しませた。彼女の好みはサティやドビュッシー、ラヴェル等の前衛音楽、もしくは、マヌエル・デ・ファリャ等のスペインの作曲家たちに向いていた。しかし、家族は彼女がショパンやシューベルトを演奏するのも楽しんだ。オペラ好きが嵩《こう》じて、彼女は三人の子供にオペラに関係した名前をつけた。だから、ボリスというのは、ボリス・ゴドノフがモデルなのである。子供たちはちょっとした悲しみや腿の青あざを忘れるために、母親と一対一の演奏会に招待されることもあった。

　ポールは完璧な父親だった。彼はいつも陽気で、子供たちの要求に応える準備ができていた。彼にはある一日をおとぎ話に変えてしまう才能があった。そして、意図せずしてディレッタンティズムと楽天的な生き方を教える結果になった。笑いが家訓の一つだったし、ゲームは忍耐力と集中力とを必要とする家族の熱き義務だった。実業家失格のポールは、出資金のすべてを友人のアントワーヌ・モルに任せた。そこで友人は、彼にコントニエール社の株とサイゴンのパラゴム会社の株を買わせた。父親はサインをする時、回りのみんなに警告した。「気をつけなさい、子供たち！　お父さんが今からサインをするよ」。

　フォーヴェット荘は天国だった。世間の騒音はお屋敷の壁と鉄柵で跳ね返されていた。家庭教師同様、理容師も家まで来てくれた。イヴォンヌは家事をメイドと料理女に任せ、それを「ザザ伯母さん」ことアリスが監督していたが、上機嫌の監視人は決して使用人のミスをあげつらったりしないのだった。使用人は他に、ミュージシャンで外人部隊出身の、おしゃべりなイタリア人庭師ラ・ピップことピッポ・バリゾーネと黒人運転手モーリスがいた。モーリスは子供たちとフットボールをした。三人の男の子は髪を伸ばし、まるでお小姓さんだった。ポールは子供たちのために定期的に新車をプレゼントした。車はいつも長くて座席の多い魚雷型《トルペード》無蓋自動車タイプで、彼は子供たちを乗せて厳かにドライブに出かけるのだった。少し大きくなると、子供たちはチェスやトランプ、言葉遊びゲームに誘われた。公園でバードウォッチングもした。ザザ伯母さんは一人一人の子供に好物の料理を用意し、皆にアイスクリームを振る舞い、その上、楽しく読書をさせる才能まで持っていた。彼女自身たいへんな読書家で、とりわけ夜浴室に閉じこもって本を読むのが好きだった。

ヴィアン一家にはヴィル＝ダヴレー近郊の教養ある友人宅を訪問する習慣があった。ブルターニュの田舎貴族であるポルトゥー・ド・ラ・モランディエール一家、著名な英語学者で翻訳家のルイ・ラバ教授宅、協力し合ってすぐれた文法書を世に送った二人のドイツ語学者フェリックス・ベルトー、ラルフ・ルポワント宅（後者の妻エマは三男アランの代母である）などである。逆に、この友人たちがフォーヴェット荘を訪れるときは、笑いの渦のなかで外国語を身につける絶好のチャンスだった。鉄柵の向こうに住むヴィアン家の最も近い隣人はジャン・ロスタンと呼ばれた。二つの家族はたちまち意気投合する。多分、祖父のアンリ・セラファンが昔カンボのエドモン・ロスタン家の鉄柵彫刻を手がけたという思い出がきっかけなのであろう。両家は互いに行き来をし、長い間日常生活はその日の気分次第でどちらかの家、どちらかの庭で過ごすことになる。学者先生［ジャン・ロスタン］は時々子供たちに研究用のヒキガエルをとってくれないかと頼んだ。彼は広大な書庫を自由に開放し、科学にまつわる不思議な話をして子供たちの好奇心を刺激した。「それは最高の、夢のような幼年時代でした。自由で幸せいっぱいで、何でも許されて。両親は私たちを楽しませることばかり考えていたし、ザザも最高の伯母さんでした。私たちには長いこと日曜日とウィークデーの区別がなかったのです」とニノン・ヴィアンは回想する。

管理人の家

だが、最初の不運が家族を襲う。一九二九年の金融危機は綿とパラゴムの相場崩壊を引き起こしたのである。数時間のうちに、ポールは財産のほとんどを失った。しかし、家を売って、人生を楽しく陽気に過ごさせてくれるジャン・ロスタン一家や、ルポワント一家などの友人たち、そしてヴィル＝ダヴレーから去って行くことは初めから問題外だった。ヴィアン家の親たちは子供を人生の苛酷さから護らねばならなかった。娯楽は当然持続すべきだ。それに、この災難はたぶん一時的な運命のいたずら、冷静に対処すれば容易に乗り切れるちょっとした不自由にすぎないはずだ。経済的な不運に見舞われてもポールの子育てと明るさにはほとんど何の変化も見られなかったので、その危機意識は奇妙な結果を引き起こすことになった。長期間家族の心の中に閉じ込められ、後になって苦い屈辱感を伴う記憶と化すのである。ポールは家族の幸福をケル＝ゴス［管理人の家のブルターニュ風呼称。ゴス氏の家］へ、つまり管理人の家へ、ただ単に一階継ぎ足しただけで移すことに決めた。彼は家族のために壁沿いの狭い庭と数本の樹木と芝生一面を確保する。フォーヴェット荘との境界には籐で編んだ遮蔽物が使われた。一九三〇年代初頭には、使用人と車が削られた。ピッポは残ったが、モーリスは去って行った。その時から、出入口は車の入れないサン＝クルー公園の古い周遊路である北の小道へと変わる。美しい邸宅は借家として貸し出されたのである。

　邸宅の新しい住人はメニューイン一家であった。メニューイン家の息子の一人はとりわけ皆を驚かせた。彼は音楽の天才だったのである。ボリスとあまり年が違わないのに、その子はバイオリンの譜面を何時間も練習した。メニューイン家とヴィアン家は親しくなった後、皆で天才少年のバイオリンを聞くためにパリの青少年音楽会へ出かけた。

　ニノン・ヴィアンの説明によれば、一家は「流浪の大ブルジョワ」を演じていた。家は狭くなったが、それだけだった。上の二人レリオとボリスはリセ［中等教育学校］へ通う年齢になり、最初はセーヴルの、それからヴェルサイユのリセ・オーシュへ通った。ポールは二人を毎朝車で送り、また迎えに行った。母親のイヴォンヌは心配して、こうした屋敷外への外出をひどく恐れた。心配性で独占欲の強い彼女は、子供たちを声の届く範囲に留め置くことを条件に、子供や夫の遊び優先の毎日を応援するのだった。

　金は溶けてなくなり、物質的に恵まれた時代は遠くへ去った。しかし、ヴィアン一家は経済的な不自由や生活レベルの低下を優雅に無視した。誰も不平を言う者はいなかった、特に子供たちの前では。ポールはルイ・ラバ教授の計らいで得た英語文献の翻訳に着手する。職業教育を受けていない彼は、仕事を見つけるのに、友人たちの輪を利用するしかなかったのである。翻訳の仕事は少なかった。ポールは、パリ八区ヴィニョン街に製薬室がある、ショピートル師のホメオパシー製剤のセールスマンになった。それ以後、車は池の周辺のドライブに使用されるだけになった。忠実な運転手のラ・ピップは取引先へ薬の広告を配って歩いたが、販売を拒否する薬剤師も多かった。ポールはにこにこして狼狽を表に出すことはなかった。この鷹揚さの美徳の熱烈な信者、おいしいワインと高価なブランデーの愛好者は、勇気を出してヴィル＝ダヴレーの隠れ家を離れ、薬剤店を回る長い旅に出るのだった。彼は会社のライトバンを自ら運転し、サン＝クルー公園の下の方に駐車していた。しかし、彼は自暴自棄に陥ることはなく、暇ができたらいつでも子供たちの遊びに参加した。たぶん、レリオもボリスもアランもニノンも父親の変化に気づいていたはずだ。たぶん、彼らの永遠のおとぎ話の背景が輝きを失ったことを感じ取っていたはずだ。理容師は今度はメニューイン家を訪問し始めていた。「父が全財産を失った時のことは一生忘れないでしょう」とアラン・ヴィアンは打ち明ける。

コタンタン半島ランドメール

幸いなことに、ランドメールは残った。一家のもう一つの楽園である。少年時代の楽しい思い出は徐々にこのノルマンディ、コタンタン半島の海沿いの土地へと移動する。年に数回、一家はコンバーティブルの魚雷型《トルペード》無蓋自動車に乗った。「思い出そうとしなくても、ぼくにはエヴルーの町が見えるんだ」とずっと後になって、ボリス・ヴィアンは『私記』に書くだろう。「言葉ってやつはまるで信用できない。国道百五十八号線沿いの町エヴルー。ぼくたちは毎年ノルマンディへバカンスに行くためこの道を通った。本当のノルマンディ、つまり、高ノルマンディ。コタンタン半島のランドメールというところだ。住民は十七人。みんなそこに小さな小屋を持っていた。（中略）ため息の出そうなすばらしい土地。だが、女友達は一人もいない。いちゃつこうにも相手がいない。家、家は気に入っていたな。ノルウェー産の木材が使われ、内部はニスが塗られて、外壁はグリーン。海、バルコニーのどこからでも海が見えた。羊歯に覆われた丘の斜面が形成する前舞台。左手がミレーホテルで、右手に丘。開いたV字形と言ってもよい。Vの半分は海だ。それが海側の風景。村の方は、林があって、ああ、まったくため息がでそうな風景だった。もう二度とそこを再訪する勇気が出ないんだよ」[*1]。

二十世紀の初め、ラヴネー家は海に面した土地に三軒の瓦屋根のペンキ塗り山荘を建てるため、ノルウェーから松材を輸入していた。ヴィアン家は高台の一軒をもらった。窓ガラスに塩のこびりついたドーム型の屋根を持ち、肘掛け椅子とテーブルと籐の長椅子があった。「松脂のにおいがしたなあ」とアラン・ヴィアンは回想する。他の二山荘はバーミンガム一家、ルポワント一家、さらには不運なパラゴム投資をした男アントワーヌ・モルが使った。

一家は自分たちだけがこの未開の土地を独占しているという意識を持ち、冷たい海をものともせず、地上一メートル五十の微気候を満喫していた。隣人は——大分離れていたが——村の住民と一軒の旅館の長期滞在客だけだった。ヴィアン一家にはプライベート・ビーチがあった。滞在の初日、彼らは砂の上に組み立て式の小屋を設置し、父親のポールが見つけてきた小さなカヌーを海に浮かべた。父親は若い頃のビーチウェアを引っ張り出して、派手な格好をし、女性陣は帽子をかぶった。父親の用意した望遠鏡で、子供たちはシェルブールに寄航中のハンブルクとニューヨークを結ぶ大西洋航路「ルジタニア号」の船上生活を観察した。

子供たちが一番よく覚えているのは、庭に繁茂していた植物群だ。メキシコ湾流の影響で温暖な気候のため、エキゾチックな植物が繁茂し、家々の周辺にはサボテンや巨大アジサイが群生していた。ユ゠ビランという名の小川が屋敷を通って海に注ぎ込んでいた。母のイヴォンヌは湿った岸辺の羊歯の真ん中に希少種植物の庭園をつくった。ボリス・ヴィアンが小説『心臓抜き』で再現するのは、この材木とおが屑の世界、この繁茂と不安の渦巻く花の小宇宙である。「庭の一部が崖にぶら下がっていた」と彼は書くだろう。「そしてさまざまな種類の木が、無理をすれば行けないことはないが、たいていは自然のままに放置されている急斜面に生えていた。葉の上の方が青紫で、表は白い葉脈が走ってやさしい緑色をしたカライオスがあった。奇形の節が瘤をつくっている糸状の茎を持ち、血のメレンゲのような乾いた花を咲かせる野生のオルマード、灰真珠色に光っているレヴィオルの茂み、南洋杉の低い枝にぶら下がってクリームをたっぷり含んだガリイアの長い房、シルト、青いマヤンジュ、様々な種類のベカブンガ[*2]」。

心臓と頭脳

子供たちの幸せがみんなの願いであるような家庭の中で、ボリスは自ら望んだわけではないのに特権的な存在になっていた。親たちは彼を他の兄弟以上に気遣った。それというのも、彼は一九二二年に伝染性のアンギーナに罹ったが、手当てが不十分だったため急性関節リウマチの発作によって大動脈不全を招き、それが十五歳の時に患った腸チフスで悪化したのだ。彼の心臓は傷ついてしまった。母親は彼を病的な神経質さで保護しようとする。たぶん、彼自身は、少なくとも初めのうちは、病気の深刻さを知らなかったようだが、この差異、親が彼に示す不安そうで過保護な情愛そのものを居心地悪く思っていた。長じて彼はそれを母親のせいにするだろう。

医師でヴィル゠ダヴレー市の助役でもあったヴリニー先生が、自宅に来て注射をするのを彼は嫌がった。泣き叫んで倒れこむのである。そのため母親は注射療法を断念せざるをえなかった。本当は腸内菌叢を徐々に衰弱させるシロップより、注射の方がよかったのだが。彼は度々学校を休み、部屋に閉じこもった。皆は彼には休養が必要だと言い、両親は真相を解明するよりも、彼をいたわる方を優先したのだ。母親の愛情によって保護され、溺愛すらされた彼は、それを重荷に感じる。後年そのほとんどが広い意味で自伝的要素にみちた彼の小説には、愛情過多への恨みがこめられることになる。「彼らはいつもぼくのことを気遣っていました」と『赤い草』の主人公ウルフは、親のことを訊いたペルル氏に答える。「ぼくは窓から身を乗り出すことも、一人で通りを渡ることもできませんでした。ちょっと風が吹いただけでぼくはヤギ革の上着を着せられました。夏も冬も毛糸のチョッキを手放せませんでした。ぼくは十五歳まで沸かした水しか飲めなかった。だけど、卑劣なことに両親自らは節制をしなかったし、自分自身に対する態度とぼくに対する態度が違うことを彼らを怯えさせたのです。（中略）ぼくの健康状態がやましく思っていました。おかげでぼくまで神経質になり、ぼくは虚弱体質なんだと思うようになりました。ぼくは分厚いウールのマフラーを首にぐるぐる巻いて、汗だくになりながら冬の散歩をしても、別に何の疑問も持たなかったのです」[*3]。

後年時間的な距離ができてから、彼は文学作品や少年時代の回想の中でそれを公表する。一九三五年に彼を苦しめていた肉体的な欠陥は、若きボリスを特別扱いし、孤独な活動へ追い込もうとしたが、彼は仲間たちとつきあうことでそれに抵抗した。彼はしばしば馬鹿騒ぎさえした。それほど彼は自分の着想や空想をみんなの即興的な遊びに投入したのである。彼は病気を否定し、その深刻さを理解しなかった。戦前のその頃は、まだ医学もこの種の病気を完治させるレベルに達していなかった。心臓に欠陥を持って生まれた子供は短命を余儀なくされる時代だったのだ。当初ボリスはこの奇妙な過保護状態を利用し、濫用しさえした。ザザ伯母さんは予定回数以上に彼のお好み料理を作った。子牛の胸腺のヴォル・オ・ヴァンや肥育鶏やとりわけ洋ナシのシャルロット、サン・トノレ等のケーキ類である。盛りだくさんな食事の後でバナナを五本平らげることもあった。彼はいつもお腹をすかせていた。体調不良でない時、風邪のウィルスにやられていない時、腹痛でない時は、この過保護息子はできるだけ自分の虚弱体質を無視しようと努め、何ごとにも旺盛な好奇心を示した。ひとりの時も集団遊びの時も、彼は早熟な頭脳の冴えを見せる。食卓で彼は屁理屈をこね、彼の両親はそれを賞賛して、既に嘲弄と冷笑的な観察の習慣がたっぷり刻印されていた精神の形成を助けた。彼は「親方《パトロン》」と呼んで父親を賛美した。父親の寛大さだけでなく、趣味の広さを愛したのである。そして、彼は父親の多趣味を模倣する。彼もまた機械いじりや木工大工、物理学に熱中する。父と子は瓜二つだった。ポールは身長一メートル九十で、額が禿げ上がっており、ボリスは兄弟の誰よりも成長が早かった。二人はともにダンディズムと皮肉とある種の上品な鷹揚さを愛した。二人は一緒に映画見物に出かけ、映画を見た後、その映画よりももっと自由奔放な結末を空想し合うのだった。

ポールは男の子たちに——一番年下のニノンはまだ女性グループに属していた——最後に残った庭の隅に共同で遊び小屋を

つくることを提案する。ボリスは大工仕事にすぐれた才能を発揮し、床板の取り付けさえ巧みにこなした。彼は図面を引き、熱心に議論し、かんなをかけ、磨きに精を出したが、他の兄弟たちは最初の熱狂が過ぎると、その興味は別の関心事に移ってしまった。彼は学校でも一番熱心だったし、勉強が性にあっているようだった。十五歳のとき、腸チフスにかかり、ギリシャ・ラテン語のバカロレア［大学入学資格試験］が免除になった。十七歳のとき、彼は後期バカロレア（哲学、数学、ドイツ語）に合格する。ボリスは易々と卒業証書を手に入れるが、別に何の感激もなかった。それもまたゲームの一種であり、しかも最小の集中力ですむあまりぱっとしないゲームなのだった。唯一の目標は中くらいの成績であったから、それは容易に達成できた。「怠惰な彼は大急ぎで宿題を終わらせた」[*4]。

十七歳のとき、少なくとも二種類の未来が彼を待ち受けていた。「裏切り者の方程式」と後年記す数学と物理学方面に進み、父の意向とジャン・ロスタンの助言に従うか、それとも文学を選ぶか。正しい判断力と家族の愛情に満ちた勧めによって、彼は理系高等専門学校《グランド・ゼコール》への進学を選択する。一九三七年の新学期、彼はパリ行きの列車に乗ってコンドルセ高校に入学し、国立中《エコール》央工芸学校《・サントラル》を目指すことになる。他方、ジャン・ロスタンの息子フランソワ・ロスタンは、同じ高校の高等師範学校文科受験準備コースに合格した。

彼はその時の気持ちをこう回想している……「なぜ自分が得意とする知のジャンルをひたすら追究して、不断の努力をしなければならないのか？」[*5]。なぜ、家の中に溢れていること、つまり文学的教養を職業にするための努力をしなければならないのか？　と言うのも、管理人の家［ヴィアン家の引っ越し先］では誰もが本を読んだし、親友たちも文学好きだった。ザザ伯母さんはキーツやゲーテのファンだった。ジャン・ロスタンは作品を仕上げるために長時間自分の部屋にこもった。妹のニノンは十二歳で『ボヴァリー夫人』を読んだ。ポール、そして、まもなくヴィアン家の最初の若き詩人アラン、最後に隣家のフランソワ・ロスタンの三人は詩句をひねることに熱中し、それを夕食後皆に披露するのだった。アランは『フランスの狩猟』誌にも釣りのレポートを投稿した。

プラディエ通りには沢山の蔵書があった。アバンギャルド好きな父親の影響で家族は現代文学、すなわち一九二〇〜一九三〇年代の文学を愛した。ボリスの部屋には小さな本箱があり、ピエール・マッコルラン作品集やカフカの初期作品の翻訳、多数のアングロ＝サクソンの作家たち、特にP・G・ウッドハウスやジェローム・K・ジェローム等ユーモア作家の作品が収められていた。彼は早くからアルフレッド・ジャリを発見したと言われているし、アンデルセン、グリム、ペローの童話、キップリング、ダニエル・デフォー、マーク・トウェイン、スティーヴンソン等の伝説や冒険物語、幻想小説にも興味を示した。家族全員が『ソフィーの不幸』［セギュール夫人作］を堪能した。「ボリスはこれぞ最高のエロ小説と言った」とアランは回想する。当時ボリスの文才は、家族に彼が作家になるかもしれないという夢を与えていた。彼自身も文学と相性がいいことを既に自覚していた。しかし、それはいま少し辛抱しなければならない。数学方面の探求が先なのである。

　ヴィル＝ダヴレーでは、思春期とともに押し着せのレジャーが曲がり角を迎えていた。レリオ、ボリス、アランの三兄弟は毎日何時間も母親の監視をのがれた。恋の季節の始まりであり、異性に対する最初の衝動である。母親のイヴォンヌは監視網を強化しなければならない。ボリスは彼女のことを理由はよく分からないが、たぶん雌猫との類推だろう、「めん鳥《プーシュ》」母さん［過保護の母親は母＝めん鳥《メール・プール》というが、ここではメール・プーシュとなっている。プーシュは英語の pouch（カンガルーの腹の袋）に近いが、本書ではめん鳥母さんで統一］と呼んでいる。どんな遊びをするのも自由だが必ず家の敷地内で、という従来の規則が相変わらず適用されていた。そこで、勉強よりもスポーツや演劇を優先するアランの勢いに押されて、新しい活動は庭や遊び小屋へと広がった。男の子たちは卓球の試合を開催する。アランはフェンシングを習い、先生に家に来て他の兄弟たちにも教えるよう頼む。ケル＝ゴスは徐々に青少年の家の様相を呈し、父のポールは満足し、めん鳥母さんも胸をなでおろした。リセの友人たちや隣家の子弟が放課後や休日に招待されてやってきた。隣人のジャン・ロスタンは、内気で過保護の息子フランソワがこうした内輪の集まりに参加して高校生気質丸出しの少年たちと交流し、自信をつけることを歓迎した。ユーディ・メニューインが一九三五年に国際的な演奏活動を始めるため両親とフォーヴェット荘を去った後は、フランソワがチェスゲームの理想的なパートナーとなった。ヴィアン家の新しい借家人の南米外交官デ・アンブロシス・マルティンとその子供たちだけは、このリクリエーションに招かれなかった。

　その上、フォーヴェット荘の住人たち［外交官一家］は、度々遊び小屋から漏れてくる騒音に苦情を申し入れねばならなかった。男の子たちが音楽を始めたからである。ジャズだ。一番熱心なボリスは、ルイ・アームストロングが名誉会長を努めるホット・クラブ・ド・フランス（ＨＣＦ）への入会すら果たし、学校帰りにシャプタル通り［ホット・クラブの所在地］に回ってレコードを借りたり、ジャズ談義を交わしたりした。ジャズを狭いゲットーから引き出す闘いに明け暮れるホット・クラブの巣窟で、彼はユベール・ロスタンやジャック・ディエヴァル等、やがてジャズ・ミュージシャンになる若手ジャズ愛好家たちと出会う。ヴィル＝ダヴレーでは、レリオがギターとアコーデオンを、アランはドラムとアコーデオンを練習した。ボリスはトランペットを選ぶ。先生はいなかった。まだ限られた愛好者しかいなかったこのジャンルにラジオが割り当てる希少な放送と、家の居間と遊び小屋とを結んだ電蓄で聞くレコードだけが頼りだった。心臓疾患を抱えてトランペットを吹くのはもちろん危険な不摂生だったが、ヴリニー医師の厳しい忠告は無視された。ボリスはこの突然訪れた激しいジャズ熱を奪われたくなかったのである。

後年ドゴール内閣の大臣を努める友人のフランソワ・ミソフもギターを持って参加した。リセ・セーヴルで一年生の時からボリスの手下だったペテールはどんな楽器でもこなせた。皆で「ラコール・ジャズ」を編成した。彼らの最初のバンドである。彼らはサン＝クルーやセーヴル地区の母親たちが自宅でのパーティを許可する時には、他家にも出かけて演奏した。しかし、もちろん一番多かったのは、このセーヌ河岸一帯で洗練された歓待ぶりがあっという間に評判になったヴィアン家である。レリオ、ボリス、アランはホスト役を完璧にこなした。彼らはこうした集まりにほとんどプロフェッショナルな演出をした。三人はレジャーの経験が豊富だったのだ。誰でも最初から遊びの天才というわけにはいかない。

彼らは集団や仲間をつくることに長けており、めん鳥母さんに言わせると「相棒《プチ・コパン》」集めが得意だった。明らかに彼らは幾分男性本位で、騎士道精神と儀式と新米いじめを本分とする中学生っぽい世界のとりこになっていた。彼らは自分に愛称をつけて悦に入る。レリオは生涯ビュビュで通したし、ボリスはボリス・ヴィアンのアナグラムであるビゾンもしくはビゾン・ラヴィと自称し、後年さまざまの文章にもこの名を記した。フランソワ・ロスタンはモンプランス［私のプリンス］だった。

入会を厳重にするために、彼らは私的クラブを真似てメンバーズ・カードと道徳規範を備えたルガトゥ［遊びバカ］・サークルを創設し、アランがナナ・ヴィアリの偽名で会長をつとめた。アラン＝ヴィアンのアナグラムである。入会希望者は皆に笑われながら宣誓をし、生煮えのパスタを一キロ食べる等の試練をクリアしなければならない。ルガトゥ・サークルの会員は親指タッチの挨拶をした。ドゥーブルゾン貨幣［『日々の泡』にも登場する架空の貨幣］をつくり、独自の言語を操った。ヴィアン兄弟はシュールレアリスムとガキっぽさの混交、ジャリとヴェルモ年鑑［一八八六年創刊。毎日一ページずつ暦のように読む形式で、ジョークや語呂合わせが得意］と一九三八年にできた「ロス・ア・モワール」［レストラン。髄付きの骨の意。隠語でペニス］の混交のような単語を発明した。彼らは気違いじみた世界を構想し、大まじめにそれを信じた。

ヴィル＝ダヴレーの少年時代は、この後も不安定な思春期の肉体と酷使された頭脳、過去と未来、カースト制度と豊かな想像世界の背後に、若者特有の不安を隠しながら繰り広げられた。なぜかと言えば、もちろん、少年たちの主要な関心事は異性であり、スポーツの合間や芝生クリケット、チェス等の男子中心の遊びの合間には、ルガトゥ・サークルは、親に疑われずに良家のお嬢さんたちをかき集める絶好の舞台として利用されたからだ。クラブ最大のイベントはびっくりパーティだった。遊び小屋はダンスホールに変貌する。バンドはまだよちよち歩きの段階だったし、ボリス・ヴィアンも言うように音楽と「頬ずり」を混同するのはよくないので［生バンドは神聖なものなので、ダンスの頬ずりのために演奏すべきではない］、自由奔放に感情の発露を楽しむためにはレコード音楽が最適とされた。

一九五一年の『私記』で、ボリス・ヴィアンは一九三八年〜一九四〇年当時のダンスフロアを興奮気味に長々と回想し、そこに女性との接触の原点を見出すとともに、眩暈《めまい》のするようなリズムにもかかわらず既に無邪気さをなくしていた時代を振り返っている。「庭の隅のダンスホール。両親は子供の外出を好まなかったし、最初は金もなかった。それに心配なのだ。パリは危険に満ちている！　男をむさぼる女！　邪悪な女！　親は十三歳くらいからもう梅毒の話などをしてぼくを怖がらせていた。いずれにしろ、そんな年端も行かない子にする話じゃないだろ。インポになっちゃうじゃあないか[*6]」。

「ぼくらは性病恐怖症になるように育てられました」とアラン・ヴィアンもそのことを確認する。「ぼくらはモーパッサンの梅毒末期の様子をつぶさに読んでいました。ボリスもぼくと同じ恐怖心を抱いていたと思いますよ。彼の初体験はかなり遅く、たぶん二十一歳頃で、最初の妻がその相手だったのではないでしょうか」。したがって、びっくりパーティも、少なくとも初めのうちは、男女双方の恐怖心から厳格なルールが守られていた。女の子たちはケーキを、男の子は飲み物を持参する。ルガトゥ・サークルでは原則としてアルコール持込み禁止だったが、それはまもなく骨抜きになった。アランが父親のカーヴの銘柄ワインを盗んで普通のボトルに詰め替えたからだ。ダンスホールの常連はどこにアルコールが隠されているかをすぐに察知した。肝心なことは、めん鳥母さんに心配をかけないことと、節度のない若い酔っ払いを遠ざけること、気持ちを少し大胆にさせる程度の量で止めることだった。公的には、こうした初期のびっくりパーティの飲み物はジュースだった。

アラン・ヴィアンは、家で週に二度シュールブーム［びっくりパーティ］——既にこの言葉が広まっていた——をやっていた頃の常連、ドカニー、マルタン、ド・ヴォルデール、コレ、ウォルトン等の名前を覚えている。女の子たちはしばしば彼らの姉妹だった。彼らはアンギャン、サン＝クルー、セーヴル、ヴェルサイユから来ており、リセ・コンドルセ［中等教育学校］の高等専門学校《グランド・ゼコール》進学準備クラスのボリスやフランソワ・ロスタンの級友であることが多かった。それは恐る恐るキスをするためにブルースを踊る軽い下心や抑圧の時代、ビング・クロスビーの曲やその弟ボブのバンドあるいはフランセ・アリックス・コンベルのバンドで身体を揺すりながらフォックス・トロットを踊る時代のことである。慣用表現で「リズムに乗る《サ・バランス》」、またシャルル・トレネが当初「リフ」［反復するコード進行や旋律。リフレイン］ファンの音楽の全体を定義する便利な言葉として広めた「スイングする」という言い方も既に存在した。しかし、それは抑圧解放の表現以外の何物でもなかった。

臆病……この語が『私記』の苦い回想ページの随所に繰り返される。「正直言って、不潔なくらい純潔だったのだ*7」。偏見、めん鳥母さんの心配、行為のぎこちなさ、漠然とした恐怖。もしも、ボリスが「それに」食いついていたら、国立中央工芸学校の受験勉強は明らかに失敗だった。「それに、ぼくは工芸学校に行きたかった。エンジニアになることは素敵なことに思えたから」。その数ページ前にも彼は書いている。「多少合格しないかもしれないという不安を装いながら、とは言え、そんなに難しくはないので、大きな不安を装うわけにもいかなかった。いかさま師だ。なぜかと言うと、ぼくは勉強するそぶりをしていたからだ。大変そうに見せた方がうまく行った時にはご褒美がもらえるし、うまく行かなかった時にも言い訳になることを知っていたのだ……*8」。

成人した後のボリス・ヴィアンは、不器用だった青春時代を思い出してしばしば自嘲する。同じ『私記』の中には、次のような怒り狂った記述もある。「いずれにしても、一九三九年にこんなにも自分が愚かだったと思うと、むしょうに腹が立つ。十九歳にもなって！　それに、友人たちは皆いろんな経験をしていたというのに。（中略）二十歳にもなって、肉体は十分育っているのに、文字通り善良な一青年。そこから抜け出してはいけないなんて！　正直言ってとてもみじめだった。結局、親のやり方が悪かったのだ……*9」。近親者の話では、当時ボリスはまだ親の愛による幽閉が彼を軟弱にし、臆病にさせることは意識していたが、その居心地の良さに甘えていたらしい。「ぼくは感情におぼれていました」と、『赤い草』の主人公は告白する。「ぼくは可愛いがられすぎていました。でも、ぼくは自分が好きではなかったので、ぼくを愛する者たちは皆バカだと結論づけるしかありませんでした」。何にでも興味を示し、妹の言い方に従えば「弾けるような知性」を持ち、新しい知識に飢えていた彼は、世間的な常識を身につけていないと感じた。「不潔なくらいに純潔」。嫌らしいくらいの行儀の良さ。高校卒業に続く退屈で何の面白みもない単調な日々。うっとうしいくらいに灰色。本来なら女の子や親からの遁走や自由を満喫する年頃なのに。しかし、ボリスはめん鳥母さんを愛していた。それに、母親を心配させることは家族の間では相変わらず不幸の前兆だったのだ。

事実、戦争の混乱が始まるまで、ボリスはたった一度しかヴィル＝ダヴレーを離れていない。一九三九年七月の数日間、正確には十日間、と彼は言い直している。中くらいの成績で国立中央工芸学校に入学した彼は、友人である同じ新入生のロジェ・スピナール、通称ジジのサン＝ジャン＝ド＝モン（ヴァンデ県）へのバカンスに一緒について行く権利を、親から強引に勝ち取ったのだ。ボリスにはモネットというフィアンセがいた。「髪は赤っぽい栗毛色、感じのよい色合いだったと思う、うなじのところで小姓のようにカールさせた髪型」と彼は回想している。同じ夏モネットもサン＝ジャン＝ド＝モンに程近いクロワ＝ド＝ヴィ村でバカンスを過ごしていた。だから、親には半分の真実しか明かしていなかったというわけだ。ジジはモネットのことを隠していた。めん鳥母さんは目に涙を溜めて忠告した後で、許可するしかなかった。「最高だった思い出の一つ」と彼は十年後に記すだろう。「とにかく、自由だった。ジジと列車に乗った。寝台車。乗客は一人もいない。ぼくらは馬鹿みたいに騒いだ。愉快な夜。（中略）朝の六時。そんな時刻に仁王立ちしていると、まるで征服者になった気分だ[*10]」。

　繭《まゆ》にくるまれた生活とヴィル＝ダヴレーの亡霊から逃れ、母親の愛情に満ちた監視の目から遠く離れて、手に入れた自分だけの十日間の青春、それがボリス・ヴィアンが――何百万という他の若者同様――居心地の悪い大人社会に不意に投げ込まれる前に味わった、唯一の自由の味だった。

＊1　『私記』は一九五一年十一月十日から一九五三年二月十一日まで綴られた。未刊。ボリス・ヴィアンの友人たちは、彼の死後「感情逆なで日記」と呼んだ。その理由は主として次の文章に基づく……「さあ、感情逆なで日記に取りかかろう。この名称はクノーに由来する。彼はぼくが読者の感情を逆なでするために書く、と断言するんだ」。ボリス・ヴィアン財団資料。

＊2　『心臓抜き』。第九章の冒頭。

＊3　『赤い草』。第十六章。

＊4　「のろま」シリーズの七編の詩の一つ「リセ」から。「のろま」シリーズはボリス・ヴィアンの生前未刊だった『百ソネット』に収められている。

＊5　同書。

＊6　『私記』、一九五一年十一月十一日。

＊7　同書。

＊8　同書。

＊9　同書。

＊10　同書。

2　アングレームのブルース

めん鳥母さんへの手紙

　一九三九年十一月六日、ボリスは国立中央工芸学校に入学した。しかし、それはパリではなく、アングレーム［フランス西南部の都市。ボルドーの北東百二十キロ。人口五万人］だった。開戦以来従軍していた学長のレオン・ギエ大佐が、シャラント県に配属されたのだ。これは戦時措置で、秋から教室は市立図書館を転用した建物、軍事教練は兵舎へ引っ越したのである。学生は市内の一般家庭に止宿した。一年生の半数はこの季節移動の授業にさえ参加できなかった。夏の終わりに召集されたからだ。他の学生たちも定期的に通行証をもらってアングレームから最も遠い僻地にある教練キャンプへ呼び出され、しばしば一夜のうちにあわただしくホームタウンを離れて行かなければならなかった。

　奇妙な年だった。ボリスはそんな旅などしたくなかったであろう。心配を思春期の親離れだけに限定したかっためん鳥母さんにとっても——考えることさえ家の中では長い間タブーであった——戦争は、ヴィル＝ダヴレーの最後の砦を破壊するものと見えた。レリオはサトリーのキャンプで授業を受けるため家を出た。母はその冬中彼が東部の辺境防衛地区で歴史的前線に接近するのではないかと恐れねばならなかった。アランはまだ徴用される年齢に達していないが、猶予期間はどれくらいあるだろう？　ボリスは病気の心臓が自然に快癒することを期待しながら一年生を疎開先で終了しなければならないが、最悪なのは既に快癒の展望がないことではないか？

　一九三九年〜一九四〇年の学年歴の間、母子はおびただしい数の手紙を交換している。長い間培われた習慣によって、それぞれ相手を安心させ、自分でも安心しようと努めている。ボリスはお金と砂糖菓子が欠乏した息子を演じ、学生生活の背景と退屈を描写しながら、陽気な若者のイメージを伝えようと努力する。母親のイヴォンヌは健康上のアドバイスや薬を飲むこと、厚着をすること等、様々の気遣いをする。彼らは秘密の共有さえしている。家族公認の婚約者であるモネットの生活や行状が報告され、母子の書簡上の共犯関係はしばしば濃密さを増した。

　彼らは手紙が行き違いになったり、紛失したりするのを恐れ、時には一日に数回手紙を書くこともあった。めん鳥母さんは朝、ボリスは夜寝る前に書く。取るに足りないこと、ただ沈黙を紛らわすためだけに、どうでもいい挿話をほんの数行。アングレーム到着の日。ボリスは「ビゾンヴィル便り」［ビゾンはボリスのアナグラム、ヴィルは街］と名前をつけて入居の模様を詳述している。「ずいぶん長いこと待たされました。部屋は全部シングルベッドです。ぼくの部屋は二階で――洗面所付き。でも、肝心の水がありません。ああ！　でも、鏡付き洋服ダンスと素晴らしい蠟細工の女性像と暖炉があります。トイレはほとんど接近不可能。（中略）それ以外は、思ったより快適です。部屋代は月に二百八十フラン（暖房も使えます）。でも、めちゃ暑い。夕食は学校で食べました。ビゾンでさえ一応満足できる食事でした。空腹こそ最良のごちそうです。素麺入りスープ、カリフラワーの酢漬け（大量のカリフラワー。しかも皿一杯お代わりまでしちゃった）、子牛のセロリ添え、リンゴ一個。これまでのところ、順調です。軍人がうじゃうじゃいます。柱時計の野郎がうるさいので今夜は眠れそうもありません。取り外してもらうつもりです。それはそうと、今日列車の中で羽根を除いて丸々一匹チキンを食べ、白ワインを飲み、フルーツケーキ丸ごと一個とサンドイッチ三個平らげました。結構いけましたよ。明日は郵便局に寄って電報を打ち（局は学校へ行く途中にあります。今夜見つけました）、この手紙を投函するつもりです[*1]」。

　事実、ボリスは下宿先を見つけた。大家はマダム・トリュファンディエという名前だったので、たちまちトリュッフ小母さんと呼ばれることになった。ボリスの親友の一人、トリュッフ＝トリピトゥことジャン・レピトゥも同家に止宿した。ロジェ・スピナール――ジジ――は隣の家だった。ジャリの熱烈なファンである三人は、『ユビュ王』から引用した感謝のことばを述べたが、家主たちは何のことやら理解できなかった。彼らは礼儀正しかったが、注意散漫だった。階段を駆け下りては、それを謝った。彼らはプレーヤーを持参し、トリュファンディエ夫妻にジャズの奥義の手ほどきをした。

　地方に島流しにされた先生や学生たちの大半は、フランス軍が手早く勝利してくれないと、翌年の七月までに召集される可能性大だった。国立中央工芸学校はもはや以前のようではなかった。規律が緩んでいた。学生のほとんど集まらない講義もあった。旧図書館には急ごしらえのシャワーが取り付けられた。学生たちは学食の飯がまずいと文句を言い、早速生き残り組合をつくる。そして、資材の強度に関する「難問《コル》」よりも食事の改善に力を注ぐのだった。リセが一校しかない地方都市なので、大学当局は調達不可能な必需品と一緒に、教練用制服を支給した。当初それを嘲笑した学生たちも、次第に不安に襲われた。

その頃、ボリスは「トーパン」［理系大学進学特別クラス生］のほら話に磨きをかけていた。彼は学校の外で悪ふざけをする。つまり、アルザス＝ロレーヌ大通り三十九番地二トリュファンディエ家の隠れ家が、たちまち気に入ってしまったのだ。大家の奥さんの愛情に包まれた心地よい下宿生活。大家さんは下着の洗濯やアイロン掛け、おやつの用意、徹夜のノート作業後のお茶のサービスまで、何でもしてくれた。十一月十日、母親に書く――「ぼくらは精一杯アングレーム人になろうとしています。街の様子がだいぶ分かってきました。あまり複雑ではありません。それから、朝食が改善されました。ミルク入りココアが加わったのです。だから、また朝食をとり始めました。それ以外は、相変わらず牛のようにぱくついています。そして毎回お代わりをします（それはOKなのです）。五時になると、ぼくらは街のケーキ屋さんへ繰り出します。今日はめちゃくちゃでした。五時にクロワッサン六個、プティット・マドレーヌ三十個、チョコレート一枚、マロン・クリーム一缶平らげたのです。（中略）今ぼくは、というか、ぼくらは毎晩そうするようにピトゥの部屋にいます。ジジはとびっきりおしゃれな部屋着と格好いいスリッパを履いています。毎晩集まっても、特別何もすることはないのですが[*2]」。

重箱の隅をつつくような細かさで、ボリスは母親に食べ物への執着を報告する。そして、毎回フルーツケーキと棕櫚の葉型のパイをねだっている。彼はまた勉強の不安を訴え、別れてきた人たちの安否も尋ねている。腎臓結石を患っているパトロンこと父親、前線から大分離れたル・マンへの配属を希望している長兄ビュビュ、その外モネット、モンプランス、飼い犬シュキのことなど。彼はおどけた息子を演じようと努め、「親愛なるトルトポワーズ［でまかせの名前］様」とか「親愛なるマダム」とか「なつかしいお袋さま」と手紙を書き始める。だが、就寝前のあわただしい走り書きの中には、弱気な表情も垣間見える。ボリスは腹痛に苦しんでいた。彼は元気をなくし、それを打ち明ける。そして、十一月なのにもうクリスマス休暇の日程を連絡する。「二十三日土曜日十六時三十分から一九四〇年一月二日まで休暇です。たぶんその少し前に出発できるでしょう。たぶん十三時十九分の列車に乗り、十九時頃パリに着けるでしょう。正確な時間が決まり次第連絡します。パリまで出迎えて、ぼくたちを熱烈歓迎してください（ジジもいると思うので、フルーツケーキと棕櫚の葉パイを忘れないで）[*3]」。

ボリスはヴィル＝ダヴレーを懐かしがり、そのことを記す。「健康状態は良好です。その他のことはまあまあです」。何通もの手紙がこのように結ばれる。彼の周辺ではもう誰も大学のことを真剣に考えていないように見えた。彼はそれを悲しむ。学友たちは皆勉強以外のことに心を奪われていた。彼はこんなことではだめだと不満を述べ、学問に対する憧れをさらに増幅させる。その結果、彼は才気にみちたポルトヴァン先生の威厳に満ちた授業に最後まで出席し、それを理解した唯一の学生となった[*4]。それのみならず、翌年彼は級友たちの便宜のために、教授の卓越した考察を謄写印刷の小冊子にまとめる。彼は講義ノートをベースに冶金製品の物理化学マニュアルを編集し、ピトゥともう一人ドゥモーという学生の協力を得て、学内用に刊行したのである。パンフレットの冒頭には「美しい詩の一行はいかなる冶金学の傑作にもまして社会を潤す。（中略）さりながら、われ等は諸君に冶金学を伝授するであろう」というアナトール・フランスのエピグラフに添えて、同級生一人一人の人物像を歌った詩が添えられた。

　彼は戦争を矮小化し、軽視しようとしているように見えるが、道化を演じるそのしぐさの中からは彼の無知が垣間見え、それが彼を居心地悪くさせている。例えば次の手紙――「最高にいかす兵士姿のぼく等の写真を二枚撮りました。暇になり次第、大きく引き伸ばすつもりです。ビュビュ［兄レリオ］がル・マンへ脱出できれば、ここから遠くありません。それだけですごいことです。めっちゃついています。もうほとんど民間人じゃないですか！　兄さんの教練があと七ヶ月だとすると、一緒に出発できるし、二人でお祝いパーティができるというものです」[*5]。ボリスが選んだのは自動車砲兵隊だった。「奇妙な戦争」［一九三九年九月から一九四〇年五月まで仏独は宣戦布告をしたまま戦闘行為がなかった］の司令部が物理学の若き頭脳を配置しようと目論んでいる部隊である。ボリスは軍服を着て授業を受けるが、大学同様に退屈だった。「ぼくは馬には詳しいし、七十五部隊のことも規則も分からないことは何もありません」。学長が同期の皆にデニムの作業着とベルトを貸与した時も、彼は早々とめん鳥母さんに懐疑的な反応を見せている――「なんだか滑稽です」。

　数ヶ月が過ぎ、アングレームから見た戦争は、ぼんやりした噂の中でいたずらに長引いている様子だった。だが、徐々に明らかになる兆候によって、無邪気なマジノ線［フランスが仏独国境に築いた長大な要塞線。難攻不落と言われたが、すぐに陥落した］信者の言うこととは別の、どぎつい色をした悲劇の舞台装置が、調和にみちたこの街の生活にも少しずつ出現し始めていた。避難民が――大半はベルギー人だが――大挙してアングレームの町を通り過ぎると、ボリスは母親に報告している。ドイツ軍侵攻の危機から脱出した北部の人たちの食料補給に、中央工芸学校生が駆り出されたことも……。それでもボリスは現実を認めようとはしない。彼は勉強に打ち込み、迫り来る暗雲の影を受け入れない。理由はただ単に重苦しい空が彼の予想の範疇にないからである。一九四〇年早春のある日、ピトゥに召集令状がきた。ボリスは母親にこのことを簡単に告げ、それ以上の感想を記すことなく別の話題に移っている。「明日の化学の試験は良い成績がとれないのではと恐れています。なぜなら、ぼくにはそれがちんぷんかんぷんだし、暑すぎて勉強どころではないし、もっと悪いことに、内心かなり馬鹿にしているからです。つくづくパリを出なければよかったと思います。ここで何をすればいいのかまったく分かりません」[*6]。

彼は既に戦争を頭で処理し、馬鹿げたことと思っている。彼は級友や先生たちの中で唯一人フランス軍の早期敗北を予告している。敗北主義でも親ドイツ的心情でもない。正しい判断力によって。マジノ線を包囲するくらい簡単なことではないか！　ボリスは彼の悲観論をとがめる最も親しい友人とも言い争っている。友人を整然とした論理で論破している。しかし、感情的になることはなかった。級友たちは自分の無邪気さを反省し、新たな確信を模索する。彼は近い過去に執着する。多くの学生が間もなく前線に送られる予感を持っていたが、ボリスはそれを彼特有の個人主義的なメランコリーのプリズムで遠くから眺めていた。戦争は他人事だった。

二十歳だというのに、ボリスには一切の政治的教養が欠けていた。ヴィル＝ダヴレーでは、深刻な話題が暗黙の了解によって常にタブーとされてきたのである。父親のポールは時折控えめに反軍国主義的、反宗教的思想を口にすることはあったが、それは貴族主義的美学の表明にすぎなかった。つまり、エリート主義である。社会体制は多かれ少なかれ世俗の領域の話なのだ。一九三〇年代の諸事件が家庭内の話題となったことはない。家族の誰一人、一九三六年の人民戦線が自分たちに関わりのあることだとは思わなかった。資産を失い、常に倹約を強いられるようになっても、ヴィアン一家はこうした生き方を堅持する。習慣こそが法律なのだ。子供たちは聖体拝領を受け、いつか教会で結婚式を挙げることを既に知っていた。この混乱した時代、一家は世界的な不幸を前にして利己主義的な無力者の態度をとる。幸福な過去を哀惜する運命論者のそれだ。ルガトゥ・サークルのびっくりパーティでは、時として左派の高等師範学校グループのダンサーと右派の理工科学校グループのダンサーが対立することがあった。中央工芸学校受験クラスの学生はダンス競技の判定を担当した。ボリスにもその役がまわってくる。びくびくしながら、と彼は書くだろう。既に反軍国主義者、反教権主義者になっていた後年の彼は自嘲をこめて、既成価値の破壊者としてそう振り返るのであるが、同時に、真実は科学的観点からすれば必ず古いシステムが出会う現実の矛盾以上に複雑なはずである、だから判断は先に延ばさねばならない、と言っているようでもある。あるいはまた、真実の人生は冒険小説の中にこそ見出されるべきであると。

　この内的自衛策はアングレームで戦争の現実から目をそらす働きをした。しかし、戦争はすぐそこに迫っていた。春の終わり頃、敵の侵攻を前にしてパリジャンが首都脱出を考え始めると、ボリスは両親の運命を心配する。親は彼と合流することを考えたが、彼はこの方法に反対する。避難民が続々と街になだれ込み、せっかく来てもテント生活を余儀なくされるからだ。トリュッフ＝トリュッフ小母さんも家族全員を受け入れることはできない。それくらいならボルドー近郊の別宅の方がよい。ボリスは荷物とビュビュのアコーデオンを預かり、心配して同行することを提案する。もしモネットがパリを離れたら、再びその音信は届くだろうか？　戦争は目前に迫っていた。それでもまだ彼は、仲間に書く手紙の中では、授業を受けられなくなるくやしさを訴えている。彼は学期末までの日にちを数え、猛暑が耐えがたいとこぼし、ある朝などは怒りを忘れてシャラント川の水浴を楽しんでいる。彼は執拗に現実を拒みつづける。「七月六日を待っています。勉強をしています。でも、もう誰もいません。それがつらい。それに、お金が羽根が生えたようになくなります。それでも結局、大食いしてしまうのですが」[*7]。フランスは南に向かって撤退を開始した。しかし、めん鳥母さんの息子はまだ Vildavret《ヴィルダヴレー》 に向かって北上したがっている。通行証を入手して、モネットとバカンスに――もちろん――出かけようというわけだ。「かなり憂鬱になっています。こうした愚劣事がやがて終わるのかどうか、是が非でも知りたいものです」[*8]。

　後年、彼は「時局についての完全な無関心」と彼が定義するものを再確認し、「実際それはそのことで死ぬ者を除き、深刻な問題ではなかった」[*9]と逃げている。その恐るべき『私記』の中で、彼は自ら目を覚ますきっかけにすべきであった記憶の傷について告白している。「明日はジャベス［クラスメート］の話をしなければ。それは一九四〇年六月末のある光景だ。彼の部屋だった。事実みんな脱出し始めていた。彼の方から状況を説明したのだ。彼は意気消沈していた。小柄なイタリア系のユダヤ人で、陽気な、いいやつだった。（中略）打ちのめされた彼によって、ぼくも打ちのめされた。ぼくは理解した――万事休す、ドイツ軍、等々。いや、理解したというのはおこがましい。何かが壊れてゆく予感がしただけだ」[*10]。

　六月八日、学期末を待たずに――それは初めてのことではないが――学生たちは別れの言葉を交わしながら、アングレームを離れて行った。ボリスは避難民の大集団に混じってパッカード1935で南下する両親に会い損なう。彼は級友のルボヴィシュと二人自転車で出発した。とりわけ、戦争を信じ切れずに、騙されたような気分を抱きながら。

カップブルトンへ夏の大脱走

海岸では戦争はさらに一段とあり得ない話のようであった。ドイツ軍はパリを行進し、フランス軍は前線の至るところでほとんど戦闘らしい戦闘もせずに敗北していた。六月十八日の呼びかけに応じた休戦。フランスは算を乱して逃走し、今は征服者に従う以外いかなる主権もない、滑稽で苦々しい敗残国家となりはて、新首班のペタン元帥にその運命が委ねられた幾千の捕虜のことを考える時期を迎えていた。帰るべきか？ 留まるべきか？ 亡命か、ロンドンの無名の将軍［ドゴール］の命令に従い地下に潜伏して抵抗すべきか？

海辺は夏を迎えていた。同胞の運命に関する重大な問題も、ここでは焼き尽くす夏の太陽に幾分溶けかかっていた。避暑地は松林の中の別荘やテラスに設けられたバー、パラソルの立ち並ぶ砂浜など、客を迎える華やかさに満ちていた。たとえ大人が陰鬱な思いを巡らせていたとしても、若者たちは避暑地の雰囲気をそのまま受け入れる。彼らは大挙して海岸の保養地に押しかけ、ビギン・ザ・ビギンの音楽に合わせて踊っていたのだ。

ヴィアン一家は、オスゴール近郊の避暑地カップブルトン（ランド県）のラルフ・ルポワント氏が用意してくれた貸し別荘に落ち着いた。ルポワント氏は国内情勢が混乱する中で任命された行政官で、避難民の地方責任者である。ランド＝バスク地方に避難した人たちは、つい昨日までの裕福な階層だった。彼らは不安定な仮住まいの生活にもかかわらず、その裕福さを維持していた。ボリスは「盛り土の片隅で顔に太陽と風を浴びながら」読書に熱中する。彼は時々姿を消して、列車でモネットに会いに行った。モネットはツールーズの近くのヴェルネルクに疎開した両親のもとにいた。彼はアランと一緒に自転車でバイヨンヌまで遠出をした。それ以外は、十人ばかりの男の子や女の子たちと海岸で過ごした。

一九四〇年七月の暑い季節の中で、疎開生活の思い出も徐々にぼやけてくる。ボリスとジャック・ルボヴィシュは、ボルドー街道でめん鳥母さん、ポール、ザザ伯母さん、アラン、ニノンとの合流に成功した。パッカード１９３５にはまだ二人の若者と自転車二台を載せる余裕があった。もっと北の方では爆撃のために前進を阻まれることもあったが、旅も終わりに近づくと平穏だった。彼らはコーデラン［ボルドー近くの村］の家で小休止した。ポールが細分して売却するまでは広壮な庭を持つ家だった。「白い石造りの、古ぼけて背の低い、一階建ての田舎の一軒家」だ[*11]。その蚤だらけの家にはヴィアン一家の従姉妹が住んでおり、怒りっぽく、占領軍の自慢話をするくせがあった。従姉妹は他の部屋をアルザスやロレーヌ地方の避難民に貸していたので、一家とジャック・ルボヴィシュは同じ部屋で寝なければならなかった。従姉妹は部屋を高い値段で貸し出していた。彼女は常々ドイツ語放送を聞いており、「筋金入りのヒトラー主義者」だった。長く逗留するところではなかった。

確かにカップブルトンは快適な避難場所だった。「最高だった。正真正銘のバカンス」[*12]とボリスは記している。別荘は海岸に面し、松林が砂浜を縁取っていた。「白くなった流木と打ち寄せる波の野生的な海岸、小さな雌犬のシュケット……」。役者としてのキャリアを持つアランは、ジャン＝ルーと名乗り、砂浜や桟橋周辺でたちまち人気者となる。彼はアコーデオンでジャズを演奏し、娘たちの気を引いた。この弟のことを、ボリスは後年、何にでも当たり散らす『私記』中で次のように書いている――「彼はその気になれば活発な若者だったが、過保護に育てられたので地上から飛び立てず、我々四人の母親の平凡な理想に閉じ込められてしまった。それに、少し臆病だ」[*13]。しかし、ボリスは二十歳の時、弟のジャズ演奏の能力に加えて、おしゃべりの才能、社交術のすごさに密かに舌を巻いている。おそらくアランは、周辺の金持ちの子弟から兄のように圧迫感を受けておらず、自分たちの不自由な疎開生活も苦にしていなかった。彼はいつも陽気で、心に悩みはなかった。彼は既に人間関係で悩まないと決めていたのだ。とりわけ、この夏、ボリスが彼の人生を左右する二つの出会いを経験できたのは、この弟のおかげである。

ある日のこと、海岸でアランがカップブルトンのほんのつかの間の仲間たちを楽しませている時、パリのサン＝ラザール駅で女の子をめぐって彼が鉄拳を振るった若者が、その中にいることに気づく。クロード・レグリーズという医学部「準備コース」の学生で、パリっ子。彼もまた海水浴場疎開組だった。もちろん、昔の恨みは水に流して、二人の若者は互いに再会を喜び合う。クロードにはミシェルという金髪の姉がおり、アランはたちまちその姉に目をつけた。姉弟は両親の友人のカンドー家が借りた別荘に二人で住んでいた。野蛮な戦争の勃発に加えて、彼らにはさらに個人的な悲劇が降りかかっていた。三週間前、レグリーズ家の第三子ジャン＝アラン十歳が、カップブルトンの荒海で水死したのだ。彼は他の三人の男の子とともに大波にさらわれた。助かった子供の中には俳優ピエール・デュックスの息子もいた。ミシェルは母親のマドレーヌから弟の海水浴は危険が大きいので気をつけるように言われていた。ジャン＝アランが死んだことで、母はミシェルを責めた。子供は埋葬される。その後、母は気象台長としてアジャンに配属された夫ピエール・レグリーズに従って任地へ行き、ミシェルとクロードの二人が残ったのである。

発明家で、製図法と気象学の専門家兼航空ジャーナリストのピエール・レグリーズは、予備役の将校として開戦当初から召集され、南西地区の気象観測班の責任者に任命されていた。

「私が母や弟たちとパリを発った時、ドイツ軍はブールジェにいました。六月十日のことです。誕生日の二日前でした」とミシェル・レグリーズは回想する。もう一つの脱出劇である。屋根をマットレスで補強した車で、一家はヴートネー＝シュール＝キュールにたどり着いた。そこには父親の派遣した伍長が待っていて、彼がカップブルトンまで送ってくれた。ミシェルはリセ・バイヨンヌでバカロレアを受けたが、「神と自由意志」を論じる哲学の試験につまずいて失敗した。弟を亡くし、歴史が吐き気を催させる時に、なんとも場違いな主題であった。

　しかし、ミシェルはボリスと二ヶ月しか違わない二十歳であった。しかも、季節は夏。姉弟二人には広すぎる別荘で、親の監視のない突然の自由の満喫。その家はエスラム荘と呼ばれ、横をブーディゴ川が流れていた。砂州が海への流入を邪魔しているけちな小川である。ミシェルとクロードは、カフェ「オスゴールの浜」の仲間内の会合に来るようアランに誘われる。子供たちの水死事故があってから、「疎開グループや現地グループの様々なブルジョワジーの見本が入り混じった」とボリス・ヴィアンの描写する若者たちは、溜まり場を変えたのだ。ドン・レッドマンの曲に乗って、びっくりパーティが繰り返された。大脱走の中でも、幾つかのレコードプレーヤーは無事だった。しかも抜け目のない連中は、パリを離れる前にちゃんとレコード針を調達していた。レコード針はダンスの午後が成功するかどうかのカギなのだ。お互いに招待したり招待されたりしながら、「ジャズ調の」パーティは海岸通りに沿ってだらだらと続いた。

　アランはミシェルに淡い恋をする。二人はブーディゴ川でカヌーに乗った。ボリスは控えめだった。しかし、兄は弟への気遣いからミシェルへの想いを隠していたと家族の者は説明する。兄弟同士の確執はない。ルガトゥ・サークルの掟に従い、男らしく。つまり、横取りはだめなのだ。それに、ボリスにはモネットがいた。「ぼくには貞節という足かせがある、そうだろう？」[*14]と彼は回想する。ミシェルと彼はカップブルトンで一時的なすれ違いを演じたわけだ。

　もう一つの重要な出会い。それは突如ボリスの人生に少佐《マジョール》が割り込んで来たことである。少佐ことジャック・ルスタロはミシェルの遠縁で、彼もまた彼女に淡い恋心を抱いていたが、一九四〇年当時まだ十五歳だった。しかし、彼は大人びて二十歳くらいに見え、ヴィアン兄弟同様に長身だった。彼の祖父はランド県選出の代議士であり、彼の父は高級官僚で、隣町サン＝マルタン＝ド＝セニャンの町長である。とりわけ注目すべき点は、彼が母を見捨てた父を憎悪していたことだ。彼は「あのマルセルの大ばか野郎」というのが口癖だった。彼は人生に絶望し、突飛なことをする少年だった。あたかも異常成長した子供のように、恐ろしく知的で、教養も、孤独の深さも、人間的な魅力も並外れていた。ジャック・ルスタロは、誰に対しても「インド帰りの少佐です」と自己紹介した。彼もまたキップリングの読者だったが、ボリスと違って日常生活でも少佐だった。彼は信じがたい話を幾つも披露し、既に多くの数奇な人生を生きてきたように見えた。彼は「ナンセンス」の信者として、ばかばかしさへの嗜好を存分に開花させる道を選んでいた。「ナンセンス」というのは、きわめてイギリス的な概念で、海峡の向こうの国のユーモア作品を読んで以来、ボリスが挑戦してきたジャンルである。ルスタロは酒の無茶飲みをした。そして、酔った勢いで海賊や財宝目当ての人間でいっぱいの、夜の物見高い見物人たちを大喜びさせるが、彼はその後で優雅に姿を消し、誰も知らないところで眠るのである。

少佐はライターでミシェルのタバコに火をつけ、うっかりそうしたかのようにライターを海に投げ込む。激しい嘲弄と子供じみた優しさの間を揺れ動き、はぐらかしやあらゆる種類のギャグを連発する。十歳の時彼は右目を損傷した。どうもピストルの暴発が原因らしい。しかし、彼は保守的な世の中にうんざりして、自殺を図ったのだと言い張った。彼はその義眼をたえず弄び、飲み込んだり、吐き出したり、パスティス酒の中に氷塊のように投げ入れたりした。少佐が現れると男の子たちは狂喜し、娘たちは恐怖した。特に彼が大法螺を吹いて次々と愚行を勧め、しかもそのいくつかを実演して見せる時には。ボリスは友人と分身とお手本を同時に手に入れたことになる。彼の文学の理想的な主人公が誕生した。

＊1　一九三九年十一月六日付書簡。ニノン・ヴィアン資料。
＊2　前掲資料。
＊3　前掲資料。
＊4　ジャック・デュシャトー『ボリス・ヴィアンまたは運命の悪戯』(ラ・ターブル・ロンド社、一九八二年)。
＊5　日付のない書簡。ニノン・ヴィアン資料。
＊6　前掲資料。
＊7　前掲資料。
＊8　前掲資料。
＊9　『私記』。
＊10　前掲書。
＊11　前掲書。
＊12　前掲書。
＊13　前掲書。
＊14　前掲書。

3　日々のヒット曲

子供っぽい結婚

「一九四〇年六月［六月十四日パリ陥落。ドイツ軍の占領が始まる］に、ぼくは二十歳だった」。このせりふはジャズのハーモニック・ラインであるリトルネッロ［反復］のように、ボリス・ヴィアンの数少ない告白文や会話の又聞きや近親者の証言の中で繰り返される。一九四〇年に二十歳というのは、ほとんど予告された人生を意味する。ボリス・ヴィアンの場合、この苛酷な特権はおそらく彼の生き様の連鎖を形成し、呪われた世代を浮き彫りにし、また彼の生への欲求の根拠をなす。この自己確認には、詩的な響きすなわちスローガン風の歌、または悲しげなシャンソンのリフレインがこだましている。それにしても、ボリス・ヴィアンはこの事実によって、他の時代よりも少しだけ暗かった戦時中の若者の無知蒙昧を正当化することは決してないだろう。

「お袋は息子のビュビュ［長男レリオ］を生きて帰してくれたペタン［敗戦後の首相］に感謝した。ぼくはどこが大変なことなのかさえ分からなかった。少なくとも三十歳頃まで、ぼくの政治的無知は信じがたい長さで続いた。ぼくは余りにも多くのことに心を奪われていたので――大学、トランペット、女の子等――そういうことまで頭が回らなかったんだ。一つだけ覚えているのは、カップブルトンで灰色の最新鋭チュートン［ドイツ］機甲化部隊が行進し、髑髏《どくろ》マークのついた鉄兜をかぶったブラスバンドを見た時に感じた、恐怖と技術力への驚嘆が入り混じった感情*1」。一九五一年〜一九五三年に書かれた『私記』に紛れ込むこの無知と無責任とすら言える告白は、作者にとって残酷だ。だが、「彼の」戦争について、ボリス・ヴィアンはこの数行しか書き残していない。実際、この中央工芸学校生は、パリ地区の二十歳の若者の多くが過ごしたのと同じように占領下を過ごしたのだ。占領の事実を否認しようとしながら。頑なに他のことを考えようとしながら。侮蔑と現実の忘却と空想的なものへの逃避。身辺に迫る心理的圧迫から逃れ、未来に希望を託すことができれば、どんなことでもよかった。出版社主モーリス・ジロディアスも自伝の中で述べているように、時代は「超軽量で、重さがなく、捉えどころのない人間を」[*2]求めていた。ボリス・ヴィアンやその近親者、友人、同級生にとって一九四〇年六月に二十歳であるということは、灰色の時代から逃れるために、必死で肉体的な若さや夢見る若さ——たとえ醒めた夢であっても——にすがりつくことであった。深刻な出来事は大人の社会の問題だ、と無邪気に納得するために、進んで幼児返りが行われた。

　ヴィアン一家は八月初めにカップブルトンから引き上げて来る。ヴィル＝ダヴレーは静かな外観を保っていた。サン＝クルー公園周辺にほとんどドイツ兵はいない。苛酷な現実が始まるのは列車で三十分のパリ、サン＝ラザール駅からである。パリは征服者の国防軍《ヴェールマハト》に引き渡され、茫然自失していた。この年の夏は屋内でも木陰でもだらだらと暑かった。皆は遊びの習慣を取り戻し、何ごともなかったかのように新学期の準備を始める。父のポールは、ショピートル神父のホメオパシーのフラスコを市場に下ろすため出かけて行き、戦前同様不平一つ言わなかった。ニノンはリセの開講、アランはヴェルサイユの演劇学校の開講、ボリスは中央工芸学校のパリ移転完了を待っていた。夕食後にロスタン一家がやってきた。めん鳥母さんに喪服を着させないために、夫、子供たち、隣人は、レリオが間もなく囚人キャンプから解放されるはずだと彼女に約束するのだった。

　ミシェル・レグリーズは八月一杯ランド海岸で過ごした。彼女とアランは手紙を交換する。九月の初めにはもう二人は、その頃から道路標識がドイツ語に変わったシャン＝ゼリゼの人気バー「パン＝パン」のテラスでデートすることを約束していた。もちろん、ミシェルは九月八日のヴィル＝ダヴレーのびっくりパーティへも招待される。その日彼女はボリスとダンスを楽しんだ。「彼はロマンチックでした」とミシェル・ヴィアンは打ち明ける。「アランはせっかちなんです。アランは私が信念を持ったバージンであることを理解すべきでした。それに対して、ボリスは真面目な子を好んだのです……」。一つのラブストーリーが始まりを告げる。

　すべてが明らかになるためには、パン＝パンでのミシェルとアランのデートがあと二〜三回必要となる。ミシェルとボリスのフィアンセ、モネットの間にも刺を含んだソフトなやり取りが数回あった。デューク・エリントンの音楽をバックにしたボリスとモネットの派手な決着場面。さらに二回の午後のびっくりパーティ。こうしたパーティはもうお茶とスイング、次いでスイング・ティーとしか呼ばれなくなっていたが。一九四〇年以来、戦争への消極的なレジスタンスの意味をこめて、若者たちは自分たちの儀式の呼び名を「アメリカ風に」改め始めたのだ。何回かのグループ交際。十月十七日は、ミシェル、ボリス、ピトゥ（ジャン・レピトゥのこと。フランス軍があっけなく敗北したため、捕虜生活から解放されたのだ）の三人でウーヴル座のアランの芝居を見に行った。アランはロズモンド・ジェラールとモーリス・ロスタンの戯曲の端役をもらったのだ。モーリス・ロスタンはジャンの兄で、ヴィル＝ダヴレーの皆には「トントン・ムトン」として有名。こうして三人は役者アランの袖なしマントと能弁を楽しむことができた。

二十五日夜にもグループで、今度は映画に出かけた。彼らにとって初めてのドイツ映画『不滅のページ』を見に行ったのである。しかし、こうした外出はボリスとミシェルの秘密をさらに数日間カムフラージュするだけの効果しかなかった。ミシェルは既に大学の校門へボリスを迎えに行き始めていたからだ。ボリスは彼女にカップブルトンで会った時から好きだったと告白し、彼女も同じ内容のことを口ごもった。二人は頰を赤らめ、歓声を上げながら、お互いに読書が大好きで、特にイギリスのユーモア作家や冒険物語の趣味が同じであることを発見する。彼らはメランコリーな周囲の様子に目を塞ぎながらパリの街を歩く。ミシェルはうろたえてBisonのsをzとメモしている。ボリスはほら吹きの才能を発揮して、アングレームの学生生活を美化し、コニャックの味を覚えた上、楽しいことばかりだったと言う。十月二十六日土曜日の昼下がり、シャン＝ゼリゼのバー「パンチ」でボリスはミシェルにすみれのブーケと自分の写真をプレゼントした。そして、ボリスが列車に乗るためサン＝ラザール駅へ行く手前のトリニテ教会地区が、彼らの最初の愛の語らいの場所となる。ほとんど毎日、彼らは第九区のプロヴァンス通りで車を止め、コーヒーを飲んだり、手をつないで歩いた。

二人が相思相愛であることは以後プルチネルラの秘密［公然の秘密］となる。ボリスは恋をしていた。大学の友人たち、ジャベス、レピトゥ、スピナール、デルプランシュで構成される親衛隊はボリスを質問攻めにする。それでもまだ何日かは、会話の中に登場するミシェルは「デュポン」［架空の名前］だった。その後で、照れ屋のボリスは、ようやく二人の関係を認め、皆の祝福を受ける。ニュースは再会の十字路であるサン＝ラザール駅に広まった。名誉のしるしにミシェルはジャン・ロスタンに紹介される。とりわけ、ボリスの内気でとても繊細な友人である息子のフランソワに紹介される。めん鳥母さんとの対面は少々厄介なことになった。母親はミシェルをライバル視したのである。冒頭からもう二人の女は不信感を募らせる。もちろん、口には出さず、礼儀正しさとユーモアのオブラートに包まれて。母親のヴィル＝ダヴレー・スタイルは、どこまでも揺らぐことはなかった。

ミシェルはプラディエ通り［ヴィアン家］の独特の世界に驚いた。「最初に驚いたのは、子供たちが享受している並外れた自由でした」とミシェル・ヴィアンは説明する。「ボリスは家が裕福だった頃の話は決してしませんが、多くの兆候によりそこでは幸福の追求が際立っていたのです。意志的な追求です。あたかも、塀の中では世界と人生が惜しみなく開花し、すべてが子供たちを共同体の楽園に繋ぎ止めるために用意されたかのようでした」。深刻な問題から身をかわす術、政治問題を回避するためのはぐらかし、黙して言わない習性、この世の辛酸に対する失語症。うら若い娘にはそれもまた驚きであった。

確かにミシェル・レグリーズは、不平不満を進んで口にするまったく異なった家庭に育った。彼女は共に教員の――母はギリシャ＝ラテン哲学の、父は数学の教員――両親から対等に扱われず、理解されない子供の僻《ひが》みを持っていた。親は彼らの昔の職業である教員の辛らつな調子を時折表に出すのである。一九三一年以来レグリーズ一家は、十区の外れ、フォーブール＝ポワソニエール通り九十八番地の、二百五十平方メートル以上の広さを持つアパルトマンで暮らしていた。モロッコ、アルバニア、ナンシー、パリ郊外等幾つかの町を転々として、ようやくそこに落ち着いたのだ。ミシェルの両親は、徐々に教員を引退する。母は三人の子育てのため、父は私的な研究に専念するために。事実、父親のピエール・レグリーズは、航空学、気象学、金属物理学、製図学をカバーする堅固な科学的教養を身につけた発明家だった。新しいウルグアイの地図を作成した後、彼は一九三〇年代の初めには雑誌『航空学』の編集者として生活の資を得ていた。差し迫る戦争の脅威の中で、彼は西欧諸国における航空機武装の最も優秀な専門家の一人だった。

ピエール・レグリーズは娘を時々現地取材に連れて行った。娘はまた語学の勉強のためにドイツやイギリス、イタリアの航空雑誌通信員の家に滞在した。家庭教育は非常に厳格で、猜疑心に満ちた教育と言ってもよい。彼女はフォーブール＝ポワソニエールのアパルトマンのすぐ前にあるリセ・ラマルチーヌへ通った。「父は校庭にいる私を双眼鏡で見張っていました」とミシェル・ヴィアンは回想する。ラジオも電話も不要な娯楽として禁じられた。ユダヤ人であることを告白したクラスの女友達を家に連れてくることも御法度だった。そこはユダヤ人ダイヤモンド商と毛皮商の地区だったので、レグリーズ一家も一九三〇年代の終わりに顕著だったごく普通の反ユダヤ思想を持っていたのだ。家庭の空気は緊張感に満ちていた。家族はよくしゃべったが、しばしば叫び声や非難追及の語調になった。文学や映画の話があっという間に政治論へと流れた。両親はアクシヨン・フランセーズ〔王党派の国粋主義団体〕のシンパで、「古き良きフランス」の美徳を信奉していた。ミシェルの母マドレーヌは、友人の服飾デザイナー、シモーヌ・バロンとともに女性王党派の会ジュヌヴィエーヴ・ルコント・サークルのメンバーだった。「何か言うと親から徹底的に反撃されますので、私は読書へ逃避しました」とミシェル・ヴィアン。「十二歳で私はあらゆる書物を読んでいました。二十歳で結婚するなんて思ってもいませんでした。私は自由でいたかったのです。教師になり、読み、そしてたぶん書き、大恋愛をし、生涯独身を通すのだと……」。

ところが、ドイツ軍占領後の数ヶ月間に母親は早期結婚を娘に迫る。一九四〇年六月に二十歳ということは、そういう意味も含むのだ。つまり、窮乏と不確実な世相に対抗して早急に結婚の砦を築くこと。ミシェルは大学入学資格試験に失敗したし、弟のジャン＝アランの水死は家族の気持ちを暗くした。未来がどうなるか誰にも分からない……戦争直前に、グルノーブル電気技術大学の学生で資産家の息子が、ミシェルに行儀のよい求愛サインを次々に送って来た。一九四一年二月、ついにこの恋する男から結婚の申し込みが行われ、両親はいそいそと承諾する。だが、彼女は台所のドアから逃げ出して拒絶した。夜になって家族会議は荒れた。エンジニア学生は申し分のない結婚相手だ。中央工芸学校生である新しい恋人との結婚まで拒否したら、ボルドーの叔母たちの家に追いやられるとミシェルは察知した。

ミシェルはこの顚末をボリスに報告し、予想される危機を詳細に説明する。ボリスは陽気に叫んだ。「じゃあ、結婚しよう！」と。それは先ず以て遊び気分であり、無頓着の証拠であったが、おそらく二人の能力を幾分超えた愛の誓いでもあった。親たちはそう簡単にいかない。ヴィアン家では、結婚のニュースはいつもの暖かさで迎えられた。早熟な結婚は家の伝統なのだ。ボリスは前年にモネットと結婚する可能性があったが、それでもまったく問題はなかったはずだ。ヴィアン家ではアラン〔ボリスの弟〕のフィアンセも次々に承認した。その折々の振る舞いによって、いい子かどうかをアラン自身に判断させながら。ジャン・レピトゥはニノン〔ボリスの妹〕に言い寄ったのだろうか？ニノンもまた結婚する。

いざ両家が対面すると、この結婚の情景は、親たちの観点からすれば大変不釣合いな結婚であることが明らかだった。とりわけ、母親たちは意識過剰で——父親たちは成り行き任せだった——ポールとボリスが仕来たり通りにフォーブール＝ポワソニエール街九十八番地を訪れた後、母親同士は中和地点のサン＝ラザール駅で挨拶をした。婚約日は一九四一年六月十二日に決まった。結婚式はその一ヶ月後である。若い二人にとって、七月五日の世俗の儀式も七日の宗教的な儀式も幸せいっぱいだったが、親たちにとっては、主観的に好ましくない縁戚関係を正当化する最初のセレモニーであった。ボリスは新調した衣装を着用し、次いでアランがそれを急いで彼から取り上げた。ミシェルは付けまつげがうまく付かず、サン＝ヴァンサン＝ド＝ポール教会に遅れた。その彼女をレーモン・クノーは『地下鉄のザジ』の中でとても不格好と決めつけている。ミシェルは母親たちの好みでスカート丈が短すぎる白のスーツを着ていたのだ。足と手の爪も白く塗られていた。ちょっとしたミスマッチで、評価の分かれるところである。

参列者は七月の青空の下、ヴィル＝ダヴレー行きの列車に乗った。この土曜日のびっくりパーティは最も成功したパーティの一つである。次に、ロジェ・スピナールとジャン・レピトゥが近所のレストラン「ラパン・フリット」の夕食に新郎新婦を連れて行く。劇作家ジャン・アヌイの行きつけの店だ。翌日はめん鳥母さんの心配性な愛情が究極の勝利を収める。イヴォンヌ・ヴィアンは、息子が遠方への新婚旅行を断念するという安心を勝ち得たのである。ボリスとミシェルをヴァンデ県のサン＝ジャン＝ド＝モンに滞在させる準備が進んでいた。ピエール・レグリーズの友人たちの協力で既に身分証明書《アウスヴァイス》が発行されていた。ボリスは根負けして――これにはミシェルも驚いたが――親たちの提案を受け入れる。大急ぎでヴィル＝ダヴレーに程近いアモー・ド・パッシーに新居のワンルーム・マンションが用意された。漫画『ズィグ・エ・ピュス』の作者で漫画家のアラン・ド・サン＝トガンの所有物だった。

ボリスとミシェルは小さな庭と1DK、背景にヴィル＝ダヴレーが見える部屋で奇妙な一夏を送る。彼らは過保護な監視付きの青少年であり、自立を認められない夫婦であった。結婚後数週間してミシェルは妊娠に気がつく。息子のパトリックが生まれるのは一九四二年四月十二日である。ボリスは収入のない父親＝夫＝学生になろうとしていた。ミシェルは十八歳の時から『ヴゼット』誌の編集者の署名で記事を書き、多少の収入があった。若い夫は妻に働いて欲しくなかった。これもまた家風である。しかし、中央工芸学校最後の学年が始まる新学期を迎えて、ボリスはミシェルが映画評論に戻ることを受け入れざるをえなかった。生活費が不足していた。

彼らは二人で――まもなく三人になるが――まやかしの青春時代を生きていかねばならない。最初は不運もヴィル＝ダヴレーを避けているようだった。レリオは一九四一年暮れの祝祭直前に解放されたし、ニノンは極めて中央工芸学校生らしい儀式の祝福を受けて、十七歳でジャン・レピトゥと結婚する。ロジエ・スピナールもまたニノンの女友達と付き合いを始める。こうしてプラディエ通りのダンスホールは常連たちの成長の証人となった。ポールはショピートル神父の外交員をやめて、友人のオペラ地区の不動産屋を手伝い始めた。この新しい職場は彼に少しの収入増をもたらし、また彼の洗練された上品な物腰は、ようやく自分に相応しい仕事を見つけたと言える。

ところが、一九四一年夏ミシェルの父ピエール・レグリーズは、娘夫婦がアモー・ド・パッシーの新婚生活を始めた直後、ゲシュタポ［ナチスの秘密国家警察］によって逮捕されてしまった。王党派シンパのこの予備役将校はペタンの降伏を認めず、部下の下士官たちと謀って、フランス内外の空港地図と飛行機の保有数および機種の情報を大量にロンドンへ提供したのである。「ある日、私が実家に帰ると、弟のクロードが書類を焼いていたのです」とミシェル・ヴィアンは語る。「その横には、打ちひしがれた父がいました。二人は私に言いました。君の部屋へ入りなさい。そこで詳しい話をする。ゲシュタポはすぐにやって来ました。そして、父を連行し、書類を持ち去ったのです」。

レジスタンスの機関に手持ちの知識を提供した廉《かど》で逮捕されたピエール・レグリーズは、同じ能力の故に自らの死を免れることとなる。押収した書類の中に、ドイツ軍は航空学の専門家の住所録を発見したのだ。そこにはドイツと交戦中の国の発明者、専門家の名前もあったが、スペインの旧アズル旅団の技術者たちやムッソリーニに奉仕するイタリア人、以後第三帝国に仕えるドイツ人の名前が記されていたのである。もっとも、フレーヌ監獄に六ヶ月収容された後、このフランス人発明家釈放のために尽力したのはドイツ人フォイシュターであった。彼は戦争前にミシェルを語学研修のため自宅滞在させたレグリーズ家の友人の一人である。この嘗てのドイツ人通信員は、ピエール・レグリーズが空爆の照準器や照準眼鏡の開発に長年携わってきたことを知っていた。彼はゲシュタポに微妙な示談を持ちかける。もし、ピエール・レグリーズがベルリンの航空物理研究所に行って協力することを承諾すれば、部下の下士官たちが送られたブーヒェンヴァルト収容所に彼を送ることを中止するという提案である。妻の同行が許された。これで第三帝国の科学研究本部は心安らかに現地で監視できることとなった。発明家が彼らの信頼を裏切らないかぎり、パリの家族の保護、特にミシェルの保護を約束するだろう。また、ブーヒェンヴァルト収容所の下士官たちも処刑されることはないだろう。ピエール・レグリーズは、戦争終結までクルフュルシュテンダムの小さな下宿屋で、夜分に昼間の計算の改竄をしながら過ごすこととなる。爆撃照準器は決して完成しなかった。フォイシュターやその他の『航空学』誌の昔のドイツ人通信員たちは、それに対し見て見ぬ振りをしてくれた。

マドレーヌ・レグリーズがベルリンの夫に同行したので、広大で陰気なアパルトマンにはクロード、ミシェル、ボリスの三人だけが残された。若いカップルは当初暖房が効かないという理由であまりこの家には住まず、緑が豊かで母の愛情たっぷりのヴィル゠ダヴレー滞在を好んだ。特にボリスは子供の頃から馴染んだ風景をいとおしんだ。しかし、苦い想いは増大し、楽しかった時代の話を決してミシェルにはせず、すぐにランドメールのバカンスの思い出話に移るのだったが。

ミシェルとボリスは思春期の曖昧な時期と家族の束縛に別れを告げ、離陸しようとしていた。しかし、戦争がそれを妨げた。希求された自由はいつも先延ばしされた。「それは標識のない時代であり、歳月であった」とミシェル・ヴィアンは記している。時間が足踏みをして前へ進まない。物資が不足する。市場などへ行ったこともないめん鳥母さんが、空っぽの店の順番を取るために朝早く起きて行列し、闇市場から奪い取った僅かばかりの食料を手に入れる。子供たち、特にボリスが空腹を訴えた。ボリスは母が慢性的な食欲不振を理由にちびちび食べたり、子供の食べ残しをすすったりしているのを見て怒る。あからさまな犠牲的態度が彼には耐えがたかったのだ。彼は家族を恨み、時代を恨み、自分の好きなおとぎ話とは余りにも違いすぎる現実に侵されつづける青春を恨んだ。ドイツ軍占領時代に彼が心の苛立ちを訴えなかったとしても、彼は息詰まる空気と空間の欠乏に苦しんでいたし、過密列車にもうんざりしていた。

既に彼は大学の勉強にも興味を失っていた。彼が愛しているのは一年生の時に発見した中央工芸学校生特有のユーモアだけであった。知能指数の高い学生が皆そうであるように、自分の頭脳に自信を持ち、話し相手がいないことに漠然と苛立った彼は、進んで辛らつなエスプリと少し傲慢な無頓着さを装うことになった。

ザズーの冷笑

もはや時代を動かす何ものもなく、未来の観念から明日が奪われた以上、ミシェルとボリスは反射的に「毎日がバカンスのような」生活を送っていた。刹那主義の味方として、彼らは狂気の愛、とりわけ危険で、余りにも多くの敵対勢力から嫌悪されている愛を弁護する。無邪気とペシミズム。過剰なまでのロマンチシズム。ボリスはすでに四十歳までに死ぬこと、夭逝することを公言していた。そうであれば、より早く、より強く愛し合わねば。

彼らは友人たちの好奇心をそそり、視線を引き付けるカップルだった。ミシェルは少し小柄だが、豊かでうねるような金髪に恵まれた美女であり、時代の窮乏に逆らって服装もおしゃれで女性らしさを強調したものだった。ボリスは脚の長さを自慢し、鼻は高く、声も魅力的だった。「それにボリスはその頃本当にハンサムでした」と妹のニノン・ヴィアンは回想する。「彼は細くて長い脚を持ち、理想的な男性の体型をしていました。彼の風貌からは類稀な気品といくぶん厳格で冷ややかな印象、その目のような冷たい美しさ――家族皆そうなんですが青いんです――が放射されていました」。愛し合う二人はいつも一緒だった。ミシェルは大学の入口でボリスを待ち、芝居に案内する。パリの街を散歩した後は、気分次第で、また、灯火管制の有無によって、ヴィル＝ダヴレーへ行くか、フォーブール＝ポワソニエールへ寝に帰る。彼は彼女を怒らせた。時折、彼は彼女を「ぼくのビビ［ベイビー。『日々の泡』の献辞にも使う］」と呼び、彼女を怒らせた。時折、ミシェルと息子のパトリックは「ぼくのビゾノー［ボリスのアナグラムから］」だった。二人は『日々の泡』の登場人物同様別世界に住んでいた。ドイツ軍、対独協力者、ヴィシー派、レジスタンス派、便乗者と犠牲者から逃れ、昨日、今日、明日の大人たちから逃れて、心の中の青春を支えに、泡の中に身を潜めて。彼女はあからさまに反抗し、彼はその場しのぎの和解を試みていた。

ミシェルとヴィアンは同じ本に夢中になり、何時間もそれらの本について話し合うことができた。文学の宝庫の中の偉大な成果、SF小説、偽名で出版され古本屋で見つけたシムノンの作品。オフラハティ［アイルランドの作家］やオットー・リスト［駐仏大使オットー・アベッツが作成した禁書目録。八百四十二人のユダヤ人作家、反ナチス作家の名がリストアップされていた］の検閲を免れた――しばしばスイスの中立のお蔭で――あらゆるアメリカ人作家の作品。ボリスはリセで習った最初の言語であり、ミシェルもよく理解するドイツ語関係の教養については一切触れようとしなかった。知り合った当初二人の愛を育てたのはイギリスの「ナンセンス」文学だった。ボリスはその信奉者だったし、ミシェルはさらにルイス・キャロルその他の子供向け「論理学者《ロジシャン》」作家もレパートリーに加えた。それから、断固としてアメリカもの。これは既にアメリカ参戦の前からの好みであり、現代に不可欠のものでもあった。ミシェルは会話に米語のイディオムでアクセントがつけられるほど優秀な英語の専門家だった。彼女はボリスの好きなジャズ・ボーカルの歌詞を彼に訳して聞かせる。ボリスはノートに全フレーズを写し取って、アメリカ風の街路や人生の魅力に引かれながら、米語と仏語の類似表現に興味を示すのだった。彼はミシェルに比べるとまったく英語は不得手だったし、特に会話は内気と羞恥心からぎこちなかったが、大西洋の彼方の国の言語的なひらめき――彼にとってはジャズの言語でもある――については純粋に学問的な情熱をもって勉強した。

彼らはまた、とても「スイング」だった。彼らはびっくりパーティでは息子のパトリックを小脇に抱え、大きな子供に戻って陽気に騒ぎ、仲間たちの注目を集めた。ドイツ占領期には週二回パーティを開くこともあった。勧誘は中央工芸学校と皆の集合場所であるサン＝ラザール駅で行われた。相変わらずスイス国境の透過率の高さのお蔭で、一九三九年代の古いワルツ＝ジャズにシンコペーションのきいた音型が混ざり、次第にビ＝バップへ、そしてジッターバグ［ジルバ］へと変化していった。踊り手はこの時以後パートナーから身体を離して指の先でつながり、抱え上げた後放り出し、相手の腰を肩の周りに通過させることになる。若者たちは大人に差をつける絶好の方法を発見した。感覚の狂乱を鎮める名目のスロウな曲にはさまれて、ダンスは過激なスポーツと化すのである。

　たとえ、ボリスの踊る回数は減ったとしても——彼にとって既にダンスは一種の性行為への序章と化していたが——彼はパリ西部地区最高のパーティ主催者と見なされていた。彼はこの言葉なき誘惑の実践という極度に入り組んだ状況の中で、主催者として完璧な手腕を発揮した。「週二回のびっくりパーティを四〜五年も続けていれば、プロのダンスホール支配人に近い客あしらいが身につくのは避けがたい」[*3]と彼は書く。丁寧な物腰の誘惑者で、どちらかと言うと渋く、静けさが心を打つタイプの彼は、壁の花の女の子や臆病なにきび面の青年を見つける才能があり、紹介の労をとるのである。彼はリビドーに働きかける音楽を熟知して、コール・ポーターからアンドリュー・シスターズまで幅を持たせ、「密着の音楽」を流しつづける危険を突然清冽なトランペットのソロを呼び出すことで薄めることができた。明日の運命も定かでない良家の子女たちは、若気の過ちを犯し、性病の恐怖におののく。ドイツ軍占領時代、ダンス・パーティは純潔ではなかった。しばしば灯火管制を利用してその場で寝たし、愛の戯れがヴィル＝ダヴレーの静かな夜をかき乱した。

　慎重な秘密情報ではあったが、生きる喜びを満喫したいと張り切る人たちの間では、プラディエ通りのダンスホールはお勧めの場所として知られることになる。むしろ、知られ過ぎたかもしれない。なぜなら、隣人たちがあからさまな苦情ではないが、徐々に息子たちのいかがわしい噂を嗅ぎつけ、それがめん鳥母さんを心配させ、ポールの微笑を誘ったからである。ヴィアン家の子供たちが示したお手本は、フランスの青少年の道徳レベルを上げるためにヴィシー政府が行った勧奨にあまり合致しているとは言えなかった。ボリス・ヴィアンは公刊した最初の小説『ヴェルコカンとプランクトン』の中でドイツ軍占領下のヴィル＝ダヴレーのびっくりパーティを描き、パーティ参加者たちがガンベッタ通りを「田舎に来たパリジャンのように大声でわめきながら」[*4]上って来ると述べている。「彼らはリラの花を見ると、必ず〈あれ！　リラの花だ〉と叫ぶ。ばかげたことだ。でも、それは娘たちにおれは植物に詳しいぞと知らせる効果があった」。

　この小説の登場人物たちはザズー［奇抜なファッションなどで時代に抵抗したジャズ狂の若者たち］である。ミシェル、ボリスとその兄弟、友人たちの大半は自分ではそう言わなくてもザズーだった。親たちと仲の良いパリ近郊の良家のザズー、占領地区の警察もドイツ軍憲兵《フェルトジャンダムリ》もそのあたりはパトロールしないお屋敷町のザズーだ。週末のザズー、内輪で、危険を冒さないザズー。決して中央工芸学校とか、白昼のカルティエ・ラタンやパリ市中のバーとか、ザズー運動が一九四〇年～一九四三年に密かな栄光の時を経験し、滑稽で苦悩に満ちた最後を迎えたような場所でのザズーではなかった。

「男は頭髪がカールし、空色のスーツを着て、上着がふくらはぎまで垂れ下がっていた。背中に三つのスリットと七つの襠《まち》、重ね合わせた二つのハーフベルト、前を閉じる唯一のボタン。上着から少しだけ覗いているズボンは極端にスリムなので、ふくらはぎがその奇妙な鞘の中からいやらしく浮き出している。（中略）女もジャケットを着ているが、その下からはふんわりしたモーリス島の薄紗製プリーツスカートが僅かに一ミリ程度はみ出している。（中略）彼の名はアレクサンドル。あだ名はココ。彼女の名はジャクリーヌ。そのあだ名もココだった」[*5]。『ヴェルコカンとプランクトン』の中で、ボリス・ヴィアンは、登場人物を優しいが度肝を抜くような皮肉で嘲笑しながら、辛らつな描写を敢行する。いずれにせよ、開戦当初から重苦しい現実に直面した彼の姿勢が、しばしば断固たるザズーの姿勢に合致することに変わりはない。

世上言われていることとは異なり、ザズー現象は温泉地に陣取った傀儡《かいらい》政権［ヴィシー温泉のペタン政権］の動脈硬化したパフォーマンスへの反発から生まれたのではない。ザズーは最初「スイング」または「ホット」であった。彼らは一九三〇年代末からジャズミュージックや腰振りウォーク、派手な色彩、学生っぽい挑発を愛してきた。ヨーロッパの崩壊やドイツ軍によるパリ占領は、既に動き始めていたプロセスへの加速と過激化へのきっかけを与えたにすぎない。一九四〇年十二月十九日、ホット・クラブ・ド・フランス（HCF）は、パリのガヴォー・ホールで行われた第一回ジャズフェスティバルの成功に面食らっていた。アリックス・コンベル、ユベール・ロスタン、ジャンゴ・ラインハルト［ジプシー出身の天才ギタリスト］、HCFクインテット等フランスを代表するミュージシャンが、まだ少数派と自認するクラブの消息通たちを喜ばすために集結したのだ。だが、ふたを開けてみると入場制限をするほどの盛況で、第二回公演を余儀なくされた。ホールは活気に満ちて楽しく、ほとんどディスコ状態だった。客の多くはジャズになじみのない者たちである。五年前にパリに来たデューク・エリントンを見た者は数えるほどだったが、そんなことはどうでもよかった――この一九四〇年公演は「スイング」的アクション時代の幕開けとなる。リズムに合わせて身体をゆすり、時代の厳しさに対して自分の不機嫌を「スイング」させること。とりわけ寒かった一九四〇年～一九四一年の冬以来、「スイング」は足や頭のイライラ感を防止できなかった若者たちの新手の合言葉となった。

その一ヶ月前、ホット・クラブ・ド・フランスの事務局長シャルル・ドローネーは地方からの帰途、これまでジャズとは無縁だった町々の至る所に、コンサートのポスターが貼られているのを見てびっくりする。「私はフランスでジャズミュージックが突然驚異的な広がりを見せていることを発見しました」[*6]。その冬ホット・クラブの加入者は約四百人から五千人に急増した。シャプタル街のクラブ事務局には新規の会員が押しかけ、占領・非占領両地区の主要都市では随所に地方支部が開設された。それはまだヴィシー政府が——ジャンヌ・ダルクや学校で英雄教育をされているフランス史の偉大な敗北者たちの守護軍旗の下に国民を結集させる「永遠のフランス」の焼き直しでしかない——「新フランス」構想を国民に認めさせることができると信じていた時代であった。一人の痴呆老人［ペタン首相、八十四歳］が青少年への道徳教育による「建て直し」を夢想し、作家たちは——ロベール・ブラジャックもその一人だが——自分たちの新聞である『ラ・ジェルブ』紙や『ジュ・シュイ・パルツー』紙、『ジュネス』紙の論説の中で、終始悪に対する美徳の勝利が約束されていることを説きつづけていた。軍隊の廃止とともに青年錬成所《シャンチエ・ド・ジュネス》が開設される。占領軍によって丸腰にされ、嘲られ、侮辱されて、復讐を誓うちんけな将校たちとその顧問は、安物の華美で身を飾り、制服を着た子供たちのパレードに満足し、顔を上げて未来を見つめる。親たちに演説をして、名誉という偉大さの新たな復活幻想を振りまく。思い切り頭髪を切ろう。「労働、家族、祖国」のスローガン……。

ドイツ軍が現実の敵——ドゴール派の、次いでコミュニストのレジスタンス、まもなく結成される連合戦線——に憎悪を集中している間に、ヴィシー政府は一九四二年から始まるナチスの恐怖政治を追認する前に、自分の力に見合った敵対者を作り出す。前の大戦で勲章をもらったお偉方や「新体制」擁護の分裂病的狂信者たちは、数ある反抗的兆候の中でもとりわけジャズを公然たる悪と認定したのだ。「ユダヤ＝ニグロ＝アメリカン」の音楽、と彼らは切り捨てる。ドイツ軍当局はジャズの嘆き節なんか全然危険性はない、と見ていたはずだ。なぜなら、彼らは英語タイトルを仏訳することと、誰でも知っているアームストロングのソロの何ヶ所かをカットするだけで満足したからである。一ヶ月も経たないうちに、コンサートのプログラムと「ラジオ＝パリ」放送のすべてで「タイガー・ラグ」は「タイガーの怒り」となり、「セント＝ルイス・ブルース」は「聖ルイの悲しみ」になった。そんなことで騙される者はいなかったが、うわべが大事なのである。ジャズというかダンシング＝ジャズはこうして国中に広まり、なにがしかのブルーな魂を慰めた。「新フランス」は怒っていた。だが、彼らは理想という名の妄想に不服従なだけの多少がきっぽいこれらの反抗に対して、まだ言葉の武器しか持っていなかった。しかも、その言葉さえお粗末すぎた。ザズーは「ウルトラ＝スイング」か「プティ・スイング」。「ごろつき」もしくは「変質者」。辛らつだが、それ以上ではなかった。

このような高い評価に驚き、また相手の報復手段がまだ新聞雑誌による侮辱以外にないと知った何百人というパリの若者たちは、幾分有頂天になり、新たなファッションを考案して『ジェルブ』紙の報復的な論説を誘い出したり、空中に飛び上がる際に穴居人の擬声語（ヤァー!!!）を発したり、シャン＝ゼリゼや特にカルティエ・ラタンのカフェ、スフロ街角の「カプラード」やエコール街角の「デュポン＝ラタン」にたむろした。彼らはフランス占領軍の規範に照らして何の問題もなかった。ドゴール派でもないし、コミュニストでもない。ユダヤ人でもない。彼らがドイツ帝国に反感を持っていても、それを口外することはないし、誰も気づかない。彼らはむしろ無関心を決め込み、時代への無理解を誇示していた。彼らはアルコールよりもむしろグレナディン＝ビールを好み、最愛の飲物はジュースだ。彼らは「ウルトラ＝スイング」に過ぎず、たとえそのことがヴィシー派や対独協力者の新聞雑誌を挑発しても、そのことで投獄するわけにもいくまい。やつらはザズーだ。憤慨した論争紙発行者がびっくりパーティで「ザズーザズーザズーエー！」と叫ぶのを聞いて付けた名前だ。やつらはザズーだ。ただ単に、彼らが不運の身をいたわり、許された最後の無意味な快楽の中で空しさを噛みしめながら、首都の気まぐれなアバンギャルドを形成しているというだけの理由で。また、パリが彼らにほとんど劣らない「スイング」であるという理由で。つまり、ブラジャックやモーリス・バルデッシュ〔両者とも狂信的な対独協力論者〕が道徳の破壊者、「悪しきフランス人」に対して怒り狂えば狂うほど、また善良なジャーナリズムが若者たちの服装を激しく非難すればするほど、フランスは津々浦々まで——少なくとも大都市は——彼らのファッションを真似、さらに彼らの人を小ばかにした不真面さまで真似する始末だったのである。

「男は尻まで垂れたデカサイズの上着を着用し」とザズー地区に派遣された『イリュストラション』紙の記者ルネ・バシェは一九四二年三月二十八日号で報告している。「靴墨をつけないドタ靴の上で皺になっている、ぴちぴちのズボンと厚ぼったい綿やウールのネクタイ。それでもまだ他のパリジャンとの差異が十分ではないかのように、グリスがないのでサラダ油を頭髪に塗ってつやを出す。幾分長すぎる頭髪は前をピンで留めたソフトカラーの上まで垂れ下がっている。この出で立ちにはほとんど常に裏に毛皮のついたカナディアン・ジャケットが付き物で、それをめったに手放さない上に平気で雨に濡らしている。というのも、彼らは雨が大好きなのだ。雨の中で、ズボンを汚す水溜りに歓喜の声を上げて飛び込んだり、脂ぎった蓬髪を通り雨にさらすのは、彼ら特有の儀式の一つなのだ。女の子は毛皮の下にタートルネックのセーターとミニのプリーツスカートを隠している。（中略）ストッキングはチェック柄、靴は平たくて重い。彼女らは大きなこうもり傘を持っているが、どんな天気にもそれを開くことはない」[*7]。
まるでボリス・ヴィアンの一節のようだ。期せずして。『ヴェルコカンとプランクトン』の中の一節。しかし、ユーモアがない。頭髪を除けば、ボリスやボリスの兄弟、友人たちとこのザズーの特徴はぴったり一致する。ミシェルは時々ボリス自身がヒールを切ってくれる重い舟底靴を履いていたし、スカートはミニだった。しかし、マドレーヌやオペラ通り、シャン＝ゼリゼの「パン＝パン」で、彼女はザズーのジュースよりもマティーニを注文した。彼女は結婚前の装身具を売ってボリスにグルメット［鎖のブレスレット］を贈る。グルメットもまた『ジュネス』紙の槍玉に上がったアクセサリーの一つである。そうなのだ、ボリスも友人たちも皆ザズーだったのだ。引退したザズーもしくは良家のザズー。びっくりパーティの親友たち、トロツキストのアレクサンドル・ラフォルグや未来の俳優ビビーシュことジャン・カルメも同様である。ボリスらはこれらの悪友と日曜日ごとにヴィル＝ダヴレーの半強制的な招待客、札付きのザズー連中の血気盛んなエネルギーの発散を試みたのである。彼らは部族の拡大さえ実現し、警視庁の報告では数百人の気違いがいることになっている。彼らは戦争前にイギリス人作家チャールズ・モーガンの『スパーケンブローク』を読んでいた。戦前のベストセラーである。この本は一九四一年にザズーによって「気取った」文学の傑作に祭り上げられる。彼らは「デュポン＝ラタン」［学生街カルティエ・ラタンにあったカフェ］の一味よりもさらにアメリカ好きで、度々映画に出かけ、宣伝に乗せられて安っぽいメロドラマに狂喜した。ザズーとは、先ず生き方であり、戦争を無視する手段であり、ヴィシー体制の空虚な＝夢の仄めかしをあざ笑うやり方なのである。だから、多くの若者がこの資格で自己主張できたし、このレッテルによって自己確認ができたのである。

しかし、一九四二年春ユダヤ人一斉検挙の恐るべき数ヶ月間は、さすがのザズーも抑えがたい嘲笑を抑えざるを得なかった。対独協力者たちは異端分子に対するヴィシー政府の——彼らの目から見て——放任主義と軟弱さに我慢できなくなったのだ。ファシスト陣営に不安が走る。第三帝国［ナチスの支配するドイツ］とその同盟国は世界の支配者ではないのではないか。この頃からレジスタンスはパリのど真ん中で作戦行動を行い、サボタージュに対するドイツ軍の弾圧は傀儡政権から民衆の支持を奪ってゆく。「新秩序」への期待が高まり、狂信的対独協力者は戦闘開始を決意する。一九四二年の一年間、フランス人民青年隊（JPF）の隊員であり、ドリオ［ジャック・ドリオ。ファシズム政党のフランス人民党を創設］主義者の弟分である「青シャツ隊」は、ザズーを襲って頭を丸刈りにし、暴力を振るった。「ザズーを丸坊主にしろ！」が新しい合言葉になった。対独協力派はこうして単に枢軸国の敗北という漠然とした初期の不安を払い除けようとしただけではない。彼らの子供世代の強引なカルティエ・ラタン侵攻は、たとえ、冬季競輪場への一斉検挙［一九四二年七月十六日、フランス警察はパリに住む一万三千人のユダヤ人を逮捕して室内競輪場に収容し、ドイツへ送った］の際にフランス人民青年隊の活動家がパリ警察の手先として働いたのが事実だとしても、単にフランスのユダヤ人に対する大掛かりな報復の――馬鹿げたドリオ主義に見合った――コピーというだけではない。フランスのファシストはヴィシー政府に圧力をかけて、徐々に連合軍の優位を察知し始めていると思われるフランスへの支配を強化しようと考えたのだ。彼らは彼らが忠誠を尽くすナチスの友人たちを絶望させないために、容赦のない措置を要求する。その結果、ヴィシー政府は対独協力強制労働を布告した。ブラックリストに載せられたザズーたちは、真っ先にドイツの田舎や工場に送られ、第三帝国の戦争の手伝いをさせられることになる。

多くのボリスの友人たちもこの忌まわしい旅行を強いられた。その中には一九四三年九月の三人の近親者まで含まれる。兄弟のアランとレリオ、義弟のジャン・レピトゥである。ボリスは心臓病のために召集を免れた。しかし、この旅立ちの理由は一様ではない。県の布告の形式主義や不運、それにたぶん密告もあったと思われる。めん鳥母さんは、この悲劇をヴィル＝ダヴレーのザズー的環境には直接結びつけていない。対独協力強制労働から逃れるため、強い信念がなくても、反抗的なザズーはしばしば真っ先に抗独レジスタンス・マキに加わった。ザズーという束の間の運動は、死滅するか地下に潜る。パリも変わった。ザズーの溜まり場だったカフェでは、終戦の日まで学生や市民、ドイツ兵までもが訪れて、ザズーの儚い無頼の夢の殿堂で写真を撮り合って喜ぶ風景が見られた。奇妙な前髪に派手なマフラーの男の子たち、ズボンを履いた女の子たち、黒メガネと「チェンバレン」のコーモリ傘のダンディたちは、先駆者だったのだろうか？　彼らをお手本にして、首都はまだ禁止されていないすべての悪い遊びに染まることになる。芝居は満員御礼となり、パリは第三帝国の「スイング」の震源地となった……。

トランペットを持ったエンジニア

一九四二年七月にボリスは国立中央工芸学校を卒業した。心残りはなかった。『百ソネット』の中の詩編「定期試験」で、彼は入学当時真剣に考えていた知的冒険に対して幾ばくかの苦い思いをにじませている。

大学では、太って頬のたるんだ男が、
フランス学士院の会員――学長だ――

彼を無視した、密告罪だ
父親が「企業の偉いさん」ではない学生には皆そうするように[*8]

ボリスは大学を中くらいの成績（冶金学科七十二名中五十四番）で卒業するが、そんなことはどうでもよかった。彼はもうエンジニアの将来に夢を抱かず、余りにも窮屈な仕事だと思っていた。物理学の法則や幾何学、金属の耐性ですら、同級生や教授の中で出会うことのなかった好奇心や創意を刺激した。ボリス・ヴィアンにとって、勉強は不可欠な時間の浪費であった。「一巻の子供だましの卒業証書」[*9]であり、資格をポケットに忍ばせて、教養を身につけた一人の独学者として、真剣な見習い修行を開始する手段でしかなかった。大学で彼は同級生たちがカリキュラム通りの科目で満足するのを批判している。エンジニアになってからの彼は、知識の多様化を志し、ジャンルの横断と専門的なタコつぼからの脱出を決意して、学友たちの大半から急速に距離をおき、決別した。

差し当たり彼は、職探しをしなければならない。ミシェルと五ヶ月前に生まれたパトリックに加えて、ヴィル＝ダヴレーの家も彼を当てにしていた。「なるようになる」という家族の心的傾向は変わらないとしても、金利生活は遠い昔の話なのだ。アランは芝居を続ける夢で家族を悩ませていた。特別就きたい職業もなく、焦りもないレリオは、父と一緒に不動産屋で働く気でいる。ボリスは夏の間、新聞の求人欄を見たり、「ド・ディートリシュ」や「シャンティエ・ド・ラ・ロワール」等の就職できそうな企業に問い合わせたり、各社のメリットや報酬を手帳にメモした挙げ句、AFNOR、すなわち、フランス工業規化格化協会を選んだ。それは極めてヴィシー政府と関係の深い機関で、一九四一年五月二四日の法令に基づき、多様な製品の型版を規格化し、その唯一のモデルを「新フランス」の国内統一のシンボルとして国民に強制する趣旨で設立された。彼は所長のロベール・ロストに会って、研修技師の資格で採用される。手始めに試用期間三ヶ月、ガラス製品担当であった。一九四二年八月二十四日、彼は手帳に「ビゾンAFNORに入れり」と記している。最初の何週間かの重要な仕事は、何百本ものボトルの良し悪しを比較考量し、理想の一本を提示するというものだった。

当初ボリスがAFNOR就職を決めたのは、決して官僚主義の不条理に惹かれたわけではなかった。この役所は、たしかにジャリの読者を魅了するに足る極めてユビュ風［アルフレッド・ジャリが『ユビュ王』で創造した荒唐無稽な人物］な役所だったが、月末になると若い技師に四千フランを支給するセンスのよさも備えていたのである。極めて控え目なサラリーである。とは言え、種々調査を行った他の企業に比べてほんの少しだけましだった。もう一つのメリットは、第二区のノートル゠ダム゠デ゠ヴィクトワール街二三番地に役所があったことだ。フォーブール゠ポワソニエールのアパルトマンからもサン゠ラザール駅からも理想的なロケーションである。AFNORにはまた、職員の労働をまったく要求しないという途方もないメリットがあった。すなわち、ボリスに趣味の時間を恵んでくれるというメリットである。とりわけ、ドイツ軍占領期の情熱の対象――ジャズ。

同じ年の一九四二年三月、彼はクロード・アバディと知り合った。そして、この出会いだけでも職業的願望に譲歩した価値があったのである。数週間前から弟のアランは、この若きクラリネット奏者兼バンド・リーダーのグループでドラムを担当していた。自然の成り行きとして、クロード・アバディはびっくりパーティの群衆に加わるよう招待を受ける。クロード、ボリス、ボリスの兄弟たちは遊び半分で「ジャムセッションをする」。「ブッフ」〔ジャムセッション〕は午後遅くまで続いた。その時彼らは、ボリス・ヴィアンの表現によれば「もぐりのアマチュア《アマトゥール・マロン》」として一緒に演奏活動することを決意する。つまり、プロではないが、まったくアマチュアというわけでもない。客の予想を裏切るような形で出しゃばり、先ず何よりも客の前で演奏する喜びのために演奏する。どちらかというと即席で報酬をもらうアマチュアである。

クロード・アバディはボリスと同年齢だった。ボリス同様エリート大学出身の「頭でっかち」で、ジャズに秘められたロジックを追い求める数学の得意な若者だ。リヨンに疎開した理工科学校の生徒として、彼はジャック・イヴェルモンをリーダーとするホット・クラブ41・バンドに加わり、メジェーヴ夏公演に参加していた。他の多くのミュージシャン同様、またボリス同様に、彼は一九三七年以来譜面なしで、耳で聞いて曲を覚えた。もっとも、ジャズの場合楽譜はほとんどないのがふつうである。各バンドがそれぞれ独自の楽譜を持っている。というか、同じ曲、それも限られた曲をアレンジした楽譜を持っているのである。クロードは一九四一年八月パリに戻り、シャプタル街とカルティエ・ラタンのホット・クラブ・ド・フランスの本部に出入りしていた。彼はパリ銀行とオランダ銀行の優秀な頭取補佐として活躍するが、それは先の話だ。この時は自分のバンドを立ち上げることに専念していた。他の者同様、彼もフランスのジャズがふやけている印象を持っていた。それはただ単に最近のジャズ人気によるものでもないし、検閲によるものでもない。一九三〇年代末の「きらめくジャズ」は、それまでのソロや合奏に見られた大胆さを失っていた。人種的偏見が増大したこの時期、ジャズから激しさや黒人的特性が消えるのである。それは「ポスト・シカゴ派」やニューヨーク派のダンシング・ビッグバンドを受け継いだ白人のジャズで、一九三五年にはエネルギッシュだったのに、もう活力をなくしていたのだ。フランス流のジャズ。個々のバンドやミュージシャンの亜流に堕したジャズ。エメ・バレリ、ジャンゴ・ラインハルト、エマニュエル・スーリエ、ユベール・ロスタン等の当時のプロは、みんな素晴らしいミュージシャンだが、ある種の若いジャズファンの目には、ルーツを失ったジャズに見えた。

クロード・アバディは、彼の愛する音楽を別の方向、すなわち原点の方に誘導したいと思っていた。「ジャズ通《ジャゾトゥ》」が言うところの「リバイバル」に挑戦すること、黒人の「オールドジャズ」、または「ニューオリンズ」と称されるものの再発見。進化発展の連鎖を断ち切り、はるか以前の二十世紀初頭のジャズに戻ること、バディ・ボールデンの後、南部の「ブラスバンド」がストーリーヴィル――ストーリーヴィルからシカゴへ、そしてニューヨークへと移ってゆくのだが――の地元のナイトクラブで街頭パレードの金管楽器を吹き鳴らし、「クレオール風」クラリネットにやるせない歌を歌わせていた時代に戻ること。まだアフリカ、クレオール、ヨーロッパの香りを満載し、黒人と混血と白人、そして奴隷制の記憶とが絶妙に統合されていた頃のジャズを復活させること。初期サックスの巨人バーニー・ビガードがサックスを吹いて涙をしぼり、ジョージ・ルイスが自分のビッグバンドでクラリネットに狂気を吹き込み、キング・オリヴァーと若きルイ・アームストロングがシカゴのリンカーン・ガーデンの熱き夜、「ブレーク」の間、つまり会場の歓声を解き放つリズム中断の合間に、コルネットのデュオによるインプロヴィゼーションを爆発させたあの時代に戻ること。あの時以来、各時代が新しい歴史のページを開く度に「リバイバル」を試み、その時代の支持を得てきた。再発見される「ニューオリンズ」はしばしば新旧二つの時代の通過ポイントの役割をはたす。そこで、一九四一年、創造的な情念と理性を併せ持つクロード・アバディは、フランスが到達したジャズはもう一度原点に戻って見直しが必要であると判断したのである。「スイング」も結構。だが、「スイング」なら何でもいいというわけではない。一九三五年にデューク・エリントンが立ち止まった地点のそれ、そして、ベニー・グッドマン、すなわち、「ミドル・ジャズ」と呼ばれる大衆化以前のそれでなければならない。心臓の鼓動と同じリズム、「情感の質の高さ、記号を超えるリズムの衝動」とダン・モルゲンシュテンが評するそれ。[*10] ボリス・ヴィアンが「感覚的であれ、知的であれ、何であれ――つまり、思い出や観念連合等――先ず感動し、次にそれを深め、知識や経験の幅を広げるようと努める人たち」に向けた音楽、と説明するジャズである。[*11]

クロード・アバディはパリで彼の野心を友人たちに伝える。ある日、昼食の時間に、クロード・レオンはフォッセ・サン＝ジャック街の学生寮で、クロード・アバディがピアノを弾いているのを聞く。彼はドラムを引き受ける。次に、バイオリンが加わる。こうして出会いを繰り返しながら徐々にバンドが編成された。アバディ・グループはびっくりパーティを得意としたが、時には祝典演奏の仕事も手に入れ、パリとパリ周辺の町々がイベントの娯楽に没頭し始めるにつれ、次第に公演回数も増大した。「戦時中、私は勤め先の給料と同じくらいの金を演奏で稼いでいました」とクロード・アバディは言う。時折バンドのミュージシャンが欠ける。特にドラムスがそうで、ソルボンヌ大学の研究員、左翼の闘士、ユダヤ人等不利な条件を持つ様々な人たちが、この欠陥を埋めた。「ユダヤ人はシンバルの後ろに黄色い星［一九四一年九月の政令により、六歳以上のユダヤ人はすべて、ユダヤ人と記された黄色い星を胸に付けることが義務づけられた］を隠しながら、練習にやってきたものです」とクロード・アバディは回想する。若くて才気に満ちた知識人クロード・レオンは、フランス解放とともにボリスの親友の一人になるが、この後間もなくレジスタンスに参加するだろう。彼はバンドの一員になった直後から官憲にマークされ、追われ、逮捕され、ドランシーの収容所、コンピエーニュの収容所とたらい回しにされる。彼がレジスタンスに参加するのはその後だ。クロード・レオンは、偽名を使って、ソルボンヌの一般化学の自分の実験室で何百枚という焼夷弾の小片を試作するが、お蔭でクロード・アバディは初代ドラマーの席を占領時代の終わりまで失うことになった。

一九四二年一月、若きバンド・リーダーは「プレイエル・ホール」で行われたホット・クラブ・ド・フランス主催、『ヴデット』誌後援、審査員は最高のプロ・ミュージシャンで構成されたアマチュア・コンテストで優勝した。彼がボリスと知り合うのは、その栄光に包まれていた頃である。クロード・アバディはトリオを組み、アランがドラムを叩いていた。クロードはバンド・メンバーの増員を考える。たぶん、クインテットだ。ボリスがトランペットを吹き、レリオがギターを担当する。ボリスはクロード・アバディが「ニューオリンズ」ジャズを復活させようとしていることに惹かれたし、聴衆の前で演奏することも魅力的だった。彼はごく控えめなアマチュアとして、パーティや中央工芸学校で演奏するだけで、これまで一度も「もぐりのアマチュア」に加わったことはなかったが、ヴィル＝ダヴレーのダンスホールで只一人粘り強くトレーニングを積んでいた。ミシェルはドゥエ街の「セルメール」で買ったトランペットを彼にプレゼントする。チャーリー・パーカーがサックスを べた誉めした店である。野心的で厳格なバンドは、猛練習を繰り返した。時折アランとレリオは他の娯楽に色気を出して姿を消す。ボリスは脇目もふらず、情熱的に取り組んだ。夜も練習時間を延長し、バンドが一刻も早くプロのレベルに到達して、レコード録音と栄光を獲得できるように皆を励ますのだった。事実、戦時中の彼らの演奏は幾つか保存されているが、「プレス」されていない。栄光に関しては、甘ったるいダンシング・「スイング」全盛の時代、彼らの音楽の突飛さは——ビル・コールマンに近いと評される——特に人目を引いた。

　一九四三年、クロードとボリスは——バンド名は時折アバディ＝ヴィアン・バンドと呼ばれた——ジャッキー・ドーボワのピアノとエドゥアール・ラッサルのベースを加えたにもかかわらず、ホット・クラブ・ド・フランスのコンテストに落選した。だが、彼らはシャルル・ドローネーとユベール・ロスタンの評価を得た。彼らは度々祝典公演に招かれるようになり、大学校《グランド・ゼコール》の祝典にはもっと独占的に呼ばれた。彼らはしばしば占領期最高のミュージシャンたちによるコンサートの前座をつとめた。アラン、レリオ、その他のメンバーがドイツに送られた後、クロードはボリスと相談して八人編成のバンドを作る。特筆すべきは、並外れた才能の持ち主であるユベール・フォル、レーモン・フォルの兄弟が加わったことだ。演奏活動の中で、彼らは若きクラリネット奏者クロード・リュテールに出会う。リュテールもまた彼らの「リバイバル」志向に賛同した。

少佐《マジョール》の戦い

コンサート会場のミシェルの横には、少佐《マジョール》［ジャック・ルスタロ］も座っていた。相変わらず「インド帰りの」——不確かな時代にインドの神秘を全身にまとった——自称〈幸運な少佐〉である。ジャック・ルスタロは、逃げ出すチャンスさえあればいつでも親の監視が必要な二十歳未満という一時的な境遇から逃げ出して、陽気に傷ついてパリへ舞い戻り、ミシェルとボリスに合流するのだった。短いが既にうんざりした人生の中で、彼はボリス夫妻しか定点を持っていなかった。ミシェルとボリスは彼の選んだ家族であり、ヴィル＝ダヴレーは隠れ家なのだ。彼はそこに二日間滞在するとどこへともなく去って行く。ヴィアン一家は彼の奇行や早すぎるアルコール依存症にも驚かず、彼を受け入れた。彼はいつもミシェルに恋していたが、そのことで何かを期待することはなかった。一九四一年夏の結婚すら心から祝福する、若い運命論者の恋人なのであった。

　ドイツ占領時代、ジャック・ルスタロは忠誠を尽くす騎士に変身した。彼は幼いパトリックを抱いてブーローニュの森を延々と散歩する。彼はミシェルと駆けっこをし、走ってリハーサルをやっているボリスのところまで行く。また、彼はしばしば行方をくらました。少佐は母親と妹のいるパリとフランス国公吏である父親の様々な任地との間のどこかをいつも彷徨していた。警察の取り締まりを手玉に取り、身分証明書《アウスヴァイス》を偽造して、信じられないくらい自由に移動し、健康な片方の目で眺めているこの戦時状況をまるで無視するかのように行動した。フランス工業規格化協会の事務所の近くに一軒の英国バーがあり、ボリスはそこで初期の詩編のいくつかを書く。ボリスは勤め先を出てしょっちゅうそのバーへ行くのだ。少佐はおそらくカラフルなカクテルを前にして、疑い深い客に熱帯地方の架空の冒険談を披露しながら、そこで彼を待ったはずだ。ジャック・ルスタロはびっくりパーティに欠席する時、「私はパーティを耐え忍び、パーティを計画し、散歩し、退屈する……、あの馴れ馴れしく、誤解されやすい人間の一人です[*12]」と書き送った。それはつまり、彼抜きでパーティをやって欲しいということだ。少佐は無断で、突然の自発的な失踪を繰り返したが、ミシェルもボリスもその理由を聞こうとはしなかった。彼はどこかへ行って時代をあざ笑う実存的な絶望を中和させ、十分中和して他人にも害がないと判断するまで帰って来ないのである。そうして、彼は元気一杯、沢山のアイデアを持って姿を現す。彼は田舎の村からボリスを呼び出し、ボリスは指定された時間に彼を迎えに行かなければならない。彼が卵や肉を見つけていることもあった。彼はまた謎めいた絵ハガキで消息を知らせることもある。「探索続行中。健康状態良好。少佐」という一九四二年八月三日の文面のように、検閲官に秘密のメッセージを疑われそうなハガキもある。[*13]

　パリのモリトール・プール近くのガレージに、少佐は本物の秘密の映写室を発見し、何人かの大胆な助手を使って、古いアメリカ映画を上映した。ミシェルとボリスは禁止条例を無視して、定期的にそこへ通う。彼らの相棒は——とは言え五歳も年下なのだが——彼らよりもはるかに先を行っているように思われた。大西洋の彼方の小説を見つけ出したのは彼だし、カミュとサルトルを読むように勧めたのも彼だし、一九四四年七月五日マテュラン座の『誤解』、七日ヴュー・コロンビエ座の『出口なし』に二人を連れて行ったのも彼なのだ。酔っ払うと、彼は大声で詩を朗唱する。どこで覚えたのだろう？　誰がその詩人たちを彼に教えたのだろう？　理屈っぽくて、失意にみちて、果てしなく上機嫌なその哲学は、誰の血筋を引くものなのだろう？　少佐はまだ公的には高校生なのだ。不良高校生。特に学校をさぼって遊ぶ名人。彼はレジスタンスの闘士か第五列［スペイン内乱の時に反政府軍の将軍が使った用語。スパイ集団のこと。五番目の軍団］の諜報員だったとしてもおかしくない。それほど彼の私生活は秘密のベールに包まれていたし、ボリスのまったく知らない友人たちと大酒を飲んだり、なぜそのような自由が許されるのかを決して言わなかった。彼のお気に入りのゲームは危険なゲームだった。

　こうして、彼は何よりもビルの屋上の散歩を好み、パーティ会場を辞去するのに受話器を窓の外に投げ、電話コードにぶら下がって窓から帰って行く。びっくりパーティが退屈だったり、主催者のアイデアがあまりにも平凡だと、彼はパーティの雰囲気をぶち壊すとんでもなくシュールな方法をひねり出す。例えば、彼はグリーンが大嫌いだと宣言し、主催者夫人がグリーンのドレスを着ていることを指摘、彼女は大あわてでそのドレスを着替えねばならない、など。彼は部屋に敷いてある絨毯を丸めて窓から投げ捨てる。彼は塀の上で踊り、樋を伝って現れた。少佐の一見突飛なアイデアの多くは墜落の観念の周囲を回っていた。彼は自殺に接近する稀有な創意工夫の能力によって、人を面白がらせたり、不安に陥れたりしたのだ。

　彼は動物に話しかけた。とりわけ、この上なく真剣に、物体に話しかけた。彼は嫉妬深いほどの親密さを保っている彼の義眼に向かって、決して文章化することのない一種の実話小説を話して聞かせる。彼が「愚行」と呼ぶ一夜が明けて、紛失した義眼を踊り場や階段、最後に行ったバーのカウンターの下へ探しに行き、発見すると、彼は叫んだ。「あいつおれを見てやがる！」あるいは「あの野郎おれに愛想をつかしたな！」と。

　彼はザズーではなかった。彼はそれ以上の、ダダもしくは孤独で大義を持たないアジテーターだった。現実の不条理さの確信以外取り立ててイデオロギーのないアナーキスト。彼は母親しか尊敬しないし、ミシェルとボリス、その他の何人かしか愛していない。それ以外は退屈な冗談なのだ。ボリスはその対象のない反逆、一九四三年に十八歳の青年が見せる強さと狂気、確たる未来のない自分たちの青春を嘲笑する能力のすごさに魅了された。ボリスは自分の育ちが良すぎることを自覚していた。彼自身は何も言わないが、持病の心臓病と過保護の教育が彼から大胆さを奪っていた。彼はナンセンスに対する嗜好を公言する勇気がまだ持てずにいる。それに彼はほとんど酒を飲まない。少佐は彼の障壁を取り払い、彼が実行する勇気をもたないこと——薄っぺらな現実を捻じ曲げること——を実践して見せてくれたのだ。「時代は日々のぬるぬるしたチューブの中を上滑りしていた」[*14]とボリスは回想している。しかし、彼はジャズやびっくりパーティや不遜な頭脳にもかかわらず、その日々に屈服してしまう。少佐自身はチャンスさえあればいつでも時代を攻撃した。彼は〈インド帰りの幸運な少佐〉ではないか？

　息子の愚行と若い世代を狙い撃ちする身近な軍事動員を嘲笑する息子の身勝手な態度にうんざりしたマルセル・ルスタロは、対独非協力者の息子を捕まえ、一九四三年四月コルビヤック収容所内に作られた青年錬成所へ送り込むことに成功する。元々火薬庫だったところをドイツ軍用弾薬工場に転用した施設である。マルセル・ルスタロは収容所の幹部の一人だった。「少佐［参謀］たち」の内の一人、と息子のジャックは自嘲する。この錬成所内隔離の間、少佐は一切を罵倒し、嘲笑しながら、信じがたい冒険譚をミシェル宛ての手紙で披露し、ボリスはそれを熱心に読む。出だしは、友人たちが駅のホームまで酒を持参するほどアルコール漬けだった首都との別れ。時折列車の乗客とケンカをするくらいで何ごとも起こらないボルドーまでの記憶喪失の旅。父親のマルセル・ルスタロとの冷やかな再会。「父はぼくをいらいらさせました。彼は例によってどうでもいいような忠告を山ほど浴びせかけるのです。馬耳東風、聞き流すだけです。ぼくは黙って関係のないことを考えています。こっちにはこっちのやり方があるのです[*15]」。

少佐は火星人のような驚きをもって、国立火薬庫や収容所、身体検査、証明書の記載、手荒く検診に送り込まれる何千人という徴用労働者たちを発見する。「放屁する連中のことを忘れるわけにいきません。ブーブーやるんです。あるいは、こっそりと。飢えた労働者の放屁は前代未聞の激しさです。まったく前例がありません。まるで頑固で、恨みに満ちて、アナーキスト風で、挑発的な強烈さとさえ言いたくなります」。彼自身病院への回り道を避けることはできない。「そして、彼は検診の最後にぼくの金玉を握りました。ぼくのをです。そうです、金玉をです。あの唐変木のばか医者め、ぼくの金玉を握り、こね回し、重さを計ったのです、そう、金玉を、ぼくの、こともあろうに少佐殿の！」。

収容所からの外出はきびしく制限されていたが、「少佐の息子」は例外だった。ドイツ軍は収容所の周りを鉄条網で囲い、すべての出入口にトーチカを配置していた。喫煙も禁止だったが、少佐と彼の同僚は――ジャック・ルスタロはどうも倉庫係だったらしい――立て続けにタバコを吸っている。彼は酒を飲み、手紙の中で様々の気晴らしを詳述する。お好みのカクテルは？「大き目のグラスにブランデーを入れ、ミルク、砂糖、卵黄を加えたもの」。彼は自分のことを三人称単数で記述し、労働者たちが会話の中で大っぴらに共産主義の話をし、収容所に入れられている彼らの妻たちは彼に色目を使うと記す。ということで、彼の手紙は、彼自身がより生々しい現実に投げ込まれたために、不条理な毎日の語り手になるしかないような、ふやけたインドの「少佐の新冒険譚」風の読み物になっている。彼のメッセージはアルコールの血中濃度が関係する珍妙な脱線話の中に消えている。しばしば動物や昆虫、空想的な勇気や逆にどうしようもない自分の臆病さが、テーマとなる。しかし、少佐の結論はほとんどいつも「ぼくにはどうでもいいことだ」で終わる。

時々、彼は脱出する。親の許可をとる場合もとらない場合もある。彼は父親の選挙地盤であるサン＝マルタン＝ド＝セニャンかオスゴールに帰るのだ。「ここには何もすることがないし、何も飲むものがありません。午後、オスゴールで、一杯のチンザノが（中略）古きよき時代を蘇らせてくれました。気の合う古きよきツッパリ仲間たちとジン＝マルチーニを浴びるほど飲んだあの頃。古きよきカクテルがぼくらを天国に連れて行ってくれたあの頃。覚えてるかい、ビゾン？　そして、ミシェル、君も？　ところで、滑稽で不吉な出来事が起きたんだ。金曜日の夜ぼくが呼び集めた男が（中略）死んじゃった、本当に死んだんだよ……！　やつは九十六度の酒を飲んで急性アルコール中毒になったというわけ……！　酒の好きな男だったんだけどね」。

少佐の手紙の中では良い仲間《シシュヌフ》と悪い仲間《シシュヌフ》が駆けめぐる。ボリスもそうだが、奇抜な人物描写。親の決断で火薬庫に閉じ込められ孤立したジャック・ルスタロは、ボリスとともに考え出し練り上げた、宝捜しの散発的な物語を、ボリスと連絡を取りながら遠隔操縦で発展させる。主題は戦争ではない。収容所の官僚的な煩わしさは蜃気楼にすぎず、その場その場で曖昧な運命を甘受する者たちの凡庸な習慣と同じだ。少佐は未知の大陸への探検者。彼の手紙は彼の航海日誌なのだ。入口の衛兵とのいさかいに、過激で詩的な描写が五ページも費やされる。「ぼくは少し酔っ払っています。いや、たいしたことはないんです。ほんの、ちょっと飲んだだけ。ぼくは仲間と白ワイン八本、ヴエルモット四本、ペルノー二本開けました。うまかったし、気分良かったなあ」。だから、少佐の話はいくぶん幻覚なのだ。

ミシェルとボリスは友の身を案じていた。彼が父親に対する憎悪を次第に募らせ始めていたからだ。「ぼくは一人の男を殺す決心をしました（どうやって殺すかまだ決めていませんが）。コルビヤックの収容所はまた一杯になるでしょう。月末には多数の善良なる人々が到着します。もううんざりです。殺すつもりの男のことについては――ぼくはこの決心を冷静に行いました（なぜなら、ぼくはもう飲んでいないからです）。ぼくは彼が死なないと安心できない感じです。とにかく、今はチャンスを待っているところです」[*16]。少佐はサイレンも防空壕も無視して連合軍の爆撃下をさまよう。「先週の火曜日、皆さんの友軍のアメリカが――ついに！――やってきて我々を爆撃しました。彼らは狙いを誤り、爆弾は脇に落ちました。九十一機（少なくともぼくが数えたかぎりでは）、大変な低空飛行――高度およそ千メートル――でした。（中略）ぼくは映画を撮ろうとカメラを持ち出しましたが、あわてていたのでフィルムがうまく装塡できず、写真は撮れませんでした。残念……」。ヴィル＝ダヴレーの二人は早まったことをしないよう遠くから頻繁に忠告を送る。少佐は大丈夫だと答える。「インド帰り」なんだから。物語の世界のように、不死身なのだ。手紙を読むかぎり、彼にとっての危険は、持病による頻繁な頭痛のほかは、美味しい飲酒のようだ。彼はしばしば手紙を昔ながらの感謝のことば――ビゾビゾン、すなわち、ビゾンに頰キッスを《ビーズ・オ・ビゾン》で締めくくる。少佐はこの一九四三年の数ヶ月を、ミシェルやボリスと過ごした愉快な日々の思い出と、出来るだけ早くパリに上りたいという希望に支えられて生き延びる。彼は逮捕の危険を冒しながら度々パリへやってきた。その時はクール＝ド＝ヴェー街（十四区）のアパルトマンで母親と熱い抱擁を交わした後、数日間もしくは数週間びっくりパーティやボリスとの長いディスカッションを楽しむのである。

一九四四年三月初旬、再び父親の監視下に置かれた少佐は、今度はヴィシーにいるラバルト叔父の元に送られた。叔父はペタン派の将軍で、スポーツ省の参事官である。この二回目の隔離は新たな奇行と新たなバー発見のチャンスとなるだろう。彼は変人扱いされ、傀儡政権最後の茶番劇の傍観者的観察者となる。少佐は警報受信機の修理係を命じられが、修理を怠け、この体制の歴史的瓦解を加速させる決意さえ手紙の中で表明している。「ぼくは大いに楽しんでいます。まったくの茶番です。幾つかの装置が吹き飛び、若者たちはパンツ一丁で右往左往し、偶《たま》に深刻な死者が出ますが、少佐はぴんぴんしています。少佐万歳！　ぼくは家の近くのマキ［抗独抵抗派］の詰め所からダイナマイトを入手するつもりです。そうすれば、もっと早く片がつくし、ぼくの自由時間も増えることでしょう。少佐万歳！[*17]」。

家族ぐるみの創作

創作活動への移行は必然だった。その予兆には事欠かない――書庫いっぱいの本、その時々の詩人であった父と弟、文筆家としても良く知られた著名な隣人。ボリスの多様な好奇心は、いつまでも言葉の快楽に無関心でいることはできなかった。だが、彼は創作との出会いをわざと遅らせたり、後にずらせたりしているふしがあるので、彼の小説の研究者は彼の初期作品をどんどん若返らせ、時として一九三九年にまで遡らせている[*18]。だが、一九四二年にボリスが物語や文章を書くことへの激しい飢餓感を覚えたという説はもっと説得力がある。既にジャズや器用仕事、ディスク・ジョッキー、学問、「規格化」、まだ従順な息子、自信のない父親、若いロマンチックな夫等で満杯の時間に、さらに韻律と散文の時間を付け加えたというわけだ。

そして、もちろん、今回も他の場合同様、娯楽に対するきわめて儀式的な家族の義務が先行した。洗練された、もしくは、大変子供っぽい室内ゲーム――ルガトゥ・サークルは戦時中も存続していたのだ。アランとボリスは模型飛行機クラブなど新しい分野も開拓しながら、活動を続けていたのである。ボリスはこの航空部門の設立趣意書を書き上げる。「本日はキリスト紀元一九四一年五月二十六日月曜日。以下に署名する各人は、航空工学の、奔放な、社会的、宇宙的飛行セクション創設への積極的参加を誓うものである。このセクションの唯一の目的は、オポッサム［フクロネズミ。樹上生活をする有袋類］のような小型の飛行怪獣を創造し、それを雄牛が空を泳いでいるサン＝クルー公園の乱気流の中でお披露目して楽しむことにある[*19]」。

小さな手帳に書き込まれているボリス筆跡の規約も、趣意書と同様の野卑な悪ふざけへの嗜好を表している。「一、本会は基本的に男性のものでなければならない。二、第三項に定められた条件を満たす場合にかぎり例外もありうる。三、本会の女性会員はジジに触れることは許されない。（中略）会長は何もしなくてよい。副会長は会長のしないすべての仕事をする。看護人は野郎たちの看護をする。整備士は飛行機の整備をする」[*20]。会長はもちろんボリスである。中央工芸学校生の常連は、この風変わりな重役会議の他の責任を分担する。その任務にはソムリエやテストパイロット、施設付き司祭のほか「吹流し持ち」まであった。ヴィアン家では何年も前から組織図や内規を空疎で大げさなお役所用語で表すパロディが流行っていた。ボリスはクラブのチェス部門であるモンプランス・サークルのリポートでは、嬉々としてジャーナリズムの誉め殺し語法を研究している。フランソワ&ジャン・ロスタン、アラン、レリオ、ボリス、その他プラディエ通りの二〜三人の隣人は、この上なく真剣なチェスのトーナメントを繰り広げるために定期的に集まった。ボリスは一九四三年六月八日の試合の広報担当を務める。「事務局長による手際のよい抽選の後、ふだんは物静かな選手たちが闘志をむき出しにして戦う姿を初めて目にして驚く名誉招待者たちの注視の下、五つのとてつもない試合が情熱的に戦われた。今から既に戦いは白熱するであろうことが断言できる。なぜなら、競技者が相互に抱いている相手の力量についての固定観念を覆すような信じがたい結果が、次々に生み出されているからだ。シャンデリアと枝付き燭台に照らされて〈真昼のように《アジョルノ》〉明るい、広大な集会場の空気は驚くばかりに震え、この種の競技にあまり縁のない見物人も、空気を震わす脳髄の興奮を居ながらにして感じ取ったことであろう」[*21]。

プラディエ通りの大人たち、特にジャン・ロスタンとポール・ヴィアンは、シュールレアリストたちに愛された「妙なる屍《カダーヴル・エクスキ》」［紙切れに前の人が書いた内容を知らずに文の構成要素を書いて、一つの文章に仕上げる遊び。最初の作品が「妙なる屍は新しき酒を飲まん」だったので、この名がついた］や題韻詩、精神とペンの遊戯に夢中になった。子供たちにもそれが伝染し、日曜日や夕食後の晩などに籤《くじ》引きで言葉を選び、押韻ゲームをした。非常に洗練されたこれらのゲームの大半は女性陣のいる前で行われた。しかし、男性たちは幾つかの猥褻な詩を手早く仕上げるために、自分たちだけで集まることもあった。こうして、行末の単語が tapir［貘／うずくまる］、prunelle［瞳］、soupir［ため息］、rebelle［反逆者／逆らう］、shérif［保安官］、machine［機械］、rêtif［強情な］、échine［背骨］、museau［鼻面］、roseau［葦］という条件で、ボリスは次の詩を作る。

Nous nous baisions quand je vis l'ombre d'un tapir
貘の影が見えた時、ぼくらは口づけをしていた
Passer, ma bien-aimée, dans ta noire prunelle.

愛する君よ、漠は君の黒い瞳の中を通り過ぎた
D'un coup de gandoura je tuai le rebelle.
ガンドゥーラの一撃で、ぼくは逆らう相手を殺した
L'aventure arriva sur les monts du Chérif
その珍事はシェリフ山脈の上で発生した
Le monstre remuait, trémulante machine.
怪物はうごめいていた、震える物体だ
Ah! criai-je, animal! Tu te montres rétif,
おい！　怪獣！　とぼくは叫んだ、何てお前は強情なんだ
Et je sautai debout sur sa rebuste échine.
ぼくはその逞しい背骨の上に飛び乗った
Un cri plaintif alors sortit de son museau
その時そいつの鼻面から悲しげな叫び声がもれた
Et mort il est tombé tout prês des roseaux.
そして葦原のそばに倒れて死んだ
Allah!
アッラー！

その日、父のポールは同じ単語を使って、息子よりももっと巧みな暗示効果をもつ詩を作り上げた。

Comme un chat ronronnant je voudrais me tapir
喉を鳴らす猫のように、ぼくはうずくまりたい
Sur ton sein, cependant qu'au feu de ta prunelle
きみの胸の上に、その時、きみの瞳の炎で
Mon être s'échauffant parmi les soupirs
ぼくの身体は熱くなり、ため息に包まれて
Viendra peut-être à bout de ta beauté rebelle
多分きみの手強い美しさを征服するだろう
Insinuant, puis enfin raide ainsi qu'un shérif,
初めは優しく、次にシェリフのように剛直に迫って
Je saurai, conducteur maître de sa machine,
彼女を自由に操縦する御者のぼくは
Manier artistiquement le matériau rétif
頑固な素材を芸術家のようにこね上げることができる
Qui devra, devant moi, plier sa noble échine.
それはぼくの前で高貴な背中を折り曲げるはずだ
Et parfois comme un rat fourrageant du museau
そして時々ネズミが鼻面でかき回すように[*22]
J'écarterai du nez les touffes de roseau.
葦の茂みをぼくは鼻でかき分けるだろう

こうしたゲームはまだ文筆活動の有利な環境にすぎず、腐葉土にすぎない。実際の始動は一九四二年で、おそらくミシェルの存在と彼女自身の文筆趣味が関係している。若い妻は劇評と映画評を書いていたからだ。彼女は十七歳で小説を書く。ボリス夫妻は若い妻の妊娠の終わりの数ヶ月前間、自分たちの楽しみのため、協力して何本かの映画シナリオを準備している。喜劇映画だ。「生活の足しになれば」と彼らは思った。なぜなら、アランが青年錬成所の周辺で演劇や映画を上演しようとし、そのプランを近親者に依頼したからだ。こうした試みの一つである『堅物お断り』には、ミシュリーヌ・プレール、ジャン・ティッシエ、ジャンドリーヌ、ロジェ・ブラン等、ミシェルとボリスがスクリーン上で見た俳優たちによる最高のキャスティングが提案されている。

シノプシスや「台詞の連続」が入り混じり、単なるレジュメや大よその展開を示すだけのこれらのテキストは、題韻詩や初期詩編を収めるファイル代わりに使われて忘れられる。もっとも、ボリスにはそれを職業にする野心は初めからなかった。一九四二年当時、スタジオ回りやプロダクション詣でなどとてもできる話ではなかった。その上、仮に支援者があったとしても、売れるシナリオではない。短すぎるか、主題の出来事に近すぎる。二人の声を合わせた企ては、言ってみれば紳士《ジェントルメン》のスポーツや趣味みたいなもので、純粋なアマチュアリズムの精神に貫かれていたのだ。その商品化は――金に困った時を除けば――垣間見ることさえ稀な夢のまた夢だった。こうした物語から生まれる映画は私的な映画、カップルの空想もしくは、もっと広い意味で家族映画に止まっている。もう一つの草稿『自転車タクシー』[*23]も同様である。そこにはロジェ・スピナール、ジャン・レピトゥ等ボリスの友人たち、エメ・バーリー、アリックス・コンベル、シャルル・ドローネー、ユベール・ロスタン等ボリスの知り合いのミュージシャンたちが登場人物に名を連ねていた。そして、もちろん、主人公はボリス自身の分身でもある少佐である。

ミシェルは妊娠中に甲状腺の病気に罹ったが、出産まで手術ができなかった。一九四二年初めのこの何週間かは暗く不安な時期で、ボリスまで扁桃腺炎と腎仙痛の激しい発作に襲われ、床についた。気晴らしを欲しがる小さな女の子のように、ミシェルは夫にお伽話を注文する。ボリスはその晩のうちに執筆に取りかかった。だが、国立中央工芸学校の友人アルフレド・ジャベスの挿絵つきのこの『普通人のためのお伽話』は、冒頭から既に伝統的な『円卓の騎士』物語とは似ても似つかない内容だった。荒々しい狂気が語りと登場人物と描写に取り憑いている。不条理とギャグに満ちた論理家たち［ルイス・キャロルなど］の作品を読み過ぎてつむじ曲がりの想像力を持つに至ったボリスは、抑えがたい快感と強い不敬への嗜好に煽られて一気に物語の古典的なルールを破壊する。というか、むしろ、シュールレアリスト的逸脱、言語遊戯、頭の遊戯、脱線や唐突な物語の中断等を得意とする彼独自のルールを押しつける。それはまぎれもなく一種の聖杯探求譚［聖杯探求の物語は、「アーサー王物語」などヨーロッパ文学の出発点］であるが、主人公の「輝くように美しい」王子ジョゼフは数キロの砂糖を求めて世界旅行をするのである。彼の旅の友であるバルテルミーは改悛した高利貸しであり、彼の悪辣な敵どもは闇市の手法で迫る。旅で出会う王たちは分裂病患者であり、王女たちは厄介な毒殺癖を持つ。

『普通人のためのお伽話』の中で唯一好感のもてる登場人物は動物たちだ。毎朝ヨーグルトを飲む黒い儀杖馬ジェデオン、「道端で口一杯の火炎を」吐く老ドラゴン、「不機嫌な」スカラベ等々。その他の登場人物も格別意地が悪いというわけではない。むしろ、滑稽。「トロールのタップを踏む」トロール。「一文なしの魔法使いに雇われている」魔法の棒を持つ妖精。実のところ、彼らは王子や若さや心の純粋さが嫌いである。「十八歳までは誰も死なない」青い月の国の王女は、理由もなくジョゼフの死を断言する。ボリス同様、ジョゼフは既に十八歳を超えていたからだ……。物語の中の女は皆意地が悪い。

ミシェル・ヴィアンがこの文学の贈り物を読んだ第一印象は「お伽話とは大分違うなあ」というものだった。事実、悪霊があまりにも多く出すぎて、この砂糖探求の十字軍物語の流れを壊し、ストーリーを分かりにくくさせている。善霊も存在しないわけではない——既にこの試作品には作家ボリス・ヴィアンの顔が透けて見えるからだ。「今刈り取ったばかりの毛足の長い絨毯」のような背景の歪曲、生きている物体、駄じゃれ趣味、時間的な食い違い、エンジニア的論理、露骨なセックス、そして既に、性懲りもなく小説の約束事を破り続ける危険な賭け。既に、「真面目な文学を真面目なやつらの手に委ねてはいけない」という直観。

ミシェルはこの童話はあまりにペシミスティックで人の心を不安にさせると思った。ボリスは書き替えたが、それも同じように荒唐無稽で、同じように暗かった。そこで、彼はただちに別の物語に取りかかる。読者を想定した作品ではなく、彼自身および原稿を清書するミシェルのための作品だ。少佐のための作品でもある。なぜなら、ジャック・ルスタロは新作『アンダンの騒乱』に少佐として登場し、アンティオッシュ・タンブレタンブル——言うまでもなく、ボリスだが——と組んで大活躍する主要人物だからだ。『お伽話』の第一草稿は十五枚程度の紙片に書かれていたが、『アンダンの騒乱』は数ページずつの章立てになった長編小説である。少佐はその中でたっぷり紙面を使って紹介されている。「身体的特徴は、頭の少しイカレた美男子で、額は狭く、毛深く、片目は藪にらみだが、もう一方は義眼だ。薄い唇をゆがめて悪魔的冷笑を浮べる。丈の長い服を着て、丈夫な歯を持ち、安物の赤ワインが好きでたまらないと言う」。ボリス自身の自己紹介は以下の通り。彼は「身長一メートル八十七。金髪で青白い顔。いつも半閉じになった瞼の下の青い目は深い思索に耽っている印象を与える。聡明なのか？　とんでもないうすのろか？　その点に関して断定的なことを言える者は少ない。額は広く張り出してほとんど天才の相を見せ、種々の意味で典型的なこの人物の総仕上げをしていた」。

『アンダンの騒乱』は――望み通りストーリーは複雑化したが――まだ聖杯探求譚の枠内にある。アデルファン・ド・ボーマシャンは友人のセラフィーニョ・アルヴァレードを伴って、ピサンリ男爵夫人宅のパーティに行かなければならない。二人ともダンディズムの信奉者で、身なりには最大限の気配りをする。アデルファンは黄色い靴を履き、P・G・ウッドハウスの小説『比類なきジーヴス』の中の人物そっくりの召使いデュヌーがいる。セラフィーニョは、小説の中で出会うすべての男または女に対して上の空でお釜を掘ってしまう癖がある。もちろん、二重底のたんすや地下道に魔術的な仕掛けが隠されている城の地下室での奇想天外な冒険の後、読者が当初から『アンダンの騒乱』の中心人物と見なしていた者たちは、バスの通過を危うく避けながらパリのど真ん中の屋外に飛び出してくる。セラフィーニョは地下をさ迷っている間に大切なお守りである「バルバラン」を紛失していた。彼はただちに優秀な探偵の少佐に助けを求める。少佐の遠い先祖は一四六四年にサン＝マルタン＝ド＝セニャンで敵を撃退する妙案を思いつく。その時、農民は感謝のあまり「イ・ラ・ジュテ・ロスタ・ロー［彼は敵軍を水中に叩き込んだ！］」と叫んだ。つまり、ルスタロ。この名前が子孫にまで及んだという次第。少佐と軽機関銃の名手でリモートコントロールの発明品を満載したキャディラック操縦の名手でもある友人のアンティオッシュは、もうあまり好感の持てなくなった二人のダンディをリードしながら、オートゥイユからバイヨンヌへ、バイヨンヌからボルネオへと、バルバラン泥棒の追跡を開始する。彼らは幽霊屋敷で、ヴィジ男爵と警官のブリザヴィヨン（ボリス・ヴィアンのアナグラム）[*24]の二人が昔ボルネオからバルバランを持ち帰ったこと、男爵は常に洞窟の暗い水路を航行していることを知る。結局、善玉の少佐とアンティオッシュ――男爵の息子であることが分かるのだが――は悪玉の二人組ダンディと召使いを殺害する。さらに、アンティオッシュはもうそれ以上の気苦労をしなくていいように父親を殺す。少佐はバルバランを海に投げ捨てる……。

『普通人のためのお伽話』同様に、『アンダンの騒乱』には駄じゃれが満載されている。イザック・ラクダンの職業は「アンティック・エール」［骨董《アンティ》屋《ケール》］だ。戦闘機を駆って仲間の少佐を救出するもう一人の脇役、インディアンのポポテペ・アトラゾテルは「桁外れのインカ人」である。皆が聴くのは「テエスエフ」［TSF無線電信］だし、エレベーターの発明者は「ルー＝コンシリアビュジエ」［ル・コルビュジエ。建築家］ときている。『お伽話』同様に、言語の陥入［二語が混交・縮約してできた語］、語りの短縮、教授風の証明——特に持ち主の年齢によって違う上着ポケットの使い方——、そそっかしい性的暴力等の特徴を持つ『アンダンの騒乱』は、一切の束縛と文学ジャンルに対する一切の敬意から解き放たれた、支離滅裂な小説の習作になっている。見かけはモーリス・ルブランやコナン・ドイル風の推理小説だが、それが冒険小説家からの借用や露骨で現代的で幾分厚かましい言語によって絶えず覆され、むしろアルフレッド・ジャリや未来の暗黒叢書に登場するアメリカ人作家たちに近いのだ。

ボリス・ヴィアンはこの作品の中で物の重要性、特に植物の重要性とその後の作品を苛むことになるそれらの危険な瘴気を提示している。すでに彼の描写は非常に装飾的で、あたかも形容詞の正確さと持って回った表現とによって、形容された人物の矛盾が暴き出されるかのようだ。自分自身の描写に至っては、ほとんど不信感に近い。「白髪の混じった細い口ひげが純バロック風の鼻の下で斜めに蛇行して、パルカ女神のハサミを誘うほど見事なプロポーションを示し、強い芳香を放つ毒キンポウゲの花そっくりの伯爵の分厚い下唇に垂れ下がっていた」。

この作品のタイプ原稿には一九四三年五月という日付が記されている。しかし、ボリスは妻にタイプ清書を頼む前に、何度か執筆の中断と再開を繰り返した。一九四二年と一九四三年の彼は、乱雑な書き散らしが目立つ。創作という新しい情熱がジャズ以上に密かに彼の心を捉え、なすべきことが多すぎて困っている感じだ。ボリスは忘れないためと「仲間を喜ばせるため」にだけ「与太話」の——と彼の呼ぶ——文章を紙片に書き留めたと言っている。ところが、友人たち、あるいは、びっくりパーティの端役たちのほとんどが、こうした下書き類の存在を知る栄誉に浴していない。知っていたのは、同期生でお馴染みの読者であるフランソワ・ロスタン、家族または分身であるミシェルと少佐ぐらいのものである……ボリスのこの部分は他の部分以上に長い間控えめに伏せられていたのだ。

彼はもはや書くことを止めない、と言うか、書くことについて考えること、その回りを回ることを止めることができない。出納帳とびっくりパーティの予定メモの間に挟まれて、彼の一九四二年版手帳の余白には、アイデアと計画とうまく使いたいギャグが溢れている。例えば——

「先生、ぼくは十回も検算をしました。
——それは、よかった。
——それで、これがぼくの得た十個の答えです」。

六月二十七日の別の例――
「子供が乳母車をフルスピードで押しています。
――危ないよ、赤ちゃんが死んじゃうよ！
――大丈夫。家にもう一人いるもん」。

ここにいるのはまだザズーの「数学進学クラス生《トーパン》」ボリスだ。八月三十日、彼はクロード・アバディ［Claude Abadie］のためにAile de Cabaud（カボーの翼）、Adèle au Caïd（首領のアデール）という二つのアナグラムを考えている。数ページ前には「恩知らずの反対語は、痩せた巨人」［Un ingrat（恩知らず）はun nain gras（太った小人）と音が同じ］という言語遊戯。ここにいるのもまだボリスだ。しかし、この教養豊かな高校生の武器庫の中に、今後は注釈の野心、別種類の考察への意欲が詰め込まれる。「スイング」する手帳はさらに重さを増す。

一九四二年八月に「フランス工業規格化協会」へ入ったボリスは、同時に初期詩編の選別を開始し、百編を選び出そうとしていた。詩集のタイトルが『百ソネット』だからだ。理屈に合っている。しかし、全部で百十二編になった。ボリスは何編かの詩を廃棄したようだ。廃棄した一編はフランソワ・ロスタンに関するものだった。ボリスはその後も何回か収録する詩編に変更を加えている。彼は一九四四年に完成した「唯一人の少佐ト長調」［唯一人の少佐 Un seul major はト長調 un Sol majeur に音が近い］シリーズを加えたいと思ったようだが、諦めている。そればかりか、親友の少佐に対する賛辞はいつも未発表に終わる。一九四四年七月二十一日の日付を持つ、タイトルのない詩の結びは次のようだ。

至るところで爆撃があり
そのあと至るところで残虐な報復が行われた
数少ない生存者も弾丸の嵐の中で死滅し
カラスたちはまずそうに草を食べた
生きている者が皆死に絶えた時
弔いのための戦いがさらに激化した……
そこで純朴な魂の少佐は考えた
なぜ彼らは戦うのか、もう誰も残っていないのに？[*25]

ボリスは『百ソネット』をヴィル＝ダヴレー行きの列車内と勤め先や少佐の帰りを待つ英国風バーの中で書いた。それは同時に題韻詩ゲームの影響を残し、自由への見習い期間中であることを示す文学的習作でもある。基礎的な材料、すなわち、少年時代と将来的な材料の詳細な点検。いずれにしても、ほとんどの詩はジャンルの約束事に従った、伝統的な形式を守っている。十二シラブルが多く、時折八シラブルと七シラブルが混じる。ミシェルに捧げられた最初の詩編「愛しい君へ《ア・モン・ラパン》」には、既に皮肉っぽく距離を置いた自らのオリジナルな姿勢を正当化し、詩を必ずしも生真面目に受け止めないことへの弁明が読み取れる。

ぼくはうんと年老いたので、多くの話を知っている
そこで君のために百話くらいまとめてみた
おお、それは確かにあまり繊細でもないし力強くもない
誉められるような努力もしていない
だが、少し気違いじみているし、幾らか冒瀆的
時折、幾分陽気で、ついでに少し物悲しい

これが想定された読者なのだ！「シジンの王」［ポール・フォール（一八七二～一九六〇）は多くの若い詩人を育てたので詩王と呼ばれた］ポール・フォール、ポール・クローデル、ジャン・ジオノ等は、ちょっとした韻の都合で深傷を負うことになるだろう。詩集の中には「駄じゃれの弁護」もある。連作「ことわざ集」は各詩編の最終行が超有名な格言［Tant va《タント・ヴァ》 la cruche《ラ・クリュシュ》 à l'eau《ア・ロー》, qu'à《カ》 la《ラ》 fin《ファン》 elle《エル》 se《ス》 casse《カース》. 何度も水を汲みに言った甕は、ついに壊れる。］になっていて、その格言と戯れ、それを虐待することだけが目的で作られた詩編である。「甕はあまりにも水を見たので、ついにがらくた《ラ・クリシュ・ア・タン・ヴュ・ロー・カ・ラ・ファン・セ・ラ・カース》」、「甕があまりにも立派なので、アッラー！ついに私はそれを壊してしまう《タン・ヴォー・ラ・クリシュ、アッラー、カ・ラ・ファン・ジュ・ラ・カース》」、「シャローのこんろがあまりに町に溢れたので、ついにガス欠《タン・ヴァ・ラ・クリュ・シャロ、カ・ラ・ファン、イ・ヤ・ピュ・ド・ガズ》」、「アランはあまりに甕を空にしたので、飢えに苦しむ《タン・ヴイダ・クリュシュ・アラン・ク・ラ・ファン・ル・トラカス》」、「ダチョウはあまり度々水辺に行くので、シギの真似をする《タン・ヴァ・ロートリュシュ・ア・ロー・ケル・ファン・ラ・ベカス》」、「タン《タン》皮、ワラキア人《ヴァラック》の、ロシア人《リュス》、光輪《アロー》、カラフォン《カラフォン》、そして《エ》コーカサス《コーカーズ》」、等々。

『百ソネット』全編を通じて、ボリスはさまざまな警告を発している。彼は自分の詩が人に感動を与えないこと、自分のぶっきらぼうな羞恥心や突然の言葉のつっぱりが一切の抒情を逆なですることをよく知っていた。彼は回りくどい言い方やアイデアのストックを利用して脱出を図る。彼の精神と心の形は初めからそのように作られていたのだ。彼は別の連作「微小偏倚」の「ミューズ」との対話の中で次のように説明している。

なぜ君はいつもぼくに愚かなことばかり吹き込むんだ
ぼくは一度も君を卑しい娼婦扱いしたことなんかないのに
君はぼくに美しい詩句をプレゼントし、ぼくはそれを書く、
と突然
不意に、パチッ！と音がして、もう冗談になっている

ボリスは昔の自分がどのようであったかを振り返るため――この場合は作家としての誕生に際し、極めて誠実に自分の力、自分に欠けているもの、自分の風変わりな書き方、感じ方を公開している作家の卵のことだが――まるで家族アルバムをひもとくように、生涯に何度もこの詩集を構成しなおしている。それは彼の内面の記録であり、そのためのこだわりなのだ。一九四〇年二十歳までの人生。ヴィル＝ダヴレーと罵倒される世間知らず。少年時代、リセ、国立中央工芸学校に関する連作、ザズーの連作。他者と戦争への遅い目覚め――「死者を作り出すためには生者が必要だ」［詩編「要するに」の最終行］。フランス工業規格化協会の静かで、お人好しの不条理。ボリス・ヴィアンはこの詩集を度々見直しているが、一九四四年以降の詩は一編も付け加えていない。青春時代の日記は青春時代で終わり、その主人公の邪魔をしないように、大人が手を加えることを禁じているかのようだ。

楽園との別れ

一九四四年十一月二十二日から二十三日にかけての夜、父親のポール・ヴィアンが殺された。複数の強盗が管理人の家に侵入したのだ。ザザ伯母さん、めん鳥母さん、ポール、ニノン、一年半前にニノンとジャン・レピトゥとの間に生まれたジョエルは二階で寝ていた。押し込み犯が物音を立てる。ポールは飛び起きて、ガウンをはおり、こっそり階段を下りた。多分、大声で叫び、明かりを点けていれば、泥棒は恐れて退散したのではないだろうか。だが、ポールと犯人たちとの間に、危険を察知して重い物を手にしたザザが現れた。彼女はポールが脅されていると考え、一番近くの男に殴りかかろうとする。発砲したのはその男だった。おそらく、殴られるのを避け、身をかわすための反射的な行為だったのだろう。いずれにしても、弾丸は発射された。

ポールは腹部を撃たれて倒れる。三～四人の見知らぬ男たちは逃走し、姿を消した。家人はほとんど姿形を見ていない。彼らはフランス国内軍の腕章をつけ、一人は制服を着ていたらしい。本物のレジスタンス兵士なのか、それとも変装なのか？八月のパリ解放以来、ならず者たちが対独協力者をあぶり出すという口実の下に、孤立した邸宅の訪問を繰り返していた。ポールが撃たれたのは、米軍将校専用のピストル、コルト45であ る。だが、夏以降コルト45は、コニャック一本で簡単に手に入る代物だったのだ……。

ポールは病院へ搬送される前に死亡した。ボリスはＧＩ主催のジャズコンサートから帰って、米軍トラックから飛び降りると同時に事件の一報を受け、駆けつけたがもう遅かった。しかし、彼は検死解剖が終わってまだ腹部が裂けた状態の父親と対面できた。それから彼は、ヴィル＝ダヴレーに隣接するマルヌ＝ラ＝コケット墓地への女たちの葬列の先頭を歩いた。まだドイツに抑留されているレリオ、アラン、ジャン・レピトゥに訃報を知らせる勇気は誰にもなかった。三人の若者は冬が来て帰還するまで、ポール・ヴィアンの死を知らなかったのである。警察の捜査も空しかった。解放後数ヶ月の間に、未解決の犯罪が激増していた。しばらくの間、アランの元の婚約者の身元が洗われる。アランは彼女と金銭的なトラブルがあったようだ。娘のパスポートは偽造だった。隣人たちやヴィアン本家の借家人であるデ・アンブロシス・マルティン一家も取り調べを受けた。しかし、捜査は一九四五年一月十七日に、容疑者と動機不明のまま打ち切られた。

　ヴィル＝ダヴレーの年代記は、一九二〇年代初頭に始まり、戦火が収まろうとするまさにその時に、惨劇の中で幕を閉じる。家屋敷は売りに出された。母屋のフォーヴェット荘も管理人の家も同じ運命だ。庭の芝生の上で、家具、絵画、調度品などが痛ましい競売に付された。ヴィアン家は消えた。忠実な運転手ピッポは隣家のジャン・ロスタンに雇われた。ジャン・レピトゥの父親がヴィアン家の女性たちのためにパリのアパルトマンを手に入れる。第十六区エグゼルマン大通り三十番地。ニノンの義父［ジャン・レピトゥの父］はまたヴィアン家のために戦争被害補償金を獲得して、皆を喜ばせた。

　それはただ単に父親の死、ゲームやサン＝クルーの巨木による庇護との別れだけではなかった。殺害されたのは少年期とその背景のすべてだった。もう一つの楽園であるランドメールも、「大西洋の壁」［一九四一〜一九四四年にドイツ軍が英仏海峡から北海までの大西洋に築いた防御線］を作る時に、トッド機関［第三帝国の技術者集団］の労働者によって爆破されてしまっていた。「（中略）やつらは根こそぎ破壊してしまったんだ、ドイツ軍だ」と後年ボリスは『私記』の中で書く。「そして、近くのどん百姓たちが略奪をした。盗む家具がまだあったのだ。（中略）未だにあそこへ行ってみる勇気が出ないんだよ。ぼくは怖いんだ、やつらは跡形もなく破壊した、ぼくはガキみたいに泣き出すだろう」。

　ボリスは時々日曜日にはヴィル＝ダヴレーのロスタン家を訪れて、友人の「王子様《モンプランス》」［フランソワ・ロスタン］に作品を読んでもらったり、ジャンとチェスを楽しんだりした。しかし、彼はもはや決して幸せな日々のことを口にしないだろう。その後彼と知り合った友人たちも、サン＝クルーの丘の楽しい秘密については何も知らないか、ほとんど知らなかった。彼はこの時代の多くの若者と同じ運命を辿ったのだ。つまり、フランス解放とともに生まれ変わったのである。何人かの友人は彼が銃を所持しているのを見て驚いている。彼は運命の激変からうまく逃げなければならない。ヴィアン一家は今や貧民階級である。めん鳥母さんとザザは度々引越しをするが、その度ごとにアパルトマンは小さくなった。まるで『帝国の建設者』の登場人物たちのように。糖尿病になったニノンは、夫のジャン・レピトゥがドイツから帰還した直後に離婚し、母親と暮らす。レリオは僅かな戦争補償金を元手に文房具店を開く。アランは戦後の混乱の中へチャンスを求めて乗り出して行く。

一九四四年の暮れに、ボリスは旧宅からレコードと題韻詩のコレクションとルガトゥ・サークルの規則集を持ち帰る。彼は無人のダンスホールで最後のトランペットを吹いて自分へのはなむけとした。彼は遺言によって、父親が彼を家長に指定したことを知った。「父親の死後、彼は二週間もの間、口をききませんでした」とミシェル・ヴィアンは回想する。「その後で、彼は別人になりました。すっかり明るさを失ってしまったのです」。

＊1　『私記』、一九五三年二月十一日の注。
＊2　モーリス・ジロディアス『地上の一日』、第一巻「到着」（ディフェランス社、一九九〇年、四百十七ページ）。
＊3　『私記』。
＊4　『ヴェルコカンとプランクトン』（ガリマール社、フォリオ版、十七ページ）。
＊5　同書（四十七〜四十八ページ）。
＊6　ジャン＝クロード・ロワゾー『ザズー』（グラッセ＝ル・サジテール社、一九七七年）から引用。
＊7　同書。
＊8　ボリス・ヴィアンが『百ソネット』の冒頭に置いた、韻文による学生生活レポート「のろま」シリーズの一編「定期試験」。
＊9　同書。
＊10　共著『ジャズの歴史』（ファイヤール社、一九七六年）の中のダン・モルゲンシュテンの文章。
＊11　ボリス・ヴィアン『ジャズ時評』（ジャン＝ジャック・ポヴェール社、一九六七年）。この作品は『ジャズ・ホット』誌や『コンバ』紙に寄稿したボリス・ヴィアンの評論や新聞・雑誌評を、リュシアン・マルソンが適宜選択して編集したもの。
＊12　ミシェル・ヴィアン資料。
＊13　同資料。
＊14　『百ソネット』の中の詩「S・E・P・I・étc」より。
＊15　ミシェル・ヴィアン資料。
＊16　一九四三年九月の日付を持つ手紙。同資料。
＊17　一九四四年五月十九日の手紙。同資料。
＊18　ボリス・ヴィアンの作品、メモ、下書き、未発表の論文、書簡、多くのシャンソンは、日付のないのがふつうで、一九六〇年代初めに『日々の泡』の作者が脚光を浴びて以来、伝記作者の悩みの種となった。一九六

五年の『ビザール』誌特別号から――この号は、時々増補され、ノエル・アルノー著『ボリス・ヴィアン――その平行的人生』の書名で（最新版はクリスチャン・ブルゴワ社、一九八一年）、数回版を重ねた――一九七六年の『オブリック』誌まで、正確な日付の確定は困難をきわめる。完璧なボリス・ヴィアンの書誌学は不可能だ。クロード・J・ラメイユ（『オブリック』誌）とノエル・アルノーは、何年も費やして可能なかぎり正確な数字を推定した。しかし、これらの研究は大変な成果だとしても、初期の著作、とりわけ『百ソネット』の冒頭詩編の日付を、一九四〇年もしくは一九三九年まで遡らせてしまった。10／18叢書のおびただしいボリス・ヴィアンの作品の序文を書いてきたノエル・アルノーは、日付推定の論拠として「ヴィアンの書体の少しぎこちない、ほとんど子供っぽいと言ってもいいほどの特徴」を挙げているが、その後その考えも揺らいでいる。ボリス・ヴィアンの近親者、特にミシェル・ヴィアンは、必ずしも研究者の考証を信じず、若い技師の初期の習作は、一九四一年〜一九四二年以前ではありえないと言い切る。

＊19　ボリス・ヴィアン財団資料。

＊20　同資料。

＊21　同資料。

＊22　同資料。ボリス・ヴィアンは、数十点のこうした中間的詩編を慎重に厚紙のホルダーに分類して、生涯保管した。

＊23　実は、このシナリオ・プランには、タイトルがない。『自転車タクシー』は書き出しの言葉をタイトルにしたのにすぎない。事実、この作品は「その自転車タクシーには、〇〇〇〇〇番という番号がついていた」という記述から始まる。残念なことに、自転車タクシーは、早々とストーリーから消えてしまう。

＊24　ボリス・ヴィアンは、終生その分身と登場人物の数だけ、自分の名前の新しいアナグラムを探究しつづけた。ビゾン・ラヴィ、バロン・ヴィズィ、ブリザヴィヨンの後、一九五六年の手帳にはさらに、ヴァン・アルボワ、ロビー・サヴァンが書き加えられている。

＊25　シナリオの下書きやすべての「若書きの」テキスト同様、『普通人のためのお伽話』、『アンダンの騒乱』、『百ソネット』は、ボリス・ヴィアンの生前に刊行されなかった。彼はそれらを完成された文学作品と思っていなかったのだ。「少佐の特別聖歌隊長による」とボリス・ヴィアンが付け加えている「唯一人の少佐ト長調」は、九編の詩のうち七編と引換えに没になっている。残り二編はボリス・ヴィアン自身によって『ヴェルコカンとプランクトン』の中に使われた。

4　アメリカ野郎

ジャズの解放

何と！　アメリカ軍兵士の若者たちはほとんどジャズを聴いたことがなかったのだ！　デューク・エリントンの編曲について、どんなに流暢な英語で質問しても、パリの若き解放者たちのほとんどは何かいぶかしげな顔をするのだった。チャーリー・パーカー？　サックス奏者のジョニー・ホッジス？　知らないなあ。GIたちはルイ・アームストロングの名前くらいは分かるが、どちらかというとレイ・ヴェンチュラの「わくわくするような《グラマー》」バンドの方がお好みだった。彼らは国土奪還軍の公式楽団指揮者グレン・ミラーは聴いていた。彼らは「スイング」を愛した。踊れさえすれば、どんなジャズでも、どんな流派のジャズでもよかったのだ。踊って戦争を忘れ、願わくば兵士の休暇を楽しみたいのだ。それ以外のことなんか……一九四四年夏の終わり頃、自由の回復だけでなくアメリカ軍の到来に様々な幻想を抱いた多くの若者は、軽い失望を噛みしめていた。「まるでチャップリンの軍隊だった」とボリスの近親者は明言する。だらしない服装、大声でわめき、規律を守らない。軍服もアクセントもばらばら。アメリカ中西部や西海岸の片田舎から駆り集められた「フランス遠征軍」の兵士たちはパリジャンを魅了したが、アメリカ好きのフランス人を当惑させたのである。陽気で、直ちに、しかも時として大々的に闇市が開けるほど現実主義者で、酒好き、女好き。そのくせナチス占領中に自分たちの国が生み出した強烈な幻想にはまったく無知なアメリカ兵たち。シモーヌ・ド・ボーヴォワールは、復活した首都で出会った最初の仏＝米ショックを「神話の一端に触れることさえできなかった」と回想録の中で述べている。[*1]その無念さははっきりと現れた。パリは歓喜の爆発と深刻な日常生活の困窮の狭間で、数週間の間に急激に老け込んだのである。新世界はそのテクノロジー、武器、車両、ノウハウの才覚を露骨に見せつけてきた。AFN放送が開局し、ヤンキーミュージックの放送が始まる。首都の至るところに米軍専用の食料品店「PX」と外出を許された兵士のためのバー、クラブ、ダンスホールが生まれた。解放者とその恩義を受けた者との関係は不平等で、棒チョコや一箱のビール瓶に手を出す者とそれを眺める者との間には、たちまちある種のぎこちなさが生まれた。その後何年も続くことになるアメリカへの警戒心は、大まかに言って貧血状態のヨーロッパの古い街を舞台に、こうした大西洋の彼方の国の物質的豊かさのデモンストレーションが行われたことに起因する。その上、首都が夢み、ジョン・ドス・パソスやウィリアム・フォークナー、アースキン・コールドウェル等の小説によって培われた理想のアメリカ像に、兵士たちがまったく無関心であったとすれば、なおのことである。

　ボリスも同様の無念さを味わった。しかし、お伽話を優先する彼は、彼が「Les Uhessa《レ・ユエサ》」［SU：A］と呼ぶもう一つのアメリカ、彼と少佐のアメリカ、推理小説やトランペットの名手たち、ハイテクや活発なガールズの満ちあふれる、心の中のアメリカに特権を与え続ける方を選んだ。解放後の数ヶ月間、彼は資料収集にかかりっきりだった。彼は戦争資材の進化をドイツの記録映画から学んだように、エンジニアとしての好奇心を満たしてくれるアメリカ映画をビューアーでチェックしたのである。その中にはフランク・キャプラが編集した『我々はなぜ戦うか』というドキュメンタリーもあった。彼は知り合いの複数のGIに頼んで『エスクワイア』誌や『コリアーズ』誌のバックナンバーすべてに目を通している。彼はパリでにわかに玄人受けするようになったジープ――例の四つ輪の鰯の缶詰――の長所について何時間も議論をする。彼はGI専用で、コピーを避けるためにわざと使用制限している「Vディスク」［第二次世界大戦中、米軍兵士慰問用に作られたレコード。Vは Victory］を口汚く罵る。ミシェルは、サン＝クルー公園に宿営している兵士をフォーブール＝ポワソニエールの初期のびっくりパーティに招待するため、ヴィル＝ダヴレーまで自転車で帰る。兵士《ボーイズ》たちは後日、招待のお礼に何ケースもの食料品や時には本を気前よく送ってくれた。

　時と場所とを選ばず、ボリスはまだ下手くそな英語で、あるいはミシェルの同時通訳で、ジャズについて知っていることを教え、交換にチェスターフィールド煙草やヴァルガスのピンナップ・ガールを生み出した素敵な国の情報をもらった。特に彼は黒人兵士たちとつきあった。黒人兵を通して愛する音楽の神秘が理解できるのではないかと考えたのである。

　若者たちのある者は、アメリカ人の訪れる何軒かのバーに自分だけのアメリカを求めて通った。ひょっとしたら、フランス遠征終了後パリで休暇中の最も有名な従軍記者アーネスト・ヘミングウェイに会えるかもしれない。あるいは、昨日までは無名または誤解されていたのに、突然カーキ服を着た武勲への激しい情熱に駆られてパリの読者を感動させ有名になった従軍知識人、ジャーナリスト、作家たちが滞在している「スクリーブ・ホテル」へ招待される幸運に巡り合えるかもしれない。あるいはさらに、戦時中には入手不可能だった作家の作品、特にマルセル・デュアメルが訳したドロシー・ベイカーやホレス・マッコイの未刊作品を特集したリヨンの雑誌『アルバレート』が手に入るかもしれない。

ボリス自身は彼が熱中している関心事の情報収集に最も有利な位置にいた。クロード・アバディ楽団は解放軍に気晴らしをさせたいと考える。参謀本部の「スペシャル・サービス・ショー」に出演すると、たちまち公演やダンスパーティの依頼が殺到したのだ。西欧連合軍にとってパリは小休止にすぎず、血なまぐさい戦争はフランス北部でまだ続行されていた。兵士たちは、ベルリン陥落までの数ヶ月間恐ろしい運命が待ち構えており、ドイツ師団がアルデンヌやオランダで再編成されることを知っていた。なお多くの死者が予想された。だから、傷つき、配給制を強いられ、ガスや電気を奪われた街であっても――フランスのアメリカ幻想に対してアメリカのフランス幻想である――快楽の国フランスを象徴する都市の与えてくれるものは、有り難く受け取った方がいいのである。ボリスの音楽仲間たちは最初「ロワイヤル・ヴィリエ」で演奏するが、フランス人の小屋主が契約金のことでいい顔をしなくなった。バンドは楽器を引き上げ、ついでにピアノのキーもいくつか引き抜いてきた。マドレーヌ通りの「レインボー・コーナー」は良心的な待遇だった。この施設は米軍の管理下にある。だから、固定給の外に、店でたらふく食べることができ、閉店時には、家族持ち帰り用にミルク、コーヒー、揚げ物、缶詰等が山ほどプレゼントされた。GIたちは彼らの祖国の音楽について確固たる定見を持ち、それを情熱的に弁護するこのあきれた若者グループにたちまち魅了された。パーティの冒頭ではしばしば活発な議論が交わされた。踊り手たちはイギリスのナイトクラブや南フランスで注文通りにやってもらったお馴染みの曲を要求する。だが、楽団はデューク・エリントンの曲か、この数ヶ月間徐々に自信をつけてきた「ニューオリンズ」か、クロード・アバディの編曲した曲しか演奏しない。気の良い兵士たちは、その度ごとにこの決められた演目のリズムに合わせて踊ることを承諾するのだった。

食糧不足の戦後の数ヶ月間、ボリスとその仲間たちを養った「レインボー・コーナー」は、既婚女性禁止だった。だから、この店は両大陸の独身者の出会いを提供する場となった。しかし、ミシェルは出入り自由だった。若い夫婦はアメリカ人のお気に入りだった。少佐も楽器は演奏しないが、もちろん不可欠の存在であり、ミシェルのパートナーとしてたちまちクラブのスターダンサーの一人になった。彼はフロアに強烈なジルバのラインを描き、ジルバはまもなくパリに新時代を告げる最初の明確なシンボルと化す。時々、ソルボンヌ大学のレジスタンス化学者で地下から地上に現れたクロード・レオンの細君マドレーヌも顔を出した。

クロード・レオンは首都解放の数週間後、ピガールの「アポロ」近くのクラブで偶然クロード・アバディに再会した。アバディはレオンと抱き合って挨拶を交わしながらバンドに戻るよう勧誘する。「ねえ、ギャラはドルだよ」。クロード・レオンとボリスは初対面で意気投合した。「演奏中に彼はもっと強くたたくように言うんです」とクロード・レオンは回想する。「ドラムを強くたたけと言うミュージシャンはあまりいません。たいていはその反対で、ドラムを黙らせるのです」。その晩、二人の若者は静まり返った街を一緒に歩いて帰ることにする。彼らの家は同じ方角にあった。二人は科学的な教養を共有していた。二人とも結婚し、所帯主としての責任があり、経済的な不安を抱えていた。クロードの妻は妊娠している。ボリスは既に父親だ。生き方の規範が失われたこの時代、二人の共通点は彼らを他人から区別し、二人はたちまち強い絆で結ばれる。彼らは歩きながら話し合った。戦争の話ではない。クロードはレジスタンス運動のことは話さなかったし、ボリスは戦争への無関心を話さなかった。彼らは文学について話した。そして、お互いの好きな作品作家の迷路の中に、来るべき友情の標識を無意識のうちに探っていた。「彼はマルセル・エイメが好きでした。あの時代にそれはぼくを驚かせました。しかし、ぼくらはすぐにアメリカ人作家やコンラッドで意見が合いました。幸運にも、二人ともコンラッド・ファンだったのです。それから、ぼくたちは共通の好みがあることを発見しました。『チボー家の人々』やその他の大河小説、ぼくらが若い時分の通俗小説、ポンソン・デュ・テライユやポール・フェヴァルの小説、あるいは『パールダイヤン家の人々』など。この初対面の夜に、ぼくはレーモン・ルーセルの『私はいかにして或る種の本を書いたか』を貸してあげようと申し出ました。それはぼくのミスでした。彼はこの小説破壊の作品を猛然とこき下ろしたのです」。第九区のあたりで別れるまで、二人の若者はこうして友情を確認しあった。ボリスはさらにモーツァルトへの不信とチーズ嫌いも告白した。クロードはボリスの論理学研究への関心を指摘する。彼は既にゲーデル著『定理』の噂を知っていた。彼が論理学関係の本を入手したいというので、クロードはそれを貸与する……クロード・レオンはボリスの作品に登場する権利を獲得した。その名はドッディもしくはドディであった。

楽団はあっという間に歓楽の街の人気バンドの一つになった。彼らは呼ばれればどこへでも出かけた。様々な軍隊の兵士たち、ヨーロッパの避難民、灯りの下に戻ってきたフランス人等不特定の客の前で、週に数回彼らは「ジャム」をやり、「ポーランドをした」。この直接他動詞はボリスが発明した。その意味は、収入を分配すること。語源は一九三九年九月のポーランド分割だ。だが、「ポーランドをする」のは簡単ではなかった。特別公演の主催者が約束のギャラを払いしぶるからだ。主催者はクロード・アバディとそのメンバーが制服を着るか、白いジャケットを着るように要求する。しかし、それは飲めない話だ。制服を着ていたのでは、休憩時間に女性ダンサーのところへ行って一緒に踊ることができない。交渉はしばしば決裂し、彼らは徒歩で帰宅することを余儀なくされた。リヴリ＝ガルガンで行われた「レジスタンスの友」ガラ・コンサートでは、この団体の責任者がバンドに冒頭イギリス、アメリカ、ロシア、フランスの国歌を演奏するように命じる。ボリスは突然笑い出し、「インターナショナル」を演奏した方がいいのではと質問した。レジスタンスの闘士たちは大真面目だ。そこで、彼らは連合国の国歌を「スイングで演奏」し、その晩最初の憤激を買った。ジャズ本来のアイロニーに不慣れな聴衆は、言語道断だといきまく。彼らは楽団員の祖国愛を疑ったのだ。ありがたいことに、少佐が義眼を外して、もう一つの血と勇気の物語を演じて見せた。しかし、それは小休止にすぎなかった。この公演は惨憺たる結果に終わり、ボリス、フォル兄弟、クロード・レオン、クロード・アバディは、雪でぬかるんだ道を、徒歩で、酔いつぶれた少佐を引きずりながら帰らねばならなかった。途中疲れ果てた彼らは、彼らの愛すべきパイロット・フィッシュ［他の魚の住み心地をよくするために真っ先に水槽に入れられる魚］を親切な宿屋の主人に預けて引き上げる。二日後、少佐は幸運なホテル滞在に大満足して皆の前に現れた。

連合軍のノルマンディ上陸以後父親の監視を解かれたジャック・ルスタロ［少佐］は、終戦直後の抑圧解放の場には、至る所に同時に姿を現す感じだった。そして、どこでも自由にふるまった。彼は細い口ひげを自慢し、幾分老け込んだように見えた。彼はいつもカーキ色の軍服を着て、時には少佐の徽章もつけ、「ＰＸ」に入って誰彼となく食事をおごり、アルコールを買った。ビアリッツのアメリカン大学開校の時は、何週間もの間皆に本物の歌手であると信じ込ませた。彼は自分のために、そしていくらかはボリスのために、平和回復後の強烈な興奮を探し求めたのだ。ヴィシーや占領中のパリでのびっくりパーティが終わり、彼は親ドゴール派のパーティへと通常の流れに戻る。彼は「ナフタリン派」と呼ばれる連中の会合に窓から乗り込む。その連中は自分たちは戦争の犠牲者ではないと白昼堂々と挑発的な主張をする金持ちの子弟である。ジャック・ルスタロは、無礼な他の仲間とともに思い上がった会合を妨害するため得意の組織的破壊工作を実践する。新時代を迎え、そこに米軍将校を連れてゆくことも忘れなかった。米国軍人はメイド・イン・フランスの歓待に目を丸くして驚いた。ある晩パリの高級住宅街の一角で、彼は突然パントマイムの襲撃劇を開始する。彼は家具でバリケードを築かせ、人質をとり、瀕死の重傷を負って倒れ、上流階級の奥方とその実業家の夫たちの拍手喝采を浴びる。若者、特に金のない若者はそれが何であれ流行に後れないことが肝要だ。そうすれば、若者も食事にありつける。まだ夜になると裕福な家庭に居候が食事に集まってくる時代だった。昼間オルセー駅に下車しておろおろしているドイツ帰りの捕虜たちに慈善事業をするのと同じ感覚である。

少佐には何回か記念すべき社交界テロリズム作戦を敢行する際に知り合った友人がいて、その連中はまた少佐経由でボリスの友人になった。未来の映画監督ジャン・シュイユー、未来の国際的著名学者マルク・シュッツェンベルジェ、未来の理解されない詩人アンドレ・フレデリック。その他数人……自由に騒いだ長い夜が終わり、そこで出会った人物に、昨日はレジスタンス闘士だったか、対独協力者だったか、捕虜だったか、徴用されたか等々の野暮な質問をしなくても済む、しっかりした眼力を持つ友人たちである。良い陣営か、悪い陣営かも訊かなかった。この仲間たちには過去がなかった。彼らは新しい時代の兆しを待っていた。アルコールによる酩酊、映画会への強い飢餓、現代文学の読書、金持ちの邸宅の強襲だけが、彼らに未来への不安定な掛け橋を提供するが、その未来も数ヶ月後にはもう判然としないものになってしまう。フランスの解放は何の解決ももたらさなかった。ボリスが特別公演や夜のパーティで出会った若者たちは、ポール・ガデンヌの次の文章をそのまま体現していた。「彼の意に反して、それまで暮らしてきたパリを再発見したいという彼の切なる願いに反して、彼は灰色の歩道を迷いながら、誰一人二十歳を超える者はいないだろうということを納得した」[*2]。

平和の淵に沈んで若死にする者もいた。自殺である。鋭敏なラテン語学者で教会法の専門家フィリップ・パパンはその一人だ。飲酒と待機とを止めてニヒリズムを克服した者もいる。BCRA〔ドゴール派の情報機関〕の元メンバーで、コミュニストの知事モコールがそうである。彼は警察署の独房から何度も少佐を救い出した。後年彼らの武勲は単なる学生の冗談のように語られている。したがって、指定された胸から直接若い女性の乳房を石膏で型取りするあの催しも、最もぶち壊しに成功したびっくりパーティの一つとして語り継がれるのであろう。しかし、彼らの常軌を逸した行動は一つの真実を隠していた。再びポール・ガデンヌの言葉を借りよう。「各人が取り戻したただ一つのもの、それは孤独だった」[*3]。

「ボリスは飲みませんでした。飲んでもほんの少し」とジャン・シュイユーは語る。「彼は結婚していたし、少佐の手柄話には酔いしれているようだったが、彼自身が前面に出ることはありませんでした」。事実、ボリスは戦後のこれ見よがしで思わせぶりな歓びを粉砕する、強烈な嘲笑にはあまり加わっていない。しかし、クロード・レオンはファッション・デザイナー、ジャック・ファット主催の祝賀会で、召使いがコスチュームを身につけ、かがり火を持って不動の姿勢で立っているのを見て、彼の友があっけに取られたのを覚えている。しかし、彼は――まだ――ジャン・コクトーの女友達のマリー＝ロール・ド・ノアイユ子爵夫人、マリー＝ルイーズ・ブスケあるいはお金持ちの詩人で、コミュニストのリーズ・ドアルム等、面識を求めて来る若者に庇護を与えていた大物女祭司たちの週一度の会には顔を出していない。

　ボリスといえば、先ずアメリカなのだ。豪華な仏＝米コネクションではない。ジャズの祖国アメリカなのだ。彼は一九四四年夏の首都解放には比較的無関心な風に見える。単に、他のパリジャン同様ほっとしただけである。「特に彼の心を占めていたのはジャズの解放でした」とミシェル・ヴィアンは言う。パリ蜂起の日々、彼はフランス国内軍がパリから逃げようとするドイツ軍を阻止しようとした北部地区の小競り合いを知らなかった。危険な状況を知らぬまま、彼は壁伝いにピガールの「シガール」やクリシー広場の何軒かのバーに無事にたどり着き、トランペットを手に持って、市民生活の中に戻ってきた音楽の突撃ラッパが鳴るのを聞いていたのである。その後の彼は「ジャムセッション《ブッフ》」の相手を変えながら、またバンドで仲間と夜会の特別出演をこなしながら、情熱的ながらも理論を重視し、心臓のうめき声に耳を貸さず、吹き続ける。良い演奏ができるかどうかだけが気がかりで、できれば幸せなのだ。彼の手帳には苛立ちの記録が残っている。たとえば、ユベール・ロスタンと若きエディ・バークレーの後で演奏した、マンサール街「エタンセル」のコンサート――「かっこ悪い。出だしをミスった」。また、彼は一九四四年十二月二十四日のホット・クラブ・ド・フランス主催第八回アマチュア・コンテストにクロード・アバディ楽団が優勝できなかったことに腹を立て、その悔しさを訴えている。彼は仲間たちに積極的なラジオ出演と録音を促す。ボリスは「ポーランドをする」必要性だけでなく、演奏の喜びと――トラックによる長距離旅行やパリを離れることさえいとわず――至る所に出向くことの喜びのために、戦っていたのである。

　一九四五年初めから既に彼らのバンドは最も有名なアマチュア・バンドとなり、「スペシャル・サービス・ショー」の後援で続けられた「ジャズの夕べ」では、度々プロのバンドと一緒にステージに上がった。クロード・アバディとその楽団は、一九四五年十一月十七日、ホット・クラブ・ド・ベルギー主催の

第一回ジャズ・フェスティバルであらゆる賞を総なめにした。その結果、彼らはホールの経営者に気に入られ、年末のクリスマスと大晦日のパーティ公演を頼まれる。以後、ボリスはベスト・ソリストとまでは行かないが、よく知られたトランペッターとなった。彼の容姿が不思議な印象を与え、直ちに注目を集めるのである。背が高くスリムなシルエット、灰青色のクールな瞳、火星人のように広い額、やせて尖った頬。既に心臓病患者特有の青白い肌。特に、胸を打つ真剣な表情、演奏時の集中力、哀歌を奏でるトランペットから滲み出す理知的な雰囲気。

その上、好みなのか偶然なのか、ロマンチシズムなのか、とにかくオリジナルでありたいからか——オリジナルは彼の友人たち共通の趣味だが——ボリスは「ビックス」のように吹き始めたのだ。二十八歳で亡くなった二十世紀初頭の白い救世主、ビックス・バイダーベックは黒人になることを願い、アームストロング時代初期の最高のコルネット奏者たちと唯一肩を並べることのできた白人ミュージシャンである。ボリスは後年『ジャズ・ホット』誌の解説記事で「指の間に何ともいえない雰囲気を湛えた青年」と紹介している。[*4] 同じ文章の中で、彼はジャン・ゴールドケット楽団でビックスと交代するシカゴ派黄金時代のトランペッター、ジミー・マック・ポートランドの話をして、自分のお手本であるビックスに言及している。「ところで、彼はとても人付き合いが悪かった。人生で唯一の関心事は音楽、それだけ。それ以外は、何もなかった」。ビックスはジャズマンの憧れの伝説通りにアルコールに溺れ、力尽きて、孤独の中で死んだ。ボリスはそのようなビックスを愛し、彼を真似たいと思ったのである。彼はまたビックス・スタイルの独創性も愛した。それは「グルペット［主要音の上の音から始まって、主要音とその下の音を経て主要音に帰る装飾音］」や「アナクルーシス［第一拍を導入する一個または数個の装飾音］」を多用する大変装飾的な音楽で、クロード・アバディに言わせると「バロック風」だ。誰しも修行時代初期に好きになるスタイルで、文学の修行が短編小説から始まるのと同じである。普通は、その後もっと濃密で、もっと直接的で、もっと大人のスタイルに移行するが、ボリスはこの少年期神話に固執する。ジャズに苦しめられ、黒人の血が支配するゲットーに迷い込んだ白人という悪意にみちた伝説の拷問にかけられたビックスの、抒情的で華やかな奏法に固執する。

ボリスは唇の隅にトランペットの歌口を当て、脚を広げてビックスのように吹き、それが彼のトレードマークになった。クロード・アバディ楽団は「ニューオリンズ」スタイルを守る唯一の、あるいは、ほとんど唯一のバンドになってしまった。一九四六年まではリ＝バップと呼ばれたビ＝バップがGIとフランス人ジャズファンの主流になったからである。しかし、その差異は表面的なものだった。ボリスと仲間たちは終戦と同時に一種の新旧論争を始めていた。この論争は永遠に決着のつかない論争で、五十年後の今でもジャズの大家たちの記憶に火をつけるくらいである。こうした文化革命初期の時代から一つの言い回しが残っている。「ホット・クラブ・ド・フランス」会長ユーグ・パナシエの論文のタイトルでもある「黴の生えたイチジクと酸っぱいブドウ」だ。英語の mouldy figs と sour grapes の仏訳である。なぜなら、この論争は先ずアメリカの批評界を二分したからだ。ジャズは進化しなければならない、と近代派は要求する。現代ジャズに乾杯！ だが、守旧派は「過去のジャズを超えることはぜったいに不可能」と反論する。ユーグ・パナシエは長年ボリスから郷愁と懐古趣味の非難を受ける。つまり、守旧派なのだ。ところが、伝統を守っているクロード・アバディ楽団は進歩派と見なされた。つまり、近代派。一九四四年のコンクールの際に、ボリスの仲間たちは全員あごひげを着け、「デュピトン教授と愉快なマンドリン」というバンド名で出演する。それはフランス解放時のジャズはもう古く、別のジャズに移行すべき時だという意思表示だった。「ぼくらは二十五歳になっていました」とクロード・アバディは証言する。「つまり、プロのミュージシャンとあまり違わない年齢になっていたのです。そして、既に自分たちのスタイルの古さを感じ始めていました。思い切って変える必要があったのです」。

ボリスは今後ジャズのために何をすべきかについて、自分の態度を既に明確に示している。それは断固として誠実なトランペッターになること、それだけ。彼は自分の楽しみのためには、慣れ親しんだ伝統的なジャズの演奏を好んだ。ただ、そのジャズは旧大陸みたいなものだ。擦り切れている。もう少し新鮮な空気がほしい！ 一九四四年三月、フランスにおけるジャズの現状についてホット・クラブ・ド・フランスのアンケートが行われ、彼は「バラード形式のアンケート」を書いてそれに答えた。この詩はその後『百ソネット』にビゾン・ラヴィのペンネームで収められている。

ウェザーフォード、ブリッグス、そして、ル・フローレンス
コールマン、ウェルズ、そして、あなた、そうだとも
若くして貫禄十分なル・デューク
あなたたちが去ってから、すべて堕落した
今ではやたらにわめき立て、やたらに
話を難しくする。護り手のいない
ホットジャズは失速して魅力を失い
フランスにもうジャズはない

初期のソロ演奏の歓びへの忠誠、未来を開く呼びかけ。ビッ

クスのように黒人文化こそジャズの本質だと感じるアマチュア演奏家を襲う、白人的なものへの脱線の懸念。ジャズは普及するにつれ、白人の合理的なイマジネーションの方へと広がった。ボリスは「近代派」の陣営を堅持しながらも、黒人ジャズの強烈なスパイスを味気ないものにする理論化に対して戦う決意をする。ヨーロッパやフランスのミュージシャンを攻撃するのではなく――なぜなら、皮膚の色は選べないから――彼は理屈っぽい連中、講演者、白人主義者たちを攻撃する。ある時は憤激し、ある時は皮肉っぽく。アドリブ・ソロの部分まで進んで定式化しようとする研究者たちの世界に挑発の矢を射続ける。

　一九四六年『ジャズ・ホット』誌に寄稿するチャンスが訪れると、彼は「ジャズの発展」という新たな根本問題を徹底的に茶化すことに専念する。フランク・テノーと組んで、彼はフランスのミュージシャンに対する偽りのアンケートのでたらめな解説をする。二人の僚友はその中で意識的に真面目を装い、ジャズ愛好家なら誰でも知っている平凡な常識という形を取りながら、ほとんどすべてのこと、すべての人間をやんわり茶化している。例えば――「音楽は自然に進化する」と彼は書く。「すべての事物は変わるべきであり、事実変わるのだ……例えば、デューク・エリントン楽団の進化。それによって新しいものがもたらされる以上、すべての発展は善である。もしもそれが我々に影響を与えるはずであれば、我々はそれに気づかずにはいない」。一九四六年初頭から『ジャズ・ホット』誌は、その内部で論争が発生することも折込み済みで、「新シリーズ」として戦後ジャズ全流派の連邦をつくる試みを始めていた。この偽アンケートは決定稿のど真ん中に不用意に投げ込まれた火薬樽だった。検閲削除すべきだろうか？　作者たちに書き直しを命じるべきだろうか？　編集委員会は記事の下に次の注をつけ、この難問をユーモアに満ちた方法で乗り切った。「(中略)インタビューの翌日、ホット・クラブ・ド・フランスへひどく酩酊した二人の男が連れて来られた。様々な能力を持つ専門家が呼び集められ、苦労の末それがテノー（フランク）とヴィアン（ボリス）という名前の人物であることが判明した。ここに掲載した文章は最初の人物の右内ポケットで発見され、時間がなかったのですぐに印刷に回された。以上が掲載に至る経過である」[*5]。

　トラブルは回避され、最初の内部分裂は延期された。しかし、この記事によって、フランスのジャズ愛好者は、ボリス・ヴィアン、あの礼儀正しい様子のエンジニア、あの古い「ニューオリンズ」信者のヴィアンが、彼らの胸に混乱を引き起こすとんでもない危険人物であることを知るのである。だが、彼を追放しようとしてももう遅い。彼はそこに居座ってしまった。後になって別の部門、新聞・雑誌記事の論評を担当させるまで解決策はないのだ。新聞・雑誌時評ならまったく自由な調子と文体が許されるので『ジャズ・ホット』誌にとっても自由な雑誌という宣伝ができるのである。この時以後、硬直した教義、不誠実、いい加減な物言い、愚劣さは、毎月死体解剖されることになる。ボリスは知性を自然なものと見なす彼流のやり方で、ジャズに対するほんの少しのエスプリと他人や彼自身の青春の深く重い音色に対するささやかな愛情を要求したのだ。正しいバランス感覚である。フランス・ジャズの神殿で、一編の恨みごとの詩を弁護し、また数編の不遜な記事を弁護して、意識的にそうしようと思ったわけではまったくないのに、しばしば流れに逆らい、時には友人たちにさえ逆らいながら、彼は毎週彼の愛する音楽を動脈硬化に陥らせる周囲の順応主義と戦わざるを得ない。

わが友クノー

多くの若いカップルがそうであったように、ミシェルとボリスもきっかけを待っていた。戦後の若者たちは貧しい。配給はドイツ占領時代よりもさらに厳しく思われた。ミシェルはファッション・デザイナーのシモーヌ・バロンを通じて、モード雑誌に若い娘の絵やイラストを描いているイラストレーター、レーモン・ブルノーの面識を得、それ以後はスイスの新聞『プレール』と幾つかの広告のモデルをつとめる。同時に、彼女は『アミ・デ・ザール』誌やコミュニストの雑誌『ラ・ヴィ・ウールーズ』のために映画批評も書いた。ボリスの方はフランス工業規格化協会に退屈し、給料の安さを嘆いている。一九四四年三月、彼は事務所の同僚を楽しませるために「普通のフランス人のための規格化された侮辱語の分類表」を作った。規格化協会で使用中のパラメーターに従って被侮辱者を分類し、聖職者用の侮辱と遠洋航海の船長に対する侮辱とを区別し、男女の性だけでなく「第三の性の被侮辱者」のカテゴリーを設ける気遣いさえ見せている。「今準備中の規格は」とそれ自身非常に規格的なこの資料の中で彼は説明を加えている。「以下の資料で用いられる用語を、常用ヨーロッパ四ヶ国語に発音付きで翻訳する予定になっている」[*6]。

この侮辱語分類表は、当然上司たちの強い反感を買った。それゆえ、ジャズは明らかに、容易にユーモアのセンスと出会えない時代の唯一の慰めであった。ミシェルの両親は、最後のドイツ軍とともにベルリン脱出に成功し、ヨーロッパを大きく迂回してパリに戻って来た。父のピエール・レグリーズは、北大西洋条約機構の将来の航空インフラ整備を始めたカナダ連合軍司令部にポストを得る。彼はボリスに新世界の研究所に入らないかと誘ったが、ボリスはそれを断る。ピエール・レグリーズは一人で出発し、初期パーキンソン病だった妻は、後から夫に合流した。
ミシェル、パトリック〔子息〕、ボリスとミシェルの弟のクロード・レグリーズは、再び広すぎるアパルトマンに取り残される。ボリスはそこに事務机を入れた。クロードは医学の勉強を放棄し、未明に帰宅することが多くなる。寒い冬だった。ボリスはヴィル＝ダヴレーからの撤退と父親喪失による空虚感を抱え、家庭生活の陰鬱を紛らわすために、自分でも家具を作り、飾り棚を作った。少佐が遊びに来た。生活のためと母親を助けるために、ジャック・ルスタロ〔少佐〕は友人たちが気の利いた絵を描いてくれたネクタイを売る。一九四五年の夏、彼らは一緒に二週間のバカンスを取り、サン＝ジャン＝ド＝リュズ〔大西洋岸スペイン国境の町〕のガンベッタ通りにアパルトマンを借りた。だが、少佐とガールフレンドはこのバスク地方へ予定よりも数日遅れて到着する。車のパンクや様々な出来事による妨害を内容とするこの新しい冒険は、後になってボリスに短編小説『南の城砦』[*7]の材料を提供する。もちろん、またしても主人公は少佐である。

この雌《し》伏《ふく》期の何ヶ月かはボリスを苛立たせた。彼はもう忍耐心を欠いていた。彼はしばしば感情を爆発させた。人生は下降線をたどり始めたのではないか。彼は生き急いでいた。既に四半世紀もの心臓疾患！　公共交通機関の中での息苦しさ、急な疲労感、あるいは逆に、異常な活力、突然の熱狂とその反転など幾つもの兆候が現れ、その不安の中から、この世界――すべての頭脳が同じリズムで、つまり、彼と同じリズムで回っているわけではないこの世界――を共有しなければならないという彼の苛立ちが噴出する。一種の緊急事態だ。だが、何から始めればいいのか？　ボリスはトランペッターとしての才能には幻想を持っていなかった。彼の心はアマチュアリズムへの嗜好、すなわち芸術や娯楽は無償であるべきだという家の教育と、ヴィル＝ダヴレー時代の経済的な豊かさを取り戻したいという強迫観念との間でたえず揺れ動く。時間を加速させために、あるいは、終末を遅らせるために、どのような活動を選ぶべきか？　どうすれば、荒れ狂う心臓を鎮められるのか？　どうすれば、逆に、残り少ない人生を燃焼させることができるのか？

まるで失われた楽園から届いた最後の贈り物のように、合図が送られて来たのはヴィル＝ダヴレーからだった。ボリスは作家になるのである。彼の原稿の一つがフランスでも有数の出版社であるガリマールから出版されることになったのだ。もちろんボリスは、フランソワ・ロスタンに『ヴェルコカンとプランクトン』の常識をひっくり返すような文章を読ませていた。一九四三年〜一九四四年冬に、今回もまた、仲間たちを楽しませるために書かれた長編小説である。フランソワはそれを父親に見せた。父のジャン・ロスタンは、この辛辣なザズー族のびっくりパーティ探究になにがしかのメリットを認めたものと思われる。なぜなら、彼はその原稿をレーモン・クノーに託したからだ。ボリスは一九四四年当時作家になることを切望していなかった。そのステータスは——まだ——彼の力の及ばない高みにあったからだ。彼の「小品」は彼自身も言っているように友情を維持する手段に過ぎなかった。だが、モンプランス〔フランソワ・ロスタン〕は昔のゲーム仲間の作品を高く評価する。ジャン・ロスタンはガリマール社から自身の本を出していたし、科学シリーズの監修もしていた。また、一九四一年からガリマール社の事務局長をしているレーモン・クノーは、ガストン・ガリマールから若い作家を発掘する新シリーズ「風の中のペン」着手の許可を得ていた。

　ボリスにとってこれ以上の支援、これ以上に幸せな文学へのデビューは考えられなかった。したがって、一九四五年七月十八日の契約の日まで、彼は長い間この余りにも恵まれた状況の真実性が信じられなかった。しかし、別の日には、順当な願望の実現という側面から見れば、この幸運の女神のウインクはほとんど自然なことのようにも思われた。近親者の話では、レーモン・クノーは『ヴェルコカンとプランクトン』の何ヶ所かを書き直すよう彼に指示したようだ。タイプで最終原稿を清書したミシェル・ヴィアンによると、修正個所は、語呂合わせを詰め込みすぎた何人かの人物の姓を単純化することと、長すぎるタイトルの変更だけであったらしい。最初のタイトルは『少佐の特別叙事詩人ビゾン・ラヴィ作、四部構成をまとめて一冊にした悪がき大ロマン、ヴェルコカンとプランクトン』となっていた。この自己紹介の後に続くエピグラフ「彼女コロンブには金持ち趣味があった……死者をして安らかに眠らしめよ。少佐万歳。ティル（マルセル）もまたかくあれかし」もまた消えた。一九四五年六月二十八日の日付を持つレーモン・クノー宛て書簡の下書き——おそらく二人の間で最初に交わされた手紙——の中で、ボリスは「ヴェルコカンの部分的な修正」に言及している。[*8]いずれにしろ、ボリスは大急ぎでこれらの小さな、あるいは重要な、手直しを完了する。彼は有頂天だった。そして、自信に満ちていた。

　レーモン・クノーこそまさに彼に打ってつけの人物であり、作家だった。ボリスは『わが友ピエロ』を読んでいた。彼は『リュエイユから遠く離れて』を入手する。パリ解放以来全国作家委員会の幹部会委員で、四十二歳のレーモン・クノーは、ボリスの目には教養に反抗した元シュールレアリストであり、左岸の震源地よりも郊外を好む孤高の文学者と映っていた。言語の粉砕者、偶像破壊者、皮肉屋。文章の中に嘲弄を織り込み、該博な教養を言葉遊びの後ろに隠し持つ人物。ボリスにとって『はまむぎ』（一九三三年度ドゥー・マゴ賞）の作者は、その好奇心の多様さゆえにたちまち理想の兄貴と思えたのである。この作家は絵画、数学、言語学、論理学、パタフィジックに入れ込んでいた。反教権主義者なのに神秘主義のファンである。映画、シャンソンなどの脇道が好きだったし、ラジオの文学部門で副ディレクターとしても活躍していた。アンドレ・ブルトンの妹である妻のジャニーヌと共にモーリス・オサリヴァン『二十年の青春』やシンクレア・ルイス『ここでは無理』等の英米文学の翻訳を試みていた。一言で言うと、レーモン・クノーにないのは、国立高等中央工芸学校の学歴としなやかなトランペットのタッチだけであった……。

　ボリス・ヴィアンの他の幾つかの作品に解説を書いたレーモン・クノーだが、『ヴェルコカンとプランクトン』を評価したという記録は残っていない。書簡にも、日記の記述にもない。ボリスの近親者にもクノーの近親者にもこれといった記憶はない。「風の中のペン」シリーズの編集者は評価したに違いない、それがすべてだ。一九四六年にシリーズ第一作のロベール・シピオン著『ペンを貸してよ』が発行された時、「四枚目の表紙」にクノー自身が書いたと思われる風変わりな文章が掲載された。そこにはアルフレッド・ジャリの庇護を受けたこの企画の、挑発的な目的が堂々と開陳されている。

「若い作家たちの中には、ホメロスのBatrachomyomachie（ギリシャ産やぶ蚊）と一緒に誕生し、時おり（決して自分に笑うことを許さぬまま歳を取った著名な老人フォントネルのように）〈ハ、ハ〉と発声したり、（フォントネルに劣らず有名な、犬面狒々《けんめんひひ》でフォーストロール博士の忠実なる友ボス・ド・ナージュのように）〈ア、ア〉と発声することをためらわない者がいる」。

「これから彼らの作品、少なくともその作品の幾つかをご覧に入れよう。ご承知のように、笑いは伝染するので、版元は――被害を大きくしないために――これらの作品に対し特別な表紙を用意すべきであると考えた」。

「それぞれの羽毛［ペン］で身を飾り、彼ら（これらの謙虚な作品群）はまことに率直に皆さんの前に登場する――あまり正装せず、かなり生意気に」。

　ボリス自身読者の前で『ヴェルコカン、エトセトラ』とか、ただ単に『ヴェルコカン』と呼んでいる『ヴェルコカンとプランクトン』は、アルフレッド・ジャリの死後の祝福により、当然この騒々しい系譜の中に位置付けられることになる。生真面目な様子で近づき、厳密さにこだわるとても口うるさい語り手にもかかわらず、この小説は世代間衝突の行われるドアの中に陽気に押し入ってゆく。そして、ザズーの青春風であると同時に工業規格化協会の詮索好きな官僚風でもある上機嫌さで、日頃の仕返しをする。それはボリスの経験した戦争、ヴィル＝ダヴレーのびっくりパーティとエンジニアの規格化表との間の戦争、つまり、ほとんど本物の戦争の痕跡のない戦争だった。ドイツ軍占領下の重苦しい空気とは無関係な、年齢と人生観の間の戦争だ。貝殻が「小径の上でかしゃかしゃ音を立てる絨毯を」形成し、「咲いたばかりの花々で覆われた」庭で姦淫の罪を犯す「ヴィル゠ダヴリル」のザズーたちは、むしろ時代がどうあろうと永遠に「スイング」な青春の象徴である。他方、公務員はどんな体制であろうと命令に服さなければならない。フランス国家はその法規の馬鹿馬鹿しさによってしか存在を誇示できないのである。実際の戦争はこの日付のない物語から削除されている。それは戦前にしろ戦後にしろ、平和な時代であろう。ボリスは小説のコンテキストから時代の刻印を受けた人物を消し去ることによって、若い世代にとっては灰色の日々と最大級の愚行はいつの時代でも同じなんだ、と言っているように見える。これら新人類は下半身を見て自己確認をし、役人は山積みの書類の陰で眠る。どこにでもある対立だ。

『アンダンの騒乱』でお馴染みの二人の友人、少佐とアンティオッシュ・タンブレタンブルは「サン゠クルー公園のすぐ脇の、ヴィル゠ダヴリル駅から二百メートル、プラディエ通り三十一番地の」少佐の邸宅の一つでパーティを開く。少佐はジザニー・ド・ラ・ウスピニョールと会い、彼女と恋に落ち、結婚したい願望を持っている。彼は彼女に会ったこともないのに、第一章からそのことが分かっている。真の友としてアンティオッシュは助言する。「いいかい、（中略）ぼくは君がとんまなことをやるのを黙って見ておれないんだ。今日は少し出しゃばらせて貰うよ。もちろん、君のためにね」。少佐はこの心遣いにいたく感激する。そこで、アンティオッシュは、全員酩酊状態で「性技場《ベソドローム》」へと変貌したびっくりパーティの最中に、空き部屋のベッドの上に積み重ねたコートの上でジザニーをものにしてしまう。空き空間があればどこでも愛の交歓が始まる。特に「巧みな服装をした」女の子、つまり、すぐに服を脱がせることのできる女の子に対して。パートナーたちは繁茂した花の茂みの陰で三十分毎に相手を変える。『ヴェルコカン』でボリスはドライに、しかし昆虫学者の正確さで、びっくりパーティの隠語、アルコールの分量、結末を求めて焦っている「好みの男」や「好みの女」の落としのテクニック等を、流行の音楽に乗せて描いている。「気の利いたことを言ってもだめだ」と話者は男たちに助言する。「彼女らには全然わからない。わかる女はもう結婚している」。

時代がそうであったように、辛辣な小説、女嫌いの小説だ。ジザニーには既にフロマンタル・ド・ヴェルコカンという求婚者がいるが、見る間に下腹部を膨張させた少佐の腕をすり抜けて逃げたので、少佐は彼女の叔父で国立統一事業団の埃っぽい事務所で無益な時間を過ごしている技師長補レオン゠シャルル・ミクーに、大あわてで娘との結婚を申し込まねばならない。親友のアンティオッシュがその段取りを引き受ける。場面は変わり、ボリスは「人間の全活動形態を規制する」目的で作られる規格ノトンの際限のない増大にブレーキを掛けるよう政府と監督官から絶えず命令されている役所の、味わい深いアナクロニズムを槍玉に上げる。しかし、何時変調をきたしたのか誰にもわからないのだが、ずいぶん前からノトンは勝手に自己増殖を始めていた。ミクーは会議を開くのに忙しく――ノトンの氾濫を遅らせるという唯一の目的のために、カンマの打ち方や就業時間中の私用電話の制限等に関してしょっちゅう会議を開く必要があるのだ――、アンティオッシュとの面会は限りなく延期される。ようやく彼がジザニーと少佐の縁談を持ちかけた時、彼は運悪くびっくりパーティという言葉を使ってしまった。役人のミクーはそれを直ちに規格化するよう命じる。不運な失念があり、少佐はミクーの補佐になってそれを修復しなければならない。小説は婚約祝いのはちゃめちゃなびっくりパーティで幕を閉じる。それは一応規格化されたパーティだったが、最後は大爆発を起こして場所も規則も吹き飛んでしまう。ジルバが整理分類されて人畜無害になることを嫌った若者たちの反逆である。

『ヴェルコカン』には先行する作品の追憶が残存する。恋人たちがいちゃつく暇にぞんざいに愛撫するペットの「マッキントッシュ」はまだいい方だ。モンプランスやクロード・アバディにも出会う。物言わぬ見物人の植物は、人間の条件にまったく幻想を持っていないように見える……しかし、『アンダンの騒乱』よりも写実的な『ヴェルコカンとプランクトン』は、感覚の無意味な浪費と命令の残酷さの中でロマンチックな純粋性を浪費した世代の小説として残るだろう。だから、戦争の影は不在だし、ボリスやボリスの友人たちが一九四〇年〜一九四五年に通過した時代のメタファーも皆無だ。むしろ、大人の不条理との避けがたい衝突が主題だ。しかし、彼の読者や初期の批評家にとって、『ヴェルコカン』はとりわけザズーの小説、保護された若者たちの甘やかされた反抗の証言でしかなかった。カフカやジャリとの関係、当時の女性蔑視の風潮、恋愛の困難さ、風俗に対して厳しい時代に欲求不満に陥った若者の錯乱等の視点は抜け落ちていた。

それはまたボリスにとっても若書きであった。レーモン・クノーが原稿を読んでくれた時、一九四二年の遊びに想を得た自伝的色合いの濃い少佐やボリス＝アンティオッシュの冒険譚は、既に一年以上前の話だった。作品が出版される一九四七年初頭になると四年も前のことになる。ボリスはもうそこにはいなかった。動物学的なタイトルからして中央工芸学校的イマジネーションの反映だ。ボリスはそれを忠実に保存していたのだ。彼はこの作品を思い出の印にヴィル＝ダヴレーの隣人に捧げる。「お詫びとともに、ジャン・ロスタンに捧ぐ」。ガリマール社が原稿を受け取った後、この最初の小説は一九四五年末に書かれた序文の不遜な文章によってこうした時間的ズレを覆い隠した。

「ドゥー・マゴで煙草の吸いさしを拾って青春時代を過ごした者は」とボリスは書いている。「一言で言うと、プランクトンを栄養源にして大きくなった者は、レアリスト作家と呼ばれる資格を持っている。そして、読者は考える。この人の話は実話なんだ、この人の言うことは実際に感じたことなんだと。（中略）だが、ぼくはいつも良いベッドで寝ているし、煙草はきらいだし、プランクトンには興味がない。（中略）その上、この堂々たる作品は――つまり『ヴェルコカン、エトセトラ』は――中身がすべて実話であると言う意味でのリアリズム小説ではない。ゾラの小説にも同じことが言えるだろうか？　したがって、この序文はまったく無意味なのである。また、まさにそのことによって、所期の目的を果たしたとも言えよう」。

　ボリスはレーモン・クノーに対しては「厚かましく」――クノーへの最初の手紙の表現によれば――振る舞っても良いことをすぐに理解する。「電話でお話ししたいと思いましたが、コンタクトがとれませんでした。ぼくに残されたあなたをうるさがらせる最も確実な手段は手紙です。五月三十日に貸して頂いたホイートリーの推理小説二冊とタイプを打ち直した『ヴェルコカン』をお返ししたいのですが。どの週の何日にそれらをお受け取り頂けますか。あなたのお好きな方法でお知らせ頂ければ幸甚に存じます。その時は――あなたにとっては災難ですが――ぼく自身が参上いたします。お忙しいところを失礼しました。あなたが前回あまりにも親切にぼくを歓待してくれましたので、ぼくはこんなにも厚かましくなりました」[9]。

　クノーは無遠慮が好きなので、ボリスは率直に、厚かましく、クノーの友情を勝ち取る戦術に出たのである。一九四五年夏にシリーズの責任者との継続的な関係がスタートする以前から、ユゴー・アッシュビュイッソンというペンネームで『芸術の友』誌に書いていた文芸欄で、ボリスは彼にラブコールを送っていた。『リュエイユから遠く離れて』[10]〔クノー著〕について、彼は「しかし、これらの愉快なページを読み進めながらジョイスを想起しないわけにいかなかった」と書いている。同様に、彼は面識を得たばかりの他の二人のガリマール社のシリーズ責任者にも、この時評の中で敬意を表している。『余談』を上梓したばかりのジャック・ルマルシャンには「申し分なく知的なこの本の中で、若い作者はフランス文学で久しくお目にかからなかったユーモアの諧調を鳴り響かせている」。また、ジャン・ポーランには「ジャン・ポーランのカミナリが我々の上に落ちるのを恐れて。もちろん、人は高く評価する人のカミナリを恐れるのである」。ボリスの文芸時評の試みは実のところ『芸術の友』誌に書いた最初の時評数点を超えるものではない。勿体ぶった評価やご機嫌取りの圧力が強すぎる仕事だからだ。

　クノーはボリスの熱心な働きかけに笑ったそうだ。ボリスは新しく面識を得た人物を数日間で身内にしてしまう、つまり、一種の理想的な友情共同体の中に囲い込んでしまう、特殊な才能を持っていた。相手をぞんざいに扱うことさえあった。一九四五年暮れのある日、ロベール・シピオンはガリマール社のレーモン・クノーの事務室を訪ねた。すると、ボリスがクノーのためにトランペットを吹いていた。哀愁を帯びたトランペットの音色が神聖なる大出版社の全フロアに響き渡った。クノーは連合軍婦人部隊WACSがフランス語で「最後の一杯よ、飲んだら一人で帰るわ」の言い方を習っているクリシー広場の幾つかのバーへ、ジャズを聴きに来るように促された。ジャン・ロスタン宅へチェスをしに行くことも強制された。少佐の義眼遊びを見るように勧められた。スカンジナヴィア半島で一連の講演を済ませて帰った翌日にもかかわらず、断る暇もなく、作家クノーはびっくりパーティの会場へすら来ていた。

一九四五年から一九四六年へかけての冬の間、レーモン・クノーは自ら進んでもみくちゃにされた。彼は個人的な危機感に見舞われていたのだ。彼は新たに画業を放棄したばかりであり、長大な分析作品に自発的な終止符を打っていた。彼は地味な生き方に嫌気が差し、まだ仲間内に留まっている読者の幅を広げたいと思っていた。最近のインテリ抵抗派への不信感が他の多くの作家同様彼にも重くのしかかっていた。真面目にフランス作家委員会の会議に出れば、暴力的な決着にうんざりする。彼は戦争中対独協力者の作家の本を出版した廉で新しい当局から告発されたガストン・ガリマールを懸命に弁護したが、この支援はセバスチャン＝ボッタン街［ガリマール社］の彼の地位を強めるものではなかった。ジャン・ポーランなどは、一九三〇年代初頭以来ガリマール社の援助にもかかわらずクノーはまだ芽が出ていない、と繰り返し述べている。その上、ジャン・ポーランは「風の中のペン」シリーズの企画に自分は乗り気でないと明言した。『リュエイユから遠く離れて』の作者は、査読委員会の新旧二世代の間に挟まれて、つまり、アンドレ・ジッドやアンドレ・マルローのような戦前の、下り坂の作家世代とサルトル、カミュ、ルマルシャン等の新世代の間に挟まれて、孤立感を深めていた。まだ四十二歳なのに、シュールレアリスム運動に参加したということで、自動的に旧世代視されることが多かった。良くても例外扱いだった。気質的にも、状況的にも、局外者だった。

クノーの日常生活に、ボリス、ミシェル、ロベール・シピオンおよび彼らの仲間たちが闖入して生じた混乱は、むしろ歓迎すべきことだったのである。たぶんアメリカから運ばれてくる評判を除いて、ボリスたちは世間的な評判を陽気に嘲笑した。そして、彼らは真剣に未来は自分たちのものだと思っていた。シピオンが友人のジャック＝ローラン・ボストを連れてきた。彼は『コンバ』紙の従軍記者を少しやった栄光とル・アーヴルでジャン＝ポール・サルトルの生徒だった［サルトルは大学卒業後、一時期ル・アーヴルの高校教師をした〕という二重の栄光に輝いていた。同様にカミュとパスカル・ピアの日刊紙〔『コンバ紙』〕に腰を落ち着けたアレクサンドル・アストリュックも同志である。ジャン・シュイユー、マルク・シュッツェンベルジェ、未来の原子物理学者ポール・ブラフォールもいる。酒とすてきな音楽と夢がクノーに若さをもたらした。作家は問題児たちが『シネモンド』誌を一山盗み、映画館に並んでいる観客にそれを売って映画代をかせぐのを見ながら、気晴らしをした。彼の近眼の目は少佐の最近の奇行の話を聞いて、分厚いレンズの眼鏡の奥で皺くちゃになった——その晩、少佐はオシュ街の知らない客でいっぱいの超豪華なアパルトマンで、足を洗うのに必要なものを直ちに持ってくるよう命じたというのである……。

　彼らは真面目にあるいはきわめて曖昧にジャーナリストを名乗り、人に見られるチャンスがあるところへ無料で入場した。彼らは時代に先駆けて新左翼過激派だった。ジャン・コーが特にそうだったが、彼は思想よりも女の子が目的だった。ドゴール派でもコミュニストでもなかった。若い教師のジャック゠フランシス・ローランだけ例外で、彼は皆に遠慮してセクト主義を抑えていた。彼らは文学と栄光を求めて一斉に飛び出して行く。彼らは皆進んでミシェルに気に入られようとした。彼女のメーキャップと大変都会的な服装に魅せられたのだ。しかし、誰も彼女を口説く勇気はなかった。若い妻はめったにボリスのそばを離れなかったからだ。彼らの中の何人か、ボリス、クロード・レオン、クロード・アバディ楽団は、ロベール・シピオンの勧めで映画出演の初体験をする。シピオンは「十月グループ」〔ジャック・プレヴェールのグループ〕の友人の紹介で、ジャン・マルグナ監督の映画『奥方の火遊び』の撮影に第二助手として雇われていたのだ。彼らは端役だし、バンドもただバンドとして出演しただけだったが、その二日間は他の日同様、ボリス好みの言い方をすれば、「腹の皮がよじれるほどの大笑い」の日々であった。その上、ボリスはこの映画体験から『端役』という短編も誕生させた。相変わらず少佐の活躍する作品である。[*11]

　クノーは、一九四五年七月四日午後六時、彼の未来の秘蔵っ子をカフェに招待した。帰宅後、ボリスは手帳に記す。「チェイニー、ミラー、エイメの話をした[*12]」。この時以来彼らは絶えず会って話す関係になった。ボリスは午後の終わりに定期的にガリマール社に立ち寄り、予告なしに現れることもあった。二人はその月の行きつけのバーを内緒にする習慣だったし、モンパルナスの方へ散歩することもあった。クノーはボリスをミシェル・レリス、劇作家のアルマン・サラクルー、画家のマリオ・プラシノス等何人かの友人に紹介した。二人でよく展覧会の特別招待展に行ったし、推理小説を探すため古本屋回りをした。クノーは不安を口にすることもあったようだが、ボリスはいつも友の秘密を尊重し、文学史にはほとんどその痕跡が見られない。各人の日記にすら痕跡はない。彼らは相互に持病を励ましあった。ボリスはクノーの慢性的な喘息を、クノーはボリスの心臓疾患を。とりわけ、二人の友情の中身がしばしば二人を周囲から孤立させた。二人が興味を持ったのは、整数論、音韻論、パタフィジック、SF、変幻自在の教養の絶えざる改良などであり、彼らはそうしたテーマについて果てしない議論をくりひろげたのである。彼らはしばしば時間を忘れ、クノーは夜更けてヌーイの自宅に帰ることになった。こうした交流について、ボリスは一言「ねえ、レーモンに会ったよ」と言うだけだった。ボリスはレーモンに会ったのだ。それぞれの身近にいた人たちは、徐々にこうした無邪気な隠し事にも慣れていった。

二人の関係が始まった最初の年に、ボリスは最高の敬意の証しとして、編集者［クノー］に大切な『百ソネット』の草稿を見せている。それは螺旋綴じのノートに目次通りにきちんと整理され、ペテル・ニャことクロード・レグリーズのペンによる別刷り挿絵がついていた。さらに、彼は選集を編むのに相応しい数編の短編小説を準備したい旨ほのめかす。クノーは二つ返事で承諾した。選集『中味の詰まった時』の契約は誰も、ジャン・ポーランもガストン・ガリマールもクノーでさえ作品に目を通せない状態で、一九四六年四月十八日に結ばれる。たぶん序文しかなかった。あるいはむしろ、内容の異なる何種類かの序文のバージョンがあったようだ。そして、これは未検証の仮説なのだが、ボリスはそれらの下書きをセバスチャン＝ボッタン街へ送り届けたらしい。[*13]『ヴェルコカン』の査読が省かれたとすれば、クノーは目をつぶって、直観でボリスに賭けたのだ。この初期段階で出版社はクノーに全権を委ねていた。「誰もが、もちろん、その最たるものはクノーだが、すぐさまボリスに心を奪われたのです」とロベール・シピオンは回想する。「ガリマールに入ること、あっという間にクノーの友人になること、著名人に会うこと、彼にはそのすべてが驚くほど容易な感じでした。しかも、彼はこうした破格の扱いを信じがたい自然さで受け止めたのです。ぼくらはあんな場所に出入りできる自分たちの幸運に目を白黒させました」。

「ボリスはコー、ボスト、アストリュックなどとともにぼくらが作っていたグループの中では、一歩引いた感じでした」とロベール・シピオンは続ける。「彼はミシェルと一緒に暮らしていたし、時には多少ブルジョワぽいカップルに見えることもありました。ボリスは酒を飲みません。たとえ貧乏でも、彼には職があり、アパルトマンがありました。ぼくらは常に一文なしで、しかもホテル住まいだったのです。ぼくは彼がいい奴で繊細な人間であることは直ぐにわかりましたが、彼には明るい陽気な若者という感じはまったくありませんでした。彼がある種の慎みを脱ぎ捨てる時はありませんでした。彼から伝わってくるのは、相変わらず、少年時代、教育、強いノスタルジーでした」。

一九四五年には、初めてのいくつかの論評の外は、『マルタンから五時に電話があった』という短編一本しか書いていない。輸入が増えてきたアメリカの怪奇小説にヒントを得た暗い小説で、パリ郊外の私的クラブの陰鬱な夜のパーティの模様が、突然出演依頼されて、そこへ来たことを激しく後悔するトランペッターの目で描かれる。彼の相棒たち、特に品のないオランダ人マルタンは、だらだらと締まりのない演奏をする。語り手はパッカード1939を運転できない運転手を罵り、旅行に使えたかもしれないアメリカ海軍の空色のクライスラーを罵り、気ままに振舞うアメリカ人将校たちを罵る。安価に匿名の肉体を提供することがすぐに分かる目をしている姓のない、名前すらない娘たちを罵る。「少佐、ではなく、銀星の大佐が腕に女の子を抱いて入ってきた。美女、と言っては言い過ぎだろう。明るいばら色の肌をして、丸い顔立ちの女だ。まるで氷に彫刻をして、それが少し溶けかけた感じの、まん丸で、頬骨のない、えくぼのない顔。どこか少し嫌らしく、どうも何か隠している感じ。たとえば、浣腸の後のとても清潔で匂いの消えた尻の穴のような顔」。

ミュージシャンたちはサンドイッチで空腹を満たす。もっと秘密めいた別の部屋には、好きなだけ飲めるコーヒー、アルコール、フルーツ・ジュースまであり、大佐と「彼の女さわり魔」がいる。うんざりしたトランペッターは、ドラマーのドディに前もって知らせることができなかったことを呪いながら――ドディは少なくともうんざりする度合いが減っただろうに――客が「音楽に誘われて踊るのか、女の子目当てで踊るのか、踊るのが好きで踊るのか」区別できないまま、時間の過ぎるのを待つ。その晩は、彼のトランペットまでもがおかしい。「オイルだけでは引っかかる第二ピストンを抜き、唾を吐きかけた。頼りないが唾液しかないのだ。ブッシャーのスライド・オイルでさえ滑らかさが足らず、石油は一度やったが、その後で二時間も変な味が口の中に残った」。もちろん、オランダ人〔マルタン〕は語り手の分け前をごまかす。彼らはリンカーンに乗って引き上げる。まあ、そういう話だ。

『マルタンから五時に電話があった』はボリスの生前には出版されなかった。[*14] 一九四五年十月二十五日に書かれた遊び半分の短編である。おそらく、十一月末にクノーがスカンジナヴィアから帰国した後、彼に見せるつもりだったのだろう。ボリスはこの作品を商品にする気はなかったし、彼の不可欠のタイピストになった妻のミシェル以外、誰かに読んでもらおうともしなかった。選集『中味の詰まった時』に収録するプランにも入っていない。結局、単に書き溜めるだけの目的だったのだ。フォーブール＝ポワソニエール街〔自宅〕の事務机の紙ばさみに収納される作品。短編第二作に先立つ、その他多くの短編に先立つ、短編第一作である。ボリスの頭の中には短編が詰まっていた。多くのアイデアや物語の書き出しを彼は乱雑に手帳の中に放り込んでいた。それというのも、この時以来、友人クノーのお蔭で作家になったことをボリスは自覚していたからである。

＊1　シモーヌ・ド・ボーヴォワール『或る戦後』上（ガリマール社、一九六三年）。
＊2　ポール・ガデンヌ『スヘフェニンゲンの浜辺』（ガリマール社、一九五二年）。
＊3　同書。
＊4　『ジャズ・ホット』誌、一九五四年三月号。
＊5　『ジャズ・ホット』誌、No.11、一九四六年十二月。
＊6　ボリス・ヴィアン財団資料。
＊7　『南の城砦』は一九四六年作と推定される短編小説。ボリス・ヴィアンの死後、『人狼』、クリスチャン・ブルゴワ社、一九七〇年、に収録。
＊8　ボリス・ヴィアンは最初楽譜用五線紙の上に恭しく「拝啓」と書き始めるつもりだった。この下書きは『オブリック』誌の特別号にコピーが掲載され、その後『ヴァランタン・ブリュの友』誌（No.21）に発表された。後者は一九八二年にレーモン・クノーとボリス・ヴィアンの交換書簡集を企画した。
＊9　「一九四五年六月」とだけ記された手紙。ボリス・ヴィアンは前の手紙に代えてこれを送る。『ヴァランタン・ブリュの友』誌、No.21。
＊10　『芸術の友』誌No.5、一九四五年四月一日の中の〈書棚〉コラム。ボリス・ヴィアンの時評集『ベル・エポック』、10／18叢書、一九八二年、にクロード・J・ラメイユの序文付きで収録。
＊11　『端役』は『蟻』（スコルピオン社、一九四九年）に収録。
＊12　ボリス・ヴィアン財団資料。
＊13　『中味の詰まった時』序文の準備メモの抜粋は、ジャン＝ジャック・ポヴェール社、一九六二年、の作品集にフランソワ・カラデックが序文を書いて紹介している。この作品集には『心臓抜き』、『赤い草』と遺作の三短編が『中味の詰まった時』という表題で収録されている。
＊14　死後出版として『人狼』の中に収録。

5　コランおよびジャン＝ソル・パルトルとの出会い

日々の泡

その小説は『日々の泡』と呼ばれた。だが、彼の身近にいた誰一人としてなぜそう呼ばれるのかを知らない。ボリスはそのことについて何も説明していない。一九四六年三月に書き始めて、五月末に完成した。三ヶ月、たぶんそれ以下だ。彼は二月十二日にフランス工業規格化協会を辞めている。辞職か解雇か、いずれにしても双方合意の退職だった。その直後に、クロード・レオンは彼を自分の役所「紙業局」に入れた。彼らは同じ事務所で向かい合って仕事をすることになる。ドッディ〔クロード・レオン〕は化学関係の業務、ボリスは物理関係の業務だ。彼らはその日の機嫌によっては通達を出して製紙工場を閉鎖させるくらいの権力を持ちながら、その権力を行使せず、気楽に仕事に励んだ。しかし、ボリスは進行中の執筆計画について一切話さないか、ほとんど話さなかった。クロードの目にはボリスがまるで悪ふざけを準備しているかのように、謎めいて見えた。ミシェルにも最小限の秘密しか洩らさなかった。「何週間かの間」と彼女は説明する。「彼は何かとても集中しているように見えました。それだけです。彼はリハーサルやコンサート、人に会う約束等、それ自体すでに過密なスケジュールをいつも通りにこなしていました……私には彼がなぜ主人公をコランと命名したのかすらわかりません」。

多分クノーには話したのだろうか？　クノーとジャック・ルマルシャンはプレイヤッド賞の話をして、ボリスをその気にさせていた。プレイヤッド賞は、当時あらゆる文学賞の栄誉から見放されていたガリマール社が、一九四三年に自前で創設した新進作家向けの賞である。この賞は原稿に授与され、受賞者にはかなりの額の賞金と好みの出版社から作品を出版できる特典が与えられた。言い換えれば、ガリマール社から本が出せるということだ。クノーは審査員の一人だし、ルマルシャンは賞の事務責任者である。一九四四年度のプレイヤッド賞はマルセル・ムルージとその小説『エンリコ』を世に送った。一九四五年はロジェ・ブルィユ。一九四七年はジャン・ジュネと『女中』の顕彰。一九四六年は、ボリス・ヴィアンなのか？　『ヴェルコカン』は既に注文があり、契約も済ませているので、賞の対象にはならない。ボリスは、彼に残されたわずかな時間の間に別の小説を書いて、夜空の月を、ともかくも、セバスチャン＝ボッタン街の月を取る無謀な賭けに出るのだろうか？　そんなことが彼に勧められるだろうか？　六月初めまでに原稿を準備し、審査員が読み、そして協議をして、この年の場合六月二十五日には受賞者が決定される。ボリスは選出される、つまり受賞するという密かな確信のもとに執筆に着手したのだろうか？　彼は身近な者に文学と性急さ、文学と名誉を彼が混同していると思われるのが嫌で、意図的に計画を隠したのか？　クノー、ルマルシャン、そして、作家ボリス・ヴィアンのデビューを寿《ことほ》ぐであろう賞の存在そのものが、明らかにボリスをせっかちにさせ、おそらく『日々の泡』の第一の特徴――光速で書き上げること――への止むに止まれぬ原動力として働いたのだ。

たとえ、作者が長い間構想を練っていたとしても――とは言え、メモもなく、何の痕跡もないのだが――それはおそらく戦後の小説創造の最速記録であろう。先ず、思い付くのは『アンダンの騒乱』と『ヴェルコカン』のボリス・ヴィアンである。加えて、それはのっけからギャグで始まる。「その絹糸さながらの塊を琥珀の櫛でオレンジ色の長い線に分けると、まるで上機嫌のお百姓がフォーク一本で杏ジャムの中に作ってみせる畝溝のようだった」。主人公はコラン。若く、ハンサムで、ドゥーブルゾン貨に恵まれ、裕福である。彼は空間がデューク・エリントン編曲のクロエのリズムで揺れる、夢のような邸宅に住んでいる。実は、コランとその友シックはアンティオッシュと少佐同様二人組だ。シックは哲学者ジャン＝ソル・パルトルの作品およびゆかりの品のコレクターで、定期的に友を訪問する。「なぜなら、彼のエンジニアという職業は」と作者は記す。「部下の労働者と同じ生活水準を維持できるほど十分な収入を彼にもたらさなかったからだ。自分よりも良い身なりをし、良い物を食べている人間を指揮することは難しい」。

少年時代のボリス・ヴィアン家のように、ニコラというP・G・ウッドハウスの作品に登場する召使いの兄弟のような、教養豊かで大変しつけの良い召使いが登場し、グッフェのレシピで料理を作り、「壁に並んだ様々の料理機器につながった」文字盤だらけの計器板を操作する。日常生活を便利にするための奇想天外な機械類。たとえば、ピアノの鍵盤でジャズを弾くと、それに合わせて自動的に異なるカクテルが出てくる「カクテルピアノ」。幸運を運び、「水道の蛇口に跳ね返る太陽光線の音に合わせて」ダンスをする二十日ネズミたち。もちろん最新型のレコードプレーヤー、皿やグラスや食事用のパチンコ。「球状のミモザと学校帰りに雑貨店でよく見かける黒甘草のリボン」とを交配させて作った「帯状のミモザ」。小説には色が溢れている。特に黄色——太陽、料理制御盤、娘たちのスカートの黄色。シックとコレージュ・ド・フランス教授の娘アリーズとの出会い。「弟があれほど世の中で華々しく成功したものですから、私の母は数学教授資格者としか結婚できなかったことを未だに悔やんでいるんです」と、彼女は言ったあと、付け加える——「なんて情けないことでしょう……三十八歳にもなって。もっと努力できたはずよ」。シックとアリーズはジャン゠ソル・パルトルに対する共通の熱中を通じて愛し合おうとする。コランの方も前作の少佐同様恋愛に憧れるが、性や性の補償行為に関心はなく、愛そのもの、他人、救済者、「大太鼓しか聞こえないドイツ軍楽隊のように」胸郭の中で響き渡るものへの憧れである。彼がクロエに出会った時、自然な感情として口を衝いて出た質問は「あなたはデューク・エリントンによって編曲されましたか？」だった。

したがって、もはや全部が全部ボリス・ヴィアンの若書きの延長と言うことはできない。小説の中に妙に深刻なものが登場してきているのだ。単語と状況を切り詰めて表現される恐るべき詩情、まるで子供のそれのような、鋭い文章と鮮やかすぎるイメージのきらめき。「周囲に深い沈黙が広がり、世界の大部分は無意味なものになり始めた」。『日々の泡』は先ず何よりも、人間や二十日ネズミや物が善意の息吹を与えられた魔法の物語である。狂気の愛は物事を単純化し、周囲の風景を美化する。小さなバラ色の雲が空から降りてきてクロエとコランを包む。「その内部はシナモン入りの砂糖の匂いがした」。コランとクロエは遊園地のような教会で結婚式を挙げる。彼は司教、修道士、御堂番、教会巡警への支払いに莫大なドゥーブルゾンを注ぎ込む。コランが永遠の誓いで包み込む女性にとっては、何もかもが美しい——至るところに、白い花、真紅のばらの花束、蔦の葉のブレスレット、エリントン・アレンジの曲を演奏するバンド、チューインガム入りチョコレートの箱、ニコラと二十日ネズミの愛情……。

新婚旅行に出かける時、コランは車内から外の世界をより優しく、グリーンやイエローに見るため、様々な色ガラスを携行する。だが、旅の途中彼らは苦しそうな労働者たちとすれ違い、それがクロエにショックを与える。「労働ってそんなにいいものではないわ……」。クロエは現実が耐えられない。彼女は恋の方がいいし、むしろ恋を恋する方がいいのだ。恋゠逃避、恋＝泡はすべての恐れとすべての疑問から身を守ってくれる。「そういう話はうんざりだわ。それより私の髪が好きかどうか言って」。ストーリーはそういう風に続くはずであった。ところが、このお伽話は行き詰まる。家とばら色の雲から遠ざかることは、ハーモニーに満ちた物語にとって致命的であった。クロエが突然わがままな感じになる。ニコラはかんしゃく持ちになり、コランは苛立つ。ニコラは落ちてくる雪に不吉な兆候を読み取る——クロエが「絹を引き裂くように咳き込み」始めるのだ。彼女の右肺は睡蓮に侵されていた。

少女は死に引き寄せられ、小説は明るい結末への期待をほとんど残すことなく次第に活力を失ってゆく。家が小さくなる。太陽はもはやタイルを黄色に染めず、タイルは呼吸困難に陥る。二十日ネズミは気持ち悪くなって、猫用チューインガムを吐き出す。医者はクロエを救う手段として、睡蓮を脅すための花を新婚少女のベッドのまわりに毎回増量しながら飾りたてることしか提案できない。花は途方もなく高価だ。コランは花のために財産を使い果たす。彼はカクテルピアノさえ手放さねばならない。そのピアノはもう酒に「ブルースの味」しか与えなくなっていた。若者は職探しをするはめに追い込まれる。求職活動で出会う世間の悪意は彼の絶望を増大させる。パスポートの中のコランは急に歳を取る。二十日ネズミが看病するクロエは、低家賃住宅のように狭くなった寝室であえいでいる。そこにはもうほとんど光が差し込まないし、すべての物が色褪せ、ジャズのレコードも擦り切れる。クロエを待っているのは貧しい死だ。そしてコランは、貧困というもう一つの不幸も払いのけることができない。シックはシックで、底なしのパルトル崇拝にのめり込む。彼はパルトルの形見の品を買うために、コランにもらったドゥーブルゾンを全部注ぎ込む。アリーズはシックを失う。この少女は自らを犠牲にしてパルトルがいつも仕事をしているカフェへパルトルを殺しに行く。「ありそうだがめったにない奇跡のお蔭で、アリーズはジャン＝ソルの傍らに空いている席を見つけ、座った」。彼女は『嘔吐百科事典』の第十九巻を出版しないよう彼に懇願する。個人の選択に関する、つまり百科事典を書き続けるか、生命を失うかの選択に関する短い実存主義的会話のあとで、アリーズは哲学者の胸に心臓抜きを突き立てる。

最後の日、家にはクロエのベッドに通じる狭い通路しか残っていない。コランは花束を抱えて帰宅する。「彼女に残っている力は僅かなのに、彼は彼女をあまりにも愛しすぎていた。だから、彼女を壊さないようにそっと触れるだけにした。労働で荒れた見すぼらしい両手で、彼はくすんだ髪の毛をなでた」。それから、クロエは眼を閉じた。ドゥーブルゾンがもうほとんど残っていないので、コランは妻のために極貧の葬式しかやってやれない。しかも、分割で。クロエは「番号順に並んだ、古ぼけた黒い箱の一つ」に横たわっていた。十字架の上で、イエスはうんざりしているように見える。コランは彼から説明を得ようと試みる――

「なぜ彼女を死なせたんですか？」とコランは訊いた。

「まあ、そう向きになりなさんな」とイエスは言った。彼は釘付けになったまま もっと楽な姿勢になろうとした。「彼女はあんなにも優しかったのに」とコランは言った。「彼女はこれっぽっちも悪いことなんかしてないんですよ、頭の中でも、実際にも」。

「それは宗教とは何の関係もないことだ」とイエスはあくびをしながらもぐもぐ言った。

小説の終わりで、コランは水面を見張っている。彼は睡蓮が浮かんできたら殺そうと待ち構えているのだ。近くでは二十日ネズミが猫と交渉している。ネズミは猫に食ってほしいのだが、猫は食べ物に不自由していない。「彼は苦しんでいるのよ、と二十日ネズミはコランのことを説明する。私にはそのことが耐えられないの。それに、あの人まもなく池に転落するわ。あまりにも深く覗き込み過ぎているんですもの」。猫は本当はいいやつだった。何が不幸なのか理解できないまま、快く手助けすることを承諾する。二十日ネズミは猫の口の中に頭を差し入れる。もうすぐコランにも最期が訪れることだろう。

無邪気さの喪失の物語、運命の一撃に無力な愛の物語、結婚前の熱愛物語、世界の悪意に対して脆い純な魂の物語。ダイヤモンドの悲痛さを持つ小説。ある朝目を覚ますと、自分が大人になり、夢を諦め、前もって敗北していることに気づく。そうしたすべての若者が何十年にわたって、自分自身に涙を流すように、何十万人という若い読者が何十年にわたって、クロエ、コラン、二十日ネズミに涙を流すのである。『日々の泡』について、レーモン・クノーは「現代の最も悲痛な恋愛小説」と評した。多くの者がこの見方に賛同することだろう。ミシェルは原稿をタイプしながら、夫が自分自身の無邪気さ、幸せな愛の遍歴、自分たち二人の愛、二人の新婚時代、愛情に包まれた甘美な幼年時代、ヴィル゠ダヴレーの楽園などから抽出したイメージの数々を、再確認しながら泣いた。だが、一九四六年には誰もが真摯で虚飾を排したこの小説に驚いた。知性が好んで分泌する冷淡な逆説や辛辣な皮肉で際立っていたあの若い作家が、ほとんど悪ふざけも言葉遊びもない小説を書いたことに驚いた。ボリスはおそらくこの時、クロエとともに数多くの幻想を埋葬したのだ。

彼は「ぼくのビビへ」という献辞とともにこの本をミシェルに捧げる。読者に自発的な引き籠もりの場所と試練の期間を告白することを義務のように思っている作家たちをあざ笑うため、彼は「一九四六年三月八日、メンフィス。一九四六年三月十日、ダヴェンポート」と記した。『日々の泡』にはわざわざ小説の前に前書きが添えられている。書かれた日付と場所は、一九四六年三月十日「ニューオリンズ」だ。「人生でだいじなのはどんなことにも先天的な判断をすることだ。まったくの話、ひとりひとりだといつもまっとうだが大勢になると見当ちがいをやる感じだ」［新潮社版、曽根元吉訳］。ボリスはのっけから、知識人の世界でフランス解放以来共産主義革命の約束された勝利の思想を推進し、是が非でも「歴史」に意味を見出そうとする勢力との闘いを宣言する。「ただ二つのものだけがある。どんな流儀でもいいが恋愛というもの、かわいい少女たちとの恋愛、それとニューオリンズの、つまりデューク・エリントンの音楽。ほかのものは消え失せたっていい、醜いんだから……」。あたかも自分の深い確信を語りすぎたことを後悔したかのように、彼は大あわてで彼の好きなエンジニアの諧謔を使って、前書きを皮肉の方へと横滑りさせる――「その例証がここに展開する数ページで、お話は隅から隅までぼくが想像で作り上げたものだからこそ全部ほんとの物語になっているところが強みだ。物語のいわゆる現実化とは、傾斜した熱っぽい気分で、ムラ多く波だってねじれの見える平面上に現実を投影することだ。まあ、これが打ち明けていい、ぎりぎり掛値なしの手ぐちだ」。これで読者も出版社もなんとか乗り切れるだろう。ボリスは自分の前書きに満足した。他の者も満足するはずだ。こうしてお披露目された『日々の泡』は、今や勝利の日を待っていた。

プレイヤッド賞

レーモン・クノーは「いい小説になる」と予告していた。彼は――ミシェルに打ち明けた話では――この小説が「時代を超えたもの」にさえなると考えていた。ルマルシャンも同意する。ジャン＝ポール・サルトルの代わりに読んだ、あるいは彼の前に読んだ、シモーヌ・ド・ボーヴォワールも同様にこの本を高く評価した。特にその最終部分のコランとキリストの場面を取り上げ、アルベール・カミュの『誤解』の「ノン」以上だとさえ述べている。「より控えめだが、より説得的である」。一九四六年六月十三日十五時、ジャック・ルマルシャンがフォーブール＝ポワソニエール［ヴィアンの自宅］へやってきて、打ち直したタイプ原稿をボリスから奪って行く。プレイヤッド賞の期日が迫り、噂ではジャン・ポーランが既にボリスに受賞を約束したということだったが、審査員は所見をまとめ、発表しなければならない。いずれにせよ、ボリスは受賞確実という噂に得意になっていた。ジャン・ポーランは手紙の中でボリスに楽観的な見通しを述べたようだ。クロード・レオンの話では、受賞者発表の二日前にボリスの勤め先の紙業局へポーランから電話が入り、栄誉を受ける圧倒的な可能性があることを明言したという。

ボリスには受賞を疑ういかなる理由もなかった。プレイヤッド賞はガリマール社の審査員によってガリマール社の期待の新人に授与されるガリマール社の褒章である。おまけに、NRF［ガリマール社］で全権もしくはほぼ全権を握るポーランが約束したのだから……ボリスにとって得票数の予想をすることすら難しくなかった。審査員はアンドレ・マルロー、ポール・エリュアール、マルセル・アルラン、モーリス・ブランショ、ジョー・ブスケ、アルベール・カミュ、ジャン・グルニエ、ジャック・ルマルシャン、ジャン・ポーラン、ジャン＝ポール・サルトル、ロラン・チュアール、そしてクノー。セバスチャン＝ボッタン街の全編集者、作家、関係者である。最終選考で『日々の泡』の対抗馬として残ったのはジャン・グロジャン師の詩集『時の大地』だけだった。しかもジャン・グロジャンは、フランス解放後の数ヶ月間、フランス作家委員会と険悪な関係にあった。[*1]

　ボリスは待ち遠しさを隠しきれない。彼は『ヴェルコカンとプランクトン』が『日々の泡』よりも前に出版されることを知っており、ガリマール社の原稿審査にパスして自己満足の数ヶ月を過ごした後では、この若書きを否定したい気持ちが強かっただけに、なおさら『日々の泡』の受賞が待たれたのである。[*2]ボリスは一刻も早く結論がほしい。クノーの共感を得たからには、昨秋以来人気哲学者以上の存在――「実存主義の教皇」――となったジャン＝ポール・サルトルの好意も手に入れたい。戦争終結以来、眼鏡をかけた小男［サルトル］は同業者たちの悪夢の根源だった。彼だけが、ほとんど彼だけが時の人となり、その他の者は、たとえばアルベール・カミュのように、サルトルの刺身のつま、サルトルの同志として、また対立者として、人気者とセットで名誉と栄光を手に入れる感じだった。コミュニストはサルトルを目の仇にした。ドゴール派は彼を信用しなかった。彼はCNE［全国作家委員会］を嘲笑し、脱退した。彼は既に大部分の著作を世に送っている。『嘔吐』、『壁』、『存在と無』、『蠅』、そして一九四四年度演劇界の一大事件である『出口なし』までも発表していて、批評家の読書が追いつかないほどのスピードで執筆しているように見えた。サルトルは方向を見失った戦後世代のために急進的な哲学を生み出し、要職にある知識人を苛立たせ、若者を惹きつけていた。一九四四年末、彼は共産党員作家のお決まりの攻撃に答え、『コンバ』紙に発表した反論で次のように自らの考えを要約する。「人間は自己自身の本質を創造しなければならない。彼は世界の中に身を投げ出し、そこで苦しみ、そこで戦うことによって、徐々に自己を形成してゆくのである……不安は行為への障害物であるどころか行為の条件そのものである……人間は自身以外に頼るものは何もないこと、無限の責任の只中に放り出されて孤独であること、援助も救済もなく、自分で自分に課す目的以外の目的もなく、この世で自分が作り出す運命以外の運命もないことを理解すれば、それが望みうる真実のすべてである」。[*3]

ジャン・ポーランはサルトルを「多くの若者たちの精神的な指導者」と評している。[*4] 数多くの作家が、サルトルの出版元であるガリマール社の作家でさえ——あるいはとりわけ彼らが——「社会参加《アンガジェ》した文章」を書く哲学者のうなぎ上りの評判を前に、苛立ちを隠さなかった。彼の盛名は左岸知識人たちの厳格な縄張りをこえて、マスコミ現象を呈するに至る。一九四五年十月二十九日にジャン＝ポール・サルトルの定例講演の一つ「実存主義はヒューマニズムである」はパリを上げての大騒ぎとなった。「前例のない文化的な大ヒット。突き倒しや殴打、椅子の破壊、女性たちの失神」[*5]。翌朝、ジャーナリストと批評家は、わずか三百人の聴衆が原稿なしにしゃべる哲学者の講演を聴いただけなのに、その晩の状況を誇大に書き立て、サルトルは「一躍有名になった」のである。パリはサントロー・ホールに行った者と行かなかった者とに二分された。新聞・雑誌は気前良く最上級の形容詞とサルトル流の隠喩を使って、行かなかった者たちの救済に乗り出す。サルトルの行状が映画スターのように逐一報道される。愛用のパイプ、カフェ「フロール」、サン＝ジェルマン、シモーヌ・ド・ボーヴォワール、美しい女性や若者たちに囲まれた小男の日常生活など。サルトル教信者の誕生である。

　サルトルを攻略するために、ボリスは厚かましくもこうしたすべての材料、急激な人気、弟子たちの幻惑をすばやく横取りした。サルトルに注目してもらうためには、感情逆なでが一番だ。賞賛はもう古い。無数の若い作家たちがサルトルを賞賛しているではないか。もっと、独創的な手が必要だ。『ペンを拝借』でコクトー、モーリアック、モンテルラン、ジロドゥー、セリーヌ、エイメ、ロマン、その他の作家の、辛辣で、機知に富んだ、偶像破壊的パロディを世に送った大胆不敵な作者ロベール・シピオンは、サルトルにサルトル自身のパロディの一章を見せに行くという危険な賭けを実行した。シピオンはサルトルの伝手でクノーに紹介してもらおうと思ったのだ。率直に、だが、無分別に。フェアな勝負師であると同時におそらく気をよくしたサルトルは、面会を受け入れ、シピオンはクノーにクノー自身のパロディを読ませることに成功した。シピオンは、アンリ・ミショーを取り上げた文学界中枢部の文化人類学的な旅ともいうべき一章の中で、カストール［ビーバー。ボーヴォワールの渾名］指揮の下、「Flaure［フロールの当て字］」の小卓のスープ鉢を前にして集まった「Genpolçarthres《ジャンポルサルトル》［サルトル崇拝者の当て字］」、「嘔吐をする人」たちの元気の良さを次のように茶化している。「合図とともに、彼らは指を喉の奥に突っ込み、スープ鉢を嘔吐物で一杯にしなければならない。しかも、あっと言う間に」。こうした挑発的なやり方がシピオンを成功に導いたのだ。このテクニックにはまだ改良の余地がある。ボリスはこの相棒が開けた突破口に大胆なペンを振りかざし、勇躍飛び込んで行ったのである。

　創作メモによれば、ボリスは最初ザンまたはゾラン、「マッコルラン、クノー、または他の作家の作品を収集をする男」の物語にする予定だった。[*6]しかし、この実存主義大受けの時代、サルトルもまた重要なターゲットだった。接近攻撃の標的とされたサルトルは、一見逆説的に思えるが、ボリスにとって差し迫ったアイデンティティと自己確認の欲求の象徴であった。その確認は巨匠に求めなければ意味がない。ボリスは最高の者と勝負し、その者に愛されたいと考えたのである。

　ジャン＝ソル・パルトルという名の下、新しいパリの知的＝指導者はこうして『日々の泡』の登場人物の列に加えられた。しかも、必ずしも好意的にではなく、印税のことが頭を離れない思想家、自ら及ぼした魔術の人間的な結果に無関心な指導者、次々に産み出される著作が熱狂的な読者を破滅させる指導者として。ボリスは市民の間では当然の敬意をもって話題にされる作品のタイトルにも悪ふざけをする。とりわけ、生々しいイメージを伴う『嘔吐』。シックは『反吐《へど》』、『吐き気の前の予備的選択』、「紫色モロッコ革の装丁でボヴゥワール公爵夫人家の紋章入りの」『花のおくび』を入手するために手持ちの全ドゥーブルゾンを使い果たす。『存在と無《レートル・エ・ル・ネアン》』は「ネオンサインの著名な研究」である『文字とネオン《ラ・レットル・エ・ル・ネオン》』に変貌する。専門書店は巨匠の使っていたパイプ、左親指の指紋、パイプのこげ跡のついた古ズボンさえ販売する。シックは特に「無の、厚い、緑の革」で装丁した数巻本と「パルトルが豊かな寄稿によって恵んでくださる数限りない雑誌、新聞、定期刊行物から夢中になって取り出してくる」パルトルの論文を探している。ボリスはパルトル信仰、一九四五年末にジャン＝ポール・サルトル周辺で起きた騒ぎの誇張、一握りの若者たちの感動的であれ滑稽であれ――ボリスにとっては滑稽だが――サルトル教入信の熱狂を利用する。「後になってよく考えると、自分には多少シックという人物に似たところがありましたね」と「サルトル・ファミリー」の著名な一員であったジャン・ポンタリスは認める。

　ボリスは、特に執筆四ヶ月前に開催され、実存主義流行のきっかけとなったサントロー・ホールの講演会を中心に取り上げた。「この場にひしめく聴衆は」とボリスは描く。「ひどく特殊な外観を呈していた。眼鏡をかけたしゃくれた顔つき、逆立った頭髪、黄ばんだ煙草の吸いさし、ヌガーを食ったげっぷ。そして女たちの方は、見すぼらしい短い編み下げ髪を細紐で頭に巻きつけ、素肌に直接裏毛の外套をはおり（中略）特別桟敷にはボヴゥワール公爵夫人とその取り巻きが鎮座していて、貧血気味の群衆の視線をひきつけ、彼女らの席の上品な豪華さは、折りたたみ椅子に座って横一列に並んだ哲学者たちのばらばらな臨時の配置のありさまを高みから嘲笑っていた。（中略）特に女性の聴衆を襲う子宮内興奮に由来する失神が多かった」。

群衆はパルトルを求め、パルトルは待たせる。えり抜きの狙撃兵に守られ、象の上に乗った装甲象籠に悠然と腰をおろして、ついに巨匠が姿を現す。帝王の入場である。講演が始まり、パルトルは「聴衆に吐瀉物の剝製標本」を示しながら話すが、それは歓声によって絶えず中断される。「中でも最も美しい標本は、生のリンゴと赤ワインのもので、大喝采を受けた」。ただ見をする連中が押しかけすぎて天井が崩落する。しっくいの砂埃が舞い上がり、信者の中に死者が出る。パルトルは咳き込みながら「こんなにも多くの人が冒険に参加《アンガジェ》してくれたことを喜び、腿を叩いて無邪気に」笑う。素晴らしい夜の催し物だ。

　ボリスはジャン＝ポール・サルトルのユーモアのセンスに賭けていた。そして、その賭けに勝つ。哲学者はプレイヤッド賞で『日々の泡』に一票を投じることをクノーとルマルシャンに約束したばかりでなく、シモーヌ・ド・ボーヴォワールが『タン・モデルヌ』誌の十三号（一九四六年十月号）にこの小説の部分的掲載を取り計らってくれたのである。とは言え、抜粋部分からは周到にジャン＝ソル・パルトルに言及した個所がカットされていた。

　こうした後ろ盾により、彼の受賞は疑いないものとボリスには思われた。ガリマール社のよき発展のために不可欠な、内部バランスへの配慮が行われることは想定外だった。後でジャック・ルマルシャンは、ジャン・ポーランはボリスの原稿が気に入らなかったと打ち明けている。もっと正確に言うと、ジャン・ポーランは土壇場で寝返ったのだが、ガリマール社の当時の関係者は彼には内密の事情があったようだと証言している。ジャン・グロジャンの友人のアンドレ・マルローは『時の大地』を推して精力的に動いた。彼は『日々の泡』に反対するマルセル・アルランを自陣営に引き入れ、特にブランショ、グルニエに影響力を駆使してグロジャンに投票させた。事態を決定的にしたのはアルランだ。二年前から、セバスチャン＝ボッタン街［ガリマール社］は、解放時の対独協力疑惑を払拭するために、レジスタンスに近い作家または近いと称する作家に破格の厚遇をしていたのである。書店の名誉を確立し、サルトル一派の嗜好にブレーキをかけて、秤をやや反対方向へ傾ける時期だった。つまり、この年度は保守派優遇の年だったわけだ。

　六月二十五日、プレイヤッド賞はグロジャンに授与される。八票対三票、残り一票はノミネートされていないアンリ・ピシェットに行った。サルトル、クノー、ルマルシャンの三人は最後まで『日々の泡』を推した。残りの審査員は皆ポーランとアルランに従った。ポール・エリュアールは内部抗争を嫌ってピシェットに投じた模様である。カミュは友人ルマルシャンの勧めに従ってボリス・ヴィアンに入れる約束をしたが、結局多数派に加わったとのこと。ボリスは打ちのめされた。サルトルはその晩彼を慰めるために、ルマルシャンと「ファミリー」の何人かを誘って夕食に連れ出した。だが、ボリスの怒りは収まらなかった。彼は潔い敗北者になることを拒否し、耐え忍ぶことができる者には慰めの代価が与えられる、戦略的な屈辱を受け入れなかった。彼はポーランが裏切り者であり、アルランが守旧派の走狗であることを声高に断言する。過激な発言を諫める者もあったが、彼は頓着しなかった。彼はガストン・ガリマールの裁定を懇願し、説明会見を要求した。自信過剰のためか、出版社の不可解な内情に対する無知のためか、彼はまるで不正を糺すように立ち向かう。そして、身近にいる誰も彼を鎮めることはできなかった。

　新進作家にとって、それはありふれた、ほとんど避けがたい妨害なのだが、実際のところ悪夢でしかなかった出来事の翌日、ボリスは早くも——何人かの友人の証言によれば——「ぼくはプレイヤッド賞に落選した」という痛烈な詩を草している。

ぼくらはほとんど互角《エキポラン》だった
だが！　ポーラン、あんたはぼくに厳しく、邪険だった
悪臭を放つ《ア・ルラン》マルセルの屁の犠牲となり
ぼくはグロジャン神父に負けた
ぼくをいたわってくれたジャック・ルマルシャン
だが、ぼくは悔しさを反芻《ルマシャン》しながら持ち続け
夜も昼も泣いている
ク・ノー、ク・ノー［クノーと多くの涙の両義］
彼らはあざけってぼくに言う、思い知ったか《サルトラプランドラ》［サルトルも思い知るだろう］
わけのわからない詩などもう書くな*7

その時以来、何ヶ月もの間、ボリスの文章にはたびたび落選による失意が尾を引いて現れる。六月末に、上記の詩同様死後に見つかった詩「バンヤンジュの木の下で」の冒頭数行でも、怒りの収まらぬ若き作家は、以下の注をつけることを自制できない——

ある日窓を開けて
通行人★の頭上に小便をひっかけたら
さぞや愉快だろう

★「ジャン・ポーランの頭上、またはマルセル・アルランの頭上に」。*8

一九四六年七月一日に書かれたと思われる短編『優秀な生徒たち』の中で、ボリスはＰＣ［共産党］すなわち「大勢順応党」

のデモを制圧する千プラス一の手法を必死で暗記する新米警官、つまり「デカ」の一日を記述している。二人の主人公リュヌとパトンは食堂で「学校で最も出来の悪い二人のデカ、アルランとポランに出会う」。アルランはとりわけ馬方のように口汚い。午前中の無抵抗な相手に対する暴力試験の結果を尋ねたリュヌに対して、彼は次のように答える。「あんな試験なんかくそくらえだ！（中略）あいつら七十歳は下らない老いぼれ女を出しやがって、その売女がまた馬のように手強いんだ」。だが、とりわけ彼が名誉毀損罪に該当すると考える事件の悪役たちが登場するのは、ボリスが一九四六年九月から十一月にかけてプレイヤッド賞落選の怒りの最中に書いた『北京の秋』の中である。「プティジャン神父」［グロジャンのグロ（大きい）をプティ（小さい）に変えてある］、「ユルシュ・ド・ジャンポラン」、特にボリスがいつも「人間のくず」という限定辞つきで登場させる職工長の「アルラン」。そして、まだそれでも足りないかのように、『ヴェルコカンとプランクトン』のためにガリマール社から求められた履歴書の多くの草稿の一つには、以下の詳細な記述が見られる。「プレイヤッド賞のために執筆した第二作『日々の泡』。ジャン・ポーランとマルセル・アルランを支持した教皇の悪意により、受賞を逸す。万歳」。

　プレイヤッド賞騒動の後、サルトルとクノーがセバスチャン＝ボッタン街の各部門に異議申し立てをして、既に「若きホープ」とは言えない人物の詩集に賞を与えたことの愚劣さを説き、ジャーナリズムも審査に談合があったと書きたてたので、査読委員会の少数派はこの曖昧な褒賞制度の廃止を急ぐよう働きかける。サルトルの強力な推薦による翌年のジャン・ジュネが最後の受賞者であった。そして、ボリスには暗黙のうちに敗者復活のチャンスが与えられる。『日々の泡』は最も腰のふらついた連中の支持も獲得し、あのカミュでさえ出版を擁護し、ポーラン自身ももはや反対する理由がなくなったので、この本は出版が決まったのである。その上、『タン・モデルヌ』誌のスタッフたちは至るところで、自分たちは「受賞しなかった」本の長文の抜粋を掲載する予定だと説明している。この事件は今日に至るまでＮＲＦ［ガリマール社］におけるファミリー内の出来事として封印されている。ガストン・ガリマールは相談を受け、うんざりして、ボリスの本にグロジャンと同じ宣伝費を費やすというクノーの提案を承諾する。その結果、一九四六年九月三十日に一つの契約が結ばれる。一年以内に第三作を出すこと、ガストン・ガリマールは親切にもそう促したのである。若い作家、少なくとも批評家や読者がどういう反応を示すかわからない若い作家で、ボリスのように『ヴェルコカンとプランクトン』、『中味の詰まった時』、『日々の泡』の三作を出版社から保証されたと吹聴できる作家は稀である。だが、ボリスはこの話にも耳を貸さなかった。彼は怒る。受賞は約束されていたじゃないか！　彼の自尊心は一時的にずたずたにされたのである。『日々の泡』はレーモン・クノー編集のシリーズには収められなかった。「風の中のペン」シリーズは紙不足と野心的な編集方針を貫くために刊行が遅れていたのだ。第一巻ロベール・シピオンの本は著作権が一九四五年まで遡り、二月十五日以来「印刷済み」であるにもかかわらず、刊行は一九四六年暮れだった。これに『ヴェルコカン』とロジェ・トリュベール『淫夢魔』が続く。クノーが保管していた他の原稿、その中の何点かはレーモン・フォーシェ『フルートの音に乗せて』、ロジェ・ラビニョー『ペドンジーグの名誉』、ウジェーヌ・モワノー『レタスの芯』のように既に契約済みだったが、刊行されなかった。クノーの「相当生意気な」子供たちは、死産だったのである。『日々の泡』がかの有名な「白」シリーズに入る栄誉に浴したのはたぶん何かの手違いである。

　ボリスは相変わらず毒づき、辛辣で若さにまかせたユーモアの釘を打ち込みつづける。彼は『日々の泡』の契約書にも悪ふざけを付け加える。彼は「我らが教皇様によって正式に署名され、飾り書きが加えられ、罵られ、祝福された」[*9]書面を返送するのだ。彼は契約書の「あまり楽しくない」形式を残念に思い、欄外の余白に「小さなカラーのイラスト」を入れることを提案している。ガリマール社の営業部長ルイ＝ダニエル・イルシュは、ボリスが故意に静かな非礼を忍ばせたこれらのやり取りの第一交渉相手であった。一九四六年六月二十日の手紙で、ということはプレイヤッド賞発表以前の話だが、若き作家は新しい交渉相手に次のように書き送っている。「拝啓　一九四六年六月十八日火曜日八時四十九分に貴殿より電話でご依頼のありましたものを、ここに一部だけ（一つの理由は紙の値段、もう一つの理由はそれがどう使われるのか分かりかねますので）お送り申し上げます。一、略歴。思ったより長くなり申し訳ありません。二、『日々の泡』の当たり障りのない内容紹介[*10]」。

　当たり障りのない内容紹介と断っているが、実際はそんなことはなかった。ルイ＝ダニエル・イルシュはそれを読んで当惑したにちがいない。「もちろん、テーマは傾斜した日々です」とボリスは書く。「それが形態学的に見て唯一の関心事だからです。作者が日頃から親しんでいる理論のいくつかが展開されます。この残酷な作品の何ページかは、過去何世紀にもわたって反啓蒙主義が恐る恐る取り上げた問題をついに解決したと断言できます。これはボシュエ［十七世紀の説教家。雄弁と激しい論戦で有名］と彼の新しい支持者の歩んだ輝かしい道を最小限の被害で歩きつづけるために、やはり読まれるべき稀な作品の一つです。登場人物は非常に鮮烈な色彩感覚で描かれています。それは作者が専門家たちの間ではよく知られたミュージシャンであることを考えれば納得のゆくことです」。

　もちろん、発表できるような代物ではないし、使い物にならない。イルシュは折り目正しさを忘れることなく、ボリス・ヴィアン氏に再度作品の梗概をお漏らしくださるようお願いする。ガリマール社との全通信文で、特にイルシュが著者や作品の紹介文を依頼するたび毎に、ボリスはザズーのびっくりパーティを一緒に楽しんだ国立中央工芸学校の仲間に書くような手紙を書き送っている。それは彼の習慣であり、すべての人間が厳密に対等な関係に置かれているのである。社会的な、あるいは編集上の階級性は存在しない。偉い人であろうと、ただの人であろうと、すべての人は彼の手紙を読んで十五分の爆笑または十五分の懐疑から逃げることは出来ないのである。一九四六年八月二十八日、イルシュは真剣に、また熱心に、『ヴェルコカン』の作者に――「十月中の刊行に備えて」――本の帯と書評依頼状に載せる文章を求めている。ボリスは『ヴェルコカン』の表紙に載せる文章をいくつか提案しているが、一番のお好みは「我が雄鶏は放たれた……皆さんの雌鶏が連れ戻されんことを」だった。そして、それに添えて九月十日、イルシュに次の手紙を送っている。「帯は出来ましたら取ってください。それが出来なければ、別のものを付けてください。バルザックも申しましたように、ぼくは人を困らせる人間ではありません。ご存知のように、それは彼を幸せにはしませんでした。彼は死んだからです。書評依頼状につきましては、あなたのご依頼は実に下劣な辛い仕事です。ぼくはあなたに七メートルの恨めしさを抱きます。でも、サポナイト［石鉱］のお蔭で、それもまもなく出来上がることでしょう。ぼくは二種類の作文をしました。そのどれもふだんぼくが書くもの同様に素晴らしい完成度です。（中略）このお便りを受け取りましたら、腕時計を合わせるのを忘れないでください。その時は十時三十二分のはずです[*11]」。

サルトル・グループとともに

誰一人彼を感服させたと自惚れることはできない。ジャン・ポーランもアルベール・カミュも、そして、ガストン・ガリマールでさえも。ボリスは知性を肩から斜めに掛け、いつでも羞恥心または挑発のため、反射的にそれを剣のように使用する用意ができていた。たとえ、相手が年上だろうと、有名人だろうと、あるいは、意識的、無意識的に、彼自身がその魅力により相手の共感や支持を引き寄せようとしていたとしても、彼は二十六歳にして徹底的に対等な関係を結ぶことしかできなかった。彼は無理をしなかった。その自然体は、時として優越感と勘違いされたが、ヴィル＝ダヴレーの伝統、ジャン・ロスタンによる早熟な評価、エンジニアだろうと天使のような浮浪者だろうと区別しない、ジャズ仲間の単純明快な関係が原点だったのである……。

というわけで、サルトル。出会いは不可避であった。一九四六年の初め、シピオン、コー、アストリュック、ジャック＝ローラン・ボストがこの二人の男のためにしたことは、ただ仲介の労をとることだけだった。全員がサルトルの影響を受け、ボリスの仲間である。単なる取り巻きという次元を超えて、ジャン＝ポール・サルトルは、これらの高等教育を受けた若い知識人たちを高く評価していた。彼らはサルトルの思想と作品の賛美に彼ら自身の旺盛な生への欲求を重ね合わせていたし、征服した女性の数や恋の離合を自慢し、噂好きのサルトルはその成り行きを事細かく観察していた。戦後の日々、彼らは残酷なまでに不貞だったし、大酒を飲んだし、猛烈な仕事と「祝祭」とシモーヌ・ド・ボーヴォワールが「偶然の愛」と呼んだものの中で、多かれ少なかれサルトルが提唱したような生き方を実践していた。「当時私たちの酒の飲み方は半端じゃなかった」と『或る戦後』の中でボーヴォワールは記す。「先ず、アルコールが潤沢にあった。次に、抑圧解放への欲求があった。まさに祝祭だった。奇妙な祝祭である。私たちには間近なおぞましい過去が付きまとっていたし、未来は希望と疑惑とに引き裂かれていたのだから」。

クノーは党派主義を警戒し、慎重に「ファミリー」の周辺に位置しながら、グループとの接触をはかる。三月十二日、彼はガリマール社の近くの「ポン＝ロワイヤル」のバーで、ボリスをシモーヌ・ド・ボーヴォワールに引き合わせた。実存主義が流行し、センセーショナルな新聞・雑誌の執拗な監視が始まって以来、サルトルとそのグループはストーブの暖かさが戦争末期の気分を幾分和らげてくれた根城の「フロール」を去っていたのだ。そして、『嘔吐』の作者は宿営地の「ルイジアーヌ」ホテルから母親マンシー夫人の住居、ボナパルト街四十二番地五階のアパルトマンへ引っ越そうとしていた。サン＝ジェルマン＝デ＝プレのど真ん中と言ってもよい。クノーはボーヴォワールにボリスの才能を納得させようと考え、『ヴェルコカン』を読ませ、『日々の泡』を吹聴した。狙いはプレイヤッド賞だが、『タン・モデルヌ』誌の方も創刊以来若い寄稿者を集めるのに躍起になっていた。『タン・モデルヌ』誌のスタッフは、アメリカ作家の作品やミシェル・レリス、レーモン・クノーの時たまの寄稿でいつまでも食い繋ぐことはできないと思っていた。ジャン・ポーラン、アルベール・オリヴィエ、レーモン・アロンは、とりわけこの雑誌の反ドゴール主義を嫌い、早々に査読委員を辞めていた。アルベール・カミュは『コンバ』紙に専念し、初めから『タン・モデルヌ』誌には関わらなかった。サルトル・グループは自前でやりくりをしなければならない。特にシモーヌ・ド・ボーヴォワールは、何日もかけて論説を書かねばならず、それをモーリス・メルロー＝ポンティが高飛車にカットした。

その上、一九四六年三月、サルトルはドロレス・ヴァネッティに屈折した情念を燃やし、いつまでもアメリカに居続けた。前年の冬同様、彼は一週間また一週間と帰国を遅らせ、カストール［ボーヴォワール］は今度こそ古い取り決め――彼女流にいえば「協定」――の見直しが問題になることを恐れていた。それはオルガ、ワンダ［オルガはボーヴォワールの生徒で同性愛の相手。ワンダはその妹］とサルトルとの間で結ばれた、一方が他方の官能的な欲求に奉仕する愛情遊戯の契約で、一言で言うと、十年来彼女とサルトルの結合の刺激剤の役割を担った人間関係の星雲なのであった。滅多にないことだが、ジャック＝ローラン・ボストは彼女が泣いているのを目撃している。彼女はサルトル星雲の最初の組織者である自分の役割を保持するために疲れ果てる。彼女はジャーナリズムや共産党の攻撃を迎え撃ち、『タン・モデルヌ』誌の原稿に目を通し、不在のサルトルの存在感を維持することに骨を折り、自分の著作活動もしなければならない。だが、彼女自身の告白によれば、この冬の終わり、彼女は巨大なサルトル作業場の中枢で一人壊れかけていた。

　この初対面の三月十二日に彼女がボリスに不親切だったのは、たぶん上記の理由による。「こうして私はポン＝ロワイヤルのバーでヴィアンに会った」と彼女は日記に書く。「彼はガリマール社に査読用の原稿を預け、クノーはそれを絶賛している。私は彼らおよびアストリュックと飲んだ。ヴィアンは人の話を聞かず、パラドックスを弄して悦に入っているように見えた」*12。しかし、この第一印象は長くは続かなかった。ボリスは傷ついた心を和らげ、性急な判断を訂正させる理想的な武器、心地よいびっくりパーティを持っていたからだ。もう少し正確に言うと、フォーブール＝ポワソニエール街［ボリスの自宅］の夜会であるタルト＝パーティだ。なぜそう呼ぶかと言うと、ミシェルとドッディ［クロード］の妻マドレーヌ・レオンが強烈な混合アルコールに浸したタルトを大量生産して招待客に提供したからである。

　三月十七日のタルト・パーティには、ボリスの幅広い友人知人が招待された。クロード・アバディ楽団のメンバーにプラスしてシャルル・ドローネーその他の音楽仲間、若いクラリネット奏者アンドレ・ルウェリオッティとピアニストのジャン・マルティ。ヴィル＝ダヴレーの関係者であるニノン、ピトゥ、レリオ、ロスタン家の人々。クノーとアストリュック。二月十日アルマン・サラクルー宅のパーティで知り合った国務院評定官ジョルジュ・ユイスマンスの息子。正規の奥方たち、映画『奥方の火遊び』に出演した若い女優ベアトリス……のような行きずりの女性たち。少佐も忘れてはいけない。そして、遅れてやってきたシモーヌ・ド・ボーヴォワール。「私が行った時は」と彼女は書いている。「もうみんなすっかり酔っ払っていた。彼の妻のミシェルは絹のように白く長い髪の毛を肩に垂らして、誰にともなく微笑んでいた。アストリュックは裸足のままソファで眠っていた。アメリカ輸入盤のレコードを聞きながら、私も勇ましく飲んだ。二時頃、ボリスがコーヒーはいかがですかと聞いてきた。私たちは台所に腰を下ろし、夜明けまで話した。彼の小説のこと、ジャズのこと、文学のこと、エンジニアの仕事のこと。私は彼の白くすべすべした長い顔の中に、もういかなる気取りも発見できなかった。そこにあるのは極度の優しさとある種の頑固な純真さだけであった。ヴィアンは〈嫌なもの〉は徹底的に嫌い、好きなものはとことん愛していた――彼は心臓病のため禁止されているにもかかわらず、トランペットを吹いている（〈このまま吹き続けると、十年後には命を落としますよ〉と医者から言われていた）。夢中で話し、気がついたら夜明けだった――永遠の友情にみちたあの束の間の時を想い出しながら、私はそこに無上の価値を見出していた」[*13]。

シモーヌ・ド・ボーヴォワールとボリスの関係が変わることはなかった。ただ時の経過とともに、そして相互に引き合う無害な魅惑遊戯の終焉とともに、二人の関係が疎遠になっただけである。ボリスは打ち明け話をほとんどしない。カストール「ボーヴォワール」はこの内気な男をポン＝ロワイヤルのお茶の時間に誘って、ジャズ以外の話もさせた。ボリスは彼女を幾分姉のように慕い、四年後『サン＝ジェルマン＝デ＝プレ入門』では、ボヴアール公爵夫人の肖像を、ユーモアをこめて次のような優しい言葉で綴っている。「ボーヴォワール女史は、頰がこけ暗い顔をした〈女流作家〉とは無縁な肉体的美点を有している。若くて、活動的。心地よいハスキーボイス、黒髪、デルフトブルーの瞳、明るい顔色、平底靴の彼女は……」[*14]。一九四六年四月中旬以降についにサルトルがアメリカから帰り、カストールの嫉妬の反撃を受けたあと、シモーヌ・ド・ボーヴォワールは彼に「目の覚めるような」若くて共感のもてるカップルをプレゼントする。帰国者は特にミシェルの美貌と、大人しく皆の会話に耳を傾ける彼女の控えめな態度に心を奪われた。「ボリスは私が話に加わるのを好みませんでした」とミシェル・ヴィアンは言う。「私がバカなことを言うのを彼は恐れていたのだと思います。それに、私自身も優秀な論者たちを前に何か発言することなどできませんでした。私は私がいるだけで座が華やぐように感じましたが、発言すると何か子供っぽいことを言っている気がしてならなかったのです」。シモーヌ・ド・ボーヴォワールは当初若い細君に手厳しかった。「美人だけど、中味がない。正直言って、少し退屈」と初めは述べている。しかし、ミシェルがサルトル・グループに接近するにつれて、見方を変える。「皆彼女を愛していた。彼女には他人を押しのけるところがまったくなかったから」と実存主義叙事詩の記録者は記すのである[*15]。

他の者同様、サルトルもボリスを謎めいた人物と捉えている。「白く輝く歯。ほとんど紫色に近い色褪せたピンクの唇。馬のように長いメランコリックな顔。彼は背が高く、心臓病を患っていた。彼はよく微笑んだが、その微笑みは口の右隅でかすかに歪んだ」。これはジャン・コーの描くボリス像である。[*16] しかし、すべての若い寄稿者たち、もしくはジャン＝ポール・サルトルの友人たちも、まったくこのボリス像に同意したことであろう。異形のボリス。「彼は我々のサン＝ジェルマン＝デ＝プレ的尺度では捉え難い人物でした」とJ＝B・ポンタリスは断言する。「そもそも彼の出自自体が〈左岸〉［通常パリの左岸と右岸は、庶民＝貴族、革新参＝保守、学問・文化＝経済・娯楽のように色分けされる］的なものとは不調和でした。そのエンジニアらしいきちんとした身なり、理系の教養。その上、ミシェルや少佐、ミュージシャン仲間等が持ち込む世界もまた異質でした」。サルトルはおふざけが大好きであり、常々仲間たちが似過ぎていることに苦言を呈していたので、ボリスは自然に父親を囲むテーブルで特別な位置を占めることになった。それは高等師範学校出の秀才たちの理屈が通用しない挑発者の席であり、簡単な言語遊戯と置換地口を使って、夜がふけると柔弱になる厳粛な哲学的論証を笑い飛ばす役回りである。彼はしばしば態度の急変によって挑発した。「生真面目な世界について話すことにうんざりしたかのように」とジャン・コーは書いている。「彼は突然口を歪め、短い言葉を鼻声で話し始め、ぼくにはよく分からないユーモアで武装した。内気で人を寄せつけない、悪気のない〈言葉〉のユーモア。国立中央工芸学校出身の彼は、ぼくの考えでは〈受験数学特別クラス生〉のユーモアを得意とするように見えた」。[*17]

付き合いの難しさに音を上げて、他の多くのサルトル信奉者たちもその後ボリスとの関係をミュージシャン・ボリスに限定した。ヴィアンとトランペット。トロンピネット［小型のトランペット］を吹くボリス。不思議なことに、幾分「右岸」的な、動作のぎこちない内気なこの人物、一九四六年まではサン＝ジェルマン＝デ＝プレにあまり行ったこともないこの人物が、たちまち戦前の時代色を一掃する娯楽の達人としてクローズアップされるのである。彼はアメリカについて何時間でも話すことができた。それも一本調子ではなく、彼自身のアメリカ観に少佐のアメリカ観が加わるのである。彼はアメリカ文学、特に初期の推理小説に精通しているように見えた。彼はサルトルを感激させたオールド・コミュニストで、筋金入りの反人種差別主義者である作家リチャード・ライトを愛した。彼の頭にはジャズの歴史とテクニックが完璧に収まっており、彼とバーで知り合った仲間たちは彼の百科事典並みの博識を羨んだ。一九四六年という時代を考えれば、それは彼に招待状が殺到するほど価値のあることだった。サルトルはアメリカの人種差別の怨嗟の声を秘めたこの音楽について、度々彼に質問した。初めてアメリカに渡ってドロレス［サルトルを虜にした女性。一一〇ページ参照］に出会った一九四四年十二月の旅で、『嘔吐』の作者は『コンバ』紙にアメリカ南部の社会的不平等に関するルポを書き送っている。黒人の置かれた状況への関与は彼の最初の「アンガージュマン」だったのだ。サルトルはニューヨークでチャーリー・パーカーを聞きに行っているし、「ジミー・ライヤンズ」と「ニックス・バー」に頻繁に通っている。「誰一人動かず、ジャズの演奏は続く」と彼は記している。「情け容赦のないピアニスト、仲間の演奏とは関係なく自己に没頭して弦をかき鳴らすベーシストがいた。彼らは我々の中の最良の部分、最もドライで、最も自由な部分に働きかけるのだった」[18]。教え子のジャック・ベスがサルトルにジャズの手ほどきをしたのは二年前のことだ。今サルトルはジャズの個人的な先生を手に入れたことになる。

「メルロー゠ポンティはボリスと私のことを金魚鉢の中の二匹の金魚みたいに自由だと言っていました」とミシェル・ヴィアンは回想する。夫婦は時代のリズム、「スイング」、ジルバの急旋回、ザズーの経験を通して得たすべてのことに熟達していた。シモーヌ・ド・ボーヴォワールにダンスのステップをちょっと教えるだけで「ファミリー」の好感度はうんと上がった。爆弾カクテルの作り方や「支配人」のノウハウは、びっくりパーティで感動的な感謝を捧げられた。一九四六年の一年間、ミシェルとボリスおよび何人かの仲間たちは、サルトル・グループを強烈な音響と瘴気の迷路に案内する。サルトル・グループには今のところ一人の古参夜遊び人しかいない。メルロー゠ポンティだ。ボリスが「実存主義の三位一体の一角」と定義し、「ポンティ化させる」男と判定を下して喜ぶこの哲学教師は、その禁欲的な振る舞いと複雑な思考体系の背後に、夜の恵みに対する予想外の関心を秘めていた。「数ある哲学者の中でただ一人淑女をダンスに誘う人」[19]とボリスも認める。事実、グループの中でただ一人新しい場所を開拓する探検家であった。他の者、特に若い世代はサルトルが思索し、飲み、煙草を吸う店、「ポン゠ロワイヤル」、サン゠ブノワ街の「モンタナ」、「バー・ヴェール」等にたむろするだけだ。メルロー゠ポンティとボリスは十月に二人で「ロリアンテ」を発見する。街区の外れの「カルム・ホテル」地下にあるサン゠ジェルマン゠デ゠プレ最初の穴倉バーである。そこはクロード・リュテールがホテルの女主人ペロド夫人と組んで開いたばかりの、ニューオリンズ・ジャズの殿堂だ。ボリスの解説によれば、クロード・リュテールはそこで「キング・オリヴァーやジェリー・ロール・モートンなどの黒人ミュージシャンが得意としたブルース、ラグタイムの中から自由に選んだテーマに基づく集団インプロヴィゼーション」[20]を行い、ファンを魅了していた。クロード・リュテールはクロード・アバディ楽団をしこたま聴き、模倣し、そして超えたのである。

ボリスはサルトル・グループの皆を「ロリアンテ」へ連れて行ったり、そこで合流したりした。そこで一杯やり、その後クノーのお供をしてどこかへ消えるのである。こうして彼はグループの仲間をよく知るようになったが、ミシェルと彼が一番よく出歩いたのはJ＝B・ポンタリスだった。とりわけ、彼の精神分析理論と伴侶のユリディスに惹かれてのことである。彼らは時々四人で丸一日過ごすこともあった。例えば、七月十三日、十四日のミシェルの日記によると、メルローと朝食の後、ポンタリス夫妻と待ち合わせをして、サン＝ジェルマン＝デ＝プレの散歩。フォーブール＝ポワソニエール［自宅］で昼食——私たち四人の外に、ジャック＝フランシス・ローラン、既に精神分析医になっているジャック・ラカンとラカン夫人のシルヴィア。午後、一緒に『街路』誌創刊カクテル・パーティに出席。そこには、向こう見ずな社主のレオ・ソヴァージュに招待されたクノーの友人たち、批評家のモーリス・ナドー、ムルージ、ジャン・ジュネ等が来ていた。「バー・ヴェール」でその晩の打ち上げ。翌日も、休養することなく四人でドリニー・プールへ泳ぎに行き、そのあと夜更けまでダンスホールのはしご……。

　ジャン・コーとは方々のカフェのテラスで女の子たちに色目を使い、アストリュックとはカウンターで気の置けない者同士の沈黙を共有し、ジャック＝ローラン・ボストとはアメリカの話をした。なぜなら、ボストはボリスが夢見るだけで満足していたアメリカを実際に旅行したので、自分のアメリカ像と比較する必要があったのである。ボリスはボストに作家の才能と強烈な魅力を認めていた。「先ず、彼は十五年前から十五歳のように見える。次に、彼はセヴェンヌ地方出身だが、インド人のように見える。スリムな体型、浅黒い顔、なでつけた黒髪、高貴な顔立ち、途轍もない美男子。ご婦人方からもてもての艶福家……[*21]」。サルトルはと言えば、ミシェルを終始側に座らせながら、ボリスと他のことを話していた。その年は誰もボリスのイメージを裏切らなかったが、たぶんカミュだけは違っていた。ミシェルとボリスは『異邦人』を高く評価したが、作家の人柄自体は、特にプレイヤッド賞の投票事件以来あまり好感を持っていなかった。その上、カミュはジャズに興味を示さなかった。「人柄としては」とボリスは書く。「彼は明晰さを好む人間の割には理解しがたい怒りっぽさで有名だ[*22]」。

　カミュはカミュで、作家としてのボリス・ヴィアンの評価は低かった。彼には『日々の泡』の良さが分からなかった。ザズー・エンジニアの文章や言葉を常に脇道に逸らせる「ナンセンス」は、反抗や自由、始まりかけた冷戦、スターリニズムの脅威等について現代史の最も深刻な問題が突きつけられている時に、あらゆることを軽んじるように見えて、気に入らなかった。結局二人の作家は相互に不信感を抱いていたのである。カミュは——特にサルトルとの関係の糸を切らさないために——時折びっくりパーティに参加した。「ファミリー」はその頃既にサルトルとカミュの関係悪化の予兆を感じ取っていた。彼は一九四六年十二月十二日レグリーズ家のアパルトマンでヴィアン夫妻が主催したパーティに出席した。他の客は、カストール［ボーヴォワール］、サルトル、メルロー、ジャン・プイヨン、ボスト、ポンタリス等『タン・モデルヌ』誌のスタッフ、アストリュック、クノー、ルマルシャンの三羽がらす、ルウェリオッティ、ドディなどいつものミュージシャン、レリオ、ニノン、アラン等の身内、正式の伴侶たち、映画『奥方の火遊び』のベアトリス、数人の娘たち……そして、もちろん、少佐。

　このタルト＝パーティは特に有名だ。このパーティでメルロー＝ポンティとカミュの喧嘩別れが発生したし、サルトル対カミュの最初の部分的な不和が記録されたからだ。彼らは皆泥酔していた。他の客はボリスのレコードを聞くか、台所や居間で女を口説いていた。カミュとメルロー＝ポンティの間の議論が険悪になった。カミュがメルロー＝ポンティの「ヨギとプロレタリア」論を批判したのだ。サルトルは『タン・モデルヌ』誌の仲間の肩を持った。「凄まじい雰囲気だった」とサルトルは語る。「ぼくは二人をよく見た。カミュは激昂し、メルロー＝ポンティは礼儀正しく、確信に満ち、少し青ざめていた。一方は暴力の誇示を自らに許し、他方は抑制していた。突然、カミュは相手に背中を向けると、出て行った。ぼくは走って彼の後を追い、ジャック＝ローラン・ボストがそれに続いた。ぼくらは人気のない路上で彼に追いついた。ぼくは精一杯メルローの考えを彼に伝えようとした。メルロー自身がそれをしようとしないので。だが、その結果は喧嘩別れだった」[*23]。サルトルの仲間を除いて、びっくりパーティの客たちは上記の深刻な諍いに注意を払わなかった。ボリスが強すぎるカクテルを振る舞ったせいである。

嘘つき時評

嘘つき。だが、ボリスは肩書き以上のことを要求する。任務だ。そして、ボリスとともに笑いたいサルトルは、それを了承した。創刊当時の数年間、雑誌の構成は政治よりも文学にウェイトが置かれていたし、アメリカ人作家の作品の比重が常に他のものよりも高かったが、それでも『タン・モデルヌ』誌の責任者［サルトル］は時として彼の雑誌が生真面目すぎると判断した。息抜きが必要だ。娯楽や逆発想《コントル・ピエ》、つまり嘲弄《ピエ・ド・ネ》。たとえ、どんなに才能があろうと、どんなに深い意味を有していようと、すべてはまだ文学に過ぎないことを示すために。何ヶ月か続けて、ボリスは嫌われ者の役を演じる。仲良しクラブの攪乱者である。彼の介入は「嘘つき時評」と呼ばれた。一読まったく真実のように見えても、ぜったいに本当のことは書くまいと決めていたのだから、嘘つきどころか正直者なのだ。彼は真実を求める冒険集団の中で、嘘の重荷を軽々と引き受ける。ジャン＝ポール・サルトルは六月のプレイヤッド賞に一票を投じることと、『日々の泡』の抜粋を『タン・モデルヌ』誌の十月号に掲載する約束をしただけでなく、一九四六年六月一日発行の第九号に短編『蟻』を掲載することもまた了承していた。同じ目次にボリス・ヴィアンと署名された第一回の「嘘つき時評」も載ったのである。

確かにこの「嘘つき時評」は歯に衣を着せぬ言い方が際立つ。ボリスはそこで重箱の隅をつつく楽しみ、若い頃練習した用意周到で不条理な屁理屈屋の口調を発見する。「昔小娘のピアフだったエディット・ピアフが」と嘘つき人は架空の映画に触れながら話す。「テノール歌手アリックス・コンベルと一緒に〈深夜〉や〈キリスト教徒〉を録音したお蔭で、教皇から爵位を授けられ、今はピアフ男爵夫人と呼ばれていることを想い起こそう」。かくの如く、この導入部以下の文章も『アンダンの騒乱』や『ヴェルコカンとプランクトン』同様に一切の制約から解放されて、不遜であり、荒唐無稽だ。ボリスはアストリュックやアンドレ・フレデリックを俎上に載せ、アラゴンを嘲笑する――「と言うのも、このペンネームの背後にはベジエの司教が隠れていることを思い出したからだ」――、そして、平然と嘘をつく。七月の第十号掲載の第二回「嘘つき時評」では、嘘つき人はマルセル・カシャン［共産党『ユマニテ』紙の社長兼代議士］を殺害する考えに取り付かれたらどうなるかを、声に出して空想している――そのため彼は、コミュニスト新聞によって直ちに「卑劣なファシスト」とたたかれるのだ。「だが、それは間違っている。私はファシストではない。私は共産党員であり、労働総同盟の組合員であり、機関誌『人民』を購読し、友人たちにもその購読を勧めているからだ」。ボリスがけんかを売っているのは明らかだ。意識的にせよ無意識的にせよ、彼は非難攻撃を挑発しているのだ。あるいは、サルトルが何をしても許してくれるほど寛容であるかどうか試しているのかもしれない。サルトルの笑いの限界はどこなのか？ 実存主義的アンガージュマンは、はたして極限の挑発に耐えられるのか？ 次ページの愚弄は？ それは単に数学級生徒や探求者の好奇心ばかりではない。ボリスは『日々の泡』の前書きに書いたことを愚直に信じているのである――「この話は隅から隅まで私が想像したものだから、全部ほんとうの話である」。嘘の背後には必ず真実が隠されている。だから、前述の真実には虚偽が含まれているのである。

彼の表面的な隣人たち［サルトル・ファミリー］は、ボリスが荒唐無稽な話をでっちあげて何を企んでいると考えたのだろうか？ それがよく分からないので、彼はこの同じ七月の「時評」でも強引に毒舌を吐いている。彼は名指しで『タン・モデルヌ』誌の偉大なハサミの使い手［掲載記事を自由自在にカットする］メルロー＝ポンティを標的にする。「私の誠実さを彼らに証立てるために、私はメルロー＝ポンティも殺す（彼こそが主幹なのだが、誰もその実態を知らない）。彼は資本家であり、当誌のページを独占しすぎる。私はエゴイストが嫌いだ」。ファミリーの秘密でさえ洗いざらいぶちまけること、それこそが『タン・モデルヌ』誌を時代の野蛮に立ち向かわせる正しいあり方だと嘘つき人は考えるのである。疑わしいものに対抗する純真さ。サルトルは雑誌の創刊にあたって高邁な創刊の辞を記し、それが知識人の一世代に大きな影響を与えた。「我々は我々の同時代人に向かって書く」と彼は宣言する。「我々は我々の世界を未来の目で見ようとは思わない――それこそ未来を殺す最も確実な方法であろう――未来の目ではなく、この肉眼で、いずれ滅びるこの生の目で見たいと思う。我々は係争中の裁判に今勝利したいとは思わない。死後の名誉回復ができれば十分だ。だが、裁判に勝つか負けるかは、我々が生きている今この時点での戦いにかかっているのだ[*24]」。文学的、政治的現実をかき乱す変人の幻覚にみちた作り話によって、ボリスは上記の雑誌創刊の野心に貢献し、手に入れた数ページの中で冗談っぽく視点の相対性を喚起できると考えたのだ。

　十月、『タン・モデルヌ』誌の十三号で、何食わぬ顔をした皮肉屋の嘘つき人は、雑誌そのものの改造計画さえ仄めかしている。紙質、体裁、本体、価格、版型、内容……、まるで紙業局の報告書のように、セクション、サブ・セクション、解決法一覧、A・B・Cや1・2・3……に分類整理され、すべてが冷たく客観的な考察の様相を呈する。外観の陳腐さを指摘した後で、善意のアドバイザーは「匂いの出る表紙を作ること」を提案する――「焦げたパン、嘔吐物、ルノワールのカトレア、濡れた犬、妖精の股間、夕立の後の脇の下、バイカウツギ《セランガ》、注射器《スラング》、海、松林、マリー・ローズ、マリー・トリフーイユ「かき回しマリー」、マリー・サロープ「あばずれマリー」（昔のタール運搬船と同名）」。それらはまだ「ピンナップ・ガールズ。だがありふれたものではなく、美女」の写真を使うべし等、技術的なコメントにすぎない。もっと重要なのは、雑誌寄稿者への報酬が安すぎることだ。「たとえ、ガストン・ガリマールの名誉を傷つけないために、彼が最大限の努力をしていることは認めるとしても」。とりわけ、コラムの記事は「開かれて」いない。粗忽者や嘘つきには開かれていない。「事実、『タン・モデルヌ』誌に何でも書けるかというと、それはできない。生真面目なもの、適切なものでなければならない。本質的な論文、お馴染みの課題、濃縮したもの、権利要求、悪弊の告発、反専制主義、自由、万物からの解放」。嘘つき人は憤慨して読者に訴える。「市民諸君！　御託を並べるのはもうたくさんだ！」。

　もちろん、これらはすべて冗談である。だが、それにしても……簡単に言うと、ボリスは『タン・モデルヌ』誌には科学評論――嘘つきのそれを除けば、と彼は付け加える――軍事評論、時事評論が極めて手薄であると指摘するのである。その後何回かの編集委員会が真剣にこの領域にも進出しようとするだろう。彼は「ガリマール社が権利を放棄するまでガリマール社を攻撃し」、「その後で五十万部印刷して売りさばき、売上げを山分けすることを」強く勧める。恐喝癖のあるアンドレ・マルローの、『タン・モデルヌ』誌をこのまま発行し続けるならガリマール社と縁を切るという脅しが功を奏して、一九四八年に雑誌の発行はジュリアール社へと移る。嘘つき人の言うこともたまには当たるのである。しかし、「嘘つき時評」に対する反応はあまり捗捗《はかばか》しいものではなかった。シモーヌ・ド・ボーヴォワールは「面白いが、安易だ」と感想を述べている。『タン・モデルヌ』誌が思想界の必読文献となるにつれ、そのガキっぽさととりわけ傍若無人ぶりが嫌われたのである。寄稿者の一人であるヴィオレット・ルデュックは場違いだと見なし、ボリスに手紙を書いている。「あなたが『嘘つき時評』で行っている主張にはうーんざりしています」[*25]。できるだけ発行の間隔を開けたい考えの――特にサルトルが留守の時は――メルロー＝ポンティにとっては、不要なページでもあった。アメリカ合衆国特集号（一九四六年八月〜九月、十一〜十二号）用に渡した文章は、おそらく一九四六年六月十日に書かれたボリスの最初の文章と思われるが、完全に目次から抹消された。ボリスはその中で、サルトルのアメリカ論とそのアメリカ発見に魅せられたスタッフの文章のパロディを草していたのである。「偏見なしにアメリカ合衆国へアプローチするために」と彼は書き始める。「私は潜水艦でアメリカへ行った」。この陽気で奔放な物語の才気煥発ぶりはアンティオッシュと少佐の冒険を物語るときに見せた能弁を彷彿させる。通過儀礼的な一大旅行にアストリュックと二人で出発したボリスは、インディアンの土地に足を踏み入れたらしい。「この人たちは大変進歩している。想像できないくらいだ。おまけに、彼らはみな英語ができる。それゆえ、英語を知らない者たちに対してすこぶる優位な立場にある。いわば、彼らは英語を母国語とするアメリカ合衆国で確固とした地位を占めているというわけだ」。サルトルは二年前にニューヨークでブルトンに会っていた。アストリュックと嘘つき人も負けずにこのシュールレアリスト作家の探索を開始する。「間違いない、彼だ。しかし、何という変装ぶり！……　彼は黒人になっているではないか。まるで本物の黒人そっくり。彼は黒人の厚い唇と縮れっ毛さえ身につけていて、黒人のようなしゃべり方をする。彼はアンディと自称しているが、周りの者にはあまり尊敬されていないようだ」。これはひどすぎる。反人種差別主義者でヘンリー・ミラー――嘘つき人なら「新鮮だろうと腐りかかったものだろうと肉さえ見ればすぐに発情する」と見なすヘンリー・ミラー――の同志を自認するメルローのアメリカを誰もこのように弄ぶことはできなかったし、来るべき映画の「堕落した娘」役にフランソワ・モーリアック、「トイレ番のおばちゃん」役にポール・クローデルを想定することなどできるものではない。出発時から非難ごうごうのボリス・ヴィアン。『タン・モデルヌ』誌のきわめて臨時の寄稿者であり、執行猶予中の嘘つき人であったボリス・ヴィアン。結局、一年ちょっとの間に五編の評論とアメリカ人ラジオ作家ノーマン・コーウィン論一編で終了した。[*26] サルトルはファミリーに活を入れるために黒いアヒルの投入を思いついたが、編集委員会での不遜な態度を弁護するほど入れ込んでいたわけでもないのだ。ボリス自身も自分の趣味や目標、精神構造が、サルトル崇拝者たちの目指す雑誌の野望と一致しないことを感じ取っていた。火曜日や日曜日の予備的な会合のときに、また、マンシー夫人［サルトルの母］がアルコールを出すときに、座を和ませてくれれば、それでいい。そのニヒルなユーモアで重過ぎる主題をかきまわしてくれれば、それで十分……とどのつまり、ボリスは相変わらず出版しないがたぶん作家であり、もっと確かなことはトランペットを吹く愉快な仲間だとみんなは考えていたのだ。若き知識人はすべからく社会参加すべしというのが時代の要請だった。彼はそれをうまく交していた。陣営を選び、社会的、地政学的現実を詳細に探索すべし。彼はそうした要請のすべてをうっとうしいと思い、宣言文を虚栄心の塊だと見なすそぶりをした。

ジャン・コーの指摘は正しい——議論が深刻になると、ボリスは突然話題を変え、口の隅をゆがめ、声が甲高くなるのだ。共産主義は明らかに野蛮なシステムであり、アメリカの資本主義は特に黒人にとって偽りの民主主義である。だから、くどくど理屈をこねても意味はない。絶えず疑問を発し、相対化し、理解し、すなわち、許そうと努めるのは、時間の無駄であり、自虐であり、哲学者特有の曖昧な職業的好奇心にすぎない。時は駆け足で過ぎ去り、学ぶべきこと、経験すべき瞬間は余りにも多い。仲間たちの極めてイデオロギー色の強い憤慨を前にして、ボリスはしばしば肩をそびやかして無関心を示し、嘆息をもらした。たとえ、実存主義の衣装をまとっていても、サン＝ジェルマン＝デ＝プレの酒場で突然大流行する新語のコンセプトは、ボリスにとってすべて月並みだった。古すぎる世界、幸せの明日を空しく待つ世界は、狂っているし、壊れている。なぜなら、人間は世界を必死で醜く考えようとし、それが何年も続いているではないか。メルローの論文だろうが、小粋な女の離婚話だろうが、残余のものは虚飾だ。彼はカミュのようにそう仄めかしている。それよりもジャズを語ろう。そこにこそ我々を取り巻く灰色の世界の中で、真の革命への希望がある！ ジャズ、そして、女性。同時代の人間的な制度に幻滅した彼は、戦前同様戦後もどうでもよかった。あまりにもラディカルな批判者であったので、その場をごまかす言葉しか思いつかない。一九四五年八月十五日ペタン元帥に死刑判決？ ピエール・ラヴァル銃殺？　ニュルンベルク裁判？　ロベール・ブラジャック裁判？　モスクワ裁判の茶番？　ドゴールが出て行って、議会制の軟弱な共和国が戻ってきた？　インドシナで植民地戦争の危機？　朝鮮戦争？　こうしたすべての出来事に対して、ボリスは出来合いの「教理大全」を持っていないのだ。コーも言うように、彼が皮肉とも困惑ともつかぬ微笑を浮かべるので、『タン・モデルヌ』誌の仲間たちは皆それを訝《いぶか》しく思うのであった。

彼は文学ではエイメとマッコルランを愛したが、そこへ戻ることはないだろう。クノーとサルトルは彼に近かった。特にアメリカ人作家が好きで、哲学作品はそれほどではなかった。彼はガリマール社の著名な作家連の作品に退屈し、特に彼らが自作解説をするのは耐えがたかった。ボリスには一つの鉄則があった――文学の紳士《ジエントルマン》は文学を語ってはいけないのだ。彼はそれを実践する！　「彼の目にはほとんどの文学が時代遅れに映っていました」とミシェル・ヴィアンは解説する。「当時フランス文学はとても過保護でした。アメリカ文学、特にジャズの中に、ボリスはもっと肉感的で、直接的、官能的な言語、禁止された言語を感じ取ったのです」。彼のロマンチックな気質とブルジョワ的な教育は、一九四六年の段階で事象への美的でほとんどランボー的ともいえる視点を与えていた。彼の反抗は個人的で、孤独で、知的。それが例えば一切の声明文への署名拒否となって現れた。集団あるいはそこから派生した集産主義は個人のために何もできない。冷酷な不条理の支配するこの実存のジャングルと折り合いをつけるのは、個々の我々である。インテリゲンチャが一九三〇年代に見出した階級闘争について彼は奇妙な言辞を弄した、と友人たちが言う背景にはこうした理由があるのだ。共産主義的確信への皮肉なコメントは時折サルトルを喜ばせることもあるが、そうかと思うと、突然労働者蔑視の唐突なエリート主義に走った。

だから、定期的に仲間の誰かが切れた。そして、ヴィル＝ダヴレーではあまり労働者に会う機会がなかったのではないかとボリスに指摘した。それはその通りだ。それを知りながら、ボリスはまた辛辣な言葉を口にした。彼が付き合ってきたのは主に生まれが良いか、育ちの良い子弟だった。彼には教養や創造性やデューク・エリントンに対する好みによってのみ他人を判断する習性が身についていた。生活程度や出身階級で判断することは少なかった。保護された絶対自由主義者である彼には、個人的な経験が不足していた。書くことは不遜で、すぐに反抗する――しかも大きなリスクなしに。何人かの中央工芸学校同期生がそうであったように、彼はこの世でチャンスをものにできるかどうかは、まったく個人の責任であると思っていたのだ。出発点でチャンスゼロの人間もいるということには思い至らなかった。あるいは、彼を苛立たせた。なぜなら、彼は文盲や大衆の愚鈍な考えや同時代人の頭脳的敏捷性の欠如を毛嫌いしていたからだ。理知的人間のボリス・ヴィアンは、知性の配分が平等でないことに失望していた。ボリス・ヴィアンは社会制度、教育制度がはたして先天的な欠陥を補足できるかどうか疑問視していた。『タン・モデルヌ』誌の仲間たちの信念とは別に、彼には最も知性の少ない者、貧しい者、搾取される者は、彼らが現状に留まるかぎり、やはり彼らにも責任の一端があると思われたのである。

　この一九四六年には、未来のサン＝ジェルマン＝デ＝プレの仲間たちでさえ、時折彼のこうした考えに反発した。特にアストリュックやポンタリスやコーである。シピオンでさえそうだった――「猫も杓子も左翼の時代でした」とシピオンは話す。「マニ教的なソ連に惹かれ、小説や〈暗黒叢書〉のことを忘れて、政治的な悪を代表する米国を敵視したのです。ボリスはもっと明敏で、もっと進んでいました。そして、もっと覚めていました。我々は羊のように従順でした。彼はノンポリで通っていたし、そのためしばしば馬鹿にされました。事実は彼の方が進んでいたのです。彼はエゴイズムと不条理感覚の入り混じった独特の気質によって、すぐに時代が変わることを見抜いていました」。

　ボリスは右派だろうか？　こうした定義が当時何の意味ももたなかったことは確かだ。もちろん、緑青色［ドイツ兵の軍服］への報復と郷愁に染まったヴィシー版の右派ではない。むしろ、一九五〇年代に親共産党または反共産党の立場でクローズアップされる、流行りの党派から距離を置いた非左翼というべきだろう。共産党シンパでもなく、「対米協調主義者」または国家再建をめざすドゴール主義者でもない。第三の立場。サルトルがアメリカのアーティストや人権運動の闘士を擁護したり、自由の国における黒人の運命を批判するときは、時折サルトルに加担する。しかし、活動家になる気がない彼は、移り気ですぐに戦いに飽き、「ファミリー」の周辺部にいることが多かった。しかし、サルトルの王道に対して父権的支配モデルに敵対する作家たちが立ち上がり、人々は彼らを「軽騎兵」と呼ぶだろう。おそらく彼らが遮蔽物のない砂漠で直接的な影響に晒されながら、共に身体を寄せ合う姿からつけられた名前である。アントワーヌ・ブロンダン、ロジェ・ニミエ、ジャック＝フランシス・ローラン……彼らはまさに右派である。彼らは根拠もなく「若き右派」を結成しさえする。ボリスはしばしば彼らと付き合い、彼らと口を聞き、ジャック・ローランの主宰する『ラ・パリジエンヌ』誌に一時投稿もした。しかし、彼らに対しても誰に対しても、ボリスは決して道連れになることはなかった。彼ら全員の見方は、外部の人である。

　右か？　左か？　むしろ、分類不可能であろう。彼は路線を意図的に混乱させながら分類不能であることを密かに自負し、レーモン・クノー同様に、人々が待ち受ける地点には決していない。いずれにしろ、その時の多数派と組むことはない。無邪気なユートピア主義者を前にした、果てしない笑いの、あるいは恐怖の発作。社会参加していない振りをした、最も深い社会参加。再びクノー同様に、革命よりも普遍的文化に大きな関心を示し、常により有効なもの、愉快なものを発見し、詩の中に数字の神秘のカギを探求する懐疑的な数学青年。エリート・アナーキスト。言語の僻地開発を行うネオ＝シュールレアリスムの闘士。

愚劣なことに敏感なうえ、愚劣は蔓延しているので、ボリスは一つの不運に拘泥している暇がない。そこから同一テキストの中での全方位的な爆破作業が始まるのだ。社会制度、軍隊、教会。あるいは、あえて何かをなす勇気もなく、革新の気風を欠く軟弱な時代と実存主義をスキャンダル視し、サン＝ジェルマン＝デ＝プレと歓楽地ピガールを混同する野放図なジャーナリズム。彼は至るところで愚劣をキャッチし、それを追い詰める。彼は今なお大ブルジョワについて言われるように、リベラルなのだ。周囲の無気力に狼狽するリベラルなのである。彼は前夜アメリカの雑誌で見つけた技術的発明の物語で仲間たちを楽しませるが、それはもちろん彼自身の肥やしになる材料でもあった。はっきり言って、彼はクノーに良く似ている。あるいは、文筆活動と熟慮の資質を有し、手作業もしくはスポーツの才能まで付与された、クノーの夢見る「完全人間《ロム・コンプレ》」に近い。あらゆることに興味を抱き、新たな好奇心によって動脈硬化と戦う方向に自らの精神を鼓舞する人間。道のないところに道を開く人間。『ヴェルコカンとプランクトン』および『日々の泡』の登場人物は、幸せを貶め遠ざけるものとして、労働を嫌悪する。自由な時間の戦士ボリス……しかしながら、彼自身は精力の浪費を余儀なくされ、しばしば生活のための労働への自己犠牲を嘆く。「生活費をかせぐために人生を失う」というフレーズは彼の愛用フレーズだ。彼の主人公たちは――その多くはエンジニアだが――野外や音楽会に出かければ幸せなはずの人生を、無益なことを命令しながらむだに過ごさねばならない。

ところで、戦争終結後、とりわけ一つの主題が彼の心を占め始めたようだ。それは戦争である。それは解放時にスクリーンで見た記憶であり、アメリカ文学にふんだんに登場し、セリーヌ作品でもお馴染みの出来事だ。それが彼の冷やかで、活発な、昔からの友人を面食らわせる憎悪を掻き立てるのである。武器によって殺された父親に起因する、武力一般への恨みだろうか？　単なる遅ればせの爆発だろうか？　ボリスは何も説明していない。とにかく、戦後になって、ようやく彼は反戦に立ち上がるのである。特に朝鮮戦争が対象というわけでも、第三次世界大戦の脅威が対象というわけでもない。戦争一般への反対だ。大義はどうあろうとも戦争は悪であり、人間殺戮装置であり、しかも無意味な殺人である。子供とエンジニアの視点から同時に見た戦争。ボリスは悪名高い原子爆弾に関する情報なら何でも入手して目を通す。彼は事情が許せばいつでも最初の原子キノコのイメージに戻ろうとする。一九四五年夏の広島、長崎以来、彼は過激な反戦主義者となった。『タン・モデルヌ』誌に掲載された短編『蟻』はノルマンディ上陸作戦の海岸における凄惨な死体の山を描く。ボリスのユーモアは血の色を帯びる。「四方八方から銃弾が飛んできた。ぼくはこういう無秩序は好きじゃない。楽しくない。みんなで海に飛び込んだ。だが、海は見かけ以上に深く、ぼくは缶詰の缶で足を滑らした。おかげで真後ろにいたやつが顔の四分の三ほどを吹き飛ばされた。ぼくはこの缶詰の缶を記念にもらってゆくことにした。ぼくは彼の顔の肉片を兜の中に詰め、彼に渡した」。

ボリスは以後反戦の文筆活動を止めないだろう。しかし、それは彼が定期的に顔を出すことによってサルトルが得た気晴らし以上の共感をサルトルから勝ち得ただろうか？　一九四六年の一年間、ボリスは目立たない形ではあったが、自分の選んだ人から認められようと必死だった。コーに倣って彼はサルトルを「パトロン」と呼び、サルトルを苛立たせた。しかし、『嘔吐』の作者はこの偶像破壊者に対してきわめて寛大で、たとえボリスが彼を喜ばせるために行う言動に時折むかつくことがあっても、トランペットを吹く嘘つき人の主張の正しさを、しばしば他の仲間たち以上に高く評価した……それにこの新進作家［ボリス］はただ一人、正統派サルトル流スタイルへの不服従を許す先輩にすてきな贈り物をした。週刊誌『街路』一九四六年七月十二日創刊号に発表された小文である。それはサルトルを擁護し、実存主義の首領批判への激烈な反論となっている。ジャーナリズム対ジャーナリズムの果たし状「サルトルと糞」だ。著作の中でサルトルが「とりわけ便所への言及が多い」と決めつける「三文文士」たちを攻撃しながら、ボリスは類稀な大胆さで当該物質への言及を繰り返し、自らのペンを拳のように叩き込む。「皆さん、賛美しましょう、サルトルを賛美しましょう！　精神分析の世界では明々白々の現象があります。堕落した人間、抑圧型の人間、どんなタイプであれ、男色者はみな糞を怖がるという事実です。普通の人間ならそれを両手で弄び、単なるゴミ以上の気遣いをせず、それが糞であると分かれば直ちに大地に施肥して終わりとなるでしょう。それを毛嫌いして大騒ぎする人たちは、むしろ密かにそれが好きなのではないかと疑いたくなります。彼らは神秘のベールを剝いだ廉でジョイスを憎悪したように、サルトルを憎悪しているのです。彼らはシャッセ［シャルル・シャッセ『ユビュ王の源泉』］の憎悪に煽られてジャリを葬った者たちの子孫なのです。（中略）毛嫌いする者たちは滅びるがいい！　彼らは自明の事柄を否認する。歩道には糞が落ちています。サルトルはそれを見て、利用方法を考える。だが、彼らは天を仰いで、わざとそれを踏みつけ、靴底に付けたまま歩くのです」。この支持表明はそれだけで、ボリスにサルトル・ファミリーという憧れの資格を与えるはずだ。つまり、偶像破壊主義者のサルトル・ファミリー。末席で、サークルの外縁。それでもファミリーには違いあるまい。

＊1　ジャン・グロジャン『時の大地』（ガリマール社、メタモルフォーズ叢書、一九四六年）。
＊2　『ボリス・ヴィアン——解釈と資料の試み』（ミナール社、一九六九年）の中で、ミシェル・リバルカは『日々の泡』用献辞を引用。その中でボリス・ヴィアンは『ヴェルコカンとプランクトン』と同じ馬鹿な話と判断してほしいと述べている。
＊3　アニー・コーアン＝ソラル『サルトル、一九〇五〜一九八〇』（ガリマール社、一九八五年）。
＊4　同書。
＊5　同書。
＊6　ミシェル・リバルカ前掲書。
＊7　ノエル・アルノー『ボリス・ヴィアン——その平行的人生』、前掲書。
＊8　この詩は編集者が未刊詩編を追加した『バーナムズ・ダイジェスト』と『凍った哀歌』の最新合併版（10／18叢書、一九七二年）で見ることができる。
＊9　ガリマール社資料。
＊10　ボリス・ヴィアン財団資料。
＊11　同書。
＊12　『或る戦後』、前掲書。
＊13　同書。
＊14　ボリス・ヴィアン『サン＝ジェルマン＝デ＝プレ入門』（シエーヌ社、一九七四年）。
＊15　『或る戦後』、前掲書。
＊16　ジャン・コー『回想点描』（ジュリアール社、一九八五年）。
＊17　同書。
＊18　ジャン＝ポール・サルトルが『ジャズ47』誌に書いた「ニュー・ヨーク市、ニックス・バー」。ミシェル・コンタ／ミシェル・リバルカ『サルトル選集』（ガリマール社、一九七〇年）に収録され、アニー・コーアン＝ソラルの上掲書で引用されている。
＊19　『サン＝ジェルマン＝デ＝プレ入門』、前掲書。
＊20　同書。
＊21　同書。
＊22　同書。
＊23　ジャン＝ポール・サルトル『シチュアシオンⅣ』（ガリマール社、一九六四年）。
＊24　『タン・モデルヌ』誌（一九四五年十月創刊号）のジャン＝ポール・サルトルによる「創刊の辞」の一部。
＊25　「嘘つき時評」No.26（一九四七年十一月）の後書かれたと思われ

るヴィオレット・ルデュックの日付のない手紙。ボリス・ヴィアン財団資料。

＊26　ここに引用した一九四六年の三評論以外に、『タン・モデルヌ』誌は一九四七年六月の二十一号、一九四七年十一月号の二十六号でさらに二評論を掲載。これらの文章は『嘘つき時評』（クリスチャン・ブルゴワ社、一九七四年）に一括収録されている。

6 サン＝ジェルマン＝デ＝プレを待ちながら

一年で数年分

　彼の行動を追跡するのは容易ではない。数ヶ所に同時出没するからだ。しかも、それぞれの活動地点でリラックスと集中を見事に使い分け、いつも自由だ。彼が一日八時間技師として働いていると信じ込んでいる者がいる。その通りだし、彼もそれを嘆いている。トランペットは夜、週に数回。ホメロス的な［壮大で無謀な］録音期間中は何度か夕方にも集まった。『北京の秋』の執筆。登場人物が入り乱れ脈絡を欠くこの小説は、どんな作家であろうと何ヶ月もの偏頭痛を免れえない代物である。彼はそれを紙業局の同僚クロード・レオンの向かいの机で、面白半分に声に出して読み上げながら書き進め、レオンには各章冒頭に使用する銘句として事務所の書架のきわめて雑多な内容の本から、わざと主題と無関係なもの選んでくれるように頼みさえした。ボリスがここで働いたのは秋だけである。おそらくそこから、秋でもなく北京も出てこない、この小説の奇妙なタイトルが選ばれたのではないだろうか。

　何人かの証言によると、この時期彼は発表のことなど一切考えないで多くの短編小説を書いている。その中のどれがガリマール社から出す約束の選集に入るかさえ、どうでもよかった。発行した号数からしてリアリズムに満ちた［経済的な理由からすぐに廃刊となった］レオ・ソヴァージュ編集の週刊誌『街路』は、早速『青い鷺鳥』、『水浴する坊主』等何点かの作品を掲載した。しかし、ボリスは多くの場合発表せずに手元におき、月に何話かの割合で短編を分類する方を好んだ。また、ボリスが『コンバ』紙や『オペラ』誌、『ジャズ・ホット』誌、スイスの『ホット評論』誌に寄稿を始めたので、ジャーナリスティックな評論に関心が移ったのだと考える者もいる。しかし、これは頼まれて仕方なしに書いたり、ジャズ好きが嵩じて啓蒙活動に走っただけである。彼はシャルル・ドローネーやパリに来たドン・レッドマンに敬意を表するのを楽しみにしていた。それだけのことだ。彼は原稿を頼まれると断れなかった。書くのも速かったし、原稿が集まらなくて困っている編集長に同情するのである……この一九四六年の暮れは自由時間も多かったようだ。もちろん、彼の身辺にいた者や新しい友人たちは、いつもそのことに驚くのだが。どうして彼はそんなに千変万化の変身をすることができるのか？　しかも、カフェのテラスで、好奇心一杯に熱っぽい会話に没頭して一〜二時間つぶすことも、彼には楽しみな時間らしかった。時折彼はその秘密を打ち明けた。多くの心臓病患者がそうであるように、彼も不眠症だったのだ。彼は薬なしでは寝付かれず、寝返りを打ち、動き回り、体力の回復に役立たない眠りの中で窒息することを恐れる。しばしば夜間寝静まっている時に、動悸が急激に高まり、心音も大きくなって彼を不安にさせ、ミシェルを起こす。そのため彼の就寝時間はしだいに遅くなり、就寝しても一〜二時間後には苛立って起き出すようになった。しかし、大工仕事もレコードを聴くこともできないので、机にうつ伏せて夜明けを待つしかないのである。

はたして、一年の間に何年分生きたのか？　彼は――これは幾分クノーの模倣でもあるのだが――絵まで描き始める。数週間に十点あまりの絵を完成した。ノートの端に幾何学模様を描きなぐって満足していたあの彼が、である。それは断固として心神耗弱した新立体派風の作品で、そこでは夢遊病者たちが虚空の彼方まで延びているチェッカーボードの上をすべっている。十二月二日には、その中の一枚がユニヴェルシテ通り十七番地にあるガリマール社の付属画廊「プレイヤッド・ギャラリー」に展示されさえした。展覧会のタイトルは「書ける人は、描ける人」であった。もちろん、レーモン・クノーのおふざけである。クノー自身も何枚かの水彩画を出展した。招待状には、まだ一冊も本を出版していない作家ボリス・ヴィアンの名が、アルファベット順に並べられた錚々たる文学の巨匠たちに混じって記載されていた。アポリネール、アラゴン、ボードレールに始まり、トリスタン・ツァラ、ヴァレリー、ヴェルレーヌと続いて、その後がすなわちボリス・ヴィアンというわけである。

彼はまたミシェルと共同で『ジャズ47』という雑誌の発行を準備していた。シャルル・ドローネーが版元のピエール・セゲルスに提案した企画で、サルトルや画家のデュビュッフェ、その他彼が最近出会った仲間たちの参加を募っている。それはまた新たな仲間と出会うためでもあった……彼はウジェーヌ・モワノーとも親交を結んだ。『スペクタトゥール』紙の新聞記者で、プレイヤッド賞の際にボリス・ヴィアンに関する最初の紹介記事を書いた人物である。別の記事で、モワノーはエトワールのミュージックホールに最近出演したジャンゴ・ラインハルトの演奏を中位に評価した。ボリスは彼の評価に賛成し、彼をクノーに紹介した。ある日の友は永遠の友であったようだ。つまり、連帯精神に基づく友達の輪というわけだ。「ぼくには彼がジッド風に見えました」とウジェーヌ・モワノーは回想する。「〈今こそ、ナタナエルよ、私の本を捨てるのだ〉という『地の糧』のジッドです。彼はちょっとそんな風でした。彼からは嘲笑の精神とともに無償の精神が放射されていたのです」。ボリスは誰に対しても特権的な、選ばれた友人であると思わせる友人関係を結んだので、多くの友人が特別の関係であることを自慢した。だが、すべての関係は個別で、壁に仕切られており、いつも相互に面識があったわけではない。ボリスは皆にやる気を起こさせ、状況や企画によっては一時的に新しい友人たちを合流させるが、自分はそこから消えてしまう。やりたいことがあれば、彼ら自身でやるべきなのだ。彼は皆を集めるが、会うのは一人一人のことが多い。一九四六年には多くの友人ができるが、思想信条は様々だった。たとえば、クロード・レオンやサルトルの協力者たち同様、ユダヤ人でレジスタンス闘士のウジェーヌ・モワノーは、明らかに左派である。だが、ボリスは同じ月、たぶん同じ週に反対陣営の若者たちとも親しく付き合う。たとえば、ジャン゠フランソワ・ドゥヴェーがそうである。彼は『コンバ』紙に寄稿したあと、週刊誌『ミニット』の推進者になった。あるいは、ダリュアン兄弟。二人は戦前の農民極右組織「緑のシャツ」で勇名を馳せたジャン・ドルジェールの息子である。

彼は思想とは無関係にこの兄弟と出会ったのである。なぜなら、二人は彼のようにジャズ・フリークだったからだ。二人ともミュージシャンで、「ニューオリンズ」の愛好者だった。弟のジョルジュ、別名ゾゾは才能豊かなベーシストで、クロード・アバディ楽団にも参加した。二十三歳の兄のジャンは、戦時中カルビュッシア出版で校正係をやったあと、自分の出版社を立ち上げようとしていた。彼は手始めにマルセル・プルーストの在庫品を入手して、それを売りさばき、次に国有財産になったバルザックの『十三人組の物語』と二十日ネズミとネズミの漫画『トロット゠ムニュとロンジュ゠トゥ・トラッピュ』を出版しようとした。すべて失敗したが、野心満々の若者だった。彼は出版業者や作家が優れた着想や新しい才能を探し求めるサン゠ジェルマン゠デ゠プレの常連だった。皆と同じように、ジャン・ダリュアンもガリマール社と対決することを夢見ていたのである。

いとも静かな村

クノー、サルトル、ジャズのお蔭で、ボリスは数ヶ月ですべての重要人物を——顔を見ただけの相手も含めて——識別できるほどサン＝ジェルマン＝デ＝プレに習熟した。重要人物といっても、一握りにすぎないが。レモネード〔飲食店業〕で稼いだ何人かの心優しいオーヴェルニュ出身者、文学の名士または孤高の人、そしてパリを制覇する野心に燃えたラスティニャック〔バルザックの小説の主人公〕流梁山泊の短期住民。今からわずか数十年前のことである。一九四六年でさえ、この街にはゴシップ紙に書かれるようなサタンの祭壇は、まだ何も、あるいはほとんどなかった。ゴシップのない中産階級の村。二階以上は安らかな村の生活、一階には店があり、この地区だけの特徴として、バーの小円卓のまわりに、名もない手仕事の商人や国を代表する知識人のスターが膝を突きあわせていた。「嘲弄と瞑想の背中合わせ」とレオン＝ポール・ファルグは書くだろう。[*1] そして、彼自身も一方から他方へ、生涯行きつ戻りつしたのである。つい最近まで、つまり十五年ほど前までは、十二世紀の大修道院付属教会とその広場——昔夜明けに貴族が決闘したプレ＝オー＝クレール決闘場——そして、セーヌ通りに平行し、または直角に交わる幾つかの通りは、モンパルナスから置き去りにされたと思われていた。シャン＝ゼリゼ界隈やそれ以上にヴァヴァン界隈〔モンパルナス〕が一九三〇年代初頭に吸引力を失うためには、右岸の「屋根の上の牡牛」〔一九二二年開店したナイトクラブ。ジャン・コクトーを中心に最先端をゆく文学者や音楽家たちが集った〕の衰退とジャン・コクトーの疲労を待たねばならなかった。また、法王アンドレ・ブルトンに反旗を翻す詩人や画家が首都の南または北の外れのグループの巣窟を離れ、左岸のパリ盆地で穴倉探検をしようと思い始めるには、シュールレアリストたちの仲間割れが必要だった。一九一八年のサン＝ジェルマン＝デ＝プレには、戦後の溜まり場はなかったのだ。ともあれ、「最終戦争《デール・デ・デール》」〔第一次世界大戦は終戦直後、戦争に終止符を打つ戦争と言われた〕の象徴的な負傷兵アポリネールには、何も発見できなかったことだろう。彼はサン＝ジェルマン＝デ＝プレ大通りの建物で休戦前日に死んだのだから。

慎み深い、サン＝ジェルマン＝デ＝プレ。他の場所が飲食街として発展したのに対して、この村は徐々に思想や文学の面で特殊性を発揮しはじめる。手作りで。衒《てら》いも過重労働もない。無数の良心的な職人たちによる質の高い物づくり。印刷業、製本業、出版業、書店……NRF〔ガリマール社〕、フラマリオン社、ストック社、グラッセ社、メルキュール・ド・フランス社、等々。彼らはまさにこの村の住人なのだ。だから、顧客はたいへん適切な距離、つまり隣接する通りの一軒のカフェで仕事を片付けることができた。アポリネールは既に一九一二年から「フロール」に『ソワレ・ド・パリ』誌の拠点を置いていた。多分彼がカセット通りの宗教用品を商う店の上に住んでいたからだろう。

アルフレッド・ジャリはカフェ「ドゥー・マゴ」の天井にピストルの弾を打ち込んでいる。長い間、スキャンダルは無邪気な退屈しのぎ以上のものではなかった。「ドゥー・マゴ」のブルトンの会食仲間は騒がしかったが、小説『ユリシーズ』の二人の発行人シルヴィア・ビーチ、アドリエンヌ・モニエの追い立てから逃れたジェイムズ・ジョイスは、ひっそりと酒を飲んでいた。アントナン・アルトー然り。ポール・ヴァレリー然り。ジャン・ジロドゥーが来るのは決まって午前中で、小さなクリーム・コーヒーを前に座っていた。『ルヴュ・デ・ドゥー・マゴ』誌、自費出版、貸し出し専門図書館、公開朗読、すなわち、アドリエンヌのストーブの向こうに二十名ばかりが集まって行う朗読会……一言で言うと、この街には、幾つかのカフェにおいて、適正規模の文学があり、周辺には適正価格のバターや野菜が売られていたというわけだ。

一九三〇年代になり、モンパルナスが没落すると、この街も尊敬すべきまどろみから少し抜け出し始めたように思われる。騒々しい画家たちが再び丘から下りて来る。その代表はピカソである。彼らはもうカフェオレやけちくさい酒盛りに満足できなくなったのだ。彼らは定住する。ロベール・デスノスはマザラン通り、ジャック・プレヴェールはドフィーヌ通り、ミシェル・レリスはグラン・ゾーギュスタン河岸。レオン＝ポール・ファルグの後は、何人かの「パリの歩行者」、クノー、ジャック・プレヴェールたちがサン＝ジェルマン＝デ＝プレ地区の彼方まで冒険をするようになった。何人かの裕福なアメリカ人のアパルトマンではパーティが開かれた。そして、各分野の新たなエリートたちは、仲間たちの集会所を——ともかくも母港を——三つの店の中から決める必要に迫られ、公然と先輩たちの慣わしを踏襲しはじめた——「リップ」、「ドゥー・マゴ」、「フロール」と、まるで野営地を選ぶように。サン＝ジェルマン大通りと広場の外れのこのトライアングルは、歴史的にまた優先順位的にも長い間この順番であった。ブラスリー［カフェレストラン］は一八七一年にアルザス人リップマンが創業し、出身地への郷愁をこめて「ラインの畔」という名前にした。だが、常連客は「リップマンの店」としか言わず、それもやがて「リップの店」になった。第一次世界大戦後、短縮した呼び名が最終的に店名として採用された。一九二〇年にアヴェロン県ラギヨル出身のマルスラン・カーズが営業権を買い、ルイ・ジューヴェ、アンドレ・ジッド、ジャック・コポー、ガストン・ガリマールが晩餐に訪れた。NRF［ガリマール社］もヴュー・コロンビエ座もすぐ近くなのである。そこには国会議員も来て一杯のビールを前に激論を戦わせたり、議会が危機的状況を迎えた夜々には内閣の総辞職に賭ける者たちがいた。ドレフュス派［ドレフュス擁護派。左派］とモーラス派［シャルル・モーラスは、反ドレフュス派の王党派国粋主義団体アクション・フランセーズの創始者］の論争はマスタード付きセルブラソーセージを前に行われたのだ。一九三五年のある夜、レオン・ブルム首相が襲われた。アクション・フランセーズは向かいの「フロール」で誕生したのだが、その知識人たちはリップにも指定席を持っていたのである。ロベール・デスノスを含む詩人たちは、この人民戦線派の男［ブルム首相］を守って戦わざるを得なかった。

　これらすべての紳士たち、特に作家たちは、午後になると大通りを渡って「ドゥー・マゴ」の店内やテラスに移動した。ドゥー・マゴは一八八五年までアクセサリーの店だったので、店づくりが洗練されている。店の魅力に自信のある経営陣は飲食物の価格をたえず引き上げ、服装にもうるさかった。客は大いに不満を覚えたが、口に出して罵ることは我慢した。と言うのも、隣接するサン＝ブノワ通りには「フロール」があったが、まだドミノゲームに来る客が主体の地味なカフェにすぎず、隣のカフェの敵ではなかったからである。フロールにいるところを見られても、何のメリットもなかった。ただ、詩人のファルグだけは違っていたかもしれない。彼はすべての店を自分の店にすることが自慢だったから。トライアングルの最後の小さな一角［フロール］が堂々と自己主張するようになるには、一九三〇年代初頭の綿ビロード［ゲーム台］の撤去と客の習慣の漸進的な変化が必要だった。一九三三年の第一回ドゥー・マゴ賞受賞者であるクノーは、賞金を手にするとすぐに、隣のライバル店へ飲みに行った。その頃にはフロールもそういうレベルに達していたというわけだ。

　ミシェル・レリス、ジョルジュ・バタイユ等シュールレアリスムの異端組が当時店の奥に指定席を持っていた。だが、フロールやフロールを超えて地区全体の頬に紅をさした中心人物は、ジャック・プレヴェールである。プレヴェールというよりも当時の呼称に従えば「プレヴェール組」。この寄せ集め集団、十月グループ［一九二〇年代ソ連で始まった左翼アジプロ――アジテーションとプロパガンダ――演劇の一派。劇場ではなく、工場や路上を移動しながら演劇活動をした］は、戦争直前に詩的リアリズムを演劇や映画に導入しようとした。彼らは詩人、俳優、画家、シナリオ作家を糾合し、夜の間に作り上げたほとんど稽古なしの寸劇を引っさげて、工場や学校の雨天体操場で世の中の出来事を笑いのめした。アナーキスト、喪中のシュールレアリスト、実践的訓練を求めるアルフレッド・ジャリの孤児たち、真のプロレタリアもしくは壇上のプロレタリア、学校と縁を切った教師、ジャック&ピエール［・プレヴェール］兄弟、マルセル・デュアメル、ジャン・レヴィ、ジャン＝ポール・ル・シャノワ、レーモン・ビュシエール、ポール・グリモー、ルイ・シャヴァンス、ジル・マルガリチス、モーリス・バケ、マルセル・ムルージ等々が、路上やストライキ中の工場の貧相な見世物にいくばくかの高貴さと革命精神を付与すべく奮闘した。そして、人民戦線シンパとして、政治的＝詩的表現スタイル、パントマイム、集団即興演技、映画のシナリオ、舞台、サーカス、ミュージックホール……の革新に寄与したのである。

三つの店で、十月グループほど騒がしい連中はいなかった。メンバーや友人、とりわけ画家たち、伴侶たちはフロールの幾つかのテーブルを占領し、赤ワインしか飲まなかった。時々彼らは歩道で楽隊を組織し、プレヴェールは自作のシャンソンを歌った。彼らはふざけて縞のジャージとカンカン帽の一九〇〇年ファッションを流行らせようとし、メーキャップをして店に来た。そして、必ずカグール団［右極］または王党派の連中と殴り合いのケンカをするのだった。向かいのリップでは、その右翼連中をオーナーのカーズが受け入れたり、自分が所有している隣のカフェ「レーヌ・ブランシュ」へ追い出そうとしていた。しかしながら、サン＝ジェルマン＝デ＝プレの騒ぎは、まだ有名だが鄙《ひな》びた交差点をめぐる狭い地域の、ちょっとした悪ふざけ、後に「アジプロ」の見世物と呼ばれる騒ぎに限定されていた。もっとも、十月グループの友人である「フロール」の客たちや新顔でうら若く、臆病な教師だったシモーヌ・ド・ボーヴォワールには、この程度のいたずらでも、場違いだと思われていたのだが。近所の通りでは市場の時間に合わせて主婦たちが押しかけ、配達のトラックが行き交い、新聞売りの声が喧しいというのに、ここではプレヴェール組でさえ、たいていの場合、控えめな街の風景に溶け込んでいたのである。お互いに「ルークーダン」（「ひじを＝くっつけ合って＝お互いを＝確認する＝仲間」）と呼び合っていた文無しの仲間たちは、ドフィーヌ街にあるプレヴェールのアパルトマン近くに家具付きの部屋を借りていた。[*2] 昼になると、彼らは「キャトリエーム・レピュブリック」、「プティ・サン＝ブノワ」、「カスク」等のお人よしの居酒屋で昼食を取る。とりわけ「シェラミー」にはよく通った。シェラミーはジャコブ街十番地にオーギュスタン・シェラミーが開いた店で、飲食代の請求にうるさくないという美風を守り通して、戦時中に知識人や芸術家の士気を鼓舞した歴史を持つ。「繁栄するサン＝ジェルマン＝デ＝プレは」とギヨーム・アノトーは『サン＝ジェルマン＝デ＝プレの黄金時代』の中で書いている。「これら勇気ある居酒屋の記念碑を立てるべきだ。戦前にまとまりを欠いていたこの街が、多分その一体感とそのスタイルをさえ発見できたのは、貧相な料理の載った彼らの大理石のテーブルの前なのである。料理皿は空だったが、その周りにはバカンス並みの押し合いへしあいがあったのである」[*3]。確かに大した食べ物があるわけではない。闇市が不調のときは怪しげな煮込み料理が出るだけだ。しかし、戦時中ずっと飲み物があった。優しい心根の、故郷を喪失した地方出身者シェラミーその他の飲食店主は、裕福な客が時々この空っぽの胃袋の避難所に出資してくれるよう、あまり当てにならないお願いをしながら、何十人という美術学校生、素性の分からない美少女たち、人気者の詩人たちを養っていた。彼らのお蔭で、五年もの間首都の公共の場所で見知らぬ人の顔を詮索するような卑しい好奇心に囚われることなく、サン＝ジェルマン＝デ＝プレは、結束し、持ちこたえ、賢く生き抜くことが出来たのである。こうした臨機応変の、あるいは、信念に基づく協力体制は別に目新しいものではなかった——例えば、グラン＝ゾーギュスタン通りの「カタラン」の主人は、既に紙のテーブルクロスに描かれた作品の古くて素晴らしいコレクションを所蔵していた。ヴァレリー、ピカソ、レオノール・フィニ、ジャン・コクトー、ポール・エリュアール、アラゴン等々のデッサン集である。彼はそれらを牛肉の煮物やハム・ソーセージの盛り合わせの代価にもらったのだ。ただ、戦争はこの風潮をさらに強め、倫理的な掟にまで高めたのである。サン＝ブノワ街、ジャコブ街、カネット街では、常連客が友人に食事をさせる余裕のない時は、ウェイトレスはほとんど期限なしのつけ払いにするのが普通だった。支払いは懐が豊かになる時まで延期されるのである。

この頭脳の街が、戦後世代には理解しがたい仲間意識を形成できたのは胃袋があったからだ。みんなラム酒を飲み始めたが、それは異国趣味というよりも——エキゾチズムの時代はもう過ぎていた——サン＝ジェルマン大通り一六六番地のアンティル諸島出身者ジュール・ルーヴィルの息子たちが、出したパンチを必ずしも帳簿に記入しなかったことが大きな理由である。ロジェ・ヴァイヤンは飲み代よりも多くの酒を飲んだ。それはレリスもバタイユもアントナン・アルトーも同じことだった。また、ジャーナリスト、公務員、高等娼婦、不安げな面持ちをしているため理由を聞かずに奥の席に案内した外国人も同様だった。戦争が終わるまで、質問は一切しなかった！　サン＝ジェルマン＝デ＝プレは、右岸やカルティエ・ラタンにはよく出没したドイツ兵にもあまり注目されず、比較的安穏な隠れ場所だったし、休暇をもらったドイツ兵は依然としてモンパルナスがパリの繁華街だと信じ込んでいたのだ。しかしながら、有名な店と地方料理を売り物にする店の間、戦後の思想と生まれつつある様式、つまり新たな実存的不安を表す時代の風潮との間、昨日の廃墟と現代と名付けられようとする世界の暗い予兆との間から、何か別のものが誕生しようとしていた。それは抑圧の解放に合致するスタイルであるとともに、過去半世紀の破産によって引き起こされた内面的な懐疑に起因するスタイルでもあった。

しかし、ダンス、音楽、ミュージックホールはまったく存在しなかった！　劇場もほとんどなかった！　この方面では、戦争は何も変えなかった。あるいは、ほとんど何も変えていない。サン＝ジェルマンは、たとえ占領当局から許された範囲であっても、柄の悪い連中と付き合うなんてことは考えもしなかったのだ。グレゴワール＝ド＝トゥール通りでは、ごく稀に灯火管制の時間前に娼婦が立ちん坊をしていた。ソニア・モッセとシャルル・デュランの昔の弟子アニェス・カプリの二人は、確かに一九三九年モリエール街にキャバレーを開き、プレヴェールのシャンソンを歌ったり、赤い小さなカーテンの前でアポリネールの詩を朗読したりしたが、閉店を余儀なくされた。ユダヤ人ソニア・モッセは収容所送りになって死ぬだろう。実を言うと、灯火管制の時間前でさえ既に静かなこの街は、それが性に合っていたのだ。人々は早寝の習慣を持ち、早朝起きるために早々と戸を閉めるのである。夜遊び族は徒歩でモンパルナスへ行くか、あるいは輪タクでモンマルトルへ行く者もあった。車が少ないので既に昼間から異様に閑散とした大通りは、夜になるとまったく人気がなかった。リップには明かりが灯り、時折笑い声や歓声があがることもあったが、フロールやドゥー・マゴはまだ宵のうちにテーブルが片付けられた。

　特にフロールがそうだった。「十月グループ」がフランスの町々を巡回してマルセーユまで行ってしまい、シュールレアリストは国外逃亡し、映画監督、女優、画家たちの理由なき移動の後、フロールは修道院みたいな自習室の店に変わったのである。一九三九年にオーヴェルニュ出身のポール・ブーバルが妻アンリエットの懇願によりこの店を購入する。ブーバルの趣味から言えば、彼は場末のポルト・ド・ヴァンセンヌあたりにしたかったはずだ。ところが、彼は顔を上げずに何時間も書き物をする孤独な客たちとたちまち意気投合したのである。彼はこの種の人間とあまり付き合いがなかった。彼には学校のような雰囲気が珍しかったのだ。戦時中とは言え、彼はもっと活気があり、客ももう少し賑やかだろうと思っていた。彼は違った意味で首都の文学の殿堂のひとつだと想像していた。しかし、彼は数ヶ月前からこの店を支配し始めた不思議な静謐と控えめな空気、眠っているような日常を敏感に察知した。店を訪れる客は仕事をしている人の邪魔にならないように小声で話す。店主は書き物をする客が前日の席が空いているかどうか心配していることに気づいた。一九四二年戦時下で最も厳しい冬の最中に、ブーバルはストーブを設置した。そして、暗黙の共感を感じ取った彼は、感謝する人たちとの間に友情が芽生えたことを知った。誰もそのことを口に出す者はいないし、フロールにこの時ほど内気な客が集まったこともなかったが、ブーバルには店内の目立たない影の人物たちが夜のために熱を溜め込んでいることが分かった。彼はますます早く店を開けた。内に秘めた、友情あふれる心遣いだ。ファルグ［詩人］は心臓病に罹る前から長広舌をふるうことを諦めていた。デスノス［詩人。一九四五年強制収容所で死亡］はまるで死期が近いことを予感したかのように書き続けていた。ある日、プレヴェールが仲間を連れずに戻ってきてそこを根城にした。ロジェ・ブラン［前衛的な演出家、俳優］は低い声で吃っていた。

　彼らは他のどんな店よりも保護され、寛いでいた。方向を見失った彼らにとって、フロールはまさに駅のビュッフェの役割を果たした。一九四二年のある日、ジャン＝ポール・サルトルがシモーヌ・ド・ボーヴォワールの後について入って、下宿人のように住みつく。「彼らはしばしば遠く離れた別々のテーブルに陣取りましたが、下に降りて来た時はいつも同じ隅っこに座りました」とブーバルは話す。「長い間私は彼らが何者か知らなかったのです。午後になると、二人は店の二階でいつも分厚い資料を広げて、終わりのない文章を書きなぐっていました。本当に何ヶ月も彼らの名前を知らなかったのです。ある日のこと、サルトルさんをお願いしますという電話が掛かるまではね。私にはサルトルという個人的な友人がいましたので、電話の相手にその人は今いませんと答えました。ところが、電話の主は彼がそこにいることは間違いないと執拗に何度も繰り返すのです。私は意を決してサルトルさんの名前を呼びました。すると、〈サルトルというのは私です〉と答えて、我らが偉大なジャン＝ポールが立ち上がったのです。この時以来、彼は私の友人になりました。私はいつも午前中彼とおしゃべりをしたものです。そうこうしているうちに、電話があまり度々掛かってくるものですから、私は彼専用の電話線をもう一本引いた方がいいと判断しました[*4]」。

　ホテル住いのサルトルは、いつもカフェで生活し、執筆していた。パリ占領の数ヶ月後、モンパルナスにドイツ兵が現れるようになって、彼は一九三〇年代の隠れ家「ドーム」を放棄せざるをえなかった。それに、地下鉄ヴァヴァン駅も閉鎖された。フロールは閉鎖を免れたサン＝ジェルマン＝デ＝プレ駅のまん前にあり便利がよかった。空襲警報発令中、店は無人だったが、ブーバルはこっそりサルトルとシモーヌ・ド・ボーヴォワールを二階へ案内した。執筆中の作品は書き続ける必要があるからだ。ブーバルは個人的に徹夜で番をした。「シモーヌ・ド・ボーヴォワールとぼくは、間もなく完全にそこに居付いてしまったんだ」とサルトルは打ち明ける。「朝の九時から昼まで仕事をして昼食に出かけ、二時に戻ると四時までそこに来た友人たちと談笑する。それから八時まで仕事。夕食後、ぼくらは面会予約のあった人たちに会うのです。ちょっと変に思うかもしれないが、フロールは自宅みたいなものだったんだ[*5]」。「いつも同じ顔ぶれが非常に閉鎖的なグループを形成していた」とサルトルはさらに解説する。「シルヴィア・モンフォール〔女優〕がフロールに来始めたころ、皆は何日間も彼女の素性を詮索したものだ。まるでイギリスの倶楽部みたいだったな。客は店に入るとお互いに相手が誰かよく知っていた。一人一人が隣人の私生活の細部まで熟知しているんだ。そのくせグループ同士は挨拶もしない。たまたま他の場所で出会ったりすると――そこは中立地帯というわけで――あわてて挨拶を交わすのにね[*6]」。サルトルはストーブの近くに陣取り、奇妙な人工毛皮のコートを着て、ブライヤーのパイプをくわえながら、戦後の哲学および演劇界を吹き飛ばす爆弾原稿を営々と書き進めていた。それから、彼は初期の弟子筋にあたるリーズ、ワンダ、オルガ、ジャック＝ローラン・ボストたちを迎え入れるのである。

フロールは午後の終わり頃になると、戦前ほどではないにしても、再び文学喫茶、すなわち作家たちが自作の話をしにくる場所になった。自宅やNRF〔ガリマール社〕で仕事をし、昼間優等生としてよく働いた後、閉じたノートをぼんやり見つめるタイプの特殊な客たちである。大通りの反対側の「ホテル・タランヌ」から出てくるジャック・オーディベルティ、いつも素足に靴を履いているアルテュール・アダモフ、凍りつくようなアトリエで昼間を過ごしたアルベルト・ジャコメッティ、プレイヤッド賞を受賞した後でもボヘミアンな生き方のせいでブーバル親父から邪険に扱われ、レジのアンリエットが大声で夫から護ってやらねばならないムルージ。あるいは、エリュアール、クノー、ジャン＝ルイ・バロー、当時はまだ無名の演出家ジャン・ヴィラールなどである。シモーヌ・ド・ボーヴォワールは、レリス邸で催される夜のパーティに参加する幸運な連中との待ち合わせに使っていた。サルトルとカミュは戦争末期『コンバ』紙のレジスタンス網のために共闘した。二人は若い女性に対する好みも同じだった。若い娘たちは年上の作家たちのところへ新たな情報を求めて押しかけ、戦争末期の数ヶ月間フロールの一角に群がったのだ。彼女らは一杯のコーヒーを前にして三〜四人で現在の課題に関する論評を聞くのである。なぜ、フロールなのか？　もちろん、そこの長椅子や赤い椅子から生まれたとされる無の文学の風評を聞きつけたからだ。サルトルの場合、『出口なし』と「地獄とは他者のことだ」という警句が効いた。とは言え、若者は二十〜三十人でそれほど多かったわけではない。アバンギャルドな人種も少なく、たいていは演劇の授業、とりわけシモンの学校〔有名な演劇学校。今も続いている〕から抜け出した女の子たちで、彼女らは自分たちの新しいアイドルと知り合いになるチャンスを求めてフロールに押しかけたのである。

実存主義者を求めて

サン＝ジェルマンは必ずしもサン＝ジェルマン＝デ＝プレではない。だが、ジャーナリズムはそれを同じにしようと躍起になった。大衆紙が存在しなかったら、この街はパリ解放の後も恐らく大変鄙びて家庭的な、間もなく始まる二十世紀後半の哲学的論争の炉床にとどまっていたことだろう。CNE〔全国作家委員会〕、対独協力者の赦免の問題、コミュニストとの分裂、コミュニズムとの同伴、アラゴン対モーリアック、モーリアック、カミュ対サルトル。日替わりで賛同と反対が繰り返される。昼は居酒屋、夜はバーの煙と酩酊のなかで、あらゆる教養が果てしなく議論された時代だ。「アンチコミュニストにもなれない、コミュニストにもなれない」とジャン＝ポール・サルトルとモーリス・メルロー＝ポンティの友人たちは証明を試みる。「コミュニストでなければならない」と一九四六年、やがて除名される運命とも知らずにサン＝ジェルマン＝デ＝プレの共産党員や『アクション』の寄稿者たちは断言した。ロジェ・ヴァイヤン、ピエール・エルヴェ、ピエール・クルタード、クロード・ロワ、あるいはマルグリット・デュラスの友人たち、例えばサン＝ブノワ通りのデュラスのアパルトマンに居合わせたエドガール・モランやディオニス・マスコロがそうである。「近未来の勇士」とクロード・ロワが呼ぶこれらの面々は、フロールの常連、つまり、孤独な生活者、街の有名な散歩者たちと折り合いが良かった。NRF［ガリマール社］の新人類ともうまく行った。カミュ、パスカル・ピア、ピエール・エルバール、その他夜に新聞の編集作業が終わってサン＝ブノワ街やジャコブ街に顔を出す『コンバ』紙の若い寄稿家たちとも仲が良かった。サルトル・グループやプレヴェールの仲間たち、すべてに幻滅したアナーキストたちと付き合い、元レジスタンス闘士で繊細な教養人、夜更かし派の神父ブリュック・ベルジェ師とも友人だった。こうしたコミュニストたちもサン＝ジェルマンの住人であるかぎり家族の一員だったのだ。「実を言うと、とても行儀のよい若者や善良な〈闘士〉たちが、夜更かし好きのためのおしゃべりクラブ、うろつきながら延々と続くクラブを作っていたのに過ぎません」とクロード・ロワは正直に書いている。「最後のビストロが閉まるまで、ボーイがテーブルの上に椅子を載せる時まで、革命は毎日の、毎夜の、言葉の上のテーマであり、お互いどこまでも相手につきまとい、酒に酔い、激しく〈弁証法的〉だったのです」[*7]。

一九四五年には、村はカウンターの友情で結ばれた住民とともに融合と混乱を経験していた。彼らはまだ闘士というよりも遊び人であり、アンガジェ［政治参加］したというよりも騒ぎ好きだった。サン＝ブノワ通りのホテル・モンタナのバーにたむろしたアメリカ人が、この解放されたエリートたちにウイスキーの味を教えた。後者は前線にとんぼ返りするヘミングウェイから、時代の証人である従軍記者のスタイルも学んだ。既に何人かは数ヶ月前に従軍記者の経験があり、軍服のシャツと飲んだ後の不確かなおしゃべりの記憶を持っていた。時折彼らは明け方人気の絶えた路上でけんかをした。サルトル、カミュ、アーサー・ケストラー、エジプト人作家アルベール・コセリーなどである。思想のためだけではない。娘たちをめぐってもけんかをした。それはしばしば親の下に帰り遅れた未成年の娘たちであった。

そう、ジャーナリズムが存在しなかったら、世間はおそらく常連の街の奥座敷で起こる居酒屋の密かな騒ぎなど何の興味も示さなかったはずだ。シャッター音。宣伝係。大掛かりなキャンペーンが欠けていたとしたら。成功するためには、つまりおしゃべり女に読む気をおこさせ、身震いしてもらうためには、先ずかなり派手で、数回にわたって記事に出来るくらい持続性のあるスキャンダルを見つけ出さなければならない。すなわち、スケープゴート。一九四五年には、それに打ってつけの人物がいた。ジャン＝ポール・サルトルである。彼は一挙に有名になるとともに、有名になり過ぎ、同業者から叩かれ過ぎ、終戦の地殻変動と簡単に混同され同一視され過ぎた。まだ時代がどういう時代か判然としないにもかかわらず、時代に「ぴったりの」人物と見なされたのだ。サルトルは数ヶ月前から、特に有名なサントロー・ホールの講演と『タン・モデルヌ』誌の創刊、『存在と無』や『自由への道』の出版によって、大衆のスターと化していた。

だが、それは逃亡するスターだった。どちらかというと眼鏡をかけてずんぐりした平凡な外見の男は、ジャーナリズム的な観点に基づく成功のルールを守らない。彼はカメラマンを避けないだろうか？　野次馬が空しく待つフロールへ行くのを中止しないだろうか？　ジャーナリズムの態度も悪かった。とにかく、彼らは一九四四年八月二十六日の法令によって回復した自由、と倫理観のない行き過ぎた競争に身を任すこととを、混同していた。彼らはサルトルを悪役に仕立て、不当に貶めながら自己流の挨拶を送ったのだ。特に実存主義の概念と用語を勝手に解釈し、ねじ曲げた。この点に関して、新聞雑誌はやりたい放題だった。インテリや批評家たちでさえ、二年前からサルトルの作品に関し相互に対立する解説や分析を行って、混乱の種を蒔いた。彼ら自身この実存的虚無への道を危険視していたのである。残酷で野蛮な数年間を経て今こそ進歩が求められている時に、積極的なヒューマニズムと確固たる道徳的価値の再建が急務の時に、サルトルは曖昧で戦意喪失させるような主張をしているように、彼らには見えたのだ。サルトルとその同志は既に同時代の優秀な頭脳との戦いを強いられている。だから、通俗推進派には何も恐れるものはない。彼らはミーハーの幼稚さやコンプレックスをエネルギーに、読者の欲求といわゆる知る権利を前面に押し立てることができたのである。

「ファミリー」の疲れを知らない記録者シモーヌ・ド・ボーヴォワールは、その回想録の中でこうした悪意に満ちた曲解に苛立ち、反射的な不寛容だけでなく、ヴィシー政府の崩壊によっても一掃できなかった硬直して窮屈な古いモラルに基づく、いい加減な過小評価を怒っている。「実存主義はニヒリズムの哲学と見なされた」と哲学者の伴侶は記す。「悲惨趣味で、軽薄で、みだらで、絶望に打ちひしがれた、下劣な哲学と見なされた」[*8]。シモーヌ・ド・ボーヴォワールは、若いストラスブールのジャーナリストに数語で「エッセンス」を定義してくれと言われたことを想起し、憤慨する。ボリス流に言うと「三文文《プリュミテ》士《イフ》」の別のスイスのジャーナリストは、サルトルに実存主義の説明を求め、次のように切り出している。「あらゆることを許容する教義のようですね。それって、危険ではありませんか？」[*9]。既に一九四五年十月にセール出版主催でカトリックの聴衆向けにブリュッセルで行なわれたシンポジウムの席上、哲学者のガブリエル・マルセルがサルトルの哲学を実存主義と見なしたことに、二人の作家が猛然と食って掛かっている。『嘔吐』の作者はこう答えた。「実存主義？　それは一体何でしょう。ぼくの哲学は実存の哲学なんですが……」[*10]。

しかし、もう手遅れだった！　曖昧な概念の――少なくともハイデガー、キルケゴール、ヤスパース等に分割されて変幻自在な概念の――実存主義は、このとき以来ジャン＝ポール・サルトル一人に集中してしまうのだ。大衆的人気の哲学者ジャン＝ポール・サルトルに。と言うのも、ジャーナリズムはついに自由と再会できた以上、この奇才、この知識人階級の稀有な有名人と彼に対する誤解から距離を置くことを拒否したのである。彼らは見世物にするためにミュージックホールのスターや女優を手なずけることに慣れており、サルトルにもそれを望んだ。観客に受ける最初の大思想家！　ジャン・コクトーを超えて。一段とスキャンダラスに！　ジャーナリズムが近代化するまさにその時に、何という幸運。発行部数増大による、国民世論という概念の誕生。

シモーヌ・ド・ボーヴォワールには、戦前にはなかったこうした世論の貪欲さは、サルトルの「人間性」に憤慨するところまで拡大したように見える。「虚栄心と尊大さの茶番も、著名な作家が人間で、同類であることを隠すには十分でない。彼はあくびをし、食べ、歩くのだ。そうすると、それがペテン師の証拠になる。皆で作家を台座の上に祭り上げるが、それは作家をつぶさに観察するためだ。そして、祭り上げたことの誤りを指摘するためだ。それでもとにかく、彼が台座から下りさえしなければ、相互の距離が悪意をぼかしてくれる。サルトルはそういう遊びに付き合わなかった。彼は大衆のレベルに留まっていた。つまり、普通の人だった」[*11]。実存主義は都会の、そしてまもなく地方でも日常茶飯の話題となり、一家の中で子供たちは賛成、親たちは反対を唱える状況となったので、いくつかの新聞は危険な哲学者の肖像を何としてでも手に入れようと張り切り、ジャン＝ポール・サルトルの日常生活の使えそうな情報を加工して故意に奇妙な習性をでっち上げる。彼らは舞台装置をセットする。一九四二年からカストール［ボーヴォワール］とサルトルが暮らし、二人の仲間のムルージとガールフレンドのローラ＝ラ＝ブリューヌもが住んでいたセーヌ通りのホテル「ルイジアーヌ」。倹約生活を送るのに相応しい平凡な普通のホテルだが、読者はそこで実存主義の信者たちが執り行う風変わりな儀式を空想するように招待されるのである。

一九四六年十一月、『墓場なき死者』［サルトルの戯曲］の失敗とスキャンダルの後、週刊紙『フランス＝ディマンシュ』は若い女性記者とカメラマンのウォルター・キャロンを派遣して、ボナパルト街のサルトルの母親マンシー夫人の写真を「盗み撮る」ように命じる。主題はもちろん、どうすればサルトルの母親になれるか？だ。その戦略は、暗闇で玄関のベルを鳴らし、ドアが開いたらフラッシュをたくというものだった。写真が発表された翌日、サルトルは新聞に書く。「君たちのレポーターが撮ったのは、あれは昔からうちにいるお手伝いのウジェニーだよ」[*12]。『フランス＝ディマンシュ』紙は、サン＝ジェルマンの常連で、街の多くの有名人たちと友人関係にあるマックス・コール経営の新聞社である。彼はこのるつぼのような混乱が、新しく甦った静かな文学的日常よりも利用価値のあることをいち早く察知した。ライバル週刊紙の『サムディ＝ソワール』は、元来ドゴール派の息のかかった新聞で、二人のプロテスタント敏腕記者兼作家、マルセル・エドリッシュとイヴ・クリエに任せられていたが、彼らもまたリップで夕食をとり、モンタナの常連だった。彼らの新聞の寄稿者はすべて、多かれ少なかれ周辺の生活の情景と流行をでっち上げながら食いつないでいる作家の卵たちである。誇張した表現。寄せ集めや当てこすりを得意とする彼ら。『サムディ＝ソワール』紙には、書いた本人も驚くほどの大法螺に奉仕する多くの人材がいた。特にジャック・ロベール、未来の映画監督リシャール・バルデュッシ、クリスチャン・ル・ボルニュである。

彼らはしばしばサルトルと顔を合わせた。時にはサルトルの作品の崇拝者でもあった。また、誰にもましてサン＝ジェルマンの夜の信奉者であった。だから、『サムディ＝ソワール』が実存主義の領域で『フランス＝ディマンシュ』紙の追い抜きを大まかな目標として掲げた時、彼らは自分たち自身のことを書けばよかった。セーヌ河岸にある狭い通りの彼ら自身の彷徨に尾ひれをつけて書くだけでよかったのだ。『サムディ＝ソワール』紙が、「実存主義の＝首領＝サルトル」に続いて未知の部族として探索を始めた最初の実存主義者、それは彼ら自身だった。彼らはロベール・シピオン、ジャン・コー、ジャン・ダリュアン、ウジェーヌ・モワノー、ボリス・ヴィアンの仲間だったのである。ホテルの住人で、文無しで、もじゃもじゃの髪、演劇志望の若い妖精たちの恋人たちだ。

彼らは編集長の命により実存主義者をでっち上げざるをえなかった。なぜなら、一九四六年秋になっても、このインディアンの小部族は相変わらずサン＝ジェルマン＝デ＝プレに出現していなかったからである。誰を実存主義者と名付ければいいのか？　誰がサルトル流の薄汚れた格好をして苦悩する人に相応しいモデルなのか？　ダニエル・ドロルム、ダニエル・ジェラン、シモーヌ・シニョレ、イヴ・アレグレは確かにユニヴェルシテ街のホテル・サン＝ティーヴの住人だった。だが、彼らはアーティストとしての成功により既にその界隈を去り、今では「シェラミー」やタバコ屋兼バー「サン＝クロード」で付けを払う身分だった。闇市の子供らは、徐々に「モンタナ」や「ルイジアーヌ」の不定期な止宿人たちと交代していたのだ。それはともかく、「パリの名士たち」が楽しんでいるのはむしろ右岸の方だった。ミュージックホールやジャン＝メルモ通りの「クラブ」、あるいは役者たちの溜まり場で、ジャン＝ポール・サルトルの芝居の役者たちも集まるフランソワ一世通りの「シレーヌ」。契約や芝居の製作、映画のキャスティングでは右岸の方がより安心できたのだ。それに、サン＝ジェルマンには陽気で、華やかで、社交人が集まり、ダンスができるような場所などどこにもなかった……。

大修道院付属の教会［サン＝ジェルマン＝デ＝プレ教会］の周辺に若者はいなかった。というよりも、彼らは彼らの前の世代がモンパルナスで強いられた運命を繰り返していた。つまり、多数派になるのを待つ少数派だ。家から逃亡した家出人。作家の真似事、呪われた詩人の見習い、美大の学生。数年後には画家イヴ・コルバシエールの黒と黄色の市松模様に塗られたトルペード［魚雷型無蓋車］が大いに人気を博すだろう。イヴ・コルバシエールは、一九四六年当時買い手の付かない抽象画を描いていた。彼がチェックのシャツを着ていたのは、ニューヨークのユダヤ社会からパリに送られてきた援助物資のストックを利用しただけだ。彼のモデルたちが黒いセーターや黒いゆったりしたスカートを着用していたのは、黒は汚れが目立たないからだ。

では、誰が実存主義者なのか？　若い役者で、元志願兵で、アメリカ人バイヤーのためにディオールの見本をコピーしながら細々と暮らしている、ファッション・スタイリストのマルク・デルニッツだろうか？　彼がフロールとジャコブ通りをうろつき始めたのは、勘違いからだった。それとも、直観か。マルク・デルニッツは、ホモセクシャルな大道芸人的才能とダンスおよび機知に富んだ司会者の才能を、本来なら右岸で売り込むべきだったのだ。彼はサン＝ジェルマン＝デ＝プレの居酒屋の哲学的な騒ぎを遠くから注視しながら、豪華な自宅での夕食パーティを優先させているジャン・コクトーとジャン・マレーの友人だった。あるいは、コクトーとルイ・ジューヴェの売れっ子舞台装置家べべこと、クリスチャン・ベラールだろうか？　顎ひげと肥満と阿片趣味と黒いシルクを張りめぐらせた部屋の住人のこの男は、むしろポール・モランの小説から抜け出した人物のようだが。二十年も昔の話だ。

アンヌ＝マリ・カザリスだろうか？　マンシー夫人［サルトルの母親］の間違い写真を撮った『フランス＝ディマンシュ』紙のレポーターというのは彼女のことである！　サルトルを笑いものにす

るために報酬をもらった彼女は、ボリスやアストリュック、ジャン・ダリュアンの紹介で数週間前にサルトルと知り合ったばかりだった。この聡明な詩人で、牧師の娘で、ポール・ヴァレリー賞を受賞することになる詩集の作者は、内気すぎて人前で詩の朗読ができなかったが、サン＝ジェルマンではエリート文学少女として通っていた。魂を売り渡すような人間ではない。彼女はゴシップ記事という逆説的な手段を使ったのである。彼女によって『サムディ＝ソワール』紙のレポーターたちはサルトル「ファミリー」の行状をつぶさに知ることができ、その内容は完璧だった。サルトルもそれを承知していた。好きなようにさせていたのである。アンヌ＝マリ・カザリスには寄宿学校育ちの娘の魅力があった。取り立てて美人というわけではないが、性格がはっきりしていて、お嬢さん育ちの心地よさがあった。「着痩せするタイプで、ひとに冗談を言わせたり、悪ふざけをさせたりする特殊な才能の持ち主」[*13]とボリスは評している。アンヌ＝マリ・カザリスは小説『招かれた女』に描かれたルイジアーヌ・ホテルの場面に魅了され、作者のシモーヌ・ド・ボーヴォワールに憧れて、ある日フロールにやってきた。フロールは訪れる価値のある店だと思ったのだ。

『サムディ＝ソワール』は、まだメディアの幻想からほど遠いところにあったサン＝ジェルマン＝デ＝プレの出来事と人物像に全精力を集中したが、売上増をねらう方針にもかかわらずその取材対象を地獄に落とすことも、人気者にすることもできないでいた。ジャーナリストの数はまもなくこの街で最大になったが、主題がなかった。あるレポーターは「ロリアンテ」に常時「張り込んで」いた。しかし、クロード・リュテールの店では何も起こらなかった。あるいは、ほとんど何も。クロード・リュテールは午後五時から七時まで演奏し、その後穴倉を本来のベトナム料理店に戻さなければならない。「五フラン払うと店に入ることができ、サッカリンの入ったオレンジエードが配られた」とアンヌ＝マリ・カザリスは言っている。[*14] 収入の半分はまだロリアン［ブルターニュの町。ロリアンテは、ロリアンの住民の意］の戦争被災者に送られていた。経営者たちの誠意である。ボリスも時々トランペットを吹いてカルム街［ロリアンテのある通り］にある種の宗教的な雰囲気を守らせていた。何よりもジャズを！　レリス、サルトル、クノー、ヴァイヤン、バタイユ、マリ＝ロール・ド・ノアイユ、ニコル・ヴェドレスたちも、この過熱した穴倉に下りて行く時は、ボリスが定めたコンディションで音楽を聞くことができたはずだ。ボリスは足音に耳を澄ませ、カザリス、アストリュック、モワノー、ベルナール・リュカ、『アール・エ・レットル』誌の若い編集長ら仲間のジャーナリストに少し静かにしてくれるよう頼んだ。ロリアンテの経営者がラテン・バップスターズという若いダンサーの一団を受け入れてビ＝バップの短期ショーを許可したときには、当初彼は不平たらたらだった。

ロリアンテは実存主義の放蕩息子たちの溜まり場だったのか？　恐らく、ディナーの時間までは。常連たちは、特別個人的な予定がないかぎり一緒にやってくるミシェル&ボリス・ヴィアンとそこで落ち合い、それからモンタナやシェラミーへ移動したからだ。アストリュックはカザリスと出かけたり、デルニッツやカザリスと出かけたり、カザリスやボリスと出かけた。時々コルバシエールが加わり、稀にクリスチャン・ベラールも加わった。そこにはベラールの求めるルポルタージュの材料はなかった。もっとも、サン＝ジェルマン＝デ＝プレの穴倉酒場の先駆者であるロリアンテは、不当に伝説の年代記から外されている。早く誕生し過ぎたのとメディアにとって面白味がなかったからである。

　目を凝らすと、女性の実存主義者がたぶん一人存在する。貧しい身なり、新聞雑誌に「水死体風」と評されたヘアスタイル、男物の服を作り直して着ている風変わりな美少女。陰気で、虚無の世界から戻った雰囲気を保ち、真摯で、皆の前では寡黙。しかし、ステージで自己救済を図ろうと緊張している娘。『サムディ＝ソワール』紙の分類によれば、不安に満ち、漂流し、その日暮らしをしている女。ジュリエット・グレコだ。彼女も一九四六年のある日十五区ブロメ街にある「バル・ネーグル」に現れた。聖域から大分外れたところにある大衆ダンスホールだが、文学とジャーナリズムのサン＝ジェルマンは、プレヴェールの懇請により土曜日の晩のダンス会場にここを選んでいた。彼らの迷路にはまだ穴場があったことの証である……彼女はサルトルのテーブルにアンヌ＝マリ・カザリスがいるのを見つける。「彼女はジュジューブを見た」とジュリエット・グレコは書いている。「そして、ジュジューブが美人であると決めつける。彼女はびっくりするほど多くの人にそれを信じ込ませる。だけど、ジュジューブはそれを信じない。彼女はグレコが有名になるにちがいないと考え、そのために全力を尽くす。彼女はそ知らぬ顔をしてジュジューブの面倒を見たので、ジュジューブは次第に自分がもう一人ではないのだと思うようになった」[*15]。

　ジュリエット・グレコはほとんど口を聞かないが、内的独白のなかで自分に秘密のあだ名をつけている。ジュジューブ。サルトルとボリスははじめの頃彼女をトゥトゥーヌ［子犬ちゃん］と呼んでいた。それほど彼女はパリの中心まで来るのに山野をこえて長い道のりを旅したように見えた。彼女が二人の上にまるで厄介物のように落ちてきたとき、彼女はまだ二十歳になっていなかった。自閉症。両親の離婚。偉大な女性レジスタンス闘士の娘。パリ解放のずっと後まで、彼女は毎日日暮れになるとホテル・リュテシアへ出かけて行った。そこでは政府が強制収容所の生存者を受け付けていたからだ。そしてついに、彼女は寝たきりの病人の中に姉と母を発見する。「残留品」と彼女は記している。それから、上級将校の母はインドシナへ行ってしまい、たまにしか為替を送ってこなかった。ジュリエットは一人取り残される。巣から落ちた小鳥のように街のホテルの部屋に見捨てられ、途方に暮れた彼女。宿代を払う金がないので夜明けにホテルを出なければならない。同情した女優のエレーヌ・デュックとアリス・サプリッチ。後者はは履きつぶしたラフィアヤシのサンダルの代わりに靴を一足プレゼントする。彼女は国立高等演劇学院を受験したが失敗。演技を見た教授の採点は厳しい――「三ヶ月の子犬。次の機会を待ちたい[*16]」。もう一人の演劇の先生ソランジュ・シカールは彼女を合格にしていた。彼女はサンドイッチを盗み、知らない人たちからコーヒーに誘われ、それを飲むと礼も言わずに立ち去る。共産党青年団に入り、路上で通行人の鼻先に新聞を突きつけ、黙ったまま攻撃的に『アバンギャルド』紙を売った。ピエール・クルタードとピエール・エルヴェに愛される。その後、作家のマルグリット・デュラスに気に入られたけれども、作家ジョルジュ・サンプランによって党から除名されてしまう。「彼女の無関心が怒らせたのだ」とギヨーム・アノトーは断言する。「彼女は孤児同然で、職もなく、資格もなく、皆の施しをもらって生きていた。彼女は才能に恵まれ最終的な成功を確信した者の頑固な大胆さで、この不運に立ち向かって行く[*17]」。

一九四六年、ジュリエット・グレコは輝かしい成果をあげる。彼女の大胆さとジャリ顔負けの突飛なインスピレーションは幻想家やランボー愛好者を感動させたのだ。たとえば、ボリスのような。二人は沈黙を交わすために時折こっそり抜け出した。「彼は私の中の動物をとてもよく飼い慣らしていた」とジュリエット・グレコは言う。「ボリスがいなかったら、私はあの時代を生きるのにもっと苦労したにちがいない」。「ボリス・ヴィアンはハンサムだった」と彼女は打ち明ける。「頬の色の極端な青白さと夢見るような様子から生まれるロマンチックな美しさだ。それは同時に恐ろしい不安も隠していた。冷酷な微笑の下には渋面が潜んでいたのだ。彼は背が高く、私が話したり、笑ったり、泣いたりするのを、頭を傾けて聞いてくれた。その時の表情は、彼が白すぎる手のくぼみにあるトロンピネット〔小型トランペット〕を眺める時に表情を曇らせるのとまったく同じ真剣さだった[*18]」。サルトル、アストリュック、クノー……たちは彼女を自分の娘のように扱い、メルロー＝ポンティは熱心に彼女を口説いた。ロリアンテの無口なブルネットの女神である彼女は、ブロンドの天使兼報道担当官でもあるアンヌ＝マリ・カザリスの前では頭が上がらない。「まるで昼と夜のように」寄り添っている、とボリスは書く[*19]。グレコ、カザリス、デルニッツの三人だ。彼らはいつも一緒だ。夜はモンタナまたは一九四四年にオープンした最初のアメリカン・バー、ジャコブ街にある彼らの巣窟バー・ヴェールに集まる。そこはアントナン・アルトーが最後の狂気に襲われる直前によく訪れたバーだ。アルトーは聴衆を罵りながら詩の朗読をした。ロジェ・ヴァイヤンもこの店でメルロー＝ポンティとコセリーの間に挟まって痛飲していた。ベルナール・リュカがウエイターをしており、本好きの彼はカウンターに本を並べる習慣があった。

だが、午前一時以降のサン＝ジェルマンは、まだ公の場所に時化こんだり、居続けることは難しかった。マビヨン交差点のロムリ・マルチニケーズの支店メフィストでさえ――そこの地下ではクレオール風ブーダンが供されて、カミュや『コンバ』紙の面々を狂喜させ、レコード音楽で踊ることもできたが――閉店時間があった。だから、バー・ヴェールとメフィストのつなぎの間、グレコ、カザリス、デルニッツ、新進作家のジャン＝ピエール・ヴィヴェ、アストリュックたちは、路上をさまようしかなかった。時折ボリスを探して暗闇から少佐が現れた。しかし、ボリスは書いている。近隣の住民はこの騒々しいグループの頭上にバケツ一杯の水や尿瓶の中身をぶちまけた、と。やっぱり最終的な避難所はなかったのだ。

「タブー」はこのような状況下で誕生した。必要に迫られて。ドフィーヌ街三三番地、バー・ヴェールからほんの数メートル離れたところに、一軒の薄汚いビストロがクリスチーヌ通りのパリ新聞雑誌発送センター従業員用に開いていて、一晩中サンドイッチを出し、夜明けには暖かいクロワッサンを提供していた。飲み物もスタイルも労働者向きである。ツールーズ出身の元商人であるオーナーのギヨネ一家は、ビュッシ四辻周辺にアメリカの酒を持ち込んだ文学好きな客たちに好感を持っていなかった。睡眠への最後の抵抗者たちは、中央市場の配達係りや新聞雑誌発送センターのトラック運転手たちに合流する。タブーの地下に穴倉があることを知ったのは、果たしてベルナール・リュカなのか、グレコなのか、デルニッツなのか、今となっては不明である。リュカとジュジューブ［グレコ］は、数週間前から元帥の孫でお屋敷町の住人ミシェル・ガリエニ一座の練習場を探していた。ミシェル・ガリエニはミシェル・ド・レーと自称、軍隊への憎悪を公言し、髭もじゃで、身長が一メートル九十三もあり、実存主義の申し子的存在だった。彼は軍人の家系への反発と自分の好みから演劇を選ぶ。アバンギャルドの演劇だ。まだ未成年者であった彼は、数ヶ月サン＝ジェルマンのビストロに身を隠したが、憲兵がやってきて逮捕され、兵営に送られた。ガリエニの名誉のために付言しておくと、彼は除隊後正真正銘のミシェル・ド・レーになり、レカミエ座で――青年演劇コンクールに参加して――一幕物の芝居を舞台に乗せた。その中にはアンリ・ミショーの『鎖』やジャリの『愛の恐れ』などがある。ミシェル・セローや無名の若い俳優たちとの共同作業だった。

ミシェル・ド・レーは、ロジェ・ヴィトラックの『ヴィクトールあるいは権力の座についた子供たち』を上演したいと考えていた。この作品はアントナン・アルトー創設のアルフレッド・ジャリ劇団によって一九二八年に上演されて以来、誰も手をつけていなかった。総稽古の日、シュールレアリストたちが仲間割れをして、大喧嘩をしたからだ。アルトーは再上演の話を愉快に思った。興醒めな演目に対する彼の最後のあかんべえである。それゆえ、この芝居はアニェス・カプリのゲテ・モンパルナス座が休演の晩に再演された。ジュリエット・グレコは歩道を彷徨っている晩に、カーテンの閉まったバー・ヴェールの前で、不倫の妻を演じてくれるように頼まれる。ジュジューブはやりたくなかった。でも、アンヌ＝マリ・カザリスが勝手に承諾してしまった。

　だが、アニェス・カプリの劇場で週一回上演する以外に、どこで練習や上演をすればいいのか？　質問攻めに会って、ギヨネは不承不承ジュリエット・グレコが見つけたタブーの地下が穴倉であることを認めざるを得なかった。しかも、様々の痕跡から短いトンネル状の穴倉は既にキャバレーとして営業されていた形跡が見えた。「長細いアーチ型天井の穴倉には」とグレコは回想する。「空のテーブルやスツールが所狭しと置かれ、派手な色の豆電球がアフリカ原住民の仮面の目となって辺りを照らしているのが目に入った。彼女はうっとりして、穴倉の奥まで行き、鉄格子に触る。その奥はルイ十一世時代の牢獄のような砂地の空間だった。ジュジューブは出発点まで引き返す途中、入口のドアの横にすっかり隠蔽されたバーがあるのに気づく……」[*20]。ギヨネは何も言いたがらなかった。彼はかなり前から地下室の所有者ではなかったのだ。どうもキャバレーらしいその場所は、警察によって閉鎖させられたようだった。

　一九四六年十一月から一九四七年三月までの四ヶ月間、ベルナール・リュカ、ミシェル・ド・レーと劇団員、グレコ、カザリス、アストリュック、デルニッツたちは、ツールーズ人夫妻[ギヨネ夫妻]にしつこく付きまとった。そして、キャバレーはだめだが、地下室を練習用に使う許可がおりた！　ベルナール・リュカはついに勝負に勝ったのだ。皆はケースを運び出し、大急ぎで雑巾掛けをした。一九四七年四月十一日、数名の正式の後見人――その中には一時外交官も勤めたフレデリック・ショーヴロやロジェ・ヴァイヤンが含まれる――に見守られて「タブー・クラブ」が開店する。サルトルは様子を見に来ることを承諾したが、退屈する。メルローはご機嫌だった。グレコがいたからだ。再びプレヴェールの詩の朗読が行われた。時折ジャズの演奏があったが、ほとんどレコード音楽だった。ボリスも積極的にそこで演奏しようとは思わない。タブーのダンスはかったるかったからだ。ミシェル・ド・レーは、クリスチャン・マルカンやロジェ・ヴァディムなど演劇志望の仲間たちを呼び集める。友人のジャーナリストたちはこの穴倉酒場が長続きするとは思っていなかった。サン＝ジェルマンの夜間照明の権威である写真家のジョルジュ・デュドニョンは、照明が暗すぎると判断した。
一九四七年六月、ベルナール・リュカがバー・ヴェールの支配人になった。彼は財産はないが夢想家で優れたオルガナイザーのフレッド・ショーヴロにタブーの仕事を任す。ショーヴロは店の繁栄を夢見て、地下倉の改造と経営に必要な資金の調達に手腕を発揮した。『サムディ＝ソワール』紙も資本参加の用意があるという噂だった。アンヌ＝マリ・カザリスとジュリエット・グレコはタブーの世話人で、マルク・デルニッツは祝祭の企画実行係だ。お祭り騒ぎができるほど客が来てくれた時の話だが。フレッド・ショーヴロは、時々ボリスにトロンピネットを持参するようせき立てた。クロード・リュテールのロリアンテに義理のあるボリスは、返事を渋り、医者にソロを厳禁されていると言い訳をした。彼がその要請に応じたのは、彼のバンド仲間が冒険好きだったからだ。ボリスの兄弟のレリオとアラン、トランペッターのギ・ロニョン、テナーサックスのギ・モンタシュ。ティムシー・ピムシーはギターリスト兼すばらしいジャズボーカリストだが、テムール・ナワブという本名は余り知られていなかった。ペルシャ人の父とアイルランド人の母を持ち、大金持ちという噂だったが、いつも懐は空っぽ。酔っている時は特に気前がよかった。そして、彼は実にしばしば酔っ払っていたのだ……。

ミシェル・ド・レー同様、ボリスは一メートル七十五以上の客にとって大変危険な階段の下り方をすぐに覚えた。アーチ型天井の細長い穴倉は見るだけで息が詰まった。タバコの煙は彼の心臓を疲れさせた。バンドは熱帯の葦葺き小屋ふうになった小さなステージの端で、鉄柵にもたれ、演奏する。馬鹿げている、と懐疑主義者の彼は繰り返す。タブーという名前も同様だ。誰もその名の由来を知らない。店の外の正面は、TABOU の文字が黄色に塗り替えられただけだった。

*1 レオン＝ポール・ファルグ『紆余曲折』（ミリュ・デュ・モンド社、一九四六年）。
*2 ギヨーム・アノトー『サン＝ジェルマン＝デ＝プレの黄金時代』（ドノエル社、一九六五年）。
*3 同書。
*4 同書。
*5 マルセル・ルーティエ『サン＝ジェルマン＝デ＝プレ』（R・P・M社、一九五〇年）。
*6 ボリス・ヴィアン『サン＝ジェルマン＝デ＝プレ入門』、前掲書。
*7 クロード・ロワ『我々』（ガリマール社、一九七二年）。
*8 シモーヌ・ド・ボーヴォワール『或る戦後』、前掲書。

＊9　同書。
＊10　アニー・コーアン゠ソバル『サルトル、一九〇五〜一九八〇』、上掲書。
＊11　『或る戦後』、前掲書。
＊12　アンヌ゠マリ・カザリス『アンヌの回想』（ストック社、一九七六年）。
＊13　『サン゠ジェルマン゠デ゠プレ入門』、前掲書。
＊14　アンヌ゠マリ・カザリス『アンヌの回想』、前掲書。
＊15　ジュリエット・グレコ『グレコ恋はいのち』（ストック社、一九八二年）。
＊16　同書。
＊17　ギヨーム・アノトー『サン゠ジェルマン゠デ゠プレの黄金時代』、前掲書。
＊18　ジュリエット・グレコ『グレコ恋はいのち』、前掲書。
＊19　『サン゠ジェルマン゠デ゠プレ入門』、前掲書。
＊20　ジュリエット・グレコ『グレコ恋はいのち』、前掲書。

7　ヴァーノン・サリヴァンの栄光

リー・アンダーソンの復讐のセックス

一九四七年二月三日付の手帳に、ボリスは記している——「電話番号を言う時に、皆がヴィアンのVと言うようになったら気持ちいいだろうな」。彼はガリマール社から出る予定の二冊の小説のことを考えていたのだろうか。この日付からすると、彼の願いがかなう日は近い。ボリス・ヴィアンは数年後にはジャーナリズムで度々取り上げられる有名人となるからだ。しかし、おそらく彼自身が夢見た有名人とは少し違っていたのではないだろうか。実は彼が重要だと思う小説によって有名になったのではないからだ。

　長い間待たされた後で、『ヴェルコカンとプランクトン』はようやく刊行された。正確な日付は二月十一日である。続いて四月三十日には『日々の泡』が出る。[*1] 二冊の刊行は非常に接近していたので、あまりプロモーションの必要がなかったし、ガリマール社と関係の深い批評家のいつものサポートもなかった。既に査読委員会にかかっている『北京の秋』の中にジャン・ポーランとマルセル・アルランに対する皮肉な攻撃がなかったら、それが新進作家の通常の成り行きとボリスも見なすことができただろう。だが、レーモン・クノーの助言にもかかわらず、ボリスはエグゾポタミーでの仰天すべき聖杯探求物語［『北京の秋』］におけるＮＲＦ［ガリマール社］の二人の作家への当てこすりを削除することを拒否した。ジャック・ルマルシャンは、この小説はあまりにも内容が煩雑であると判断する。パラレルなシークェンスが続き、『ヴェルコカン』の冷笑的な激しさと『日々の泡』の叙情性の間を逡巡する奇妙な構成の作品と映ったのだ。彼はこの小説を推挙しなかった。ガリマール社の他の査読者たちも、この原稿は活字にしない方が無難であると仄めかした。プレイヤッド賞の落選以来、ボリスは苛立っていた。ジャン・ポーランもボリスを許していなかった。『ヴェルコカン』が刊行された時、NRFの黒幕［ジャン・ポーラン］はボリスに宛てて次のような教会参事会員風の言葉を贈る。「ようやく『ヴェルコカン』がご出版の運びとなり、衷心よりお喜び申し上げます。この作品は小生が誰よりも先に読み、誰よりも先に推挙させていただいた作品であります。そう、私は本作品を秀逸であると思います。わくわくさえします（とりわけ、プティジャン神父、とりわけ、アルマン・グロジャン……）。J・P敬白[*2]」。

二冊の小説はそれぞれ四千四百部印刷され、初めの数ヶ月で、数百部売れただけだった。書評もほとんどなかった。ジャーナリストは作品よりも作家個人に興味を示した。『ガゼット・デ・レットル』のロベール・カンテールのボリス評は「実存主義の教皇の侍者」、『リテラチュール』のジャン・ブランザは「若い文学世代の最先鋭分子の代表」、びっくりパーティのエキスパート、ジャズ・トランペッター、悪ふざけ好き、等々。『ヴェルコカン』が出版され、さらに、それ以上に『日々の泡』が店頭に並ぶのを見て、文学ジャーナリズムは明らかに、ボリス・ヴィアンの創造的野心を真面目に受け止めていいものかどうか、決めかねている。数ヶ月前のプレイヤッド賞騒ぎ、『タン・モデルヌ』誌の嘘つき人の傲慢無礼を知っている彼らは、警戒して二小説に対する好奇心をセーブしたのである。特にある噂が広まって一段と彼らのペンを鈍らせた。このボリス・ヴィアンなる人物は、どうやら一九四六年末の刊行以来徐々に口コミで広まっているアメリカ版「ポルノ小説」の訳者らしいのだ。しかも、良くない噂だ。例の『墓に唾をかけろ』のことである。本気だろうか？　遊びだろうか？　知ったかぶりの批評家たちは笑い者になる危険を冒すわけにいかない。それゆえ、慎重になった。ヴァーノン・サリヴァンは、ボリス・ヴィアンの作家デビューを台無しにしてしまうのだ。

一九四六年七月も終わりの頃、ジャン・ダリュアンは自分の出版社スコルピオンを一気に売り出そうと画策する。彼にはアメリカの小説が必要だった。なぜなら、パリっ子はそれしか読まないからだ。良い作品であれ、それほど良くない作品であれ、『風と共に去りぬ』のような中身たっぷりの長編小説か、秀逸なもしくは悪趣味な推理小説。アメリカ文学の優れた鑑定人で自身も翻訳家であるマルセル・デュアメルは、ガストン・ガリマールを口説いて彼の権威ある出版社に暗黒小説叢書を加えるよう勧めていた。取り巻き連中は消極的だったが、ガストンは受け入れた。デュアメルはヨーロッパのアングロ＝サクソン版の最前線であるロンドンへ渡り、RAF［イギリス空軍］の小隊長ジェイムズ・レイモンド（ジェームズ・ハドリー・チェイス）、ピーター・チェイニーの二人と契約を交わして帰国した。彼は既にガリマール社から本を出しているダシール・ハメットに継続してNRFからフランス語訳を出す約束を取り付け、ホレス・マッコイの版権も入手した。暗黒叢書《セリ・ノワール》はこのささやかな原資から出発したのである。マルセル・デュアメルはセバスチャン＝ボッタン街［ガリマール社］に小さな仕事部屋と有給の協力者ジャニーヌ・エリソンを与えられた。ジェルメーヌ・デュアメルが黒と金で表紙の装丁を行い、ある日仕事場を訪れたジャック・プレヴェールは最初に仮綴された小説群の叢書名を目にしている。一九四五年にピーター・チェイニーの『灰緑色の娘』と『この男危険につき』が刊行され、主人公のレミー・コーションは無視できない数の最初の読者を魅了した。続いて、翌年ジェームズ・ハドリー・チェイスの『ミス・ブランディッシの蘭』とホレス・マッコイの『死に装束にポケットはない』が出た[*3]。チェイスの小説は数ヶ月経って急に売れ行きが伸びた。そして、特にサン＝ジェルマン＝デ＝プレでは、体の線がはっきり出る上質なセーターを着て男の目を釘付けにする娘が登場し、文無しの私立探偵、夢をなくした元デカまたは人生の狂った戦争英雄が活躍する、アメリカ版暗黒叢書の世界が次第にファンを増加させていた。

　ジャン・ダリュアンは『ミス・ブランディッシの蘭』のような大ヒットを夢見ていた。彼には小説が必要だった。ある晩、彼はシャン＝ゼリゼの映画館の前に並んでいるミシェルとボリスを見つけ、その野望を打ち明ける。ボリスの協力が必要だ。彼はあらゆる本を読んでいたし、カフェのテーブルで一度も行ったことのない大陸の情景を描写できるほど、アメリカの小説世界にどっぷり浸かっていた。ボリスならベストセラーになりそうな小説を探し出して、翻訳してくれるはずだ。出版社主［ダリュアン］は本の選定とその翻案に対しても謝礼を出すつもりだった。ボリスはすぐに応じた。「なんなら、ぼく自身がそのベストセラー小説とやらを書いてやってもいいよ」。翻訳よりも創作の方がいいことは言うまでもない。偽のアメリカ暗黒小説だ。模作！　友人のロベール・シピオンの得意技だが、それを内緒でやるのだ。最初の模作――二年前からフランス人を夢中にさせているアメリカ文学の露骨なスタイルと暴力とユーモアを盗むのだ。まったくの悪ふざけである。読者の熱狂が異常で、出版社はアメリカ文学の新人発掘に躍起になっているので、どさくさに紛れて実在しない作家を投入できる安易な状況があった。暗黒叢書でさえ、アメリカ人でない二人の、正真正銘のイギリス人作家J・H・チェイスとピーター・チェイニーを売り出したではないか？　デュアメルたちは読者に錯覚を気づかせる努力をしただろうか？　ミシェルは同意した。ジャン・ダリュアンも遊び心を持った出版人だった。偽作、いいんじゃない？

　小説『墓に唾をかけろ』のアイデアは、路上の十分で決まった。それから、ミシェルとボリスは二人だけで話し合った。プレイヤッド賞に落選したので、彼らは恐ろしく金に困っていた。しかし、ボリスにはもう我慢してエンジニアを続ける気はなかった。小説の刊行は遅れていたし、いずれにせよ、生活の糧とボリスが夢見る車のための資金を入手するチャンスは限られていた。「アメリカ」小説の大ヒット以外にない……この若夫婦は一年前にも似たような計画を推進しようとしていた。彼らはフランス解放を機に「何かできること」を探したのだ。なぜなら、フランス解放はまた商売のネタでもあったから。二人は一緒に仕事を始め、そして断念していた。『日々の泡』と『北京の秋』の執筆で超多忙な一九四六年八月初旬、ボリスはそれでもまだわずかな暇を見つけることができた。紙業局のバカンスである。八月五日、ミシェル、ボリス、パトリック［長男］のヴィアン一家は、ジャンの弟のジョルジュ・ダリュアンとミシェルの友人の若いクラリネット奏者アンドレ・ルウェリオッティを伴い、ヴァンデ県のサン＝ジャン＝ド＝モンへ出発した。男性陣は楽器を持参し、ペンションのほとんど全室を借り切った。パトリックは着くとすぐに百日咳に罹り、皆が交代で世話をしなければならなかった。ボリスは朝と真夜中の一番長い時間帯を受け持った。彼は息子の看病をしながら書いたのである。

　本の主題は彼の心を占めていた主題だ。彼はそのことで度々クロード・レオンと議論していた。上院議員ビルボの人種差別的な主張がアメリカ南部諸州でリンチ事件を引き起こして以来、アメリカのジャーナリズムも次第に公然とその問題を取り上げるようになっていた――アメリカ合衆国における混血、半血、さらには「白い肌の黒人」のアイデンティティの問題、もはや魂の中にしか黒い肌を持っておらず、心理的社会的に拠り所を失っているアメリカ人の問題だ。なぜなら、世代交代を繰り返すうちに彼らの皮膚色素は変化し、白人アメリカ人と見紛うばかりになり、また時には人種差別法の厳しさを免れさせるまでになっていたからである。人種差別の問題を超えて――それも彼らは憎悪したが――、ボリスとドッディの関心は血液の配分に関する数学的問題に及んだ。白人と名乗るには何パーセントの白人の血が必要か？　すべての黒人が白人になるのに何年を要するか？　彼らは一見白人に見える「境界線を超えた」――と称される――アメリカ黒人、そして徐々に自分のルーツを隠そうとしたり、行政府から白人の身分を獲得しようとするアメリカ黒人に関する記事を読んでいた。八月三日付けの『コリアーズ』誌で「黒人とは誰のことか？」と題された直近の評論でハーバート・アズバリーは、アメリカ合衆国では毎年何万人という黒人がこうして「境界線」を超え、一九四六年現在五百～六百万人の白人アメリカ人が黒い血を持っていることを明かしている。[*4]

　一週間後パトリックの百日咳は悪化し、ミシェル、アンドレ・ルウェリオッティと子供はパリへ引き返す。ボリスは太陽光線を避け、海岸へ出るのは午後の終わりだけにして、執筆のリズムを加速させた。夜はギターを弾く前に、昼間書いた文章をジョルジュ・ダリュアンに読んで聞かせた。悪ふざけが現実のものになりつつあった。ジョルジュはリー・アンダーソンの話とバックストンにあるドラッグストアの男好きな娘たちへの度重なる性的復讐劇が大いに気に入った。ミシェルとボリスはアメリカ南部の人物のファーストネームが嘘っぽくならないように、しかしまたベストセラーの登場人物とも重ならないように心を砕く。パリに居残った旧アメリカ兵でユダヤ人の友人ミルトン・ローゼンタールは、頻繁にフォーブール＝ポワソニエールのアパルトマンに居候し、『タン・モデルヌ』誌のアメリカ人寄稿家の一人になる人物だが、その彼が道路マップと大都市の市街図を提供した。ボリスはテネシー州の辺鄙な寒村に至るまでアメリカを語ることができた。したがって、バックストンは実在しない町だが、真夏のむっとするような暑さ、客のいないバー「リカルド」、外見上黒人に見えない住民、日曜日に教会に集まってくる白人たちが、まるで目の前にいるように活写された。

小説の書き出しは、彼の考えではアメリカの推理小説の簡潔で省略の多い文体と、言葉を交わす習慣もしくは欲求を喪失した語り手のかすれた、手探りをする内面の声を真似ている。

「バックストンではおれのことを知っているやつは一人もいなかった。クレムがその町を選んだのはそのためだ。もっとも、たとえおれが怖気づいたとしても、北部に向かってさらに車を飛ばすだけのガソリンはもう残っていなかった。五リッターがいいところだ。所持品はドルとクレムの手紙だけ。スーツケースはお話にならない。中は空っぽだ。忘れるところだった――車のトランクに小さな子供だましのピストルが一丁。ちんけな安物の六・三五口径だ。シェリフが来て、死体を持って行って葬いをしてやれと言ったとき、そいつはまだ彼のポケットに入っていた」。

読者はリー・アンダーソンの家で何か切羽詰まったことが起こったことをすぐに理解する。弟の「あいつ」が死んだ。どうやら酷い死に方をしたらしい。リーと長兄のトム――彼は学問を修め、人種差別の心配なしに生まれてきた仲間のクレムと毛色は違うが親友だった――は大急ぎで逃げ出す必要があった。「あいつの事件ですべてが台無しになった。おれはずるいから何も言わなかったが、あの子はそうではなかった。彼は何一つ悪くないと思ったのだ。娘の父親と兄が落とし前をつけた」。教員のトムは大都市で職を見つけるために去った。リーは田舎に残っても大丈夫だ。彼はトムとは違っていた。「おれはハンドルを握っている手と指と爪を眺めた。まったく、難癖の付けようがなかった」。トムとクレムは誰にも分からないと保証してくれた。クレムがバックストンの本屋の仕事を見つけてくれた。人種差別反対派の今の店長は、辞めて「ベストセラー小説を書く」つもりだ。「ベストセラー以外は考えていない。歴史小説か、黒人が白人女と寝てもリンチを受けないような小説さ」。ボリスは大いに楽しんでいる。彼はリーの年齢を自分と同じ二十六歳にし、筋肉質の肉体とニューオリンズ・ジャズを歌うのにふさわしい美声を付与している。だが、彼はまた部屋の暗がりで自己の強い信念も書きなぐり、昔のアンティオッシュと少佐の活躍をほんの少しばかり露骨に再現する。彼はサン＝ジェルマンをアメリカナイズする。「女の子たちはみんなそこに来るんだ。町内のクラブがあるんでね。ボビーソクサーズ［短ソックス族］のクラブさ。ほら、知ってるだろ、赤いソックスを履いて横縞のセーターを着込み、フランク・シナトラにファンレターを書く若い娘たちだよ」。

白人の娘たち、それこそ「あいつ」の死の仕返しのためにリー・アンダーソンが探し求めていたものだ。暗黒叢書の小説群よりも若い娘――しかも、ウラジミール・ナボコフの『ロリータ』よりも十年早い――、なぜなら、ジャン・ダリュアンが望むように、「世間をあっと言わせる」ためには思い切り大胆でなければならないからだ。したがって、娘たちは若い。「身体にぴったりくっついたセーターからバストが尖って見える十五～十六歳のギャル。やつらはそれを知っていて、わざとやっているのだ」。「リカルド」や川岸、オールド・クライスラーやナッシュの熱気むんむんの座席で、娘たちは大胆にリーに身体を押しつけ、可愛い手で彼の下半身をまさぐる。バックストンでは、アメリカ人中流階級の白人娘たちは夏の間暇を持て余す。だから、愛情抜きのセックスに身を任せる。リーはドラッグストアで酒の小瓶を買うことができ、男らしくグレープフルーツ抜きのドライ・バーボンが飲め、「大人にしては格好良く」ダンスが踊れる強みがあった。彼には底なしの憎悪があり、小娘のジッキー、ジュディはあきれるほど無防備なので、ボリスの筆は物語の進行とともにますます冴え渡る。暗黒叢書の私立探偵も絶えず見事な胸の女性たちと遭遇しているではないか？時代は乳房エロティシズム、ヴァルガス［ピンナップ画家］幻想の時代である。それはサン＝ジャン＝ド＝モンの偽作者［ヴィアン］の嗜好にもぴったり一致した。描写の度に、ブラジャーや半開きのスウェットシャツや腿のところまでめくれたスカートの皺の細かい描写。推理小説全盛時代特有の下着妄想――それは既に『ヴェルコカン』にも見られる――に加えて、ここでは衣服からこぼれる肉体の若さが執拗に強調される。「少女のような裸身、だが、娘を組み敷いた時、おれには彼女が少女以上のことを知っているのがわかった」。

サン＝ジャン＝ド＝モン同様バックストンでも時は瞬く間に流れ、リーは尻軽娘たちの暇つぶしになる。「だが、それはあまりにも気楽で、いくぶん吐き気がした。彼女らはほとんど歯を磨くのと同じような気楽さで、一種の健康法としてそれをやる。（中略）今のおれにはお誂えむきの状況だ」。ジョルジュ・ダリュアンは、数日後にこのミルク色をした股間戦争の深い理由の一端を知ることになる。ボリスはリーとリーの兄弟が黒人であるとか、リーが白い黒人であるとは明言していない。だが、最終的にそう推察できるようになっている。「その地方で悪党中の悪党」上院議員ボルボの支援者が、選挙運動中にトムを殴りつける。リーは一派のリーダーを殺しに行くよう勧める。しかし、神を信じるトムはそれを断る。トムとリーは仕方なく両親の家を焼いて逃げたのだ。リーは兄とは違っていた。「おれは反射的行為になるまでやつらがじわじわと強いてくるあのおぞましい卑屈さ、トムの裂けた唇に命乞いを言わせるあの憎むべき卑屈さ、白人の足音が聞こえると兄弟たちに身を隠すよう教えるあの恐怖感を、忘れることができた。肌さえ白ければ、我々は白人で通ることが分かっていた」。ボリスは汗ばんだエロティズムを満載した模作を繰り広げる。彼は女嫌いで非情な探偵の隠喩を連発する。例えば、こんな具合だ。「畜生！　何と面倒な女に引っかかったものだ。世間にはそう思わせる女《あま》がよくいる」。しかし、このやっつけ仕事からは別のもっと真剣な怒りも滲み出している。それはジャズマンとしての白人権力への反発だ。そして、その怒りの激しさは、幾つかのページにおいては創作上の韜晦《とうかい》趣味をも押しのける勢いである。

びっくりパーティの最中に、ようやく「あいつ」のリンチに復讐するチャンスが訪れる。標的は白人大富豪の二人の娘ジーン＆ルー・アスキース姉妹だ。彼女らはジャマイカやハイチのプランテーションで富を蓄えた、他の町プリックスヴィルの資産家の跡取り娘たちだ。「そうだ、おれはついに獲物を見つけたと思った。あの二人だ。弟《あいつ》も喜んで墓の中で寝返りを打つことだろう」。ボリスはリーとアスキース家の長女ジーンとの出会いを加速させる。リーは先ず彼女がジンを吐くのを介抱する。次に、ドラッグストアのボビーソクサーズの女の子に手伝ってもらって浴室で彼女を裸にする。ボビーソクサーズのジュディはリーが泥酔した娘を犯す現場に立ち会いたいというとんでもない考えを思いつく。「ジーン・アスキースはぴくりともしなかった。次に、おれの視線は彼女の顔に落ちた。口元にはまだよだれが垂れていた。彼女は目を半分開けて、また閉じた。おれは彼女が少し――腰を少し――動かし始めたように思った。その間もジュディは同じ行為を続け、別の手でおれの下半身を愛撫するのだった」。彼はルーについてもすべてを知りたいと思ったが、妹は姉ほど酔っていなかった。「おれは彼女を長椅子の上に押し倒し、ドレスの前を引きちぎった。彼女は狂ったように抵抗した。二つの乳房が華やかな絹の布地から飛び出した」。彼女は彼を引っぱたく。死に物狂いでやめてと言う。だが、リーは承諾させる術を知っていたのだ。「おれは彼女の上にかがみこみ、舌の先で尖った部分を愛撫しながらゆっくりと一つ一つの乳房に接吻をした」。

　アルコールの入っていない時でも、アスキー家の姉妹はリーの肉体に夢中になった。二人はカマトトぶって男を誘い、科を作り、ガキっぽいボビーソクサーズよりも身だしなみがよく、両親の大邸宅でテニスや夜会の習慣もある。だが、夜になって、体が疼くと、彼女らは男を待った。誰もがそうであったようにリーを白人と信じ込んでいた。父親同様骨の髄まで人種差別思想にかぶれた二人は、彼がジャズの弁護をしたり、アメリカ社会の黒人の役割を強調しても耳に入らなかった。夜がくると、二人はリーを欲しがった。リーの方は姉妹別々に戯れながら、首尾よく二人と結婚の約束を交わす。安心した二人は本来の二人に戻る――ロマンチックで、保守的で、我がままな娘だ。互いにむき出しの嫉妬が始まる。ジーンがやって来てリーに妊娠を告げる。彼は計画の実行を急がねばならない。リーは計画を断念しようかと迷う。だが、「あいつ」のためにはやらざるを得ないのだ。先ず、「小手調べ」にアスキース姉妹を槍玉に挙げ、次は政治家、たぶん上院議員だ。たぶん、彼のように白人化した黒人で、「何かにつけて白人の肩を持つ」黒人も標的になるはずだ。ともあれ、緒戦はアスキース姉妹だ。彼はプロの殺し屋ではない。だから、最終プログラムを実行するに当たって彼は思い切り飲んだ。ボリスはブロンドとブルネットの殺害をためらう。その点において主人公は作者に近い――「仕事が終わりに近づくのは耐え難いことだ」。たぶんサン＝ジャン＝ド＝モンの滞在期間が終わりに近づいたせいで、リーは一段と神経質になる。彼は不安に囚われ、殺害方法の選択にこだわりすぎるようになる。

　ルーが姉を殺す手伝いをしてくれるのではないか、と彼は期待する。だが、彼女は警察へ通報していた。苦悩と憎悪のあまり取り乱したリーは、ルーを力いっぱい殴打し、乱暴に噛み付き、彼女に「あいつ」の出来事を話す。恐らく、パリへ帰らねばならない日限が迫っていたせいだろう。ボリスは突然暴力のレベルを上げて、結末部分で文学の現代版「連続殺人犯《シリアル・キラー》」の元祖なるものをでっち上げ、主人公と主人公の最期を残虐な形に仕上げる。ジーンに会ったリーは、黒人と寝た気分はどうだったか訊ねる。「彼女は抵抗せずに絞殺された」。次に、彼はピストルで止めを刺した。「おれは二度と顔を見たくないので、彼女を俯かせた。そして、彼女の身体がまだ温かい間に、彼女の部屋でしたことをもう一度した」。もちろん、推理小説はモラルに忠実なので、リー・アンダーソンが警察に逮捕されることは言うまでもない。

「それでも村人たちは彼を吊るした。黒人だからだ。ずぼんの中で、彼の下腹部はまだ滑稽なこぶを作っていた」。最終章はこの三行で終わりだ。八月二十日、ジョルジュとボリスはパリへ引き上げる。十五日、パトリックの百日咳騒ぎを差し引くと、きっかり十五日だった。ボリスにとって、それは洒落みたいなものだ。決してそれ以上のものではない。彼は小説の出来について話題にすることを嫌がった。単なるお遊びであり、作品ではないからだ。偽作者はこの仕事で精力を使い果たしたようには見えなかった。彼は再び陽気さを取り戻し、海で身体を焼いた。ミシェルとダリュアンは読んで、魅了された。この原稿なら、冒険をやる価値がある。模作には、結末部分でボリスが少しチョンボをやった以外は、この種の小説のすべてのネタが仕込まれていた。ボリス自身も二人の意見に賛成した。リーは勃起せずに死んだ方がよかったかもしれない。しかし、彼は思い付きの修正を避けるために、一人前の女として身を任せる短ソックス族の少女たちの奔放な性を強調した。思想的な背景をなす白い肌の黒人の問題は、彼にとってこのギャグ小説の唯一の文学的価値と言えば、言えるものだった。

ジャーナリズムの恐怖

タイプ原稿を完成させた後、彼らは架空の作者名をでっち上げることにした。クロード・レオンなど仲間の意見を聞く。ヴァーノン・サリヴァンがいいんじゃない？　何となく、アメリカ人ぽいじゃないか。ヴァーノンはクロード・アバディ楽団のメンバーであるポール・ヴェルノンに敬意を表した。サリヴァンは、「シカゴ」時代の有名なピアニスト、ジョー・サリヴァンに因んだ名前である。ボリスは『墓に唾をかけろ』というタイトルが気に入った。ミルトン・ローゼンタールが夫妻に提供したタルムード風〔ユダヤ教の口伝律法〕のタイトル例の中から、より強烈で、より暴力的で、より売れそうな――と二人が考えた――『墓に唾をかけろ』というタイトルを選んだのは、ミシェルである。

ヴァーノン・サリヴァンは「境界を越えた」黒人で、元GI〔米軍兵士〕のアメリカ人ということにしよう。この作家は母国アメリカで英語で出版するのは無理だと確信し、フランス滞在を利用して原稿を活字にしようと考えた。近々ガリマール社から本を出すことになっている新進作家のボリス・ヴィアン氏が、その翻訳を引き受けた。ヴァーノン・サリヴァンとの間で契約が成立し、本人が署名した。契約に際しては、決して作家の実名を明かさないという特別条項が加えられた。したがって、ヴァーノン・サリヴァンは偽名である。このリンチ全盛の時代、アメリカ人作家が素顔をさらすのは、リスクが大きすぎる。ヴァーノン・サリヴァンを誕生させるに当たって、ヴィアンたちは皆パリ滞在中の反人種差別黒人作家リチャード・ライトのことを考えた。サルトルが合衆国で出会い、アメリカのリベラルなジャーナリズムが人種差別団体から守る義務があると考えている人物である。契約には別の条項もあった――その第八条は「サリヴァン氏不在のときは、氏の印税は氏の財産を管理するボリス・ヴィアン氏に振り込むこととする」。第九条は「スコルピオン出版とサリヴァン氏は、サリヴァン氏が刊行する全作品の翻訳をボリス・ヴィアン氏に委ねることで合意した」。第十条は「ボリス・ヴィアン氏は訳書刊行についての報酬を、総売上高に対する歩合給で受け取り、それは全印刷数総額の五パーセントとする」となっていた。[*5]ボリスは単なる訳者を超えて、ヴァーノン・サリヴァンの私的な代理人であり、後見人なのである。

ミシェル、ボリス、ドッディ［クロード・レオン］、スコルピオン出版の関係者は、秘密厳守を誓う。作者と版元の二人の偽造者は、本の刊行に数週間を要した。悪ふざけは百パーセント成功するはずだ。彼らはお人好しの関心を引くあらゆる手立てを講じたと思っていたし、臆病で、保守的で、アメリカの小説がモデルという作品には既に飽き飽きしている世間やジャーナリズムを刺激する大掛かりな装置も用意した。十一月半ば、ジャン・ダリュアンは書評依頼状をジャーナリズムに送った。それは大いに関心を呼び、編集部の公憤を掻き立てるはずである。依頼状は「境界を越えた」黒人の悲劇を訴え、ヴァーノン・サリヴァンがこうした黒人の一人であることを明らかにした後で、次のように続く。「『墓に唾をかけろ』は、いかなるアメリカの出版社も刊行する勇気を持たなかったこの若い作家の処女作であるが、前例がないほどの暴力性に満ちた内容とコールドウェル、フォークナー、ケイン等の大家に引けを取らぬ文体で、アメリカ合衆国の一部地域における黒人への言われなき差別を告発する。通常大西洋の向こうの作家が書くものと違って、主人公は若く、美貌で、南部の大方の若者がそうであるような生活を送っている。この作品には、アル中も白痴も気違いもノイローゼ患者に付き物の息子を去勢する母親も出てこない。ここではアメリカの若者たちの生態が、残酷で圧倒的なエロティシズムを伴って荒々しく描写され、恐らくミラーのとりわけ大胆な描写と同じようなスキャンダルを引き起こすであろう。これまで誰も書かなかったような小説[*6]」。

本が完成した。白い表紙は一見ガリマール社の本を思わせた。ボリスはその中に小説を挿入し、版元がヴァーノン・サリヴァンに会ったのは一九四六年七月頃で、その二日後に原稿を受け取ったと説明する。ヴァーノン・サリヴァンは境界を越えた黒人だが、「白人たちが文学の中で親しげに背中をたたく〈善良な黒人〉にはある種の軽蔑の念を抱いている」。「彼は白人と同じような〈硬派〉の黒人は想像可能だし、実際に出会うこともできると考えている」とボリスは続ける。その後で訳者は、予想される軽犯罪批判に対して先制攻撃をかける。「ここで、我らが著名な道徳家たちは本書の何ページかの……少し行き過ぎたリアリズムを非難するかもしれない。我々はそういう箇所とミラーの小説との根本的な違いを強調しておきたい。後者は何時の場合も非常に生々しい用語を臆せずに使うが、サリヴァンは逆にどぎつい表現を避け、婉曲な言い方や筋立てによって暗示することを狙っているように見える。この点において、彼はよりラテン系エロスの伝統に近いと言えよう……」。版元のジャン・ダリュアン同様、ボリスも書評が出る前に自らこの作品の文学的な影響、とりわけジェームズ・ケインの影響を指摘する。彼はこの本の無意味な暴力が読者に与える困惑を、先手を打って問題にする。まるで版元と訳者とが自発的に形式と内容に関して読者と同じ戸惑いを表明しているかのようだ。うまいやり方だ！ 彼らはまた爆発物を入手したことで意識過剰になり、それを世間に公開するのを長い間ためらったフランスの専門家たちの紹介記事も笑い飛ばす。「このことに関して、サリヴァンが著名な先輩作家たちよりもはるかにサディスティックである点は認めざるを得ないだろう。彼の作品がアメリカで出版拒否にあったからといって驚くには当たらないのだ。発行翌日に即発禁となることは間違いない」。訳者の幾分うんざりした様子。サリヴァンと白人的黒人の苦悩への連帯感。だが、出版を正当化するために多くの歪曲を強いられる。行間を読むと、彼自身反発を感じている部分もあるようだ。「内容自体については、誰がなんと言おうと、虐げられ暴力を振るわれた人種に今なお存在する復讐心の表明と、ちょうど新石器時代の人間が獲物を罠に誘い込むために弓矢で射られた野牛の絵を描いたように、〈本物の〉白人支配に対して抱く一種の悪魔祓いの誘惑と、真実らしさの軽視、そして大衆の好みに迎合する姿勢もまた見られると言わねばならない」。猥褻な内容を許容するために、フロイト流の解釈や営業上の必要性という論理の導入。もっとも、この金儲け主義に関しては、訳者は序文の締め括りで否定的な個人的意見を述べている。「フランスでは誰もがなお一層のオリジナリティを求めて努力をしているが、大西洋の向こうでは恥ずかしげもなく、大衆受けした形式を再利用する。確かに、それもまた商品を売るための便法なのである」。

こうした警告、一種の誘惑をちりばめた非難を添えれば、『墓に唾をかけろ』は批評家たちの好奇心をそそるはずだ、とボリスとジャン・ダリュアンは考えた。穏やかに事を運ぶために、つまり、いきなり反発を買ったり、それ以上にジャーナリズムから無視されるリスクを避けるために、ジャン・ダリュアンは、レジスタンスから生まれ、読者の本能に媚びるようなことはしないと定評のある『フラン＝ティルール』紙に「一部抜粋」を掲載することさえしている。もっとも、彼は用心深く猥褻な箇所を避け、リーとトム・アンダーソンの親の家に火がつけられる場面しか送らなかったのだが。十一月二十六日号に掲載されたこの抜粋の冒頭に、ジャン・ダリュアンは一見さらに逆説的なもう一つの内容紹介文を付与している――それは『墓に唾をかけろ』、これがヴァーノン・サリヴァンの野蛮なまでに露骨なこの本のタイトルである」という誘惑の文章と「すべての温厚な論理にけんかを売るかに見えるこの恐ろしいページは、黒人が無実の罪でリンチされるのを結局は平然と容認する読者を震えあがらせる恐れがある」という良心の問題との間を揺れ動くのである。

　したがって、これは実は、戦略が功を奏して、一九四六年末の自由の風潮と風俗の制限という相反する状況に追い込まれた出版界の現実の諸問題――おぞましさを掻き立てるにせよ、論争の火種になるにせよ――をうまくクリアしてくれることを願った作者たちの、偽書のための品のない偽プロフィールなのである。ジャン・ダリュアンとボリスは、お上品なフランスで顰《ひん》蹙《しゅく》を買っているヘンリー・ミラーを意図的に利用したわけだ。開戦直前にガリマールは『黒い春』の、ロベール・ドノエルは『北回帰線』の版権を取得しており、両版元は一九四五年に同時出版することを取り決めていた。だが、ロベール・ドノエルは一九四五年末に街頭で車のジャッキで惨殺されてしまった。そして、この壮絶な死にはスキャンダラスな噂が囁かれた。ミラーは文学と青少年の保護の問題とを同一視し、道徳的な価値を足場に急上昇を開始した時代の感情を逆なでしていた……批評家たちはヘンリー・ミラーの小説が猥褻で、「人前に出せない」本だと言ってはばからなかった。新聞は、賛成派と反対派に分かれた。シェーヌ出版社主モーリス・ジロディアスは父が米国でミラーを出版した関係で、『南回帰線』の版権を持っていた。そして、この三番目の小説の刊行は、プロテスタントの建築家ダニエル・パルケール氏率いるピューリタン同盟、社会道徳行動カルテルの憤激を買うことになる。パリのサン＝ジェルマン＝デ＝プレ広場二十八番地に本部を置くこの同盟は、ミラーの三作品を告発したことで世間の注目を集めた。彼らは一九三九年七月二十九日の古いしょぼくれた政令［有名な家族法］を根拠に、たとえ小説であれ家族の尊厳を傷付けるものとして、告訴したのである。だが、『コンバ』紙はそんな過去の時代の危惧や家族観、若者観を快く思わなかった。この新聞は一九四六年七月二十六日版でヘンリー・ミラーを擁護し、読者や行政当局に道徳連盟時代への回帰に抵抗するよう呼びかけた。「文学界のみならず、ほとんどすべての領域で激烈な伝統回帰願望が巻き起こっている」と『コンバ』紙は嘆く。「批評家、ジャーナリスト、あるいは協会ですら、栄光に包まれた作家たちを、しばしば文学以外の理由で攻撃することを正当（で得策）と見なしている」。

　ジャン・ダリュアンとボリスは、世論が彼らの作戦にとってまたとない追い風であると判断した。ダニエル・パルケールの告訴のお蔭でミラーの本の売れ行きが伸びていることも自信を与えた。一九四六年十一月二十一日に『墓に唾をかけろ』の最初の書評が『デペーシュ・ド・パリ』紙に載って、彼らを喜ばせる。署名のない小さな囲み記事だったが、デカダンスを拒否する主張はしっかり表明されていた。それさえあれば、出版界では売れ行き上々であることは間違いないのだ――「アメリカの出版社は、どこもあえてこの混血児の病的な駄作を出版しようとは思わなかったようだ。それはアメリカの出版社にとって名誉なことである。フランスでこの痴呆症気味の恥知らずな本を売り出そうという翻訳者や出版社が現れたということ自体嘆かわしい。唾を吐きかけたいのはこの本だ」。他紙もこれに続いた。エロティシズムの善玉と悪玉を区別するために、ずいぶん過激な作家や詩人たちまでが動員された。吐き気を催すような領域を探索しながら、「人の心を動かす」言葉、「悪の美しさの抽出」に努めたラブレーやボードレールの作品が選ばれたのである。そして、それらの作品は『レットル・フランセーズ』紙の一九四七年一月十日号によれば、この本の「この上なく下劣なポルノグラフィ的内容を我々に提示するための口実」に使われているということになる。

『エポック』紙はヘンリー・ミラー同様の訴追をヴァーノン・サリヴァンに求めている。なぜなら、『墓に唾をかけろ』は両『回帰線』のポルノよりもさらに下品なものを目指しているからだ。しかも、何の利益ももたらさない。フランスの作家はいつだって悪魔の魅力を追求しながら善の栄光のために有益な仕事をしてきた。今回の猥褻は何の贖罪も望んでいない。それどころか、もっと深刻なことは、その汚辱がアメリカ製の汚辱であることだ。わが国は、国家安全条項によって、こうした別種の侵犯とも戦うよう国民を鼓舞している。この記事は昨日の友好国からの輸出品に反発するフランス人特有の硬直姿勢、カトリック的ペタン主義的な体質を感じさせる。当初第六区ロビノー街一番地にあったスコルピオン社の事務所で、ジャン・ダリュアンとボリスは互いにこれらの記事を声に出して読み合った。なんとすばらしい茶番だろう！　ロベール・カンテールのようなこの上なく穏健な批評家でさえ、『スペクタトゥール』紙一九四六年十一月二十六日号でこの小説を「物語は、短く、神経症的で、活力に満ち、アル中とサディズムの場面に富む」と腰の引けた論評をするしかなくなっている。

作戦を完璧にするために、ボリスとジャン・ダリュアンは友人のいる『サムディ＝ソワール』紙とも話をつけていた。結局、大衆ジャーナリズムもまたその戦慄を分かち合っていたのである。一九四六年十二月七日、マルセル・エドリッシュとイヴ・クリエのコンビは大変主観的な記事を書き、若者の運命に関してでっち上げの不安を煽り立てた。「『墓に唾をかけろ』はその採用した形式および憎悪とサディズムの主題によってスキャンダラスな作品というばかりではない。才気走った作者は、リタ・ヘイワース主演のいくつかの映画とは似ても似つかぬアメリカの青春群像を提示して見せる。彼は恐るべき率直さを装って〝ボビーソクサーズ〟たちの生態を描き出すのだ。ボビーソクサーズというのは、スポーツ・シューズとショート・ソックスを身に着けたチンピラ女子学生のことである。彼女らはフランク・シナトラの悩ましい歌声を聴いて失神し、アイドルを追っかけて一日に二十通ものファンレターを書き送る」。「恐らく戦争によって精神を狂わされた奇妙な世代」と『サムディ＝ソワール』紙は目を見張る。あたかもそれがサン＝ジェルマン＝デ＝プレの出来事であるかのように、この週刊紙は何の疑いも持っていない。ミステリアスな作家が新しい若者像を生み出した。「ボビーソクサーズ」だって？　こうして、言葉だけの一人歩きが始まる。

実を言うと、『サムディ＝ソワール』紙はこの作品を擁護した唯一の新聞だった。しかし、この同盟関係は、世間的な反響の上げ潮の中でスコルピオン社の戦略にはなかった突然のスキャンダルの暴発を招くことになってしまう。ボリス・ヴィアンがその渦中に巻き込まれてしまうのだ。この愛すべき悪のり男、『タン・モデルヌ』誌の公認「嘘つき男」こそまさに、この偽作、偽訳者、真の挑発者の正体ではないか、という噂が囁かれはじめるのである。ボリス・ヴィアンとジャン・ダリュアンは、一九四七年の初頭既にジャーナリズムに多くの友人を持っていた。時折『サムディ＝ソワール』紙や『フランス＝ディマンシュ』紙に寄稿する「ロリアンテ」の仲間たちが噂を広める役を担っていたし、年頭から既にそれが偽作である可能性を隠そうという記事はほとんど見当たらなかった。情報を最も早くキャッチする位置にいた一人がモーリス・ナドーである。彼は批評家として尊敬されていたが、二人の偽作犯にとっては、彼のサン＝ジェルマンにおける無数の交友関係が、サルトルの友人たち、週刊誌『街路』の仲間、ガリマール社、さらにはジャズ業界に広がっている不都合もあった。一九四七年一月七日付の『コンバ』紙に短いサリヴァンの小説論を書いたモーリス・ナドーは、ついうっかり漏らしてしまう――「作者は不詳である。が、彼の別の小説がまもなく発表される。それも本作品同様ボリス・ヴィアン氏によって翻訳される予定だ。ボリス・ヴィアン氏は、この新人黒人作家の諸作品に関して、父親のような気遣いを見せている」。

ジャーナリズム各誌紙は、続々とこのからくりの暴露に突進した。『エスプリ』誌――「物語の多くの特徴や洗練された会話から、一読して偽作の印象を持つ。乱れた風俗にもかかわらず、会話にはアメリカ風の粗野で純朴と言ってもいいくらいの味わいがほとんどない。それはまた、〝訳者〟の前書きにも見て取れる。彼は『タン・モデルヌ』誌に才能豊かに執筆している〈嘘つき時評〉そのままの書き方で、実に愉快そうに前書きを書いている」。『カルフール』――「レイプの場面は、ひょっとすると訳者と自称するボリス・ヴィアンが書いたのではないか?」。『ガゼット・デ・レットル』紙――「ボリス・ヴィアンの訳は、訳者と作者が奇妙に入り混じる境界線上に位置しているのではないか?」。ジャーナリズムは『タン・モデルヌ』誌および「嘘つき時評」からの間接的な印象やボリス・ヴィアンの友人たちから得た信頼度の高い情報により、証拠がなく直接的な情報がなくても、ごく自然に訳者と作者が同一人物であると結論づけることができた。わずか一週間で。噂がパリを駆け巡る速さと同じだ。ボリスもジャン・ダリュアンも自分たちの悪ふざけが生み出した奇妙な展開を阻止することはできなかった。一月十九日付『フランス＝ディマンシュ』紙は「本年最も過激な小説の作者はゴーストライター」という見出しで、「パリ市民は一人残らず」真の作者は白人系黒人ではなく、フランス人であると確信しているという記事を載せた。ヴァーノン・サリヴァンはもう興味を引かなくなった。ジャーナリズムの関心は、もっぱら兄弟分のボリス・ヴィアンの方に移った。つまるところ、アメリカのポルノよりも国産の猥褻本の方が好奇心をそそるし、ボリスを標的にすることによって、サルトルや実存主義、サン＝ジェルマン＝デ＝プレの風俗全体を標的にすることができるのである。早くも偽作者についての詮索が行われ、人々はさらに詳しい情報を求めていた。「彼は二十六歳。国立中央工芸学校出のエンジニアで、紙業局技術課の職員。彼はまたクロード・アバディ楽団（スイング・クラブ所属）のトランペッターであり、実存主義の作家でもある」と『フランス＝ディマンシュ』紙は解説している。

人々は彼を問い詰めた。もちろん、彼は一蹴する。「彼にサリヴァンと同一人物ではないかと問い詰めると、彼は嘲笑うように答えた。〈何と答えればいいのだろう? ぼくはほら〝嘘つき〟なんですからね〉。そう言って、彼は知的はぐらかしに満足しながら立ち去った」と『フランス＝ディマンシュ』紙は詳細なやりとりを載せる。記者たちは編集室で黒か白かに賭ける。ヴィアンなのか、サリヴァンなのか? 「ロリアンテ」では、カザリスやアストリュックが秘密を知っている仲間を演じていた。しかし、もちろん、口外できる話ではない。ジャン・ロスタンがボリスに気がかりな手紙を送ってきた。もしも、彼の若き隣人が新聞の書きたてるような下品な小説を書いたのが事実だとしたら、自分は決してそれを許さない。あなたの才能はゴシップ記者たちともめ事を起こすには、上等すぎると。サルトルはペテン説を採っていなかった。この小説はむしろ矛盾に満ちたアメリカ社会の現実に光を当てる価値を持っている、と彼は考えていた。彼は『タン・モデルヌ』誌の次号に小説の抜粋を載せることを提案した。ミシェルは用心深くそうしない方がいいと哲学者を説得した。ただ一人レーモン・クノーだけが、この冗談を真に楽しみ、パタフィジシャン流に理解し、この喜劇こそアルフレッド・ジャリの悪乗りに匹敵すると見なし、重苦しい文学環境に風穴を開けるものとして歓迎した。散歩の途中、彼は二十回もボリスに確認した。「君なんだろ？　実に愉快じゃないか！」。

ボリスはクノーにさえ否定した。冗談が収拾のつかなくなることを心配して、ミシェルはボリスに沈黙を進言する。彼女にはボリスの性癖がよくわかっていたからだ。ボリスはどうせギャグなんだからと白状する恐れが多分にあった。彼は詐欺師であることに有頂天になり、この事件が「ヘンリー・ミラー・スキャンダル」を超えてジャーナリズムにもてはやされ、ついに彼自身が渦中の人物となることに、誇りと喜びと自尊心の満足を覚えるであろうことを見抜いていた。『フランス＝ディマンシュ』紙は、ガリマール社もまた「この謎めいた事件が本の宣伝になることを喜んでいる」と断言している。というのは、このトランペッター＝翻訳者は彼こそが作者であり、「彼をアメリカ人と思わせることは格好の宣伝になる」からである。本当にそうなのか？

ダニエル・パルケールのキャンペーン

「電話番号を言うときに、皆がヴィアンのVと言うようになったら気持ちいいだろうな」。一九四七年二月三日にボリスがこの落書きを書きつけた時、彼はある種の人気が、自分の名前の上で身震いするのを感じているのだ。『墓に唾をかけろ』はほどほどに売れたが、それ以上ではなかった。だが、噂の訳者の方は、次第に新聞の「芸能《スペクタクル》」欄の中心を占めはじめる。彼の写真が公表される。とは言え、『ヴェルコカン』の刊行がストップしていることが彼の悩みの種になる。ヴァーノン・サリヴァンの正体をめぐる騒ぎは、人々が考えるほどにはガリマール社を喜ばせなかった。いずれにせよ、こんな宣伝のやり方は最初からNRFの体質にはなかったのだ。逆に、査読会議で『北京の秋』の反対者たちは、パリ中に広まっているこの噂を理由に最終的な出版拒否を画策していた。ジャック・ルマルシャン、ジャン・ポーラン等初期の『ヴェルコカン』の読者は、『ヴェルコカン』と『墓に唾をかけろ』の二作品の間に文体やイメージ、オブセッションの類似があることを見抜いていた。セックスに対するドライで醒めた感覚、激烈な女性蔑視、場面を大げさに描くシュールレアリスム風の狂気、きわめて現代的な口語体を駆使して数語で的を射抜き、ほとんど全ページにわたってあらゆる楽観的な物の見方を打ち砕く神経質で不機嫌とも言える筆致。

　この一九四七年初頭、彼の真面目な風評はやや影を潜めていた。やんちゃ坊主やアジテーターは、いくら才能があっても、セバスチャン＝ボッタン街で認められる余地はない。サリヴァン騒動は何の根拠もなくレーモン・クノー・シリーズの維持にダメージを与え、クノーの編集権が弱体化した。『ヴェルコカン』の査読を敢行した僅かな批評家も、若い作家が何となく批判的な年配の査読者に与えた好印象または軽蔑の中で、二級品として葬り去られることを座視するしかなかった。ロベール・カンテールは、一九四七年二月一日付『ガゼット・デ・レットル』紙の時評でびっくりパーティのテンポで綴られたアンティオッシュとマジョールの長編［ヴェルコカン］を分析し、作者にそれなりの才能があることを認めている。「第一部は大変面白い。ボリス・ヴィアン氏はユーモアと才気煥発を共に発揮し、その効果は時折安易だが、心地よい気分にさせてくれる」。まあ、ちょっとした才能というわけだ。しかし、それは単にジャズ・ミュージシャンの目と批評家に愛されない悪ふざけのセンスが捉えた、若者たちの奇怪な風俗を少しばかり巧みに描写する能力というにすぎない。「冗談の多くはヴィアン氏とその仲間にとってのみ面白く、教養のある読者にはそっと本を閉じたくなるような代物だ」。

　この一九四七年初頭、ボリスはしばしば不思議な感覚に捉われて驚いている。何だか、ヴァーノン・サリヴァンに引きずりまわされている感じなのだ。というか、むしろボリス・サリヴァンもしくはヴァーノン・ヴィアンの複合体に引き回されているというべきだろう。この複合体は、作家ボリス・ヴィアンが控えめで、ロマンチックで、恥ずかしがり屋であるのに対して、はるかに積極的で、成功にあくせくしているように見える。ボリスは自分でも言っている。おれは滑稽で笑い者になる危険性に満ちた運命の導火線に自ら火をつけたのだと。彼は生真面目に受け止められることを望まない。彼はそのために全力を尽くす。彼の不遜さは時折こんな風に彼の人格を変えてしまうのだ。彼は挑発への強い欲求を抑えることができない。そして、たいていの場合、その欲求に身を委ねてしまう。ところが、もう一人のボリス・ヴィアン、つまり『日々の泡』のボリス・ヴィアンは、時として地雷原を歩くように慎重な印象を与える。泥沼で立ち往生しているのではないかとさえ思わせる。しかし、友人たちの話では、彼はそんなことはまったく気にならないと断言していたそうだ。彼は悲しんでなんかいない。彼は冗談を心底楽しんでいたのだ。クノー同様に。二人は互いに何も言わないけれど、時代を吹き飛ばす爆竹の錬金術をこの悪ふざけの中に見出していたのだ。『ヴェルコカン』が予期せぬ形で少し前進する気配を見せる。二月一日付『サムディ＝ソワール』紙は、はっきりとボリスの側に立って「ヴァーノン・サリヴァンはボリス・ヴィアンの新しい小説の作者ではない」という見出しを掲げたのだ。記事は現実の動向と、この時期にボリスが経験した短い疑惑の期間を忠実にフォローし、「のべつ幕なしにパンティの話をする」「頭のおかしな登場人物たち」の描写を多数引用しながら、二作品の比較を行っている。『ヴェルコカン』が出版されると、サリヴァンとヴィアンに共通する不道徳な傾向を暴き立てて、両者を同一視する第二の大波が押し寄せた。

もちろん、ボリスはたとえそれが『ヴェルコカン』を不利な状況に追い込むことになるとしても、サリヴァン擁護の論陣を張るしかない。あらゆる知的な屁理屈を駆使し、彼流のやり方で。「私は皆さんがサリヴァンの不在を証明できないのと同様に、サリヴァンの存在も証明できない。だから、皆さんは自分の信じたいものを信じれてくだされればよい」。これはたとえ、彼が出版社の販売促進圧力やジャーナリズムに強いられて譲歩を余儀なくされたのだとしても、彼が「三文文士《プリュミティフ》たち」〔ゴシップ紙の記者たち〕の主張と見なす考えに完全に合致している。彼の主張はきわめて論理的であるが、それが印刷され、新聞紙上でしばしば幻覚に囚われているかのような、額の広いエイリアンのような表情で、トランペットを持った写真と一緒に掲載されると、益々皮肉っぽく聞こえるばかりなのだ。「ぼくにとって芸術というのは、それが感動であれ、恐怖であれ、性的刺激であれ、その他いかなる手段によるものであれ、読者に激しい生理的ショックを与えるものが、芸術なのである」。大胆で、論理的な言説だ。しかし、人々はそこに挑発しか見なかった。そうなのだ。こうしたボリスによる扇情的ジャーナリズムの冒険は、一九四七年の初頭段階では、クノーやサルトルに注目された将来有望な作家ではなく、むしろ伝統破壊者、嘘つき人間のイメージを際立たせる働きをしたように思われる。

さらに、サリヴァンを支え続ける必要があった。同時二正面作戦。一つは、ダニエル・パルケールおよび彼の社会道徳行動カルテルとの闘い。もう一つは、虚偽疑惑を喜ぶボリス・ヴィアンとの闘い。二月七日、スコルピオン社の偽作者二人が予想していたように、ダニエル・パルケールが『墓に唾をかけろ』を風俗壊乱罪で告訴する。ミラーの作品を槍玉に挙げた時のように、ならず者の一掃を目指す彼らが依拠するのは、当局が削除し忘れた一九三九年の政令〔一九三九年七月の家族法典〕である。活動開始当初、保守陣営とセーヌ検事局の評判に気をよくしたこのピューリタン建築家は、摘発に執念を燃やす。『黒い春』〔ミラー〕の英語版とガリマール社の仏語版は警察の捜索を受けた。『北回帰線』は発売禁止になった。今度は『墓に唾をかけろ』に家族法違反の嫌疑がかかったのだ。

摘発者たちに好都合だったのは、ヴィシー政権以来歴代の政府がそのままにしてきた「フランスの家族と国籍の諮問委員会」の存在である。この委員会は既に半年前、モーリス・ジロディアスとヘンリー・ミラーの友人たちの憤激を買っていた。
「この委員会は、女流作家協会と過激な表現を追及する時代遅れの司法官のみで構成されている」と『南回帰線』の編集者は書く。「加えて、ボーイスカウト&ガールスカウト連盟、オ・ペール［食住を保障する代わりに無給で家事を手伝う制度］の少女たちの協会、プラス文学者協会の唯一、一人だけの代表」。[*7] この唯一の文学者協会代表兼委員会報告者ギー・シャステルは、「この（中略）二つの作品には意図的に選ばれた下品な言葉が用いられ、最も下劣で最も挑発的なポルノグラフィが繰り広げられていると見なし」、訴追に文学的なお墨付きを与えていた。「ギー・シャステルは当初投票のテーマがこんなにも重大なことだとは思っていなかった。投票は道徳的価値だけが問題だと思い込み（と彼は釈明する）、司法的に深刻な結果をもたらすと知ってショックを受けた」とジロディアスは皮肉っている。[*8] ヘンリー・ミラーの友人たちはギー・シャステルに抗議して謝罪させ、カルテルと委員会から足を洗わせた。それでも裁定は変わらず、司法当局に有利に働いた。そこで、モーリス・ナドーはヘンリー・ミラー支援委員会を作ることにしたが、とりあえずヴァーノン・サリヴァンの参加は断ることにした。

　結局、ジャン・ダリュアンとボリスはカルテルとそのジャーナリズム支援者たちの攻撃を前にして、孤軍奮闘を余儀なくされた。彼らは再び『サムディ＝ソワール』紙に助けを求める。それは読者すべてがダニエル・パルケールの反対者ではない以上、矛盾にみちた支援要請だった。二月八日、ジャン・ダリュアンは『サムディ＝ソワール』紙にヴァーノン・サリヴァン追及によって生じた不安を延々と訴えている。警視庁の刑事が最初は『墓に唾をかけろ』を買いに来たのだが、次に来た時は司法警察の風紀取締り班への出頭を丁重に促したというのだ。自己弁護のために、と言うか近々サリヴァン事犯担当の予審判事に提出予定の弁明書として、ダリュアン社主は非常に道徳的な小説の結末部分を引用する。裁判は法を犯した人間を裁くものである。だが、彼はフランスの青少年や家庭の道徳が、リー・アンダーソンの行いの影響を受けてかき乱されるとはまったく考えていない。そうなのだ。彼はミスタンゲット［歌手］の息子の精神科医リマ博士の「この小説はいかなる〈青少年への危険な影響〉も考えられない」というお墨付きをもらっていた。ばかげた話だ。それでもジャン・ダリュアンは攻撃を額面通りに受け止めざるをえなかった。家庭に向けて説明責任を果たさなければならない。事件を終わらせるためには、相手を煙に巻いて逃げることは許されない。

　本の売れ行きはよかったが、それだけのことだ。憤激やダニエル・パルケールやボリス・ヴィアンの関与を巡る執拗な疑惑のおかげで、部数は伸びた。何千部と売れた。一九四七年二月の段階でおそらく二万部に達したのではないだろうか。だが、ジャン・ダリュアンは幾分えげつない販売戦略が新たな火種になることを恐れ、ボリスにさえ正確な発売部数を漏らさなかったようだ。とは言え、「社会道徳行動カルテル」が試算した数ヶ月で二十万部という『南回帰線』の羨ましい数字に比べれば、微々たるものである。ボリスもまた訴訟が始まって以来時折不安に駆られる。彼もまた警察の風紀係に呼び出された。彼の手帳には判事と検事の住所が記されている。「ダニエル・パルケールは色情狂だ。彼は人々が屋外でセックスをするのを見たいがために売春宿を廃業させようとしている」と彼は書きつける。戦前この美徳の建築家は売笑窟廃止運動をしていたのだ。それから、ボリスは自身の危惧とミシェルの心配を忘れ、にぎやかなパリの生活に戻る。

　二月二十一日ジャン・ダリュアン、ミシェル、ボリスの三人は、スコルピオン社の経費でムジェーヴへ数日間慰安旅行に出かける。ムジェーヴ［モンブランに近いアルプスのリゾート地］はフランス解放後、冬のリゾート地として栄えていた。ボリスはヴァーノン・サリヴァンの第二作『死の色はみな同じ』の原稿を持参する。黒人の血が流れていることが唯一の気がかりである白人の男、ナイトクラブの用心棒だが静かな男、結婚して一家の主である男の話だ。彼は弟を名乗る未知の男から、彼が黒人であることをばらすと脅迫され、現在の地位を守るためにその男を葬り去る決心をする。この自己防衛の行為によって、彼は警察のお尋ね者となり、妻に裏切られ、白人社会の信頼を失う。追い詰められ、途方にくれた彼は、心から自分が黒人であると思う。しかし、窓から投身する直前に、彼は自分が常に白人だったと悟る。白人以外の何者でもなかったのだと。ムジェーヴの山中で、フランス女子ナショナルチームのレースを追いかけながら、ボリスは『死の色はみな同じ』の主人公の名前を決める。それはカルテルのリーダーに敬意を表してダン・パーカーに決まった。ヴァーノン・サリヴァンの裁判沙汰は、無関心を装っていても彼を悩まし続けたようだ。彼の手帳にはあちこちにその鬱憤が書き込まれている。たとえば、「夜の九時からサン＝ジェルマン＝レ＝バンで墓に唾をかけろと言われても無理だよ」など。

　パリに戻ってから、ジャン・ダリュアン――ボリスはもうスコルピオンとしか呼ばなかったが――は、ヴァーノン・サリヴアン擁護の闘いを再開する。他方、ボリスは正体不明のアメリカ人作家の作品完成に力を注ぐ。少し短すぎるということで、ボリス・ヴィアンの書き溜めたものの中から短編『犬と欲望と死』が選ばれて一冊にまとめられた。この短編は恐らくボリス・ヴィアンの最良の作品の一つである。ある晩、スラックスというレスビアンぽいキャバレーの女歌手を乗せたニューヨークのタクシー運転手が、遭遇する災難を物語る数ページの小品だ。スラックスという名前は好んでズボンをはくところから命名されているが、彼女は車に乗っている時しか幸せになれないし、しかも、犬や猫を轢き殺すのが趣味である。「その時の彼女の表情……私はその顔を忘れることができない。（中略）彼女はもう動くことができなかった。彼女は私の手首を力いっぱい握った。そして、少しよだれを垂らしていた」。運転手は乗客の異常な興奮に引きずられ、魅了され、恐怖に捉われて、いつの間にか彼女に運転席を譲ってしまう。そして、彼女が夜の街で車を飛ばし、次の犠牲者を轢き殺すのを目撃する。夜は感覚が鈍くなり、スラックスが轢いたのは十五歳の少女だった。彼は麻痺状態になり、この激しい無言の暴力になすすべを知らず、彼女がアクセルを力いっぱい踏み、少女に向かって狂ったようにハンドルを切るのを見ている。「彼女は動かない塊となって地面に横たわっていた。男が大声をあげて我々の後を追いかけてくる」。その夜警察はタクシーを追跡し、スラックスは木に激突する。彼女のずぼんのジッパーは開いたままだった。スラックスは即死し、運転手は極刑を宣告される。見知らぬ狂った女の血にまみれた凶行と彼の無力を誰も説明できない。「おれは捕まった。明日は電気椅子に送られるだろう。（中略）陪審団は何一つ理解できなかった」。

『サムディ＝ソワール』紙がヘンリー・ミラーに対する「反対派」と「シンパ」の意見を公表する。

ダニエル・パルケール――「フランスは外国ポルノのゴミ捨て場であってはならない。ミラーがアメリカ本国で発禁処分を受けているのは当然だ。わが国の子供たちが教科書にさえ事欠いている時に、猥褻本のために紙を無駄遣いすることを恥ずかしいと思わないのか？」。「自由フランス〔ドゴール派レジスタンス〕の女スパイ」マルト・リシャール（売春宿のオーナー）――「私は社会道徳行動カルテルの行う浄化運動を全面的に支持する。ミラーは気違いだけが読みたがる気違いだ」。フランソワ・モーリアックは、寄ってたかって悪人を追及するやり方には賛成できないけれども、作品の文学的価値は「認めない」。ジュール・ロマンは「他の者が人間の品位と尊厳に基づいてあえて書かないことを洗いざらい書いて大量の本を売りさばく作家たち」に手厳しい。ジャン・コクトー――「私はこうした中世風の論争がまったく理解できません」。ゴンクール賞選考委員のフランシス・カルコはさらに勇ましい。「ミラー？　すごいね！　びっくりだ！　とんでもない天才だ！　裁判？　おぞましい！　グロテスク！　ゾッとする！」。パリへ立ち寄った際に予審判事のところへ呼び出されたヘンリー・ミラーは、猥褻をめぐる論争の言語的なニュアンスを掴みかねて、猜疑心に捉われ、何だか浮かぬ顔の様子だ。「私は私のどのような作品も否定したことがありません」と彼は説明する。「私は少しずつ自分自身になろうと努めています。自分を変え、世界を変える努力をしているのです。私は我々の住んでいる世界とは別の世界に憧れています。そこでは誰もが自由で、解放され、恐怖や偏見を気にしなくてすむのです」。

一九四七年三月二十二日付『サムディ＝ソワール』の上記記事は、「活発で熱い論戦の」裁判を予想させた。「それは間違いなく極めてパリ風な裁判になるだろう」。ボリスとジャン・ダリュアンは、ジャン・コクトーの言う「中世風の論争」がヘンリー・ミラーの名と作品に集中していることに意を強くして、準備を始める。ヴァーノン・サリヴァンは本さえ売れれば、後は忘れてほしかった。彼は優れた先輩のお蔭で名誉の最良の部分を享受できるのである。ところが、四月二十九日以降、ミラーの名はジャーナリズムの取って付けたような憤慨の中で大幅に後退する。この日、エドモン・ルージェなるセールスマンが、前夜モンパルナス駅近くの、逢瀬を重ねていた小さなホテルで、愛人マリー＝アンヌ・マッソンを殺害したことが明るみに出たのだ。二人とも所帯持ちで、エドモンは十五歳年長、マリー＝アンヌは二十九歳の若くて美しい人妻だった。二人は困難な愛に終止符を打つ方法が見つけられなかった。一緒に映画を見た晩に、エドモンは女を絞殺し、翌朝いつものようにホテルを出る。警察がメモを発見する。「私は彼女が私を裏切り、もう私と外出したくないと言うので殺した。つまり、彼女は今日別の男と行こうとし、もう私とは別れたいと言ったのだ。妻よ、母よ、妹よ、さようなら！　私は彼女の後を追います。エドモン」。エドモンは足が不自由なのでそんなに遠くへは行くまい、と警察は考えた。翌日、彼はサン＝ジェルマンの森で縊死しているのが見つかった。

一晩中マリー＝アンヌの遺体が横たわっていたホテルのベッドの上で、一冊の『墓に唾をかけろ』が発見された。それはありふれた情痴事件の現場には何か場違いな感じだった。だが、四月二十九日のジャーナリズムは騙されなかった。『自由フランス』紙の見出し――「読書の影響で、男が女を絞殺」。「精神が弱く、病んだ道徳心を持ち、人一倍本の教唆に溺れやすかった殺人者は」と『フランス＝ソワール』紙は想像する。「哀れな小説の主人公の行為を真似る。愛人のために人生を棒に振った彼が、その愛人を失う苦悩で気が動転しているところへ、作品が狂気を決定的にしたのである」。『リベラション』紙は記事の冒頭にリー・アンダーソンがジーン・アスキースを殺す場面の描写を引用する。「私の手が彼女の喉を絞めるのを私はどうすることもできなかった」。この新聞は「殺人者をそそのかした」部分のファクシミリも掲載し、太字の見出しを添えている――「このくだりを読んで、エドモンはマリー＝アンヌを絞殺した」。記事は単刀直入に断言する。小説はこのページが開かれていて、文章には線が引かれ、殺人者は「ボリス・ヴィアンの主人公が行う殺人の様子を描いた」くだりを再読した後で、犯行に及んだのだと。

四月二十九日当日、ボリスはスコルピオン出版へ駆けつけた。

今回は宣伝過剰が心配だ。大衆ジャーナリズムは汚いことを平気でやる。ジャン・ダリュアンは各社の編集部に電話をかけ、殺人者が傍線を引いた箇所についての情報を確かめる。新聞記者の友人達はそれが事実であることを認めた。ボリスは三面記事がダニエル・パルケールや予審判事の主張に有利に働くことを懸念する。版元のジャン・ダリュアンは、むしろこのリアリズム劇が予想外の売れ行きをもたらすきっかけになると考える。彼は直ちに『墓に唾をかけろ』の増刷を指示する。二人の悪ふざけで始まったこの騒動の中で、初めて二人の意見が対立する。ボリス・ヴィアンの名前が現実の殺人事件に結びついてしまった。文学どころか模作にも無縁の話だ。ミシェルはこの事件によって大きく動揺する。彼女は決して真実を白状しないよう改めてボリスに約束させる。批評家やジャーナリズムは言いたいように言い、書きたいように書くでしょう。肝心なことは、否定し続けることよ！「ロリアンテ」や「タブー」の店内でさえもだめ！　ボリスはギャグの新たな展開の快感と精神科医に質問をぶっつける新聞雑誌に目を通す楽しみに浸りながらも、ミシェルに従うことを誓うが、文学が本当に殺人を犯すものなのか真剣に自問している。そして、彼の名声が次第に奇妙な色合いを帯びてくることに当惑する。彼の写真がエドモンとマリー＝アンヌの写真、ジーン・アスキースの死の場面を描写する文章と並んで紙面を飾る。ダニエル・パルケールとそのカルテルは小躍りした。

ジャン・ダリュアンは連日ボリスに電話をかけてくる。小説がついに上昇を始めたのだ。裏切られたと思ったセールスマン、エドモンのお蔭で小説の売り上げは倍増する。人々は不実な愛人の絞め殺し方を伝授してくれる作品に群がった。冗談だと思っていた友人たちの中にも、笑い事ではないと思う者が出始めた。宣伝効果は抜群だった。唯一クノーだけは、この大洪水のような愚行のオンパレードを歓迎し続けていた。再び『墓に唾をかけろ』と『ヴェルコカンとプランクトン』の比較が蒸し返される。肉と血の作家を糾弾する手がかりを掴みたいのだ。だが、そんなものは幻想にすぎない。だから、辛抱強く探す。ダニエル・パルケールは第一次世界大戦の退役軍人会を戦列に加えた。彼らはアメリカの黒人が小説のタイトルにあるような犠牲者の墓石を汚す話にショックを受けたのだ。新聞の間でも論争が起きる。『リベラション』紙がサリヴァンの作品の殺人を教唆する一節を公表したことを咎める論調もあった。そうなのだ、猥褻文学は精神の脆弱な者に影響を与え、模倣犯を生み出すのだ！「私は当該紙がこの記事を何千人という読者の前に公表して、危険を煽り立てたことを糾弾する」と『北十字星』紙五月四日号のベルシェーヌは激しく攻撃する。次々に浴びせかけるられる質問に、ボリスは相変わらず皮肉っぽい返答を繰り返していた。五月四日付の『フランス＝ディマンシュ』紙

――「彼が教唆し、いわば彼の代理犯罪と言ってもいいくらいの殺人事件を知った若い作家は、微笑みを浮かべ、次のような奇妙な宣言を我々に行った――

「――小説は気分を楽にさせる（ママ）ために書くものです。したがって、この犯罪はぼくの小説が十分に暴力的でなかったことを証明しています。ぼくがこれから書く小説はもっとはるかに危険なものになるでしょう」。

「だが、もしこの惨劇がボリス・ヴィアンにあまりショックを与えなかったように見えたとしても（それは願ってもない宣伝になったのだが）、この若い作家の人生にはもっと別の悲劇があるのだ」。

「実を言うと、彼は心臓が悪い（彼の告白）。そして、バンドのトランペッターだ。それを吹くことを今は禁じられている」。「――トランペットを吹き続けると、ぼくは十年で死ぬ、と彼は断言する。でも、ぼくはトランペットを吹いて死ぬ方がいいのです」。

「こうして（彼の言葉を信じれば）、代理による殺人者ボリス・ヴィアンは、我とわが身に死刑を宣告するのである。これもまた宣伝であろうか？」。

　彼の言葉は歪められ、単純化されている。ボリスは自分の方から論争を仕掛ける必要を感じた。白状できない偽作の商業的成功はうれしいが、周辺の低俗さにはうんざりだ。『フランス＝ディマンシュ』紙による勝手な省略と代理殺人者呼ばわりには、向かっ腹が立つ。『ポワン・ド・ヴュ』紙に対し、彼は反論掲載の要請をする。その文章は五月八日、「私は殺人者ではない」というタイトルで発表された。女優マルチーヌ・キャロルの「すてきな顔」を「このページに載せた馬の顔」に取り替えるよう提案した言い訳をしながら、彼は新聞雑誌のセンセーショナリズムを深刻に受け止め、自分の名前をヴァーノン・サリヴァンから引き離す努力をしている。「私がサリヴァンでないことを一番残念に思っているのは私自身でしょう」と彼は嘘をつく。「印税と訳者に支払われる翻訳料とでは全然スケールが違うからです。しかし、通常私は両者を混同されても、抗議しません。私にはどうでもいいことなのです。新聞記者に対して真実を期待する者が一人でもいるでしょうか」。彼は一段と真剣に作家の責任問題についての考察を試みる。数ヶ月前から盛んにこの質問が彼に突きつけられてきたからだ。「皆さんは好んでこの責任問題を声高に論じたがる。そういう話に熱中する人は、この世で一番優しい人たち（サルトルとその仲間）か、自分を一廉の者と見なして天狗になっているジャーナリストである。しかし、作家などという人種は無責任のお手本みたいなものである。最も華麗に豹変するのは彼らなのだ（アラゴン、ジッド、他）。作家はどんなに小さな精神的もしくは生理的混乱にも耳を傾ける。彼らはそれを素早くつかんで料理し、そこに薄切りのパンを載せ、作家自身の〈惨劇〉に加護を求め、結局何かにつけて、ささやかな内面的ドタバタ劇を大げさに書くものなのだ。（中略）こうしたすべてのことの原因はただ一つ、作家のナルシシズムにある」。

　周囲の愚劣な反応にうんざりしてこう釈明するのは、『日々の泡』の野心的な著者である。だが、皆が追いつめるのはあくまでヴァーノン・サリヴァンだ。道徳を重んじるフランスが、正義の裁判によって決着をつけたいと思っているのは、ポルノ作家サリヴァンなのだ。ボリスの反論は的外れに終わった。春の終わり頃、人々は彼がリー・アンダーソンの「推定上の父」であることを確信するために、ボリスの経歴、近代主義やびっくりパーティやジャズへの嗜好を調べ上げる。彼はある時はジャーナリズムやロリアンテのトランペット・ソロを撮影に来たカメラマンに激昂し、ある時は種々の活動に没頭してすべてを忘れようとする。内心は裁判の成り行きだけが心配だった。彼はギタール弁護士に弁護を頼む。手帳にはあれこれ思案したメモが残されている。五月十六日――「『サムディ＝ソワール』紙の記事を取り上げ、おれが作者だという指摘に抗議することもできる」。その二日後――「おれが書いたのではないことを証明するあらゆる手段。スコルピオン社の会計に何かヒントがないか調べて見よう」。

　エドモン・ルージェの殺人事件以来、ボリスとジャン・ダリュアンは、ヴァーノン・サリヴァンの不可視の存在にもっと実在性を持たせる工作に没頭する。作家は外国にいなければならない。彼に敵愾心を燃やすフランス・ジャーナリズムの攻撃を避けるために、彼はアメリカへ帰って仮名で暮しているのでなければならない。ボリスは作家が書き、版元が公表する書簡の執筆にとりかかる。ジャン・ダリュアンもボリスの要請に従って『墓に唾をかけろ』の原書『I shall spit on your graves』出版の準備に着手する。そして、ボリスは直ちにその反訳に取りかかる。彼はミルトン・ローゼンタールに事情を打ち明け、補佐役を頼まざるをえない。五月十八日のボリスのメモ――「サリヴァンに手紙をくれるよう依頼状を書くこと」。翻訳者は明らかに自分で描いた鏡ゲームの中に埋没してしまう。彼は馬鹿げたアイデアを連発する。様々の隠ぺい工作は彼を混乱に陥れる。六月二十六日――「G……［ギタール弁護士］に新聞の切り抜きを持参すること。感情の動揺は体に最悪という診断が下された」。六月二十八日――「水曜日すべてをG……に持参すること。証人の準備をしておくこと――コレット――少佐――アラン」。もちろん、彼は弁護人に本当のことは言っていない。だが、弁護士は世間の目と同じように、不遜な若い作家が偽作者に違いないと思っていた。だから、二人の関係はたいへん素っ気ないものだった。ボリスが総合情報局の担当者に確かな証拠の原書を見せた時にも、予審判事に提出された友人たちによる品性を証明する書簡集を読み上げた時にも、弁護士は横目で彼をちらっと見ただけだった。

『墓に唾をかけろ』は何日間か悪夢と化した。ジャーナリズムの攻撃を回避したいというただそれだけの理由で、彼は何度真実を白状しかかったことだろう。幸運にも、司法自身がボリスにわずかな猶予を与えてくれた。一九三九年の政令により訴追された事犯は特赦により保護されたし、一九四七年八月十六日の法令は、それ以前に出版された作品についての訴追も捜査も認めなかった。ミラーとサリヴァンは救われた。ミラーの版元は慎重に一九四七年八月十六日以降の販売を自粛する。もちろん、八月十六日以降の猥褻文書に対する新たな追及は、あれこれの作品に対して再開されていたし、不屈の男ダニエル・パルケールも十字軍の継続を約束した。ガリマール、ドノエル、シェーヌ等の出版社はしばらくミラーを扱わない。逆に、ジャン・ダリュアンは『墓に唾をかけろ』が書店で入手できることを公表した。

甚だ厄介な分身

すべてうまく行った、彼が望んだこと以外は。『墓に唾をかけろ』は彼の年齢、地位の割には破格の収入をもたらした。一人の作家に印税十五パーセントという破格の報酬――翻訳料五パーセントとサリヴァンに十パーセント――および、それに乗ずるに一九四七年末で恐らく十万部の売り上げ。彼はこれを機会に紙業局のみならずすべての仕事、時間に縛られ上司に管理されるすべての勤めから足を洗った。解雇されたのか、退職したのか、今回も友人たちによって解釈は分かれる。ただ、自由を手に入れたことだけは確かだ。ペン一本で生きる決意。拘束された給与生活を毛嫌いする彼は、マイペースで執筆できる道を選んだ。彼は免許をとって、車を手に入れる。国有財産管理局から入手した六気筒のBMW1500だ。彼はそれを駆ってよくサン＝ジェルマン＝デ＝プレに乗りつけた。以後はクノーとの散歩もドライブに変わった。ボリスはそうして注目を浴びるのが好きだった。車は本、レコード、道具と一緒に彼の道楽の一つである。バス停で待たされることの嫌いな彼は、車の運転中は常に上機嫌であった。幸福な若々しい趣味だ。車は速く走るようにつくられている。そうでなければ、ギアの発明が説明できない、と彼は断言する。そこで彼は、戦争直後のわずか数キロメートルの高速道路をフルスピードで疾走するために、しばしばパリを離れた。街では女友だちを送っていくのに迂回路を選び、彼女らは彼が熱っぽく語るスポーツカーの諸特性を我慢して聞かなければならなかった。ボリスは女の子もメカニックに興味を持つ時代が来ると信じていた。

一九四七年末、彼の懐具合は暖かかった。彼は気前よく友人たちをもてなした。ほとんど酒を飲まず、また飲む時もトランペットをひと吹きしたり、ジャズの即興公演をして、タダ酒を飲んでいた彼が進んで会計を済ませるのを見て、酒場仲間たちは目を丸くした。彼は妻のミシェルや息子、少佐にもプレゼントをした。若い夫婦の物質生活は改善された。妻の懇願によって、最も差し迫っていた借金を返した。借金にはうんざりしていた。金は気兼ねなく生きるための手段で、契約者がいつも損をする人生と抜け目のない現実との間の契約を寿《ことほ》ぐものではない。あくまでも精神と心をリラックスさせるものであって、行政から真っ当と認められる市民になるための条件ではない。ジャン・ダリュアンの会計から何枚かお札を抜き取ってスコルピオン社を辞する時、ボリスは大きく安堵の息をした。まるで金銭的な余裕と心臓の安静は連動するかのようだ。この頃、ヴァーノン・サリヴァンの仕事に関係した二枚の契約書の間に、金銭に関わる警句練習の軌跡が――「ともあれ、ヴァギナをこじ開けるくらい気持ちのいいことはない」と例えば彼はメモっている――しばしば彼の手帳には散見される。四月二十三日のメモ――「ぼくは金よりも君を愛している。なぜなら、ぼくは金があっても皆使ってしまうからだ」。

しかし、物質面での改善は『北京の秋』で受けた傷［査読委員会による却下］を和らげるものではなかった。この落胆を彼は誰かに漏らしたのだろうか。おそらく、ミシェルやクノーには話したのだろう。だが、ふだん話が小説のことに及ぶと、彼はあわてて話題を変えた。彼はもう『ヴェルコカン』にも『日々の泡』にも言及しなかった。ヴァーノン・サリヴァンが彼の人生に乱入して以来、時の流れは何と激しかったことだろう。これまでのところ、彼の小説は次々に前の小説を消し去る形で登場した。まるでボリスは、連続した鎖をたぐって行くことだけで満足しているかのようだ。「完」と記すと、彼は大急ぎで別の作品を作業台に乗せる。前作と縁を切ったことに安堵し、飢えたように新作に向かって走るのである。これまで彼は、事実上すべての小説をメモもためらいもなく開始してきた。一九四七年のデビュー以来、彼はメモ帳に「R３」と書かれたものの周囲をぐるぐる回っているように見える。「R３」というのは「Roman 3」つまり『日々の泡』、『北京の秋』に続く三番目の小説の意である。明らかに彼は次の小説を構想していた。彼はそのために何ヶ月も費やしている。既に一月十六日のメモ――「小説。母親と子供たち。子供たちの放任から始まる。なぜなら、子供が幼い時は、子供を拘束する必要がないからだ。放っておいても、子供たちは戻ってくる。子供の人格が発達するにつれて、母親は次第に子供を締めつける。そして、最後には彼らを籠の中に閉じ込める」。

ボリスの最後の小説『心臓抜き』の梗概である。それから、しばらくして。この小説は実り豊かな激動の一九四六年〜一九四七年に誕生する。『日々の泡』や『北京の秋』の直後に、大慌てでこの小説を書くのに何の障害もなかった。一九四七年の一月もしくは三月、あるいはむしろ一月〜三月の間、彼はこの小説に没頭する。なぜなら、彼の場合一作品に四半期を超えることはなかったから。着手に何の障害もなかったと言ったが、おそらく一つだけ気がかりがあったはずだ。それは『北京の秋』の運命である。春の間中、ボリスは執筆に着手せずに、去勢コンプレックスを強いる母という人物創造にこだわっている。三月二十一日の新しいメモ——「彼女は他の母親と同じだった。彼女は目立った特徴を持っていない。彼女は子供が幼い間は、子供の肉に食い込む紐で彼らをつなぐ。医者を呼んで、どんなにそれがうまく行っているか見てもらう」。五月二十四日にも——「小説Ⅲ。母親の指から伸びる長い糸——肉眼では見えないが、紫外線で検知できる」。

ヴァーノン・サリヴァンの突風が吹き荒れる最中、ボリス・ヴィアンは突然執筆中のペンを中断する。小説Ⅲは遅れる。『日々の泡』以来メトロノームのように正確に時を刻んで来たが、サリヴァン名の暗黒小説群によって、とりわけ『北京の秋』の悪評によって速度が鈍ったのだ。ボリスの動揺を見て、またヴァーノン・サリヴァンのリズムを支えるためにも、ジャン・ダリュアンはボリスがガリマール社から断られた直後に、彼をスコルピオン社で引き受ける提案をする。『日々の泡』刊行時の契約で、ガリマール社はそれ以後八作品の独占出版の権利を与えられていた。このため他社がボリス・ヴィアンの出版を企画する時は、いかなる企画であれガストン・ガリマールの許可を得なければならない。『北京の秋』は夏の終わりに出たが、反響はゼロだった。批評家たちはバカンスに行って留守だったり、ヴァーノン・サリヴァンのことで激怒していたのだ。もしくは、この種の小説は大嫌いだったのかもしれない。一九四七年に『北京の秋』を取り上げたわずかな書評の一つは九月二十四日付けの『エコー』紙の頭文字署名の記事だが、その論評を読むだけで誰一人この小説を読んでみる気にならなかっただろう。「シャンポリオン〔エジプト象形文字の解読に成功〕よろしく理解可能な二〜三のフレーズを手がかりに作品全体を再構成しようと試みたが」と著者は皮肉たっぷりに書いている。「二十ページばかり読んだところで大あくびをした。（中略）気の毒なボリス・ヴィアン、哀れな若年寄よ、すべてがカビ臭くて、出来損ないだ！　昔はこの手の物も面白かった。レーモン・ルーセルなんか実に才能があった」。

こうした否認、販売不振に直面した以上、方向転換をする以外にない。それはボリスが常々自戒してきたことだ。もしも、文学、真正の文学が無理解に直面した時は、思い切って他の道に進み、他の作品で共感を得る方法を考えた方がいい。そこで、

「R３」が再登場し、また、これまで未経験のジャンルだが関心の高かった戯曲の『屠殺屋入門』執筆にも邁進する。

ともあれ、こうした疑惑の危機に対する解毒剤は存在した。ジャン・ダリュアンとの冒険である。ボリスは弱小かつ反文学の出版社であるスコルピオン社の恐るべき不遜さへの嗜好に進んで溺れた。表紙も同業者の品位のある「それ」とは対照的だった。スコルピオン社はけばけばしい色彩、特に赤と黒を好み、書体を崩し、潜在的な読者の目を奪う作戦を取った。『墓に唾をかけろ』は一匹狼の物書きたちの関心を若い出版社に引き付ける。ボリスも一九四七年を通じて説得力のある大道芸人に変身した。ジャン・ダリュアンの将来計画は、そのほとんどが「スキャンダラスな」文章、自由奔放な探偵小説、孤独者の嘆きを目指していた。スコルピオン社は反逆が売り物だ。その出版予定リストには、レーモン・ゲラン『辞任』、アンドレ・デュドニョン『反転世界』、モーリス・ラファエル『アーメン』と『二つに一つ』、レーモン・マーシャル『死者の踊り』、そして売春婦の告白記アンヌ・サルヴァ『私は恥じない』等が並んでいた。

ボリスがスコルピオン社に連れて来た友人たちもいる。ウジェーヌ・モワノー『起死回生』、イヴァン・オードゥアール『お見事』、『サムディ＝ソワール』紙の記者ジャック・ロベール『マリー・オクトーブル』。彼は分離派のシュールレアリスト、反逆さえしたシュールレアリストで、サン＝ジェルマン＝デ＝プレの常連レオ・マレにも接近した。ボリスの偽作実験にいたく興味を惹かれたレーモン・クノーは、ボリスから誘いの声がかかる前に似たような実験をしていた——彼は既にガリマール社に冗談を仕掛けて楽しんでいたのである。二人の友は共謀して女優のミシュリーヌ・プレールを喜ばせるためにミシェル・プレールという正体不明の共著者をでっちあげたのだ。将来物議を醸すその本のタイトルは『いつも女に甘すぎる』。クノーは貞淑ぶったアイルランドカトリック女性と男性たちのもめ事や人生の驚異を、彼の分身サリー・マラがヴァーノン・サリヴァンほど正体不明ではないことを前もってほのめかしながら物語っている。

首都の優秀な「記事の書き手たち《リライターズ》」、すなわち『パリ・マッチ』誌のフォレスチエ、イゴ、アンドレ・フレデリック、『サムディ＝ソワール』紙の「三文文士たち《プリュミティフ》」は、スコルピオン社の利益と悪魔的な栄光のために、まもなく訂正と整形と書き直しを始めるだろう。右派の若者も左派の若者もごちゃ混ぜの状態で、順応主義と戦う雑誌や本の発行さえ話題に上る。ボリスはアストリュック、アンヌ＝マリ・カザリス、ジャン・コー等手当たり次第に、返済なしの前金制、豪華な出版記念パーティ付きで、二ヶ月後の本の出版を提案する。ジッド以上に過激なホモセクシャル、ミラーの近親相姦の子弟たち、船員の暗黒小説、大出版社から無視された者たちの夥しい実存の叫びを歓迎するこの出版反逆者たちの巣窟に、彼はサルトルまでも招き入れようとした。

友人たちの何人かと同様に、ジャン・ダリュアンも「ヴィアン機械」をぜったいに休ませるべきではないと考えていた。十個のプラン、一ヶ月の間に書き上げるべき三本の作品等で満杯の直近の未来がなければ、スコルピオン社のスター作家の不眠症の静寂は危険なことになるのだった。ヴァーノン・サリヴァンは執筆が速くて出版が追いつかなかった。『死の色はみな同じ』は一九四七年夏の終わりにまだ刊行されていなかったが、衝撃文学の白い黒人作家はもう次の『ひどい奴らは皆殺し』に着手していた。そして、本の売れ行きが少しでも期待できそうであれば、ボリスは彼の分身の大河小説をいつでも続ける用意があると断言した。

しかしながら、『北京の秋』の傷心が疼く日もあった。例えば、ガリマール社の庭園で催されるカクテルパーティの際には、楽しかった日々が不意によみがえるのだ。ボリスが招待を断られることはなかった。拒絶されたのは私人ではなく、小説家だけだから。それに、皆は彼の特異な文体を持つ冷たい幻想――「嘘つき」のそれでさえ――やイルシュ氏［ガリマール社営業部長］に宛てた抱腹絶倒の手紙を評価していた。イルシュ氏はクノーの冗談好きな友人で、初対面のガストン・ガリマールの面前で際どいジョークを飛ばしたつわものである。NRFの仲間たち、ジャック・ルマルシャン、あるいはジャン・ポーランでさえ、次の小説はガリマールから出るだろうとボリスに確約していた。一〜二度梗概を聞かされた子供を窒息させる母親の小説ならなおさらだ。『北京の秋』よりも『日々の泡』により近い小説だ。だから、これらの日々、ボリスは前者を話題にしようとしても、一切答えなかった。彼はガリマールの子供として振る舞っていた――皆があなたはガリマールの人間だし、トランペットを持って来てもいいんだよと繰り返すのだった。彼は自分は理解されない子供だと感じていた。間違って罰せられたのだと。

もちろん、ヴァーノン・サリヴァンの芸術は、セバスチャン＝ボッタン街では別の評価を受けていた。一九四七年の夏の初め、アメリカ人小説家の正体に関する噂は、ガリマール社の草上パーティの主要なテーマでさえあった。時にはボリスの面前で話題にされた。彼を脇に引っ張っていって、ガストン［ガリマール］は好奇心に満ちた、そして、とがめるような二〜三の質問をし、彼から真相を聞き出そうとする。ボリスは否定した。ジャン・ロスタンに嘘をついたように、彼はガストンにも嘘をついた。

出版社の何人かの顧問は、ヴァーノン・サリヴァンの中にアメリカ流の語りを構成する真実の才能を認めた。そして、NRFでもまた作家ボリス・ヴィアンは、徐々に訳者ボリス・ヴィアンの背後に姿を消して行く。もう誰も『北京の秋』のことを話さなくなった。『中身の詰まった時』についてすら話さなくなった。この短編集は短編を出版することの難しさを理解しなかったクノーの発案である。その案は放棄された。社からはむしろマルセル・デュアメルの暗黒叢書の冒険に協力するよう期待がかかった。この叢書は版権の購入数、出版計画の増大につれて若い急進派にまで手を広げていた。彼らはしばしば凡庸な翻訳者だったが、口語体または簡潔な文体の小説の雰囲気を鋭い感性でキャッチする貴重な翻案家だった。中でもロベール・シピオン、ジャック＝ローラン・ボスト、画家の息子のフランソワ・グロメール等が暗黒叢書の主人公を独占しようとしていた。

「手早く仕上げることが条件だったが、実入りはよかった」とロベール・シピオンは振り返る。そういう仕事であれば、ボリスには打ってつけだ。一九四七年一月二十八日、彼は六冊の翻訳契約を結ぶ。マルセル・デュアメルは急いでいた上に、『墓に唾をかけろ』に含まれる暗黒小説の文化が好きだった。二年前ボリスは『芸術の友』誌に数少ない文芸批評を書き、その中でデュアメルの仕事の一つを攻撃し、「翻訳の杜撰さ、さらに悪いのは文体の間違い」[*9]を指摘したが、デュアメルはもうそれにはこだわっていなかった。ボリスはミシェルの助けを借りて、実際にシリーズのリストから訳す本を選ぶ作業を進めた。ボリスとサリヴァンがお気に入りのレイモンド・チャンドラー『大いなる眠り』と『湖中の女』、チェイスの作品三点、ジェームズ・ケイン一点の合計六点である。ピーター・チェイニーは、ガリマール社が『Dames don't care』（『女はそれを気にしない』［映画邦題『そこを動くな』］）の翻訳を――というのはそれが日程に上っていたからだが――一人のマニアに依頼しようとする報道に不満を持ち、一九四六年十二月四日の別の契約が一時的に棚上げされていた。いずれにせよ、二人でこれらの翻訳に当たることを決めたミシェルとボリスは、ピーター・チェイニーをあまり買っていなかった。

最後におまけとして――ただし暗黒叢書の番外編としてだが――一九四六年十二月一日に、ボリスは多分最も気になっていたドロシー・ベイカー『トランペットを持つ青年』［映画邦題『情熱の狂想曲』］の仏訳刊行を提案した。ボリスの精神的兄弟であり、ジャズのお手本でもあるビックス・バイダーベックの小説仕立ての伝記である。許可が下りた後、ボリスは一九四七年二月の契約に触れながら、ガストン・ガリマールに短い書簡を送っている。「親愛なるガストン様、47-2-3のお手紙へのご返事として、シェラミーの花はっかのエッセンスを用いて正式に署名、花押、契約をした六通の契約書を同封し、私にとってなによりも重要な貴殿の個人的認可を求めるべく、ここに謹んでご送付申し上げます」[*10]。

翻訳者……それはヴァーノン・サリヴァンの失敗から生じたことだ。ボリスは当初の野心からあまりにも遠ざかったと感じていた。当のアメリカ人は彼に悪い冗談を仕掛けたのだろうか？　ボリスは一九四六年の秋に道を間違えたと何度もこぼしている。『北京の秋』の小径が一時的にブロックされたので、彼はたぶん早まってあまりにも心地よい大通りに飛び出したのだ。軽い気持ちで一週間家に泊めたホームレスのように、初めは臆病だった客のヴァーノン・サリヴァンがいつの間にか居ついてしまった。彼は時々頭の中も占領した。翻訳者……注文が殺到する。客にとってはサリヴァンだろうとヴィアンだろうとどちらでもいいのだ。レジスタンスの闘士でドゴール派、後年内務大臣になるミシェル・ボカノウスキーの妻、自身もレジスタンス闘士だったエレーヌ・ボカノウスキーが、既に一九四六年十二月にケネス・フェアリング『大時計』の翻訳の契約をヴィアンと結んでいた。シリーズは、戦時中に『フォンテーヌ』誌のマックス＝ポール・フーシェの協力者であったこの英語学者［エレーヌ］が『地の糧』［ジッド］を世に送り出したシリーズである。『墓に唾をかけろ』の刊行後、エレーヌ・ボカノウスキーはボリスに手紙を書き、二人は会っている。若いボカノウスキー夫人は、ボリスが「英語を書くように、また学校で習うように」話すことにすぐ気がついた。最初の逐語訳にはミシェルの協力が不可欠である。しかし、彼がカメレオンのような文体を持っていることも発見した。強い感銘を受けたこの女性出版社主は、語学的にはアバウトだが、極めて才気に富んだ、アングロ＝サクソン文の翻案家による『大時計』を世に送り出したのであった。

　エレーヌ＆ミシェルのボカノウスキー夫妻はたちまちヴィアン一家と親密な関係になった。夏の間、彼らは若いカップルをコート・ダジュールの彼らの別荘に招く。ボリスは妻の懇願を無視して初めて自分がまぎれもなくヴァーノン・サリヴァンであることを白状する。聞き出したのはボカノウスキー家に一時滞在していた、尋問のプロ——それは事実だ——ロジェ・ヴィボである。ウィボのレジスタンス時代の名前はロジェ・ヴァラン。ロンドンのＢＣＲＡ［自由フランス情報局］の元諜報員で、ＤＳＴつまり、あの不気味な国土安全監視局［フランスの防諜機関］の創設者にして、全能の帝王である。コート・ダジュールの保養地のアペリティフの合間に、影の男は造作もなく一九四七年の極秘事項を聞き出してしまう。偽作者はついに罪を告白できた安堵感でいっぱいだった。

*1　この二作品はボリス・ヴィアンの存命中は売れなかった。ガリマー

ル社は作者の死後間もなくの販売数を公表する許可をくれた。ボリス・ヴィアン没後三年の一九六二年の段階で、四千四百部刷った『日々の泡』がまだ千二百五十部残っていた。一九七一年増刷後の『ヴェルコカンとプランクトン』は、一万部を少しオーバーする部数が売れた。しかし、一九四七年の最初の印刷数四千四百部のうち、一九六四年段階で「百部程度が色褪せて残っている」とクロード・ガリマールはメモしている。ガリマール社資料。

＊2　NRFのレター・ヘッド入り用紙に恐らく一九四六年一月二十五日に書かれた手紙。ボリス・ヴィアン財団資料。

＊3　クロード・メプレード『〈暗黒叢書〉の歳月』、第二巻、一九四五年〜一九五九年（アンクラージュ社、一九九二年）。

＊4　ミシェル・リバルカ『ボリス・ヴィアン――解釈と資料の試み』、前掲書。

＊5　『マガジン・リテレール』誌No.7、一九六八年四月号所収のファクシミリ。

＊6　ノエル・アルノー『〈墓に唾をかけろ〉事件関係資料』（クリスチャン・ブルゴワ社、一九七四年）。

＊7　モーリス・ジロディアス『地上の一日』、第二巻、『エロスの庭』、前掲書。

＊8　同書。

＊9　『芸術の友』誌、No.5、一九四五年四月一日、「本棚」、一。

＊10　ガリマール社資料。

8　タブーのプリンス

穴倉のネズミ《ラ・ド・カーヴ》

彼らはオートゥイユ、ヌーイユなどのお屋敷町からやってきた。彼らは「ラ・ミュエット」に集結し、サン＝ジェルマン＝デ＝プレを襲った。だが、人々はムルナウの映画やアメリカ原爆実験の島ビキニの反対者が予告する絶滅から生き残って、彼らが地中から現れたと思っている。彼らは「ロリアンテ」のジルバ・ダンサーたちと合流した。それはあたかもビルの地下道から現われて、陰気な地下墓地の中に、彼らが止まり、疲れ果て、迷い込んだ感じだった。まず第一に、彼らをどう呼べばいいのか。地上に住む者は皆名前を持っている。だが、穴倉の住人は？　「下水道人」？　「穴居人」？　「原始キリスト教徒」？　ふとした記者たちのおしゃべりの中で、また一夜にして流行となった地区の地獄への、危険性のない侵入を批判する誹謗文書の中で、また映画や本の中で、こうした呼び名が飛び交った。ジャン・コー――「一つの世界が飲み込まれていた[*1]」、アントワーヌ・ブロンダン――「何不自由なく育ったこれらのミュージシャンたちは、自ら穴倉酒場で開花することを選んだのだ[*2]」。もちろん、多くの作家、ジャーナリストが、戦時中の引きこもりと解放の喜びがもたらした、逆説的で、皮肉っぽく、ばかげた状況と彼らとの相関関係を指摘するだろう。その時の呼称は、「絶望した者たち」、「生き残り」、穴倉の「幽閉者たち」などだ……。

彼らは最終的に「ボビーソクサーズ」〔一九四〇年代アメリカの短ソックス族。一六二ページ参照〕と呼ばれることになった。なぜなら、一九四七年四月六日の『フランス＝ディマンシュ』紙は『墓に唾をかけろ』を注意深く読み解き、彼らがザズーの後継者であることを突き止めたからだ。それは『ヴェルコカンとプランクトン』の中でボリス・ヴィアンが描いたザズーの生態にそっくりだった。新聞に添えられたペイネのイラストの若者は、モカシンと短いスカートの出で立ちで、バスケットシューズを履き、細身のパンタロンや巻きスカート姿の新種族［ボビーソクサーズ］よりもザズーに近い。ボビーソクサーズが「男子ボビーソクサーズ」と「女子ボビーソクサーズ」に分かれ、年齢が十三歳から十七歳であることもわかった。しかし、それは少し大げさだろう。「タブー」の侵入者はもう少し年をとっていたからだ。十六歳から二十二歳というのが順当だ。男の子は短髪で女の子の髪は左右不揃い。スウェットシャツには横縞が入り、シャツはチェック。このイラストは服装の柄については正しいが、ヘアスタイルについては正しくない。地下の集団にはヘアスタイルについて何のルールもなかったからだ。丸刈りにしようと、もじゃもじゃの長髪にしようと、思いきり巻き毛にしようと、濡れた洗い髪を選ぼうと自由だった。彼らは『ジャズ・ホット』誌や『コリアーズ』誌しか読まないのだろうか？　サン＝ジェルマンの下水溝の子供たちは、親の購読する『フランス＝ディマンシュ』紙や『サムディ＝ソワール』紙しか読まない。それが真実だ。この最初の紹介記事は正確さを欠く。記者やイラストレーターは遅れていたのだ。

　一つの現象が咲き誇った。一つの流行、一つの生き方、一つの踊りのスタイル。昼間の明るさを嫌って夜更かしをし、愛し合い、笑うやり方。それらが旧世代との差異を主張して脚光を浴び、初期のリポーターなどは完全に追い越される。『フランス＝ディマンシュ』紙は四千人の若者の真実を把握していると思っているが、それはいつも数十人でしかない。首都の前衛的な外国人留学生や地方の若者を併せても数百人規模だ。男の子はクラーク・ゲーブルの口髭よりもエロル・フリンの細い髭を蓄え、女の子は不安定な肉体的魅力のシンボルを毎日工夫する。貧乏人か金持ちか、むしろ金持ちか金持ち予備軍のこうした若者たちは、没落や窮乏、どん詰まり、そして社会への復帰というお決まりの軌跡を描く。彼らはもう化粧をしなかった。なぜなら、戦時中に化粧をしすぎたから。スカートは長くなった。なぜなら、膝位置での縁かがりは配給制への遠慮にすぎなかったから。脚を美しく見せる効果については、ビ＝バップを踊る際に回転してちらっと見せるやり方も、母親が腿を見せるやり方と同じくらい男性の視線を引き付ける効果があると思っていただけだ。

　ザズーもしくは『ヴェルコカンとプランクトン』の主人公たちの次世代。それはそうなのだが、戦後とはいえ戦争の傷跡を残している世代だった。実存主義者たち。というのは、当時マスコミが彼らの気まぐれな行動様式をそう喧伝したからだ。やや意表を突く表現で相手を煙に巻く、実存主義者の卵もしくはベビー実存主義者。彼らはサルトルを読まず、むしろサルトルなんか馬鹿にしていて、新聞の勝手な妄想を解釈したり、アメリカ人作家を読んで自ら作ったルールに従っていた。アメリカ人作家を読むことはグループに参加する必要条件だった。アメリカ人作家といっても、フォークナーやコールドウェルではなくて、キャサリン・ウィンザー『琥珀』のようなお涙頂戴式のロマンチシズムが好まれたのだが。

　結局、彼らの呼称は「穴倉のネズミ」に落ち着き、ジャーナリズムもこの無味乾燥な呼称で我慢することにした。と言うのも、この名前は数ヶ月前から「ロリアンテ」で正式登録され、「ラ・ミュエット」の諸楽団は、週刊誌紙が何も教えてくれなかったクロード・リュテール楽団の若い穴倉ダンサーたちの存在を知ることになったからだ。ボタン不足のため紐で閉じることも多いアメリカ起源のチェックシャツ。幅広のスカートは踊り子たちの仕事着だ。リュテールやボリスの友人である黒人ミュージシャン直輸入のモード。バスケットシューズはGIの置き土産。化粧しない顔はカルム街［ロリアンテ所在地］が暑すぎたからにすぎない。スイング、ズート、ブギ＝ウギ、ジルバ、それとも「ボワシエール・スタイル」［小説『日々の泡』］？　幾つかの印象的な身のこなしによって、その場にいたレーモン・クノーも小躍りして喜んだのだが、ある日の午後このスタイル論争に決着がついた。それはビ＝バップだったのだ。ごった煮のダンス。所定の形と即興の混合体。さらにビ＝バップ同様「ニューオリンズ」ジャズにも合わせられるメリットがある。

　ロリアンテの若いダンサーたちに教えられて、パリ西部［お屋敷町］の子弟たちは一九四七年初頭に「タブー」を急襲する。彼らは「タブー」のショーの花形となり、看板商品となり、理想的なマネキンとなった。ドフィーヌ街［タブー所在地］の運営チームはビ＝バップ初期のパフォーマーたちを取り込もうとする。丸々託児所というわけではなかったのだ。若いネズミたちは、ごく自然にジュリエット・グレコの青白い顔、プリンセスドレス、奇妙な酔態、アンヌ＝マリ・カザリスの少女趣味、ミシェル・ド・レーの女友だちエディ・アインスタインのカウボーイ風スカーフを真似た。男の子たちは、ボリス風ビロード上着、時折蝶ネクタイ、イヴ・コルバシエールやアレクサンドル・アストリュック風もじゃもじゃ髪、もしくは、少佐やレリオ・ヴィアン、ミュージシャンたちの「英国風《ブリティッシュ》」ファッションを見せびらかした。こうした若者たちはせっかちで、生意気で、自分と自分の家柄に自信を持っていた。彼らは一年以上も前から、上に名前を挙げた数年先輩の諸兄姉たちこそが実存主義の華であると、素敵なおじさんのサルトルが認定したかのように言われ続けてきたのではなかったか？　実存主義、ジャズ、アメリカ煙草、ラム酒入りコーラ、石炭と湿気と硝石の匂いがする奇妙な舞台装置、蘇った戦争の息吹、彼らはそういうものに時代の手触りを求めたのだ。

これら数少ない穴倉のネズミが、ドフィーヌ街の狭い穴倉酒場の第一世代を構成する。彼らはグループが少し拡大するのを待つ間に、次第に嫌われ者になった。フレデリック・ショーヴロとマルク・デルニッツも時折心配している。近隣の人たちが騒音とうさんくさい溜まり場の噂を嫌って、既に警視庁へ嘆願書を提出していたのだ。タブーの若い常連たちの間には酒場閉鎖の脅威がたえずつきまとった。しかし、未成年者法違反で取締ろうと思っても、この新しい事案は解決できない。幸いなことに、穴倉酒場はすし詰めだった。数組のカップルしか踊れない。しかも、見物人やおしゃべりを楽しむ人、喧嘩をする人を押しのけて踊るのである。団子状に固まって立ち見をしている見物客の年齢を推定するのは不可能だ。彼らは壁際に並んでいる止まり木やベンチに座っている特権者たちを必死の形相でチラチラ見る。「煙草の煙がロンドンの霧並にもうもうと立ち込めている上に、騒音があまりにもひどいので、その反動として何も見えない」[*3]とボリス・ヴィアンは書いている。

六月の改修以来、タブーの人気沸騰は急激で、劇的で、不安を感じさせるほどだった。あたかも時代が二年間爆発の最適地を探し求めていたかのように。まるで生きる歓びが舞台の上で荒れ狂うためには、哲学的な誤解と文学村とシンボリックな人物たち、そして抜け目のないジャーナリズムとの出会いが不可欠であったかのように。いずれにせよ、意識的、無意識的を問わず、フレデリック・ショーヴロ、マルセル・エドリッシュ、デルニッツ、グレコ、ボリス、サリヴァン、その他の登場人物たちのインスピレーションのネットワークが最大限に発揮されたことは間違いない。しがない労働者階級の店の地下で、暗い地下鉄のチューブ状をした酒場「タブー」は、夏が終わる頃には既に全国的な盛名を博していた。『サムディ＝ソワール』紙は、五月三日穴倉に特派員ジャック・ロベールを送ってイメージ作りの先陣を切っている。「上司からサン＝ジェルマン＝デ＝プレの穴居人についてルポルタージュを書くよう依頼がありました」と記者は述べている。「そこで、私は新種族の研究からスタートしたのです。その結果、私は穴居人を発見し、(中略)実存主義者と命名しました。この名前はサン＝ペール街とセーヌ街に散在する一切のものを指していました。記事が発表されるや否や、世界のジャーナリズムがこぞってそれをコピーし、異常な反響を巻き起こすことになりました」[*4]。

実際には、ジャック・ロベールは既に数週間前からこの街とタブーの常連だった。マルセル・エドリッシュも同様だ。アンヌ＝マリ・カザリスとマルク・デルニッツは、サン＝ジェルマンのカタコンベ［地下墓地］への危険な民俗学的地下探検に喜んで協力した。二人は人物や場所のいかがわしさを誇張して伝えることが宣伝になると思っていた。『サムディ＝ソワール』紙の第一面に、一枚の写真、しかもこの新聞がサン＝ジェルマンの風俗を報じた中でも最も無害な写真が載った。コンクリートの階段と暗闇を背景に、ローソクを手に持つ俳優のロジェ・ヴァディムとジュリエット・グレコが立っている写真だ。そこには「若者たちは皆サン＝ジェルマン＝デ＝プレの穴倉で愛し合い、眠り、ビキニを夢見ている」という説明がついている。写真の上の方には「私は鉄道大事故の中に蘇りたい」という引用文。「もはやカフェ・フロールに実存主義者を探しに行く必要はない。彼らは穴倉酒場に逃げ込んだからだ」と、幾分ふざけた調子で記事は始まる。なぜなら、ジャック・ロベールとアンヌ＝マリ・カザリスは自分たちのことを全面的に嘲弄することはできない。ちょっと驚いたようにショックを装い、皮肉を交えた客観的な文体で孤児たちの恐るべき運命を物語るのである。「貧乏な実存主義者は極端に貧乏である。年齢は十六歳から二十二歳。大体において良家の子弟だ。ほぼ全員父親から勘当されている。（中略）貧しい実存主義者の最大の悩みの一つは、だから住居である。一般に、貧しい実存主義者は寝場所を確保するために次のような手を使う。ホテルに一ヶ月滞在した後、宿泊費を請求されると、払えないと断言するのだ」。

辛辣な表現はどこにもない。同じ一九四七年の春にジャーナリズムを賑わしたヴァーノン・サリヴァンに対する攻撃とは雲泥の差だ。幾つかのホテル、バー・ヴェール、タブーといった「若い世代の真の聖域」をただ少しぶらつくだけで、トイレの壁の実存主義的警句に出会うことができる。「実存主義者とは、サルトルなしでは日も夜も明けない人間のことである」。あるいは、「あなたの永遠への渇きを鎮めるためにヒ素入りミントをどうぞ」。こうした格言にボリス・ヴィアンの署名があってても不思議はない。カザリスやロベールたち自身の作と言うともっと信憑性は高まる。記事の内容は当然のことながら実存主義一色だ。この呼称が何度も繰り返される。それは次のように理解される。記者と協力者にとって、問題は一年前から社会を不快にさせている哲学と煙の立ち込める洞窟と穴居時代に戻った住人との親近性を強調することで、騙されやすい人たちに注意を促すことなのだ。実存主義者は大声をあげて踊る。「だが、ほとんどの時間全くの虚脱状態で、生ぬるいグラスの水を眺めて座っている」。「だから、若いのに青白い顔で、虚ろな目をし、失意のどん底のような動作を見ると、衝撃を受ける。彼らの大部分は何も食べていないのだ」。明らかにジャック・ロベールはタイプを打ちながら面白がっている。実存主義演劇へのアプローチ、ドイツロマン派の作家グラッベ作『地獄の掃除』を上演準備中のミシェル・ド・レーが出会う困難、「借金まみれ」の貧乏実存主義者の苦悩、ポン＝ロワイヤルで「カクテルまで飲んでしまう」金持ち実存主義者の厚顔無恥の記述と並行して、典型的実存主義者の紋切り型風俗が紹介される。オープンシャツ、ストライプの靴下、「厳禁」の化粧、偏向した読書——「実存主義者は、枕を持っていないが、枕頭の書としてサリヴァン作『墓に唾をかけろ』を手放すことはない」。

ジャック・ロベールの記事はそもそも即興の戯文であり、極めて盛り場紹介的な傾向が強かったので、タブーの仲間たちは単なる好奇心以上の注意は払っていない。だが、次の週から、毎晩バーの入口や階段の前に数十人の客が押し掛けた。入場チェックするマルク・デルニッツや彼の相棒は、少し多めに客を入れる。『サムディ＝ソワール』紙はタブーが私的なクラブであることを明言していなかったのだ。ともあれ、客は中の様子を探るため、そしてショーを見るためにやって来た。他方、穴底の役者たちは、地下の室内やステージで行うナルシシスト的な見世物の役割分担を決めていた。その後数ヶ月間、会員カードの発行はきわめて慎重になった。叙事詩の演者たちは既に狭すぎる穴倉を舞台に選んだことを後悔していた。唯一名士だけが夜間煙と汗の靄《もや》の中に溶け込むことを認められた。「毎晩、恒常的に十人の名士、三十人の有名人が訪れた。ファッションデザイナー、モデル、五十〜六十人の写真家、ジャーナリスト、駄文書き、学生、ミュージシャン、アメリカ人、（中略）奇跡の塔というも、バベルの庭というも、お好み次第の有り様だった」[*5]とボリス・ヴィアンは書いている。

ボリスの言う通りだ。ゴシップ記者たちは右岸を見捨て始めていた。サン＝ジェルマン＝デ＝プレに遂に文学的ではない何かが生まれたのだ。マルク・デルニッツとクリスチャン・ベラールは、彼らの貧弱な地下室にパリ中の著名な名士たちをかき集めた。マリー＝ロール・ド・ノアイユ、リーズ・ドアルム、マリー＝ルイーズ・ブスケ等の「社交界の後見人たち《マレーヌ》」。彼女たち自身も友だちを誘う。こうして、一九四七年夏以降——混乱の中で——ジャン・コクトー、ボリス・コシュノ、ジャン・マレー、ミシェル・ド・ブランホフと『ヴォーグ』誌の幹部連——ピエール・ブラッスール——クリスチャン・ディオール——オーソン・ウェルズ、マルチーヌ・キャロルとその「数ヶ国語で話題にされた有名な黒いミンクのコート」[*6]——パリに立ち寄ったハンフリー・ボガードとローレン・バコール等の写真が紙面を飾った。十月六日、モーリス・シュヴァリエがボリスに紹介して欲しいと申し出る。彼はアメリカ巡業に行くため、エキスパートのアドバイスを求めたのだ……ファッション・デザイナーに追随して美しいファッション・モデルたちがやって来る。彼女たちの中にはタブーを食堂代わりにする者も現れた。アナベル——そのファーストネームだけでサン＝ジェルマンの有名人となったシュウォッブ・ド・リュール一家の末裔だ。彼女は何回かジャック・アンの仮縫いに参加した後、パンタロンを履き、黒いセーターをグレコ風に着こなし、夜は様々なジャンルの寄せ集めである実存主義の最もきらびやかな装飾品となった。ソフィ――地上に出て、アナトール・リヴァックと結婚する。ベッチーナ――後年アリ・カーン夫人となる。エレーヌ――まだロシャスになっていない……エレーヌ&ミシェル・ボカノウスキー夫妻は、レジスタンスの闘士たち、有名なドゴール主義者たち、政界の大物たち、例えば、ジャック・スーステル、ドミニック・ポンシャルディエ、大臣のルイ・ヴァロン、弁護士のジョルジュ・イザール、ロジェ・ウィボにすら、一晩地下の隠れ家に降りて行くよう誘っている。

こうした右岸の富裕階級、著名人、活動家たち、上流階級のご婦人方は何を見に来たのだろう？　数年後、あるいはわずか数ヶ月後に、ドフィーヌ街の明敏な客たちは、同じ感想を述べるだろう――大して見るべきものはなかった、と。おそらく、感情の爆発の欲求、軽薄さや幼児性の欲求もまた事実上致し方なく、それゆえ繰り広げられたパフォーマンスがあんなにも常軌を逸したように見えたのだ。スノビズム、それも当たっている。直近の過去と将来の不安に耐えるために、それが何であれ、流行に身を任せたいという欲求、新奇な方法で踊りたいという欲求。騒ぎが生まれ、皆それに乗ったのだ。サン＝ジェルマン＝デ＝プレでは別の現象もあり得たかもしれない。だが、結局、サルトルもしくは応用哲学と皆が考えたものが脚光を浴びたのだ。作家たちが人気者になり、戦前よりもあくの強いジャーナリズムが彼らを持ち上げる。ブルジョワジーはこぞって彼らとの接触を求め、幻想を育もうとしたのである。

その上、少なくとも初めの数ヶ月は、タブーも作家たちに不自由しなかった。アルベール・カミュ、アルベール・コセリー、ロジェ・ヴァイヤンが「女子のボビーソクサーズ」を見に来た。クノーは町内で夕食の後に立ち寄った。シモーヌ・ド・ボーヴォワールも『タン・モデルヌ』誌の若い仲間たちやジャン・ドマルシに誘われて時折顔を見せた。ジャン・ドマルシは『タン・モデルヌ』誌の哲学教授の一人であり、ヴァイヤン同様穴倉酒場の公認後見人である。ある女性記者の調査によれば、フランソワ・モーリアックは一度だけ、彼の二人の息子、作家のクロードとジャーナリストのジャンは時々現れている。サン＝ジェルマンの古い常連であるポール・エリュアール、ジャック・プレヴェールと戦前の仲間たちの一部は、彼らの愛する古き良き街の現状に幾分不安げである。マルセル・デュアメルのような真のジャズ・フリークたち。ルイ・ギユーやアンリ・ピシェットのように迷い込んだ者。多くの者がサルトルに出会ったと証言している。だが、タブーの営業開始以来、この哲学者は一度しか行っていない。しかも、あわただしく。彼は群衆に恐れをなして裏口から遁走したのだ。だから、皆はそっくりさんで満足したのだろう。

お屋敷町の息子や娘は、夜間に外出したのだろうか？　富裕階級は極上のファンだったのか？　作家たちは失われた青春を求めて集まったのか？　事実は、彼らは特等席から見ていたのである。特権的観客なのだ。彼らはしばしば勘定を支払う幸運を得るためにのみ入場する。タブーは、特に初期のタブーは、解放後のサン＝ジェルマン＝デ＝プレが生み出した孤独な挑発者たちの隠れ家だった。グレコ、カザリス、アストリュックの兄弟姉妹たち。彼らは同時に偏屈で、自らの短い運命の広告塔で、本物だった。彼らは体制や状況に集団で反抗する時代ではないことを理解し、パーティの終わりに個人主義的な否定意見をとりまとめる、少なくとも行儀のよい反逆者である。ジャズの波に身を委ねる貧しい単独者や不平分子や優柔不断な抗議者の日々の集会。十年前だったら、彼らはきっと「十月グループ」に参加していただろう。一九四七年の彼らは空虚なおしゃべりや自らの内面的混乱を警句にして楽しむだけである。

　タブーには本当に身を持ち崩した者もいた。本物の生活無能力者、夜と地下でしか生きていけない者たちで、一九四七年から大体同じ顔ぶれだった。例えば、画家でルイジアナ・ホテルの住人ヴォル、本名ヴォルフガング・シュルツェ。彼は進んでアルコールの海に溺れた。画家で点描派詩人のカミーユ・ブリアン。ヴォルの友人で、オーディベルティの部屋の隣人だが、彼もまた同時代の嗜好に何の幻想も持っていなかった。ただ、同時代の若者特有の言語、その幻覚に捉われた沈黙は、いい気晴らしになった。詩人たちは演奏と演奏の間の休憩時間に客の関心を独占しようと躍起になる。いくぶん気違いじみて、不遜で、生真面目な詩人たちは、札つきのライバルとして毎晩穴倉に出演することを利用し、文学や金銭や状況への侮蔑を声高に叫んだ。

　中でも有名なのはガブリエル・ポムランだった。その理由は『サムディ＝ソワール』紙が彼に献上したオマージュ――「レトリスム［文字主義。一九四六年、詩人イジドール・イズーが提唱した前衛詩の理論と手法］の法王」イジドール・イズーの弟子というだけではない。自分自身画家兼レトリスムの作家で、女子学生やさらに成熟した女性たちへの懲りない、そして、しばしば無礼なナンパを試みるこの若者は、オノマトペや理解不能な詩句、アフリカ起源の詩句などを絶叫して客の爆笑を誘ったのである。誰からも理解されない男。だが、彼は自分の正しさを確信し、まったく意に介さない。生活手段を持たない彼は、タブーで寝泊まりをした。フロールの経営者ポール・ブーバルは、時折彼のために医者代を払ってやった。なぜなら、「大天使ガブリエル」は間違いなく町内の最も感動的な人物の一人であるばかりでなく、肺結核とも格闘していたからだ。ジュリエット・グレコは、サン＝ジェルマンの新種の詩人中最も霊感豊かなこの男を、肺の現状が必要とする定期的な通院へと追い立てるために監視を怠らなかった。彼は不潔と言われていたし、ジャーナリズムの流す実存主義者像は、大方彼の「垢まみれ」という噂に依拠していた。「次々に、居候、囚人、学生、レジスタンスの闘士、作家、ジゴロ、そして配偶者を経験し、（中略）彼は観客の前で自作のレトリスムの作品を大声で怒鳴る、すこぶる個性的なスタイルを持っていた」[*7]とボリス・ヴィアンは書いている。ガブリエルは度々警察の厄介になった。と言うのは、彼が夜間に公園の銅像の前で素っ裸になるからだ。グレコ、デルニッツ、ショーヴロ、アナベルたちは、帰宅する前に、この露出狂を弁護するため警察署へ行くという最後の遠回りをした。地理学会での偽講演、例えば売春のメリットについてのそれなどは、ユーモアを解さない時代の公序良俗違反で本物の裁判沙汰になったし、その後アントナン・アルトーの息子の作品事件では留置場に入れられた。

タブーのすし詰めの空間に言葉で武装して飛び込んだ者たちの中には、ガブリエル・アルノーもいた。彼はその後数年間物語＝歌手と言われたが、野次と口笛の喧噪の中でしか歌えないという奇妙な習性を持っていた。社会党大臣の息子アラン・ケルシー、海軍大将の甥のロベール・オーボワノー。レーモン・ラディゲの甥のアリベールは十六歳の少年だが、侮辱的な言葉を浴びせながら貴婦人連中を口説くのが大好きだった。誰の甥でもないユーグ・アレンダル。彼ら自称芸術家たちは皆、夜毎に入れ替わる罵倒と拍手喝采の歓声の中で、歌を歌い、詩の朗読をするのである。時には小さな傑作もあったが、大部分は最低で、それが騒がしくて聞き取れないことを条件に最も喝采を浴びた。彼らの登場を合図に客席から凄まじい歓声が上がり、女性客の期待と得も言われぬ恐怖の戦慄が掻き立てられる。彼らは全員で、教訓的な見世物と大学の新入生いじめの中間の、あきれた子供だまし劇を上演する。それによって、今こそ虚無を楽しむ時代なのだということを毎晩実証するのだ。サルトルや『サムディ＝ソワール』紙は正しかった。ただ、出演者たちは一時的にせよ見事な顔ぶれが揃った。クリスチャン・マルカン、ロジェ・ヴァディム、ミシェル・ド・レー劇団の俳優たち、その俳優たちが妬む仲間ダニエル・ジェランのデビュー。コルバシエールの女友だちのカトリーヌ・ブレ、穴倉のもう一人の大きな養子ドロピー、エディ・アインスタイン、ミシェル・ド・レー、あだ名の元になった有名な叫び声の後で、子供のようにアルコールの匂いの染みついたジャングルで眠る、もじゃもじゃ髪の巨人ターザン。彼らはクラブの中のクラブとでも称すべきグループを構成し、市松模様の魚雷型無蓋車《トルペード》を乗り回していた。それはイヴ・コルバシエール所有の一九二〇年型ルノー六馬力で、実存主義の最初の車、パリ市タブーの巡回広告塔だった。実存主義の申し子たちである。

中には、何となく中を覗いてみたり、音楽を聴きに来て、サルトルが少し前に「フロール」を見つけたように、溜まり場を見つけて居座った者もいる。ミシェルやリュテール、ボリス同様ジャズの正統派闘士コレット・ラクロワは、戦時中男性中心の「ホット・クラブ」の紅一点だったが、リヨンで当時首都ではまだ無名だったクロード・アバディの才能を発見した。オット・デー、もしくはグレコによれば背が低いので「プティ・デー・ア・クードル［小さい指貫き］」と言われたデー。彼は遠目にも鮮やかなビ＝バップのナンバーワンダンサーだった。タブーの数少ない黒人である。彼は強制収容所で死んだコミュニストの父を持ち、パリ美術学校の学生であり、カルティエ・ラタンを訪れる数少ないサン＝ジェルマン人種であったが、クロード・リュテールが「リバイバル」を演奏する前のカルム・ホテルに住んでいた。彼の伴侶兼ビ＝バップのパートナーは当然素晴らしい踊り手だが、穴倉族の中では数少ない昼間の活動であるモードの仕事に参加していた。ソランジュ、タイ、美しいタヒチ娘、ヨランド等々。彼女らはしばしばクリスチャン・ベラールやマルク・デルニッツ発案の衣装を創った。タブーはグレコに倣って女性用のパンタロン、街で穿くスキーパンツ、セーター、Tシャツ、踵のない靴などを発信する。穴倉ホステスのグレコとカザリスは、ベラールが裾を毛皮で縁かがりすることに決めたチェックのパンタロンを履く夜すらあった。娘たちはジュリエットの「雌鹿の眼」と哀しみを湛えた表情に憧れ、真似ようとした。『ル・モンド』[*8]紙はこうした穴倉の娘たちを「花を奪われたオフェリア」と書く。ジャン・ポーランはもう少し意地悪く「可愛い小さなイナゴたち」[*9]と言い直すだろう。

タブーの陽気な混成ファミリーは、韻文の実存主義、過剰なメランコリー、安直なボヘミアンを、ボリスが「フランサムディマンシュソワール」［フランス＝ディマンシュとサムディ＝ソワールを合体させた言い方］と呼ぶジャーナリズムのために提供してきた。穴居人のいる素敵な穴倉の恐怖が大好きな怪物ジャーナリズムである。フランソワ・シュヴェ、ピエール・ベルジェ、ジャック・ロベール、ジョルジュ・クラヴェンヌなどの「ジャーナリスト仲間たち」は、悪の巣窟の要求と編集長の要求の両方に誇張した報道で応えた。ルイジアーヌ・ホテルの一室でグレコの写真が撮られる。シーツで隠されているが、ベッドにいる裸のグレコやアナベルと同衾中のグレコ。すべて裸である。友人たちや同じフロアの他人も使用する浴室で歯を磨くグレコ。写真は全世界を駆け巡った。折り紙つきの宣伝効果とスキャンダル。一九四七年十月から一九四八年六月の間に、グレコ伝説、もっと深い意味では半世紀と半世紀を繋ぐ伝説が、フランスをはらはらさせる無邪気さの中で誕生したのである。かつて「モンパルナス族《モンパルノス》」という言葉が流《は》行《や》ったように、人々は嫌悪と憧れをこめて「実存主義族《エグジスタンシアロス》」の噂をした。平和な時代の若々しい興奮だ。『ライフ』紙が特派員を送り、カール・ペルツが『サムディ＝ソワール』の報道のままに写真を撮った頃、サン＝ジェルマン＝デ＝プレ・ツアーの時代はもう始まっていた。

小さな表層的経験

ジャック・プレヴェールは、一篇の詩の中でボリスはサン＝ジェルマンの「予言者」[*10]だったと結論づけている。アンヌ＝マリ・カザリスは彼を「タブーのプリンス」と呼んだ。「彼はこの場所で王のように君臨していました」とさえ共犯者のカザリスは言う。「はかない風情で。と言うのは、彼はトランペット・ソロの間に死ぬかもしれず、私たちは彼が王様の贈り物［ボリスはプリンスと呼ばれたがプリンスには王様の意味あり］をしてくれていると思ったからです[*11]」。予言者にしてプリンスのボリス。彼はタブーでも町内でもひと際目立った。彼の長いシルエットは、穴倉のネズミ集団の中でもすぐに見分けられた。不安そうな彼の美しさは、別の時代の美しさであり、多分時代にかかわらない美しさだった、とカザリスは言う。「白子のふくろう」と書いたゴシップ記者もいた。ある日、ジャン・コーは、この時代の思い出に耽りながら「ああ、そうだ！　彼は〈彼の顔〉を持っていたんだ[*12]」と納得する。馬の顔をしたコウノトリ。断食者の顔、蠟人形のメーキャップをした穴倉の女の子よりも、まだ青白い。「既に徴兵猶予者であり、既に仮の滞在者でした」とジュリエット・グレコは解説する。

新聞は彼の心不全を書きたて、彼自身も予告された自らの死を弄《もてあそ》んだ。タブーの皆は、ランボー風のロマン派詩人、執行猶予中のミュージシャン、ジャズのしゃっくり［みたいな断続音］の背後に苦悩を隠している、ハーレムの瀕死の仲間をかくまっているのだと確信していた。女の子たちは本能的に彼をいたわり、母親のように気遣うが、逆に彼はたちまち健康を無視してソロに打ち興じ、三十分の激しい演奏にのめりこむ。最も魅力的な女性ダンサーでさえ彼の不安な告白を聞くことはなかった。穴居人生活は明らかに彼を疲労させていた。夜明けには、疲労困憊した。地区の新たな衛生環境を知った主治医は、通院の度ごとに警告を発するが、ボリスは太く短く生きたいと答えるのだった。予言者にして、プリンス……フレッド・ショーヴロ及び新サン＝ジェルマンの創始者たちにとっても最高の宣伝文句だ。だが、その新サン＝ジェルマンでは数ヶ月前から、心臓がボリスのように異常に速く打ち続けていたのである。タブーは当初ヴァーノン・サリヴァンの「避難所」だった。しかし、上流階級の奥方たちは、そこを訪れる理由の一つにポルノ作家との遭遇を加えるようになった。最初の数週間、彼女らはボリスにヴァーノンは自分だと白状させようとする。ついにその事実が確認されると、彼女らは最もカッコいい偽作者との出会いや知り合いになることを期待するようになったのだ。

『墓に唾をかけろ』は右岸の影響もあって、新しい左岸スノビズムのシンボルとなった。タブー、サン＝ブノワ街、ジャコブ街の夜の人種と名乗ることは、悪ふざけやふざけ半分の反人種差別に会員登録することを意味した。それは小説『墓に唾をかけろ』を愛し、地上の道徳主義に逆らってこの小説を弁護する用意ができている、自分も幾分かはバックストン［小説の舞台の町］の人間であると感じること、女性の場合カマトトではなく男に対して貪欲であることを認めることなのだ。『墓に唾をかけろ』はバイブルになった。小説、少なくとも小説の中身は、身近な性的解放への欲求を刺激することになる。実際には、タブーとその仲間たちは極めて冷静に、一九二〇年代モンパルナスの熱気と快楽に追いつこうと努力した。モンパルナスは少しの悪罵と多くの女性蔑視を含むスラングの使用、小説から拝借した暴力的な男女関係の物語等によって、永遠のライバルなのだ。

ヘンリー・ミラーが自分の防衛拠点を持っていたように、タブーはヴァーノン・サリヴァンの防衛委員会本部だった。スコルピオン社の出先機関であり、広報担当係である。穴倉酒場開設以来、ジャン・ダリュアンがメディアとの交渉に当たった。時にはカメラマンにも注文をつけた。こうして、ボリスとジャン&ジョルジュ・ダリュアン兄弟は再び武器を手に入れた。ダニエル・パルケールは地下のアーチ型天井で最も忌み嫌われる人物だ。彼に対する敵意はメンバーズカード交付の際の暗黙の条件であり、穴倉の中ではリベンジの謀議が行われた。「サリヴァン事件」が表面化するや、ウジェーヌ・モワノー、アンドレ・フレデリック等ボリスの友人たちは、知的世界における性的逸脱を告発する偽手紙をカルテルのリーダーに送っていた。著名人は誰しも教会内でのフェラチオや立像に対するわいせつ罪の疑いがある。本の売れない若い小説家の中には、名を売るために札付きの堕落青年と言われることを狙った者もいる。こうしてタブーは反撃を強めた。女の子たちは賭けさえ始めた。ダニエル・パルケールとのキスに成功した者は、初演の日にオーソン・ウェルズと踊ることができる。

タブー賞が盛大に創設された。プレイヤッド賞をコケにするため、多少ボリスのためにつくられた観がある。なぜなら、ボリスも書いているように、この悪ふざけの賞は「スコルピオン社の作家たちによって、スコルピオン社の作家に授与され、スコルピオン社の社主によって酒がふるまわれた」からだ。主な目的は、二つ――本の販売に拍車をかけること、そして新しい遊びへの期待。こうして、一九四八年二月二十五日厳粛な雰囲気のうちに、ミシェル、ボリス、アラン・ヴィアン、挿絵画家ギュス、『フランス＝ディマンシュ』紙のフランソワ・シュヴェ、猜疑心の強いタブーのオーナー、ギヨネ親父からなる猥らな審査委員会によって、満場一致でアイルランド女性サリー・マラがタブー賞を授与される［実はサリー・マラはクノーの偽名］。受賞者はパリに不在のため、レーモン・クノー氏が代理で賞を受け取った。大変な茶番劇だが、プレイヤッド賞とは違うやり方で世間の話題をさらった。そして、サルトルを喜ばせ、レーモン・クノーの名を広めた。サスペンスを維持するため、日刊紙に嘘のニュースが掲載される。授賞式はフレッド・ショーヴロがタブーの支店を開く予定のムジェーヴ〔モンブランに近いアルプスのリゾート地〕で、グレコ、ターザン、ソランジュ・シカールの息子ミシューによって執り行われる公算が高い。真っ赤な嘘だ。実際には、パリ！　しかも、賞を授けるのが〔仇敵〕ポーランとは！　穴倉のネズミたちは「バー・ヴェール」や「フロール」の客にも投票権を与えた。ポムランは？　神父ブリュック・ベルジェ師は？　ミシュリーヌ・プレールは？　悪名高いタブー賞は偶像破壊のスタイルを貫徹させ、セバスチャン＝ボッタン街〔ガリマール出版〕に対抗して町内の苦々しい思いの復讐を果たし、ユーモアを取り戻すことで文学を本来の位置に据え直した。第二回タブー賞はジャック・ロベールの小説『十月＝マリー』に与えられた。スコルピオン社の本で、タブーに対する貢献度が評価された。第三回はボリス同様カルテルに告訴された仲間モーリス・ラファエルの第二作『あれかこれか』が受賞した。スコルピオン社刊である。

　ボリスはタブーのスターだった。ジュリエット・グレコと肩を並べた。町内で有名になるとともに、方々で引っ張りだこになる。「作家と言うよりも、断然時の人だ」と友人たちは記している。頬の隅の大きなえくぼと長身は舞台の初日や社交界のパーティ成功の決め手だし、報道関係者に『墓に唾をかけろ』の作家だと気付かせる確実な目印となった。しかし、予言者にしてプリンスのはずの彼だが、実は不在のことが多かった。記事に書かれているほど頻繁に地下の星雲の中にいたわけではない。新聞・雑誌の近況報告の中で、彼はサルトルと同じだ。つまり、不在なのだ。前もって告げていたにせよ、遅刻したにせよ、サルトル同様、もう帰られましたということになる。多くのゴシップ記者が彼に会えずに残念がっている。実際、ほとんどの場合、彼は「タブーに立ち寄る」だけだった。最終待ち合わせ場所をそこに選び、「サン＝ジェルマン＝デ＝プレの最後のプラチナ・ブロンドの女性」[*13]ミシェルと落ち合うのである。トランペットを吹いても数曲くらい。だが、タブーはまだ彼にとって真剣な仕事の場所だった。ジャズという仕事。だから、彼はとりわけミュージシャン仲間を励ますために、デューク・エリントン編曲の「クロエ」をちゃんと演奏しているか監視し、アメリカのスタンダードで穴倉酒場のタイトル曲「ウィスパーリング」を世に送り出すために、そこを訪れた。「ウィスパーリング」は元々クロード・アバディ楽団のタイトル曲である。ボリスはこの曲のために原曲の内容とは正反対のフランス語の歌詞を献上している。

ああ！　もしもぼくが一フラン五十持っていたら

ぼくはすぐにそれを二フラン五十にできるのだが
ああ！　もしもぼくが二フラン五十持っていたなら
ぼくはすぐにそれを三フラン五十にできるのだが（中略）
それはすぐに百スー［五フラン］になるだろう！

ボリスは朝の三時であろうと、書き物をするためにタブーを辞去した。彼の生活は核分裂を続けていた。彼は映画界の辛口批判をやるバレエのあらすじを思いつき、タイトルを「前代未聞」として、振付師ローラン・プティとの面識を求める。彼の興味はダンスそのものではない。クノー同様、数種類の表現形式を同時に使ってつくる物語の質感に憧れていたのだ。ジャック・プレヴェールは既に「ランデブー」を書き、ローラン・プティがそれをコスマ［シャンソン「枯葉」の作曲者］の曲に乗せてダンス・ショーに仕上げ、同じテーマは一九四六年に映画『夜の門』にもなっていた。クノーとボリスはこれに倣おうとしたのだ。いずれにせよ、いい着想はめったに生まれず、使い回しをすることになる。ボリスは相変わらずびっくりパーティを好み、フォーブール＝ポワソニエールの自宅でそれを楽しんでいた。多くの彼の友人たちにとっては、彼と親しくなるチャンスだった。彼はほとんどタブーの階段を下りてこない客たちに特別注意を払っていた。マリオ・プラシノス、フランク・テノー、彼にシャンソンを書くように勧めたミュージシャンのジャック・ディエヴァル等である。ジャズの求道者として、彼は他の場所での講演も引き受けた。「コンセルヴァトワール・ホール」でクロード・リュテール、ユベール・フォルと行った「ジャズの五十年」という講演。彼はニース・ジャズ・フェスティバルにも出席したし、可能な限りすべてのコンサートに顔を出した。彼は『ジャズ・ホット』誌の厳格な批評家であり、不定期だが『コンバ』紙のジャズ批評も担当している。彼は懇請されたわけでもないのに、その目立つシルエットと硫酸の匂いのする名声をタブーの栄光のために提供したのだ。しかし、ヴァーノン・サリヴァンが彼を苦しめない夜には、ドフィーヌ街の穴倉酒場はもっぱら音楽への愛に捧げられているように、彼には見えたはずだ。ダンスは楽しいが気晴らしにすぎない。娘たちがくるくる回るのは目の保養になるし、秘密のセクト再結集の動機でもある。しかし、ジャズは既にスピリチュアルな領域だ。だから、乗りに乗ったテンポで、コーラスが深く進行し、ドイツ占領時代の仲間との白熱した「ジャムセッション《ブッフ》」が行われる奇跡の夜は、ボリスもまさしくプリンス＆予言者となるのである。突然、彼は輝き始める。輝く男の思い出を残そうと思ったら、この時がシャッターチャンスだ。普段はメランコリックな彼の瞳がにわかに晴れやかになる。別の瞳は湿気を帯びたトンネルの中で数百に達するのではないか。ミュージシャンたちは穴倉を支配していた。しかし、ボリスは昔のヴィル＝ダヴレーのダンスホールと同じように孤独だった。

彼が何よりも優先したもの。それはタブーの騒がしい仲間たちに、存命中の神様みたいな人たち、つまり偉大なミュージシャンを紹介することだった。一九四七年十二月五日、レックス・スチュワート楽団。ボリスはレックスのために一晩、誠心誠意サン＝ジェルマン＝デ＝プレの案内役を買って出た。だが、『コンバ』紙のジャズ評で酷評した。激怒したレックスは、公開の場でこの不可解な賛美者のけんかを受けて立つと言った。一九四八年二月二十日、ボリスはディジー・ガレスピーを北駅まで迎えに行った。フランス滞在中、解放後初の連続公演の間、「もぐりのアマチュア」は運転手、交渉役、ボディガード等さまざまに変身してガレスピーを支え、このソリストにして楽団指揮者をカミュ、クノー、その他大勢に紹介したい一心で活躍した。グレコやカザリスと一緒にタブーについての講演を引き受けることも意に介さなかった。ジャズの大御所のパリ滞在を成功させる苦労は、信者の義務なのだ。

あからさまに実存主義的で、それゆえたちまち陳腐さと将来の不安に捉われやすい、発酵中の伝説に対し、ボリスは距離を置いた。少し「中高生ぽい《ポタ－シュ》」無償の活動、パロディ、未開人芸術に似た試み、この春の彼のサン＝ジェルマン暮らしはさらに数ヶ月間そうしたことに費やされるだろう。幾分ガブリエル・ポムランのようだが、いつも彼と一緒だったわけではない。一緒だったのは、特に少佐の初期の仲間たち、戦争直後の本物のテロリストたち、その後は、教養豊かで十月グループを愛惜し、サン＝ジェルマンの発展に騙されない昔の若者たちである。この現在すら否定する頭脳明晰で不遜な、ネオ＝シュールレアリストとでも呼ぶべき人たち、ただ遊びを楽しむことだけのために、成人の岸辺に合流するのをもう少し後にしたいと決めた者たち。ジャン・シュイユー、マルク・シュッツェンベルジェ、ボリスと一緒に「サン＝ジェルマン＝デ＝ピエの小さな合唱隊」を創設したポール・ブラフォールなどは地区の常連だった。タブー開店以来、オズーズ・ポタールことジャン・シュイユーとシュッツェンベルジェは、サン＝ジェルマンの乱痴気騒ぎを毎秒八コマのフィルムに収めるフレディ・ボームのはちゃめちゃな撮影現場でアシスタントをつとめていた。フレディ・ボームはポンプ街の写真機材店主である。彼らにはスポンサーがいなかった。フィルム代を浮かすために、彼らはスタジオ技術者を端役に使ってやりくりする。予算はなかったが、気の向くまま、騒ぎの起きるまま、彼らはカメラを回した。撮影チーム切っての民族学者ジャン・シュイユーは、この穴居人の時代がやがて絶頂期を迎え、短期間に衰退すること、今それを記録に残す必要があることを理解していた。

彼らは穴倉のネズミやその先輩たちを撮影するため、タブーに日参した。手法は写実主義ではない。狂気の要素や架空の人物の挿入、もしくは「飛び入り《アンテルヴァンション》」が行われた。マーグ・ギャラリーでシュールレアリストのために開催された映写会では、レーモン・クノー演じる足拭きマットの上でボリスが足を拭く場面が上映されたために、文学界・美術界の重鎮たちの総スカンを食った。ボリスは解説文をつけたり、役者を買って出たりして、彼らの重要な仲間だった。時の経過とともに、冒険は中学生風の子供じみたリハーサルに陥った。オズーズ・ポタールとアンドレ・フレデリック、または、アンドレ・フレデリックとジャン・カルメ。彼らは司祭に扮してケーキ屋に行き、「ルリジューズ［修道女という ケーキ名］はありますか？　ルリジューズが食べ《ス・》たく《タペ》て［殴り合う／性交の含意］仕方がないのですが」と言う。あるいは、以上のメンバーにポムランと少佐が加わり、相変わらずカトリックの法衣をまとい、パレ・デ・スポール［スポー ツ会館］の女子「ローラー・ゲーム」のデモンストレーション参加者たちにトマト爆弾を投げつける。時には、実験がとにもかくにも撮影の段階にまで漕ぎつけることがある。その際は、ストーリーや即興のシノプシスを考えてもらい、臨時の作者になってもらうために、ボリスやボリスほど頻繁ではないがクノーに電話をかける。アルコールが加わって一段と複雑化した奇想天外な発想のカオスは、今では消え去ってほとんど何も残っていない。流産した作品群のサガ［伝説 物語］――実際の乱闘を短編映画にして売り出すアイデア。これは売れるので皆がご馳走にありつける。ノワジー＝ル＝グランのびっくりパーティで少佐の仕出かした冒険……。数限りない少佐の物語。数限りない司祭の物語。その一つはボリスまたはクノー作とされるシノプシスの書き出しが残っているが、タイトルは「司祭の卵」だ。二つ目のタイトルの記憶は「坊主狩り」で、ボリスとウジェーヌ・モワノーが主な配役。その他の作品については、タイトルの記憶がなく、大笑いしたことと僧侶の法衣のストックが大いに役立ったことだけが、皆の記憶に残っている。

　明日なき映画の冒険は、仲間たち全員が感激した映画『吸血鬼ノスフェラトゥ』に強く触発されている。その影響は、現像やモンタージュなどラボの障壁を乗り越えるのに成功した数少ない作品の一つにも見て取れる。ジャン・シュイユーは相変わらずタブーの勢力圏に身を置きながら、文化的ドキュメンタリーの共同製作者として「科学館」から僅かな助成金をもらっていた。彼はそれを間もなく荒唐無稽な他のプランに流用する。『ブーリラン、プールを買う』のシナリオはプールの罠にはめられる南米の独裁者の謎めいた話だ。撮影はモリトール・プールと「科学館」の所長事務室で行われ、いつもの元気のいい奇行連中のほかミシェルも集まった。ボリスは横縞のジャージを着て、ボール紙の警官隊に向かって短刀投げの訓練をするテロリストの役を演じる。しかし、この公金横領の傑作もお蔵入りのまま古びてゆく運命だった。

こうした手探りの冒険も映画の運命を変えることはほとんどなかった。このチームの中ではジャン・シュイユーだけが、映画製作に進んだ。こうした不条理な発明者たちの野望は、初期のタブーの客の情熱と一致している。穴倉や地上の関連施設において、映画は明らかに文学を追い越した。アンドレ・マルローの言葉と言われるこの表現は不完全だとしても、アレクサンドル・アストリュックは既に「カメラ＝万年筆」〔カメラをペンで作文するように使う新しい映画理論〕のコンセプトを生み出している。当初『コンバ』紙の優秀な文芸批評家としてスタートしたこの男は、アンヌ＝マリ・カザリスの仲間だが、その後第七芸術〔映画〕の革新に野心を燃やすようになった。彼はもう映画のことしか語らず、イタリアのネオ＝リアリズムとハリウッドの比較対照による双方のメリットについて、果てしない議論を吹きかけた。アストリュックは既にルイジアナ・ホテルや町内でフィルム数メートル分の極めて即興的な撮影を行っていた。彼はマルク・デルニッツ、ジャック・ラカンとその伴侶のシルヴィア・バタイユ出演の『往復』という本物の短編映画も撮っている。「自然な背景と全くボランチアの俳優を使って、小さなカメラで撮影すること」*14とマルク・デルニッツは彼の有名な「カメラ＝万年筆」を定義する。こうした習作は紛れもない彼の熱意の現れである。サン＝ジェルマン＝デ＝プレは映画のプロを大事にする。アンリ＝ジョルジュ・クルーゾー、イヴ・アレグレ、ロジェ・レナルト、ニコル・ヴェードレ等著名な監督たちは、モンタナ・ホテルに、時にはオーソン・ウェルズも交えて滞在し、恐らく左岸の当時の客たちにとって、ジャン＝ポール・サルトル以上に時代を代表する名前であった。

タブーの仲間たちは、グループで、あるいは個別に、アンリ・ラングロワがメシーヌ街に開設したシネマテークに通いつめた。若い管理人はフレデリック・ロシフ〔後年、記録映画の監督としても有名〕という名前だった。アメリカ映画がまだ遅れがちだったので、皆はソビエト映画、ハンガリー映画、ドイツ映画、古い怪奇映画を楽しんだ。クノー同様恐らくボリスも、彼の近くにいた者が「プレヴェール・コンプレックス」と名付けたものに大分取りつかれていた。性急に何にでも手を出し、何にでも興味を示し、少年時代から映画フリークだった彼は、自分の奔放な空想力を大きなスクリーンの中に導くこともまた夢の一つだったのだ。彼は一九四七年と一九四八年に――シノプシスの入口というか、内容よりもテクニックに関係した数ページのコンテに過ぎないことが多いが――幾つかのスクリプトを書いている。完成したシナリオというよりも、可能な映画と不可能な映画についての考察である。一九四七年六月中に、ボリスはミシェル・アルノー、レーモン・クノーと『ゾネーユ』のシナリオを準備する。これはすこぶるユビュ〔ジャリの戯曲の主人公〕的な人物の物語で、主人公は行列の中で男と出会い、その男が男子用トイレで用を足す彼の真似をするので、初めは警戒する。しかし、最後は彼に自分の人生を物語る。彼の父は野ウサギとウサギを混同していた。そのことが彼の母親への愛に重大な結果をもたらすことになったのだ。糞便、公衆便所、女の尻が重要な意味を持ち、滑稽極まりない傲慢さとセリフの露骨さ。一九四七年の映画界では撮影不可能だった。おまけに、シュールで空想的で、なんとも挑発的！　もちろん、プロデューサーに見せられるような代物ではない。クノー、アルノー、ボリスはそれでも自分たちの計画とクノーの作品の脚色のためにプロダクションARQUEVIT――ARnaud, QUEneau, VIan そしておまけの T――を立ち上げようとする。ボリスは財界人を説得できると自信満々だった。ボリスは特に『無防備都市』の俳優であり、自分も監督であり、サン＝ジェルマンへの愛によってパリジャンでもある、マルセル・パリエロに接触する。マルセル・パリエロはその計画は非現実的だと一蹴した。実現不可能とは。残念なことだ。ボリスはチャンスを逸した。だが、ボリスはまだ他にも友人はいるはずだと考える。町内を回り、左岸全体まで範囲を広げた後、ARQUEVIT社のアルノー、クノー、ヴィアンは、素晴らしい晩餐会を開いて、共同製作の作品と幻のプロダクションを葬ったのだった。

　では、ラジオは？　ボリスとその仲間は、新しい表現形式の徹底研究をしたいというそれだけの目的で、このおふざけが出来そうな領域にものめり込む。フランソワ・ビエドゥーは、ドキュメンタリー部門同様無防備に「科学館」に運営が一任されているラジオ・クラブのスペースを、若い才能に提供したいと考えていた。当の若い才能すなわちボリスの仲間たちは、この話に飛びついた。彼らは放送された最初にして唯一のオペラ「ヴィクトル・ユゴーの作品」『小さなバカンス』を数日間で作り上げる。『リュイ・ブラス』の舞台を植物園に変えた野心作である。ボリスは門番、クノーは高枝に止まったカッコウを演じた。合唱隊「四人の髭男」の顔触れには相変わらずミシェル、少佐等の名前が見える。ジャン・シュイユーが演出を引き受け、音楽とシャンソンはポール・ブラフォールが担当、その中の「亀のポルカ」は後年ムルージがレコード化する。若者を食べるアザラシにはすべてポーランという名前が付けられた。このチームの第二作、聾唖者のためのラジオ・オペラは検閲にかかって没になった。

　一九四七年秋、国営ラジオの乗っ取りが可能になった。いろいろ迷った末、ラマディエ政権は一連のディレクター解任劇の後で、ついに放送改革案を受け入れたのだ。『タン・モデルヌ』誌グループには一連のラジオ放送をする機会が訪れ、ドゴールとペタン、ヒトラーの体格を比較する内容に激怒したドゴール主義者たちの反対で、打ち切りの憂き目には遭ったけれども、全国の家庭にサルトルとメルロー＝ポンティの思想の一端を吹き込むことができた。タブーにも、そのチャンスが与えられてしかるべきだ。恐るべきスター、ボリス・ヴィアンがいるではないか？　この危険な発想が国営ラジオ局の新しい首脳部の頭に浮かぶ。省庁監督下の幹部会議は「白紙委任状」というシリーズの提案を了承した。パーソナリティに一任、規制ゼロの放送時間帯の付与である。そうである以上、どうして革新のための革新、最新流行の大胆な企画を実行しないでいられよう？　一九四七年十月十二日二十時五十分、フランスは電波のハイジャックに晒される。全国民がラジオから流れてくる少佐の罵声を聞いたのだ。「売女《マカレル》！　売女の娘！　黙れ、シシュヌフ［相棒］ども！」。三日後にディレクターは辞任し、数ヶ月後五人目の責任者が解雇された。

しかしながら、新シリーズ「白紙委任状」のスタジオと事務局から見れば、放送は完璧な出来だった。ボリスと仲間の出演者パスカリ、イヴ・ドニオー、マルセル・ルヴェック等々、そしてタブーの楽団は、フランソワ一世街のスタジオ29で十月三日と四日に録音をした。ボリスは彼の作品を「ラジオ＝大虐殺」と名付けた。内容に文句をつけた者はいなかった。一ヶ所だけ修正をしたが、それは国営ラジオ局の最高幹部の名前の変更だった。この秋、政府が第二次決定によって秩序を回復しなかったら、一九四七年まで慎重すぎる公務員の手によって運営されてきたラジオは、突然無分別な連中の手に委ねられるという危険を冒すことになっただろう。なぜなら、この十月十二日に、第二次大戦中アメリカ合衆国が火星人の来襲を受けていると伝えたオーソン・ウェルズの有名な放送にヒントを得たボリスは、「死者二名の犠牲を払って」、只今局長の椅子を手に入れましたと断言するからである。「その二名はコシャン病院で手当てを受けています。ご安心ください」と彼は続ける。空港で滑らかな声の女子アナウンサーたちに囲まれた彼は、プログラムの全面変更を宣言する。詩的で、才能に溢れ、そして非常に国立中央工芸学校風な、ありそうもないごった煮である。ラジオ放送には、アンティオッシュ、マンジュマンシュ教授、偽物と本物の少佐、アニメの動物、論理学のレッスン、錯乱への招待等、ボリスのすべてが登場する。ストレート・パンチのような強烈なギャグと幾つかのすてきな繊細表現。ニュース係になった友人たちのオンパレード。アストリュック、サルトル、クノー、コクトーが、ガリマール出版で改造された実存主義モデルに乗ってカーレースをする。時を告げることを拒むしゃべる大時計。時局に対する極めて不届きな精神の自由。「ではこれから、みなさんのご要望により、今朝満艦飾のベルリンでアドルフ・ヒトラーの復帰を祝って執り行われた式典の実況放送を行います」とアナウンサーが宣言する。「ヒトラーは、不幸にも長期間公務からの離脱を余儀なくされた重病から今ようやく回復し、復帰したのであります」。世界中の名士、トルーマン大統領、ラマディエ首相、国王ジョージ六世等の祝辞がマルセル・デュアメルとエレーヌ・ボカノウスキーの通訳で披露される。そして、キャディラックの上に直立した総統の勝ち誇った凱旋。

新しい局長は彼の放送時間が尽きたこと、警察が到着したことを聴衆に告げる。遠くで銃撃の音。乱闘の気配。それゆえ、プログラムは先を急がねばならない。「ラジオ＝大虐殺」の主な標的である農民への罵詈雑言。「百姓の皆さん！　あんたたちは人間のクズだ。豚が小麦を食わされたために病気になっている（中略）明日以降、我々はそちらに出向き、あんたたちを即刻銃殺する」。女性アナウンサーが「短い詩の時間」を放送しようとするが、度々中断される。そして、最高権威者の中でもとりわけ「アンドレ・フレデリック、モーリス・ロスタン、グロジャン師、ポール・クローデル」の参加を伝える。ひっきりなしの騒音、ドアの軋り、吸う音、飲み込む音、楽団演奏の繰り返し。「白紙委任状」は、びっくりパーティの乱闘の中で無残な終わり方をする。しかし、『ヴェルコカンとプランクトン』の結末と違うのは、今回は楽団が真面目に演奏していることだった。

＊1　ジャン・コー『サン＝ジェルマン＝デ＝プレの一夜』（ジュリアール社、一九七七年）。
＊2　アントワーヌ・ブロンダン『行間の人生』（ターブル・ロンド社、一九八二年）。
＊3　ボリス・ヴィアン『サン＝ジェルマン＝デ＝プレ入門』、前掲書。
＊4　アンドレ・アリミ製作のロジェ・ヴァディムの映画『ヴァディム、サン＝ジェルマン＝デ＝プレを語る』放送の一部。
＊5　『サン＝ジェルマン＝デ＝プレ入門』、前掲書。
＊6　一九四九年一月二日付『フランス＝ディマンシュ』紙掲載のイヴァン・オードゥアールの記事。
＊7　『サン＝ジェルマン＝デ＝プレ入門』、前掲書。
＊8　一九四八年五月十七日『ル・モンド』紙。
＊9　ジャン・ポーランとの対話。マルセル・ルーティエ『サン＝ジェルマン＝デ＝プレ』、前掲書。
＊10　ジャック・プレヴェールの詩「ボリス・ヴィアン」。草稿には一輪の花の絵と「ボリスへ、彼の友ジャックより」の献辞。実際は、主語と述語が逆だった——「そして、サン＝ジェルマン＝デ＝プレは彼の予言者である」。ボリス・ヴィアン財団資料。
＊11　ジャン＝ジャック・ブロックのTV放送「過去の素敵な場所」（一九七〇年）。
＊12　ジャン・コー『サン＝ジェルマン＝デ＝プレの一夜』、前掲書。
＊13　一九四九年七月十四日号『バタイユ』のシャルル・モンテの記事。
＊14　マルク・デルニッツ『サン＝ジェルマン＝デ＝プレの祝祭』（ロベール・ラッフォン社、一九七九年）。

9　モデルの不在

少佐《マジョール》の跳躍

少佐は懸垂に失敗した。樋が持ちこたえなかったのだ。縁も、バルコニーも、緩やかな傾斜の屋根も、軽業師の体重をもう一度支える強さを持ったものは、何もなかった。少佐は冗談の効かない庇《ひさし》の部分に出会ってしまった。彼はお気に入りの芸当の、指でつかむ場所をもう少し確認すべきだった。十八番ギャグの問題点、それは注意力の鈍麻だった。びっくりパーティが気持の緩みを与えていたに違いない。彼のアクロバット芸をよく知っている仲間たちは、その時そこにいないか、あらわな肩や胸元の探究に忙しかったのだろう。少佐は一九四八年一月六日に死んだ。窓から墜落して。ボリス・ヴィアンの短編・長編の小説の中ではなく、実際に死んだのだ。ジャック・ルスタロとしての死。自殺か事故かを問うことに、何の意味があるだろう？女の子がキスを拒んだので、少佐は悔しくて窓から飛び降りたという噂が広まり、女の子に腹を立てる者があった。びっくりパーティで、出口の様子も確かめずに、少佐の中の綱渡り芸人が暴走しただけのことだ。いずれにせよ、少佐によって台無しにされたパーティは、いついかなる時でも少佐にとって輝かしい名誉なのだ。お屋敷町では、生きることは第一義的ではない。少佐は今その見事なまでの実例を見せてくれたということになる。

七日の朝は、みんな急に老けこんだ気がした。ライフスタイルとして考えれば、サン＝ジェルマン＝デ＝プレおよび戦後はその時終わったのかもしれない。しかし、すべての悲しみを封印するために、結局のところあまり実存主義的でない観念、自己欺瞞、芸術家に対する野次の口笛、状況に従う諦念等が、涙を流すことを妨げた。それは手を失ったり足を失ったり、大股開きのし過ぎによって、いずれは終わる運命だったのだ。少佐はいつもその日暮らしの人生を送っていた。耽美派は最後の行為の質の高さを生き甲斐にする。少佐は完璧で、ものの見事にシシュヌフ［いい奴］で、女性には優しかった。二十三歳までこのような絶望の勇気を持ち続けたことに対して彼を密かに非難する者もいた。狂気の人間の死を泣くべきだろうか？　むしろ喜ぶべきではないか？　彼は再びインドに旅立ったのかも？　一月十四日勇者の埋葬の日、友人たちは暗黙の了解により時代の流れを追う方を選択し、哀悼の気持ちを先延ばしする。車の故障で遅くなったミシェルとボリスは、葬儀に間に合わなかった。

他の仲間同様、ボリスは悲しみを抑えていた。ボリスと少佐はこの数ヶ月間会う機会がめっきり減っていた。ボリスは超多忙だし、少佐はしばしばサン＝ジェルマンの外にいた。まるで誰も耳を傾けようとしないことへの警告のように、まるで周囲の気分が彼には胡散臭く思われ始めたかのように。奇妙な偶然だが、『サムディ＝ソワール』紙の一九四七年七月十二日号に、ボリスは『レオビル家のびっくりパーティ』という短編を発表し、少佐はそこで初めて嫌な役回りを演じさせられている。[*1]『ヴェルコカンとプランクトン』の中の少佐ではなく、リー・アンダーソンに近い暴力的な少佐、女の子たちが即座に服を脱がないと、びっくりパーティの室内にある物を手当たり次第壊してしまう少佐だ。冷たい美女の機嫌をとるために、優しい主人公のフォリュベール――ミュージシャンのユベール・フォルのこと――は邪悪な少佐を窓から放り出す。「少佐はと言えば、彼の体は空中で波打ち、（中略）だが、彼は運悪く天井の開いた赤いタクシーの上に落ちたので、何が何だかわからないまま遠くへ運び去られてしまった」とボリスは書いている。だが、全く迷信を信じないボリスだが、この短編を後悔している。まるで少佐の行方を追わなかったことを悔いるかのように。彼の友人たちは誰も古い友人を突き落としたりはしなかったと彼に断言する。少佐はやはり一人で落ちたのだ。

登場人物の乳房

モデルがいなくなったので、一九四八年は順調に明けなかった。何もかもちぐはぐな感じ。今やっていることが自分のやりたいことではないのだ。ボリスは俳優ジョルジュ・ヴァリスの要望に応えて『墓に唾をかけろ』を舞台用に書き換えることにうんざりし、自分の戯曲、脚色ではない本物の戯曲、つまり

『屠殺屋入門』に希望を託した。それは過激な作品で、彼はそれが喜劇の形を取った辛辣な反軍国主義の作品であることを自ら認めている。ボリスは戦争を意地悪く嘲笑する腹を固めていた。一九五〇年に、作家のルネ・バルジャヴェルは『屠殺屋入門』を次のように要約している。「一九四四年六月六日ノルマンディ上陸作戦の日のアロマンシュが舞台。しかし、主役の屠殺業者は村の家々が吹き飛び、ヨーロッパの運命が大きく変わろうとしている時に、娘の結婚のことしか考えていない。婚約相手はドイツ兵である。彼は結婚祝いに（中略）彼の子供たちを招待する。一人は米軍のパラシュート兵、もう一人は女性だが、赤軍のパラシュート兵だ。二人は窓から到着し、それを追って日本人のパラシュート兵もやってくる。アメリカ兵とドイツ兵が登場し、ポーカーをやり、一緒に酒を飲み、国歌や制服を混同する一方で、朝フランス国内軍兵士になったばかりの少年と五十歳の男とが車の徴発にやって来る。ほとんどの登場人物が屠殺用の堀の中で息絶える。〈再建〉省付きの将校がやってきて、区画整理のために家を爆破することで作品も終わる*2」。「アナーキーなボードビル」「ブランキニョル［一九四九年の喜劇映画］によって育てられた屠殺屋＝ユビュ」とルネ・バルジャヴェルは評している。「ペテンや恐怖、教義、〈お偉方〉（中略）がきれい事を言って人々を屠殺場に招き寄せる一切の勿体ぶった愚劣事を嘲笑の大波が揺さぶる」。心地良い讃辞だが、それは大分後のことだ。一九四八年にはまだこの芝居の上演を引き受ける者がおらず、誰に頼むべきか途方に暮れていたのである。彼はロジェ・ブランに打診する。グルニエ＆ユスノーは歯切れが悪かった。「奇抜な舞台づくりで有名な演出家たちが、この戯曲に対してしばしば腰の引けた対応しかしないのを見て、ぼくは驚いた*3」とボリスは回想している。特にジャン＝ルイ・バローは、一九四九年の初頭この斬新な娯楽作品に関心を示した。しかし、上演契約を結ばない。何ヶ月も回答がないので、ボリスは年間のプログラムに組み込むつもりだと解釈した。次に、彼はそれが空手形にすぎないと知る。ボリスは運命が彼に課した抵抗の大きさに激怒しながらも、我慢をする。皆は口々にテキストの書き直しを進言する。彼はそこに運命の悪意と演劇人の無理解、知性の欠如しか見なかった。既に一九四七年五月十九日、第一次草稿を読んだジャック・ルマルシャンは幾つかの友情に満ちた指摘を手紙で書き送っている。「主題――素晴らしい――スキャンダラス。怒号が聞こえるようだ。展開――第一幕実に面白い。――第二幕筋の展開がややたるい（しかし、印象的な効果に富む）。――第三幕修業十五年のベテラン道化師だけが演じ得る。登場人物――全員文句なし――完璧にユビュ的。言葉――絶えずハッピー――そして、滑稽*4」。ボリスは自分の最も信頼できるファンの一人［ルマルシャン］を徹底的に喜ばせることを望み、その男から掛け値なしの讃辞をもらうためにこの戯曲を書いたのだが。
「君は『屠殺屋入門』を支配人に受け入れさせるのに苦労すると思う」とジャック・ルマルシャンは予告している。事実、ボリスは幾つもの劇場を回ったが色よい返事をもらえなかった。リーズ・ドアルムやジャン・コクトーの応援さえあまり有効ではなかった。ジャン＝ルイ・バローもためらってなかなかゴーサインを出さず、結局、彼は若き劇作家の期待を一九四九年末まで引き延ばす。戯曲をアンドレ・レバーズに託すために「引き揚げさせて」ほしいというボリスの嘆願に対し、十二月二十八日にようやく次の返事を書いている。「今から大急ぎで私どもの公式巡業（中略）の準備に入らなければならない上、ビュリダンのロバ［干し草と水の両方に飢えているロバ］に慣れているアルゼンチンの観客に『屠殺屋入門』を気に入ってもらうにはやや時期尚早ですので、来シーズン以前に貴兄の戯曲を上演するのは無理だと思います。他方、この劇を遅滞なく上演すべきことは貴兄との了解事項ですので、ブランもしくはレバーズに頼むために戯曲をお返しすることにはまったく異存がありません」。ジャン＝ルイ・バローの手紙の残り部分はこの抜粋よりも友情に満ちている。しかし、結局拒絶の手紙であることには変わりがなかった。

逆説的だが、戯曲をめぐる二年もの秘かな失意の間に、唯一の晴れ間はジャン・ポーランからもたらされた。ジャック・ルマルシャンは『屠殺屋入門』の改訂版を高く評価し、ガリマール社内でその話をした。セバスチャン＝ボッタン街［ガリマール社］は『プレイヤッドの手帖』の新企画を打ち出し、ジャン・ポーランはこの冒険に『新フランス評論』誌編集の楽しみに似たものを見出す。彼は野心的な企画の一環として、何人かの作家が彼に対して抱いている不満を解消すべく、彼らの作品の刊行を明らかにする。ボリスもその中に含まれるはずだ。なぜなら、ジャン・ポーランは一九四八年の初頭にこう書いているからだ。「私は『屠殺屋入門』は実に情熱的な作品だと思います。作品を貸してくれてありがとう。上演するつもりですか？　そうすべきでしょう。『プレイヤッドの手帖』に掲載させてくれませんか。ただ、冬号はもう決まっています（四半期発行です）。私が自由にできるのは一九四八年号の二十五ページだけです。どうしましょう？　例えば、第一幕のエッセンスを使って、独立した小さな作品は出来ませんか？（ただし、「抜粋」のようなものでは困ります）。面倒なことを言ってすみません。友情をこめて。ジャン・ポーラン」。[*5]

この依頼を受けた……ボリスはジャン・ポーランと『プレイヤッドの手帖』のため、自分の戯曲の第一幕からもう一つの戯曲を産み出すという微妙な作業を承諾する。ポーランは手に負えない子供の一人とこんなにも簡単に関係修復ができたことに多分浮き浮きして、次のように感謝している。「申し出を了承して頂き、とても満足しています。私は『屠殺屋入門』がますます文句なしに好きになりましたし、私のために一幕物の戯曲に作り変えて（一時的ですが）頂くことになり、感謝にたえません」[*6]。この縮小版、二十八場の半戯曲は一九四八年春『プレイヤッドの手帖』No.4に掲載された。二月十六日の第三便で、ジャン・ポーランはこの作品に魅了されたと告白する。「私にはすこぶる上出来の仕上がりに思えます。もちろん、削除した部分は残念の一語に尽きますが」[*7]と彼は書いている。この縮小版は、再びガリマール出版の名前で作品を発表できる幸運のほかに、彼に戯曲をもう一度取り上げて一幕物として書き換えるきっかけを与えた。いずれにせよ、書いたらすぐ上演する、その素早さが彼にはたまらないのだ。ポーランはたぶん意図せずして良き助言者の役割を果たした。ボリスはよく出来て、テンポも速く、ほとんどキャバレーの出し物みたいなこの娯楽作品を愛し、鮮度が落ちることを恐れた。それに、他の作家、例えばクノーなんかが、同様な喜劇調で武装して先の大戦に攻撃を仕掛けないとも限らないのだ。

陰鬱な季節の救世主ジャン・ポーラン！　その考えは一九四八年冬の終わりにボリスを喜ばせた。喜ばせる、ただそれだけのことだったが。なぜなら、彼は猛烈に仕事をしたが、いずれも反響はなかったからだ。詩、短編小説、数多くの批評記事。ミステリアスな「小説Ⅲ」は休眠状態だった。『墓に唾をかけろ』の偽米国版『I shall spit on your graves』の刊行にも読者の反応はなかった。『死の色はみな同じ』はサリヴァン第一作に比べ極めて売行きが悪かった。二月に『ひどい奴らは皆殺し』の削除版を連載の形で発表する決定をした後、『フランス゠ディマンシュ』紙は決定を覆し、四月にこの小説の結末を読む権利すら読者から奪ってしまう。そのため新聞や雑誌を通じ、ボリスは責任者マックス・コールを度々非難することになる。

身近にいた者の話では、ボリスは秘かな怒りを押し殺していた。時折、友人たちは彼が仕事で燃え尽きるのではないか、気の進まない書き物においてさえ燃え尽きるのではないか、恐らくあと数年の寿命ではないかと心配している。しかし、彼にはこの自主的な徒刑囚の人生が必要だったのだ。ボリスには疑うことも立ち止まることも許されなかった。だから、皆が意図せずして、少しずつ無理な仕事を彼に強いた。人々は彼のタブーの看板作家としての弱点、申し出を断れない性格、欠如や沈黙や無為を恐れる心理を利用したのだ。もちろん、この点において大きなリスクがあるわけではない。彼の活動は多岐にわたるからだ。しかし、余白は十分に取らなければならない。蝶の収集家にも似た、計画の収集家。

夜毎の地下の楽しみにもかかわらず、この年の初めは彼固有の過活動のシステムがうまく回らず、彼は当惑と居心地の悪さを感じている。しかし、彼のことをよく知らない連中は――実を言うとサン＝ジェルマン＝デ＝プレの仲間たちのほとんどがそうだった――彼は気分にむらがなく、恥ずかしがりで、愛想がよく、トロンピネット吹きのエンジニアのように単純だと思っていた。また、彼の不遜さはいつものように、熟慮した作品であれ、即興的な作品であれ、作品だけに限られた。そうした特質はますます彼への誤解に拍車をかけることになった。メランコリックな雰囲気を身にまとっていたが、ボリスは愉快な場面では乗りのいい仲間だった。メランコリーの原因に関心を持つ者はほとんどいなかった。NRF［ガリマール社］には、ガストン・ガリマール宛の一年生のやんちゃな手紙、滑稽な手紙、ふざけた手紙が残されている。一九四八年五月十七日の手紙は、「嘘つき男」ボリスに対する幻想を強化する内容になっている。

「親愛なるガストン、お金をお送りいただき誠にありがとうございました。私の年次祈禱書にあなたのお名前を忘れずに記載させていただきます。どうか主の平安があなたの会社を潤し、イルシュ氏とあまり宴会騒ぎをなさいませんように。なぜかと申しますと、自由と知恵を重んじながらも真面目に働くのが今のご時世だからであります。心から頬キッスを。あなたを愛する作家の卵《オートウルキュル》より。――もちろん、この語尾はラテン語の指小辞であります*8［――cule はラテン語起源の指小辞］」。

サン＝ジェルマンはユーモアを好むという評判が出来上がる。失意は時世に合わない。タブーは優しい狂気で信者たちの心の不安を覆い隠す。皆は少佐のことを思い出さないようにした。ガストン・ガリマールもついに彼のお気に入りのザズー［ボリス］と手紙の交換をするようになる。ボリスは表面的には、仲間や街の落ち着きのない若い作家たち同様、元気に見えた。日々快調のボリス？　紙挟みの中のプランを書き進める自信はあったのか？　ヴィアン夫妻の暗黒叢書の翻訳が次々に公刊される楽しみはあったが、執筆注文が多すぎて彼自身の仕事は遅れがちであった。

『バーナムズ・ダイジェスト』の出版は幸せな出来事だった。イラストレーターのジャン・ブーレと組んで、ボリスは詩とデッサンの本『バーナムズ・ダイジェスト』を完成する。ジャン・ブーレの描いた十枚の怪獣とボリス・ヴィアンの英語からの訳文。二人の自費出版。版元は「二人の嘘つき社」。ジャン・ブーレは変わった男で、人を引きつける魅力を持ち、作品は極めて不道徳。ボリスと気が合った。空想映画おたく、両手を失った障害者と暮らす同性愛者。管理人をしている母親と一緒に暮らすアパルトマンの、壁を黒塗りした部屋に閉じこもるクリエーター。フリークス［奇形、怪獣］に惑溺し、デフォルメと残酷と苦悶の世界の虜になったジャン・ブーレは、ほとんど恥知らずな裸の線で、あからさまな性的器官を持つ怪獣や若い男女を描く。『墓に唾をかけろ』が刊行された時、彼はボリスに連絡を取り、このサリヴァン作品の挿絵入り豪華版の刊行を提案している。ボリスの懇願により、この豪華版はスコルピオン社の負担で九百六十部印刷された。それ以降、ジャン・ブーレはヴァーノン・サリヴァンとその生みの親の才能を頑固に弁護し続けている。

ジャン・ブーレのデッサンの魔法により、マルチーヌ・バーナム・キャロルに捧げられた『バーナムズ・ダイジェスト』は、ボリスの眼にはまずまずの売れ行きと思われた。しかし、ヴァーノン・サリヴァンの脚色の方は事情がまったく異なっていた。一九四八年になってもサリヴァンは相変わらず居座って、ボリスの背後でせせら笑っていた。彼は一年以上前から、KO勝ちをして、裕福な有名人となり、ジャーナリズムとの間に良心の問題も誤解もなかった。ガリマール社とも無関係である。彼はほとんど何の問題も起こさず、というか『屠殺屋入門』の作者ほども騒がれず、舞台上演を待っていた。ミシェルの反対とクノーの怒りを無視して、ボリスは『墓に唾をかけろ』を舞台用に書き換えることを承諾する。そういう提案があったからだ。もっと奥深い理由は、自分や他人を軽蔑しやすい自らの性癖を満足させるため、馬鹿げたことをやって安直に得られる人気がもう少し欲しかったからだ。彼はポスターに名前が載ることで虚栄心がくすぐられる状況に慣れていた。『日々の泡』と『北京の秋』の苦い過去に対してもまた、冷静になれるだけの距離が生まれていたのだろう……ミシェルとクノーは作家の後ろにいるボリス個人に向かって厳しい言葉を投げかけたが、作家はそれを無視した。小説の舞台化に賛成したのは、明らかな芸術的失敗と割のいい商売とを見越した者の反射的な行動だった——つまり、マゾヒズムと宣伝効果。嘲笑的な挑発者と批評に傷ついたアニマルの同時本能的リアクション。ゲームは彼とジャーナリズムの間で進行中であり、彼は第二戦は勝てると踏んだのだ。

しかし、まもなくボリスは、生まれて初めて自らの決心を後悔する。もし、彼自身この悪ふざけが陳腐で、バックストンの色道指南の話を舞台用に変換することなんかできないと思っているのであれば、どうして観客や批評家がそれ以外の反応を示すことができるだろう？ 彼の「スキャンダラスな人気こそが成功の確かな切り札である」とある雑誌は書いている。彼自身一月に戯曲の予告をして以来、もう既に自信が持てなくなっていた。舞台用に平板化され、単一場所の法則に縛られ、滅菌されたリー・アンダーソンの復讐譚は、無味乾燥で、人工的な印象を与える恐れがある。この二番煎じのスキャンダルは失敗する公算大だった。放縦を批判される以上に、もっと厄介な陳腐のレッテルを貼られてしまうのだ。

文学ジャーナリズムによれば、これから先彼は演劇関係のジャーナリストと対決しなければならないが、戦いは既に始まっていた。反発は必至だ。『死の色はみな同じ』の後書き［前書きの誤り］

以来、作家ボリス・ヴィアンは新聞の文化欄にとって呪われた作家なのだ。前年彼は『墓に唾をかけろ』に向けられた敵意から身を守るために、緊張をほぐすような不機嫌を装って自から喧嘩を売った。彼は「批評家よ、あんたたちはうすのろだ」とサリヴァンの小説〔『死の色はみな同じ』〕の結論部分で書いた。そして、印刷された次の一文が芸術サービス隊を憤激させ、反撃のチャンスを狙う者は多かった。「哀れな人種、ぐるになった批評家集団よ、（中略）あんたたちは、いつ批評の仕事をするつもりなんだ？（中略）いつになったらあんたたちは、『タン・モデルヌ』誌に執筆しながら実存主義者でないこともありうると認め、悪ふざけを愛する者も、常時それを実践するわけではないと認めるのだ？　いつになったら自由を認めるのだ？」。

　予想される攻撃をかわすために、ボリスはいきなり舞台化した『墓に唾をかけろ』は小説とは別物であると宣言する。警視庁は上演を禁止するだろう。それは彼自身も避けたい。芝居でのセックスはご法度だ。あらゆる示唆、わずかな猥褻行為も舞台をストリップに変貌させてしまう。「小説から戯曲を引き出す実験が危険な賭けであることを、ぼくも隠すつもりはない」と彼は一人の記者に打ち明けている。「皆が考えるようなスキャンダラスな話はなく、高潔な観念があるだけだ。確かに大胆な主題は清純な耳を驚かすかもしれない。しかし、敵対する人種間の悲劇が簡潔な表現によって浮き彫りにされるのです[*9]」。舞台化をする当人が当惑を隠さない。もう少しで、彼自身が彼の芝居を見に行かないように勧めてしまいそうだ。『墓に唾をかけろ』は何週間にもわたって、シリアスな、人種差別反対の演劇で、ほとんど政治的と言っていいくらいの作品であると喧伝される。ボリスは絶えずこの側面を強調し、意図を尋ねに来た者にはアメリカ合衆国の黒人の運命、人種差別法の存在を指摘した。彼は一九四六年末の証拠となる全記事をすらすらと引用する。『コリアーズ』誌の記事が度々論証に使われる。彼が『アンクル・トムの小屋』の上演準備に没頭していると信じる者まで現れた。反人種差別の告発書である。彼はスポンサーが最も重要視する女性の登場人物の重要性さえ軽く扱った。エロティックなものを期待して見に来る客は失望するだろう、と彼は断言する。「客は三人の美女、しかも服を着た美女を発見するだけだ[*10]」。

　ボリスはこの後もスキャンダラスなジャーナリズムにあまりにも愛されて、作者の節度ある対応への呼び掛けが聞き入られることはなかった。週刊紙や日刊紙への話題提供者であるタブーにおいて、ボリス・ヴィアンの次回作上演に関する噂を厳しくたしなめることは一つの賭けでさえあった。リー・アンダーソンは一人の「ボビーソクサーズ」の手を借りて酔いつぶれたジーン・アスキースの上に覆いかぶさるだろう、と皆は明言する。舞台上でのレイプさえ予想する。「嘘つき男」の友人たちは、ジュリエット・グレコがその役を引き受けるかもしれないと仄めかした。ボリスが穴倉のオーディションをやり、まだ「登場人物に相応しい乳房」を発見していないのだと。ゴシップ新聞には思いがけない特ダネだ。ボリスがゴシップを鎮静化させようと努力し、演出担当と予測されるパスカリに頼んであらゆる官能的なシーンを削除する一方で、新聞は美徳の破壊者ヴィアンのお眼鏡にかなった女優たちの名前を競り上げる数週間の大騒ぎに突入する。タブーのスター、マルチーヌ・キャロルが次第に浮上する。この女優は最近『タバコ・ロード』の演技で観客を興奮させたではないか？　シモーヌ・シニョレやギャビー・アンドルーの名も取り沙汰される。雑誌を読むかぎり、彼女らはイヴ・モンタンが演じるかもしれないリー・アンダーソンに抱きしめられるために、バトルを繰り広げているらしい。そういうことはすべてゴシップにすぎないが、十分にその使命を果たしている。スキャンダルが息を吹き返す。小説の生みの親の真実が明かされて以来忘れられていたヴァーノン・サリヴァンのように。『フィガロ・リテレール』紙は冗談好きの男がボリス・ヴィアン宅を訪れ、自分はアメリカ人原作者であり、印税を貰いに来たと述べたと報じている。

ボリスも手紙の中でふざけながらそれを認めている。「親愛なる警官《アルグワジル》諸君、皆さんは『フィガロ・リテレール』の中で、きわめて疑わしく紛争を招きかねない作り話をしていています。私は確かにP&O汽船でお互いに船倉係をしていた時以来の友人同業者サリヴァンの訪問を受け、皆さんの報道とは逆に即座に印税を支払いました。その額は百九十三フランと少々です」[*11]。

舞台上で服を脱ぐシーンについては、美しきジョゼット・デードのような無名の女優たちが覇を競った。彼女の写真は一九四八年一月二十一日の『Vマガジン』誌のページを飾っている。「分かりますか」とこの若い女性は断言している。「私は先ずステージ上でレイプされなければならなりませんでした……それはまあ仕方がないとしましょう！　さらに、私は皆の前で乳房を見せなければならなかったのです。それには絶対同意できませんでした！」。またしてもボリスは、誤った情報や安っぽい怒りもしくは若い女優の売り出しに関わる怒りの波に足元を掬われてしまう。彼は、男性読者に「修正した」体毛の美女たちの写真を提供するアメリカ直輸入の雑誌『パリ＝ハリウッド』に取り上げられる光栄にさえ浴する。ピガール劇場での上演、その後ドヌー劇場、ヴェルレーヌ劇場等、売り上げを伸ばすため次々に予告が行われる。単に閉鎖の憂き目に遭うことを恐れる劇場支配人が嫌う、スキャンダラスなものは受け入れないという観念に、安心を与えるためだけの措置である。ジャーナリズムの過熱は、作者が少なくとも何日間かは控えめにした方がいいと思っていた芝居の宣伝に乗り出す勇気を与える。ところが、パリ交通公団がメトロでの広告を禁止してしまった！　サルトルの『恭《うやうや》しき娼婦』に対して行ったのと同じ措置だ。地下鉄の駅では、『墓に唾をかけろ』は「ボリス・ヴィアンの戯曲」になろうとしていた。それは光栄過ぎる話だ。メトロの管理職たちもマルチーヌ・キャロルを見たいのだ。しかし、それを口に出して言うことはできない。

ボリスはインタビューを受けた。リポーターは未だにこう切り出す。

「――ところで、サリヴァンはあなたですよね?」

「――あのねえ、ぼくの顔がサリヴァンに見えます? それに、サリヴァンは生粋のアメリカ人なのに、ぼくにはニグロの血が七分の一入っているんですよ……そう、大抵のロシア人がそうなんです……」

「――でも、あなたはセーヌ＝エ＝ワーズ県出身でしょう!」

「――だから、外見に騙されたらだめなんですよ」*12

ボリスは家での写真撮影を許可する。その時大衆紙のスタッフは、一人の礼儀正しい男、彼らがスラブ人［ボリスはスラブ系の名前］と思っていたフランス人、身重の美しい妻を持ち、男の子がいて、普通のアパルトマンに住んでいる男を発見して、驚く。ミシェルは出産を控えていた。そしてこの朗報は、辛辣なゴシップの埋め合わせとして、四月末の総稽古まで続く戯曲騒動に付随することになる。立派な人格者ボリス。彼の結婚写真までが公表される。かつての技術者、ミュージシャン、そして、タブーのプリンス。この一九四八年の二ヶ月、『墓に唾をかけろ』は他のどんな演劇よりも多くの記事を書かせた。他方、ジャン・マレー主演のジャン・コクトー『恐るべき親たち』の撮影予告はまったく無視された感じだった。相次ぐ出来事に、ボリスの身近な者たちももう面白がらなくなっていた。ボリス自身女優のオーディション以外あまり興味を示さなかった。彼はアンヌ・カンピオンと知り合いになった。新聞に「十九歳の野性的な北欧の妖婦」と書かれ、肩を露出したポートレートがあちこちの新聞雑誌を飾った美しいブロンド娘である。彼女がジーン・アスキースを演じるだろう。ジャクリーヌ・ピエルーが、有名なレイプシーンに登場する倒錯した「ボビーソクサーズ」ジュディの役だ。パスカリと二人で、ボリスはさらにヴェラ・ノルマンとダニエル・ゴデを採用する。こうしてミスたちが決定した! ジャクリーヌ・ユエ、マルチーヌ・キャロル等々の落選した女優たちは、作者に不満をぶっつけた。

ダニエル・イヴェルネルがリーを演じることになった。ボリスは舞台装置をバックストンの本屋の奥の部屋一本に絞り、製作をジャン・ブーレに任せた。ベールや垂れ幕がエロティックな効果を薄めるために使われた。人種差別を告発する真面目な芝居という主題を強調するため、脚色者は黒人に新たな二つの役を付け加えた。

ミシェルとボリス・ヴィアンの娘キャロルが四月十六日誕生

する。この慶事は沈滞した一座の空気を破って、リハーサルの終わりに喝采を浴びた。衣装合わせはおそらくこのシーズン中最も多くの人を集めた。タブーの仲間が押し寄せる。ジャーナリストからは自分の席の位置が悪いこと、台詞が全然聞こえない等苦情が出た。この劇場はプロの間では、上演する作者にいつも何かしら不吉なことが起きるという評判だった。特にジャーナリストたちは、ボリスが俳優のダニエル・イヴェルネルと言い争ってリハーサルが中断したことを皮肉り、ちょっとしたハプニングを重大事のように伝えた。衣装合わせは延期となり、総稽古は散々な結果に終わる。舞台装置が崩れ、ベールも外れて落ちた。見るべきものは何もなかった、というか、彼らが見たいと思ったものは何も見られなかった。ジャクリーヌ・ピエルーの目の前で、ダニエル・イヴェルネルがアンヌ・カンピオンの厚着をしすぎた体の上に覆いかぶさろうと体を近づけた瞬間、幕が下りたのである。

騙され易い人たちやメトロの管理職は欲求不満のまま家路につく。ボリスが率先して名案だと自負した芝居の唯一の見せ場は失敗に終わったのだ。そのため演出のパスカリとヴェルレーヌ座の支配人は、いわゆるレイプ場面での閉幕を徐々に遅らせるしかなかった。コルサージュのボタンも外した。プロのストリッパーを雇って、ステージの奥の暗がりで服を脱がせることまでやった。

ボリスはできればそういったことはすべて無視したかったろう。難破船から脱出し、自分も演劇愛好家の好む黙説法を採用したい考えであることを分かって欲しかったにちがいない。彼自身この措置は現実的な対処にすぎないと明言している。彼は責任を軽減したいかのように小説と演劇の違いを強調して、芝居のプログラムに次のようなことまで書いている。「『墓に唾をかけろ』というタイトルは皆さんがこれからご覧になる演劇とは何の関係もありません。前者は客に強烈な印象を与えたようですので、それを舞台に転用することは（商業的見地から）致し方のないことでした」。しかし、彼に対する批評のリンチは容赦なく行われた。辛辣で、報復的だった。擦り切れたギャグがあると、山ほどの批判が襲いかかった。観客が作者と同じくらい退屈したので、ますます容易に集団的報復が行われたのである。彼の遠まわしな文章、ひっくり返した表現、「唾」、「墓」などに対して。「大雨ではないので、傘は不要」（『黒と白』誌）、「とても慎ましやかな洪水」（『舞台』誌）、「大げさに言うのは止めよう。問題はただ唾だけなのだ。（中略）しかし、この最高の埋葬の後では、誰も墓地まで行く必要はない」（『パリ＝プレス』誌）。

「弱々しい」、「ニコチンを除去した」演劇。「題名を巡るこけおどしと大騒ぎの探究」。ボリスにはすべての批評が打撃だ。最も好意的な部類の劇評――「『墓に唾をかけろ』は良い教訓になることもできた」とフランソワ・シャレーは書く。「しかし、これは悪い苦役でしかない。誰もボリス・ヴィアンに唾を吐きかける者はいないだろう。彼に対する友情を考えると、残念な気持ちの方が強い」[*13]。タブーでは、誰もあまり元気がなかった。作者がこのように晒し者にされ、芝居が成功しなかったからだ。ミシェルは、彼がたっぷり世間を侮辱した結果だと繰り返す。クノーは忙しかった。サルトルは芝居を見に来なかった。ボリスは直ちに別の計画に着手する。この横滑りは転進以外のなにものでもないだろう。年内にはもっと素晴らしいサプライズがあるはずだ。とは言え、ボリスは意気消沈していた。恥ずかしい。批評家たちは辛辣な文章を書くべきではなかった。彼は意識的に仕事の分担をこなしただけなのだ。手帳には四月二十八日付けで、次のアイデアが記されている。「昔々若い作家がいた。その作家は〈おれは未来のために仕事をするんだ〉と言った。そして、頭に銃弾を撃ち込んだ。彼は少しでも役に立つことをしたいと思ったのだ」。

＊1　死後出版『人狼』、前掲書、所収。
＊2　『カルフール』、一九五〇年四月二十五日号。
＊3　『屠殺屋入門』初版本（トゥータン社、一九五〇年）にボリス・ヴィアンが添えた「前書き」。「最低の職業」、「将軍たちのおやつ」と一緒に『演劇Ⅰ』（ジャン＝ジャック・ポヴェール社、一九六五年）に戯曲と併せて収録。
＊4　ボリス・ヴィアン財団資料。
＊5　前掲資料。
＊6　前掲資料。
＊7　前掲資料。
＊8　ガリマール社資料。
＊9　『オルドル』誌、一九四八年四月十六日号。
＊10　『オーロール』誌、四月二日号。
＊11　『〈墓に唾をかけろ〉事件関係資料』、前掲書、の中にノエル・アルノーによって引用された手紙。
＊12　『アンビアンス』誌、一九四八年一月一四日号。
＊13　『オーゼクット』誌、一九四八年四月三十日号。

10　離散の時

一九四八年六月、七月、八月

強烈で熱情的だが、短い歴史。タブーは余りの重圧に飛び散ってしまった。タブーは息切れを起こしたのだ。そこでは何もかもが気違いじみていた。本物であると同時にまがい物、魔術的であると同時に紋切り型だった。その存在理由は余りにも矛盾に満ち、タレントは数が多過ぎ、けた外れの盛況だったため、反逆、解放、金もうけ主義、社交界趣味の入り混じる最初の数ヶ月の陶酔が長続きすることはなかった。ドフィーヌ街［タブー］は大混雑と乱闘の世界だった。近隣の人たちは集団で圧力をかけてきたし、穴倉酒場は警視庁の緑のクロス［会議机・賭博台］の上で、しばしば存続を賭けたゲームのターゲットになった。ギヨネ親父はゲームを降り、新しいオーナーは誰も手が出せないほど高い料金を掲げた。そのためミュージシャンと歌手はギャラを要求するようになった。こうした流れの中で、あのターザン［タブーの名物男］でさえ叫び声のギャラが決まった。霊感を受けた詩人たちの怒号と音楽とダンス、年少者と年配者、レモネードとジン＝フィズ、どちらを選ぶか否応なしに選択を迫られる。即興的冒険の気前のよさ、両極端の足し算、ジャンルの混淆が、最も基本的な組織の原則に衝突する。フレッド・ショーヴロ、ベルナール・リュカ、マルク・デルニッツ、ジュリエット・グレコ、アンヌ＝マリ・カザリス、ボリス、アラン・ヴィアン、『サムディ＝ソワール』紙……ノアの方舟は、船長が多すぎて、一ヶカ所をぐるぐる回った。

彼らはそれを肌で感じ、素直に運命を受け入れ、真剣に身の振り方を考え始める。彼らは解散した。アラン［ボリスの弟］は残る。

彼は穴倉のネズミや詩人やサン＝ジェルマンではこの湿気の多い洞窟にしか愛着を持たない者たちと一緒に残る。最も貧しい者たちと一緒に。ボヘミアンの同志たちの何人かは、これからはホテルの部屋に泊まるか、街の居酒屋へ飲みに行く方が賢明だと判断した。地下においてもお金が猛威をふるう。実存主義者も階級闘争を避けられない。「パッシー地区［お屋敷町］の名士」から抑圧され、事実上追放された若い芸術家の中の最も貧しい者たちを、うんざりした気分が襲う。継続と忠誠を誓ったタブーは、楽団とダンサーを温存する。ジャン＝ピエール・モーリーはここで革命的な詩を絶叫する。ロジェ・ピエールとジャン＝マルク・ティボーは少し後になるが、彼らのデュエットをこのステージで披露する。だが、当初の洞穴趣味は、その後キャバレーやシャンソン喫茶、ミュージックホールの出し物に特化され、一九二〇年代および一九〇〇年当時の時代と流行の名残りをとどめるガラクタ市と化す。観光客は王様であり、パリはいつの時代もパリなのだ。消費者への譲歩は世の常である。客が祖父母たちの楽しみに愛着を覚えたのだ。タブーは成熟し、モンマルトルやモンパルナス、ピガールの後を追いながら、スタイルの違いを区別せず、新しい世代のために、永遠に続く首都の歓楽の夜を生み出し続ける。タブーは自分では不遜の殿堂の番人を自負し、挑発の「最前線」を維持したいと願っていたが、多少ミミ・パンソン［陽気で尻軽な下町娘］の猿真似をせざるをえない。身体にあまり衣服をまとわず、陽気な観客から写真を撮られたり触られたりする町娘たちの中から選ばれるミス・タブーの審査は、ジャーナリストたちの心地よいスキャンダルを刺激した。残ったメンバーは、ひょっとすると以前よりもうまく行くかもしれないと考えた。

それこそまさに出て行った仲間たちの恐れていたことだった。こうした譲歩、ストリップめいた舞台への移行、ほとんど客の好みに合わせてしまうやり方。「ジェット機族《ジェット＝セット》」——大西洋の彼方から来た表現だが——は、ボリス言うところの「成金《ボッフ》」、つまり一夜のほろ酔い加減の地方人と同席する義務を認めず、もっと厳選された洞穴を要求した。自分たちだけの洞窟、クリスチャン・ディオールが流行らせたタキシードとドレスの「ニュールック」で集う自分たちだけの洞窟だ。自分たちで戦慄を加減でき、自分たちで選ぶ実存主義者、ビ＝バップの最良のダンサー、一群の美女たちしか認めない厳格な会員制クラブ。一九四八年秋から早くもフレッド・ショーヴロとマルク・デルニッツは、合同でまたは単独でこの第二のタブーに関する調査を始めていた。なぜなら、もっと広くて陰鬱でない空間の必要性が明白になってきたからだ。夜の娯楽に対する急激で多様な熱狂にしっかり応える必要が生じていた。タブーの憂鬱は深まり、各自が予定した訣別時期を早めることになる。二人の女神グレコとカザリスは、仲間のデルニッツがお祭り騒ぎのトランクを持参する所にはどこへでも付き従った。フレッド・ショーヴロは、ジャン＝クロード・メルル、ジャン＝ポール・フォール、クリスチャン・カサドッシュ等、新しいタレントたちに出会う。実存主義が商売になりそうだ。彼らは自分たちだけで神話と現実を結合する新しい出し物を工夫する。とにかく、あらゆる物と無関係な娯楽の空間を演出する方法を編み出したというわけだ。社会状況にも、一時的なスノビズムにも、地理的条件にも、時代の旗手にも関係のない娯楽の殿堂。ボリス自身はジャズに奉仕したい気持が強かった。アメリカン・ジャズの大物たちがフランスを再訪し始めていた。ボリスはもっと良い環境で彼らにオマージュを捧げ、「ジャムセッション」をし、二大陸の橋渡し役を果し、フランス最高の「ニューオリンズ」やビ＝バップのジャズ・ソリストたちが、彼らと交流し、同じ土俵で競い合うことを夢見た。だから、彼はジャズのチャンスを与えてくれるところなら、どこへでも出かけて行った。彼の友人たちが――彼自身の表現を借りれば――「妥協なしにジャズができる」[*1]ところならどこへでも。

彼はタブーと縁を切ったわけではない。単に数ヶ月後にはもうページがめくられることを知っていただけだ。彼は弟のため、弟がニコラ・ヴェルジャンセードルという名で書き、朗唱する詩のため、パーティや最後の悪ふざけのため、時折そこへ戻った。「彼は幾分かは皆がやっていることを監視するために来たのです」と弟のアランは言う。「彼もミュージシャンの一員だったので、皆がバカなことをやっていないか、経営陣の指示でダンスホールのワルツを演奏させられていないか、いつもそれを見にやって来たのです。と言うのも、タブーの経営陣がニューオリンズ・ジャズよりもダンスホール・ワルツに入れ込んでいたのは確かだからです」[*2]。ボリスは去って行く。なぜなら、時代は変わったし、タブーの出し物もしばしば昔の模倣でしかなかったから。アランの言う通りだ。そこではサンバすら演奏されるようになっていた。そして、ボリスは誰にもまして、また『墓に唾をかけろ』にもかかわらず、反復が大嫌いだった。

一九四七年春のタブーの創設同様、タブーに続く話についても、クラブ・サン＝ジェルマンの生みの親が一体誰なのか、今となっては判然としない。ショーヴロか、デルニッツか、グレコか、カザリスか、はたまたカサドッシュか。恐らく、その全員だろう。彼らが一緒にいないことはめったになかったから。彼らのうちの一人が、ある日フロールとドゥー・マゴの近くで、モンタナの向かいにあるサン＝ブノワ街十三番地の建物の地上すれすれに換気窓があることを見つけたのだ。あつらえ向きのロケーションだ！　有名な居酒屋群のすぐ近くの四つ辻にある。どんな怠け者でも十メートル歩くだけでいい。午後の静かで文学的な時間帯が過ぎて、サン＝ジェルマンの中心部が夜へと移行する予感。そして、たぶん財政的援助の保証つき。サン＝ジエルマン広場までひと固まりの家屋全体を占め、レンヌ通り一番地に別の入口を持つ四十四番地の建物――その二つの番地はボリスを面白がらせたが――には、幾つかの協会や団体が入り、国立産業奨励協会が所有していた。既に一九四六年クロード・リュテールとボリスは、そのホールの一つをジャズ・クラブに転用することを考えていた。しかし、彼らは十一月十一日に演奏しただけで、追い出された。そのような前史にもかかわらず、このビルはジャズ・クラブになる宿命を持っていたのだ。

産業奨励協会の会長ルイ・ブルゲは、妻の友人であるアンヌ＝マリ・カザリスを度々家に泊めていた。グレコ、デルニッツ、レーモン・オーボワノーも、時々彼の家の昼食会に招かれる。ルイ・ブルゲは殺風景なビルの中にクラブを作る案に魅了された。彼は自分のビルの地下室の状態については何も知らなかった。地下一階、さらに隣のビルの下を通ってアベイ街まで連なっているアーチ型天井の穴倉群。ベテランのショーヴロとデルニッツが興味を持ち、調査に降りて行く。その結果、小説家の仲間たちが希望する書店＝バーのスペースさえあることがわかった。しかし、左官仕事、ペンキ、装飾等の工事が数週間必要だし、経費は二人が用意できる金額をはるかに超えた。奨励協会の地下改修のために、クリスチャン・カサドッシュとフロールの主人ポール・ブーバルを加えた小さな会社が設立された。フレッド・ショーヴロとクリスチャン・カサドッシュは、この新しい地下倉の経営を任される。グレコ、カザリス、デルニッツはタレント業だ。ボリスはミュージシャンの世話役。クリスチャン・ベラールは適宜必要なアドバイスを与える。内装は控えめな優雅さに軽いユーモアを交えたものにした。こうして、張り子の馬の頭と木彫が壁を飾り、心地よいカウンターと一台のピアノ、低い肘掛け椅子、背もたれのない腰掛けが据え付けられるとともに、穴倉のネズミたちの不満に配慮して引き籠もりのエリアも設けた。

穴居人の現代史上第二の神殿は一九四八年六月半ばにオープンする。しかし、一つだけではなかった。他にも聖域の至る所に穴倉酒場が開店した。一九四八年六月、七月、八月、……三ヶ月の伝説と年代記、まるで模範とすべきノスタルジーを効率的に結合したかのような、タレントと金ぴか物をふんだんに使った、最高傑作の最短＝時代。地区の彼方にまで広がる大衆化現象の爆発を招いた三ヶ月。ボリスも書いているように、「サン＝ジェルマンの渦がその地下に穴を開け、グリュイエール・チーズ［グリュイエール・チーズには実際は穴がない］のような穴ぼこだらけの外観を呈することになった」[*3]のである。確かに穴倉酒場は一つではなかった。だが、この穴倉は特別で、お手本のような存在であり、ファッションの効果と上流階級と素晴らしい音楽を確保していた。さじ加減の経験と芳名録を持っている唯一の穴倉だった。第一世代のタブーは、家財道具一切を持ってサン＝ブノワ通りを越えた。ところが、今回は右岸からの全面的な支援がある。アストリュック、オット・デー、コレット・ラクロワ、アナベル、市松模様の魚雷型《トルペード》無蓋車の一団〔イヴ・コルバシエールのグループ。一四一ページ参照〕、そして「駄文書き《ピス＝コピー》」たちが、新しい殿堂に彼らの居場所を見つける。イヴ・コルバシエールはデルニッツ、新聞記者のジャン＝フランソワ・ドゥヴェーと一緒に数週間ムジェーヴに滞在し、雪のタブーを開設した。クラブ・サン＝ジェルマンの奥座敷〔ムジェーヴ〕は彼らの肺にとても心地よかった。こうして、ルノー１９２０〔無蓋車〕は数百キロの旅をしたわけだ。

クラブ・サンジェルマンの開店祝いの日には、三百人の招待者が発表された。概算で千〜千四百人、おそらくそれ以上の客が店の前に押し掛ける。大通りの交通は麻痺し、交差点では警官が交通整理に追われた。終わり頃出かけたショーヴロでさえ、「幸運な少数者《ハッピー・フュー》」の群衆に阻まれて前進することができなかった。モーリス・シュヴァリエとニタ・ラーヤは入場に三十分を要する。シモーヌ・シニョレは、何十人という俳優や社交界の女性あるいはそれぞれの資格で入場を要求する無名の人たちによって、イヴ・モンタンから引き離された。デルニッツは、マピー・ド・ツルーズ＝ロートレックとマリー＝ロール・ド・ノアイユが肘で人を押しのけなくてもいいように手助けをした。サルトルを見たと断言する者もいる。彼はこの地獄に恐れをなして、トイレの窓から脱出したらしい。タブーと同じ顔ぶれにプラスして、この夜以降、タブーに一度も行ったことがないことを知られたくない者たちすべてが加わった。『墓に唾をかけろ』の若き主役女優アンヌ・カンピオンは、横顔のベストショットを撮影させる。伝説が膨らむ。なぜなら、彼女は入り口で体を揺らしながら歩き、哀願し、自分の美点を披露し、コクトーと親しいことを吹聴したからだ。崇高と滑稽。ターザンは、家に迷惑をかけないために、フランソワ・カレンヌと自称している名家の若者フランソワ・ド・ラ・ロシュフコーが招待者をチェックするのを助けるために、押し寄せる群衆を押し戻している。時代遅れの実存主義者と俳優たちは格子縞のシャツを着用して来たものの、この第二のタブーが別の殿堂であることを思い知らされる。ネクタイがお似合いなのだ。服を脱いだ娘まで
いた。それは数週間前からこの地区の流行だ。あわてて服を着せる騒ぎ。

ボリスもそこにいた。彼は目利きとして鑑定係を務めた。『ヴェルコカンとプランクトン』の最後のびっくりパーティみたいなものだった。だが、彼の主たる仕事は楽団だ。欧州一のテナー・サックス奏者ジャン＝クロード・フォーレンバックが団長だった。トランペットはギー・ロンニョン。彼の才能はボリスの傷心を幾分軽減してくれた。トロンボーンはベニー・ヴァスール。ピアノはモーリス・ヴァンデール。ドラムスはロベール・ベルネ。彼らはホット・クラブの仲間たちであり、戦時

中のクロード・アバディ楽団の初期の聴衆でもある。彼らの関心事はサン＝ジェルマンの熱狂とは全然関係のないところにあった。ボリスの相棒のアルト・サックス奏者で、ジャズ評論も手掛け、クラブ・サン＝ジェルマンのビ＝バップ・チームを率いることになるユベール・フォルのように、彼らはフランス解放後ヨーロッパ中の有名ホールやダンスのできる「ナイトクラブ」で演奏してきた。サン＝ジェルマン地区の心臓部に飛び込むことになったのは、単なる成り行きにすぎない。本物のファンと一時滞在のアメリカ人ミュージシャンが聴きに来てくれるのであれば、彼らはどこへでも出かけるのである。彼らは非常に閉鎖的なエリート集団で、そのスタイルの違いは周辺のバンドのレベルを超えていた。メンバーの一人である社交的催しに打ってつけの身障者「小型トランペット奏者《トロンピンッティスト》」を、外交関係の切り札として派遣したこともあったらしい。一九四五年以来多くの者が渡米し、ルイ・アームストロングや「ディジー」〔ディジー・ガレスピー〕を聴き、様々のグループと共演したり、録音したりしている。黒人ミュージシャンとは兄弟のような仲だった。彼らはしばしばニューヨークのクラリネット奏者やベーシストの名付け親にもなった。声高に宣言したり、知識人たちの論争には加わらなくても、当然親アメリカ派だし、人種差別反対派だった。ボリスは時々この内向型の人たちをいらいらさせた。だが、彼は彼らを心から尊敬していた！　彼は戦後の娯楽界でジャズの勢子役として大車輪の活躍をしたのである。

クラブ・サン＝ジェルマンは彼らの食堂、ホット・クラブの付属機関と化す。彼らの唯一の願望、それは教育だ。そして、ボリスが——少なくともハーフタイムで——専念したように、彼らもそれに打ち込む。外部で、ニューオリンズ＝スイングとスイング＝ビ＝バップ、「黴の生えたイチジク」と「酸っぱいブドウ」〔ユーグ・パナシエの論文のタイトル。前者は守旧派でパナシエが代表し、後者は近代派でドローネーが急先鋒。八一ページ参照〕の対立、ユーグ・パナシエとシャルル・ドローネーの対立が決定的になったので、この穴倉酒場を中立地帯にすることでボリスと合意したのである。フォーレンバックとフォル、二つの楽団、二つの流派にプラスして、マチネ公演の若きクロード・ボーリング。しかし、対立を超えて、音楽を広めようという思いは共通だ。調停者としてのクラブ・サン＝ジェルマン。

一九四八年六月、七月、八月……最初の本物の陶酔の三ヶ月。たぶん戦争の追憶がようやく鎮まり、日々の暮らしが少し楽になり、いわゆる「マーシャル・ツアーとして」〔第二次世界大戦で被災した欧州諸国を援助するために、アメリカは国務長官名をつけた復興計画マーシャル・プランを実行する。その一環としての旅行企画〕多くのアメリカ人がパリに滞在していたからだろう。ボリスにとっては、あちこちで引用され、あらゆる世代の有名人に交じって写真を撮られる、超セレブな毎日であった。クラブとパリは、一つの夕べから次の夕べへと手を携える。六月三十日エッフェル塔下での「パリの大いなる夕べ」は、サン＝ジェルマン＝デ＝プレ最初の華麗な大移動であり、「シーズンの終わりを飾る最高の祭典」であった。ブグリオーヌ兄弟サーカスのテントの下で、共和国大統領臨席のもと、首都へのスター献上が行われたのである。マルチーヌ・キャロル、オペラ座バレー団、タバランのフレンチ・カンカン、フォリー・ベルジェールの「中国グランド・フィナーレ」、世界的に有名なアトラクションの数々、「ハリウッドのアメリカ人」――リタ・ヘイワース、イングリッド・バーグマン、エドワード・G・ロビンソン。正面、セーヌの対岸には、パリ市民のために、スージー・ディレア、マルセル・セルダン［プロボクサー。エディット・ピアフの恋人。ピアフは彼に「愛の讃歌」を捧げる］、ジョルジュ・カルパンティエ、エディット・ピアフ。多くの著名人に交じってボリスも同じ列に並んだ。一九四八年六月二十五日付『オーロール』紙は「公演中のロンドンの劇場から特別機でやってくるジプシー・ダンサーのカルメン・アマヤ、木の十字架少年合唱団、イヴ・モンタン、ボリス・ヴィアンとサン＝ジェルマン＝デ＝プレの騒々しい仲間たち」等々の来演を予告している。従来サン＝ジェルマンについては冷やかに見ていた『ル・モンド』紙でさえ不遜な男の名前を引用している。「左岸の穴倉酒場（中略）を代表して出演したのは、奇妙なことにボリス・ヴィアン氏の一段と……にぎやかなグループである」*4。

「人々は我々のあらゆる種類の夕べを楽しむことができた」*5とロジェ・ヴァディムは言う。映画の夕べ、ウエスタンの夕べ、暗黒叢書の夕べ、等々。アイデアは、マルク・デルニッツがクラブ・シャン＝ゼリゼのアイデアを再利用したものだ。上流階級の客を引き付け、カメラマンを集結させ、店の更なる繁栄を確信させる方法である。ボリスは店の奥深くで行われるコスチューム・プレーの祭典に進んで参加した。幻想趣味に加え、顔を隠して分身と偽名の後ろを歩み、ヴァーノン・サリヴァンの後ろを歩むふだんの気遣いがそうさせたのである。「我々はいつも仮装して生きている。そうであれば、いっそ進んで仮装すればいい。そうすれば、もう仮装ではなくなるのだ」と彼は手帳の中で告白している。

　開店祝いのすぐ後で、あたかも待ち兼ねていたかのように、最も有名な夕べが催された。七月十一日クラブ・サン＝ジェルマンは、ポワレのドレス、ドゥーセのドレス、ワームスのドレス［三人ともファッション・デザイナー］を着用し、先の尖った舞踏靴を履いて参加するよう、友人たちを一九二五年祭に招待したのだ。またしても、奇妙奇天烈なアイデア？　否、むしろファッション・デザイナーのバルマンと組んだオペレーションだった。バルマンは、高齢者の観客に自分は歳を取ったと思わせたクリスチネのオペレッタの再演『唇へのキッスはだめ』で歌い手たちの衣装を担当したばかりだった。アーティストの子供たちのためにガラ・コンサートが催された。クラブ・サン＝ジェルマンはまもなく慈善事業とビジネスになだれ込んで行く。「一九二五年の夕べ」

はおそらく開店祝いの夜よりも賑わった。同時に、たそがれ色も濃厚だった。ボリスは、ビ＝バップのために彼の「風笛《ビニュー》」、すなわちトロンピネットを手に取った。だが、客は彼にチャールストン［ダンス曲］を要求した。「ティー・フォー・ツー」や「ノー・ノー・ナネット」だ。それから、ダチョウの羽やスパンコールのドレスでビ＝バップを踊った。オペラハットと白いチョッキ姿のルイ・デュクルーとアンドレ・リュゲもいた。実存主義の夜の振る舞いは奇妙な成り行きとなった。足りないのはサッシャ・ギトリーだけだった。

純潔の夕べでは、品行方正な少女の選出が行われた。バラの冠はエディット・ペレに授けられる。幸いなことに、根っからのサン＝ジェルマンっ子である。新聞記者のフランス・ロッシュ、フランソワ・シャレー、ジャック・ロベール、画家のフェリックス・ラビス、ピエール・ブラッスール等、審査員は皆サン＝ジェルマン＝デ＝プレ・ファンだった。デルニッツは品行方正な男の子に扮し、ボリスは小姓に扮した。ジャン・シュイユーを喜ばせるために、法衣を着た者も多かった。

これらの夕べに対し、とりわけ「純潔の夕べ」に対し、タブーが反撃に出る。新たな閉鎖の後、タブーは一九四八年七月半ばに、安キャバレー楽団、仮装大会、農民の詩を出し物とする「村祭り」の予告とともに再浮上したのだ。地下には本物のヤギさえ登場した。穴倉酒場同士の戦争は燃え盛ったと、判定係のジャーナリズムはレポートする。「純潔の夕べ」に対抗して、タブーは断固として「ミス悪徳」の投票をぶっつける。サン＝ジェルマンには投票病が蔓延《まんえん》する。虚無［通俗的実存主義］の魅力に逆らえない秘書たちや商売女までもが裸にされた。この「悪徳の夕べ」もフレディ・ボームがパンティ姿の得意げなファッションショーを撮影しなかったら、伝説として残ることはなかったろう。疲れを知らぬ暗闇の映画監督ボームと彼の即席チームは、穴倉同士の諍《いさか》いとは無関係にルポルタージュを追求し続けた。だから、とにかく彼はカメラを回す。そして、別の夕べの時に、例えば「映画の夕べ」や「予期せぬ出来事の夕べ」の時に、製作中の作品や未完の大河＝映画の、既に編集しミキシングを済ませた断片を上映するのである。

サン＝ジェルマンの者は皆、この悪名高い「ミス悪徳」投票の画面で、シークェンスのふとした弾みに陰毛が見えたことを知っている。一人の警察署長がこの明らかな風俗紊乱行為に対し、上映禁止措置を取ろうとする。撮影班は上映技師にこの禁止されたセックスを手で隠させることを約束する。それでも、タブーは再び営業停止を食らった。体毛が見えた短いシーンのせいだろうか？　長いこと、皆はそう思っていた。真相はそうではなかった。真相は同じシークェンスに、タブーを訪れたDST［国土安全監視局］の局長ロジェ・ウィボが写っていたからである。彼はプライベートだった。フレディ・ボームの友人たちは、数週間後カンヌ・アマチュア映画祭の折に、その確証を得る。ピエール・ダック、フランシス・ブランシュ、イタリア人作家クルツィオ・マラパルテ、そして、ボリス・ヴィアンを中心に構成された審査員は、DSTの工作員が手を変え品を変え投票行事撤回の圧力を掛けてきたにもかかわらず、タブーがよく持ちこたえたことを証明するこの映画に賞を与える準備を進めていた。だが、警視庁は問答無用で撮影フィルムを押収し、今もなお返還していない。

したがって、サン＝ジェルマン＝デ＝プレを映した動画は存在しない。アストリュック、カザリス、マルセル・パリエロなどが、次々に映画製作の意思を表明し、ボリスもサルトルに実存主義のドキュメンタリーを提案した。真の実存主義の姿を。だが、ほとんど撮影されなかった。伝説を復元し直す必要があるのである。

デュークとのご対面

クラブ・サン＝ジェルマンは、ボリスに青春時代の夢の実現を可能にさせた。彼の最大の憧れ、心からの敬服、唯一の神であるデューク・エリントンへの接近である。彼の『ジャズ・ホット』誌の時評では、デュークの名前が頻繁に引用され、他のジャズの巨匠たちの位置付けが霞んでしまうと不満をぶちまける読者もいたほどである。一九四九年二月、ボリスはこの特別扱いを正当化する文章を書いている。「デューク・エリントンと唯一人の例外もなく、他のすべてのジャズ・ミュージシャンとの間にはあまりにもスケールの差がありすぎるので、なぜ他のミュージシャンのことを言わなければならないのか、誰も理解できない。事実は、皆仕方なく他のミュージシャンを話題にしているのにすぎない。私も同じだ。私も他のミュージシャンについては何も言うことがない。もっとも、私は何も言わないが」。デューク！『日々の泡』の守護神。不幸な運命を辿る小説のオプティミズムの源泉。旅行が大嫌いであるにもかかわらず、クロード・レオンと一緒にロンドンへ行った唯一の理由。ロンドンから郵送したレコードは皆壊れていた。リージェント街の店「欧州のメッカ」へ自ら出向いて買ったレコードだった。

そのデュークがパリに来た！　絶好のチャンス到来に、ボリスはデルニッツとショーヴロとメルルを束ねたよりも優秀な世話役「ムッシュー・忠誠《ロワイヤル》」として、獅子奮迅の働きをする。ジャーナリストを招集し、素人衆に講義をし、上流階級の老婦人たちにはジャズがスノッブなものであること、ジャズと言えばデューク・エリントンであることなどを説明する。音楽愛好家たちの間で興奮が高まる。ファンの逸る心を鎮めるかのように、楽団はテーマ曲「A列車で行こう」を開始し、エリントン編曲の「クロエ」、「ラブ・コール」、「ソフィスケイティッド・レディ」へと続く。客はジョニー・ホッジスのサキソフォン・ソロのためにデュークがつくった曲やラヴェルから曲想を得た作品、「チェルシー・ブリッジ」や「オール・ツー・スーン」の和音のすばらしさについて、語り合う。彼らはデュークが偉大な指揮者であること、天才的な編曲者であることを知り、とても控えめなピアニストを自認していることに驚く。ボリスと仲間たちは、ロンドンで楽団が組合法違反で足止めを食らい、彼が楽団なしで来たことを知る。若い三人の白人カナダ・ミュージシャンが直前に雇用されていた。失望を和らげるため、ボリスたちは、デューク・エリントンが彼の名前で組織した過去および現在のすべてのソリストを思い出す。ジョニー・ホッジスはもちろんのこと、バーニー・ビガード、テナー・サックスのベン・ウェブスター、ベースのジミー・ブラントン、トランペットのクーティ・ウィリアムス、ドラムのソニー・ジェアー、トロンボーンのフレッド・ジェンキンス等々。これらの名前のほとんどは、一九四八年七月十九日、クラブに集まる客たちには何の感慨も引き起こさないけれども、必見の公演の期待に燃えた会場の空気は火花が散る感じだった。

　午後遅く、ロンドンから来た「黄金の矢」号が北駅に到着し、デューク・エリントンが下車する。彼は戦前に一時滞在した時以来、パリに愛されていることを知っていた。彼はファンの熱狂ぶりを知っていた。彼の耳には「作家＝トランペッター」のボリス・ヴィアンという風変わりな「ファン」についての噂も届いていた。資料のボリスに関する項目には、アメリカ小説を書いて黒人の立場を擁護する白人のフランス人と記されている。だが、これほどまでの歓迎とは！　確かに、セルダンやモーリス・シュヴァリエの帰国のような大群衆ではないが。しかし、最良のファンのお出迎えだ。厳選されたクラブ会員たち、ユベール・ロスタン、エメ・バレリ、若いクロード・ボーリング、クラブ・サン＝ジェルマンやタブー、ロリアンテのミュージシャンたち。ホーム上にはジャズ・バンド。そして、生まれてまだ数ヶ月のキャロル［ボリスの娘］。母親が彼女をデュークの腕に抱かせる。ホーム上での、写真撮影、ジャズ演奏、打楽器に参加するデューク。

　ボリスは巨匠を独占する。彼はただ一度だけ賛美の言葉を述べる。ミシェルとボリスはデューク・エリントンをクラリッジ・ホテルに案内し、部屋をとる。デュークは若いカップルにたちまち魅せられて、優しい微笑みを洩らす。すべてのプログラムは決まっていた。モンマルトルでの晩餐、デュークに心酔するミュージシャンたちの巣窟クラブ・サン＝ジェルマンでの歓迎会。二十三時には、穴倉酒場に入ろうとする客は千人近くになった。パリ中の「エリントン・ファン」が集結したのである。加えて、シモーヌ・シニョレ、イヴ・モンタン、作曲家ジヨルジュ・オーリック、イヴ・アレグレ、マルセル・アシャール、マルセル・パリエロ。クラブの常連とタブーの常連。双方休戦の夕べなのだ。黒人作家のエメ・セゼールとリチャード・ライト（アメリカ人）。なぜなら、デューク・エリントンは何年も前から同じ血の同胞たちのために闘って来たし、サン＝ジェルマンとは同志だからだ。

二時間待った後、彼の到着を知らせる歓声が上がる。デュークはあっけに取られる。「彼は少しの楽しみと多くの驚愕を持って、手に負えない子供たちを見にやってきた著名な父親という感じだった」と七月二十一日付『ポピュレール』紙は書く。ボリスはこの家の当主のように振る舞う。彼らの就寝は遅い。デュークは相変わらず面喰らいながら、自分の作品の世界的な目利きの中でも最高の何人かが彼自身の伝説を語る言葉に、いつまでも耳を傾ける。翌日は昼食時ボリスの新たな質問の後、車で街に出、『プレザンス・アフリケーヌ』誌がガリマール社でデュークのために催したカクテル・パーティに出席する。ボリスは『日々の泡』の重要人物をクノー、ルマルシャン、そして幾分意地悪くガストン・ガリマールに紹介した。

デューク・エリントンはプレイエル・ホールで二回コンサートを開いた。教養のあるファンは少し失望する。彼の連れてきたリズム担当の三人がリーダーの才能をあまり理解していなかったからだ。コンサートを成功させるために、彼は歌手のケイ・デイヴィス、有能な芸術家肌のトランペッター、レイ・ナンスをメンバーに加え、ホールは彼のスイングを取り戻した。デュークはドイツへ移動するため、パリに別れを告げなければならない。ボリスの手帳には、デュークの直筆でニューヨークの住所が記されている——D.E., 1619 Broadway, NYC.

一時的な出国だった。七月二十八日、彼はアメリカ便への乗り換えのため再び戻ってくる。午前二時半、デュークは一人でフォーブール＝ポワソニエール街にあるヴィアン家のベルを鳴らす。彼は進んで何かご馳走になりたいようだ。ミシェルとボリスは服を着替え、ステーキとポテトフライとパンチを出した。デューク・エリントンが彼らの家を辞したのは朝の七時半である。彼らには話すことが山ほどあったのだ！　ミシェルとボリスは彼をクラリッジ・ホテルまで送って行った。何という一週間！　何という夜！　何というデューク！

衰退の兆候

こうした奇跡に含まれる馬鹿馬鹿しさの割合は余りにも明白だ。第一期のタブーは一年も続かなかった。その後を継いだクラブ・サン＝ジェルマンがもっと増しな運命を辿ることはない。もちろん、こうしたささやかな誤解の産物は、パリの胎内においては、その発明者たちを数ヶ月間熱中させ、未来を期待させ、諦めとリスクへの挑戦の二者択一を遅らせるくらいの効力は十分に有する。伝説があまりにも猛烈な勢いで上昇しすぎるので、彼らは歴史を、とりわけ共通の歴史を持つことができないのだ。彼らの人気は輪郭のはっきりした理論、小説、映画、タレントを欠き、最も純朴な週刊誌紙の読者でさえやがてそれに気付いてしまう。カレンダーで言うと、概略一九四七年夏から一九四八年夏にかけてタブー、一九四八年夏から一九四九年夏までがクラブ・サン＝ジェルマン、この二年間。さらにその人気さえも、鳴り物入りで喧伝された数々の「夕べ」や繰り返される女王選びに漠然と期待し、見事に乗せられてのことだ。ドフィーヌ街［タブー］のミス・ごみ箱、サン＝ブノワ街［クラブ・サン＝ジェルマン］のミス・サン＝ジェルマンは一時的に興味を引いたがすぐに冷めた。

数ヶ月前から、ちょうど一九二〇年代のモンパルナスのように、血統や栄達による貴族階級は、同時代の名士として恥ずかしくない地位を占めるためには、こうした夕べに出かけるだけで十分であることを知る。いずれにせよ、ジャーナリズムはそういう機会にしか集結しないのだし、ジャーナリズムが来なければ出席しても意味がないのだ。上品な客のほとんどはビ＝バップやブロンズで鋳造したような芸術的ステップを踏む若いカップルのダンサーを好まないので、そうしたエキジビジョンは以後しばしば有料になった。ジャズですら……もし、ボリスの熱意がなく、名士たちの中に本物のジャズ・ファンがいなかったら、もっと早くそれを言い出したことだろう。スイングだろうとビ＝バップだろうと、実のところ関係ないのである。提供される音楽はアメリカの音楽であり、アバンギャルドを自認する客たちにとってさえ幾分よそよそしいものだった。

確かに、以後も夕べやバラの冠や上流階級の老婦人は存在したが、あっという間に——実際は一九四八年秋から既に——街はうんざりした気分に包まれていた。大衆的な人気が街を醜くする。観光バスがドフィーヌ街やジャコブ街、サン＝ブノワ街を占拠する。実存主義の週末といったプログラムを作り、サルトルの椅子を見るためにフロールを訪れる。もちろん、偶然そこにある椅子でしかない。昔アレクサンドル・アストリュックがグレコの住んでいるルイジアーヌ・ホテルの哲学者の部屋を公開したのは、シャレだった。それが大掛かりな商売と化す。穴倉のネズミたちは、縁日の奇形人間のように地方のチャリティ・ショーに狩り出される。全く人見知りをしないビ＝バップの女性ダンサー「タクシー・ガールズ」が愛嬌を振りまく。大通りに面したレーヌ・ブランシュでは男娼を受け入れる。穴倉酒場でハシッシュを吸う。黒人ミュージシャンが持ち込んだ習慣だ。赤ワインが自慢の地区にヘロインが現れる。麻薬とコカインの一九二〇年代。ポール・モランの小説の人物たち。だが、それよりも品がない。

　既に衰退が噂になる。しかし、何の衰退？　雰囲気？　アメリカ人観光客以外には、地上で見る限り、何の変化も見えない。サン＝ジェルマンはいつものように夜明けに店を開け、田舎料理の看板を掲げる一握りの路地を除いて、夜の就寝も早い。どこに徴候があると言うのだろう？　穴倉酒場の冒険と作家やアーティストとの訣別？　フロールやドゥー・マゴの古い客たちは、「夕べ」のない時や初期の混雑時を除いて、クラブ・サン＝ジェルマンへも足を伸ばした。一階の書店へ。クラブ・サン＝ジェルマンは、『私は自由を選んだ』の著者をめぐる「クラヴチェンコ事件」［ソビエト共産党員クラヴチェンコがアメリカ亡命後に書いた上記の本を、共産党系の雑誌『レットル・フランセーズ』紙が侮辱したので、クラヴチェンコ告訴した事件］の論争やジャン＝ポール・サルトルの若い友人たちとジャック・プレヴェールの友人たちとの論争、精神分析学者ジャック・ラカンとコミュニストのピエール・クルタードやロジェ・ヴァイヤンとの論争など、礼儀正しい論争にも場所を提供している。クラヴチェンコ氏の弁護人ジョルジュ・イザール弁護士は、ビ＝バップが流れる中で若い女性の聴衆に向かって自主的な弁護活動をしている。しかし、タブーの少し行き場を失った子供たちと戦後の最も有望な小説家たちが地下で出会う時代は終わった。後者は、今回は向かいの「モンタナ」に陣取るか、午後「フロール」でディスカッションを続ける方を好んでいる。ジャン＝ポール・サルトルはこの地区の住人であるが、自分が心ならずも熱狂させたこの街を避ける。彼はマイルス・デイヴィスのコンサートがあった晩に、一度だけクラブ・サン＝ジェルマンを訪れた。マイルス・デイヴィスは、アントワーヌ座の『汚れた手』の公演を見に来てくれたのでサルトルはその返礼をしたのだ。

　この二年間、多くの作家がほとんど何も書いていない。ぽつぽつ仕事に戻る時期だ。タブーでは、作家と名乗れば尊敬された。穴倉酒場は多くの幻想を振りまいた。知識人と芸術家は、情勢分析をし、陣営を決め、思想上およびこの町から広がって国全体を浸している風潮に対して、自分のポジションを再確認する必要に迫られていた。フランス共産党へのほとんど義務的な参加、または党員のように生きること、最後のシュールレアリスト的なレジスタンス、芸術家の歴史的責任……結局、大多数の者にとって、戦争は断絶をもたらさなかった。彼らは今それに気付く。彼らはその続きを求め、離合集散を繰り返す。孤立し、欠席し、あるいは、ケンカ別れする前の安らかな気分への回帰を求める。世界は複雑化し、監視所［サン＝ジェルマン］は突然統合にあまり適さないように見え始める。

　この三年間、右派の知識人、あるいは単にサルトルが占めた「文学的教皇の座」――ロジェ・ニミエ[*6]の表現に従えば――に不服従の知識人は、サン＝ジェルマンから距離を置いた。何人かのCNE［全国作家委員会］の犠牲者、つまり「被粛清者」［戦時中の対独協力者への粛清」と名指されたジャン・ジオノやマルセル・ジュアンドーは、フランソワ・モーリアックを中心に作られた「円卓の手帖」グループに時折回帰する。ジャック＝フランシス・ローラン、ロジェ・ニミエ、ジャン＝ルイ・ボリー、ジルベール・シゴーは、パンテオン広場の「ヴュー・パリ」で昼食を取る習慣だった。地区の中心ではなく、周辺である。だが、ニミエは中心へと戻ってくる。二十三歳の彼は、ある人たちにとっては、彼こそが新しい「文学の申し子」であり、その他ロベール・シピオン、ジャン＝ルイ・ボリー、クロード・モーリアック、ボリスなどが大人たちに混じって気炎を上げていた。アントワーヌ・ブロンダンは「ロムリ」やバック街にある「バー・バック」に隣接して住んでいた。そして、イヴァン・オードゥアールのような若い作家たちは、徐々にブロンダンと付き合うようになる。サン＝ジェルマン地区はいささか相互排除に疲れてきた。クルツィオ・マラパルテも戦争中の振る舞いを咎められることなく受け入れられた。

では、衰退の兆候はどこにあるのか？　サン＝ジェルマンからの離脱だろうか？　確かに、アルベール・カミュは、その後カルティエ・ラタンを頻繁に訪れるようになる。ジャン・デュビュッフェは思索のためサハラ砂漠へ出かける。ポール・エリュアールはその後数年間ピカソと一緒に旅をする。アントナン・アルトーが死去し、若い詩人たちはそこから立ち直れない。絶望の行動主義者を欠いた十字路は虚無でしかない！　絵画や詩の運動が生まれる。生の芸術、コブラ［一九四八年に生まれたシュールレアリスムの流れを汲む前衛芸術家集団］、動物主義、シャディスム［戦後混乱期の泡沫美術家集団］、本物やそのパロディ。しかし、今この時という必然性が感じられない。ジャック・プレヴェールは古き良きパリが残っているモンマルトルを選んだ。戦前のように421ゲーム［サイコロ・ゲーム］をやって何回か仲間同士のアペリティフのおごり合いをした後、サン＝ジェルマンで夜を過ごすことに決めた時は、まるで周辺の店に魅力がないかのように「バー・ヴェール」や「モンタナ」にしけこむ。何人かのシュールレアリストは、詩人ジョルジュ・ユニエが最後の友人たちのために開いたバー「カタラン」に集まった。「カタラン」の壁にはピカソ、ミロ、マッソンの絵が掛っている。一九四八年四月十五日の開店の日、シモーヌ・シニョレ、リーズ・ドアルム、レーモン・クノー、フェリックス・ラビス、ボリスは、不安に取りつかれているらしい男たち――ジャコメッティ、コクトー、エリュアールを励ます。理由はよく分からないのだが、恐らく彼らが生み出した青春の幻影のためだろう、この二年間は他の年以上に彼らの作品と生理に重くのしかかっていたのだ。アルベール・コセリーは逆に、この異議申し立ての時期をルイジアーヌ・ホテルへ移るきっかけにする。しかし、静かな日々はこのエジプト人作家を若返らせ、彼の陽気な冥想者の気質を守らせた。恐らく、サン＝ジェルマン年代記の中でもユニークなケースに入るのではないか。

　至る所に穴倉酒場が誕生し、穴倉現象は陳腐なものになった。聖なる領域は境界を取り払う。ビ＝バップはセーヌ河を越え、サン＝ミシェル大通りを越える。人々はカフェ経営者が即席でつくった魂のない穴倉で踊る。経営者は『存在と無』を読む暇などなく、女の子なら誰でもグレコになれると思っている。バスティーユでも穴倉酒場が開店した。皆は穴倉の流行を冷やかし、ウルク運河だとかバラール広場だとか、次の震源地について賭けをする。しかし、彼らは前の世代よりも二歳若く、身軽に生きたいと考えている。彼らはじっくり個人的解決を考え始める。タブーの常連に解散の時が迫る。数ヶ月先というわけではないが、彼らはもう驚愕する能力を使い果たしていた。彼らは自分自身を真似て驚くほかなかった。しかし、それは彼らにとってパッシー［お屋敷町］の客よりも辛いことだった。なぜなら、彼らは最初の日と同じように一文無しで冒険の幕を閉じねばならないからだ。彼らの大部分は、一九四八年と一九五〇年の間にひっそり消える。最後まで固執していたら、何人かの者が少佐と同じ運命を辿ったことだろう。仲間や親が思い切った方向転換をアドバイスしたのである。

　タブーの廃業後、アラン・ヴィアンはすぐ近くのグレゴワール・ド・ツール街に古楽器店を開き、客の信用厚きエキスパートとなる。彼は詩を書き続けるが、自分のためだけに取っておくだろう。ジャン・シュイユーはまもなくオズーズ・ポタールの偽名を使わなくなる。ミシェル・レリスの去った後、彼はブラック・アフリカでシュールレアリストの能力を発揮し、一時ロビ族の真ん中で原住民の治安判事に任命された。彼の部下のマルク・シュッツェンベルジェ――『ひどい奴らは皆殺し』中の人物マルクス・シュッツ――は科学と高等教育方面に脱出した。フランソワ・カレンヌはリアンクールの伯爵ラ・ロシュフコーに戻り、一族の領地を管理している。オット・デーは彫刻とダンスの道に邁進する。フレッド・ショーヴロさえ食傷して夜の男の称号を返上し、葡萄畑で朝の静けさを満喫する。レーモン・オーボワノーは演出家並びにスタントカーのレーサーに。ジャン＝ピエール・カッセル、クリスチャン・マルカン、ダニエル・ジェランのように、俳優に――中には有名な――なった者もいる。女性陣はモデルや女優になった。アナベルはムジェーヴでクラブの司会をしたり、歌のツアーに打ち込む。穴倉のネズミたちは親の仕事を継ぐ。ジャーナリストは真面目なジャーナリズム稼業に戻り、夢を追う詩人たちは、お決まりのように、パリのどこか遠くで現実との困難な関係を継続する。カルティエ・ラタンのまだ向こう、ムフタール街の鷲の巣［隠れ家］からは初期の反体制派を当て込んでレトリスト出演の噂が届く。

　ガブリエル・ポムラン［レトリスト詩人］は、定期的にボリスに近況を知らせてきた。一九四九年四月十二日、彼はスイスで無料宿泊の理想的な手段を見つけたと書く。「当然の如く、ぼくはローザンヌの監獄にいます。ぼくはミシェルのコレクション用に二つのマッチ箱を結合しました。ぼくがクラブの守衛にほとんど毎日のように預けていた物はすべてあなたに届きましたでしょうか。ぼくはしばらくここに足止めされる運命ですので、あなたより自由時間があると思われるミシェルがあなたたちの翻訳をここに届けてくだされば、ぼくも退屈しなくて済みます。なるべく早くお送り願えませんか。そうして頂ければ、ありがたく思います。取り急ぎ要用のみ」[*7]。一九四九年十一月二十八日付、エジプト人実業家からの手紙は、何をするか分からないヴィアン夫妻の友人の近況について、多少安心させる内容になっている。「貴殿を身元保証人に指定されたガブリエル・ポムラン氏は、パリ大学の学生である私の娘ロクサーヌ・キニアラに結婚の申し込みをしました。貴殿はガブリエルのことをすべてご存じのようですので、ぶしつけながら彼の人物像について詳しい情報を頂けないものかと、お手紙を差し上げる次第であります」[*8]。父親のキニアラ氏はおそらく「大天使《ガブリエル》」が極めて常識的な男子であることを発見した唯一の伝説的人物となることだろう。サン＝ジェルマンが彼の村でなかったことだけは間違いない。

　ある意味では、インドの少佐に憧れたり婿殿の安楽の夢を追うガブリエルは、心の救いだ。サン＝ジェルマンは次第にいかがわしさを増す実存主義の快楽に溺れる。いずれにせよ、根拠そのものが消滅する——この融通無礙の哲学は原形が次第に不明瞭になってきたのだ。外国の実業家たちはキャサリン・ダナム・バレー団のダンサーたちを熱心に追いかけて、美しい娘たちを喜ばせるため奥の間の確保に金を惜しまない。プリンセス・レイラ・ビーダーカム・オリエンタル・バレー団の花形ダンサー、イザベルは、ポン・ヌフ橋の袂のヴェール＝ギャラン小公園でセーヌの水浴びから上がったところを写真に撮られる。ジャーナリズムは噴水や川での夜間水浴の流行を宣伝するために、そこから物語を紡ぐ。中東への長期旅行から帰国したロベール・シピオンとコミュニストのジャック＝フランシス・ローランは、懐かしい祖国の変わりように驚く。夜の賑わいとしては、カルティエ・ラタンの方が列聖途上のサン＝ジェルマンよりも多くの戦慄を与え始めていた。学生たちは初期の穴居人から敬遠されたので、復讐のために新しい店を時代遅れの名称の穴倉酒場《カーヴ》と呼ばず、提供されるサービスに見合う形で「箱《ボワット》」または夜の箱［ナイトクラブ］と呼んだ。もう一つの兆候、それはボキャブラリーの激変なのだろうか？

「パリの夜の帝王たち」が勝負に勝利しようとしていた。シャン＝ゼリゼ、ピガール、モンマルトルの娯楽のボスたちは、サン＝ジェルマンの独創性を骨抜きにし、競争を仕掛けて、孤立したこの地区を教会の懐に戻すことに総力を傾ける。穴倉酒場という一九四七年〜一九四八年の哀れな古くさい娯楽を嘲笑するために、一九四九年には屋根裏酒場の流行さえ画策する。それはエドゥアール七世劇場の屋根裏に作られた。開店の夜、皆はこの空中に浮かんだ店に名前をつけて遊んだ。「エドゥアールの子供たち」という店名が選ばれた。ボリスの提案は「ヴィアンのシトロエン・ギャング団」だった。

ヴュー・コロンビエ座の地下で

ジプシー音楽、黒人音楽、ヒスパニック、南米音楽——と音楽も方向性を失った。「チャンポ」、「ジプシーズ」、「ロメオ」などの店。ボサ・ノヴァ、チャールストン、タンゴ。新しい店がジャズ・バンドを保持している場合でも、それはどちらかと言うとダンスミュージックだった。デューク・エリントンやルイ・アームストロングのファンに再び厳しい時代が訪れようとしていた。ジャズにとっても、衰退の兆候？　元のゲットー［少数派の巣窟］に舞い戻る恐れ？　クロード・リュテールは移住を余儀なくされる。「ロリアンテ」が閉鎖されたからだ。彼の「ニューオリンズ」は同じサン＝ミシェル大通りの反対側の「ケンタッキー」へ移る。パレ＝ロワイヤル地区が自分たちの娯楽の権利を要求する。別のナイト・クラブができたのだ。しかし、先駆的なジャズの導入はなかった。ボリスと仲間たちは数ヶ月間クラブ・サン＝ジェルマンのジャズの炎を守る。彼らは廃業する前にせめて沢山の良い思い出を残したかったのだ。チャーリー・パーカーやマックス・ローチなど名手たちとの「ジャム・セッション」。特に、サックス奏者ドン・カルロス・バイアス。この手足の長い、とてもエレガントなアメリカ黒人は、一九四六年にドン・レッドマンのツアーに加わって、パリに来た。そして、バンド仲間の歌手イネス・カヴァノー同様、定住を選んだのだ。

ボリスもまた以後は自分の好きな夕べだけを選んだ。「もっとも、サン＝ジェルマンに彼が現れるのは、計算済みの登場だった」[*9]と一九四八年十一月にフランソワ・シュヴェは記している。他のメンバー同様、しかるべき時に現れて、写真に撮られるのだ。穴倉酒場であれば、創作意欲に燃えた何人かのミュージシャンが、皆で夜明けと再び戻ってくるダンサーを待つことができる。しかし、大きなホールの場合、一ヶ所に皆が集まることによって、より確実にジャズのはかない輝きを保証する。ボリスは第一回ニース・ジャズ・フェスティバルの際にそれを理解した。一九四八年五月十日〜十六日、マリニー劇場で彼がベルギー人詩人のロベール・ゴーファンやシャルル・ドローネーと開催した「ゴールデン・ジャズ・ウィーク」の際には、なお一層それを実感する。パリはテナー・サックスのコールマン・ホーキンス、ベースのスラム・ステュワード・トリオ、若いピアニストのエロル・ガーナー、女性歌手ベルタ・「チッピー」・ヒルを迎えたのだ。一晩に一コンサート。「黴の生えたイチジク」と「酸っぱいブドウ」の間、クロード・リュテールとマギー・ハワード六重奏団の間の競演もあった。たとえ、ホールの大多数のファンがビ＝バップだったとしても、勝ち負けはなし。この一週間は、大成功を収める。約六十名のミュージシャンが出演し、聴衆はどの夜もホールを立ち去ろうとはしなかった。

　熱気、ジャズへの接近、戦時中や解放時に経験したあの感激を、ボリスはこうした機会や地方公演の時しかもう感じることができなかった。ある日、彼は地方のホット・クラブのコンサートに参加し、ユベール・ロスタンやクロード・リュテール、ユベール・フォルの傍らで医者に禁止されたトランペットを吹いた。パリでは徐々に穴倉酒場のジャズが消えていた。ただ一人クロード・リュテールだけが、サン＝ジェルマン＝デ＝プレ史上最後の大きな穴倉酒場であるクラブ・ヴュー・コロンビエの楽団指揮を引き受けて、嵐の季節に立ち向かい、ジャズの延命のために闘っていた。

　なぜ最後の穴倉酒場と言うかというと、このバンドの誕生が一九四八年十二月で、クラブ・サン＝ジェルマン誕生の六ヶ月後であり、伝説を作ったすべての役者たちがこのクラブのテーマ別「夕べ」に参加し、その結果サン＝ブノワ街のクラブ［クラブ・サン＝ジェルマン］の「夕べ」を衰退させる大きな要因となったからである。熱狂の直後の否認、後のものが前のものを駆逐する。単に開店祝いの成功というゲームの論理だけなのだ。「なんだか、サン＝ジェルマンではただ酒を飲む度ごとに店が変わるようだ」とボリスは書いている。その理由は簡単で、タレントが余りにも少数で、常に不足しており、一つ以上の穴倉酒場を同時に満たすことができないからである。リュテール楽団、ドン・バイアスのコンサート、イネス・カヴァノーの美声のお陰で——なぜなら、彼女は前の二人よりも若者を引き付ける術を心得ていたから——ヴュー・コロンビエの穴倉酒場は無事一九五〇年の岬を回ることができた。

　ヴュー・コロンビエ座の支配人アネ・バデルは、自分の隠れ場所が欲しいと思っていた。マルク・デルニッツのアドバイスで、彼は危うくその名を「卵」と命名するところだった。劇場名のイメージ保持を優先した結果だ*10［ヴュー・コロンビエは古い鳩小屋の意］。今回の形状は「半ば坑道&半ば駅のコンコース」とイヴァン・オードゥアールは記す。今回もクリスチャン・ベラールとマルク・デルニッツ好みの作りだ。開店祝いの晩、劇場ではマルセル・エイメ作『リュシエンヌと肉屋』を上演した。ボリスも言うように開店祝いの晩は大盛況だった。いつものように、マルチーヌ・キャロル、オーソン・ウェルズ、俳優ジョセフ・コットン、ヴァランチーヌ・テシエ、オデット・ジョワイユーと言った顔ぶれ。初期のタブーの常連はもうほとんどいない。ストリート詩人やホテル住まいの詩人もわずかだ。女優やモデルやファッション・デザイナーが主体。もちろん、ボリスはいた。同じ繰り返しの出し物。皆もそれを実感したはずだ。なぜなら、これが最後の開店祝いになったから。

伝説はこの最後のクラブに一つの強烈な思い出を残した。一九四七年の気違いじみた即興パフォーマンスをそのまま再現した置き土産だ。しかも、無償で。「抑えきれない大爆笑」とボリスは書く。ヴュー・コロンビエの屋根裏部屋でアレクサンドル・アストリュックが実行した手際の良い撮影。栄光の日々の仲間たち皆で映画を作ることになったのだ。『オデュッセイア』を翻案した『ユリシーズまたは不運な出会い』。一九四八年十一月の幾晩かを十六ミリで撮影した抱腹絶倒の作品だ。記者たちも半信半疑で集まる。仲間たちが最初の実存主義の映画をついに完成させると約束していたからだ。ジャン・コクトーは衣装係を請け負わされ、クリスチャン・ベラールは舞台装置、ジャン・コーとアンヌ＝マリ・カザリスは脚色とシナリオを担当した。支配人アネ・バデルの出資を当てにして、先ず彼の妻ギャビー・シルヴィアと契約した。その他のホメロスの配役は各自分担した。グレコ、デルニッツ、カザリス、ジェラン、ミシェル、ボリス、フランス・ロッシュ、フランソワ・シャレー、クノー。リュテールと彼のバンドはコーラスを受け持つ。夜、カメラマンたちが目にしたのは、混乱した場面、普段着姿、背景のない裸の舞台だけだった。きちんと書かれたセリフがなく、ジャン・コーは「映像に語らせる」ことにすると説明した。皆はアストリュックがこの冒険旅行の船長であることさえ無視し、演技やカメラワークについて好き勝手な指示を出した。一週間で終了し、一日の延長もありません、とアンヌ＝マリ・カザリスは記者会見で語っている。しかし、一週間、それさえ続かなかった。毎晩、誰かが欠けた。シモーヌ・シニョレが参加し、多分ジョン・フォード監督『神は死んだ』［邦題「逃亡者」］の人気スター、ドロレス・デル・リオも出演するということしやかな情報が流れ、記者たちは待ちくたびれた。毎夜の大騒ぎの明らかな失敗とパロディへの転落を眺めていたバデルは、この企画のプロデューサーになることを拒否する。資金ゼロ！　そのため、皆はカメラを回すのに必要なわずかな金を求めて昼間に奔走した。

長い間、彼らは図々しく嘘をついてきた。資金は心配ない、プロデューサーは満足していると。『ユリシーズ』公開の日が迫る。しかし、実存主義はこのせっかちな傑作映画を残すことなく消滅する。「カメラ万年筆」の具体化は延期された。皆はプロデューサーがフィルムの箱を閉じ、それを廃棄するだろうと思った。『ユリシーズ』は上映不可だったようだ。アストリユックはこの消えた映画の噂を否定する。「あれは冗談だよ。ただフィルムをいじりたかっただけなんだ」と監督は言う。消えた映画、またも繰り返された無礼、共に過ごした幾夜かの思い出、仲間たちとの最後の集い。

グレコ行動に移す

マルク・デルニッツは右岸に移った。ジョルジュ・オーリック、フランシス・プーランク、エリック・サティ、コクトーが両大戦間先頭に立って引っ張り、ダダイスト、シュールレアリストが常連だったキャバレー「屋根の上の牡牛」の創業者ルイ・モワーズの女性相続人が、シャン＝ゼリゼ地区のこの著名な店の立て直しを彼に頼みたいと言ってきたのだ。「屋根の上の牡牛」は創業者の死と一九三〇年末の不況およびその後の戦争で厳しい試練に晒されていた。タブーの祖母がタブーの孫に依頼してきたというわけだ！　デルニッツは著名な女性歌手を雇う資金がなく、新人歌手を売り出す必要に迫られる。彼はアンヌ＝マリ・カザリスに相談する。カザリスは二人の後ろに隠れるようにしていないふりをしていたジュリエット・グレコを振り返る。彼女の振る舞いは有名人になっても全然変わらなかった。地区の女王であり、何十人かの少女たちの憧れであり、皆に知られ、通りでサインを求められる存在だったが、他人に対してはいつも冷めたベールをかぶり、距離を保ち、思いを内に秘めて静かな微笑を湛えていた。それが不思議な優雅さの複合体となって彼女を護っているのだ。ちょっとした出来事、何でもない一言が彼女を魅力的にする。グレコはタブーの仲間たちの庇護の下にこの二年間を過ごしてきた。無口だが、悪戯好きなおてんば娘であり、家族の一員である。そして、おそらく皆の中で一番説得力があった。彼女はカザリスとデルニッツを観察し、二人が陰謀を企んでいることを察知する。彼女は理解した。芸なきミューズ、グレコは今の人気をもう少し延長したい誘惑に駆られる。彼女の古い仲間たちは、彼女のためにも決心する。グレコは「屋根の上の牡牛」と契約した。

歌う歌が必要だった。歌を書いてくれそうな人は誰か？　カザリスとグレコは、旧知の間柄である隣人たちを急襲する。運命と地理的状況から、それは大作家たちであった。幾分学校の先生っぽいサルトル。歌手という仮の運命に心許ない思いをしながら、彼女は小さな声でラジオで歌うシャンソンに本格的な歌詞がほしいと言った。ボナパルト街の事務所で、哲学者は彼女に読むべき本の山を差し出した。ポール・クローデル、ラフォルグ、トリスタン・コルビエール、レーモン・クノー[*11]。教育者サルトル。彼は、この神秘的な少女の気に入りそうな詩のページにしおりを挟んでやった。特に、ラフォルグの「永遠の女性」とクノーの「それは誰でも知っている」。ジュリエットは本の束を抱えて帰り、読書のレッスンに没頭した。サルトルは彼女がまた逃げ出すだろうと考えたはずだ。本を投げ出し、心地よいサン＝ジェルマンの王国へ逃げ帰るにちがいないと。

ところが、彼女は戻ってきた。彼女はクノーの詩がお気に入りだった。サルトルは「永遠の女性」を推奨する。彼女は返事をせずに、顔をうつむける。歌手の経歴のなさが再び彼女を弱気にさせたのだ。そして、最後は哲学者の方が誤りを認める。優しい教師のサルトル。彼は戯曲『出口なし』用に書いたシャンソン「ブラン＝マントー通り」をジュリエットにプレゼントする。しかし、曲が平凡だ。曲を付け替える必要がある。彼女に何か考えがあるだろうか？　彼女は顔を上げ、ためらいながらも勇気を出してコスマの名を言う。「枯葉」の曲が好きなんです。しかし、それこそ更に最も困難な選択、自ら可能性を狭めることだ。あの偉大なコスマが新米歌手に！　サルトルは自分もコスマと決め、慎重を期して、ジュリエットに面会できるまで我慢して待つように言う。彼はクノーにも連絡を取る。まるでチームプレーのような結束ぶりだ。居合わせたメルロー＝ポンティ、ジャン・コー、アストリュックも喜んだ。彼らはそれが彼女にとってどんなに辛いことか知っていた。アンヌ＝マリーは、メロディはなくても、歌詞を一つ、そしておそらく二つ……持っている歌手の栄光を褒めたたえた。

ジョゼフ・コスマは二日後に会いましょうと言ってきた。彼は既にクノーの詩に曲を付けていた。それは以後「あなたがその気でいても」という曲になった。彼はグレコとカザリスをユニヴェルシテ街の事務所で待っていた。コスマとカザリスは「グレコの歌」を歌った最初の人である。ヒロインは言うことを聞かず、相変わらず黙っていた。しかし、作曲家はうろたえない。サルトルとクノーはそのこともまた伝えてあったにちがいない。遂に彼女が勇気を出して歌う。それはサン＝ジェルマン＝デ＝プレ教会の鐘を打ち鳴らしてもいいような瞬間だった。「喉をしぼるような嗄れ声で、彼女は不可能に挑戦した」[*12]。コスマ夫人が小さなグラスにリキュールを注ぎ、皆でこの奇跡を祝った。

「皆は一銭の得にもならないのに私をサポートしてくれた」とジュリエット・グレコは言う。この一九四九年末、彼らは自信を持って結束し、自分たちのベストメンバーを送り込んだはずだ。最も有名な新人歌手は、自分の声もコスマのシャンソンも、長いブランクの後に「屋根の上の牡牛」のピアノに戻ってきたジャン・ウィネールのことも、何も知らないことに気づく。ジャン・コクトー、ポール・エリュアール、タブーの仲間たちは、いろいろやりくりしてリハーサルに来てくれた。マーロン・ブランドまで居て、彼女をオートバイで自宅まで送った。コスマとプレヴェールは有名な「枯葉」を彼女にプレゼントした。このシャンソンは——カルネ＝プレヴェール＝コスマ組がイヴ・モンタンを主役にして作った映画『夜の門』のヒロインを打診されていた——マレーネ・ディートリッヒが歌うはずだった歌である。そして、ある晩、過去の名声を壊さないために新しく「牡牛の眼」と命名された埋もれた時代の聖地に、サン＝ジェルマン＝デ＝プレは自分たちの最も気難しい作品を産み落とす。「黒ずくめの衣装をまとい、素足に金色のサンダルを履き、緊張のため消え入りそうな風情で、ついに彼女がスポットライトの束の中に現れた」[*13]とデルニッツは回想する。舞台に立ったグレコ。歌詞とメロディを伴う虚脱。黒いシルエット。フランソワ・モーリアックの挨拶。代父たちは皆満足した。ミューズは何事かを成し遂げたのだ。しかも、見事に。

　余りにも見事だったので、アネ・バデルがこの救出された水死人を左岸に連れ戻そうとあわてて画策する。クラブ・ヴュー・コロンビエへの勧誘だ。目的を実現するために、彼は歌手と友人たちにコート・ダジュールへのバカンスをプレゼントする。クロード・リュテールとヴュー・コロンビエの一団はアンティーヴの古いカジノ「アンチポリス」で散財する。一軒の別荘を借り、地中海をサン＝ジェルマンの別館とすることに決めた仲間たち全員が集合する。マルク・デルニッツを自由にしてやり、グレコ、カザリスは南仏へ出かける。一人は歌うため、もう一人はコート・ダジュールのクラブでサン＝ジェルマンの真似事をするためだ。アナベルとジャン＝ポール・フォールも二人に付いて行った。実存主義が陽光ふりそそぐリゾート地へと大移動する。ダニエル・ジェランは別荘に残り、ミュージシャン仲間を迎える。穴倉のネズミは周辺のダンスホールに出演する。前年の夏からサン＝ジェルマン地区とコート・ダジュールの間ではごく自然に提携が始まっていた。娯楽やイベントに対する同じ自由な発想、同じ気楽で豊かな社会。

　グレコやアネ・バデルの客、一時滞在の友人たちを通じて、サン＝ジェルマンは一九四九年七月に、一九三〇年代夏への道、耐え忍んだ占領期の夏への道を再発見し、作家や画家たちの隠れ家、海に突き出したメセナたちの別荘に押し掛ける。カンヌ、アンティーブ、ジュアン＝レ＝パン、サン＝トロペ……左岸のショービジネスのプロであるメルル、フォール、フレッド・ショーヴロ等はエキスパートの眼で競争相手を品定めする。多分幾つかの新しいクラブが計画されているようだ。地下ではないクラブ。こちらは暑すぎるのでは。保養地では、サン＝ジェルマンの独創は幾分地味に見える。暗闇が天頂まで続く。コート・ダジュールは七月一杯ビ＝バップを演奏し、ジャズを歓迎する。海辺の客には本物の愛好者が多いのだ。しかし、ドフィーヌ街［タブー］の慣習や風俗は、コート・ダジュールとは無縁だった。パリでは既にあれほど突飛なことが毎晩繰り返されたのだ。それは千年も続くかと思われた。しかし、翌年にはもう

「ジェット＝セット」［二一五ページ参照］の客に見向きもされなかったではないか。パリのジャーナリズムによって「穴倉の人気者」とされた人たちは、留まり、踊り、あちこちのバーを侵略することができた。しかし、プロフェッショナルの土地リヴィエラでは、彼らはアマチュアと看做《みな》される。彼らの穴倉文化は、黒人のレビューやアメリカン・ファッション、緑のラシャを敷きつめたゲーム台、テニスのトーナメント、自動車レースの中に霞んで消えた。つまり、ひと夏のサン＝ジェルマン。ひと夏だけ。なぜなら、コート・ダジュールは客に受けるものをちゃんと知っており、砂の上では一段と場違いなこの種の実存主義は、ワンシーズン以上持たないのである。

　グレコはサン＝ポール＝ド＝ヴァンスを発見した。彼女はバカンス明けの活動に備える。コスマがジュアン＝レ＝パンで彼女に合流したのだ。コスマはロベール・デスノスの詩「蟻」にメロディをつける。彼女のレパートリーが少し増えた。どれも皆文学作品だ。彼女はサルトルからもらった二つのシャンソン「船乗りを退屈させるな」と「パッシーの真珠」を紛失した。盗まれたか、どこかに置き忘れたらしい。サルトルは原稿をコピーさせていなかった。彼女は素足で歩き、毎晩お祭り騒ぎを渡り歩く。最後の休暇。人々はコート・ダジュールのあちこちに散らばって、新しい企画を夢想する。しかし、その舞台装置はもうサン＝ジェルマンとは限らなかった。

プレヴェールとローズ・ルージュの勝利

確かに、サン＝ジェルマン地区は過去数年間ほどダンスや音楽に興味を示さなくなっていた。数ヶ月の間に、観客はアトラクションやリサイタル好きになっていた。ジャズよりもシャンソン、それも歌詞つき。ダンスよりも詩の朗読、たとえ絶叫調でも。タブーは舞台と客席がごちゃ混ぜだった。それが整理整頓され、ショーの秩序に戻ってきた。舞台との差別化を要求したのは観客の方だ。耳を傾けるための静寂、場当たりでなく前もって準備された演目。第二のタブーはキャバレーへの素早い変身によって生き延びる。朗唱者に当てるスポットライト、歌手と歌手を取り巻く闇、観客との十分な距離。感情の爆発ではなく、寄せ集めとは言え一端のショーである。

　一九四八年に勝利したのは、ジャック・プレヴェールだった。彼はそれを求めたわけではない。ラジオや書店で詩集『パロール』がベストセラーになり、一躍有名になったのだ。その数ヶ月前に、彼はシャン＝ゼリゼのビルの窓から転落した。昏睡状態に陥った彼は、南仏で長い療養生活を送る。本人不在の間に、圧倒的な人気を博したことになる。作家と版元の集まる村サン＝ジェルマン＝デ＝プレは言葉の力を再発見する。幸せな詩のゆえに、「十月グループ」の芝居への郷愁ゆえに。そしてまた、気さくなこの町の小劇場群が短い文章や手作りの作品を高く評価し、俳優たちの手探りの努力を進んで許し、若者たちがプレヴェールの詩を口ずさみ、周辺のすべての舞台で寸劇上演の後押しが行われたからでもある。ビ＝バップ流行のさなか、地下酒場の熱狂のわずか一年半後に、サン＝ジェルマンは、独自の音楽を詰め込んだ街頭の歌や大衆の冷やかし等、別の音源に耳を傾ける喜びに夢中になる。生意気なパリの若者、機知にとんだ腕白小僧たち、時代遅れになったアバンギャルドよりもムルージやレーモン・クノーのそれ。

「ローズ・ルージュ」はフロールで生まれた。ジャック・プレヴェール劇団の元団員ジャン・ルジュール、若い娘ミレーユ、ミレーユのフィアンセ、ニコ・パパタキスの三人が話し合ったのだ。ニコはエチオピア生まれだが、父は十五歳でイタリアと戦い、ヨーロッパへ脱出したギリシャ人である。ジャン・ルジュールはよく仲間たちに十月グループ時代の話、アニェス・カプリのキャバレーの話、戦前の夜の賑わいを話し、時代に遅れてやって来た若者らは、一杯のグラスを前に彼の話に聴き惚れた。一人の俳優が突然立ち上がってピエール・マッコルランとプレヴェールの一節を朗唱する。ミシェル・ド・レーも度々彼らに合流した。一つの声、一つの仕草に対する確信という単一の力に集約された、軽快な移動劇団の情熱。フォリー・ベルジェールの元ダンサー、フェラル・ベンガは、ラ・アルプ街でアフリカ料理店を営んでいたが、彼らに軽演劇のできるスペースを提供したいと申し出る。彼自身時々料理の準備をさぼって、衝立の前で子供の頃の魔術の身振りをする〔ベンガはアフリカ系アメリカ人〕ことがあった。彼のレストランは「ローズ・ルージュ」という名前である。だから、彼らの冒険はクラブ・ド・ラ・ローズ・ルージュと命名された。

ミシェル・ド・レーは彼らの最初の招待芸人だった。一九四七年の秋、ミシェル・ド・レーはプレヴェールの寸劇「家族水入らず」と「ああ」シリーズを上演した。フランシス・ルマルクがジョイントして、歌のリサイタルを行い、それからジャック・ドゥーエも加わった。何週間かは十月グループの日常生活よりひどかったはずだ。観客はいないし、基本的な食事はピラフだけだった。一方、彼らの優しい妖精マリア・カザレスは女優になろうとしていた。彼女はある晩ジェラール・フィリップとノクタンビュル座でピシェット作『エピファニー』上演の後、ローズ・ルージュを訪れる。彼女はミシェル・ド・レーの演技に笑いこけ、フランシス・ルマルクとジャック・ドゥーエも気に入った。次いでジェラール・フィリップが立ち寄ると、急に大勢の客が押しかけ、マフェ〔セネガルの家庭料理〕の匂いのする狭いクラブ内のテーブルを囲んで客があふれた。舞台はアフリカとシュールレアリスムとカルティエ・ラタンの笑劇と失敗公演と本物の芸人とのごた混ぜだった。

グルニエ＝ユスノー劇団は自分たちの芝居が終わった後、非常に遅く午前一時頃に出演した。団員の一人イヴ・ロベールはジャヴァを歌い、前の時代の反戦歌を歌ったが、時代不祥のこの場所と大変相性がよかった。クラブが成功したので、創始者たちは袂を分かった。ニコが独立する。彼は他の場所に第二ローズ・ルージュを作りたいと思った。マリア・カザレスは不動産業者のジャン・ブレニーにニコの思いを伝えた。ブレニーはレンヌ通りの居酒屋リュックスの隣にあった電力会社の陰気なビルの地下室を借りる資金を調達してくれた。最初は苦労が続く。しかし、幸運にもフレール・ジャックがオーディションを受けに来てくれた。クラブ・サン＝ジェルマンから最初に追い出された者たちは、開いている最後の店を探してさ迷っていたのだ。第二ローズ・ルージュも成功した。ローズ・ルージュはこれまでジャック・プレヴェールの実験からヒントを得た戯曲や寸劇を取り上げていた。ニコは以後ローズ・ルージュ独自の書き下ろしを使うことにする。グルニエ＝ユスノー劇団の共同製作劇『オクラホマの恐怖』だ。アンドレ・ルッサン『劇場の異邦人』が続く。ニコは、アルベール・ヴィダリーやレーモン・クノーのようなパロディ好きの作家が彼の地下劇場にきて、現実や偉大な神話をぶち壊してほしいと願い、口説いた。

一九四八年から一九四九年初頭にかけて、ローズ・ルージュはライバルやライバルと目されていない店まで大きく引き離した。彼に言わせると、もはや穴倉酒場の時代ではなく、キャバレーや芝居のできる店の時代であり、ローズ・ルージュが地下なのはたまたまそうなっただけなのだ。ピエール・プレヴェールの「フォンテーヌ・デ・キャトル＝セゾン」、「エクリューズ」、「エシェル・ド・ジャコブ」、「カヴォ・ド・ラ・ユシェット」、「クオド・リベット」のすべてが、彼のやり方を模倣した。サン＝ミシェル大通りを挟んだ両側の店だ。同名のホテルの地下で戦争を生き抜いたお馴染みの「サン＝ティーヴ」までがそうなった。ムルージ、グレコ、フランシス・クロードは、これら人間的なスケールの劇場回りを企てる。レオ・フェレ、フィリップ・クレー、ジョルジュ・ブラッサンスたちもそれに倣った。

穴倉酒場の時代は、その創始者たちがばらばらになり、少佐が挫折し、グレコが有名になり、他の者には飽きられて、終わりを告げる。シュールレアリスムの伝統は、戦後の一時期続いただけのこの実存主義の模造品に対してよく持ちこたえていた。プレヴェールやサルトルの果たした役割も大きい。サン＝ジェルマン地区は悪戯好きだ。公開時に皆が押し掛けたジャック・ベッケルの映画『七月のランデヴー』には、彼らの短い歴史が再構成されていた。衰退の最後の兆候。彼らは不当で失礼な鏡を見るように冷めた表情で自らの像をそこに見る。「ぼくらは古い記録映画の一場面と化していた」とマルク・デルニッツは正確に記述している。[*14]

＊1　『ラジオ48』、一九四八年十二月五日。
＊2　ジャック・バラティエ監督の映画『想い出のサン＝ジェルマン』（一九六七年）の中のアラン・ヴィアンのインタビュー。シナリオとコンテは『アヴァン・セーヌ』誌No.75、一九六七年十一月号に収録。
＊3　『サン＝ジェルマン＝デ＝プレ入門』、前掲書。
＊4　『ル・モンド』紙、一九四八年七月一日。
＊5　『想い出のサン＝ジェルマン』、前掲映画。
＊6　マルク・ダンブル『ロジェ・ニミエ、軽騎兵五〇年』（フラマリオン社、一九八九年）。
＊7　ボリス・ヴィアン財団資料。
＊8　前掲資料。
＊9　『エブド＝ラタン』紙、一九四八年十一月号。
＊10　『フランス＝ディマンシュ』紙、一九四九年一月二日。
＊11　ジュリエット・グレコ『グレコ恋はいのち』、前掲書。
＊12　前掲書。
＊13　マルク・デルニッツ『サン＝ジェルマン＝デ＝プレの祝祭』、前掲書。
＊14　前掲書。

11　苦い草

心の否認

ミシェルとボリスの間が次第に疎遠になって行く。一九五〇年代の初め、二人の関係は深刻な危機に見舞われた。あたかも歳月による回復を期待したかのように、見込みのないものに不仲を和らげる役目を託したかのように、長期にわたって引き延ばされ、双方から否定され、表面を覆い隠された危機。終止符を打つことはお互いに勇気のいることだったにちがいない。当初、二人の小さな裏切りは二人にとって何でもないことのように見えた。戦争と早婚によって様々な経験をする機会を奪われたすべての若い世代に対して、フランスの解放は有り余るチャンスを提供する。時代は友人たちの浮気をごくありふれたこと、少なくとも第二義的なことと見做し、彼らも友人たちと同じことをした。サン＝ジェルマンは不実な者たちをかくまう迷宮だった。一九四六年～一九四八年には、男性が広く利用してきた自由の幻想を持つことが、女性たちにとっても許される時代の空気があった。異性間でシモーヌ・ド・ボーヴォワールが予感したようなゲーム［ボーヴォワールとサルトルは結婚せず、パートナーで通した］が進行していた。しかし、それは不平等だった。男性は両大戦を経て幾分先に進み、歴史が一時的に与えた栄光を急いで放棄する意思はなかった。サン＝ジェルマン＝デ＝プレには、多くの誘惑者に混じって兵士やGIや従軍記者までいた。

男は病気だった。事件に飢えていた。そして、彼らを見ると、女性蔑視が治療的な効果を持っていたように思われる。サン＝ジェルマンは昔の移り気な気質を少し長引かせ、自由の味を楽しんでいた。涙も、永遠の誓いもない。とりわけ、質問は厳禁。

火遊びは地区のホテルの密室で行われ、男女は人目を忍んで愛し合った。束の間の快楽のために。長期契約はなし。既婚者でさえ、名前が知れ渡っている既婚者でさえ、独身者同様の欲望で突き進んだ……。

ミシェルとボリスはこの風潮の罠にはまった。そして、三年が経過した今、彼らはお互いの行為を責め、しかもそれを口にする勇気を持たなかった。二人はこの問題の処理を、頑固にこだわり、誤解を増幅させ、相手の裏切りを許さず、日常生活にも幻滅して、非常に不器用に取り扱う。ボリスは激しく嫉妬した。相手はアンドレ・ルウェリオッティだ。しかし、一九四六年の夏、ミシェルにこの若いクラリネット奏者をサン゠ジャン゠ド゠モンに招待するよう勧めたのは彼なのだ。四年後、彼はこの思い出に耐えられなくなる。自分自身の曖昧な態度にも、妻が最終的に与えた肯定的な返事にも。その後、ミシェルがこのミュージシャンと会う時は、ボリスが冷たくすることへのリベンジの様相を呈した。また、ボリスの仲間たちが「欲望の前のベアトリス」と呼び、おそらくボリスの最初の浮気相手だったと思われる一九四六年の映画『奥様の火遊び』の若い女優ベアトリスの記憶を消す必要もあった。ボリスの浮気相手は、一九四七年ムジェーヴのスキー・チャンピオンの女、『墓に唾をかけろ』の一人か二人の女優、演劇のオーディションを受けに来た数名の女優など数多い。穴倉のネズミの女性たち。友人のガールフレンドたち――この場合は仲間同士で女友だちを貸し合っていた。

事実、二人が出会った頃の情熱、初期のロマンチックな愛は戦後まで続かなかった。それを口に出す勇気がないまま、彼らは『日々の泡』の主人公クロエとコラン同然だった――結婚の犠牲者であり、その現実と拘束の犠牲者である。特にボリスは一度も自分の役割を担い切ることができなかった。彼はそれを意図的に求めていたのだろうか？「お祭り騒ぎ」の人混みの中でも、彼は自由な独身者のように振る舞った。二人だけの時でもそうである。一九四八年の一年間、ミシェルはボリスに同伴し、サン゠ジェルマン゠デ゠プレで最も多く写真に撮られた女性であった。だが、こうしたツーショットは見掛けでしかない。ボリスは一人で出かけたがり、ミシェルは最初そのことに悩んでいた。ジャズの巨匠たちと再会した時には、二人の間に無意識のライバル意識さえ生まれた。彼女もまた熱心なファンである。彼女は通訳としてボリス同様デュークやジョニー・ホッジスを身近に感じていた。しかし、世間はボリスとデュークのことしか言わなかった。

彼は最初彼女に念入りに化粧するよう繰り返した。プラチナ・ブロンドの彼女の髪を偏愛した。次に今度は、彼女の凝った化粧に苛立った。そんなことを言われても、ミシェルには遅すぎた。それは彼女の個性の一部になってしまい、意地悪な当てこすりの度に彼女は傷ついた。長い間、彼は彼女が人前で話をするのが厭だった。今彼は彼女が他人と話をすると焼き餅を焼く。ボリスが気まぐれな傲慢者を演じている間に、ミシェルは忍耐強く戦闘的な社会参加《アンガージュマン》の理論を勉強していた。一九四九年、彼女は既にボリスよりも『タン・モデルヌ』誌とジャン＝ポール・サルトルに近かった。ボリス以上にモーリス・メルロ＝ポンティと親しかった。この年、彼女はしばしばサルトルと朝の散歩に行き始めた。当初は黙ったまま歩いていたが、その内彼女の存在に哲学者が好感を持っているらしいことに気づき、信頼を寄せるようになった。ボリスは最初この共犯関係を喜んでいた。しかし、やがて不快に思うようになった。

ミシェルには憧れの対象が必要だった。一九四六年頃若い夫婦と知り合った友人たちは、ミシェルがボリスに対して抱く「ある種の決意」に驚かされた。彼に対する野望と彼に対する影響力。別の近親者は「警戒心の強い影響力」と呼んだ。「しっかり者」。作家の妻。助言者、査読者、採点者、流行中の作品、そして恐らく未来の作品のエキスパート。彼女自身が書かないことの後悔を彼が和らげてくれただけに、彼女はそうした役割に徹するはずであった。彼女は長い間彼の成功と多くの失敗の同志だった。ヴァーノン・サリヴァンの最初の小説の悪ふざけには好意的だった。『北京の秋』の埋没を一緒に残念がった。だが、『墓に唾をかけろ』の舞台化と執拗にジャーナリズムとのケンカにのめりこむ自殺行為には反対だった。彼の正しさを疑っているわけではなく、批評に対する彼の見解も支持していた。しかし、彼に勝ち目がないことを、何度彼女は繰り返し説いたことか。その後、彼女は彼を憐れみ、もっと悪いことには、彼の馬鹿げた計画に肩をそびやかし、ボリスが通俗作家のように何でも引き受けることを知って凍りついた。編集長が切羽詰まって頼むほとんど無報酬の文章を遅れて渡すために、彼が疲れ果て、病気の心臓を弄ぶのを見て、うんざりした。ある意味で、ミシェルは最悪の事態から身を守っていたのだ。

分散する仕事の中で、彼女はまた徐々に自分の役割も失ってゆく。ボリスは戦時中彼らの人生の喜びであった執筆する夫婦の考えを罵倒する。誰にも相談せずに狂おしく、支離滅裂な決闘者として突っ走る彼は、どうしようもない自由への渇望を満たそうとしているかのようだ。彼女はそこに夫婦関係の拒否、家族の拒否、幸福や豊かな生活や家族の一体感への無関心を読み取ろうとする。ボリスは既に紙業局を辞める際に、その釈明をしている。彼は人に使われることが大嫌いなのだ。彼の周辺にいた者には皆それが分かっていた。しかし、彼は生活のための経済的な裏付けについて何も考えていなかったし、妻の意見も聞かなかった。『墓に唾をかけろ』の好調な売れ行きは一時的に経済的な不安を取り除いたが、二年後その金は何に使ったのか分からないまま消えていた。実際に使ったケースはごく僅かである。馬鹿げた出費は皆無だし、アメリカ旅行に行ったわけでもない。ボリスにはアメリカは夢見るだけでいいのだ。再び未払いの伝票が溜まり始める。ミシェルはボリスの事務所にメッセージを残す——子供たちの医療費の支払い、学校のバカンスに出かけるパトリックの下着類を用意する費用が足りません……。

　彼は居心地の悪いアパルトマンから引っ越す努力を一度もしていない。彼らは一度も自分たちの住居を持っていない。彼らはこの頃フォーブール＝ポワソニエールの他人から与えられた家［ミシェルの実家］にミシェルの弟のクロードと一緒に住み、その後はカナダから帰国したミシェルの両親、とりわけ病気で動けないミシェルの母親と一緒に住んだ。しかし、日曜大工の達人ボリスは室内の改修をやろうとしない。彼は何ヶ月か天井を睨んだ後、やっとペンキの塗り替えを決意する。彼の夢はアパルトマンの外に仕事部屋を借りることだったのだ。ミシェルの解釈では、市中に一室借りることだったようだ。ボリスはアパルトマンに窒息し、家庭生活に窒息していた。彼は子供を愛し、時折一緒に遊んだが、成長を楽しむことはなかった。結婚生活は彼にとって重苦しい制度と化した。一家の父親、それは彼にとって逃げ出したい謎だった。

　二人の関係は膠着状態のまま、次々に悪い出来事に見舞われる。一九四八年十一月二十四日、ボリスは予審判事の前でヴァーノン・サリヴァンの生みの親であることを正式に認める。ダニエル・パルケールと社会道徳行動カルテルは、『墓に唾をかけろ』に対して彼らの言う高潔な十字軍を継続する。ヘンリー・ミラーの出版社と違って、ジャン・ダリュアンとボリスは一九四七年八月十六日の大赦法の後も頑固に自説［ヴァーノン＝ボリスではないという主張］に固執した。ダニエル・パルケールは密かに新たな小説の出版、つまり「オリジナル版」と『死の色はみな同じ』の刊行を待っていた。彼は再び提訴し、セーヌ裁判所検事局は訴追開始適当と判断する。一九四九年七月三日、省令により『墓に唾をかけろ』は発禁処分になった。ボリス、ジャン・ダリュアン、印刷業者が告訴される。ボリスはジョルジュ・イザール弁護士に弁護を依頼した。

　税務署の方もまたその脅威が明らかになってきた。莫大な税金の支払い命令が届く。それは彼にとっても、夫婦にとっても、巨額だった。ボリスはまったく税金を払っていない。国家権力に対する反発？　ヴィル＝ダヴレーで裕福な幼少期を送ったことによる物質的な現実への不適応？　これまで彼は収税官に対し頑固な無頓着を決め込んで来た。当初、彼の不払い額はそんなに多くなかった。エンジニアの仕事と初版の印税だけだから。『墓に唾をかけろ』がベストセラーになったことが、彼を深刻な破滅的状況へと追い込む。彼は激怒し、国庫に激しい手紙を送り、要求された税額に異議を唱えるが、無駄だった。彼が労働システムとその奴隷状態に付随する税制を憎悪するのは自由だ。しかし、この衝突を緩和するには金が不足した。彼は厚紙のファイルに丁寧に分類した小説群を担保に差し出さなければならない。一九五〇年鉄道会社の雑誌『車中で』に、どういう事情か分らないが作家ボリス・ヴィアンの定期寄稿が始まった。『退職者』、『試験』、『大スター』、『嫌な仕事』、『考える人』、『殺人者』等の短編は、この雑誌に発表されたものである。

ジャン・ダリュアンには既に蓄えがあった。スコルピオン社は十一編の短編集『蟻』を数ヶ月前に刊行した。タイトルの『蟻』は一九四六年『タン・モデルヌ』誌に発表された冒頭の作品名である。ボリスはそれに一九四四年〜一九四七年に執筆した古い草稿を付け加えた。恐らくガリマール社の『中身の詰まった時間』用に書いた作品の一部であろう。彼は当初各短編を一つずつジャズのミュージシャンに献呈しようと考えていた。幾つかのタイトル、とりわけ『霧』はビックス・バイダーベックの「イン・ナ・ミスト」、『青い鷺鳥』はジョニー・ホッジスの演奏する「ブルー・グース」、という有名な曲に対応している。一九四九年初夏に出たこの短編集は現実にはほとんど売れなかった。ボリスは印税の前払いの一部を徴税官に支払っている。ジャン・ダリュアンはさらに最後のサリヴァン作『彼女たちにはわからない』を刊行するが、おそらく相次ぐ裁判を恐れてのことだろう、ボリス・ヴィアンの名前は出てこない。税務署に支払った端金。二人の友の反逆の冒険はそこまでだった。ボリスの心は司法の訴追によってずたずたにされる。恐らく彼は、彼が長い間弁護し支持したスコルピオン社は、彼の悪魔であり、怪物的な息子の幾分冷笑的な父親であったことを悟るであろう。ボリスとその版元は戦後の出版戦争における戦友であり、恋の火遊びの兄弟でもあった。二人は多少の金を稼いだ後、一緒に貧乏のどん底に落ちる。二人の交友の別れ道で、彼らは少し相手を恨んだ。特に、ボリス。彼は版元が印税を正直に払っていないのではないかと、いつも疑っていた。それに、ジャン・ダリュアンは常時深い資質を秘めた作家ボリス・ヴィアンよりも、探偵小説の粗雑な模作者であるヴァーノン・サリヴァンを優先した。確かに、彼は『北京の秋』や『蟻』を刊行したが、それは第二の、そして第四のサリヴァンの刊行を確実にするためである。二人の間には、もはや風俗紊乱罪の裁判を待つ以外のことは存在しなかった。

『バーナムズ・ダイジェスト』の刊行後、リモージュの版元でボリス・ファンの一人ジャン・ルージュリが一九四九年に別の詩集の出版を企画する。挿絵は前年レーモン・クノー『トロイの馬』をドライポイント版画で飾った画家のクリスチアーヌ・アラノールである。多くの困難を経て完成したこの詩集『凍った哀歌』は、クラブ・サン＝ジェルマンで手厚く歓迎された。しかし、リモージュとパリで百部も売れなかったのではないだろうか。

　では、評論や雑文は？　ボリスは前年までに比べ、出来るだけ多く書くようにした。時には一晩に二本も書き上げた。しかし、彼はまだジャズ評論しか書かず、何人かの仲間のミュージシャンや評論家と一緒になって、パリのジャーナリズムに次々と彼のサイン原稿を送りつけたのだ。『コンバ』紙や『ジャズ・ニュース』誌。後者は彼が幾つかの偽名を使い分けて、レイアウト係、編集長、何でも屋をこなしている雑誌である。『ガゼット・デュ・ジャズ』、『ラジオ49』、『ラジオ50』、『ジャズ・ホット』誌。どれも皆無報酬である。だが、それでも税務署は待っているのだ。ボリスにとってそれ以上のことは無理だ。彼には多くのアイデアがあり、週刊紙・誌に文章を書くことから彼を救い出すことができそうな新聞・雑誌や映画の冒険的な企業家に会いに行く。だが、そういうことには収入が伴わない。彼の無報酬の習慣が彼を圧迫する。ガリマール社は定期的にささやかな翻訳料を彼に支払っていた。スコルピオン社はまもなく会計にけりをつけるだろう。ヴィル＝ダヴレーの少年時代の蜃気楼、そして、この軽薄な数年間に垣間見た物質的なエルドラド［黄金郷］は、彼が一番窮地に陥った今、手元から遠ざかって行く。ミシェルはいつでも彼に協力して、英語の翻訳を手伝う用意があった。しかし、稼ぎの悪い夫を補うには不十分だ。サン＝ジェルマン＝デ＝プレ時代が終わりを告げる頃、彼らの収入も次第に底をついた。こうした日々の気苦労、ボリスの手帳を埋める否定的な出来事の増大は、一段と夫婦のとげとげしさに拍車をかけた。

　サン＝トロペなら積極的に心の平安をもたらすかもしれない。しかし、二人は相互の無理解を夏場そこに持ち込んだだけだった。一九四八年彼らはサン＝ジェルマン＝デ＝プレの夏季移動に加わる。小さな漁港を好んでサント＝マキシム湾の奥深く、ゴルフ＝ジュアンやアンティーブの裕福な友人たちの別荘へ行く。カフェ「ラ・ポンシュ」のオーナー、アンドレ・イカールが八月用賃貸家屋を二人に探してくれた。翌年、フレデリック・ショーヴロが友人たちに集合ラッパを吹き鳴らす。彼はサン＝トロペにクラブ・サン＝ジェルマンの分館を開いたのだ。ミシェルとボリスはコート＝ダジュールまで楽団に付き添う。彼らは当初ミュージシャンの第一陣と一緒にシューブ・ホテルに滞在し、その後路地を物色してオマル通り三番地の数階建ての狭い家に移る。家主は十年契約に応じ、修理費も負担してくれることになった。ボリスとドン・バイアス［ジャズ・ミュージシャン。テナー・サックス］は港やラ・ポンシュに関係するサン＝トロペの著名人たちにたちまち気に入れられて、クラブを立ち上げる。ボリスは柔軟な適応力と自然な社交性によって、漁師や上り坂の路地にギャラリーを開いている画家たち、カフェやレストランのマスターたちと、パリでモードや映画や文学の関係者と付き合うのと同じ気楽さで毎日付き合っているように見えた。パーティもあった。モーリス・メルロー＝ポンティやボカノウスキー夫妻、ピエール・ブラッスール、マリー＝ロール・ド・ノアイユのグループが参加した。ある晩、ボリスはミシェルの眼の届かないところで踊りたいと思う。二人はけんかになり、彼は後悔する。

サン＝トロペはボリスにとって暑すぎた。トランペットを吹くことを禁止した医者は、太陽に肌を晒すことも避けるように忠告していた。だが、子供の頃のランドメール［ノルマンディ］以来、ボリスは海が好きだった。彼はミシェルの心配に耳を貸さず、医者の所見も無視して、ラ・ポンシュの突堤下にある小港の荒れた海に飛び込み、のど風邪を引いたり、ねぶとが出来たりした。彼の息切れや顔色の悪さを心配する仲間に、彼はぼくの「エンジン」はぼくの思い通りに動くように出来ているんだと答えた。サン＝トロペは、確かに少し彼の気持ちを鎮めたけれども、休息は与えなかった。書き上げなければならない文章が余りに多かったし、夜はクラブの仲間がやって来た。「ジャムセッション」と野外の夜。一九四九年末頃から、ミシェルとボリスの間には、相手の都合を聞くことなくサン＝トロペの小さな家を順番に独占する了解ができていた。

しかし、極度の秘密主義が以後二人を疎遠にするのである。彼らはもはやどこへ行くのか、何をするのか、相手に伝えなくなった。とは言え、ボリスを追跡するのは困難だったろう。パリでは昼食を済ますと、いなくなる。夜、彼は——時には予告なしに——家に客を連れてくる。あるいは、再び外出する。いつの間にか友達の顔ぶれが変わる。あの信義を重んじる男が忘れっぽくなった。一九四五年〜一九四六年に昔のルガトウ・サークルの共犯関係、国立中央工芸学校の朋友関係が徐々に消滅したように、サン＝ジェルマン＝デ＝プレの坩堝《るつぼ》は空洞化する。交友関係が残ったのは、特にウジェーヌ・モワノーのようなジャーナリスト、画家フェリックス・ラビス。アンヌ＝マリ・カザリスも少し残った。彼はジャズ・ミュージシャンの仲間と会えない時は、ボカノウスキーや彼のドゴール派の友人たちとの付き合いを楽しむようになる。ブルジョワジーの物質的安楽への郷愁。一九五〇年は不思議なほど彼の周りに人がいない。版元、編集者、ジャズ・コンサートの企画者など、彼の週給生活を保証する者たち——企画によってその顔ぶれは変わるのだが——がいたので、人数的にはあまり変わらなかったが。裁判の情報を伝えに来るジョルジュ・イザールやサン＝ジェルマン＝デ＝プレの時代遅れの最後の社交界好きたち。もちろん、クノー、クロード・レオン、ジャン・ブーレなどの親衛隊はいたが、彼はあまり作家たちとも付き合っていない。左岸の他の人気俳優たちも避けているふしがみえる。若い娘、若い女性に関しては、彼女らはあっという間に彼の人生から姿を消した。もっとも、友人たちの中には彼の女性関係の深さについて、つまり、関係の中身について疑問視する者もいる。そうした短い熱中は、ボリスが悔い改めることのないドンファンであるというよりも、心の慰安のために遍歴をしていたというのだ。「彼はハンサムで、周囲にはいつも沢山の女性がいました」と彼の身近にいた人物は言う。「しかし、仮に何かあったとしても、たいしたことはできなかったと、ぼくらは思っています」。女性にもててもての男、しかし、それは快楽とは別のものを満たすためだった。それは多分彼の手を逃れ、彼の人生を破滅させる恐れのある謎——女性についての謎を解く試みだったのではないか。

　こうした長期にわたる潜在的な危機の中で、彼はヴィル＝ダヴレーのジャン&フランソワ・ロスタン父子の家を一～二度訪れている。科学者［ジャンは生物学者］は彼を暖かく迎え入れた。しかし、ボリスは昔の師匠だった男の中に彼に対する幻滅を読み取る。彼らは『墓に唾をかけろ』が話題になるのを避けるために、チエス・ゲームに興じる。同じ頃、めん鳥母さんは、以前よりも頻繁に、彼女がザザ伯母さん［母の姉］、ニノン［ボリスの妹］、ニノンの娘と住んでいる小さなアパルトマンに彼を迎え入れている。父親ポールの死後、家族間の雰囲気は一度も和やかさを回復することはなかった。男の兄弟三人はしばしば何ヶ月も相互に顔を見なかった。ボリスと母の関係も緊張していた。母親の前に出ると、いつも以上に苛立ち、辛辣な言葉を投げつけるか、頑固に口を聞かなかった。あたかも自分の憎悪の原因をその場で確かめるためにやって来たかのようだった。

　しばしば、彼は誰にも会わなかった。そして、自動車メカの愛好家たちと車いじりに没頭した。ガブリエル・ポムランとフレデリック・ロシフは、一九四八年のある晩サン＝ジェルマン＝デ＝プレの常連で、偶々古いＢＭＷに乗ってきたモーリス・グルネルをボリスに紹介する。この裕福な商人の息子は、単なる趣味のためにコロンブに修理工場を持っていた。グルネルとボリスは意気投合する。ＢＭＷは長い午後の間じゅう彼らが面倒を見る対象だった。この車はしょっちゅう故障した。だが、スポーツカーのパーツを満載していたし、タイヤもヨーロッパにはないものだった。コロンブのもう一人のメカ気違い——彼もまたピストンやカムシャフトのダンディズムに惹かれた修理工なのだが——ペニーも加わって買い手をだまし、彼らはついにこのＢＭＷを厄介払いした。ボリスはモーリス・グルネルのシトロエン１１ＣＶを乗り回し、その後やはりペニーの助言で中央ハンドルの華麗なパナールＸ７７パノラミックを購入した。一人乗りの個性的な車だが、家族向けではない。ミシエルは反対した。だが、車は徐々に彼女の夫の玩具と化していく。

　一九五〇年春のある日、ボリスはセーヌ＝エ＝オワーズ県アブロン村の元村長エロルド老人の噂を耳にする。彼は一九一一年製ブラジエを持っているが、気ままな生活を送った後、子供たちの意見に従って「古い恋人」を手放すことにしたというのだ。「この車は二度の戦争を戦いました」と勇敢な車の持ち主はボリスに書いてきた。「一九一四年の戦争時には、赤十字のためにおびただしい数の重傷者を運んだものです。この車はまた私の村長在任中、様々な機会に私を助けてくれました。私はセーヌ＝エ＝オワーズ県県庁のお力で、前の大戦中ドイツ軍の好奇心からこの車を守ることができたのです」。このマルヌのタクシーの「華々しい愛国的任務」と老人が解説する履歴が、ラジエーターや銅部品と同じくらいにボリスの心を魅了した。元村長と最後のドライブをした後で、ボリスもまた一昔前のこのコンバーチブルに恋をした。一九五〇年五月十八日、彼はこの骨董品を四万フラン支払って獲得する。コロンブの相棒たちは車をパリまで移動させるのに、何時間もかかった。ブラジエは一キロ走る毎に故障したのである。クラッチは異音を発し、二つのタンクからはガソリンが漏れた。売り主は辛抱強く一連のアドバイスと図解をメモしてくれた。燃料システムがおそろしく複雑だ。タンクとタンクを結ぶ管が車体に沿って何本も走っていた。ボリスは車が手に入った喜びと、こうした余りにも詩的な故障に感激し、陽気で、有頂天だった。今回の車は玩具以上だった。一つの芸術作品である。街を走るギャグ、クノー風のギャグまたはプレヴェール風のギャグ。ヴィアン風のギャグ。それはまたヴィル＝ダヴレーの魚雷型《トルペード》無蓋自動車をも連想させる。クラブ・サン＝ジェルマンのあるサン＝ブノワ街への彼らの到着は大幅に遅れた。ミュージシャンたちはこの優雅なお先祖様を路上演奏で迎えた。

　ボリスはこうしたインスピレーション溢れる修理工たちを「コロンブの解体屋」と呼んだ。彼は同名の小説を書いて彼らに捧げたいと思ったが、実現しなかった。彼はしばしば彼らと合流し、ペニーの仕事場やコロンブのレストランで朝から夜遅くまで宴会を楽しんだ。この宴会には弁舌爽やかな人物、体力のある人物、中央市場の元従業員、プロレスラーなどの愉快な男たち、そしてもちろん何人かの女性も参加した。ボリスは彼らの友情やスクラップの話、ちょっとした人生の知恵、酒豪ぶりだけでなく、彼らの言語的な面白さにも魅了された。彼らの中の一人トマは珍しい言い回しを連発し、作家はそれをその都度メモした。彼らは幸福で、活気に満ち、女嫌いで、そのことを誇りにしていた。女嫌いであることは、この誇り高きオイル＆友情チームのモットーみたいなものだ。そこには妻たちを遠ざけて、女についての単純な哲学を語り合うクラブの趣があった。

小説による告白

一九四八年のパリ滞在中、デューク・エリントンは、ボリスが大多数のフランス人同様未だに精神分析に不信感を持っていることを知って驚いた。エリントンによれば、ニューヨークでは誰もが自分の分析医を持っている。ボリスは微笑んだ。

彼が内観や幼少時の不幸な出来事による解釈を毛嫌いしていることは事実だった。彼にとって、人生は取るか捨てるかの二者択一でしかない。解釈の試みは彼をいらいらさせた。彼は巧みに逃げる。デリケートすぎる問題なのだ。彼は回避するか、またはこの探究の仕事を作中の人物たちに任せた。『ヴェルコカンとプランクトン』以来、彼の作品は無理解の連続だった。特に女性たちから。女性たちと女性。この複数と単数の悲痛な差異。直近では『凍った哀歌』にその痕跡がある。例えば、「何があったの?」という詩——

女を娶《めと》ることには多くの利点がある
結婚には多くの利点がある
多くの利点がある
もめ事さえ勘定に入れなければ

あるいは、珍しく暴力的な詩の「シナ海」——

最初に見る娘たちは
何でもない——ただすれ違うだけ——
彼女らはとてもきびしい目をしている
とてもタフな日に焼けた肉体を持っている
彼女らを泣かせてみたいものだ(中略)
彼女らに穴を掘り、彼女らから取り出すべきだ
彼女らが持っている空しい悪意を
そこには何もないことを納得するために

一九四〇年代の終わりにボリスの友人たちと妻は、小説『赤い草』によって、ボリスが頑なに明かすことを拒んだ告白や疑惑や悲痛な思いを知ることができた。そこには小説的な仮構をせず、いつもの用心深いカムフラージュも止めた、深刻な個人的危機が赤裸々に表出されていた。作者はこの小説で彼の人生、彼の秘密、彼の狼狽を告白する。ヴィル=ダヴレーでの過保護の幼年時代、勉強嫌い、女性恐怖。この最後の点については、詳述さえしている。なぜなら、主人公であるウルフの妻が登場

するからだ。彼女は頭脳明晰かつ冷静で、男性に対する幻想を持たず、ウルフの行為に対してしばしば「そんなの、子供じみている」と答えるような女性である。他方、もっと若くて、陽気で軽薄、美人で恋を恋するような女性が登場し、ウルフは時々自然にその娘を抱き締める。代弁＝小説。愚痴＝小説。そこには体力の衰えと願望の衰えが乱雑に入り混じっている。答えの代わりに、問いかけだけがある。苦悩、性的な苦悩さえある。青春時代の妨害［母親の過保護］によって悪化したインポテンツの不安。死の影。この小説はジャン＝フランソワ・ドゥヴェーとドイツを旅行した際に、フランクフルトで一九四八年夏に着手され、一九四九年秋に完成した。ボリスは、その後数ヶ月かけて手直しをし、幾つかの陰鬱な警句を追加する。彼はそのまま続けることもできたろう。それほど、自伝的要素はフィクションを破壊し、それを言い訳に貶めていた。彼は小説でなくなる境界線で中止したのである。さらに幾つかの告白を重ねれば、『赤い草』は日記文学になっていた。

　ウルフはもう一度生き直す最後のチャンス、あるいはなぜ生きているのかを理解する最後のチャンスを手に入れるために、思い出を抹殺したいと願う。そこで彼は、思い出を遡るマシーンを発明する。地面に大きく口を開けた深い穴を掘って、その上に金属の脚に支えられた籠を置く。実験は急を要する。なぜなら、彼の勇気も欲望も機械の調整中に消えてしまいそうだし、彼の周辺には避けがたい終末の異様な空気がたちこめているからだ。下向きの射台近くに赤い草。空は「椅子に上れば指で触れられそうなくらいに」近い。ウルフのメカニック・アシスタント、サフィル・ラズーリにもまた気がかりなことがある。彼が好意を寄せているフォラヴリルと逢い引きをすると、いつも彼らの恋の戯れを覗きこむ男がいるのだ。そいつは二人を観察し、まるで自分の出番を待っているかのように、我慢している風だ。その男はサフィルにしか見えない。その執拗な覗き見は徐々にサフィルの体から力を奪ってゆく。

　ウルフの妻リール。彼女は過去を忘れようとする夫の努力を、未熟な男の妄想だと思っているようだ。彼女はもうウルフも自分たち二人のことも信じていない。彼女はまもなく男たちを捨て去る女のやさしさに満ちている。彼女は失敗した探検家を愛に目覚めさせようとする。しかし、冷静に、ほとんど冷淡なまでの寛大さで。「あなたは何を忘れたいの？」と彼女は訊く。「何も思い出さない時は、こんな感じじゃないんだよ」とウルフは答える。彼女の意見は別のはずだ。登場人物はリール、フォラヴリル、サフィル、ウルフの四人。機械の完成が間近な小説の冒頭では、彼らはまだほとんど普通の暮らしをしている。二対二で、食べ、眠る。しかし、二人の男は安眠できない。『赤い草』は決定的に正気を失った二人の男の物語だ。彼らは懐疑的な見物人である二人の女の前で、衝動的に人を殺す。男二人は舞踏会の晩に伴侶を交換する。それほど女たちは受動的に見える。あたかも男たちの空虚な未来のように。「自分を破滅させる解決法であっても、つまらん優柔不断よりはましだ」とウルフは断言して、安心しようとする。こうした信念および他の信念に対し、女たちは肩をすくめる。実にくだらない。なぜ既にあるものを探す必要があるのだろう? なぜ男たちは相争わなければならないのだろう? 絶えず原因にたどり着こうとする願望? 実用的な女の小説観と子供じみた男の小説観。

語り手はウルフだが、表層に浮かび上がってくるのはボリスの人生だ。実験の日に苦労しながら井戸を降りて行くウルフは「過ぎ去った時の切れ端に」絡めとられる。幾つかの記憶は「幼年時代の偽りの像に固着し、鮮明である」。「庭や草や空気の記憶。その多彩な緑と黄色は、樹木が涼しい影を落して黒ずんだ芝生のエメラルドの中に溶けている」。その他の記憶は頑固に曖昧なままである。「純粋な記憶はどこにあるのか?」とウルフは不安に駆られる。地中深く下りて行く途中、彼は洞窟と過去から来る合図の「無秩序なかたまり」で一杯の道を見つける。それはヴィル゠ダヴレーの正面階段の両脇に並べられた大きな赤い鉢に似ている。ペルル氏という老人が待っていて、彼に問いかける。「あなたの反順応主義の最初の意思表示について、私に詳しく話してくれませんか?」。ウルフは告白の主題を順番に話す自分のやり方を相手が受け入れるという条件で、返答を了承する。老人は苛立つ。「これが最後だが」と彼は言う。「子供じみたことを言うのは止めないか」。彼もまた……。

ウルフはボリスのことを語り、両親を語る。「確かに、私の親は良い親だったんですよ。でも、悪い親に対する方が反発はもっと過激だし、結果的には得るものも大きいのです」とウルフは言う。登場人物すべてがそうであるように、ペルル氏は疑い深い表情で耳を傾け、反論する。「いや、違う。(中略)それはより多くのエネルギーを使うが、より低いところから出発しただけのことで、最終的には同じ地点に到達するんだ」。「大きな家」、「召使いたちの顔」、「両親のベッド」などの言葉が続く。「そして、時々、私の目の前で、父と母はキスをするのです。私にはそれがとても嫌でした」。彼の「軟弱さを克服したい願望」と「軟弱さに引きずられる」性癖が蘇る。「私の軟弱な自我」とボリスは書く。病気が再び登場する。脅しの手段としての病気。肉親の愛情によって憎悪を覚えるまでに甘やかされ、困惑させられ、麻痺させられた青年の、余りにもあからさまな、読者を当惑させる自画像。勘違いの自画像——あらゆることに対する過剰な羞恥心、小さなごまかし、うまく生かされない才能、怠惰、思春期の混乱に対する過剰な辛辣さ。ウルフが見出す少年は自分自身に怒っている。大人はそれに知性、すなわち過去を分析する能力を付与し、自画像をさらに暗くする。自分が嫌いな男の見た、自分が嫌いな少年。「それはぼくを擦り切れさせた。（中略）ぼくは教育を受けた歳月を憎悪する。それがぼくを擦り切れさせたからだ」と少年は告白しなければならない。そして、大人は「私は擦り切れを憎悪する」と付け加えなければならないのだ。

　地上に戻ったウルフは、行き詰まったように見える。ラズーリはいつもウルフを上の方から眺めているが、自信を失って徐々にフォラヴリルを失望させる。リールは二度の化粧、二度の不在の間、ウルフを待つ。彼女の気持ちは次第に冷めてくる。彼女はウルフが心の底で引きずっているものを理解したいと思う。なぜなら、夫は度重なる記憶の底への下降によって、失望し、衰弱してゆくように見えるからだ。「昔の自分を引きずることはやりきれないことだ」と彼は説明する。リールとフォラヴリルは孤立した二人の遭難者に対する収支決算書［離縁状］を作り始める。彼女らは二人の心を鎮めるためにできることは何でもしてきた。「私たちは彼らを自由にさせる努力をしたし、妻が馬鹿にならなければならないのであれば、思いきり馬鹿になった」。探検が進む洞穴の中で、女や結婚について次々に発せられる問いに答えながら、ウルフは昔の苦悩を打ち明ける。リールとフォラヴリルは現在に生きて何の迷いもない。現在の習慣に安住し、心は不動だ。地底でウルフは説明する。「私は女をほとんど知らないまま結婚しました。――その結果は？　情熱の欠如、生娘すぎる女の緩慢なリード、自分の側の倦怠……彼女が興味を持ち始めた時には、もう私が疲れて彼女を喜ばせることができなかったのです」。地上では、リールの関心はもうそこにはなかった。ウルフはそうではない。妻の図太さと夫の永遠の不満足との間には、越えがたい溝があった。

　ウルフは地底で夢想と戦い、反抗し、単純な解釈を拒む。彼にとって物事は複雑でなければならないのだ。彼は記憶を追い払うのに息も絶え絶えだ。彼は無邪気にも記憶なしで生きるために地底に下りて行った。記憶と妥協するために下りたのではない。分析家たちが質問表を準備して彼に付きまとう。彼らは彼が自分で答えを出すように仕向ける――「死よりも孤独なものがあるだろうか？（中略）だが、もっと寛容なものは？　もっと安定したものは？」。ウルフは逃げたいと思ったものに捕まって死ぬだろう。ラズーリは既に死んでいる。フォラヴリルの上に屈みこんでいる男を殺そうとして、嫉妬深い彼は凶器を自分に差し向けたのだ。

　矯正不可能な伴侶たちから追い払われて、リールとフォラヴリルは、男性嫌悪の言葉とともに赤い草の射台に別れを告げる。決然として、未来に向かって、男性不信の思いを胸に。

「――そうよ、男たちは地べたに這いつくばればいいのよ」とフォラヴリルは言った。

「――跪《ひざまず》き、土下座させるのよ。そして、ミンクの毛皮やレース、宝石を買わせ、家政婦を雇わせるのよ」。

「——オーガンディーの前掛けをつけさせてね」。

「——男たちを愛することはもうないわ。あいつらは思い切り苦しめばいいのだわ」とリールは言った。

12　全般的な屠殺

演劇の災難

一九五〇年四月の一週間は栄光の週と言ってもよいかもしれない。デューク・エリントンがパリに戻り、しかも、楽団員全員が揃ったからだ。しかし、結果は大喜びというわけには行かなかった。ボリスはついに『屠殺屋入門』の上演に成功し、この戯曲が世間に受けることを夢見たが、演劇評に無視されたからだ。同じ週に、蜂蜜と酢の味！　一日置き、時には一時間置きに。デュークに再会できた喜び。一緒の夕食はいつも遅くまで長引き、ミュージシャン〔デューク〕のバースデーを半月前に祝い、パリの散歩やコンサートなど……その後で、ノクタンビュル座での不安、友人や――批評家たち――の喝采の幻影、初演の夜、縁起の良い総稽古、そして、その直後の新聞・雑誌の手ひどい悪評、戯曲の侮蔑的な分析と、作家よりも人間性に対する攻撃。

そう、出だしはまずまずの週だった。恐らくはジャズの祝福を受けた心安らかな時、執拗な批評の攻撃を認めず、理解せず、『墓に唾をかけろ』の冗談の影響を過小評価し、自分の知性のお返しに他者の知性と出会うことをいつも望んでいる作者にとっては、和解の時でもあった。一九五〇年初頭、演出家のアンドレ・レバーズから、自分の「ミルミドン劇団」がついに『屠殺屋入門』上演の準備を完了したと伝えられた時、ボリスはこれで一時的に自分の苛立ち――二年前からの待ちぼうけ――を鎮め、この演劇に対する助言や修正や上演引き延ばしを大目に見ることができると思った。エルザ・トリオレは「芸術と文学」名目での補助金支出を拒否していたが、このルイ・アラゴンの妻は『レットル・フランセーズ』紙の記事で、ヴァーノン・サリヴァンの分身に対する反感を隠さなかった。このコミュニスト作家［エルザ］は演劇芸術支援委員会の名前で、「私たちは外国人の作品への補助金は出せません」ときわめて杓子定規に、しかも文書で、回答してきたのだった。

　何かと障害に見舞われたこの作品は、終わり近くまで来てもまだ多くの不確実なことや意見の対立があった。ボリスは丁寧な物腰を捨てることなく、粘り強く自分の文章を弁護し、多くの修正点のうちミルミドン劇団から要求のあったもの、特にアンドレ・レバーズの主要な協力者であるカトリーヌ・トートの修正しか受け入れなかった。彼はサン＝ジェルマンの穴倉酒場の俳優たちや『墓に唾をかけろ』の女優を使うよう申し入れていたが、演出家が驚いたことに友人や女友だちは様々な理由を挙げて辞退したのである。「破門や追放もボリスの優雅な冷静さをかき乱すことはできないように見えた。彼の澄んだ大きな瞳はそこからある種の波動をさえ手に入れていた。しかし、私は彼の極度の慎み深さの下に彼の心臓を冷やす霧氷を見たように思う」[*1]とアンドレ・レバーズは賛嘆の念をこめて記している。一時間十五分という非常に短い上演時間で、劇団はこの戯曲を見事に仕上げた。しかし、短すぎるので、ノクタンビュル座は補足的な演目なしではこれを上演することができない。そこでボリスは、大急ぎで『最低の職業』を書いた。神父ソレーユ師を登場させる激烈な反教権主義の笑劇である。この司祭は聖職と大物俳優の人気とを混同し、毎晩聴衆がわざとらしい説教を聴きに押しかけて叫ぶブラボーの声を採集するのが趣味である。

　この戯曲は幕間に聖具室のソレーユ師を不意打ちする。彼はそこで衣裳係として奉仕する聖具係や「ぼくのお稚児ちゃん」と呼ぶボーイスカウト、恭しいラジオ・リポーターに囲まれている。神父様が少量の「四旬節のワイン」を口に含み、法衣の色を選び、鼻の化粧直しをするのを待って、リポーターは、ソレーユ師が「現代宗教作家の最高峰――アンリ・ピシェット、ジェルドゥロード、アンドレ・フリック、ジャン・ジュネ、ジャン＝ジャック・ゴーティエ、ガブリエル・ポムラン、etc.」の説教を口演することをマイクに向かって告げる。司祭は最初に「説教壇からの呼びかけ」をした年齢、ボーイスカウトでの初期の成功、夕食後の団欒等、彼の思い出話を披露する。ポール・クローデルが埋葬の花輪を届けて来る。「ラジオをお聴きの皆さん、会場の皆さん」とリポーターの声は一段と熱を帯びる。「神父様の歓喜の源泉は、皆さんがよくご存じの巨匠、『樅《サパン》の背広』［『繻子《サタン》の靴』のもじり］、『ぺしゃんこの神父』［『辱められた神父』］、『真昼の分配』［『真昼に分かつ』］の作者からの素敵な花籠の贈り物であります」。芝居の終わりで、司祭は舞台と信者のところに戻り、一人の警官に決して演劇人に転職しないようアドバイスをする。

　アンドレ・レバーズの役者たちは、ホモセクシュアルな暗示を満載したこの非常に中学生ぽい風刺劇に大笑いをした。いずれにせよ、宗教はこういう争いが起きるだけのことはしたのだ。しかし、ノクタンビュル座の支配人はそうは思わなかった。「この悲劇の余りにも冒瀆的な調子にショックを受けた彼は、代わりに他の作品を上演してほしいと遠慮がちに主張した」とボリスは書いている。[*2] 上演と戯曲を守るために、支配人のジャック・オーディベルティは一幕物の『生命《サ・ボー》』と『屠殺屋入門』の併演を受け入れた。

こうした準備段階のごたごたの中で、ボリスはジャン・コクトーの支援を受けていた。詩人は『屠殺屋入門』の残酷なまでの風刺を公然と賛美し、国籍・陣営を問わずあらゆる軍隊による全般的な人間屠殺に対して特効のあるこのコメディを何としても上演すべきであると繰り返し主張、二年前から彼の若い同業者に大いに肩入れしていたのだ。コクトーの友情は純粋無垢なものだった。前年の一九四九年一月二十八日、「パリ＝アンテール実験クラブ」製作の「大御所裁判」の放送が作家フランソワ＝レジス・バスティッドの告発を受けた時、ボリスはいち早く『恐るべき親たち』の作者［コクトー］を弁護したが、それとこれとは関係がない。バスティッドの攻撃は、詩人のお決まりの矛盾、彼の社交界趣味、彼の節操のなさに向けられていた。「確かに、コクトーは人に愛されたいと願っている」とボリスは反論する。「確かに、彼はそのためにすべきことをする。そのウインク、そのわざとらしさが非難の的になる危険を冒してまで。だが、それが何だというのだろう。ぼくが愛してやまないのはまさにそのことなのだ。偽りの詩、偽りの抒情、偽りの道徳……それらすべて……なぜなら、こうした偽りのすべてこそが真のコクトーだからだ」。[*3]

芝居の上演が近づいた頃、ジャン・コクトーは手紙を書いて彼を励ます。「一九五〇年三月二十二日、ニース、または、君のご想像の場所で。親愛なるボリス、いつも君の味方です。それを忘れずに、信じた道を行ってください。君の戯曲を読んで以来、益々君が好きになりました。君にキッスを送ります。それをミシェルにも分けてあげてください」[*4]。次いで、一九五〇年四月二十三日付のもう一通の友情便。「劇場の支配人から君の戯曲に一筆書いてほしいという依頼がありました。私は心をこめてその文章を君に捧げます。きっと君も喜んでくれるでしょう」。詩人は約束を守った。信頼の証の文章は「ボリス・ヴィアンへの挨拶」と題されて『オペラ』誌一九五〇年五月三日号に掲載された。「この戯曲または言葉によるバレエは」とジャン・コクトーは特に強調する。「ボリス・ヴィアンだけが特権的に持っているシンコペーションのリズムにも似た、絶妙で、軽快で、重厚な不遜さに満ちている。(中略)そして、爆弾が炸裂するところで笑いが炸裂する。爆弾が笑いとなって炸裂する。また、破局に対する尊敬の念そのものが、まるで石鹼の泡のように炸裂する」。もちろん、ジャン・コクトーはボリスがジャズ・ミュージシャンであることを思い浮かべる楽しみに抵抗できない。誰しもそのことに抵抗できないだろう。だが、文壇の著名人がこの時初めて公然と彼の作品の一つを支持したのである。

　こうした突発的な出来事は二年前から彼には珍しくないご褒美だった。ただ、四月以来ボリスはついに目標達成の一歩手前まできたと、本気で信じるようになっていた。真面目な作家と見なされないのであれば、せめて真面目に作家として扱ってほしい、これが彼の願いだ。アンドレ・レバーズ劇団はボリスの才能を思う存分発揮させた。アンドレ・レバーズが自ら屠殺屋の役を演じた。役者は他に、ポール・クローシェ、カトリーヌ・トート、ジャン＝ピエール・エブラール、ギイ・サン＝ジャン、ザニー・カンパン等の顔ぶれ。たぶん、結局、幸せな週ということになるのだろう。幸先の良いスタート。なぜなら、四月四日にデューク・エリントンがル・アーヴルに上陸したからだ。ボリスは単身駆けつけようとしたが、ミシェルが同伴すると言って聞かない。指揮者は港町の巨大な映画館「ノーマンディ・パレス」で第一回公演をする予定になっていた。ヴィアン夫妻は喫茶店「テルミニュス」でデューク・エリントンと再会する。長い抱擁。ボリスは芸人＝トランペッターのレイ・ナンス、ジョニー・ホッジスを除く初対面の楽団員たち――しかし、その演奏はすべて記憶している――と挨拶を交わす。ベースのウェンデル・マーシャル、テナー・サックスのアルヴァ・マッケイン、トランペッターのアーニイ・ロイヤル、ネルソン・ウィリアム、ハロルド・ベーカー。彼らは驚いた――彼らの前にいて時折英単語を探す一人のフランス人が、団員一人一人のキャリアをすらすらと数え上げたからだ。ホテル「ルーベ」のパーティは夜遅くまで続いた。

　心を許したボリス。翌日、楽団が運よく列車でパリに到着する間、ルーアン街道でキャブレターのジェットが故障したが、彼の気持ちを腐らせることはなかった。『屠殺屋入門』の総稽古は少し先の四月十一日だ。その時まで……デュークはボリスの案内でクラリッジ・ホテルに落ち着く。彼は巨匠の手形をとる催しの世話をする。ボリスはメンバー相互の強いライバル意識をリーダーがまとめ上げ昇華させた、ソリストたちの最初のリハーサルに出席する。フランス・ロッシュとフランソワ・シャレーが招待され、ボリスや楽団員らとレストランで食事を共にする。これで今回のツアー記事は完璧だろう。ノクタンビュル座の方は？　役者たちが驚いたことに、彼は予想したほど心配せず一日に一時間しか見に来ない。ボリスはデューク楽団と行動を共にしていることを謝る。四月十一日、初演の晩にさえ遅刻寸前の有り様だった。友人たち、サン＝ジェルマン＝デ＝プレ、批評陣が幅広く出席していた。

「フィナーレが三十分遅れた。それほど芝居は笑いでブレーキが掛かり、拍手で中断され、歓声によって切り刻まれたのだ」とアンドレ・レバーズは回想する。「最終的に幕が下りて動かなくなると、目利きたちは舞台に飛び上がった」*5。ボリスは「幸福感にひたって」いたし、「間抜けな子供のように」微笑んでいた。クノーが全員を夕食に招待して、ジョークを連発し、ボリスを「敬意に満ちた恍惚感」に陥れた、とレバーズは書きとめている。その後で、『屠殺屋入門』の作者は宴席を辞去し、デューク及び楽団員と別のレストランで落ち合って、喜びを分かち合う。指揮者は芝居を見に行くことができない。二年前に来た時には完全な楽団編成が組めなかったので、今回は連日首都の公演が待っているのだ。唯一ピアニストのビリー・ストレイホーンがシャイヨー宮のコンサート脱出に成功し、軍隊の中でもとりわけ米軍をからかっているこのフランス語劇を鑑賞した。

　パリでは旧交を温める日々が続いた。ボリスは幻の名車「ラブジェ・コンバーチブル」でデュークを案内し、ミシェルは指揮者の妻エバを高級婦人服店や喫茶店《サロン・ド・テ》に連れて行った。ジョニー・ホッジスとの晩餐。毎夜、モンマルトルのレストランや「クロシュ・ドール」、マンサール街のアメリカン・バーで、十人、二十人規模の晩餐会。クラブ・サン゠ジェルマンでの打ち上げ。ボリスは嬉しさのあまり芝居のことを忘れるほどだった。四月十四日芝居の一般公開の午後遅く、『屠殺屋入門』の作者はデューク・エリントンとラジオ局のスタジオ入りをし、次いで伝説の店「ミュージック゠ショップ」へ行く。十九時、二人はまだカフェで議論している。二十二時三十分頃、ノクタンビュル座で新たな拍手喝采。またしても、友人たち。またしても、批評家。役者たちは二〜三人の顔見知りの演劇担当記者が手放しで喜びを表し、笑い、そして拍手するのを見たと回想している。

　こうした記者は翌日の記事に備えていた。戯曲後書きとして添えられた、一種の私的新聞記事時評ともいえる文章の中で、ボリス自身も数ヶ月後にそのことに触れている。滑稽なせりふの背後に深刻な意図を探り当てた三本の称賛記事。『パリジャン・リベレ』紙マルク・ベグベデールの記事、『アスペ・ド・ラ・フランス』紙ミシェル・デオンの記事、『カルフール』ルネ・バルジャヴェルの記事。とは言え、この最後の劇評は「ボリス・ヴィアンの名誉回復」という意味深な見出しを掲げていた。その他の劇評は程度の差こそあれ辛口だ。「ボリス・ヴィアン氏の屠殺屋は客に吐気を催させる（効果をねらった）あらゆる肉片を店内にぶら下げている」と書いたのは『パリ゠プレス』紙のマックス・ファヴァレッリ。残りの劇評は一本調子。屠殺行為。戦争を笑いの対象にすべきではない。エルザ・トリオレは、『レットル・フランセーズ』紙で「唾を吐くという恥ずべき行為に対して断固たる嫌悪感」をボリスに抱いているとわざわざ正直に再確認した後で、とりわけ作者が「崇高な時代」を舞台に選んだことを非難する。「そして、彼はその時代を愚弄しているのだ」。『フラン＝ティルール』紙のギイ・ヴェルドーは問いかける――「では、なぜ強制収容所のオペレッタを書かないのか？」。

彼を軽蔑している連中もまたそれが演劇の名に値しないこと、ボリス・ヴィアンは決して作家ではない旨読者に警告し、改めてその危険な人物像を詳述している。『ル・モンド』紙のアンリ・マニャンは客観性を装う――「ぼくはボリス・ヴィアンが好きだ。彼は多芸多才だし、あちこちの穴倉でトランペットを吹き、緑と白の幅広い横縞シャツの着用を勧め、彼の……黒人の分身ヴァーノン・サリヴァンを翻訳するだけに飽きたらず、気弱なことに自分の名前をつけるほど――いや、真面目な話――強い愛着を持つ小説群を執筆している」。『バタイユ』ティエリ・モーニエはもっと主観的だ――「彼は金をかせぐ。彼は黒人音楽の専門家だ。彼は今風のスタイルを楽しみ、時々我々も楽しませる」。トランペット、サン＝ジェルマン、ヴァーノンの友人。おまけに実存主義の生き残り。ボリスは縮小され、パロディ化され、戯曲についての考察を避けるために、昔の偏見が再び持ち出されている。日和見主義の、中身を増やすためだけの、とにかく挑発が目的の、卑屈な猜疑心。エルザ・トリオレが指摘したような、唾を吐く行為の想起。アンリ・マニャンが引っ張り出した、二年前の使い古しの言語遊戯。この『ル・モンド』紙の「臨時」批評家は記している。「我々は反逆とは違ったやり方で、まだ新しい墓に唾を吐き掛けに行けることを、彼は教えてくれているようだ」。また、彼らは失望したと言っているが、実は『フィガロ』紙のJ＝B・ジェネールが明言しているように、「スキャンダルへの渇望」という期待と非難の機会が奪われたと言った方がいい。ところが、スキャンダルに関しては、今回の演劇的冒険にはそれが全く含まれていなかった。記者たちは、今回ボリス・ヴィアン氏がスキャンダルを発見できないのを予言するかのようなポーズを取っている。

四月十六日朝、ボリスは新聞を置く。すべての劇評は恐らく手古摺ったに違いない演出兼役者のアンドレ・レバーズに対する気の毒な祝辞に終わっている。あたかも出来の悪い戯曲をもっとうまく舞台に乗せ、もっとうまく演じることができたかのように！　勝手な言い分だとボリスは一刀両断し、デューク・エリントンの音楽に酔いしれるため引き返す。二十四時間に三公演、彼は舞台裏に座りっぱなしでジャズを聴く。楽団員たちが芝居の反響はどうだったか訊ね、その芝居を理解しようとする。ジャズの百科事典的アマチュアであるボリスを愛さない者はいない。ジョニー・ホッジスは彼らの国であり、ボリスの国でもあるアメリカへの移住を勧める。『屠殺屋入門』の作者はもちろん、唇を固く閉じ、甲高い声で、返答を避け、話題を骨抜きにし、冗談に紛らわす。「冷たい怒りがボリスを突き動かしていた」とアンドレ・レバーズは指摘している。「私は嵐に先立つ不気味な静けさの中にそれを感じた。少し凍りついたような微笑、青白さを通り越して薄緑色《アブサン》になった顔色の中に」。

　四月二十一日、デューク・エリントンはパリに別れを告げる。ボリスが自信のないままうんざりするような総決算に着手するのは、指揮者が出発した後である。彼は観劇記者の一人一人に個人的な回答を送り、それらの回答を刊行するために収集する。戯曲の第二版と『最低の職業』を本にするため、彼は準備を始めたのだ。それが実現すれば、読者は戯曲が重大な挫折を蒙ったことを分かってくれるであろう。うまく行けば、挫折の原因も。ボリスは例によって剣で戦う覚悟だ。彼は鋭敏なロジック感覚を動員して武装し、知的不誠実のメカニズムを監視することが仕事の、冷徹なエンジニア的論証を組み立てる。彼の論告の中にある次の短い一節だけが、わずかに彼の苦悩を垣間見させる。「私が死者を笑い物にしていると思う人たちは、戦争が私に何一つ喪の悲しみを与えなかったのだと子供じみた空想をしているらしい」[*6]。アンドレ・レバーズは既に内容を打ち明けられていた。フランス国内軍を嘲笑するボリスの「やや古ぼけた」強迫観念を疑問に思う演出家［レバーズ］は、次のような厳しい感想を述べざるをえない。「ぼくにとっても、彼の強迫観念は胸が痛む。やつら［ドイツ軍］はぼくの父親を殺したからだ」。ボリスは直ちにこの隔たりを残念がった。

　ノクタンビュル座では、四月末から既に大急ぎで『屠殺屋入門』に代わる後続作品の準備に入っていた。競争の激しさに加えて客の入りも悪かったのだ。一九五〇年五月十一日、ウジェーヌ・イヨネスコの『禿の女歌手』に交替した。レバーズは悔しがった。ボリスは困惑し、レバーズも困惑した。失敗が明らかになった数日後、作者は演出家をお決まりの思考形式に追い立てる――直ちに次の作品を打ち上げ、新たな成功の夢に賭けて悪い思い出を一掃すること。ボリスは直ちに寸劇の準備を手伝うよう彼を説得する。レバーズはよく分からぬまま押し切られる。数日間必死でがんばり、一つの作品を完成させた。しかし、レバーズはどこへ行ってもそれを断られる。自信をなくしたレバーズを残したまま、ボリスはもうそこにいなかった。五月三十日、ジャン・コクトーは彼に慰めと愚痴をこめた手紙を送っている。「親愛なるボリス、君と君の細君を心から愛しています。大分前になりますが、ぼくは戯曲の中で爆発するものが君の中にもあることに気付きました。ぼくは他人が作ってぼくではない（そして、知りたいとも思わない）男の亡霊に疲れ果て、パリを離れます。ぼくは何枚かのポートレートを持って行きますが、その中には君のも入っています」。他人が作って、自分ではない男――ボリスはこの警句を記憶に留めるだろう。彼は――多分様々なことを見越して――厚紙のファイルに分類して保存している新旧の小説プランに心の支えを求める。『屠殺屋入門』に対する彼の期待は大きかった。恐らく、ルネ・バルジャヴェルも書いているように、名誉回復の一勝負であったろう。彼は一九四七年に、また一九四八年にもなお、原稿を書いて、再びその原稿に手を入れることをやっていた。長い月日の間に、それは幾つかの作品バージョンを自発的に友人たちに送る習慣へと変化した。また奇妙なことに、彼は誤解と闘うことに執念を燃やした。打ちのめされ、内気で、脆いが、頑固なのだ。一度だけダンディな自在さの裏で努力の跡を隠さなかったことがある。プロデューサーのフェレッリが彼の戯曲を映画化する案に漠然と言及した時だ。ボリスはこの企画の現実性を確信する。特有の一人合点。彼は苦労して新しい工程表を作る。「映画」という言葉を聞いて、映画を追求するという海のものとも山のものともわからない見通しだけで、彼はさらに数週間その実現に乗り出し、マルチーヌ・キャロルの芸術エージェントであるジョルジュ・ボームに接触する。戯曲から映画が生まれるとすれば、マルチーヌ・キャロルだけがその成功を約束してくれる！　幻想だ。一九四九年四月の手帳に、彼は初期タブーの名目上の指定後見人でもあったこの国民的スターのゴルフ＝ジュアンの住所をメモしている。彼にとってもスターであった。

彼はこの女優に手紙を書き、保証人としてジャック・ルマルシャン、ジャン＝ルイ・バロー、ジャン・ポーラン、フェリックス・ラビスの名前を挙げる。そして、彼女に「兵士たちをもてなし、映画の中で四百発の弾丸を撃つ」妹の役を依頼した。「もちろん」と彼は書く。「プロデューサーはその製作に五千万もの大金は出しませんが、千二百万は出すでしょう。もう一つの問題。商業映画ではない映画でも、出演するお気持ちがおありでしょうか？」。マルチーヌ・キャロルはこの手紙に返事を書いたのだろうか？　彼女はそれを受け取っただけだろうか？　三月三十一日の手帳には既に「マルチーヌ・キャロルから電報あり。原則としてヴィアン・プロジェクト受諾」の記述がある。彼は夢を見たのだろうか？　女優や映画や戯曲そのものの夢を？

出版の埒外で

彼の本の流通が途絶える。ボリス・ヴィアンの作品は無名の出版社か便宜主義的な出版社によって、資金的な手段も販売の手段もないまま迂回路を流れる。まるでボリスはパリで一軒の出版社しか知らないようだ。ガリマール社である。この作家はNRF［ガリマール社］以外では彼の著作にはまったく救いがないかのように振る舞っている。ガストン・ガリマールに拒否されたり、ポーラン、クノー、ルマルシャンの恐縮した弁明を聞いた後では、まるで作品自体が作者にとって重要性を失い、作者から出版の意思を奪ってしまうかのようだ。

　その後は、最初に出版を申し出たところが原稿を奪ってゆくだろう。出版界で馴染のない新顔であっても、申し出にいかさまの危険があっても、それがボリスの知らない人間や会社もしくは知人の知人から来た話であっても、どうでもいいように見える。ガリマール社の無反応が続いて一種の麻痺状態と運命論に陥り、自分の作品に対しての自信が持てなくなった感じだった。ボリスはそれが可能な関係にありながら、また友人たちの何人かはそこで本を出しているにもかかわらず、頑《かたく》なにストックやグラッセ、フラマリオン、ジュリアール等の出版社に自分の原稿を送ることを差し控えている。サン＝ジェルマン＝デ＝プレでの活躍はおそらくあまり売りにならなかった。なぜなら、この集団の歴史は結局多くの騙されたと思う人たちを生み出したから。ボリスはそのことを承知していた。また、この作家たちの町では、ジャーナリズムの世界以上に、悪ふざけの人物という彼の評価が固まっていた。一九五〇年の時点で、ボリスの仲介をするということは、いささか自分の評判を危うくすることであった。それらを無視するには、ジャン・コクトーのような大胆な柔軟さと同時代人に対する疎《うと》ましさが必要であった。自尊心の強いボリスは誰にも応援を頼まなかった。セバスチャン＝ボッタン街［ガリマール社］以外には作品を持ち込まなかった。彼は愛着と郷愁から、一九四六年の仲間たちと縁を切ることができず、唯一ジャン・ロスタンやクノーやサルトルの名声を保証し、一時期彼の名声も保証してくれた出版社と訣別することもできなかったのだ。ガリマール社が無視するのであれば、後は安売りするしかなかった。

　前年、『赤い草』がNRFの査読委員会に掛けられたが、評価は『北京の秋』よりもさらに悪かった。これまでの業績を考慮することなく、より早く、より一方的に決定が下された。サルトル、クノー、ルマルシャン、そして、マルセル・アルランさえ、その決定に困惑したが、確かなことは、彼らもまたこの作品が好きではなかったのである。レーモン・クノーが落選者への対応を任された。小さな共同体が排除した者に対してできるすべてのこと、それが以下の退屈で、捉えどころのない親書であった。「G・G［ガストン・ガリマール］から書面が送られてきたかと思いますが、事務局の方でごたごたがありました。馬鹿げたことがあって、何もかも頓座してしまったのです。それゆえ貴兄をいつまでも待たせてはいけないと思いました。この手紙は〈公式の〉書面ではありません。G・Gがどのような回答を送ったか今の時点で当方は詳らかにしませんが、ネガティブな内容ではなかったかと危惧します。アルランはとても理解に富み、とても〈共感を示す〉報告を行ったのです。――でも、彼は留保しました。彼の判断はサルトルやルマルシャン、あるいはぼく自身のそれとあまり違いません。昨今のガリマール社の厳格主義から推して、ガストンの好意的な結論が下されたとはとても思えません。ぼくらはみんな愚か者なのでしょうか？　それとも、貴兄の狙った通りの作品が完成しなかったのでしょうか？その評価は、誰かが言うように、後世の文学史に委ねるほかありません。ともあれ、何があってもぼくが君の友人であることは信じてください。クノー」[*7]。

クノーの言う「公式の」書面は翌日ボリスに届いた。一九四九年十二月二十三日、ガストン・ガリマールは、作家がセバスチャン＝ボッタン街へ立ち寄った際に、『赤い草』の草稿名『裂けた空』の刊行が却下されたことを伝えたのである。「謹啓貴殿の原稿『裂けた空』に関する査読委員会のためらいと保留は、既にレーモン・クノーの方から貴殿にお伝え頂いていることと思います。私はこの保留が正当であることを恐れ、この作品に対して行われた様々な観点からの批判により、この作品が『日々の泡』と同等の価値を持つことを疑問視するに到ったことを危惧します。多分私たちが間違っているのでしょう。しかしながら、相異なる査読者の意見がこんなにも一致した以上、それを信じないわけにはまいりません。したがいまして、『裂けた空』の出版はお断りせざるをえなくなりました」[*8]。

ボリスは行動を起こさなかった。彼がガリマール社に駆けつけることはもう大分前からなくなっていた。クノーとは友だちのままだ。彼が勝手に父親視したガストン・ガリマールは、遠く離れ、理解を示さないが、それでも幾分かのユーモアは保持しているようだ、とボリスは考える。いずれにせよ、拒否されたにもかかわらず、あるいはたぶん拒否されたがゆえに、彼はNRFの創始者に対し、無遠慮な真情あふれる手紙の中で固執する。幾分苦い思いのこもる次の手紙がそれを証明する。「親愛なるガストン、あなたが裏書きすることに同意したクレディ・デュ・ノール銀行の小切手を確かに受領しました。しかも、速達で。そのことを心から感謝します。と言いますのも、回答の迅速さはあなたの回答の慎重さ（と私は思うのですが）を補って余りあるからです。あなたとの立場の違いを考慮すれば、私は電報で返信しなければならないことは承知しています。でも、郵便局へ行く元気がないのです。どうか、私の真情をお汲み願います。私はあなたの書面の堅苦しいまでに格式張った調子に少し胸を打たれました。私は色事も理解できますのでご安心ください。独身者の夕食会に私を招待する気遣いはいりません。私は形式にこだわるスノッブな人種には属していません。ですから、次回からはどうぞ率直に心の内をお話しくださいますように。小さなファミリーにキッスを。あなたの友」[*9]。

一九五〇年、ボリスはそれまでの慎重さを放棄する。彼の作品の出版は彼の人生に似て、物狂おしく、てんでばらばらだ。

『赤い草』と『屠殺屋入門』が相次いでショッセ＝ダンタン街のトゥータン社から刊行された。小説は印刷され、パリの幾つかの書店で販売されたが、それ以上に販路は広がらなかった。在庫はすべて代金未払いのため取次の供託下に置かれた。新聞・雑誌への広告もなし。店頭に出た『赤い草』は多くても数百部。『赤い草』は死産だったのだ！　一九五〇年十月、『屠殺屋入門』は印刷されたが、販売されなかった。トゥータン社は破産する。なぜ、弱小出版社、一冊の小説も刊行したことのない、いわんや戯曲など扱ったこともない、その場の勢いで生まれたような出版社に刊行を任せたのか？　ひとえに、その方が容易であり、その必要に迫られていたからだ。

一九五〇年十月三日、ボリスはショッセ＝ダンタン街の出版社の『グリーン・ガイドブック』責任者アンリ・ペルティエという人物から、サン＝ジェルマン＝デ＝プレに関するガイドブック執筆の依頼を受ける。この人物は既に契約書の準備ができており、前払いの用意があると自己紹介する。例によって、この依頼は彼の好奇心を刺激し、新たな経験に対する信じられないほどの情熱を揺り動かす。今回は失敗の恐れはない。その上、もちろん、どんな予想外の小切手であれ、借金の一時的な穴埋めが期待できる。迷うことなく、彼は会いに出かけ、アンリ・ペルティエを好人物だと判断。帰宅と同時に、最初のレイアウト、作品のプランを走り書きし、依頼可能なイラストレーターたちの名前をリストアップした。ジャン・ブーレ、ギュス、クリスチャン・ベラール、イヴ・コルバシエール、ドロピー、全員昔のサン＝ジェルマンの仲間たちだ。ボリスはまだ漠然としていたガイドブック会社のプランを数日かけて練り直し、独自の視覚的コンセプトと全体の構想を強調するものに変えた。彼の話では、もう後は「校了」と記すだけでいいのだった。ボリスはそういう作業が大好きなのだ——新聞や雑誌の構想が。豊富なアイデア、作業の迅速さは既に『ジャズ47』や『ジャズ・ニュース』等幾つかの雑誌、『サン＝シネマ＝デ＝プレ』や『カオス』等の短命な新聞を誕生させていた。それらはサン＝ジェルマンの夜に彼がアイデアを出し、モーリス・ラファエルやウジェーヌ・モワノー、アンドレ・フレデリック、フランソワ・シュヴェたちと作ったものである。アマチュア・ジャーナリストもしくはジャーナリズムの愛好家として、しばしばプロの編集者たちを大きな未来は開けなくても記憶に残る冒険に引っ張りこんだのは彼なのだ。彼は媒体は何でもいいから定期的な時評を受け持ちたいと夢見ていた——例えば「無頼漢の偽写真」を載せた「今週の無頼漢」。

だから、契約書にサインする前から、『グリーン・ガイドブック』がどういうものか調べることもせず、ただ観光客相手のニュートラルな著作シリーズが伝統破壊者の協力を真剣に考えるものかどうか、自分でも不審に思いながら、ボリスは既にサン゠ジェルマン叙事詩の登場人物たちに答えてもらうアンケート用紙を、トゥータン社に頼んで作ってもらっていた。それは本当に編集者が作りたい本の内容に沿ったものだったのだろうか？　「何時あなたは最初の実存的不安を覚えましたか？」、「あなたにとって、サルトルとは？」、「コカコーラをどう思いますか？」等々のルガトゥ・サークル時代を彷彿させるギャグ質問が？　もちろん、この悪ふざけの仕掛け人がボリスである以上、サン゠ジェルマンの常連たちは、『グリーン・ガイドブック』の装飾タイトル文字の下に掲げるこのアンケート表に、好き勝手な答えを書きこんだ。

例えば、ガブリエル・ポムランの回答は次のようなものだ。

個人的特徴――垢まみれ。
バスト――小さい。
頭髪――もじゃもじゃ。
結婚――既婚、アクセサリーみたいなもの。
夜のお値段――バロメーターに従って変動する。
職歴――居候、囚人、学生、レジスタンスの闘士、作家、ジゴロ。
現職――夫
憧れの職業――アカデミー・フランセーズの会員と億万長者。
何時あなたは最初の実存的不安を覚えましたか？――虚無。
お好みの女性のタイプ（女性の場合は男性のタイプ）――成熟した女性、見かけは若くて、色好み。
あなたにとって、サルトルとは？――正直な人。
あなたにとって、シモーヌ・ド・ボーヴォワールとは？――彼の妻。
サン゠ジェルマン゠デ゠プレを定義すると？――サン゠ジェルマン゠デ゠プレはゲットーだ。
クロード・リュテールはビ゠バップ？――彼はそう思っている。
サン゠ジェルマン゠デ゠プレの住人を一言で言うと？――「プラティジェルミノワ」もしくは「いかれポンチ」、お好きな方を。

一九四九年末のサルトルは、どんな存在だったか？　「成功した、優秀な哲学教師」（クラブ・サン゠ティーヴの司会者ロミ）、「私の欲しくてたまらないアパルトマンの所有者」（レーモン・オーボワノー）、「仰ぎ見る父」（アネ・バデル）、「友人」（カザリス）、「自分の飲食代を払わない男」（クロード・リュテール）。同じ回答順で、シモーヌ・ド・ボーヴォワールは？　女教師、前述家主の関係者、仰ぎ見る母、女友だちの友だち、裸の踊り手。サン＝ジェルマンの住民は？　初めて聖体拝受する子供、破産者、定職のない人、昼盲症のワラジ虫……。

ボリスは仲間たちの無報酬の協力に見合った、楽しい文章を書く用意ができていた。実存主義の怪しげな匂いに引き寄せられて集まる観光客向けの、ささやかな無礼の言葉。しかし、トゥータン社との関係はまもなく複雑にこんがらがってくる。資金が不足してきたのだ。ボリスは抗議する。トゥータン社の担当者は資金の追加を約束する。休眠中の小説『赤い草』を出版しない手はない。『屠殺屋入門』は？　アンリ・ペルティエはボリスの人柄に魅せられた。しかし、何ヶ月か過ぎるうちに、事態は益々深刻になり、版元は予算の辻褄をあわせるため作者の悪魔的な評判に頼る以外方法がなくなった。版元もまた金を生むスキャンダルに賭けるしかなくなったのである。こうした初期プランの修正はボリスにとって願ってもないことだった。これで『赤い草』もたぶん読者を発見できるだろう。とりわけ屈辱的なことがあった――戦後の数年間尊重された「継続刊行の権利」ルールによって、すべての出版社は、ボリス・ヴィアンのフィクション作品を出版させてもらう願いを、ガリマール社に提出しなければならない。ジャン・ダリュアンの後、今度はトゥータン社がガストン・ガリマールに許可を求めることになったのだ。『北京の秋』、『蟻』、『赤い草』等、全作品が拒否された。ボリスは憧れの出版社と緊密に結びつけられていたのだ。それも、最悪の形で。いい意味でも、悪い意味でも接合されてしまっていた。作家を出版の埒外に追いやる地獄の制度。なぜなら、有名な出版社がライバルのＮＲＦに、世間の噂やセバスチャン＝ボッタン街の査読委員会との関係で、ガストン・ガリマールの近くにいると思われる作家の出版許可を願い出ることなど、思いもよらない話だからだ。

一九五〇年夏も近づいた頃、トゥータン社と束の間の共同経営者プチ＝エスクロール――ボリスはプチ＝エスクロロールと呼んでいたが――が非常に閉鎖的な出版社クラブに入る夢は、怪しくなった。『赤い草』が取次の倉庫で湿気を帯び始めたのだ。『サン＝ジェルマン＝デ＝プレ入門』はストップした。七月二十五日、版元から――ペルティエ？　それとも、プチ＝エスクロール？――サン＝トロペに滞在中のボリスに手紙が届く。「卑劣な美男子のビゾンへ。君が太陽で身体を焼き、女といちゃついている（少なくともそう願っているが）間に、ぼくは例の忌々しい本の販売に青くなっています。それなのに、よくもぼくに金の無心ができるものだ。冗談はともかく、君が出発してから、ぼくはとんでもない窮地に陥っています。印刷業者が金を要求して本を発行停止にしてしまったのです――新たに前払い金を払わないかぎり『赤い草』は発行しない――『屠殺屋入門』（完全に刷り上っている）も『サン＝ジェルマン＝デ＝

プレ入門』も発送しない。しかし、朗報もあります。不幸中の幸いというやつです。と言うのは、びっくりしないでほしい。ぼくはついに（ついに）出資者を見つけたのです。彼は必要なら印刷所に資金を提供し、ぼくの手形を保証すると言っています。彼は次の出版についても援助してくれる公算が大きい。正直な話、君の名前はとても効き目がありました（避雷針《パラトネール》ことビゾン）。ただし、その男はぼくらが正規の契約を結んでいないと言うと、大変驚いていたけどね」[*10]。

安心できないまま、ボリスはとにかく『サン＝ジェルマン＝デ＝プレ入門』の原稿を書き上げる。しかし、何ヶ月か過ぎ、この本が近い過去から遠ざかると、苦い思いが募ってきて、彼はこの本への興味を失ってゆく。彼はそこから逃げ出し、版元を大いに失望させたことには、しばしば自分がこの町をあまり訪れていないかのように書き、歴史的な出来事を他人の本から引用し、タブーの叙事詩まで手を抜く始末であった。死者略歴のような味気なさ。自分やミシェルが関係した部分の省略。不思議な二年間は瞬くうちに過ぎ、彼の記憶の確かさも危なくなっていた。その二年間は彼を弱らせ、彼を人生の別の局面に投げ込んで復元不可能な状態にさせていた。前書きで、ボリスは実存主義の虚言症《ミトマーヌ》的探究者であるジャーナリズムへの戦いを取り上げる。彼はたくさんの新聞の切り抜きを引用する。だが、それは自分の仲間たちへの攻撃だ。穴倉酒場の仲間や反逆仲間への攻撃。『墓に唾をかけろ』の騒ぎの時に彼を弁護し、サン＝ジェルマン地区の彼の名声を高めるのに大いに貢献してくれた『サムディ＝ソワール』紙や『フランス＝ディマンシュ』紙の記者たち。ボリスはサン＝ジェルマンにおける自分自身の真実を伝えることができないもどかしさを感じる。そこには彼の当惑が正直に表れている。「サン＝ジェルマン＝デ＝プレで過ごしたすべての夜を振り返って気づくことは」と彼は前書きに書く。「鮮明に覚えているはずの記憶が混乱し、曖昧になり、混ざり合い、蒸発してしまっているという事実だ」。「様々な顔や陽気さや活気、けんかの情景」しか残っていない。こうして埋もれてしまった顔の代わりに、ボリスは本の後半で心優しいポートレート、真の友人や仲間たち、カフェの主人たちの肖像を紡ぎだす。ポムラン、シュイユー、アストリュック、シピオン、ボスト、デー、シュヴェ、ショーヴロ、ブーバル、等々。そして、娘たち。そして、スターたち——グレコ、カザリス、デルニッツ。文学者たち——コセリー、シモーヌ・ド・ボーヴォワール、メルロー＝ポンティ。彼はアルベール・カミュぐらいしか業績を素描していない。サルトルでさえ一九五〇年には非常に短い客観的な記述しか与えられていない——「作家、劇作家、哲学者。彼の活動は格子縞のシャツや穴倉酒場や長髪とはまったく何の関係もない。彼のことを少しそっとしておいてやろうではないか。とてもいい人なんだから」。少佐はこうした集中力を欠いた追想からは自然に脱落している。とりわけ、小説と戯曲の幻の刊行予告を利用して何度も予告を出しながら、結局『サン＝ジェルマン＝デ＝プレ入門』が観光客を穴倉酒場群に案内する機会は訪れなかった。ボリス・ヴィアンの名前を冠した未刊の在庫が増大する。ボリスはこの作品もまた無理やり忘れ去ろうとするだろう。食うための仕事、と彼は位置づける。彼は死ぬまでこの原稿が散逸してしまったとさえ考えていた。『赤い草』については、彼はもう思い出そうともしなかった。

法廷の高貴な仲間たち

法廷に召喚された者たちは数多い。確かに居心地の悪い状況だが、ボリスにとっては内心感謝の一日でもあった。ならず者たちの名前のぶら下がった素敵な勲章吊り――ゾラ、ジッド、ミラボー、サド、ジャリ、ピエール・ルイス、コレット、ジョイス、コールドウェル、フォークナー、そしてマラパルテ。すべて訴追されるか、被疑者になるか、逮捕もしくは逮捕されるはずだった人たちだ。シモーヌ・ド・ボーヴォワールの『第二の性』は北フランスで没収される。デカルトは判事たちから野次られ、フローベールは『ボヴァリー夫人』によって法廷に引き出された。イジドール・イズーは牢獄から生還する。ボードレールでさえ、破棄院［最高裁］によって名誉回復が決定したのは最近のことである。そして、端役たちも。『美徳の不運』の前書きのジャン・ポーラン。ヘンリー・ミラー救済嘆願書の署名者――マルセル・アシャール、ジャン・コクトー、アンリ・ド・モンフレ、ジャン・アヌイ、等々。そして、この集団署名の主導者モーリス・ナドー。そして、もちろん『恭しき娼婦』のサルトル。そして、魂が小さな秘密を宿していることを言わなくてもよかったはずのフロイト。逃亡中のヘンリー・ミラーから送られた挨拶。

この一九五〇年四月二十九日、セーヌ軽罪裁判所第十七号法廷は、道徳の名の下に、また児童保護のために、スキャンダルを摘発する決意を固める。検事局はヘンリー・ミラーに対するダニエル・パルケールと社会道徳行動カルテルの訴えを継続することができなかった。南北両回帰線の作者は帰国してしまったので、アメリカの法廷でしか裁くことができない。だが、別の作家なら捕まえることができる。ボリス・ヴィアンだ！　しかも、こっぴどく。『墓に唾をかけろ』の英語版と『死の色はみな同じ』。前者の罪が十分でなかった場合に備えて、後者も追加する。ジャン・ダリュアンが主犯で、ボリスと印刷会社は共犯。重大な案件であり、ヴァーノン・サリヴァン人気の助長を警戒し、それにも増して青少年を保護するために――なぜなら、それこそこの「悪」の追及騒動の第一目的だから――検事代理は傍聴禁止措置を勝ち取った。審問に先立って、検察側は作品を熟読する。代理人氏は再度有名な猥褻場面の数ページにどっぷりと漬かる。なぜなら、対決するポルノグラフィの味方たちには教養があるからだ。サン＝ルイ高校教員でアカデミー・フランセーズ賞受賞者アンドレ・ベリー、レーモン・クノー、国務院評定官ジョルジュ・ユイスマンスは法廷に出席し、ジャン・ポーランは書面を提出。上記ジャン・ダリュアンとボリス・ヴィアンの品行を弁護するすべての証言者は、猥褻文書の作者たちに通暁しているはずだ。

傍聴人はいなかったが、この裁判は検事代理にこれまでの論告のアンソロジーを読む特別の機会を与えた。手ごわい弁護人ジョルジュ・イザールと対決し、何が飛び出してくるかわからないスキャンダラスな作家たちの隊列に立ち向かった、戦後初めての文学＝司法アンソロジーである。裁判長だけが厳格な青少年保護の判定基準を信じている風に見える。イザール弁護士の事務所がタイピングした審問の経過を読むと、裁判所は一九三九年七月二十九日の政令［家族法典］の内容と文言を頑なに守ることだけに終始している。戦前の単純すぎる青少年の利害観だ。表現の自由、書きたいことを全部書く権利、深い欲動などに関心はない。そして、後の世代から覆された判決を突きつけられるとたちまち激昂する。法律。ただ法律だけだ。もしも、告発された一節の猥褻さが教育的でないと判断されても、すべてのノーベル賞作品の価値は不変なはずではないか。

しかし、裁判が始まるや否や、裁判長は苛立ち、出廷後性急にボードレールやフローベールの裁判とボリス・ヴィアンのそれを同一視したがるアンドレ・ベリーの話を遮る。

「裁判長――フローベールは明らかに訴追されました。
アンドレ・ベリー――それが今ではフランス文学の栄光となっています。
裁判長――私どもが裁くのはフローベールではありません。
アンドレ・ベリー――それでも、フローベールはフランス文学の栄光です。彼を苦しめた判決をもう一度下そうなどと考える者はいません。それをすれば、もの笑いになるだけです。
検事代理――フローベールへの判決はそんなに滑稽ではありません。（後略）
裁判長――では、お伺いしますが、これらボリス・ヴィアン（中略）の二作品があなたの生徒の手に渡ったとしたら、あなたはどう思いますか？
アンドレ・ベリー――それは私の生徒の手に渡るべきではないでしょう。親が監視すべきです。それに、有害と思われる他の多くの本、とても科学的な本などの方が、生徒の手に渡る可能性が高いのではないでしょうか。
裁判長――あなたは口頭弁論のために来ているのではなく、証言者として来ているのです。話を逸らさないで私の質問に答えるようお願いします」。

公序良俗のための厳しい審問だ。弁護人ジョルジュ・イザールは、ボードレール裁判の再審という現実を何度も想起させようとする。しかし、裁判長にとってそんなことは当日の主題からあまりにもかけ離れたことだ。文学の巨匠《パンテオン》たちが審問に侵入し、青少年保護の主張はなかなか聞いてもらえない。クノーが進み出て、『サリー・マラの日記』の版元［ジャン・ダリュアン］の信望の厚さを確信に満ちて証言する。裁判の行方を気遣い、検察の代理人はこうした手放しの讃辞を抑え込もうとする。


「検事代理――ガリマール出版にもまた〈暗黒叢書〉があることを私は承知していますが……。

レーモン・クノー――その通りです。

ジョルジュ・イザール弁護士――なぜ、〈暗黒叢書〉が問題になるのですか？〈暗黒叢書〉が訴追されたことがありますか？

検事代理――〈暗黒叢書〉のいくつかの巻が訴追されているし、訴追されることになっている。

ジョルジュ・イザール弁護士――訴追されることになっている？ それでは、この審問において〈暗黒叢書〉の作品が訴追される予定であるという断言がなされたことを記録させてもらいます」。


裁判長は、出版委員会が事実マルセル・デュアメルの叢書［暗黒叢書］を訴追するように勧告しているが、検察庁はまだこの意見を採用していないと説明して、鎮静化を図ろうとする。この裏話を聞いて、クノーが大笑いをする。弁護士の勝利だ。「我々はもはやこの国には住めないと結論づけるしかありません」と彼は言い放つ。それから、この日の裁判、ジャン・ダリュアンとボリス・ヴィアンの事案に戻り、弁護士は第十七法廷の金の紋章の下にＮＲＦの著名作家たちの名前を列挙する。


「レーモン・クノー――ところで、私どもには査読委員会があり、その構成員はアルラン氏……。

ジョルジュ・イザール弁護士――ゴンクール賞受賞者のマルセル・アルランです。

レーモン・クノー———……ポーラン氏……。
ジョルジュ・イザール弁護士———レジョン・ドヌール勲章の受勲者で、アカデミー文学大賞の受賞者です。
レーモン・クノー———……一九四七年批評家賞受賞者アルベール・カミュ……。
ジョルジュ・イザール弁護士———アルベール・カミュを知らない人はいません。
レーモン・クノー———……『コンバ』紙の演劇批評家ジャック・ルマルシャン氏、ブリス・パラン氏……。
ジョルジュ・イザール弁護士———各方面から尊敬を集めている哲学者の一人です。
レーモン・クノー———……そして、ぼく自身です。
ジョルジュ・イザール弁護士———そして、あなた自身です。
（中略）従いまして、これら六人の疑いなき教養人がボリス・ヴィアンの二原稿を読み、彼が作家と呼ぶに相応しい作家であると見なしたわけです。
レーモン・クノー———もちろん、私はボリス・ヴィアンが最も将来性に富んだ若手作家の一人であると考えます。彼は比類のない才能の持ち主であると考えています。私は彼の将来の作品および過去の作品に対し、絶大の信頼を置いています。私は私どもの出版した『日々の泡』は素晴らしい小説だと評価しています」。

それから、弁護士は『墓に唾をかけろ』がボリス・ヴィアンの作品の中で占める特殊な位置は、「境界を超えた」アメリカ黒人の悲劇という主題と無関係なのかどうか、問題の「特にエロティックな側面」を探求することが作者にとって本当に余計なことだったのかどうか、疑問を呈する。クノーはそうではないと答える。「私は黒人問題の性的な側面は絶対に欠かせないと思います。それは最も重要で、最もアメリカ人を苦しめている部分です」。「問題は黒人なのです」とジョルジュ・イザール弁護士が後を続ける。「黒人に対する白人の戦いは黒人の心の中における性をめぐる戦いなのです」。「白人の迫害によって頭の中に叩き込まれた問題すなわち性の問題に取りつかれた」男を描かなければ、ボリス・ヴィアンは「作家として彼の仕事をした」と言えないのではないでしょうか？　クノーはこれに同意する。裁判長はアメリカの黒人はむしろ「人種という観念」に取りつかれているはずだと述べる。「いや、それはとても稀です」とクノーは一蹴する。

もちろん、弁護人と弁護人の選んだ証人とは意思疎通が十分にとれている。クノーに対しては、米国の奇妙さの指摘を。国務院評定官のジョルジュ・ユイスマンスに対しては、司法官を理解しようとする気配りをお願いする。「私は国立中央工芸学校出の元技師で、ジャズの専門家でもあるボリス・ヴィアンが、あの若者たちによるサン＝ジェルマン＝デ＝プレ運動の創始者の一人であることを知っています。サン＝ジェルマン＝デ＝プレにおける彼の行為が、必ずしも伝統的なモラルに合致したものでなかったことはご案内の通りです。私はこの法廷であえて次のように証言したいのです。〈サン＝ジェルマン＝デ＝プレ〉と呼ばれた青春は、今日まさに多くの寛容さを求める権利を有すると。なぜなら、彼らは大人になり、とりわけ苦悩に満ちた状況を生きてきたからであります」。検事代理はアメリカとサン＝ジェルマンを追い払う。ボリス・ヴィアンは『墓に唾をかけろ』に代表される金儲けの企てについて既に何度も口外しているではないか。従って、彼の猥褻にはいかなる深い意味もない。いかなる心理学的必然性もない！　推理小説の流行は「ボリス・ヴィアンとその競争相手たちによって、極端にどぎついタイトルを与えられ、純粋かつ単純に機械的な集金マシーンと化しています。私たちはそのタイトルをあらゆるショーウィンドーで、至る所に見られる赤と黒のきれいな外観をしたこの叢書の全作品で、目にすることができます。それは紋切り型で空虚で意外性のない――というのはまったく意外性がないからですが――スタイルの一種の客引き行為と言えます」。そして、ナルスジャックの『はったりの終わり』を引用しながら、検事代理は次のように締めくくる。「推理小説は小説の商業的かつ露天商的な形態なのであります」。

　実は、検事代理は『墓に唾をかけろ』を十分に読み込んでいた。彼はそこにあるごまかしと模作のための模作を見抜く。心理学的配慮？　社会的関心？　「それに関しては、曖昧な主題以外にほとんど何も見るべきものはありません。だが、小説を構成するためにはそれらの一つが必要です」。すべて「エロティックでサディスティックな描写のための」口実にすぎない。司法官は小説の幾つかの場面を朗々と読み上げる。その中には、ジーン・アスキースとジュディ、「ボビーソクサーズ」のいわゆる入浴シーンも含まれている。検事代理は朗読した後、沈黙した。「私は一言も付け加えません。法廷のご判断にお任せします」。彼は弁護側のお歴々とともに、小説家にとって、とりわけ自由な国の自由人であるフランスの小説家にとって、時としてエロティックな場面が必要なことは認める。彼自身『コリドン』［ジッド作］が好きだし、ジッドもゾラもプルーストも読んだ。彼はまた『青い麦』［コレット作］も知っている。ピエール・ルイスさえ知っている。こうした「何を言っても許される完璧さ」とボリス・ヴィアンの小説の「猥褻で冷酷な暴力性」とを同列に論じることはできない。どこが違うのか？　一方が社会や宿命を分析する手段としての性であるのに対し、他方は、「読者の低劣な本能を満足させる」金儲けのための性にすぎないのだ。

もちろん、イザール弁護士も彼自身もこの小説を「きわめて冷静に」読み得るし、「そこにある種のセンスを読み取る」ことさえできる。しかし、「このような小説（中略）が終生深い影響を刻みつける恐れのある若い柔軟な精神は」どうなるのか？　検事代理は法廷で一人の父親の惨劇を紹介する。「アルコール中毒の偏執狂」であるその父親は、ジェームズ・ハドリー・チェイス作『目撃者』を読んで、――「ガリマール社の本です」――自分の娘を裸にし、テーブルの上に縛りつけて、電気コードで恐らく十五分間もムチ打ち、娘を死に至らしめた。「皆さん、これは作り話ではありません。（中略）残念なことに、私たちはこの病的な脳髄が読書によって大きな心理的衝撃を受け、それが突然彼の殺人的自動運動を始動させて、野獣的行為に及んだものと解釈できるのです」。以上の理由により、ボリス・ヴィアンとその版元には厳正な法の適用が行われるべきである。

口頭弁論とともに、過去の亡霊たちも戦列に参加した。『エスプリ』誌の創始者エマニュエル・ムニエは、ある文章の中で「モーリアックを恐怖させた死に至る道［バタイユのエロティシズム論］である」エロティシズムと、新聞、ラジオ、日常会話の至る所で垂れ流しになっている猥褻とを区別するよう求めている。ジッドは『ジッドの日記』の中で七十五歳の時に十三歳の若いアラブ人少年を手ごめにし、法廷で報告するに及ばなかったと認めている。サド、イズー、ボードレールもまた、しかり。フォークナーとコールドウェルは賢明な判事に出会うという予期せぬ幸運があった。小説の想像界［ジャック・ラカンの精神分析用語］が若者に及ぼす影響という不可避の問題に対して、そのアメリカの司法官は判決理由の中で、娘たちが「人生と世界文学の現実を納屋の裏よりも図書館の中で学ぶ」ことを望むと答えている。

ボリスは判断を誤った。ジャン・ダリュアンの横に座って、彼は何も主張しなかった。民事上の身分に関する質問に答えただけだった。彼は時には面白がって、時には不安そうに、友人や友人の友人たちと彼が「愚劣事」と呼ぶものの代理人との論争を見物していた。彼は追い詰められた。そう感じている。論点は噛み合わない。ジャン・ポーランでさえ、今回はお手上げだ。法廷で弁護士が読み上げたジャン・ダリュアン宛てのポーランの手紙も役に立たなかった。「拝啓　あなた方が仕掛けられた論争の中には、私たちにとっていささか屈辱的なものがあります。表現の自由を奪われたフランスは、イギリスが突然すべての政治的亡命者を追放したり、アメリカが死刑でもって異端の宗教セクトを禁じたのと同じです。行商人の猥褻本と言われるのは我慢するとしても、ボリス・ヴィアンは作家です。そして、恐らく大作家です。彼に対する攻撃は私たちにも無縁ではありません。私は心からあなた方を支持します」。

こうして公開された友情あふれる私信にもかかわらず、ボリスと版元は一九五〇年五月十三日、十万フランの罰金刑を言い渡される。彼は直ちにこの判決に異議を申し立て、ジョルジュ・イザール弁護士は長い訴訟手続きの戦いを開始する。翌日、ボリスは裁判官たちに抗議する激烈で滑稽な一文を草する。「私は性的偏執者」というその文章は『コンバ』紙五月十六日号に掲載された。ボリスはその中で彼の裁判を要約し、とりわけ法廷での質疑——あなたはあなたの子供にこの本を与えられますか？について、分析する。

「証人たちは」とボリスは書いている。

「写実主義の小説（中略）を両腕に抱えて子供たちのところへ駆け付ける以外に、人生の差し迫った問題を持っていないかのようだ。

「余談。ぼくの息子のパトリックは八歳だ。彼はマッチで遊ぶし、友だちとちょっとした殴り合いをするし、宿題もあまり真面目にやらない。

「それに加えて、彼の部屋は広く、ぼくはと言えば、本が多すぎる。

「従って、彼の部屋にも本が置いてある。彼はその部屋で特にエロティシズムの選集や寄贈本、ミラー、たぶんサド、デリーやマガリすら自由に手にするはずだ。

「ところが！　八歳のうちの息子、性的偏執狂の父親の息子は——よく聞いてほしい——エルジェ作『タンタンの冒険旅行』の方がいいと言うのだ」。

＊1　アンドレ・レバーズ『看板スター』（ターブル・ロンド社、一九七五年）。

＊2　『最低の職業』の導入部但し書き。ボリスは『最低の職業』（ガリマール社、希望叢書、一九四六年）のタイトルを「友人のジャック＝ローラン・ボスト」から貰った。

＊3　ボリス・ヴィアン財団資料。

＊4　前掲資料。

＊5　アンドレ・レバーズ『看板スター』、前掲書。

＊6　ボリス・ヴィアンが準備した本には、二つの戯曲とともに「『屠殺屋入門』への序文」、ジャン・コクトーの文章、主な好意的書評と批判的書評、書評家への短い回答が収録されることになっていた。

＊7　『ヴァランタン・ブリュ友の会』誌、No.21、一九八二年十一月号、に発表された一九四九年十二月二十二日の手紙。

＊8　ガリマール社資料。

＊9　同時期すなわち一九四九年末か一九五〇年初頭と推定される日付のない手紙。ガリマール社資料。

＊10　ボリス・ヴィアン財団資料。

13　クリシー大通り八番地

ユルシュラ・キュブレール

一九五〇年六月にはそれでも幾らかの晴れ間があった。『ファウスト』の翻案で、オーソン・ウェルズがキャピュシーヌ座で上演する『炎に焼かれ、地獄に堕ちて』用に作った曲のリハーサルを監督するために、デューク・エリントンがやって来たからだ。六月六日、クノーとルマルシャンは、シドニー・ベシエとベニー・グッドマンのためにフォーブール＝ポワソニエールのボリス宅で開かれた晩餐会に招待された。当然愉快なパーティになった。深刻な鬱状態が始まる前のボリスにとって、数少ない微笑ましい出来事だった。

六月八日、ガリマール社のカクテル・パーティで、彼はローラン・プティ・バレエ団の若いダンサー、ユルシュラ・キュブレールとすれ違う。出会いではない。ちらっと若い娘を見かけただけだ。ボリスが彼女に気づいたのは、彼女が人混みの中で少し途方に暮れた感じだったのと、ＮＲＦ［ガリマール社］のレセプションで未知の人や控えめな人は少なかったからだ。結局のところ、それはお決まりの文壇社交場であり、冷たくされたことを根に持たないボリスはそこの常連だったというわけだ。恐らく彼の名前は昔のリストに載っていたのかもしれない。それとも、セバスチャン＝ボッタン街［ガリマール社］はこうした小さな心遣いが償いになると思ったのかもしれない。あるいはまた、クノーとルマルシャンが彼のことを忘れるなと言ってくれたのかもしれない。いずれにせよ、数ヶ月後彼が『私記』に書いた文章によれば、彼は「何卒レセプションにご出席の栄誉を賜りたくお願い申し上げます。この招待状は厳密に個人的なものですので、入場の際にご提示願います」[*1]ということだったのだ。「ぼくはこの文面を暗記しているわけではない。ぼくの机の上に招待状があるので（中略）それを写しているだけだ。ユニヴェルシテ街十七番地。地下鉄バック駅。地図が書いてある。これによれば、ガストンにはしみったれた友だちしかいないらしい。〝地下鉄〟バック駅だって……じゃあ、バスでもいいんじゃない？」。

当日、カクテル・パーティは満員の盛況だった。「いつものように、押しつぶされるほどの混雑。皆が立食テーブルに殺到する。面白い。子供じみた、文学者たち。（中略）四角いすてきな芝生の庭と〈生の芸術《ラール・ブリュット》ギャラリー〉とも呼ばれるパンテオンの廃墟に面したフランス窓を持つ円形のホール。ギャラリーに足を踏み入れたことのない人、千フラン札を投げつける余裕のない人は先ずガストンに石を投げるべし。何人かでグループを作り、恐ろしく生真面目な議論をし、とにかく最高に楽しいんだ、そういうことの好きな人にはね。庭を一周したり、立食テーブルの一口ケーキをつまむ。ゆったりくつろいだ、皆と顔見知りの客がいるかと思うと、内気で、長老やもうろく爺さんの前に出ると精神的に丸裸にされ、皆を遠巻きに眺める客もいる。繰り返すが、とにかくぼくはあそこへ行くのが好きなんだ。特に、一口ケーキを食べているメルロー＝ポンティなんか、見ものだよ」。

ボリスはユルシュラ・キュブレールに出会わない可能性もあった。危うくそうなるところだった。少女はサン＝ジェルマンでは有名なダンサーのジュリア・マルクスと行動を共にしていた。ボリスはジュリアと知り合いで、二人がばったり出会ったのだ。彼は彼女と握手をし、連れの女性にもぞんざいな挨拶をした。「その時は別に何の衝撃もなかった」と彼は書いている。「ぼくは彼女と十分ほど話した。彼女が立ち去ったのか、それともぼくか、よく覚えていない」。その場限りの挨拶。逃れ去る印象。彼が覚えているのは前髪であり、「大きなハサミで首の後ろをバッサリ切った感じの頭髪だった」。灰緑色のコート。「フラミンゴかダチョウの黄緑色だったと思うが、定かでない」。目の印象はもう少しはっきりしている。「目は瞼にすこし油が引いてあった」。「そして、顔は三角形。しかも、まさにユークリッド式等辺三角形」。彼も書いているように、衝撃はなかった。別のカクテル・パーティの人混みの中で相手を認識できる程度の印象だ。お互いにどのパーティだったかは思い出せない。再び社交的会話。彼は彼女のチューリッヒ訛り、再び目の印象、すらりとしたシルエット、しなやかなウエストに気づく。ダンサーの体だ、と彼は思う。不思議なことに彼女はシャンソンの話をする。歌に心を惹かれると言う。ローラン・プティは、彼のバレエ団員にしばしば歌を歌う役を割り振っていた。もうジジ・ジャンメールだけがダンスの花形という時代は過ぎていたのだ。ユルシュラは「カルメン」を上演する「バレエ・ド・パリ」とともにアメリカへ行き、帰国したところだった。ダンサーたちは、あちらで一人のフランス人小説家と数日間を過ごし、ジャズ・クラブやストリップ酒場で一緒に酒を飲んでいた。レーモン・クノーである。ピエロの友人は〔クノー『わが友ピエロ』〕「抒情詩《リリックス》」についての書き物と、タイトルが「レディ・ボア」、「森の美女」、「脚を上げたニニ」、「浪費好きの女」と定まらない次のバレエ公演のシナリオを仕上げるため、ニューヨークのローラン・プティに合流していたのだ。彼はその機会を利用してアメリカの発見を志し、『フランス＝ソワール』紙にジャン＝ポール・サルトルと同じような旅行記を、サルトルよりも五年早く書き送る。奇妙なことに、彼の文章はアメリカについて『タン・モデルヌ』誌のかつての「嘘つき人」〔ボリス〕と同じ解釈を示していた。*2

　ユルシュラとボリスは電話番号を交換する。いかなる始動装置のスイッチも入らなかった。「ぼくはとんまだった」とすぐ後で、彼は認める。「なぜなら、その時何の感動も覚えなかったから。そうなったら、様々なことに悪影響を与えるということは言っておかないと。ぼくには何の意欲もなかった。ただそれだけ。何も。特に仕事をする意欲がなかった。トランペットも手放した。すごく愛着があったんだけど。それに、とりわけ、そういうことになると、妻との関係がややこしくなる」*3。二人の出会いはユルシュラもまた「感動」させなかった。一九五〇年、このとても美しい金髪の娘はまだ二十二歳にもなっていなかった。スウェーデン人の母、スイス人の父を持つ彼女は、十六歳の時からチューリッヒ・オペラ・バレエ団の指揮者で既婚の男性に捧げてきた叶わぬ恋を忘れるために、パリで暮らし、ダンスに励んでいたのだ。

　一九四八年末、彼女の両親は彼女をチューリッヒから遠ざけた方がいいと判断する。スウェーデンでひと冬過ごした後、彼女はシャン＝ゼリゼの厳格な女子寮に住み、その後アメリカ人外交官のアパルトマンに移った。両親にとっては奇妙な選択だった。なぜなら、彼女の後見人は、実はフランス共産党と左翼の活動を監視するアメリカ防諜機関のメンバーだったからだ。「私の英語を完璧にするために」とユルシュラ・ヴィアンは述懐する。「彼は大使館に提出する報告書を私に大声で読ませたのです」。だが、共産主義者に対してさえ、ディック・エルドリッジはたぶん優しく親切な男として接しただろう。この外交官はダンサーを理解する資質を持っていたし、レストランでは度々ユルシュラの女友だちの勘定も支払ってやった。十七区ポンスレ街の彼のアパルトマンは、パリにできた一時滞在者用の最初の家具つき豪華住宅だったが、「ＰＸ」〔米軍キャンプ購買部〕で調達した商品が溢れていた。彼の若い被保護女性はそのストックを利用させてもらい、節約したポケットマネーは「バー・ヴェール」で使った。エルドリッジは粋な人だった。彼はマリニー劇場の若いダンサーたちをでかいブルーのビュイックに乗せてドライブに連れて行ったし、ウィスキーを差し入れたり、ユルシュラにポーカーを教えた。

　実際、彼女が「アメリカの小父さん」と呼ぶ人がいなかったら、ユルシュラの首都での生活は味気ない毎日だったろう。十五歳年長のバレエ団の指揮者は、彼女のために離婚することを拒んだ。一人ぼっちの彼女は同胞を訪ね歩いたり、パリジャンは冷たいと思ったりした。幸いなことに、彼女はモーリス・ベジャールがラヴェルとドビュッシーに捧げたバレエにたちまち採用された。彼女はドイツで踊った。その後で、ローラン・プティ・バレエ団に合流した。ユルシュラには長い間ボリスを受け入れる余裕がなかった。彼女は野生児で、傷つき、孤独だった。中立国のスイス、保守的な戦後のドイツ語圏スイスで、大胆にも自由に生きようとしたアウトサイダーだった。十七歳の彼女は、レーニンでお馴染みのチューリッヒのカフェに、恋人またはジェイムズ・ジョイスの息子と連れだって出入りして、自分を誇示した。ローラン・プティ・バレエ団では、「個性派ダンサー」に分類される。彼女に打ってつけの呼称だ。なぜなら、彼女はしばしばドアを乱暴に閉める癖さえあったから。

　ユルシュラはボリスが誘惑したどの女性にも似ていない。ミシェルにも似ていない。身を投げ出す女でもないし、しっかり者の女でもない。フォラヴリルでも、リールでもない［『赤い草』の登場人物］。一九五〇年当時、ユルシュラはまだ『赤い草』に登場する位置を占めていない。彼らはそれでも再会する。あるいは、まさにそれが問題だったのだ。ある日、彼女はフォーブール＝ポワソニエール［ボリスの自宅］に立ち寄る。ボリスはジャンゴ・ラインハルトと議論の真っ最中だった。彼は暗いアパルトマンの彼女の好きな所へ腰を下ろすように言う。また、別の日、ボリスは文章を書いている時に不意打ちを食らったので、彼女に紙を渡し、両親に手紙を書くように勧める。彼は彼女をどう扱ったらいいのか分からないのである。彼女は彼に対して何も特別なことは求めていない。彼は疲れ切っていた。彼女は不信感で一杯だ。「一目ぼれではありません」とユルシュラ・ヴィアンは打ち明ける。「むしろ、言葉で言わなくても分かる相互理解といったものでした。一緒にいるだけでよかったのです。似た者同士の化学反応とでもいうのでしょうか」。

　二人は細心の気配りをしながら話し合った。彼女はチューリッヒのスキャンダルの概要と年齢差という不当な非難について。彼は理解不可能な断片的出来事を。ボリスは自分のことを過去形で話した。元作家。元トランペッター。彼女はそれを残念がった。しかし、この顔面蒼白な男の過去＝現在についてすぐには理解できなかった。ボリス・ヴィアンについて、彼女は何も知らなかったのだ。彼の作品も全然読んだことがなかった。とは言え、一体誰が読んだというのだろう？　サン＝ジェルマン＝デ＝プレはもはやほとんどパリの一地区に過ぎなくなっていた。ヴァーノン・サリヴァンなんて、聞いたこともない。クノーだけは知っていた。彼はニューヨークのクラブで大声で笑っていたので覚えている。数週間、数ヶ月かけて、彼女は彼に内緒で後れを取り戻す努力をする。彼女は『日々の泡』を読み、彼が水晶の感性を持つ作家であることを知る。当時の彼女に忠誠を誓っていたナイトの一人が『墓に唾をかけろ』を読んで激怒する。タブーがどんなところか女友だちと見に行く。悪魔的な評判、「サン＝ジェルマン＝デ＝プレのプリンス」の遠い木霊、作家、そのどれもユルシュラを感激させなかった。才能や執筆活動は子供の頃から見慣れた環境だった。父のアーノルド・キュブレールは紛れもなくスイスの最も洗練された知識人の一人である。画家兼イラストレーター。とりわけ優秀なジャーナリストで、戦後ヨーロッパの最高の文化雑誌の一つ『Du』の主宰者だった。

ある晩、ボリスは『赤い草』を手に持ち、挨拶のためポンスレ街のディック・エルドリッジ邸を訪れた。午前零時、外交官はアーノルド〔ユルシュラの父親〕との約束を思い出す。ボリスは辞去しなければならない。大胆な行動に出たのはユルシュラだった。彼女が行動を起こさなかったら、ボリスは恐らくいつまでも用心深い関係の泥沼に居座ったままだったろう。彼女は彼と一緒に階段を下りて行ったのである！　彼らは先ずテルヌ広場のカフェレストラン「ロレーヌ」へ行った。それから、フロマンタン街のホテル「モンジョリー」の方へとぶらぶら歩く。だが、それはまだアプローチのアプローチにすぎない。途中で他のホテルへと向きを変える。双方にあるためらい。ボリスは警戒する――これは小説ではない、ロマンスではないのだ！　彼はこれ以上問題を抱え込みたくない。同じことを繰り返すのか。安全を期して、彼は心臓が悪いこと、あと何年も生きられないことを告げる。間違いなく彼は急激に老いていた。三十歳の彼は時折十歳以上も老けて見えた。頬はこけ、皺も深い。顔色は青白さを通り越していた。多くの心臓病患者同様、手首が膨れ青みを帯びていた。重い疲労の日々。髪の毛が薄くなる。この新しい気がかりを前にして、彼はオールバックにすべきか、伸ばして横に垂らすべきか、迷う。「なぜ私はあの人に惹かれたのかわかりません」とユルシュラは言う。「彼は背が高く、蒼白で、疲れていました。彼は何もかもうんざりだと繰り返すのです。自殺さえ口にしました。本の失敗や私には分からない多くの〈ごたごた〉が彼を消耗させていました」。

彼女のことをほとんど何も知らないのに、時折苛立つことさえあった。私は何も求めていない、と彼女は答える。あなたが必要なら、私は側にいるだけ。君は自由だし、ぼくも自由、と彼は言った。嫉妬は人間の最悪の欠点というのが彼の口癖だった。契約することに異常な恐怖を示した。既婚者で、一家の父親でもある。ユルシュラは自立していた。彼女は彼と同じように、また他のダンサーと同じように、働く。ツアーに行くときは、家を留守にした。彼女はボリスより八歳年下で、既に一生以上の人生を生きた男と出会ったのだということを直ちに悟る。彼は「ぼくは君の父親ではない！」と叫ぶ。彼女は笑う。彼の表情が少し緩む。彼はダンサーたちが練習をしている「ワッケール・スタジオ」で彼女に合流する習慣だった。好奇心に駆られて、彼はバレリーナの世界を発見する。自然で、健康的で、芸術の厳しさを身にまとった娘たちだ。プロポーションもまた完璧。彼は活気にあふれたユルシュラの仲間たちに囲まれて昼食を取ることを好んだ。焼き餅を焼かないこと、二人はそう決めていた。ブランシュ広場近くのダンサーお気に入りのマッサージ師マックス宅で、彼は彼女がアクロバティックなポーズをとる練習をするのを眺める。彼女にブラジエを見せると、彼女は拍手をした。二人は古い魚雷型無蓋車［ブラジエ］でシャン＝ゼリゼを下ったが、車は絶えず故障した。運動神経抜群のユルシュラは、あっという間にタイヤ交換のエキスパートになった。彼らはカフェからカフェへと梯子をした。しかし、サン＝ジェルマンは避けた。ボリスがあまり行きたがらなかったからだ。気の向くまま、ホテルの梯子もした。「私たちは二人の放浪者でした」とユルシュラは説明する。「彼は彼の家にいて、私はディックの下宿人。その状態が続きました。彼は急いでいなかったと思います。私もそうでした。それに、私が恋に落ちたら、私は病人の恋人を持つことになると思っていました」。

別離の最後の日々

彼はいつそれを知ったのだろう？　訣別の数週間前？　数ヶ月前？　率直に言って、日時は重要ではない。最新の事実というのも、便利な口実に過ぎない。ミシェルとボリスは既に結婚生活が破綻し、外部の人間に望みを託していたからだ。それがまた終焉を早める結果にもなった。少し早いか、遅いかの違いだけだった……。

彼らは二人とも相手に厳しかった。もうほとんど口を聞かなかった。お互いに書き置きをする関係だった。それを最も悪く勘ぐったのはボリスだった。暗示し合う時間、気づまりで重い、沈黙の時間、その淀んだ時間の中で窒息し、嫉妬の発作でそれをぶち壊したのは彼だった。パニックと命令口調の激発。彼はある人には、生活を変えたい、過去を清算したい、ユルシュラと再出発したいと打ち明け、別の人には、発作の逆転現象のように、成り行き任せにはしない、離婚はおろか別居さえ拒否すると確約する。こうした怒りの中には、妻の考える自由への無理解が垣間見える。この苦悩の中には、しばしば彼の男性的性格の部分がむき出しになっている。彼は何度も男友だちに対するミシェルの振る舞いについて愚痴をこぼしている。サルトルに対する態度ですら不満だった。クロード・レオンが友人として心理学的フォローを引き受けた。クノーは当惑する――ミシエルもボリスもクノーの古い友だちだからだ。ボリスは行き詰まる。家を出ることも、留まることもできない。ミシェルに何をして欲しいのかさえ分らなくなる。彼女に出て行ってほしいのか、留まって欲しいのか。二つの深い煩悶に引き裂かれ、彼には珍しく暴力が出現する。クラブ・サン＝ジェルマンで、一時期乱闘騒ぎまで起した。

　彼はもう書かない。そして、その理由を収税官や法廷やポーランではなく、彼の妻のせいにする。一九五〇年十二月、彼は単身サン＝トロペへ行き、小さな家を管理する。アンドレ・イカールが彼のために健康状態の良くないパリジャン用の場所を見つけてくれたのだ。彼はドン・バイアスに苦しい胸の内を打ち明ける。バイアスはその後コート＝ダジュールで釣りとジャズを楽しみながら時を過ごすことになる。

　ミシェルは一九五一年三月初めの日々を、ボリスと交代してサン＝トロペで過ごす。彼女はジャン＝ポール・サルトルの到着を待つ。一九四九年末以来、ミシェルは哲学者の愛人だった。そして、何ヶ月か経つうちに、その関係は愛情と知性とのより深い共犯関係へと変貌した。ミシェルはサルトルの最後の愛人であり、それはサルトルの死まで続く。なぜ愛人かと言うと、サルトルが作家であり、シモーヌ・ド・ボーヴォワールの伴侶である以上、それ以外の呼称、それ以外の役割は考えられないからだ。常に自分の嘘に追いかけられ、必然的にどこへ行っても同じことになってしまうこの嘘つき人間［サルトル］にとって、お忍びは不可欠であった。カストール［ビーバー。ボーヴォワール］の意に反して、あるいは彼女との合意の上で。だから、愛人と呼ばせてもらうが、しかし、同時に非常に身近な協力者であり、サルトル信奉者であり、稀にみる作品の分析者であり、彼の闘争の全面的な支持者でもある。この一九五一年三月に、サルトルはニースの「リュール」のテラスでミシェルに会っている。彼はシモーヌ・ド・ボーヴォワールとジャック＝ローラン・ボストをウインター・スポーツの保養地オーロンに残して来たのだ。ミシエルとサルトルは前年の夏に公式ジャーナリズムの目を盗んで数日間プロヴァンス旅行に出かけている。サン＝トロペでは、カストールとサルトルは「アイオリ・ホテル」に滞在し、ミシェルは借家にいた。哲学者は遅れていた戯曲『悪魔と神』を完成する。ミシェルはその原稿をタイプする。グループは次々にエーグベル、イエール、マリー＝ロール・ド・ノアイユ邸へと移動し、ピエール・ブラッスールとフェリックス・ラビスに再会する。

ミシェルは四月十五日パリへ戻る。そして、数日後にボリスが家を出ることを知る。数ヶ月後、夫婦の悲劇は終わったが、ボリスの中では、愛人の名前によって傷つけられた虚栄心が疼くことだろう。その名はサルトル！　哲学者〔サルトル〕はもちろん、ボリスが誰とも衝突せず、面倒を起こさないという処世訓に従って家に留まることを望んだであろう。母親やカストール〔ボーヴォワール〕の非難も避けたい。ミシェルもまたボリス、ルウェリオッティ、サルトルとの、今の関係を維持したい気持が強かった。だが、ボリスは投げ出す。彼は離婚は絶対受け入れられないと断言しながら、夫婦の家を去る。そして、当時彼のこうした態度が矛盾に満ちていると彼に諭すことのできる人間はどこにもいなかった。彼は彼女がボナパルト街〔サルトルの仕事場〕で秘書の仕事を始めたことが当初から怪しい関係を生む温床になったのだと、まだサルトルやジャン・コーに文句を言っている。クロード・レオンだけは友を見捨てない。危機打開のどのような手立ても取られなかった。シモーヌ・ド・ボーヴォワールとの面会も、レーモン・クノーやジャン・ダリュアンの介入もなかった。その後数年間、何もなかった。哲学者の方からどのような和解の申し出もなかったし、「嘘つき時評」復活の話もなかった。ミシェル、ボリス、サルトルの三人で晩餐をしても、何の解決にもならなかった。ボリスは相変わらず甲高い声で話した。その上、話し合いを避け、デザート前に辞去した。彼はサルトルを憎悪しながら出て行ったのだ。

小説家の終わり

ディック・エルドリッジは可愛い娘を手放すことを悲しんだ。外交官の生活にダンサーが関わることはもうあまりないだろうから。ユルシュラとボリスには本以外は持って行かない了解ができていた。ボリスの重い金属製の机とポール・ヴィアンの遺品の入ったケース、古いレインコートと手帳は後から取りに来させることにする。それはまるで家出のようであり、その時々によって元気が出たり、不安だったりする、不確定な未来への賭けによる自己救済の試みにも似ていた。パリ市中でのボヘミアン生活。彼らは幸福感と不安感の両方を交互に覚える。とりわけ、ボリスはついにヴィル＝ダヴレーとの縁が切れたという奇妙な感情を持った。ブランシュ広場のたばこ屋で、彼らはその地区の貸間業者シュランツ夫人がクリシー大通り八番地の建物の最上階に部屋を持っていることを知る。彼らは数メートル四方の部屋に学生生活のような手荷物を持ち込み、部屋はボリスが巧みに改造した。ベッドを高い場所に作る。隣人は屋根の鳩。それに作家のイヴ・ジボー。七階にある住居に辿り着くまでには、各階の踊り場で呼吸を整えねばならず、心臓病のボリスにとって一苦労だったが、そこは瞬く間に危険な反軍国主義者の巣窟になった。イヴ・ジボー＋ボリス・ヴィアン。その足し算はディック・エルドリッジの大使館レポート［秘密の諜報活動］に十分値した。

イヴ・ジボーは屋根裏部屋で小説を書いていた。ちょっとした物議をかもすことになる『いざ、祖国の子らよ』［フランス国歌の冒頭部分］だ。この下士官の息子である「軍人の子供」は、幼年時代も青春時代もずっと東部の戦場で生きてきて、軍人のことを吐き気がするほど知り尽くし、無理やり軍の学校へ行かされた。彼は軍人一家出身の平和主義者なのである。内部からの反逆者。壊され、苛められ、追い回され、その後は、死体の山と軍隊の愚劣さの妄想に付きまとわれる。彼は一九四〇年ドイツの収容所に入れられた後、軍隊に訣別し、以後は細密描写の小説を書くことに没頭する。彼は二冊の本を書いた。『大いなる行列』と『祝祭は続く』だ。ジボーは才能のある作家だ。だが、彼自身はそれを信じることができない。戦争末期、彼は風刺歌謡作家だった。彼はまたプレヴェールの詩の朗誦もしていた。レーモン・アロンは、彼の最初の原稿を読んで彼をアルベール・カミュに紹介し、カミュは彼を『コンバ』紙と契約させた。『コンバ』紙は芸能部門でいくつかのスポンサーを失うことになる。バラエティ時評を担当したジボーが、愚劣なものをこきおろしたからだ。次に、彼は『コンステラション』誌の創刊に参加する。この雑誌は、元大臣で有名なジャーナリズムの大御所アンドレ・ラバルトが運営し、一九四九年の創刊号から既に『リーダーズ・ダイジェスト』に並ぶ大成功を収めた。控えめな性格のジボー――彼は編集室の喧噪よりも校正室の静けさを好む。謙虚で、ほとんど誰にも心中を打ち明けない。ボリスは大いなる憤激を装い、『いざ、祖国の子らよ』の主人公の名前を取って頑なに彼をシャリュモと呼び、彼が失った闘争心を彼に注入する。ジボーは何日もかけて自分の集めた「ゴンクール賞」作品をグラシンペーパーで包む。その音を聞いて、ユルシュラとボリスは彼の部屋へ飛び込み、優柔不断男がてきぱき仕事を進められるように手伝う。自分たちも貧しいのに彼に食事をさせる。カード遊びや録音機に荒唐無稽の物語をダビングして、彼を楽しませる。

街に住む三人の異邦人、三人の孤独者。彼らは三人のうちの誰かが進歩すると喜び、元の木阿弥に戻ることを恐れた。一九五二年に『いざ、祖国の子らよ』が出版されたことによる一九五〇年代初めの一大文学スキャンダルを支えたのは、影の反軍国主義者の応援とその若き伴侶の愛情なのだ。軍人の息子のシャリュモは、最高の代父と代母に恵まれたのである。ボリスはさらに、ある記事の中で、アカデミー・フランセーズがジュアン元帥を盛大に歓迎する一方、国防省がアンテラリエ賞［五大文学賞の一つ］の審査員に対して圧力を加えたことを、告発している。

「ジボーがアンテラリエ賞を受賞することはないだろう。彼の放送が流されることはないだろう。いかなる迫害にも屈しない栄光の伝説がなければ、かのジボーも参ってしまうところだ。執筆の自由を擁護すると公言する連中の八割は元帥に喝采を送るはずだ。なぜなら、結局、彼らもまた大変行儀のよい本を書くのだし、幾分警察が怖くて、自己防衛に怠りないからだ。つまり、口輪をはめた作家は、他人に受け入れられやすく、より多くのスペースを確保できるというわけだ[*4]」。

　ユルシュラとボリスはクリシー大通りから引っ込んだ場所に居を構えたが、それを機会に彼らは奇妙な軍人の支配を受けることになる。税務署に急かされた収税官がスコルピオン社の会計係から届く最近の印税すべてを差し押さえたものだから、ボリスは彼の信条に反する翻訳の仕事を引き受けざるを得なくなったのだ。先の大戦のアメリカ人将軍が書いた自画自賛の回想録、オマー・N・ブラッドレー著『一兵士の物語』だ。ガリマール社が翻訳原稿をすぐに欲しがるので、ボリスはブラッドレーを呪い、死の賛歌を呪い、自分自身を呪いながら、一日十八時間もの翻訳作業に追われて、疲れ果ててしまう。数百枚の翻訳を仕上げる三週間の受難。ユルシュラは何とか疲労を軽減しようとボリスの肩や手首を揉みほぐした。エネルギーと憎悪を代償に、ボリスはこの難行苦行にけりをつける。ガリマール社の査読係の感想を彼は読んだろうか？　そこには手厳しい査読評が注記されていた。「私の最初の感想は以下の通りです――これは仏語も英語も理解しない人物によって無造作に行われた翻訳である[*5]」。彼の自筆と思われる数冊の本に記された友人への献辞の中で、ボリスはタイトルの兵士という文字を線で消して愚者に置き換えている。一愚者の物語。それはまたボリスにとって、もの書き史上最悪の思い出の物語でもあった。

　この年ボリスは別の戯曲『将軍たちのおやつ』を執筆している。軍隊を笑いのめす辛辣な新手の笑劇だ。最初フランソワ・ビエドゥー一人がそれを読んで、高く評価した。ボリスは最近の原稿を彼のためにとっておいたからだ。読んだ彼は火傷をする。ビエドゥーは頻繁に七階まで上がって行った。彼のように訪れる友人は少なかった。多くの友人はミシェルについての態度を鮮明にするのを嫌がっていたからだ。おまけに、ユルシュラはボリス・ヴィアンがどういう人物なのか、まだよく分かっていなかった。彼女は元気旺盛だった。彼は三十一歳なのに、その活力がなかった。彼の近い過去が度々彼を意気消沈させた。彼はルマルシャン宅で彼女にジャック・ルマルシャンを紹介する。中立地帯［ボリスとミシェルの中間］にいる他の何人かも紹介する。二人はより頻繁にクロード・レオン宅か、エレーヌ・ボカノウスキー宅へ夕食に行った。彼は彼女を「ローズ・ルージュ」に案内する。ユルシュラはゆっくりと自分の位置に馴染んで行った。しかし、余りにも錯綜したボリスの年代記を突き詰めて再構成しようとはしなかった。

例えば、クノー――彼も最初は少し距離を保っていた。ボリスはクノーとの友情についてユルシュラにほとんど話さなかった。尤も、彼は以前に比べるとクノーに会いに行く気持ちが薄らいでいるように見えた。この先輩に対してある種の妬みを覚えているようにさえ見え、それが暗黙の苛立ちとなって表れた。数ヶ月後、この内気な二人はそのことでお互いに釈明し、謝罪し合うことになる。ボリスが忘れられる一方で、クノーは成功を収めていた。彼の歌をジュリエット・グレコが歌っていた。彼はまたアカデミー・ゴンクール［ゴンクール賞を決める協会］のレーモン・クノーと言われるようにもなった。彼はこのステータスの高いクラブの椅子をレオ・ラルギエから引き継いだのだ。さらに、ボリスとクノーは非常に近い領域で仕事をしながら、数年前から無意識のうちに競争関係になっていたが、クノーが一歩先んじていた。ジャンルはバレエとスペクタクル。ボリスはその成功を夢見ていたのだ。しかし、採用されたのは相棒の方だった。マリニー劇場の『浪費好きの女』。ローズ・ルージュで上演された『文体練習』。クノーは映画にも手を出し、ピエール・カストの短編映画のナレーションを書き、マルセル・パリエロがサン＝ジェルマンに捧げた映画のナレーションを書いたのも彼だ。グレコのシャンソンが有名になったお陰で、出版した時は不発だった何冊かの詩集が、『その気でいても』というタイトルで一冊にまとめられて刊行された。経済的にもクノーの懐は潤った。ガリマール社から給料を貰いながら、マズノー社の「著名作家」シリーズの監修も引き受ける。『墓に唾をかけろ』の頃は、クノーがボリスの本の売れ行きを羨んだものだったが。

かすかな影。瑣末なことだ。しかし、こうした陰鬱な思いは、深い意気消沈を招きやすい。ユルシュラが正当な質問をぶっつける。どうしてガリマール以外の出版社に打診しないの？　彼は激昂するか、黙り込む。そこで、彼女はボリスの気分が変わるまで、数時間自分の好きなことをする。彼が惚れ込んでいるこの娘に何と答えればいいのか？　うまく行かないんだ、うまく行ったためしがないんだ、と答えるのか？　一九五一年、ボリスは自分が破産寸前の作家であることを自覚していた。クリシー大通りの空中にある隠れ家で得た自由も、それだけでは重くのしかかってくる負債を消すことはできない。

一九四七年の手帳でR3と記された三つ目の小説『心臓抜き』もまたガリマール社から拒絶された。うんざりするような繰り返し。彼は手紙の中でユルシュラにこの悪い結果を伝えている。「なぜガリマールはあなたの本を引き受けないの、と君はぼくに聞くかもしれない。クノーなら採用したと思う。特にルマルシャンが渋ったんだ。ぼくは昨日彼に会った。彼らは皆とんでもないことを言うんだ。なぜ渋ったかを、彼はこうぼくに説明した。君ならもっとずっといいものが書けるとぼくは思っていると。ご親切なことさ。だが、君には分かるだろ。やつらは皆ぼくを殺すつもりなんだ。ぼくは彼らを悪く言うことはできない。読みにくい小説であることはぼくも認める。しかし、彼らが〝作り物〟ぽいと言っているのは内容に関してなんだ。おかしいじゃないか。ぼくがふざけたことを書くと真面目にとり、真面目なことを書くとふざけているだなんて」[*6]。翌一九五二年、クノーは軽視された作品を支持すると約束する。彼は出版社の仲間が断った作品に序文を書くことを申し出る。二人の作家がお家芸とする度肝を抜くような当て字を駆使して、ボリスはクノーに次の韻文書簡を送り、約束を忘れないよう念を押している。

思わないで、レーモン、ぼくがあなたの
安らぎの糸を、断ち切るつもりだなんて
ぼくはむしろ自分の目玉をくり抜きたい
自分の樹から一枚一枚葉をむしり取って
それとチャービル［香味野菜］とを合わせたい
そんな卑しい考えを持つくらいなら
ぼくの作品に触発された
序文のための言葉
あなたがそれを書いてくれるのはとてもうれしい
それらの言葉があなたの戻ってくることを予想させるなら
苦悩もそれほどひどくはないだろうに[*7]

クノーは一九五三年極端な限定出版の『心臓抜き』に序文を書く。クノーが自分の職場環境への反発も多少こめて書いたのだと、彼の友が一九五二年段階では文壇で作家と見なされていないだけに、その序文は友情と連帯に満ち溢れている。一文を除いて――だが、まさしく、何という一文だろう――過去形で書かれた序文。尊敬すべき作者が無名であるかのような印象を与えることのないよう伝記的、書誌学的事実が詳述される。とは言え、ある種の当惑も隠しきれないが。

ボリス・ヴィアンは学問のある、育ちの良い男である。彼は国立中央工芸学校を出た。それだけでも、かなりのものだ。だが、それだけではない――
ボリス・ヴィアンはトランペットの名手だ。彼はフランスの穴倉酒場の開拓者の一人である。彼はニューオリンズ・スタイルを擁護した。だが、それだけではない――
ボリス・ヴィアンはビ＝バップもまた擁護した。だが、それだけではない――

ボリス・ヴィアンはヴァーノン・サリヴァンの名で『墓に唾をかけろ』を書き、法廷に引き出された。だが、それだけではない――

ボリス・ヴィアンは同じ偽名で三冊の本を書いた。だが、それだけではない――

ボリス・ヴィアンは正真正銘のアメリカ人の作品を翻訳した。それも信じられないくらいに難しい外国語の壁を超えて。だが、それだけではない――

ボリス・ヴィアンは『屠殺屋入門』という戯曲を書き、本物の舞台で本物の役者がそれを演じた。しかも、彼はその中で歯に衣を着せぬ自己主張をした。だが、それだけではない――（中略）

ボリス・ヴィアンは風変わりで哀切な、素晴らしい小説を書いた。最も悲痛な現代の恋愛小説である『日々の泡』。戦争について書かれた最も白アリ的な短編小説『蟻』。難解で、誤解された作品『北京の秋』。だが、それだけではない――

なぜなら、これらすべてはまだ何ほどでもない。ボリス・ヴィアンはこれからボリス・ヴィアンになるのだ。


しかし、こうした褒め言葉もボリスの落胆を払拭するには至らなかった。一九五一年、彼は彼の多岐にわたる活動の中から作家活動を削除する。彼はもう書かない。とにかく、内面的なものは何も。彼は二重の屈辱を覚えていた。相次ぐ失敗。彼はそれを認めなかった。彼の小説世界に対する周囲の無理解を。さらに深刻なことは、彼の人生、彼の人生の最も謎の部分、しばしば苦悩に満ちた探究の行われる彼の隠された顔が、彼の作品の素材だったということだ。読者がいないので、彼は物事の不透明な部分が生気のないまま、幽体離脱して彼に押し返されるような気がした。ヴリーユ社から刊行した『心臓抜き』は、フランソワ・ビエドゥーの記事以外書評が出なかったが、母性愛との古い確執に決着をつけようとした作品である。他の小説のようには楽に行かなかった。修正と放棄と再着手。当初『女王の娘たち』と題されたこの小説、ボリスがそのうち続編を書こうと思っていたこの小説は、恐らく作者が最も手こずった作品だ。ヴィル＝ダヴレーの少年時代に対する怒りをどのように処理すればいいのか。

小説『心臓抜き』の独占欲の強い母親クレマンチーヌは、三人の「汚いガキ《サロピオ》」を守るために、外界との関係を断ち、禁欲し、立てこもり、狂気の限界を越え、子供たちの幸せを願って、安心できる唯一の場所に子供を閉じ込める。金の檻だ。もちろん、過保護なめん鳥母さんの残影である。だが、小説によって救われたのか？　本は読まれず、文学的な評価も与えられなかったので、ボリスはこの重荷を自分の手元に、自分の周辺に、他人には興味のない家族的な遺産として保持せざるをえなくなる。この作品が上梓された時、彼は次のような献辞を添えてそれを一冊母に贈った――「めん鳥母さんへ、また一つ火を点けることになりました[*8]」。

夜の独り言

クリシー大通りの部屋で、ユルシュラが病気に倒れた。たちの悪い風邪だったが、その後医者は肺に影のあることを告げる。ボリスがウルス［熊雌］とかウルソン［熊子］と呼んで慣れ親しんでいた妻は、ロカルノの近くのモンティ・デッラ・トリニタ病院で療養するために、郷里の山中へと出発してしまう。二人は一日に何通も手紙を書く。ボリスは二人の愛の巣の中をぐるぐる歩き回ることしかできない。それまでの数ヶ月は、ダンス・スタジオや頻繁なカフェでの休息、そして爆笑と陰鬱な日々の中で、瞬く間に過ぎ去っていた。自由を取り戻すために、彼は離婚の非が自分にあると認める決心をする。長い長いプロセスが始動する。彼はパリを訪れたユルシュラの両親と初対面の挨拶を交わす。家族という観念に対する嫌悪感は変わらないものの、義父アーノルド・キュブレールの中の芸術家を彼は買っていた。彼は若い妻を恋しがる。その新しい孤独感が彼を苦しめる。

一九五一年十一月十日、眠れないまま彼は書き始める。ユルシュラの病気がピークの時に、ほとんど夢遊病者のように。未知の読者、恐らく風変わりな、だが、友情に厚い読者のための小説だ。日記風のものだが、彼自身どんな展開になるか分からない。治療に役立つ短編。物事を整理し、現状分析の手段としての作品だ。「ぼくは三十一歳で、来年の三月には三十二歳になる。雨が降っている」。これが書き出しだ。なぜ、そういう文章になったのか、彼にも分からない。彼は漠然とした過去への想いを書き連ねる気になったのだろう。だが、計画は中途半端だし、文体は一貫性を欠き、流れはたちまちかき乱され、追憶は相互に衝突する。ボリスは過去を遡り、思春期に立ち返って、一九四〇年にどのような若者としてミシェルと出会ったのか、それを解明しようとしたのだろう。だが、彼は不安に駆られる。「そのことや他のことを明らかにすること。なぜ自分が三十一歳で、なぜ自分は書き始める決心がつかなかったのか、なぜそれにもかかわらず書き始めたのか、それを明らかにすること。ぼくの人生は変貌したと思う。今はユルシュラのことを話すべき時だ。話し始める時、とは言え、それはうんざりするほど入り組んでいる。これが完成したら、誰かに読んでもらうことになるだろう――恐らく最初はクノーだ。彼はぼくに感想を述べるだろう。彼は気まずい思いをするだろう――ぼくの書いたものについて感想を述べる者は、みな困惑するのだ。なぜなら、彼はぼくに理解させようとするが、ぼくは理解できないから。ぼくは理解したくない。あることを理解する必要がある時には、ぼくはそれを書くだけで十分だと思う」。

彼はできることなら「それを立派な文体で書きたい」と願う。「『アドルフ』〔バンジャマン・コンスタンの小説〕のように」。しかし、数行先で彼は前言を翻す。「むしろ、それは怪物のようなものになるだろう。またしても。単なる怪物。その方がいいのだ。分かり易かろうと分かりにくかろうと、問題じゃない。ぼくにとっては、それが役に立つのだ、本を書くこと自体が。だが、ぼくはそこに何でも投げ込むわけではない。それはどぶではない、小説なのだ。それは告白ではない。それに、ぼくはすべてを記憶しているわけではないし、思い出の中には不快なものもある」。彼はバンジャマン・コンスタンを断念し、ユルシュラに遭遇する。次に、義父に対する意地の悪いユーモア。次に、ミシェル。「そして、ぼくは幾分彼女から自分を解放するために書く。ぼくを正当化するためじゃない、そうじゃない。なぜなら、ぼくには正当化の必要がないから。――しかし、ぼくがそう思っても、他人にはたちまちその反対に見えるらしい。もっと正確に言うと、それは経緯を説明する手間を省くためなんだ。ぼくが自分の声でそれを説明すると、ぼくは整理することができ、他人も理解しやすくなる。だけど、当人がその場にいないと、細かい説明が必要になる。とまあ、こんな風に考えているわけだ。多分ぼくは待つべきだったのだろう。そして、すべてを頭の中で整理すべきだったのだろう。しかし、それはぼくの人生の中ではもう十分整理されているのだ。これ以上はうまくできない。それは一九四〇年六月に始まり、今この時に終わる。つまり、社会的にけりがつくということだ。だが、ぼくはそんな風に一九四〇年六月からスタートし直すことができないんだ（一九四〇年六月というのはまさに偶然の一致だ。なぜなら、一九四〇年六月にぼくは二十歳だったから）」。

夜が更けても、彼は書き続ける。コンマで縞模様がつけられた紙片の上に、ほとんど訂正なしで、右に傾いた力強い書体で。数行進んで、彼は突然――なぜなら、今やっていることは回想の転写だから――ランドメール〔子供の頃避暑に行った村〕のことを思い出し、すぐにコタンタン半島から書き始める。彼の文体は明らかに『アドルフ』とは違う。そのことが彼をうんざりさせ、彼の愛読書、「不惑の中年」にたどり着いた現在の愛読書、つまりアドルフへと彼を導く。さらに、年代順に――アルフレッド・ジャリ『フォーストロール博士言行録』、レーモン・クノー『きびしい冬』、カフカ『流刑地にて』、ウイリアム・フォークナー『標識塔』と列挙する。彼はそこで中止する。なぜなら、話が本題から逸れてきたからだ。「この調子だと全然主題にたどり着けない。はっきり言って、主題は自分だ。小説を書き始めた八年前から、ぼくは正直だった。ぼくは日記を公開したことはない。先ず第一に、ぼくは二十三歳を待って書き始めた。分かるかい、青春時代というのは、自己犠牲の時なのだ。次に、ぼくは人がこれまで読んだことのないような話を書こうとした。愚の骨頂だ。二重の愚かさ。読者は既に知っている話しか愛さないからだ。だが、ぼくはそういう話は面白くない。文学で知っているような話には興味がない。実際、ぼくは自分を楽しませるために物語をつくってきた。（中略）つまり、簡単に言うと、ぼくは最初の小説で自分の恋愛を書かなかったし、二作目でぼくの教育を書かなかったし、三作目でぼくの淋病を書かなかったし、四作目ではぼくの軍隊生活を書かなかった。ぼくはぼくの本当に知らないことしか書かなかった。それこそ真の知的誠実さというものではないだろうか。主題さえなければ――あるいは、それが事実でなければ――主題を裏切ることはない。それに、これでいいんだ。感情逆なで私記で行こう。それはクノーのやり方でもある。クノーは読者の期待に逆らって書くと断言する。彼は全面的に自分を欺く。ぼくらが友人なのはそのためだ。ぼくが彼に手渡すのは、ぼくが小説として書きたいものだ。いずれにせよ、ぼくは彼が正しいと思っているので、今度はぼくが自分のことを常識に逆らって書こうと言うわけだ。とは言え、それが読者に分かってもらえるかどうかは全く分からない。と言うか、その読者というのはクノーなのだが」。

「昨日、パトリックに会った」。彼は一つの悩みから他の悩みへと飛び移る。一九五一年は、一九四〇年を追想する大きな圧力がかかった年だ。二人は一緒に映画に行った。彼はまたしてもミシェルに直面する。「ぼくには彼女のことをどう考えたらいいのかよく分からない。とにかく、個性的な人だった。活発で、両親と一緒に向こうに住んでいた、ほらあそこだ。（中略）中止。やっぱり、この感情逆なで私記は不可能な気がする。それはぼくにうんざりするような大げさな身振りを要求する」。ボリスは書きながら苛立つ。彼は先ずユルシュラのことから始めるべきなのだろう。ガリマール出版での出会い。だが、もう遅すぎる。なぜなら、彼はその最初の告白の舞台として選んだ青春時代を見つけることができず、執筆を放棄してしまったからだ。

翌一九五一年十一月十一日の晩、ボリスは思い出――ユルシュラ流に言えば「結び目」――の探索を再開する前に、それまで書いたものを読み返す。もちろん彼は内容が混乱していると判断する。「まるでメトロのようにこんがらがっている」。それは彼にセリーヌを想起させる。「理由は簡単。先日ドディのところでイヴ・ガンドンという作者の『芸術的な文体からやくざな文体へ』という小冊子を見た。ふざけた本だった。やくざな文体だって？　ぼくはまったくやくざとは関係ない。そして、ぼくにはこのしゃべり方が一番自然なんだ。ガンドンってやつは、それを会話体って呼ばないのだろうか？　それが彼には苦痛なのだろうか？　それはガンドンを傷つけるのだろうか？　ガンドンは生身の人間に話しかけたことがないのだろうか？（中略）しゃべるように書いたからといって、なぜそれが下品なんだ。下品なのは人間であって、文体ではない。それに、当たり前のことだが、真に下品な人間はこういう書き方をしない。彼らは懸命にうわべを繕って化粧をする。彼らは尻にタコを作って書く。そして、男爵夫人は愛すべき一座の人々にごきげんようと言いながら朝五時にサロンを辞去した、と書くのだ。批評家なんか、うんざりだ」。

彼は大いに憤慨する！　彼は「そのこと」を傍らに置いて、何と新たな気持で、前夜よりも速筆で書くことだろう！　彼は弁明する。「それはたいしたことじゃない。こうすることで、もっとよく自分のことが分かるんだ」。以後、彼はまさに一人の読者、恐らく数名の読者、理解のある未知の読者、バーで出会った誰か、彼の錯綜した告白を親身になって聞いてくれる人にのみ書く。いわば『赤い草』のペルル氏のような読者だ。ボリスは勇気を奮い起こす——「一九四〇年六月……」、ところが……彼はミシェルにどうしても出会えない。なぜなら、彼はびっくりパーティの場面で最初の婚約者モネットやその他の娘たちに固執するからだ。彼の言葉から推察するに、彼はこの時代を嫌悪しているらしい。彼はぎこちない若き日のボリス・ヴィアンに対して辛辣だ。「慣れていない者同士がすぐに寝るのは、一般的に幻滅のもとだ。痛みを伴うからだ」。顔のない娘たちが相次いで登場する。夜に現れては彼をぞっとさせる単なる重い肉体や、打算的なセックスのためのアルコールを帯びた息。「自分が経験する生ぬるいやつを、ぼくは愛と呼んでいたんだ」。「臆病な性癖」を思い起こす度に、めん鳥母さんが浮かび上がる。「何かが起きることをどんなに期待しただろう。だが、軟弱で青白いプリンにならずに、感傷的で過保護な母親と人生を過ごすのは不可能だ。ぼくは母親の悪口を言いたくない。いずれにせよ、彼女がぼくの母親なのは彼女の責任ではないのだから。それに、今ではそんなことはもうどうでもいいことだ」。アングレームと国立中央工芸学校。国立中央工芸学校から就職へ。就職と父親の「みっともない仕事」。ポール・ヴィアン——「ほら、ぼくの父だ。ぼくはとても彼を愛していた。ともあれ、ここで大急ぎでそのことを言えるのはうれしい」。

彼は父については後で触れたいと言っているが、ついにその時は来ない。当時の錯綜した婚約関係とめん鳥母さんに、力の入った探究のほとんどが費やされるからである。特に母。彼は一九三九年夏のロジェ・スピナールとの脱出劇を思い出したところである。「めん鳥母さん、彼女が息子たちなしでバカンスを過ごした。おやおや、そんな出来事があろうことか十八歳の男の子に、彼女の坊やたちに起こったのだ。（中略）母と一緒の時は、約束した時間から一時間でも遅れたら、警察への通報騒ぎだった。これでは話にならない。もしも彼女がぼくをそんな風に育てたのだったら、ぼくが彼女を恨む理由の一つになる。そんな風に臆病な人間を作っちゃだめなんだよ。それはやり過ぎというものだ」。

この母親通過儀礼は彼に辛い思いをさせたようだ。なぜなら、この夜彼は過去の中への絶望的なダイビングに終止符を打つからだ。ボリスにはウルフ［『赤い草』の主人公］の記憶抹殺機械が必要だったのだろう。彼は足踏みをする。三日目の晩の十一月十二日、彼は再開するが、先に進めない。「死ぬほどくたびれた。今夜は仕事が多すぎる。寝よう。今夜は何も良いことがなかった。ユルシュラの手紙を三通同時に受け取った。天使だ。繰り返すが、ぼくは彼女が大好きだ。だけど、ぼくは何も良いことをしてやれない。一つの兆候、明かりが少し揺らめいた。寝よう。何と多くの兆候」。十一月十三日。「今夜もまたひどく疲れている。だが、彼女が彼女らしい歩調で七階まで上がってくるのを識別できたように、彼女の足音の特徴を書かねば。ユルシュラだ。書くと腕が痛い。彼女はまだあそこにいるのだろうか――それとも他の場所に――しかし、ぼくと一緒にいるのだ」。

ボリスは二週間『私記』を休む。彼はロカルノのユルシュラに会いに行ったのだ。十二月二日、再び書き始める。物語は街の様子や教会やサーカスの塔など、ルポ風の報告から始まる。ロカルノで彼は娘へのお土産を買ったことを読者に打ち明ける。と言うことは、またミシェルが蘇るわけだが、一九五一年に彼はこう書いている。「ぼくはミシェルと言い争った。ぼくの過失を理由に離婚することは承服できないし、彼女が子供を引き取ることにも反対だったから。でも、騒ぎを大きくしたくなかったし、ユルシュラと早く一緒になりたかったので、意気地なくウイと言ってしまった。だけど、ユルシュラを愛すると同時にぼくのキャロル［ボリスの娘］をあきらめろというのは、無理だよ。それに、パトリック［ボリスの息子］もまた彼女と――ぼくらと――一緒に暮らしてほしいと心から願っている。こうしたことを話すのはとても辛い。でも、それがぼくの直面した現実なんだ」。『私記』を書く間に時間は飛ぶように過ぎ去る。十二月三十一日――「もうだめだ。僅かばかりの金をかせぐために余りにも書き過ぎた。余りにも多くの愚かなことを――再び書き始めようとしても、もうその気力がない」。この夜彼が記すのは、前夜、そして前々夜の彼を動転させたミシェルとの遭遇だけである。彼はサン＝ジェルマン＝デ＝プレの二人の行きつけのバーの一つで、彼女とばったり出会ったのだ。「彼女はぼくの見慣れたあの微笑、目にしわを寄せ、瞳を潤ませて今にも笑いそうな、そして泣き出しそうな笑顔でぼくを見ていた」。彼女にとっては心の揺れ動く夜だったようだ。彼女は青春時代からのつらい共同生活の細部や指環のことなどについて、思い出話をした。彼女は『タン・モデルヌ』誌に書いた文章を読んでくれたかと訊いた。彼は読んでいなかった。彼は彼女を家まで送って行った。かつての二人の家だ。彼は上まで上がって子供たちにキスをする。「隣室でミシェルがすすり泣き始めた。どうしたのだろう？　彼女はまたその晩政治的なことでA……と仲違いしたと言った。愚の骨頂だ。それが彼女のすすり泣きの原因だろうか？　ぼくには分からない。ぼくには彼女が分からない。まったく分からない。彼女はぼくを臆病にさせる。ぼくは相変わらず爆発が怖い。その晩は結婚生活十年の総括みたいなことになった。ぼくは彼女に言った。とにかく、成功と言うべきなんじゃない、二人の子供を授かったんだから」。

新たな中断。ボリスはこの企画に難渋する。日々は流れ、不可能な企ての中にある種の沈黙が入りこんでくる。疲労の兆候として、文字の乱れ。二月二十六日――「時間、時間、時間が檜騎兵のように後ろから追い立てる。心臓の具合が悪い。ぼくにはこの『私記』を続ける十分な気力がない。それでも書かなきゃならないと思うのだが。ぼくは努力する。ぼくは多分ぼくが背後に引きずっているすべての暗黒の穴を解明する努力をする。さらに、掘り下げ、掘り起こし、掘り進める必要があるのだ」。だが、ボリスはそこで難渋する。彼は出発点を忘れ、離婚や恨み事にこだわる。お絵かき帖を見せてくれたパトリック。結局好きになれない義父母のこと。スタートした離婚手続き。

ユルシュラがロカルノから戻ってきた。彼は彼女に気を配る。肺の影がなかなか消えない。彼はクロエ〔『日々の泡』のヒロイン。肺の病気で死ぬ〕のことを考えないわけにいかない。あたかも彼自身の責任のように。ユルシュラは彼に生きる喜びを与える。しかし、医者たちは再び若い妻を山の中へ送り返す。ボリスは彼女を迎えに行き、医者たちの監視から彼女を奪い返すだろう。彼女は彼にとって必要不可欠な存在なのだ。その上、彼は疲れ果て、心臓が彼を不安に陥れる。彼はもう『私記』にこの不安な気持ちを書くことしかできない。一九五二年三月二十二日――「今もそうだが、時々自分が突然奇妙な姿勢をとっていることに気づく。スツールに尻を片方だけ乗せて、両足を中に入れ、伝統的な暖炉の前の老人のように背をかがめ、カフェオレのカップを手に持って、台所のテーブルに座っている情景だ。その姿に気づいたとたん、ぼくは思う。ぼくは何を怖がっているのだろう？　なぜ、ぼくはこのように背をかがめているのだろう？　それとも、単なる疲労のせい？」。

声にならないつぶやき！　彼の『私記』は以後こうした不安の軌跡しか示さない。それに、『私記』自体がもう続かないのだ。一九五三年二月十一日までに五回の挑戦。その最後の試みは、ぎりぎりのタイミングで一九四〇年七月のバカンス中のカップブルトンに照準が当たる。ボリスは結婚の理由を執拗に解明したいと思っているようだ。最初の日に戻るのはそのためである。この『私記』の中では、最後のところでランド地方の海岸［カップブルトン］での心揺れ動く場面が数ページあるだけである。最後の場面でのミシェルの登場。しかし、真相究明を求める燃えるような義務感も、作者個人に関する不機嫌な感想を書いているうちにいつの間にか消え去ってしまう。彼はもう一九五一年十一月着手当時の夜と同じ人間ではない。物語も変貌した──細切れの熱っぽい文章は、もう未来のことしか取り上げない。例えば、一九五三年二月十日──「ぼくには将来自分がどうなるのか、どういう状態になるのか全く分からない。どういう老人になるのか。正直な話、文学を信じることができれば、今がまさに最高の死に時なのだが。さて、どうする？　死ぬのか、死なないのか？」。

＊1　ボリス・ヴィアン財団資料。

＊2　一九五〇年四月八日〜十四日『フランス＝ソワール』紙に掲載されたルポルタージュ「彼らの村、ブロードウェイ」。『レーモン・クノー手帖』No.7所収。『ヴァランタン・ブリュの友』誌、一九八七年。

＊3　『私記』

＊4　「ジボー、ジュアン、そしてやばいことになる君」。遺稿集『テキストとシャンソン』所収。

＊5　ガリマール社資料。

＊6　この手紙の抜粋は一九六六年二月刊『ビザール』誌、No.39〜40に発表された。

＊7　『ヴァランタン・ブリュの友』誌、No.12。

＊8　ニノン・ヴィアン資料。

14　ペンの変奏……

きらめく名士たち、その他の人たち

　ボリスは不当に過小評価されている分野で才能を発揮する。「行単位の仕事《ピージュ》」だ。新聞の穴埋め作業で、自分らしさを出すか、ほぼ出して見せる技術。執筆対象に呑み込まれることなく、自分の才能、ユーモア、文体を駆使して、無味乾燥な内容の要約や宣伝効果を求められる現実的な要請や、ビジネスもしくは政治配慮に基づく編集長の無理難題をこなしてゆく技術である。ゼロ次元のボリス。他の多くの作家仲間同様、つまり、ジャックク・ロベール、ウジェーヌ・モワノー、イヴァン・オードゥアール、ロベール・シピオン、ジャン・シュイユー同様、自らの文学的願望を収入に直結させることができずに、ほとんどの主題を自ら選ぶことなく、文章を紡ぎださなければならない。「駄文書き《ピス・コピー》」のボリス。一語いくら、一枚いくら、そして、給料の遅配。そうでなければ、屈辱も大きくないだろうに。

　穴埋め仕事は技術なのだ。『サムディ＝ソワール』紙や『フランンス＝ディマンシュ』紙の書き手たちはその質を高めた。だが、ほとんどの読者、そして編集長は、終戦後、注文通りに書いた彼らの怒りの大作戦、百スー［五フラン。新聞代］の戦慄のために彼らの書いた第一面の見出しが、その中に馬鹿笑いや潜在する侮蔑を隠していることには気づかなかった。彼らは形容詞の選択にプライドを賭け、メタファーに工夫を凝らし、査読者にも分からないような言語遊戯や頻繁に突飛な表現を用いるという内密の申し合わせによって——埋葬と関係のないあらゆる主題にできるだけ多くの「棺」の語を滑り込ませることに成功した仲間への酒のおごりなど——自分の責任で新聞雑誌に対するシュールレアリスム的手抜きの伝統を活用しながら、どんなに果敢に、愚劣さそのものやみじめな小文への復讐を遂げたことだろう。

穴埋め記事というのは、とりわけ敬意を表すべき仕事なのだ！　一九五〇年代初めから、どんなに多くの三面記事、ヒーローや卑劣漢のポートレートが、挫折した小説家たちのインスピレーションによって人間らしい描写の恩恵を受けてきたことか！　マルチーヌ・キャロルは、サン＝ジェルマンの編集者たちが、ただ偶像としての女優、感謝のしるしとしての女優が欲しいばかりに、進んで彼女の栄光を過大評価し、彼女も知らない個人的なドラマや喜びを彼女に付け加えたことを知っているだろうか？　そこから生きて出て来られるかぎり、こうしたジャーナリズムは良き学校であった。それは「三文文士《プリミティフ》」から読者の質や読者の批評センスに関するすべての幻想を奪い去る。彼らは読者にすべてを鵜呑みさせることができた。読者の抵抗には時には強硬手段さえ用いた。読者は売店に通い始めて以来、紙面の甘ったるい偽善的優しさに慣らされ、いつも讃辞にみちた記事を読んでいると思いこむことができたのである。こうした訓練はボリスにあつらえ向きだった。ロベール・シピオンも記しているように、「それは、手早くやればかなりの収入になることが分かった」のである。一つの主題に相応しい時間——一時間——を守ること。自分自身にも主題にも本気にならないこと。真実は校正係に任せ、自分にはささやかな文体の満足だけを取っておくこと。

一九五二年、ボリスは必要に迫られて、悪名高いペンの傭兵たちの根城で、他の駆け込み所［金のない三文文士を雇ってくれる］の常連の話では暗黒叢書の片割れとも言われる『コンステラション』誌に加わる。金に困った綱渡り芸人大歓迎の会社で、多少不良っぽくても手間暇かけた丁寧な仕事よりも才気を優先し、編集長の伝説的な寛大さを吹聴する気遣いさえしてくれれば、前払いにも進んで応じてくれる。ボリスはマルセル・デュアメル［暗黒叢書］に続いて、アンドレ・ラバルトの底なしの寛大さを汲みつくす考えである。しかし、交渉は必ずしも簡単ではなかった。イヴ・ジボーが自分は「ポルノ作家」［ヴィアン］と親しくさせてもらっていると仄めかして解雇されそうになったのだ。それに、一つの新聞社にもう一人別の人物……『コンステラション』では、噂によると、評価や注文や払い戻しのきく前金は、ほとんど恐るべき事務局長ルクートル夫人の一声で決まり、彼女のポーランドなまりの怒声はグランジュ＝バトリエール街の事務所では誰知らぬ者もないということだ。ボリスの魔力は奇跡を起こす。彼は電話をし、いくら突飛な主題であろうとただ申し出るだけでよかった。マルタ・ルクートルが彼に注文をつけることはほとんどなかった。『コンステラション』にはヴィアン家の人間が二人もいた。ボリスの妹のニノンは長い間、このドゴール派がつくり、実際に一九五〇年代のジャーナリズムでその種のジャンルでは他の追随を許さなかったこの雑誌の幹部の一人であった。

　この新聞社では新しい分野であれば何でも開拓可能に見えた。きわめていい加減な新しい推理小説の翻訳、科学技術の普及、ゲーム、読者を獲得する競争、現世における大物の幸福と庶民の不幸。作家ジャン゠シャルルの初期の「名品《ペルル》」。同時に多くの驚愕譚も——極端なもの、普通ではないもの、そして奇跡の物語。仕上げに凝るチーム・メンバーによって絶えず美化される現実。そんなわけで、ボリスはとりわけカフカ研究者の仮の姿であるマルト・ロベールやニコル・ヴェドレス、まもなく『フィガロ』紙の記者になるジル・ランベール、ジャック・ロベールとすら、そして、若きフィリップ・ラブロとも出会うことになる。ロベール・シピオンとともに、ボリスは幾つかの悪ふざけを仕組んだ。最も有名な悪戯の一つは数年間の間隔を置いて同じ人物に二つの異なる役を演じさせたやつだ。新聞社の近くのバーで、二人の作家は中央ヨーロッパ出身の一人の外国人に出会う。彼らはその男をルクートル夫人にスターリンの料理人として紹介する。二年後に再びその男に会った際、彼らは今度はその人物をチトー元帥の元ボディガードに仕立て上げたのだ。

　シピオン同様、ボリスは犯罪に関するアメリカの血なまぐさい小説やルポルタージュなどを次々に翻訳した。様々のペンネームを使い、また時には署名さえせずに、彼は資料を元にスケッチ風の人物描写をし、締め切り間際に仕上げるコラム記事によって紙面の穴埋めに貢献した。彼は出向かなくてよいという条件で、アイデアのストックも提供した。唯一の厳密なルール——一時間、それ以上はだめ。これが条件だ。彼はまた自らの日常生活をほとんどフィクションなしに記した日録も載せた。その結果、ブラジエ［車愛］は「ひま種記事《マロニエ》」、すなわち、新聞社で誰もが知っている出来事になった。ボリスは魚雷型無蓋《トルペ》自動車《ド》の冒険や故障や通行人の驚きや行きずりのクラシック・カー収集家との仲間意識などを書いて生活費を——といっても微々たるものだが——稼いだのだ。彼は自分のバカンスを即興的に脚色したり、「小グラスの中のアパルトマン」[*1]ではアパルトマンの改修工事を報告する。数ヶ月の間に、彼の文章は自宅内のルポルタージュの枠を越えて、一人称の理屈っぽくて滑稽な、彼の日常生活を巡る連載小説のようなものに変貌する。彼は現代生活を送る上での災難や市内での駐車、借家人とガス会社の職員との関係、法律または慣習の馬鹿馬鹿しさについて考察を始めたのだ。この偶像破壊のモラリスト［人間探求者］は、いつの間にか周囲の無数の小さな異常事に驚き、辛辣な観察を積み重ねて通常の常識的な解釈を捻じ曲げ始める。たまたま役人や警察官と出会うと、彼のペンは一段と鋭さを増す。だが、ほんの少しだけ。ルクートル夫人の眼が光っているからだ。しかし、それこそボリス・ヴィアンの腕の見せ所だ。検閲にかかる境界線上で綱渡りをする穴埋め作家のテクニックが物を言う。それでも、時には検閲に引っ掛かる、時には。なぜなら、いくら『コンステラション』やアンドレ・ラバルトがボリスに好意的であったとしても、幾つかの原稿は突っ返されたからである。ボリスは生活のために料理法を変えざるをえない。

こうした注文記事の中でも、アーノルド・キュブレール氏［ユルシュラの父］の雑誌『Du』に書いた文章のように、非常に格調高いものもあった。短編小説や詩を依頼してきた『芸術』誌もそうであるし、ジャック＝フランシス・ローランの『パリジェンヌ』誌もそうだ。『こちら警察』や『フランス＝ディマンシュ』に掲載した翻訳のように大変苦労した仕事もある。『ジャズ・ホット』誌への原稿料なしの寄稿は続いていたが、ジャズ関連の記事はかなり減っていた。新聞雑誌における彼の愛する音楽への情熱は衰えを見せていた。ユルシュラもボリスも貧しいボヘミアン暮らしだった。彼らはアーノルドや友人たちに「無心《タープ》」をした。税務署も一時的に取り立てを諦める。クリシー大通りのねぐらはユルシュラの名義だ。彼らは無一物だった。時折、夜間に友人たちと夢見た企画やボリスが現金収入のために取ってくるいい加減な注文の中から、実際に契約が成立するケースもあった。

その一つが「ローズ・ルージュ」の仕事で、これは奇跡的と言ってもよく、一九五二年の朗報となった。ニコ・パパタキスが、映画についての寸劇を上演するというピエール・カストとジャン＝ピエール・ヴィヴェの企画を了承したのだ。「ファントマ」用のシナリオとセリフがボリス・ヴィアン、アノトー、ルッサン、クノー、デスノスに任された――ボリスはパロディ作家、毒舌作家たちの小さなサークルに加わっており、それがニコを喜ばせたのだ。実を言うと、この『映画大虐殺《シネマサークル》』の第一バージョンにはほとんどの者が多少なりとも参加していた。演出にピエール・カスト、イヴ・ロベール、役者にロジー・ヴァルト、ジャン＝マリ・アマト、ギー・ピエロー、エドモン・タミなどである。

一九五二年四月八日、ユルシュラはパリ・バレエ団の巡業中だった。ボリスは彼女に手紙を送り、『映画大虐殺《シネマサークル》』初日の報告をしている。「昨日のローズ・ルージュ、ぼくは行く勇気が出なかった。終わった頃に行きたいと思い、マルセルと一時に着いたら、ちょうどその時刻に始まったんだ！ ぼくのヤツは大受けで、観客は喜びの歓声をあげ、めちゃくちゃ楽しんでいた。ぼくは真っ青になった。それほど舞い上がってしまったんだ。分かるだろ、総稽古さえ一度もやらなかったんだからね！ 実を言うと、舞台を見たのはそれが最初なんだ。ぼく自身大笑いしちゃった。マルセルは横にいたが、彼はアメリカ空軍の寸劇を見てパニくっていた。素晴らしい出来なのに、どうしたんだろう！　彼はアメリカ大使館から上演禁止命令が来ると思ったらしい！」。[*2] ボリスの話は決して大げさではない――『映画《シネマ》大虐殺《サークル》』はレンヌ街の小さな舞台でロングランを記録する。約四百回近い公演！　芝居は夏まで続き、秋の新学期に再開され、年末のお祭り騒ぎ時には満員御礼、新年まで延長された。人々はこの偉大な映画神話の情け容赦のないパロディを見るために押し掛けた。ローズ・ルージュの開場は二十三時であり、『映《シネ》画大虐殺《マサークル》』の開演は午前一時頃だったから、深夜族のファンはマルソーのパントマイムや歌手のリサイタルを見ながら上演を待ったのである。

　売上や印税は大勢で分配しなければならなかった。とは言え、助かった。ボリスが芸術活動であまり恵まれなかった時期のこの運命の微笑は、夫婦にとって緊急の借金返済やブラジエの修理費充当を可能にさせたからだ。おまけに、『映画大虐殺《シネマサークル》』はローズ・ルージュの後、トロワ＝ボーデに移って、華々しい成功を続けた。ジャック・カネッティは、一九五四年九月一日演出イヴ・ロベール、役者ロジー・ヴァルト、エドモン・タミの同じ顔ぶれで寸劇の再演を企てたのである。若手歌手のフィリップ・クレーがイヴ・ロベールの演じた役を引き受けた。ボリスは新たな台本にサインをする。両方のバージョンを見た観客の話だと、『映画大虐殺《シネマサークル》』は右岸に移った際に、いくつかの変更が加えられていた。「空軍《エアフォース》」から「空の笑劇《エアファルス》」に変わった看板は、アメリカ大使館の抗議が危惧されたが、幸い検閲はなかった。飛行小隊のバーで、爆撃機B-69のパイロットたちは、グラスを前に相変わらず悪天候を嘆いている。天気が悪いので数日前から彼らの飛行機は地上に足止めを食ったままだ。ボリスは彼らの中にもまた「空の精神分裂病患者」を発見する。一人のパイロットはなぜ自分が戦っているのか分からない。編隊の仲間はその疑問をあごへのフックを一発お見舞いして鎮めてやる。やられた方は立ち上がって、感謝する。突然、バーのラジオが、ソ連の飛行機がヴァージニア州キングストンの村を攻撃し、米軍戦闘機がこれを撃退したと告げる。幸い犠牲者はベッシーという子犬一匹だった。パイロットの一人が泣き崩れる。ベッシーは彼の愛犬だったのだ。仲間の一人が彼を慰める――「君はなぜ戦っているのか先刻疑問を呈していたね。（中略）これでわかっただろう？　赤軍が東ヨーロッパに存在する限り、文明国にとってもはや未来はないんだよ。ぼくらはそのために戦っているんだ、ジミー……いつ何時、野蛮人に情け容赦なく罪のない小動物を殺させてしまうかもしれない不正との戦いだ。これは地上の隅々まで正義と平等と民主主義を広めるための戦いなんだ」。空が晴れると、ジミーは再び陽気さを取り戻し、パイロットたちも搭乗機に戻って行く。[*3]

　一九五二年と一九五四年の間、キャバレーの支配人たちは何度もボリスに支援を仰いでいる。この分野は彼に打ってつけと信じられ、彼の速筆は友人の形容によれば「意地の悪い《ヴァシャール》」寸劇や戯画的な芝居の技巧、スポンサーと小劇場とアナーキーな冒瀆との間の喜劇的な対話において、一段と伸びやかにペンが走ったのである。ボリスは今や十月グループ「ジャック・プレヴェール組」並みだった。彼の手帳には多くのプランやアイデアや素描が書き込まれていた。しかし、客に受けて、評判になり、注文を受け、上演した経験に乏しい彼には、『映画大虐殺《シネマサークル》』ほどの成功はなかなか難しかった。自分たちの国でもパリのような首都の建設を夢見る観光客に首都パリの話をする「たゆたえども沈まず、または真実のパリ」は、一九五三年四月一日ジャン＝セバスチャン・ムーシュ「セーヌ河の遊覧船のことをバトー・ムーシュというので、それに引っかけた架空の人物」のパーティ用にチャーターしたセーヌ河の遊覧船で大好評だった。だが、その見返りは少なかった――この芝居はジャン・ウィネールの音楽、フェリックス・ラビスの舞台装置、ジョルジュ・ヴィタリーの演出、ジャック・ファブリ、ジャクリーヌ・マイヤン、ピエール・モンディ等の素晴らしい役者陣にもかかわらず、シャン＝ゼリゼ近くのキャバレー「つばめ」の客にはまったく不評だったのである。

　一九五一年にボリスは、観客を一九八一年の『くびきを解かれたサトゥルヌス』紙の編集室にいきなり連れ去るSF調の芝居『早く、早く』の企画をローズ・ルージュに出したが、断られている。翌年、『それ行けマルスまたはマルスもしくは死』のプランは舞台上で断念された。ボリスはあきらめない。同じSF素材で辛辣な未来の探究を行う『そんなバカな』。司祭やノイローゼのロボットや仮装人間……そして、数人の裸の娘が登場する裸の寸劇だ。一九五五年十一月に「アミラル」でジャック・デュフィロ、エドモン・タミ、ジュディット・マーグルらによって一ヶ月弱上演された『そんなバカな』は、観客に嫌われ、新聞雑誌にも叩かれた。キャバレーの入り口のショーウインドーには、ボリスが切り抜き「流用した」未来時の新聞の拡大ページが飾られていた。同じ一九五五年ローズ・ルージュの『最新ニュース』も同じ発想に基づいたものだが、不発だった。一週間ほど看板が上がっただけだった。しかし、反ジャーナリズム的テロリズムの小傑作には事欠かない。ボリスはこうした「トップ記事《ユヌ》」に数年間飽きることなく手を入れ続けている。特に、自分の楽しみのため、そして、身近な者たちの楽しみのために。何度もレイアウトを試みた後、彼の新聞パロディは『最新ニュース』の頃にほぼ決定稿が出来上がっていたのである。

　『フランス＝デマンス・イリュストレ』紙の一九八三年五月二十四日号は、フランス・ロッシュを「ギアナの助産婦」に命名するという記事を載せ、読者に「月夜茸は吐き気がするほどまずい」というボンパール教授の研究結果を伝えている。『フィガルロ』紙一九六三年二月七日号の見出し――「憲法改正により、すべての国会議員は二ヶ月間大臣をやり、三年の歳費を貰うことになった。ブルボン宮の熱狂」。「五ページ目――第九共和国は生き残りのための改革を要す、レーモン・アロン」。「第一面」の社説はアルベール・カミュの署名――「一人の若き召集兵も戦場にやるな」。そして、悲しいニュース――「正書法の改革は無期限に延期」［延期 ajournee を ageournee と表記］。『ル・モンド・ランヴェルセ［逆転世界］』紙は簡潔に――「X爆弾は半径が三メートル二十五になる予定」。「その日暮らし」というペンネームの人物は一ページ目の手紙で慎み深く「許せない裏切り行為」に抗議している――「フランス銀行は郵便貯蓄金庫に破産を申し立てている」。L'Aurore《ロロール》紙の代わりにL'Horrore《ロロール》、L'Humanite《リュマニテ》紙の代わりにLutte《リュット》 animee《アニメ》［活発な抗争］、Ici-Paris《イシパリ》紙の代わりにIl《イル》 scie《シ》 Paris《パリ》［それはパリを仰天させる］……こういう具合に、見出しや無意識の癖や本当かもしれない嘘のニュースを痛烈に皮肉りながら、何食わぬ顔をした妄想家によって監修されたあらゆる新聞が登場する。

著しい政治的進歩

「何を書いてもいいが、少なくとも心にダメージを受けないようにしよう」。これはミシェル・ヴィアンの言葉だ。それはボリスも同様であったろう。いずれにせよ、この言葉は一九五二年以降二〜三年の空気をよく表している。その時期ボリスは夫婦の危機やサン＝ジェルマン＝デ＝プレの虚栄心よりも、趣味や好奇心に重きを置いた。そして、作家としての苛立ちはカッコに入れられた。敢えて言えば、苦い思いは『心臓抜き』のところまでしか遡らない。極めて控えめな贋社説の冒険、一九五二年九月に誤って伝えられた離婚の決意、『墓に唾をかけろ』の裁判、急激な心悸亢進までしか遡らない。一人の人間にとって重すぎることだ。しかし、彼は自分自身に優しくなろうと努力する。彼は受け身になることを避け、自分をいたわる。「楽しいことを思い出す方が遥かにいい」と彼は『日々の泡』で書いている。「だって、嫌なことを思い出して何になる?」。それは何にもならない。彼は決心する。活力あふれる毎日を。この年、夫婦の日々は過去の亡霊に悩まされない至福の時と突然の憂鬱との間を揺れ動いたと、ユルシュラ・ヴィアンは回想している。そういうわけで、気分の良い日には、ボリスは国立中央工芸学校時代に誇示していた「アマチュア精神」を幾分か取り戻した。彼はいつもより多くの本を読み、自由時間を楽しむ。一九四六年の頃と違い、新しい仲間たちは、彼が時代の流れにかなり敏感に反応したと答えている。穴埋め記事の経験やキャバレーの回り道が彼に一九五〇年代をじっくり観察する機会を与え、これまで関心を持たなかった問題について考えるように仕向けたのだ。彼の不遜さは現実の重さを貯めこむ。個人的な社会生活に対する彼の不満は、一般的な社会体制という背景を見出す。彼は原子爆弾開発競争という妄想に取りつかれる。「そいつはまもなく我々の頭上に降ってくるだろう」というのが、彼の結論だ。彼の原子についての知識は群を抜いていた。彼は科学雑誌を読みふけった。戦争に対する彼の奥深い憎悪は相変わらずはっきりした輪郭を示していないが、彼はインドシナ戦争について発言し、全面戦争へと広がりかねない冷戦状況については頻繁に発言している。

　この反逆者の中で全面的な社会参加《アンガージュマン》への政治思想が熟したのだろうか？　そうとも言えるし、そうでないとも言える。恐らく、以前よりは強まっただろう。個人主義者である彼流のやり方で。そのやり方は、一般的でない救済策や改善策をケースバイケースで提案したり、システムを迂回するうまい方法を探すことに頑固にこだわるのである。一九五一年にボリスは、スターリニズムや『タン・モデルヌ』誌よりももっと技術的な、現実と歴史に対する別様の解釈があることを証明するために、『公民論』の執筆を企てる。特に意識したのは『タン・モデルヌ』誌だ。ボリスはこの巨大な仕事に着手する。彼は十冊余りの専門書を読み、徹夜でメモを取り、そこからジャン＝ポール・サルトルへ攻め上ることを公言する。彼は初期のメモの一つに書いている。「ああ、これではだめだ。『タン・モデルヌ』誌のやり方は不十分だ。それは場当たり的、近視眼的、批評家的で、人生の断片に過ぎず、空疎だ。マッカーシー［アメリカの共和党議員マッカーシーは、一九五〇年二月から共産党員の追放と赤狩りを始めた］を打倒する唯一の方法は、彼を打倒することだ。分析しても何の解決にもならない。マッカーシーはどう考えてもせいぜい一時的に時代を悪い方向に捻じ曲げることしかできない。いわゆる時代の流れはそんなことでは何の変化も蒙らないはずだ。マッカーシーは知的に危険なのではなく、物理的に危険なだけである。物理的に攻撃しなければ無意味だ。ナイフを取れ」。

　彼の世界解釈の試みはスタートでつまずく。冒頭に個人的怨嗟が爆発したからだ。しかし、歳月の流れとともに彼はサルトルを忘れるだろう。その後も彼は、労働、自由、女性、議会活動に関するコンセプトの下書きを散逸させたり、紛失したりしながらも、この不思議な『公民論』を準備し続ける。彼の公民大全の内容は話す相手によって変化する。ある者はそれが「幸福の経済学」論だと言い、他の者は「数学的道徳」概論だと言う。それはボリス・ヴィアン独自の表現を欠いた大学生のレポートのような作品だと見なす者もいる。確かに何ページかはそれを裏付ける。ボリス・ヴィアン最初の弁証法的、相対主義的著作だと予告する者もいる。そこにあるのはアナーキズムの刻印を押された一連の鋭利なアフォリズムのみである。もっと正確に言えば、ある種の永続的な単独者の反乱、以前よりもより怒りに燃え、よりユートピア的で、よりラディカルな反乱の動かぬ証拠。例えば「ぼくであれば」と彼はこの流産した『公民論』の中で書いている。「セーヌ製紙会社で牛馬にも劣る生活を強いられている、アラブ人ボイラー掃除人夫がいるのを知っている限り、ぼくは安らかに呼吸することも、眠ることもできない」。集団的解決という意味では、これは何の解決にもならない。ボリスはこの未完の大全の中で、終始一貫して、万人の平等よりも個人の幸福を強く推奨している。しかし、一九五四年［一九五四年は、インドシナ戦争が終わり、アルジェリア戦争が始まった年。共にフランスの植民地戦争］には世界的なカオスに直面し、敢えて無力感の叫び声を上げる彼の姿を見ることができる。

　恐らく病気の進行が彼の他人を見る目を研ぎ澄ましたのだろう。発作の日々が前のめりに生きる彼の自尊心にダメージを与えたのだ。サルトルやコミュニスト、同時代の作家たちの考える政治に失望したボリス。証言によれば、彼の話を聴けば聴くほど、彼が自分の知性に自信を持っていることが分かったという。自分が過去に軽んじた主題について問いを発しながら、彼は驚き呆れる。その結果、マルセル・ドグリアムとの友情が生まれた。二人はサン＝ジェルマン＝デ＝プレで度々すれ違っていた。そして、一九五二年初頭に親しくなる。ボリスは偉大なレジスタンス闘士のオーラを発するこの人物に魅了された。「彼はとんでもない男だ」と彼は『私記』に記す。「彼は二度と経験できないような経験をした。彼はプロシアから徒歩で脱走し、カルパティア山脈の二メートルの雪の中を一日ビスケット一枚と角砂糖一つでしのぎながら、二十一日間歩き通したすごいやつなのだ」。マルセル・ドグリアムは、ボリスが付き合った初めてのレジスタンス闘士、初めての戦争の生き残りではない。主な人物だけ挙げても、クロード・レオン、ミシェル・ボカノウスキー、ウジェーヌ・モワノー、写真家ジョルジュ・デュドニョン、エチオピアのニコ・パパタキスですら、過去十年間無傷な人生ではなかった。だが、ボリスは彼らの過去に特別な関心を払ったことは一度もない。マルセル・ドグリアムによって初めて、彼は選びとった危険、既に消え去った時代の命がけの冒険のすごさを実感したのである。

　高級家具師になる教育を受け、労働総同盟繊維部門の元書記だったマルセル・ドグリアム、別名フーシェは、フランス国内軍［レジスタンス］の大佐で、最も勇敢なコミュニストにして破壊工作者の一人だった。作家クロード・ロワにとっては、フランス解放時に左岸の人々があんなにも憧れた「兵士＝誘惑者＝マルキスト＝リベルタン」の実在モデルの一人でさえあった。「彼が要塞司令官であったコンスタンツ［ドイツ南部の町。スイスのチューリッヒに近い］で」と作家は書く。「フランス国内軍大佐のドグリアム＝フーシェは、不動の勇気と祝祭の豪奢と文化の華麗さとプロレタリアート革命精神のすべてを結合して見せた」[*4]。多くの従軍記者が――その中にはロジェ・ヴァイヤンも含まれるのだが――この司令官に魅了された。女性に優しい彼は、皆をドイツ湖畔の燭台晩餐会に招待した。また、「フロール」のインテリたちも、このがっしりした体軀と明るい眼差しの元影の戦士、一九四六年から早々と年金をもらって退役し、まもなく共産党とも訣別するこの元軍人に心を奪われたのである。

ボリスと知り合った頃、マルセル・ドグリアムは女優ジャクリーヌ・サンドストロームのコネでバビローヌ座の支配人を務め、彼女の資産の恩恵に浴してサン＝ジェルマン＝アン＝レーの豪邸で暮らしていた。ユルシュラとボリスは、ごく自然にジャクリーヌ・サンドストロームの内輪のサークルに加わる。仲間は役者のエレノール・イルト、ミシェル・ピコリ、演出家のジャン＝マリ・セローである。大胆な演目――ブレヒトを舞台に乗せた後、マルセル・ドグリアムは、さらにベケットの『ゴドーを待ちながら』を強引に上演する。一九五二年末には、ストリンドベリ『令嬢ジュリー』の看板が上がった。翻訳と脚色はボリス・ヴィアンである。ドイツ語、英語、スウェーデン語のテキストを使って、ユルシュラとボリスは苦労の末フランス語版を完成し、それをジャン＝マリ・セローが演出したのである。彼らは日曜日に度々サン＝ジェルマン＝アン＝レーを訪れ、午後の仮装大会にも参加、「仔馬」の芝居を演じた。

ボリスとドグリアムは時折男同士で抜け出し、長距離ドライブを楽しんだ。二人ともスピード狂だ。ボリスはドグリアムに戦争や服務関係、軍人について質問する。議論は簡単に終わった。民間人に戻ったとはいえ、元フランス国内軍大佐は軍人であり、マルキストであった。「当時地図と実際の領土とを混同していたボリスにとって」とマルセル・ドグリアム＝フーシェは解説する。「〈政治用語〉は政治を職業にしている人間と不可分のものだったのです。彼は判事も司祭も将軍もすべて一緒くたにしてマニ教的［善悪二元論的］に排斥しました」[*5]。二人の間の政治的不一致はその後も続いた。しかし、ボリスにとってドグリアムは別の興味の対象だった。ミステリアスな匂い、まさにそれである。経歴の中の影の部分、秘密主義、今も活動中の諜報部員との秘かな接触。この数年間、ボリスは筋金入りだが正体のよく分からない人物、出所の明らかでない資金を操る、二つの身分証明書を持つ人物等に人間的共感を抱いている。例えば、マッシエことレーモン・ド・ロジエール。彼もまたレジスタンスの元闘士で、私立学校のオーナー兼フォンテーヌ街「ユムール座」支配人、ボリスの友人だ。ボリスは何を求めたのだろう？　父親の死の解釈や理解だろうか？　父親を殺害した軍の遣り口だろうか？　ドグリアムやロジエールと知り合う前から、彼は既に自動車解体業者たちの聖地コロンブで彼に付きまとった、あのエルスタルと一緒に射撃の練習をしていた。その後、明らかにペニーの友人たちにも紹介されている。クラブは拡大した。ユルシュラも歓迎された。兵士、誘惑者、そしてリベルタン［自由思想家］、とクロード・ロワも書いていたではないか。

フランスのヴァン・ヴォークトとコージブスキーのセールスマンたち

心地よい仲間たちのいるクラブ。ボリスは別のそういうクラブにも顔を出していた。例えば、サヴァンチュリエ・クラブ［サヴァン＝学者＋アヴァンチュリエ＝冒険家］。この極めて神秘的で、謎めいた活動をしている結社は、一九五一年十二月二十六日、プレ＝オ＝クレール街のバー「ルリユール」のソフィー・バベ宅で結成された。メンバーはレーモン・クノー、映画監督のピエール・カスト、フランス・ロッシュ、フランソワ・シャレー、そしてもちろん、ボリスである。全員がこのサークルの発案者ミシェル・ピロタンと同じサイエンス・フィクションへの情熱を分かち合っていた。それがサヴァンチュリエ・クラブの唯一の使命なのである。しかし、それは途轍もなく大きな使命であった。なぜなら、一九五〇年代の初め、フランスで文学と科学精神との両方を愛するファンは極めて少数派《ゲットー》だったからだ。詩やジャズと同じように、SFの歴史は孤立集団から始まるのである。

先の大戦の初め頃から、アメリカ人は空想科学小説に夢中になり、宇宙の彼方にある別の宇宙や銀河戦争によって激変した別の千年紀を夢見るようになった。何十人という作家、科学者、科学小説家が、ピエール・カストの定義によると「抒情詩、叙事詩または風刺的な攻撃が自由自在に駆け巡ることのできる果てしない処女地」[*6]を探検している。進行中の戦争のただ中で、そしてまだ実験段階だとしても最初の原子爆弾が準備されている時に、大西洋の向こうの読者は、鏡の彼方や時代の技術的知見の限界を超えて想像力を働かせ、知の臆病さ、経験の安心を大胆に打ち破り、検証可能なものよりも蓋然性や可能性の方を選びとっていたのである。その上、そこには必然的に別の効果もあった。この素朴な期待はアメリカの文化社会学を急速に推し進めることになった。熱狂的愛好家たちは『アメージング・ストーリーズ』、『ファンタスティック・アドベンチャーズ』、『ギャラクシー』、または『アスタウンディング・サイエンス・フィクション』等独自の雑誌を持っていたし、若者たちも彼らの「ファンジン」［ファン・マガジン］や「コミックス」を持っていた。ボリスはアイゼンハウアー将軍も、彼の軍事＝科学的「ブレーン・トラスト」［頭脳集団］に、有名な空想科学マンガの主人公バック・ロジャースの名前を付けていたとさえ言っている。ボリスはまた、SFの内容は実に正確で、短編小説『デッドライン』は「原子爆弾のことを翌年に使用されるのと同じ完璧さで描写していた[*7]」と書いている。売店に送り出された十五時間後に、警察は『アスタウンディング・サイエンス・フィクション』誌を押収し、編集スタッフは連邦警察の取り調べを受けた。

もちろん、SFの成功の背後には多分に国家主義的な、すなわち領土拡張主義な欲動が存在する。特に未来的な小説、一九四二年に枢軸国［ドイツ、イタリア、日本］の宇宙に対する野心を発見したアメリカ人をしばしば有利に扱った作品群がそうである。だが、もっと真剣なものもある。レイ・ブラッドベリの『火星年代記』のように、より深い内容であまり愛国的でない作家たちだ。イギリス人作家なら『宇宙戦争』のウェルズ。もっと知的なところでは、A・E・ヴァン・ヴォークトの『非A《ナル》シリーズ』。一九一二年生まれのこのカナダ人作家は、小説の世界にアルフレッド・コージブスキーの意味論研究を持ち込んだ最初の作家である。アルフレッド・コージブスキーは、彼の著作『科学と正気』が出るまで宇宙の理論的解釈を代表していた、アリストテレスやニュートンの体系を全面否定した偉大な学者だ。それはボリスにとっても、クロード・レオンにとっても、大戦の末期にジャズと同じくらい強烈な衝撃を与えた。コージブスキーの本はイギリスでもフランスでもまだ入手不能だった。二人の若者がこの理論に出会うのは、A・E・ヴァン・ヴォークトが援用した小説の中である。彼ら二人だけではなかった。レーモン・クノーもまたその本をあちこち探しまわっていた。

フランス解放時に、非アリストテレスの意味のaや非-a《ナル》という不思議な記号の話を聞いた者が何人いたのだろう？　他の意味体系が存在するかもしれないという彼らの予感が、一般意味論の突然の快挙によって根拠を与えられたということだろうか？　アメリカへ逃れていたアンドレ・ブルトンやレオ・マレ等、何人かのシュールレアリストたちのように。既に「狂人文学」を収集していたクノー、伝統的な合理性の境界を押し広げた学者たちや作家たちのように。そして、若者たち。彼らは不思議なことにジャズ・コンサートの若者たちとダブっている。アインシュタインの相対性理論が発表された後、コージブスキーは、すべての観点はそれを主張する者の受けた教育や文化の特質によって必然的に対立すると断言した。いかなる人間の頭脳も完璧ではないので、今日まで人間によって与えられたすべての解釈は不完全なままだ。他の観点があり得るし、あるべきである。ニュアンスの違いや拡張や縮小。科学であれ、哲学であれ、文学であれ、多数派の思考様式と硬直した権威主義的システムを耐え忍んでいる者は、快哉を叫んだ。とりわけ、ボリスは喜んだ。彼はA・E・ヴァン・ヴォークトのような理論家によって彼自身の不信感を大いに鼓舞されたのである。

ボリスはレーモン・クノーの口添えで、一九五〇年と一九五一年に非Aシリーズの最初の二冊、『非Aの世界』と『非Aの傀儡』の翻訳契約をガリマール社と結んだ[*8]。次に、彼は多少の皮肉をこめて『タン・モデルヌ』誌にフランスのＳＦファンが今も「元祖」と見なしている論文「新しい文学ジャンル――サイエンス・フィクション」を送りつけた。これはミシェル・ピロタンとの共著になる専門的な論文で、そこにはボリスが訳して『タン・モデルヌ』誌の同じ号に掲載した、フランク・Ｍ・ロビンソンの短編小説『迷路』が添えられている。

一九五二年に、サヴァンチュリエ・クラブは仲間を集め、彼らが自分たちの周辺に広めようと着手した文学に関する、忌憚のない情報交換を行った。ボリスはキャバレーで強引にＳＦのコミック版を上演しようと考える。クノーは実に生真面目なラジオ放送をする。ピエール・カストとフランス・ロッシュはリアリズム一辺倒のフランス映画に、現実を超えた物語の映画を作るチャンスを与えようと努める。しかし、それらはどれも実現しなかった。サヴァンチュリエ・クラブは一九五三年十月二十二日、戦争学者ガストン・ブトゥール宅の秘密会において消滅する。サークルの内実をカムフラージュするために、彼らは代わりに一段と神秘的な「超定立協会《ソシエテ・デイペルテティック》」を創設したと主張する。もちろん、誓いによって会の目的を明かすことは禁止され、外国人にしゃべることさえ禁じられた。ボリスと仲間たちは結社を楽しみ、合い言葉を交わす。もちろん、彼らは自分たちの所有するＳＦ小説を回し読みした。クノーはそれをアメリカから取り寄せる。ユルシュラは巡業の度にそれをイギリスから持ち帰るように指示される。ボリスは幾つかの文章でサイエンス・フィクションの素晴らしさを礼賛し、他の作家が『赤い草』同様記憶を抹殺する機械を空想していることを知った喜びを告白し、『タン・モデルヌ』誌に既に書いたことを倦むことなく主張し続ける――サイエンス・フィクションの力を信じる者がいる。「人類が空を飛べると信じ続けたように、彼らはそれを信じる。なぜなら、今人類は空を飛んでいるからだ[*9]」。

彼らの共通の愛読書と彼らの夢見るＳＦの無限の可能性が、ピエール・カストとボリスを再接近させる。二人の間に友情が生まれ、一九五〇年代初頭マルセル・ドグリアムに愛着を感じたのと同じ時期に、同じリズムで親交を深めた。ドグリアムとカストには、同じレジスタンス闘士の過去を持ち、同じように共産党に入党し、終戦直後の共産主義活動に不信感を抱いた共通点がある。二人はそれ以外のことでは対照的だった。前者はおしゃべりで、プレイボーイで、意外性が少ないのに対して、後者は控えめで、寡黙で、非常に生真面目である。ボリスはたえず彼らと行動を共にした。彼は出来る限り頻繁に彼らに会う必要を強調し、彼の全活動の証人になってもらいたがった。ふだん人の話を聴かないで突っ走る癖のある彼は、彼らの意見を知りたがった。ボリスがいなかったら、ドグリアムとカストは多分もっと疎遠だったろう。ボリスはいつもの心遣いで二人をそれぞれ親友の友人にしたのだ。何年もの間、彼らは三人一緒に行動した。多くの友人が去って行くのに頓着せず、深い絆に結ばれた付き合いの楽しさを優先させたので、マルセル・ドグリアムにとっても、ピエール・カストにとっても、ボリスは誠実な友の鑑となった。

　ボリスは若い映画監督［ピエール・カスト］とサン＝ジェルマン＝デ＝プレでしょっちゅうすれ違った。しかし、この地区ではあらゆる関係の中でも最も曖昧な関係、すなわち、グループの匿名性が重んじられたので、彼らはその他大勢と同じように最初から改めて自己紹介をし直さなければならなかった。ピエール・カストはボリスと同年齢で、プロテスタントの教育を受け、フランス解放時に、ロジェ・ヴァイアンに頼まれてコミュニストの週刊刊行物『アクション』の映画評を担当、アンリ・ラングロワの「シネマテック」が愛した古い名作映画探しの名人の一人になっていた。ジャン・グレミヨン、ルネ・クレマン、ジャン・ルノワールの助監督を務めて習得した映画製作の秘密を、夜間彼は「モンタナ」でアレクサンドル・アストリュック、ロジェ・レナルト、ニコル・ヴェドレス等専門家を前に熱っぽく語った。一九四九年、彼はアストリュックとともに「オブジェクティフ49」の冒険に参加した。ジャック・ドニオル＝ヴァルクローズ、ジャン＝ピエール・メルヴィル、ジャン・コクトーなどをメンバーとするこのクラブもまた極めて閉鎖的なクラブだったが、『カメラ＝万年筆』の監督［アストリュック］はこのクラブについて「サン＝ジェルマン＝デ＝プレの穴倉酒場の歴史よりも」もっと素晴らしい思い出を残してくれたと述懐している。彼らは一緒にビアリッツで「呪われた映画祭」を主催した。コクトーがタイトルを考え、皆で中身を考えた。なぜなら、彼らはヌーヴェル・バーグの何年も前から既に、戦前から繰り返され、企業の論理に身を委ねてきた第七芸術［映画］の革新を願っていたからだ。この短命な映画祭はジャン・ルーシュに賞を与え、独立系の映画に対する期待を表明し、『カイエ・デュ・シネマ』誌の創刊を準備した。

「映画は生まれながらにして自由であり、権利において平等である」とピエール・カストはしばしば言明している。その意味は、映画界でプロとして働き始めて以来、彼はプロデューサーの機嫌を損ねないために最大限の気遣いをしなければならなかった、と言うだけで十分だ。彼の計画の現在および未来の協力者たち、フランス・ロッシュ、フランソワ・シャレー、ジャック＝フランシス・ローランは皆映画界に対して過激すぎる構想を表明した。一九五〇年代初頭、ピエール・カストは恐らくサイエンス・フィクションに入れ込んでそれを映画に取り入れようとした、唯一のマルキスト知識人である。さらにまた、そのロジックと文体をスクリーン用に脚色してほしいとクノーに頼むほどクノー作品を礼賛した数少ない一人である。ボリス・ヴィアンの小説を愛した唯一の、まぎれもなく唯一の人物である。

クノーとヴィアンは「非常に深い絆で結ばれていた」と後年ピエール・カストは述懐するだろう。「実際、クノーはボリスが大作家であることを知っている数少ない一人だった。ボリスを賞賛する人物は非常に少なかったけれども、彼を支え続けた人物の中にクノーがいた[*10]」。

　クノー、ボリス……ピエール・カストの絆が緩む時はもはやないだろう。ボリスのように、彼は過去と一体化した形でなければ小説的合理性を受け入れず、古代神話や中世的超自然、カルパティア山脈の亡霊しか認めない、フランスやヨーロッパ映画界の頑迷さに我慢がならなかった。A・E・ヴァン・ヴォークト、ボリス同様、ピエール・カストは「昔々」ではなく、「未来のある時」で始まる映画産業を夢見ていた。だが、そのためにはゲリラ活動に身を投じる必要があったのだ……。

　一九五〇年代の初め、ボリスは相変わらずクノーにとっても、自分にとっても、また解放された想像世界のいかなる戦士にとっても、プロダクション業界から自分たちが受け入れられるチャンスは全くないと判断している。一九四九年のカンヌ国際アマチュア映画祭の折に彼が書いた「アマチュア映画の可能性」という文章の中の「袋小路」は依然として続いていた。その中で彼は「擦り切れた凡庸な作品を廃棄すること、デリー〔姉妹で執筆。多くの通俗小説がベストセラー〕とジャリ、ベランジェ〔一九世紀前半の民衆詩人〕[*11]とイジドール・デュカス〔ロートレアモンのこと〕を入れ替えること……」を夢想していたのだが。一九五二年の『私記』においてすら、彼は彼の理論と彼の作品、そして恐らく彼自身に対して敵対的で、不可解な映画産業――その後出版界よりもさらに遅れていることが分かるのだが――とけんかをする自分に懐疑的である。「撮影することが見ることと同じくらい簡単になったら、ぼくは映画を撮り始めよう。――だが、余りにも多くのスタッフの世話にならなければならないのが、うんざりだ。あまり他人に指図したくないんだ……」。それでも、その後数ヶ月間、ピエール・カストの戦いに自分も参加した。コージブスキー、A・E・ヴァン・ヴォークト、サヴァンチュリエ・クラブは、緊密で勤勉な二人の結合をさらに強固にした。ピエール・カストという懲りない讃美者に勇気を得て、ボリスは様々な下書き、幾つかのメモまたは二ページのシノプシスを書いている。映画への情熱が再び彼を捉えたのだ。

　ピエール・カストは彼の背後でダメ出しをし、彼に技術的な知識を授ける。時には、幾晩も二人で書いた。どんなプロデューサーが『ノルマンディのカウボーイ』（一九五三年）を読むだろうか？　諜報部員ボーヴィ――モデルはロジェ・ウィボ――が活躍するスパイ物語『アンニバル男爵』（一九五四年）や『ヒッチハイカー』（一九五五年）を読むだろうか？　ピエール・カストと共謀する時もしない時も、ボリスのアイデアやシナリオへの挑戦は『ゾネーユ』〔コレージュ・ド・パタフィジック〕やブニュエルの『アンダルシアの犬』の同類なのであった。たとえ、登場人物が現代生活の中でじたばたしている時でも、そこではシュールレアリスム的試行に近いことが行われ、未来派的なファンタジーの刻印が見られる。あるいはまた、超辛口だったり、超パロディ風だったりする。慎重で控えめに振る舞おうと思っても、商売なんだからと思っても、生まれつきの不遜さが物語の流れを捻じ曲げるのである。一種のおしゃれなブルジョワたちを巡る旅の物語である『ヒッチハイカー』は、別の作者なら、美女とバカな遺産相続者が登場する風俗映画、または若い娘たちの喜ぶ純愛物語にすることもできたはずである。一九五〇年代のフランス映画は何でも受け入れたから。しかし、ボリスの手にかかると、またしても無政府主義的弾劾文書になってしまうのだ。嘲笑好きな作者によって不可避的に主題の破壊へと突っ走ってしまうのである。

失敗する度ごとに——とは言え、この表現は必ずしも当たっていない。プランはしばしば専門家たちとの打ち合わせに入る前に放棄される死産の企画だったから——ボリスは投げ出した。しち面倒くさすぎるのだ、映画は。それは妥協を嫌がらない人種向きなのではないか。ジャーナリズムと同じで、自分をゼロ度に合わせられる人間向きなのだ。しかし、クノーのように、ボリスよりも決然とジャック・プレヴェールの後を追う人間もいた。周囲の漠然とした熱気もある。友人たちは映画に意欲的だ。あるいは、映画好きだ。フレデリック・ショーヴロとジャン＝ピエール・ヴィヴェは束の間のプロダクション「フィルム・ド・サン＝ジェルマン＝デ＝プレ」を立ち上げ、客分としてピエール・カストに短編映画『実存の魅力』を撮らせたし、ボリスに初期資金を見つけることは不可能ではないと保証している。マルセル・ドグリアムとマルセル・パリエロは、ボリスのために自分がプロダクションを作ってもいいと名乗り出ている。彼らは常に有益な人脈を持っていて、不動産業者や裕福な旧レジスタンス・メンバーにコネがあるのだ。フランス・ロッシュやフランソワ・シャレーでさえ、金はないがボリスの才能を買っていた。ピエール・カスト夫人。とりわけ、ピエール・カストは友情厚く支援を惜しまない。最後に、人を楽天的にさせる魔力を持った「サヴァンチュリエ・クラブ」の会合、もしくはそれに代わる晩餐会も彼を勇気づけた。

そこで、彼の心に忠実な気難しい魔法使いの弟子がようやく眠りに就く頃、ボリスは再び書き始める。この数年間、いつも、無報酬だ。クノーですら悩んでいる——『数学』は危うく没になるところだったのだ。有名な監督たちの助監督としてプロの世界に組み込まれているピエール・カストですらそうだ。別の短編映画『チャンスは逃さない』は配給会社が見つからなかったのだ。すべての映画は権利として平等ではなかった。後年ピエール・カストは、一九五〇年代を通じてぼくは「クノー＝ヴイアン風ユーモア」に入れ込んだことを非難されたと述懐するだろう。

＊1　『コンステラション』誌、No.49、一九五二年五月号、クロード・ヴァルニエのペンネーム。
＊2　ボリス・ヴィアン財団資料。
＊3　ノエル・アルノーを中心に懸命に資料を探したが、「トロワ＝ボーデ」版が見つかっただけだった。『映画大虐殺《シネマサークル》』のタイトルで『軽演劇《プチ・スペクタクル》』（クリスチャン・ブルゴワ社、一九七七年）に再録。
＊4　クロード・ロワ『我々』、前掲書。
＊5　『マガジーヌ・リテレール』誌、一九八二年三月号。
＊6　『マガジーヌ・リテレール』誌、No.31。ピエール・ボワロン『ピエール・カスト』（レルミニエ社、一九八五年）に再録。
＊7　「新しい文学——サイエンス＝フィクション」。ボリス・ヴィアンとステファン・スプリエル、本名ミシェル・ピロタンが『タン・モデルヌ』誌No.72、一九五一年十月号に書いた論文。ボリス・ヴィアン『シネマ／サイエンス＝フィクション』（クリスチャン・ブルゴワ社、一九七八年）に再録。
＊8　最初の作品は『Ã の世界』のタイトルで一九五三年に「幻想的な光」叢書の一冊として刊行された。続いて、この作品はコージブスキーの略号に従って二つのタイトルが可能な『Non-A の世界』として出版された。シリーズの二作目は、先ず『Ã の冒険』のタイトルで書店に出たが、A・E・ヴァン・ヴォークトの好む『Non-A の傀儡』に書名を変えて再発行された。
＊9　『タン・モデルヌ』誌、No.72、一九五一年。
＊10　ピエール・ボワロン『ピエール・カスト』、前掲書。
＊11　一九四九年のカンヌ国際アマチュア映画際のプログラムに載った文章。『シネマ／サイエンス＝フィクション』に再録。

15 好い日・悪い日

ポンシュのプリンス

サン＝トロペは彼の真の領土だった。恐らく、彼の避難所だったのだ。彼の身近にいた者たちは皆彼の変化に驚く――ボリスはそこへ来るとすっかりくつろいでいるように見えたからだ。このコート・ダジュールの小港は、担当の心臓病医モンターニュ博士からは行かない方がいいと止められていた。暑すぎるからだ。日光浴はよくない。特に息を止めて泳ぐこと。ボリスはタヒチ海岸で何時間も過ごした。長い時間潜水した。驚いた皆に、ユルシュラはきっぱり答える。「放っておきましょう。少なくとも、彼は幸せなんですから」。彼が一九五二年の夏、若々しい活気を取り戻していることは間違いなかった。魅力的で、世話好きで、パリ以上に打ち解けていた。自分でも書いているが、彼は「恐ろしく社交的」だった。路上で彼は信じられないくらい多くの人と挨拶を交わし、立ち止まって話をし、店にも入った。流行の村が騒がしい夜の後で休息する明け方、彼はサン＝トロペの守護天使だった。早起きの彼は、一人で散歩をするのだ。「カフェ・デ・ザール」がまだ閉まっているリース広場まで歩き、次いで港に行き、漁船の出港を見送る。毎朝彼は儀式のように「カフェ・ド・ラ・ポンシュ」のバルビエ親父を起こし、目玉焼きを作ってくれるよう頼んだ。

彼はまるで地元の人間みたいだった。歩き方がひょろひょろと不格好で、少し間抜けな漁師の息子、または、ほとんど村の夢想家。それほど彼は風景に溶け込み、松林の香り、海や空の紺碧に微笑みかけているような印象を与えた。「大気はまことにすがすがしく、木の葉の匂いが混じっていた。皆食べたい時に食べ、のんびりと働き、階段工事をしている様子だった」[*1]。この詩は他の十篇ほどの詩とともに、仕事に命をすり減らしている人間には近づくことのできない、自然な至福の境地を描いている――バカンス中、ボリスは少なくともそこに近づく入口を見つけたかのように行動した。サン＝トロペは、彼にとって黄色だった。『日々の泡』冒頭の太陽の色、娘たちのスカートの色だ。彼はいつも同じ一枚のTシャツを着ていた。または、日曜大工のための、ミリタリー調の作業着。ボリスはヤマネのように眠るユルシュラを羨んでいたが、彼が複数階の小さな家に戻って執筆にとりかかる頃、彼女はまだ眠っていた。

慎ましいセカンドハウスは、たえず工事中だった。ボリスがそこを気まぐれな改造の作業場にしたからだ。彼は座って浴びられるようにベンチ付きのシャワーを作った。二人は米軍の野営簡易ベッドで眠った。二階にはミシェル事件以来、封印された部屋がある。浴室には、別の歴史［ミシェル］を物語る香水瓶が忘れられ、放置されていた。何年間も、その処分を思いついた者はいなかった。ようやく家中の者が起きだしてくる。ボリスにはファミリーがあった。ユルシュラ、マドレーヌ&クロード・レオン夫妻、そして、いつも誰かしら短期滞在中の友人がいた。タヒチ海岸の外れのモレア浜への出発。そこには見渡す限りの広い空間にトーテムが一基、このパラダイスを訪れる人を歓迎して立っているのだった。マルセル・ドグリアムが彼らに合流し、ピエール・カストや若い娘たちも時々加わった。これでファミリー全員集合である。ボリスは天頂の太陽を浴びて読書するために仲間を離れ、または波打ち際を長時間歩く。彼らはピクニックに出かけ、昼寝をし、ミモドラム［台詞のない劇］を演じたりした。彼よりも前に彼の父がそうしたように、ボリスはヌーディズムを勧めた。サン＝トロペへ戻ると――時折ヒッチハイクで戻ったのだが――遅れている書き物を書きなぐるために、ボリスは皆と別れた。ボリスは締め切りぎりぎりに仕事を片付けるタイプの作家だ。全体プランがないわけではない。「決して投げやりなんかではないのです」と『ジャズ・ホット』誌の編集長は言う。「プレッシャーがないと書けないのです」[*2]。

ドディ［クロード・レオン］とボリスは最初のアペリティフを飲むために、再び外出する。論理や一般意味論についての真面目な議論。夕闇が迫る頃、サン＝トロペは徐々に別の顔を見せ始める。昔のサン＝ジェルマン＝デ＝プレ族がまだ街に溢れていた。グレコに会ったし、デルニッツともすれ違った。ピエール・ブラッスールは近くの丘から下りてくる。裕福な友人のヨットの上で議論をするモーリス・メルロー＝ポンティとボリスが写真に撮られる。多くの億万長者と多くの一文無しのダンディたち。シャディスム［二二七ページ参照］の束の間の女王ヴィッキー・ララ。多くのサン＝ジェルマンの元新米女優や役のつかない若い女優たちが、国道七号線沿いでプロデューサーたちを漁る。ミシェル・モルガンが、オーマル街三番地の小さな台所で、ある日ユルシュラに言うだろう――「あなたって、とても素敵な眼をしているのね」。一言で言うと、「セネキエ」のテラスは既にとても混み合っていて、リース広場では最高の金持ちたちがペタンク試合に興じていた。数ヶ月前だったら、まだポール・エリュアールもいた。だが、この五十二歳のピカソの友人は、彼の『途絶えざる詩』を遺作に旅立つ運命だ［一九五二年十一月十八日没］。ボリス同様サン＝トロペに生活の場を持っているダニエル・ジェランは、パリの左岸でよく会っていたボリスのことを一段とよく知る経験をする。「ポンシュでは」とこの俳優は書いている。「彼はとても幸せそうだった。あそこは当時、彼の好みを申し分なく満足させる場所だったからだ。我々の間に広がっていた優しい自由さ、ユーモアへの愛、恋愛への愛。彼はそれを全身で〈呼吸〉していた[*3]」。

　実を言うと、この年はジェランにとってもボリスにとっても、一つの時代と決別する象徴的な年でもあった。彼らは映画を撮ったのだ。シュールレアリスムとサン＝ジェルマンの間、今となっては非常に近いブリジット・バルドーと『悲しみよこんにちは』の間に位置する、サン＝トロペに関する心優しいドキュメンタリーだ。このフィクション＝ドキュメンタリーを思いついたのは、若い監督のポール・パヴィオだ。ボリスが毎日シナリオとナレーションを書き、ダニエル・ジェランが読んだ。アラン・レネがモンタージュを約束し、アンドレ・オデールが音楽を引き受ける。エレノア・ハートとミシェル・ピコリが主役を分け合った。しかし、映画にはナレーターが観光名所として紹介する場所［サン＝トロペ］の常連もまた登場する。例えば、グレコとデルニッツ。彼らがキスをしているところをドン・バイアスが写真に撮る。ボリスのナレーション――「グレコとデルニッツはバカンスを利用してまったく新しい、通好みのエロティシズムの実践を完成させようとしています。この新しいテクニックの名称――『癩者への接吻』はフランソワ・モーリアックからの借り物です」。

　マドレーヌ・レオン、ユルシュラ、ピエール・ブラッスール、クリスチャン・ベラール、オデット・ジョワイユーなどが次々に登場する。「そして、皆が回る、輪になって回る……これぞまさにバカンス」とジェランのナレーション。このだらだら撮影は一九五二年七月十三日に始まり、数日間で終了した。パテ社のニュース映画のような、パリジャン向けサン＝トロペ物語。資金はないが、有名人たちの友情出演によって完成したこの短編映画は、非常にサン＝トロペ的なスターを世に送り出す――ブラジエである。この車はこの夏以降港において、サン＝ジェルマンのイヴ・コルバシエールのルノー［一四一ページ参照］と同じくらい人気者になった。ユルシュラとボリスは勇ましい魚雷型《トルペ》無蓋自《ド》動車を駆って、時速五十キロで走った。ボリスはその活躍ぶりの詳細を手帳に記録さえしている。「七月一日。十一時、外出。十四時、サンスの後ヨンヌ川で水浴。二十三時、シャロン＝シュール＝ソーヌ泊り。五時四十五分、出発。十一時、唯一の故障。マフラーだ。半時間。十二時〜十三時ローヌ川水浴。十五時三十分、再び出発。二十二時、オルゴン着（ブッシュ＝デュ＝ローヌ県）」。以後数年間、ブラジエはいつも旅をした。あるいはほとんどいつも。ボリスと彼のレーシングカーは切っても切れない関係になった。そして、太陽街道［パリと南仏を結ぶ高速道路］で幌の具合が悪くて何時間も雨に濡れた時も、何人かの彼の知り合いの美女たち、エレノア・ハートまたは隣人のオルガたちにとっては、名誉の勲章となるだろう」。

サン＝トロペの他のグループ同様、ボリスにもボリス組があった。それほどスノッブなグループではない。パリジャンとイカール一家やポンシュ通りの画廊主マンジャ・ワンのような地元名士とのグループだ。彼の側はドッディ、ドグリアム、カスト、ロジエール侯爵、そして、レーモン・オーボワノーやヴィルジニー・ヴィトリーなどの数少ない昔のサン＝ジェルマン族。サン＝トロペの人種は皆そうだが、何人かの億万長者。こうした金持ち避暑客の中で最も友好的だったのは、農業機材メーカーの奥方、マコーミック夫人だ。彼らは砦に面した小さなナイトクラブ「パルミール」でパーティを開いた。「リース」にはあまり行かなかった。そこの客はブルジョワ過ぎた。彼らは多くの画家たちに出会う。

この一九五二年は、そして、それが最後だったのだが、ボリスはまた「エスカル」でピアノを弾いているジャック・ディエヴァルと長い時間を過ごしている。「クラブ・サン＝ジェルマン」では、律儀なドン・バイアスが客を魅了し、時折彼のためにトランペットを見つけて来た。最後のソロだ。ボリスはもう「ああ！　もしも、一フラン五十持っていたら」を吹き続けるだけの息がなかった。何かが壊れていた。彼の中で、そしてまた、店の雰囲気も。ドン・バイアスは、彼のサックスが奏でる愛の告白について話を交わす客の前で、ボリスのためだけに吹いているように見えた。ムルージも歌った。が、彼はもう戻ってこないだろう。サン＝トロペは、ロマンチックなヒーローたちほどセンチメンタルではなかった。ボリスやドン・バイアスの去った「クラブ」は、あっという間に「トロピカーナ」へと店名を変えた。

時折、彼の心臓が暴れ出した。数日間、薬がまったく効かなかった。そのため、彼は一睡もできない。サン＝トロペが健康によくないのは事実だ。ある時、医者は既に彼に告げていた。「十年間、一切の仕事をお止めなさい。そうすれば、平穏な毎日が送れますから」。ボリスは激怒した。彼は背中を丸めて、車椅子で人生を終わることなど望んではいない。引退はありえない！　生の限界まで生きること。しかも、全力疾走で。そして、とりわけ、何の問題もなしに！　友人たちから慰めの言葉など掛けられたくない。「彼の顔は彼が生きている悲劇をそのまま映し出していました」とエレノア・ハートは言う。「でも、それを彼に言うことはできなかったのです。私たちは共犯者として、その不幸を否定する彼に同調するほかなかったのです」。

ぼくはぼくの細身の剣《ラピエール》が痛い
でも、決してそれを言わない
ぼくはぼくのほぞ穴用鑿《ベダーヌ》が痛い
でも、決してそれを言わない[*4]

この時期、一九五一年、一九五二年、一九五三年、クリシー大通りやサン＝トロペで書かれた多くの詩が、ボリスは悟られることを拒んでいるが、彼の不安を表している。例えば、この詩――

人生は一本の歯のようなものだ
最初は何も考えない
満足して噛んでいる
それから、急に悪くなる
そいつは痛い、そいつに執着する
そいつを治療する、気にかかる
だが、完全に治そうとすれば
そいつを抜くしかない、人生を[*5]

他にもたくさんある。既に身近な、死のイメージを伴って。死を飼いならす正しいやり方だ。三十二歳にして、最初の無念さ。なぜなら、多くのことをやり残しているからだ――

ぼくはくたばりたくない
知るまでは
夢を見ないで眠る
メキシコの黒い犬を
尻丸出しの猿たちを
熱帯をむさぼる彼らを
（中略）
ぼくはくたばりたくない
そうなんです貴方、そうなんです貴女
試して見るまでは

ぼくを苦しめる味を
最も強烈な味を
ぼくはくたばりたくない
味わってみるまでは
死の味を……*6

シテ＝ヴェロン六番地の二

ユルシュラとボリスはボヘミアン生活に別れを告げた。引っ越したのだ。豪華なところに移ったわけではない。二人の新しいアパルトマンは五メートル四方だった。塗装も暖房もすべて改修が必要だ。彼らが住むことになる画家のアトリエは間仕切りで二つに分けられていた。もう一方の間借り人はクノー夫人も占ってもらったことのあるトランプ占い女だったが、なかなか出て行かない。業者に頼んで彼女の家具を運ばせたのはユルシュラである。もちろん、トランプ占い女はこの奇妙な箱のマジックのような家の一番いい部分を占領していた——彼女の部屋はムーラン・ルージュのテラスに面していたのである。ムーラン・ルージュの屋根にも面している。ブランシュ広場に面したシテ＝ヴェロン六番地の二に住むということは、かの有名なダンシング＝キャバレー［ムーラン・ルージュ］の上階で暮すことを意味した。坂道のルピック街と大通りの間には、路地と小さな家と劇場の付属物からなる非常に不思議な迷路が隠されていた。シテ＝ヴェロン——パリの片隅に残された詩情。ジャン・ジュネはそこへ同性愛の相手を探しに行った。戦時中は、地区の対独協力者とレジスタンスのメンバーが代わる代わるこの迷路を利用した。庭の脇にナイトクラブがある。そして、風車の羽の裏側、広大な平たい屋上には、三棟の平屋の離れが劇場のドームと換気口を取り巻いて建っている。

ユルシュラとヴィアンの家には、石畳の袋小路から入った。五階まで上ると、ムーラン・ルージュの屋上へ出る。小さな家は哀れな状態だった。「ですけど、その前は四メートル四方の部屋に住んでいたので、私には天国のように思えました」とユルシュラ・ヴィアンは言う。もちろん、この新しい巣を見つけ、引っ越しを実現させたのはユルシュラである。「ボリスは大きな子供でした。夢想家の。日常生活は苦手だったのです。彼は絶えず夢想から現実に引き戻されていました」。ボリスもボリス流の確認をする。「ぼくが望むと、物事はいつの間にか実現している。ぼくがあまりにも愚図なので、間拍子に合わないのだ」と彼は『私記』の中で告白している。彼に任せておくと——彼の快適な生活への憧れにもかかわらず——クリシー大通り八番地はなお長期にわたって彼の避難場所となっていたことは間違いない。不動金縛り。パリの中でさえ、彼は動こうとしなかった。だから、ユルシュラがやるしかなかった。彼は動かすことのできない部屋の舞台装置と睨めっこしながら、苛立ち、気が変になっていた。その経験を利用して『コンステラション』誌に静かな怒りと事物の抵抗とを描く。日常生活を物語る時の伴侶であるオディールが、ある日彼に告げる。「ねえ、もっと大きいアパルトマンを探さなきゃ」。彼のリアクション――「その一言に押されて私は肘掛け椅子にどっかり座りこんだ。彼女の愚痴がまた始まった！」[*7]。

だから、彼は彼女と共に行動するというよりも、彼女に従うのだ。運搬によるボリスの疲労を避けるために、ドグリアムやコロンブの友人たちは階段を上る力仕事に手を貸した。彼がエレベーターの便利さを知るのはまだ後のことだ。一九五三年初頭、二人は家にいた。日曜大工のお手並みを見せる対象が見つかるのを待っているかのように、ボリスは疑惑の眼差しで室内を見回す。すべてに改造の余地があった。本格的なボイラーを取り付ける場合のことを考えて、フランス電力の社員やスチーム暖房業者との協議！　なぜなら、既存の設備でいつまでも我慢するわけにいかないからだ！　彼は不平を言う。ユルシュラはそれを無視する。彼女は二人のために提案する。彼女は彼の怒りや一時的な泣きごとの不真面目さには慣れっこなのだ。それは長く続かない。彼は一時間後には、また陽気になるのである。家事で未知のものに出会った時の彼流の適応法。不満への適応法。「ぼくは抑圧されているような気がする」と彼は『私記』の中で打ち明けている。「だが、そんな考えを持つのはよくない。迫害なんて正気の沙汰じゃない。ぼくは満足すべきだし、満足しているし、ユルシュラがいる。二人でいることの幸せ。ぼくたちの精神状態は良好で、過度の遠慮もない。ただ男《ボンノム》と女《ボンヌファム》の根本的な違いはどうしようもない」。

彼は警戒している。この引っ越しは感情面での契約が必要だった。ところが、女は敵対的な存在のままだ。自由で、決然として、才能豊かで、女嫌いの友人たちからも羨ましがられるほど足手まといにならないウルソン［子熊。ユルシュラ］ですらそうだ。十分の遅刻や、男に関する冗談が原因でけんかやふくれっ面があった後、自分を滑稽に思った彼が「老人相手ではどうしようもないね？」と彼女に訊くと、彼女は吹き出す。彼女は、財産や健康のことを考えてあなたを選んだわけじゃないわ、と彼を安心させる。そこで彼も笑い出す。彼は彼女のために大工事に取りかかるだろう。詳細に厳密なプランを描いた後で、ランドメール時代のように、材木を使って手作りで。床と天井の間の空間を有効利用するための二段ベッド。それぞれのベッドに、枕頭の本箱、文箱のふたを閉めるための滑車とケーブルをつけた。寝たままで仕事をする――最高だ。クリシー大通りの旧居で、彼はベッドの上段から転落した。だから、ユルシュラは有無を言わさず、自分が上段を選ぶ。この画家のアトリエのために、また少しでもトランプ占い女が将来の他の場所を予言してくれればその時のためにも、彼は気の利いたアイデアをいくつも持っていた。しかし、それは遊びと同じだ。緊急の課題としては、ピアノが必要だった。ウルソンはピアノ好きだからだ。他方、壁紙をはがす作業は相変わらず遅れていた。ボリスにとって、シテ＝ヴェロンの改修はレジャーの一種。ユルシュラにとって、それは生活に不可欠な作業である。彼女はそれ以上のことは望まない。彼女は彼の創意に富んだ木工のための板を五階まで自分で運んだ。

　ボリスは、偶発的な家事の不満や、執行官の手紙や、溢れんばかりの原稿が乗った棚とは関係のない屋外で、とりわけ彼のウルソン[子熊。ユルシュラ]を高く評価している。ルピック街を上ったところにある行きつけのレストラン「ポンポネット」でのウルソン。ブラジエに乗って「傷ついた子象が親を呼ぶ時のような音を出す」ラッパを鳴らすウルソン。三人で外出した時に、マルセル・ドグリアムと腕を組むウルソン。シテ＝ヴェロンのアトリエには、最良の日々が訪れようとしていた。パリの街中で二人はこの上なくお洒落で幸せだった。返済を迫られた負債を忘れさせる良質ウールのコート、形よく裁断されたジャケット、物質的な不安定さを追い払う素敵な洋服。外ではしばしば彼らカップルの格好良さが噂になった。「ワッケール・スタジオ」の女性ダンサー仲間たちは、幸せの歓びが眼に溢れている背の高い、青白い顔のこの男について、称賛の言葉を惜しまなかった。一九五三年末、ウルソンがボリス・ヴィアンと結婚するつもりだと告げると、バレリーナたちは大喜びをした。

　この同じニュースがアパルトマンの空気を暗くした。長い間ボリスは結婚の話を好まなかった。彼は周囲の人間に結婚話が進むことへの不満を漏らしている。打ち明け話をするたびに、彼は親友によってさえ理解されない、残念な気持を抱えて帰って行く。どうして彼はユルシュラと結婚しないのだろう？　彼に好意を抱くこのダンサーは、何年も前から彼にとって最も好ましい天の贈り物ではないか。彼はチューリッヒの元バレエ教師に感謝すべきなのだ。フランス・ロッシュは彼を非難する。クノーですら敢えて意見をする。ボリスは渋々受け入れる――「ウルス[雌熊。ユルシュラ]、言っとくけどね、君はうまくやった！　でも、その話はもう聞きたくない！　君ひとりで事を運んでくれたまえ」。もちろん、了解だ。ユルシュラは将来への約束なしでも、こういう暮らしを続けて行くことはできただろう。彼女は明日死ぬかもしれないことを、たとえ冗談にしろ月に十回も断言する男に、自分の運命を委ねたのではなかったか？　若い娘がボリスとの結婚を望んだとすれば、それはひとえに母親からの重圧に抗しきれなかったからだ。父親のアーノルドの方はボリスの気持ちを理解できないことはなかった。彼はボリスの本を何冊か読んでいたし、彼の作品と知性を高く買っていた。

二人の男はお互いに尊敬し合っていた。ボリスと母親キュブレール夫人との関係はそういうわけにいかなかった。彼の「家族」憎悪は明らかに女たちから来ている。

　ボリスが譲歩したため、問題の「家族」は大っぴらに喜びを表すことができるようになった。新郎は有名な作家なので、ちゃんとした結婚式をしてほしいとアーノルドが願い出て、事態を悪化させた。「妻と私は」と一九五三年十一月二十五日、彼は二人に手紙を送る。「新たな民事身分を発表できるようになりましたことを、スイス人的、市民的、編集者的、広告業的……感情とともに幸福に思います。クリスマスのために、またサンタクロースを悦ばせるために、（中略）具体的な準備に取りかからなければならないでしょう」*8。例えば、挙式案内の準備。アーノルドは案内状の文面を示唆する――「個性派ダンサーの」ユルシュラ・キュブレールと「エンジニア＝詩人の」ボリス・ヴィアン。反抗者ボリスとの話し合い。ようやく彼は文章を控えめにした挙式案内状に、ブラジエの写真の転載を認める。

　ユルシュラは何事か支障が生じることを予感する。チューリッヒのクリスマスに招待されたボリスは、不愉快な顔を改めなかった。一九五四年二月八日結婚式当日、彼は「神の御心の《ア・ラ・グラース・》ままに《ド・ディユー》」［運を天に任せて］と言う名のレストランで簡単な昼食会を催した。そこには、それでもボカノウスキー、画家ベティ・ブトウール、ディック・エルドリッジとユルシュラの両親が招かれていた。十六時、十八区の区役所で世俗的な結婚式が始まると、ボリスは怒りっぽくなった。「彼は顔を上げないでウイと答えました」とユルシュラ・ヴィアンは説明する。「彼は意固地になっていました。彼は二週間も私に口をききませんでした」。新郎は翌日シテ＝ヴェロンのテラスで友人たちを呼んで開いたパーティの時になって、ようやく少し明るさを取り戻す。悪臭を放つ重油ストーブの上で、ボリスはグッフェのレシピから選んだ牛肉の蒸し煮と手作りのアップルパイを用意し、百名近い客をもてなした。拍手喝采の中、彼は「熊《ウルス》と野牛《ビゾン》のダンス」［ウルスはユルシュラ、ビゾンはボリス］のためユルシュラを抱きしめる。ボリスの意に反して、披露宴は大盛況だった。辞去する人たちは、階段でジャック・プレヴェールとすれ違った。彼はアトリエ・ヴィアンから十メートルしか離れていない、ムーラン・ルージュの別の屋上小家屋に引っ越して来ていたのだ。

　プレヴェールとボリスは旧知の間柄だ。詩人はサン＝ジェルマン＝デ＝プレの穴倉酒場の冒険をあまり買っていなかったが、二人は互いに尊敬し合っていた。二人の関係を示す詩は少なく、共同企画に至っては皆無なので、近所付き合いによる友人と言えよう。ボリスはジャズのレコードを大音響で聴く習慣があり、時々にこやかに苦情が来た。向かい合ったドアからドアへ奥方同士は挨拶を交わし、男同士は友情に満ちた悪態をついた。シテ＝ヴェロンではいつも塩やバターが不足し、四人は全員率直なしゃべり方をしたからである。両家とも借家人の連帯感と水漏れの不安を共有していた。二人の名うての内気人間の間には、隣人同士が過度に馴れ馴れしくならないように、互いに気を利かして守るべき暗黙の了解があった。プレヴェールは意気消沈の日々を過ごしていた。事故［シャン＝ゼリゼのビルの窓から転落。二三六ページ参照］とその後の長い療養生活の後、医者からアルコールを禁止されていたのだ。そのため彼は鬱々としていた。尤もジャニーヌ&ジャック・プレヴェール夫妻はアンティーヴにいることが多く、実際に友だち付き合いをしたと言えるのは、彼らの娘とパトリック［ボリスの長男］だったのだが。

良いニュースも悪いニュースもボリスからもたらされた。ユルシュラは出演料を稼ぐためにほとんど休みなく踊っていた。負債や生真面目な収税官――手帳には彼らの名前までメモされているが――のことを抜きにしても、シテ＝ヴェロンの楽天的な空気を定期的に危機に陥れるのは彼だった。毎週もしくはほぼ毎週、彼はばかげた期待をする。稼ぎに追われるウルスに対して情けなくなり、また気詰まりになって、ボリスは差し迫った請求書が近々、たぶん数日中にもアミオ＝デュモン社によって清算されると信じようとする。もしくは信じ込んでしまう。一九五二年にジャズ評論集の刊行を申し込んできた出版社だ。あるいは、買い手がつくはずの戯曲『青白きシリーズ』の金を当てにする。あるいは、ガリマール社が払ってくれると思いこむ。ガストン・ガリマールは依頼した翻訳がまだ一行も届いていないことを理由に、一九五〇年に契約したネルソン・アルグレン『黄金の腕』翻訳の前金支払いを、正当な理由もなく拒否していた。結局、アミオ＝デュモン社は途中で方針を変え、ボリスの戯曲は無視され、ガリマールは彼の人間性を熟知しているため、月末になっても一向に入金の目処は立たず、二人のうちより落ち込んでいない方がドグリアムやロジエールに無心をすることになる。ボリス宅では金の計算をしてもあまり意味がない。手帳は勘定で真っ黒だ。数字欄に書かれた落書きは、彼の困惑を映している。だから、ユルシュラは無関心を装った。だが、彼は思案顔で彼女を見ていた。彼らにもそのうちいいことがあるだろう。時間はたっぷりある。

この数ヶ月、大体は代わり映えしない毎日だったが、時には予想外の出来事もあった。例えば、ノルマンディ演劇祭の総監督ジョー・トレアールから一九五三年のため『円卓物語』を底本に夏用バレエ台本を書いてほしいという依頼が来た。税務署にとっては思いがけない幸運。ユルシュラにとっては、素敵な思い出。ボリスにとっては、舞台芸術の真の成功を喜ぶ控えめな笑顔。『雪の騎士』は、いずれ作品に仕上げるため整理して棚に置いてある資料の中には、入っていなかった。いわんや支払いが遅れている請求書の決済予定にもなかった。それはバビロン座でボリスの『令嬢ジュリー』の脚色を見たジョー・トレアールが個人的に気に入って行った、友情や恩義といった曖昧さを含まない、正面きった真っ当な依頼だった。カーン［ノルマンディの町］の議会が決議し、行動的な市長のイヴ・ギユーの承認した、契約に基づく本物の企画である。一九五〇年以来、トレアールが責任者を務める市立美術館は、毎夏中世の聖史劇または郷土の伝説に基づく演劇の巡回公演を実施してきた。一九五三年、文化的地方分権の先駆けであるこの劇団は、レパートリーをザクセン地方［ドイツ中部エルベ河の中流・下流地方］全域に広げる決定を下していたのだ。

ジョルジュ・ドルリュが、このカーンの城壁上の舞台で演じられる野心的なスペクタクルの音楽を引き受け、ボリスはきらびやかな舞台装置の中で、豪華に着飾った十名あまりの役者、エキストラが繰り広げるドラマのセリフと歌を任せられた。生まれて初めて二人のクリエーターは、夢のように潤沢な資金を思う存分使うことができた。一九五三年八月、コー地方の都市カーンは、パリの批評家たちも見に来るという噂の抒情的野外劇を、心行くまで鑑賞することになる。カーンへの初訪問でボリスは市長とたちまち意気投合した。市長はブラジエを見て目を丸くして立ち止まり、ちょっとハンドルを握らせてほしいと願い出た。バビロン座でのリハーサルが終わると、皆でノルマンディへ出発する。ユルシュラ、ボリス、ジャック・ルマルシャン。なぜルマルシャンがいるかというと、彼の妻のシルヴィア・モンフォールがスペクタクルの主役の一人だったからだ。ジャン・セルヴェ、マルチーヌ・サルセー、ユルシュラの仲間のダンサーたち。ティエリ・モニエも。なぜなら、ジョー・トレアールは交互に上演するために彼のラジオドラマ『海底都市』も用意していたから。ボリスのためにジャーナリストに復帰したイヴ・ジボー。『雪の騎士』は七回しか上演されなかったが、それは熱狂的な観客と批評家の前で演じられたのだ。このオペラは少し圧縮してナンシーで、多分パリのオペラ＝コミックでも上演されるはずだ。ユルシュラと一緒にパリへ帰る道すがら、ボリスはこれまで経験したことのないような長く深い高揚感にひたっていた。

そう、朗報はあったのだ。彼がもう関わりたくないと思う朗報すらも。ボリスは『墓に唾をかけろ』の件で訴追されることはもうなかった。控訴院で最終有罪判決が下ったが、一九五三年八月六日の大赦法で罪を免じられた。道徳的には法律違反だが、大統領選挙のお陰で許されたのだ。ボリスは笑うべきか泣くべきか分からなかった。彼は友人たちと一緒に大統領の健康を祝して乾杯した。しかし、奇妙なことに、一九四六年まで遡るこの本の悪霊は、依然として屈伏することを拒んでいるように見える。ヴァーノン・サリヴァンは諦めの良い勝負師ではなかった。ボリスは明らかに軽率だった。何が彼にそうさせたのだろう？　一九四八年、あるジャーナリストから戯曲の後は小説を映画化する考えがあるか、と訊かれた彼は、「縁起でもないことを言わないでくれ」と答えている。ところが、最終判決が出て二ヶ月もしないうちに、映画監督のジャック・ドパーニュが映画への脚色を依頼しに来たのだ。小説を大幅に改変したプランだった。人種差別ゆえに結ばれない白人女性と黒人男性の不可能な愛の物語――たぶんそれがボリスの気持ちを動かしたのだろう。

ジャック・ドパーニュが小説を一読した時から抱いていた賞賛の念、ドパーニュのシノプシスに対する強い関心にもかかわらず、ボリスは最初肩をすくめた。しかし、ダメとは言わなかった。単なる疑いのポーズだった。実を言うと、彼自身もこのタイトルが同時代人に及ぼす絶大な力に魅了されていたのだ。彼は多くの歳月の後も、ボリスは、この小説に対する人々の敵意が、一九四〇年代に彼の不遜さを育てたのだ、ということを認めないわけにいかない。ジャーナリズムとの戦いが彼には懐かしかったのか？　彼の人生で彼を痛め付けると同時に希望も与えてくれた時代に対して、ある種のノスタルジーを覚えていたのか？　彼はシナリオライターを追い返さなかった。彼は熟慮した。同じタイトルを使うことはできない。それはあまりにも危険だし、呪われている。だが、テーマは？　テーマはより興味深いものになっているか？　もっと辛らつなものに？　そして、セックスとは無縁なものに？　積年ボリスは自分が着手するすべての領域に社会的な怒りを込めてきた。黒人の屈辱、幻滅のアメリカ、愚行、殺戮と暴力……テーマはそこにある。昔と今、昨日のアンダーソンと今日のアンダーソン！　それに、ボリスは映画のために書きたくてうずうずしていた。ジャック・ドパーニュの提案はシナリオを書く絶好のチャンスだ。それに、借金の請求書――別のものや同じもの――も待っていた……。

一九五四年初頭、依頼者のシノプシスに基づき、彼はジャック・ドパーニュと仕事を開始した。彼らのシナリオは戦闘的でロマンチックだった。タイトルは『ジョー・グラントの受難』となるはずである。ジャック・ドパーニュはプロデューサーたちに読んでもらう。ずいぶん速く――異常な速さでとボリスは思っただろうが――パテ＝シネマ新社がシナリオ買い取りを承諾した。契約書には、映画製作時にクレジットタイトルに名前を載せるかどうかについて、ボリスに照会をするという一項が書き込まれた。映画の題名は、映画界ではよくあることだが、「仮タイトル」と明記された。その後に、作者ジャック・ドパーニュとボリスの名前が続き、次の記載があった――「原作はボリス・ヴィアンの小説『墓に唾をかけろ』[*9]」。ボリスはサインをした。

彼は幾つかの要望を出し、恐らくそれが認められたはずだ。

もう一つの朗報。ボリスは二年前からある支持者グループの激励を受けていた。人数は多くなかったが、質の高い人たちだ。一九五二年六月八日、彼はコレージュ・ド・パタフィジックのメンバーになった。フォーストロール博士〔ジャリ『フォーストロール博士言行録』の主人公〕の業績、彼の「言行録」を極秘裡に追求していたアルフレッド・ジャリの後継者たちによる議会、ともいうべきサークルである。陛下《サ・マニフィサンス》と呼ばれるサンドミール博士によって一九四八年に創設されたコレージュは、物理学《フィジック》と形而上学《メタフィジック》がこれまで等閑に付してきた領域を探求するという、極めて真摯な使命を掲げている。「少し分かりやすく要約すると」とボリスはラジオ放送で説明した。「パタフィジックとメタフィジックの関係は、メタフィジックとフィジックの関係であると言えます。さらに、パタフィジックの根本原理の一つは、〈等価値〉の原理です。私たちが真面目と不真面目の区別を認めないのはそのためです。私たちにとってそれは同じものなのです。それがパタフィジックです。望むと望まざるとにかかわらず、誰もが常にパタフィジックを実践しているわけです[*10]」。他の閉鎖的なクラブ、例えばガリマール社では、パタフィジシャンは、しばしば愛すべき悪ふざけの人たちと見なされ、彼らの「想像力による解決の科学」は博学な者たちの科学的なパラドックスに寄せる尽きることのない嗜好と考えられている。ジャリ亡き後、パタフィジシャンはパタフィジックのいかなる最終的定義も受け入れなかったし、「精神的にしろ、審美的にしろ、その他の意味合いにしろ、いかなる価値も」付与しなかった。過去および現在の知見を単なる私見と見なし、それゆえ取り替え可能なものと考えた。それは実用的で、すべてがパタフィジックであり、すべての人が——本人の自覚あるなしにかかわらず——パタフィジシャンなのである……。

　ボリスが即位した時、サヴァンチュリエ・クラブよりもさらに謎めいたこのコレージュには、レーモン・クノー、ジャン・フェリー、パスカル・ピア、ジャック・プレヴェール、マックス・エルンスト、ウジェーヌ・イヨネスコが、既に在籍し、威光を高めていた。その後、ミロ、マルセル・デュシャン、ジャン・デュビュッフェ、ルネ・クレールなどシュールレアリスムと関係の深い著名人も参加。さらに、ノエル・アルノー、フランソワ・カラデックなどやがてボリス・ヴィアンの注釈者となる何人かの若き知識人たち。コレージュは子供じみた儀礼にのめり込んでいた。ユビュ親父の守護の下、会員は皆グランド・ジドゥーイユ勲章〔渦巻形の文様の入った丸いワッペン〕を付け、時代離れした称号を与えられていた。グレゴリオ暦はパタフィジック的に見て怪しいので、独自のカレンダーを用いる。年の初めは九月八日。ジャリの誕生日が一八七三年九月八日だから。そして、一八七三年がパタフィジック暦の第一年である。一年は十三ヶ月に分れ、一ヶ月は二十九日、つまり、四週間プラス一日、ユニアディ［hunyadi］という空想日が加わる。すべての金曜日は十三日だ。

　ボリスは第一級の屠殺人に命名された。パタフィジシャンたちは、戦争に関する極めてパタフィジックな戯曲『屠殺屋入門』が大のお気に入りだったからだ。彼らはこのエンジニア＝作家の参加をあまりにも望んでいたので、彼をパタフィジック首脳会議の手前の中間集団である太守《サトラップ》に任じて取り込みをはかり、『パタフィジックの手帖』誌に『将軍たちのおやつ』の掲載を企画し、ガリマール社や他の猜疑心の強い者たちから不当に無視されているこの「フォーストロール的」才人の全仕事を支援したのである。ボリスにとって、冗談とも真面目ともつかぬパタフィジシャンたちの激励は、二年前からまことに心休まる癒しとなっていた。

＊1　「もしも、詩人がもっと賢かったら」。死後出版『ぼくはくたばりたくない』（ジャン＝ジャック・ポヴェール社、一九六二年）所収。

＊2　ジャック・デュシャトー『ボリス・ヴィアン、または運命の悪戯』、前掲書。

＊3　ダニエル・ジェラン『私の二〜三の人生』（ジュリアール社、一九七七年）。

＊4　「ぼくは細身の剣が痛い」。『ぼくはくたばりたくない』、前掲書。

＊5　前掲書。

＊6　前掲書。

＊7　クロード・ヴァルニエ名の記事「ぼくはアパルトマンを見つけた、それ以来……ぼくはそこから出ない」。『コンステラシオン』誌、No.58、一九五三年二月号。『ベル・エポック』、前掲書、に再録。

＊8　ボリス・ヴィアン財団資料。

＊9　ノエル・アルノー『〈墓に唾をかけろ事件〉関係資料』、前掲書。

＊10　ノエル・アルノー『ボリス・ヴィアン――その平行的人生』、前掲書、より引用。

＊11　リュイ・ロノワール『パタフィジックの手引き』（セゲルス社、一九六九年）。

16　凍りついたフットライト

アナーキーな作詞家

　ボリスはシャンソンへと方向転換する。必要に迫られたのと好奇心に導かれて、彼流のスタイルを貫きながら。苦渋の人生の中で、彼は驚くべき実用的センスを発揮する。シャンソンは、と彼はある日友人に説明している。価値がすぐに分かる。採用されるか、されないか。すぐに決まる。小説や戯曲やオペラはだらだらと長引く。創造し、期待し、そして、無反応だ。それは店頭に並べられることさえなかった『心臓抜き』から学んだ、長い間の教訓である。シャンソンは失望までの時間を短縮できる。あるいは、少なくとも変化させることができる。無駄な期待の重苦しさを軽減することができる。迅速な決着。簡潔な芸術と商売。幾つかの押韻の後は、次の脚韻。対象と費やした時間との正等な関係、たとえそれもまた失われた時であるにしても。

　それとともに、怒りの、シャンソン。一九五三年九月、ボリスは「グラン・プリ・ド・ラ・シャンソン」の後、『芸術』誌から「論争を仕掛けてほしいという要請を受けた」。何という任務！　彼の批評は、「余りにもうろくした内容が」はびこりすぎたために「猿ぐつわをはめること」さえ不可能な「実に国粋的で、実にフランス的なラジオ放送」を攻撃する。彼は「むしろシャンソンに猿ぐつわをはめた方がましだ」[*1]と書く。彼はシャルル・トレネ、レオ・フェレ、ムルージ、ジョルジュ・ブラッサンス、フェリックス・ルクレールに自前の賞を与え、その他の歌手は抹殺する。彼は歌を作るすべての愛好者、歌に運命を託してさえいるすべての若い世代をよく理解したが、彼らを待ち構える罠、および、プロデューサーや大衆の好みの不安定さについて警告を発したのである。奇妙なことに『芸術』誌の論文のタイトルは「シャンソンの時代始まる」であった。

いずれにせよ、彼のシャンソンの時代は始まった。それは一九五四年一月初めのことだ。歌がふんだんに使われるユルシュラのバレエを数多く見たことが、彼の背中を押した。ジョルジュ・ドルリュとの出会いもある。また、旧友ジャック・ディエヴァルは長年彼の歌に曲をつけることを夢見ていた。ボリスは一九四四年以来『ジャズ・ホット』誌、ポール・ブラフォールの『コラール』誌、ジャン・シュイユーの映画、キャバレーの自分のショーのために、絶えずシャンソンを書いてきた。だが、それは主にミュージシャンたちに捧げた詩だ。業界とも既に馴染みがあった。ユルシュラを取り巻く環境、ジャズマンの友人たち、しばしば生活のために小唄作りの付き合いをさせられたし、エディ・バークレーのように音楽出版業を始めた友人もいる。「これぞビ＝バップ」は既にレイ・ヴェンチュラ・グラン・アンサンブルの往年のスター歌手アンリ・サルヴァドールによって録音されていた。B面はレオ・フェレの「サン＝ジェルマン＝デ＝プレにて」だ。この偉大な相棒はボリスを絶賛していた。しかし、こういう録音はまだ偶然の産物、サン＝ジェルマン流の遊びにすぎない。一九五一年に作詞家作曲家協会（SACEM）の資格認定試験を受けに行ったが、それでさえまだ本気ではなかった。

今回ボリスがシャンソンを始めたのは、突然の決心である。そして、本気だった。一九五四年の初めから、彼はそこに全エネルギーを傾注し、没頭する。彼はユルシュラと一緒にミュージックホールを回り、聴き、メモを取り、イヴ・ジボーをアドバイザーにする。ウルス［ユルシュラ］と彼は一緒に歌のレッスンを受ける。特に私が歌手に憧れていましたと彼女は言う。ジジ・ジャンメールは歌もうまかったからだ！ ユルシュラは美しい声の持ち主だった。カーンの『雪の騎士』公演の際、彼女はぶっつけ本番で都合の悪くなった役者の代役を演じたし、ローズ・ルージュの『最新ニュース』にも出演する予定である。ボリスの頭にあったのは専ら書くことだ。一九五四年、彼は暴徒が襲撃を仕掛けるようなシャンソンを計画していた。友人たちがどう考えようと、彼にとってこの時代はとりわけ政治の季節なのだ。夜になると、彼は紙で小さな爆弾を作った。一九五三年末から、彼のメモ帳にはその下書きが残されている。例えば——

ぼくは自由を手に入れる
世界のあらゆる不幸を代償に

ぼくは自由を手に入れる
全世界の苦悩を代償に……

一九五四年二月十五日、ボリスは作詞家作曲家協会に悲痛な反戦シャンソンの歌詞と曲を届ける。それをジャズ・ミュージシャンで作曲家のハロルド・バーグが歌いやすいメロディにした。シャンソンのタイトルは「脱走兵」である。恐らくボリスの頭の中には、ディエン＝ビエン＝フー陥落数ヶ月前の、泥沼化したインドシナ戦争があったのだろう。同時に恐らく、実際の戦争とは関係のない、アルベール・カミュ作としたパリ日刊紙の架空の「第一面」社説のタイトル「一人の若き召集兵も戦場にやるな」［三〇一ページ参照］も頭にあったことだろう。ディエン＝ビエン＝フーでの衝突は不可避に見え、少なくともプロたちだけがそこで殺し合いをすればよい状況だった！ この歌の出だしは、クラオンヌ［第一次世界大戦の激戦地］への同胞愛と世紀初めの平和主義者の歌にも似た、敗者の哀歌である。

大統領閣下
お手紙を差し上げます
多分読んでいただけるでしょう
お時間があれば
私はたった今受け取りました
召集令状を
水曜日の晩までに
戦地に発てという
大統領閣下
私は戦争をしたくありません
私は生まれて来たのではありません
哀れな人々を殺すために

この脱走兵は兄弟を失い、母は悲しみで死に、妻も自分の魂も失い、何が何だか分からない。それは戦争のせいなのだ。彼はただ逃げるだけ。そして、そのことを恭《うやうや》しく大統領に予告する。手紙の最後に唯一威嚇の文面が現れる。

もしもあなたが追っ手を差し向けるなら
憲兵たちに伝えてください
私は武器を持っていて
撃つこともできるのだと

一九五四年春トロワ＝ボーデの『映画大虐殺《シネマサークル》』再演を機会に、ボリスはジャック・カネッティの面識を得る。カネッティはミュージックホールとレコード会社を経営し、小さなホールと出版社と芝居のプロダクション「ラジオ＝プログラム」のオーナーであり、フィリップスのアートディレクターでもあった。ボリスはジャック・カネッティの協力者ドニ・ブルジョワと議論をしたり、フィリップ・クレー［歌手、俳優］の電話番号を探したりした。ジュリエット・グレコに「好きじゃない」を贈る。しかし、それは男の歌だった。四月十三日のメモ――「グレコ用に〈好きじゃない〉を書き直すこと」。「スキャンダラスな服は好きじゃない……」。四月、ムルージは「脱走兵」に興味があるらしい。だが、シャンソンに一部不都合な点がある。ボリスは手帳に記す――

誰かを殺さなければならないのなら
むしろ戦争を殺してください

この部分を次のように変える――

彼の血を捧げなければならないのなら
どうぞあなたの血を捧げてください

ムルージはさらに歌詞の最後の部分を気にする。全体ではない。ただ、人を殺したくないために戦場へ行かない人物が、いつでも殺す用意があるというのは……。ボリスは了解する。最後の部分に矛盾がある。彼らは「脱走兵」の運命について、次の合意に達する――

もしもあなたが追っ手を差し向けるなら
憲兵たちに伝えてください
私は武器を持っていない
撃つこともできるのだと

五月八日ウーヴル座で、ムルージは初めて「脱走兵」を歌った。反応はあまりなかったが、どちらかというと、良い反応だった。バカンス明けにオランピア劇場へ出演する際に、ムルージは「脱走兵」をレパートリーに入れたままにしておいた。そのことはボリスを勇気づけた。結局、一九五四年の聴衆はたぶんこの無政府主義的な詩想を受け容れたのである。四月、この元「十月組」の若者［ムルージ］に「脱走兵」の決定稿を渡す二日前に、ボリスは彼のために、と言うか、誰のためということを必ずしも限定せずに、もう一つのシャンソンを作っていた――「政治」である。発禁処分の歌を歌ったために逮捕された男の歌だ――

彼らはもう一度歌えと言った
ぼくが歌った歌のすべてを
ハエが一匹止まっていた
書記の袖の上に
誰があんたたちに与えたのだ
あんたたちの隣人を裁く権利を
あんたたちの黒い法服
あんたたちの陰鬱な顔
ぼくはあんたたちに何も言わない
言うことが何もないからだ
ぼくはぼくの好きなことだけを信じる
それはあんたたちにも分かっているはずだ

一九五四年六月三日、ボリスはルネ・ルバを訪ねた。フランシス・カルコが、大衆的人気を誇るこの歌手のバカンス明けプログラムに「控えめだが、情熱的な若い女性」と書いている人物だ。彼は彼女に「脱走兵」ほど過激ではないが、やはり辛辣で、毒のある数編の歌詞を見せる。女性の歌はほとんどなかった。レオ・フェレやフランシス・カルコの歌を歌うルネ・ルバは、十月プレイエル・ホールでのリサイタルを準備していた。彼女が新しい発想の歌を探していたのは事実だ。数週間前にジョルジュ・ブラッサンスが歌詞の包みを小脇に抱えて彼女を訪れていた。彼女はボリスのシャンソンを幾つか採用することに同意する。恐らく、絶望的な街角の歌「自殺のワルツ」も入っていたはずだ。

一人の女が自殺した
浴室で手首の動脈を切って

しかし、すべての歌詞はプロの作曲家によってメロディをつけたり、編曲をする再加工が必要だ。ルネ・ルバは彼に説明した。私は他の多くの歌手同様「ポピュラー歌手」なのです。だから、作詞家はユーモアや愛やノスタルジーをちりばめながら、視点を変えて歌を作る必要があるのですと。ボリスは了解した。彼は飲み込みが速かった。ルネ・ルバは普段ステージの伴奏を頼んでいる若い音楽家ジミー・ウォルターを紹介した。作詞家とミュージシャン。もしも、あなたたち二人の意見が一致したら、と女性歌手は約束した。ボリス・ヴィアンの歌を喜んで十月のレパートリーに加えます。

実際はバンジャマンという名のジミー・ウォルターは、そういうわけで、毎日午後になるとボリスのピアノを使って作曲するためにシテ・ヴェロン［ボリスの自宅］へやってきた。一九五四年の初めの頃の読者は皆同じ感想を持ったのだが、ジミー・ウォルターもまた、ボリスの詩にはメロディを挿入する余地がほとんどないことに気がついた。「彼の詞には単純にシャンソンの基本原則であるフレーズの反復や短いリフレインが欠けていたのです」とジミー・ウォルターは言う。ボリスは不満たらたらだった。一度紙の上に表現した言葉を修正するのは断腸の思いだ。最初の詩を提示した後で、馬鹿げた闇取引が始まる。その上彼はふだんから読み直すことが大嫌いだった。一度書かれた言葉は既に読者のものだ。書き直すことは言葉を殺すことである。何ヶ月もの間、週に何回かの割合で非常に長いミーティングを開き、ジミーは主張し、ボリスは粘った。その消耗戦が終わった頃、彼らは三十近いシャンソンを完成していた。しかも、それらは何よりも先ずボリス・ヴィアンの精神に忠実であるという美点を有していた。そこには、不遜さやある種の白けた陽気さ、たえ間のない嘲笑、着想の新しさが、彼の著作物よりももっと簡潔に、もっと熱っぽくと言ってもいいくらいに表現されていた。ルネ・ルバは「私」、「私のパリ」、「冗談抜きで」、「さらば、子供時代」、「振り向かないで」を選んだ。最後の歌は、バーで恋人が他の女と腕を組んでいる場面に遭遇し、二人を見ながら去ってゆく、傷ついた女性の、胸にしみる歌である——

振り向かないで、もうあなたたちの邪魔はしないわ
私はすぐに行くわ、あなたたちは楽しんでね
この古い曲を聴いてほしい　それはあの頃と同じ調べ
私はあなたの腕に抱かれていた
愛しい人　私はもう行くわ　こちらを振り向いて
これが最後だから

二人の同業者、作曲家と作詞家は、自分たちの収穫物をたずさえて音楽出版社を回った。彼らのシャンソンは挑発的であり、二人にはそれがよく分かっていた。会社の担当者は彼らに答えて言う。これではちょっと過激すぎます。彼らは「金庫破りの

終わりのないタンゴ」のような悪ふざけの歌も聴かせた。主に自分の独房の壁に穴を開ける不器用な押し込み強盗団の、味わい深い災難の話だ。「ぼくはスノッブ」を聴くと、会社の人たちは眉をひそめた。

ぼくはスノッブ……ぼくはスノッブ
それこそまさにぼくの愛する唯一の欠点
それには何ヶ月もの訓練が欠かせない
とてもしんどい生き方だ
ぼくの仲間は皆スノッブ、ぼくらはスノッブ、それは素敵なこと

ありがたいことに、フィリップ・クレー、シュジー・ドレール［歌手、女優］、ムルージがいた。おおざっぱに言って、この三人とルネ・ルバの四人が最初の作品群を分け合った。ジミー・ウォルターとボリスはその後もコラボレーションを続ける。だが、彼らはしばしば追い返された。当時レコードは少なく、作者たちはステージの僅かな印税を受け取るだけだった。ボリスは相変わらず新聞雑誌の穴埋め記事を続けていた。ジミー・ウォルターも歌手の伴奏を。一九五四年十一月、ミシェル・ド・レーが、カルティエ・ラタン、シャンポリオン街の小劇場で上演する予定の、アンリ＝フランソワ・レーの芝居「ボノー一味」にシャンソンを書いてほしいと頼んできた。作詞家は「悲劇の盗賊」の世界を十分に楽しむ。犯罪に身を滅ぼすアナーキストたち、美しい理念のために絞首台へ赴くか零落して死ぬ、世紀初めのナイスガイと素敵な娘たち。ジミー・ウォルターの曲あるいは自分自身の曲に乗せて、彼は多くの歌を作った。とりわけ「陽気な屠殺業者たち」――〈血を流すのだ　銃剣を突き立てろ　えぐるのだ　柄が折れるまでやれ〉や「鋲打ち靴のジャヴァ」や「ボノー哀歌」――

ボノー
やつらはあんたを騙したんだよ
向こうは千人こちらは二人
あんたと犬の二人だけ
ボノー
確かにやつらはあんたを殺した　だが、誓ってもいい
みんなは今でもあんたを怖がっているんだ

証言者は「ボノー一味」の上演回数について言葉を濁す。一

回、二回、それとも三回。いつものように、スタッフの思いとは無関係に看板が取り払われた。ボリス・ヴィアンのシャンソンを聴いた者は一人もいない。作者は憂鬱になる。彼は思い知らされる――大衆やプロデューサーは、無政府主義的な感情が嫌いなのだ。それに、彼は何ヶ月も続いた会社訪問にうんざりしていた。ある日、シテ・ヴェロンでジャック・カネッティにジプシーのような作詞家生活をこぼしていると、突然電話のベルが鳴った。それは恐縮したローラン・プティの電話で、ジジ・ジャンメールが彼の歌を歌いたがらないという内容だった。すべてのバレエ台本、すべての歌の拒否。かくして、ジャンメール＝プティのカップルは、ボリスのお役に立ちたいという申し出を事実上全否定したことになる。「ご覧の通りですよ」と彼はアート・ディレクター〔カネッティ〕に言った。「みんな口ではお世辞を言うけど、誰も本気で望んでいるわけではないのです」。ジャック・カネッティは翌日もボリスに会いに来た。彼はシャンソンを聴かせてほしいと言った。ジミー・ウォルターが何曲かを演奏した。ボリスと彼は一緒に歌い、次にボリスが一人で歌った。「解決策はただ一つ」と即席オーディションの後で、ミュージックホールの支配人は結論を下した。「あなた自身が舞台でそれらの歌を歌うことですよ」。「ボリスは私に答えました。そんなことを言っても、ぼくはジャーナリストですよ、歌手ではありません」とジャック・カネッティは回想する。

もちろん、ボリスはこのアイデアを巡って何週間も考え続けなければならなかった。時代に向かって辛辣な言葉を浴びせかけるのだったら、自らそれをやった方がいい。堂々と。一九五三年九月の『芸術』誌の論文で、彼は高らかに宣言していた。「人々はあなたの歌が気に入らなければ、拒否することができる。その通りだ。だが、あなたがその歌を歌うのを妨げることができるだろうか？」。何という運命のいたずら！　彼は壁際に追い詰められた。ユルシュラとともに。彼女は健康上の不安を承知で歌うことを認めてくれた。自分自身との決着はどうするか。彼は観客の前に立つと考えただけでも、恐怖でパンクしそうになる。あがり症なのだ。一九四八年の「パリのジャズ週間」の時のように、彼が道化師を演じる度ごとに、観客は彼のぎこちなさを笑い、彼の甲高い声を笑い、それから急に――スローモーションのように――印象的な受難の相を見せる彼の曖昧なシルエットを前にして凍りつくのである。

その通りだ。でも、その同じ彼が歌手をやりたくてうずうずしていることも事実だ。病的な羞恥心の陰で、人気者になりたいし、皆に認めてほしいのである。心理的にも、神経的にもケンカを売らねばならない時期だ。ボリスはボクシング好きだ。だが、余りにも長い間ボクシングのコメンテーターだった。ほぼ十年間批評を相手にパンチの応酬を繰り返したが、まだ十分に生の現実と渡り合った気がしない。彼のあまりにも抑圧された怒りは、今街頭での乱闘を要求する。彼の不幸は近年肉体的な闘争への意欲を増大させていた。彼は不安ながらも決然と提案を受け入れ、ユルシュラとそれを共有し、エンジニア流の理屈を推し進める――ぼくはいかなる物理的《フィジック》あるいはパタフィジック的原理によってこの非常識が発生したかを理解するために、ボリス・ヴィアンを歌おう。彼の「トロワ＝ボーデ」の初舞台は、四週間後に決まった。ユルシュラ同伴で、歌唱レッスンに復帰する。十二月四日と十一日に、劇場でのオーディション。二回目の夜、彼ほどハンサムではないが、彼と同じように不安げな若者が一人、暗がりでピアノをたたいていた。彼はボリスに席を譲るために、立ち上がる。そして、そのままそこに居残った。セルジュ・ゲンズブールは、雷に打たれたように、ボリス・ヴィアンを聴いた。

トロワ＝ボーデ、頭蓋の下の嵐

その晩、観客は誰に対しても死刑宣告をしたわけではない。それなのに、何という運命が彼を待ち受けていたことだろう。まさに拷問だった。彼は戦う前から敗北していた。朝から普通じゃなかった。だが、観客はそれを知らない。楽屋で二時間も前から打ちのめされ、医者に処方された薬をあおる。医者はとりわけ強い興奮を避けるようにアドバイスしていた。ついには、ユルシュラさえ言葉を失う。ジミー・ウォルターには明らかな自壊作用が分かっていた。ボリスはまるで音楽を聴いていないのだ。放心状態。「緊張して青ざめていた」とユルシュラ。当然、すぐに息切れがする。アナーキスト歌手ボリス・ヴィアンは、自ら手足を縛ってしまう。彼は今や死刑執行人を呼ぶしかない有様だった。

舞台の上では、露出狂の人間にしか奇跡は起きない。普通の人、内気な人は皆、舞台に上がる前から平常心を失ってしまうからだ。彼が舞台に登場するや否や、観客はどういう人物を相手にしているかを直ちに理解した。その年の、あるいはミュージックホール始まって以来の、珍事。一月だったので――一九五五年一月四日――一年がそこで止まってしまうかのようだった。ためらいがちな仕草！　すぐに正体を見破られてしまうにわか歌手。目や肩の動きですべてがばれる。ボリスは歌い、観客は笑いたいが、笑うことができない。その男は笑われることと、自分に対する惨めすぎる観念に苦しんでいるはずだ。彼は英米の牧師が着るような黒っぽい上着を着ていたので、まるで信仰を失った説教師のようだった。天から落ちて来た瀕死の人。彼はどうしてそういう事態になったのか記憶の中を探るが、答えは見つからない。内面によって「死体解剖《エカリ》」されたボリス。デビュー当時のグレコに普段のジボーを足した――彼らの最悪のパニック状態と同じだ。血の気の失せたボリスは、何の動作もせず、ただ後ろに倒れるのを防ぐかのように突っ立っている。舞台の袖にいるユルシュラやカネッティの様子を伺うため、またどの方向に逃げ出すかを見定めるため、両眼だけが動いている。

　彼は歌わず、歌詞を詩編のように詠唱する。ブレヒト的実験。エレノア・ハートはそれを「sprechgesang《シュプレッヒゲザング》（詠唱）」と命名する。ビブラートのない叙唱だ。彼は歌わず、早くけりをつけるために投げ売りをする。「脱走兵」からの脱走。明らかな居心地の悪さが客席に広がり、それが彼に向かって押し返される。彼は面目を失っていることを実感する。彼には何か得ることがあったのだろうか？　三曲のシャンソン。それによって、サリヴァンもポルノ作家もサン＝ジェルマン＝デ＝プレのプリンスもすべて仮面に過ぎないこと、観客の作り上げた観念に過ぎないことが明らかになった。彼の素顔、本当の顔は、受けたパンチの傷痕を残していることが判明する。三曲のシャンソンは彼のひ弱さを武器に変え、逆境を逆手にとって、言葉を一段と強靭にする。彼は歌詞の中に住むすべての寝取られ夫たち、戦争地獄に堕ちた者たち、人生の幻覚者たちを、彼一人で引き受けるのである。

　友人たちは初演の夜は会場に行かないようにした。トロワ＝ボーデにおける短い出演の反響は惨憺たるものだった。客席の誰もが気詰まりを覚えた。他方、セルジュ・ゲンズブールは天地がひっくり返るほどの衝撃を受けていた。「そのことでしたら、ぼくはたっぷり聴かせてもらいました」とゲンズブールは言う。「彼はものすごく〈ストレスを受け〉、危険な感じで、辛辣な言葉を吐き、幻覚を起こさせる雰囲気を持っていました……観客は唖然としていました……ですが、彼はとんでもない事や物を歌い、ぼくの一生を決定づけるほど強い印象を残したのです……ぼくは彼とステージを交代しました……結局、ぼくの考えでは……いずれにせよ、このマイナーな芸術で何か面白いことをしようと決めたのは、彼の歌を聴いたからです[*2]」。来る晩も来る晩も、彼は不安に内蔵を締めつけられながらも、前進する。彼の出番は夜更けだったが、ずいぶん早くから劇場に入り、劇場の空気に慣れ、心臓の動悸を鎮める努力をした。出演回数を重ねるにつれ、彼は自分の意志で彼流の舞台演出さえ工夫し始める。舞台では固まってしまうので、いっそ自分を代弁してくれるシャンソンを選んだ方がいい。自分が不安なので、聴衆を不安にさせる歌を。自分がぎこちないので、冷酷な皮肉っぽい歌を。逃げまくっている自分の眼には「陽気な屠殺業者たち」、ステージ上で慇懃で物憂い印象を与える自分には「ぼくはスノッブ」を。

　一度か二度、彼は無関心もしくは当惑している客席に向かって悪態をついた。一度は逃げ出したことさえある。三週間が過ぎた頃、彼はそろそろ止めるべきではないかとジャック・カネッティに申し出た。トロワ＝ボーデの支配人［カネッティ］は彼に説明する。芸人は少なくとも一年くらい続けないと、自分に才能があるかどうかわからないし、世間に認められる幸運にも出会えません。何も分からないまま止めていいんですか？　ボリスは思い止まる。それどころか、彼は一月二十八日ピエール・プレヴェールの「フォンテーヌ・デ・キャトル・セゾン」でもデビューする。二月四日、ボリスはマジェラン・スタジオで「交通法規」という奇妙なレコードのシャンソンを録音する。交通法規を分かりやすく理解させるための歌だ。彼は交通法規の各条を民謡調のメロディに乗せて暗唱し、歌う。エディ・バークレーがこの啓蒙的悪ふざけをプロデュースしたのだ。四月二十二日、二十七日、二十九日、ボリスはクリシー街の旧アポロ座に設けられたフィリップスのスタジオを訪ねる光栄に浴する。楽団は初日ジミー・ウォルターが指揮し、翌日はクロード・ボーリングが指揮した。ボリスは十曲ばかりの自分のシャンソンを録音する。その中の一曲は、アラン・ゴラゲールと組んで作ったばかりの、恐怖をベースに風刺の効いた滑稽なシャンソン「原爆のジャヴァ」だ。「アマチュアで原爆を」作り、完成の日に彼の家に駆けつけた「国家の指導者たち」を皆殺しにする「とんでもない器用人間」の話である。

皆様方、これは恐ろしい偶然です
ですが、神に誓ってもいいです
私の魂と良心にかけて
あのいかれポンチたちを滅ぼして
私は確信しています
フランスのために役立ったと
人々は困り果て
そこで彼を有罪にした
それから彼に大赦を与えた
国はいたく彼に感謝して
彼のために急がせた
記念碑の建立を*3

この年、新聞社でただ一社、あるいはほとんど一社、『カナール・アンシェネ』がボリス・ヴィアンに興味を示した。歌手としてはあまり買わなかったが、作詞家の彼に。なぜなら、取るに足りないメロディ、小さなステージだから、華やかさはどこにもなかったが、一種の反歌手によって奇妙なやり方で表現された不遜と異議申し立ての素晴らしさが、時代に深く食い込んでいたからだ。進歩の味気なさに対する断固とした、小気味よい批判（「家政術」）、大砲商人（「商売人」）、秩序の維持（「怒鳴られに来たんじゃない」）、核実験（「原子爆弾のジャヴァ」）、そして、戦争……。

「原子爆弾のジャヴァ」は一九五五年六月十三日付『カナール』紙の〈第一面〉を飾る光栄に浴した。ディエン＝ビエン＝フーが陥落し、フランスは敗北した兵士を帰還させたので、というか、むしろ北アフリカの初期の反乱鎮圧に彼らを再派遣したので、声高になることなくノンを言う、シンプルで物静かな「脱走兵」が話題に上り始める。


　震える声と自信に満ちた言葉で一晩に二回物憂そうに爆弾を投げつける、放心したアナーキストの歌を聴きに、レオ・フェレとジョルジュ・ブラッサンスがやって来た。ボリスの初めての四十五回転盤のタイトル「不可能な歌」は斬新だった。収録曲は「陽気な屠殺人」、「脱走兵」、「原子爆弾のジャヴァ」、「商売人」。次の四十五回転盤には四曲の「可能な歌」が収録されていた――「進歩の嘆き節」（別名「家政術」）、「映画《シネマトグラフ》」、「ぼくはスノッブ」、「怒鳴られに来たんじゃない」。第一作同様、どれも皮肉が効いて、哄笑がまぶされている。この二枚の「シングル盤」はまとめて一九五五年末に配給されるだろう。もしくは、一九五六年初頭かもしれない。[*4] 合わせて「可能な歌と不可能な歌」と題された三十三回転二十五センチ盤は、一九五六年二月に発売された。フィリップスの販売促進課は、宣伝を確かなものにするためにボリス・ヴィアンを「家政術見本市」に派遣する。それに合わせて「進歩の嘆き節」は「家政術」へとタイトルを変更した。一九五六年二月二十三日から三月十八日まで開催された「見本市」の間に、『芸術』誌の仲間たちは、彼の公的経歴の中では恐らく最も虚栄心をくすぐるような批評をボリスに捧げている。『芸術』誌のスタッフが彼の誠実な寄稿に恩義を感じていたのは事実である――「『陽気な屠殺業者たち』の作者の明晰で、静かだが破壊的な喜劇は、奇妙に区切られたメロディと爆発的な歌詞を持つ小節ごとに、大きな衝撃を与える。それを作者兼歌手は冷めたユーモア、超然とした態度、内にこもった声――いわば、ぼんやり空を見つめているような、喉がつかえているような声、極めて独特な調子外れの声――で歌うのである」。[*5]

　賛辞は少なかったが、どれも皆価値のある賛辞だった。とりわけ、三十三回転盤の裏に書かれたジョルジュ・ブラッサンスのボリス賛歌は、嵐のような賛辞に勝るとも劣らない価値があった。

「ボリス・ヴィアンは、シャンソンの新世界発見に身の危険も顧みず突進した単独の冒険者の一人である」。

「ボリス・ヴィアンのシャンソンがなかったら、我々は何物かを失うだろう」。

「それは芸術作品の証しである重要で時代の空気を反映する、

何かかけがえのない物を秘めている」。
「ぼくはああいう歌は嫌いだと言う声を聞いた。言いたいやつらには言わせておけばいい」。
「やがて誰かが言ったように犬は尻尾を必要とし、観客はボリス・ヴィアンのシャンソンを必要とする時が来るだろう」。

退役軍人のツアー

彼は何と打撃を与えたことだろう！　しかし、同時に、何と打撃を受けたことだろう！　トロワ＝ボーデやフォンテーヌ・デ・キャトル・セゾンでは、ボリスは暗がりの中の幾つかの視線を見続けた。一人を相手に歌っているかのような幻想を持つ――これがブラッサンスに伝授されたコツなのだ。彼の狼狽に心を動かされて、眼の表情や多少押しつけがましい気配りで彼を応援してくれる善意の客がいつもいた。何ヶ月か経つうちに、彼はホールの大きさにも慣れ、自分と客席との関係に馴染んで来ていた。だが、地方巡業では？　毎晩ホールが変わったり、温泉町のカジノで大きな広間が提供された時は？　アラン・ゴラゲールのピアノが突然遠ざかって見えたり、途方に暮れた時にステージが広すぎて客席の視線が捕まらない時は？

パリの客は、キャバレーで演じられる風変わりなパフォーマンスにもう驚かなくなっていた。ボリスのリサイタルを余り好きでない客も、彼の突飛で勇敢な鋭い感覚、冷淡な印象や意地悪い言葉の背後にある神経が露出したような感受性を受け入れた。だが、地方では？　地方は古典的なパリジャンを待っている。ホット・クラブの会員以外は、ボリスの顔など見たこともない。ポルノ作家という風評を信じ、名前から彼をロシア人だと思い込んでいる。夏巡業は一九五五年七月二十三日、アヌシー、ムジェーヴ、中部フランスから始まった。初日の晩からすでに、ちょっとしたことでトラブルを起こしそうな手合いが何人かいた。彼らはボリスを目当てに来たのではなく、多分彼の一座の誰か、第一部のトリをとるモニク・セナトールかフェルナン・レノー、もしくは多分興行の最後を飾るイヴ・ロベール演出、ジェラール・セティ、ユベール・デシャン主演の芝居『トンプソン少佐の手帖』が目的だったのだ。彼を潰しに来たのではなく、首都の空気を吸って気晴らしをするつもりだったことは間違いない。それなのに、彼に襲いかかったのだ。彼自身何かと目立った。彼らはそこにつけ込んだというわけだ。ボリスは初めて、本格的なヤジと口笛、嘲笑にさらされた。

ビアリッツ、バイヨンヌ……彼はユルシュラに手紙を書く――「不愉快極まりないやつらがいる。最低だ。もううんざり」。既に彼はこのツアーを嫌悪し、他の町のホテルにいるユルシュラに手紙を送る。彼女もまた「バレエ・オー」とともに一つの会場から他の会場へと移動していたが、二人はいつもすれ違いばかりだった。一ヶ月強のツアーで夫婦は一晩しか一緒に過ごしていない。ありがたいことにゴラゲールがいた。「ゴー、ゴー、ゴラゲール」と呼ばれるゴラゲールは、数ヶ月前から彼のお気に入りの作曲家兼伴奏者、ミュージックホール関係者の中でとりわけ親しい仲間になっていた。彼らは一緒にボリスのオースチン＝ヒーリーで宿泊地へ行くのである。ボリスは車をバンバン飛ばすので、二人は皆よりも早く現地に着き、ジャズの話などをしながら散歩をすることができた。ロワール地方……彼が客席の反応を殺ぎ、濃密な気まずさをまき散らすので、後に続いたフェルナン・レノーは雰囲気を変えるのに苦労する。芝居が跳ねた後、遅くまで開いている居酒屋で、彼らはそのことを面白がる。フェルナン・レノーはボリスに同情し、自分自身も嘲笑されたとか、重苦しい無関心に対しては、ステージを去る時自分は悪くないと言いたくなるとか、様々の話をして彼と彼のパートナーたちを元気づけた。

どうも悪意にみちた噂が毎回公演の前日から広まっている感じだった。リサイタルは毎晩少しずつやりにくくなった。暗がりに守られたオーケストラボックスの向こうから卑劣な嘲笑が飛んでくる。敵の攻撃が強まれば強まるほど、ボリスは益々瀕死の直立不動を強め、鼻にかかった声を強める。彼は彼流のやり方で益々客をうんざりさせる。顔面はより一層蒼白になり、パニックを誇示し、氷のような侮蔑を客席に投げつける。駆け出し時代のブラッサンスと同じやり方だ。客に恥をかかせるために、昨日はブラッサンスのように、彼らの方を振り向きもしないで退場した。これは無意識だが、凝りに凝ったボクシングの試合なのである！

彼は彼独自の戦場に名乗りを上げる。最初の爆弾の傍らにしっかり身構えて。なぜもっと早く爆発しないのか、彼が意外に思い始めたというか、多分待ちきれなくなった爆弾。「脱走兵」だ。ナントから毎晩同じ顔ぶれの熟年男性の一団が、ツアーを追いかけ始めているようだった。彼らはボリスがステージに立つと現れる。彼らは筋肉を誇示する。ロリアンで、彼らは一斉にスローガンを叫んだ――「ロシアへ帰れ！　ロシアへ帰れ！」。巡業の仲間たちは、妨害者たちがボリスのことをロシア人だと勘違いしていることを知り、プジャード派［一九五四年にプジャードが始めた極右活動］の人種差別が一九五五年夏の空気を支配していると考えた。だが、少なくとも身体的危害を加えられるほどの脅威ではないらしい。ペロズ＝ギレックでは、見知らぬ客たちが彼の歌を妨害した。彼らは大声でわめき散らし、ボリスは七回も「脱走兵」の歌い出しをやり直さなければならない。フェルナン・レノーが舞台に登場して、一味に怒鳴り返す。フェルナン・レノーは「脱走兵」もボリス・ヴィアンの思想も好きではない。だが、彼は表現の自由を何よりも重んじたのだ。アラン・ゴラゲールは乱闘も辞さぬ構えだった。

今回は意図がはっきりしていた。特攻隊は、自分たちの輝かしい戦歴もしくは親の戦歴をボリスに傷つけられたことに憤慨した、退役軍人によって構成されていたからだ。どの戦争かは問題ではない。彼らの不満は全戦闘についてなのだ。重い鉄兜の代わりにバスク地方のベレー帽のようなものを被った、国粋主義、軍事報復主義、永遠の「フランス至上主義《フランシュイヤルディーズ》」だ。自分たちの目の黒いうちは、ボリス・ヴィアンにフランスに向かって唾を吐き掛けさせるわけにはいかない。彼らは捨て身で妨害する用意ができていた。地方議会の議員たちと連絡を取りながら、この名誉ある過去の防衛を組織したのは、市長のヴェルネー氏である。会場は、頭の上に窮屈すぎる縁なし帽をビス止めした男たちで溢れた。彼らは他の芸人たちの出し物は丁重に上演させた。ボリスが登場すると、彼らは起ち上がり、歌おうとするボリスに向かってわめき散らした。彼はいつにも増して蒼白になりながら、眼でグループの中心部分を見据え、勇敢に自分を押し通そうとした。彼は歌ったが、彼らのわめき声がそれを覆い隠してしまった。その時、ディナールの市長［ヴェルネー］が起ち上がり、前の方に歩いて来て、勿体ぶった態度でステージによじ登り、大歓声の中、このロシア人、この役立たずのアナーキスト、「反＝フランス」の脱走兵に、どうかお引き取りくださいと言った。

ボリスは多分このダニエル・パルケール［社会道徳行動カルテル］そっくりの男をぶん殴りたいと思ったことだろう。彼は我慢したが、怒りがこみ上げて口をもごもごさせた。彼はヴェルネー氏に答えて言った。あなたは市長だと名乗るが、三色綬を着けていないではないか。そんなことは大したことではない。私は権威の明白な標章を持参して来ている。そう言って、彼は戻って行った。聴衆は憎しみの喚声を上げた。何人かは押し寄せる気配を見せた。ボリスは乱闘が始まる前に退場した。

翌日、ル・トゥーケでは別の一団が騒ぎ、リーダー格の将校が近づいてきた。今回はボリスも先手をとって最初は客の前で、次に喫煙バーで、彼との話し合いに持ち込んだ。明らかに相手には理屈が欠けていた。将校はインドシナの帰還者でさえなかった。何分か話し、グラスを傾けるうちに、彼は戦争が不幸な出来事であることを認めた。特に、彼はディナールの市長がツアーで回る諸都市の旧軍人や地元議員たちに抵抗運動を呼びかけたことを認めた。ドーヴィルでは、カジノの支配人が会場の安全が保てないという理由で、「脱走兵」を歌わないでほしいと申し入れて来た。名誉なことだ——彼はリサイタルそのものをキャンセルした。サン＝ヴァレリー＝アン＝コーのカジノでは、支配人が許可するかどうかを決める前に歌を試聴させてほしいと言った。「脱走兵」を聴いた彼は、その歌が聴衆を不安に陥れるという印象を持たなかった。ボリスはサン＝ヴァレリーで歌った。
ル・トゥーケでも最終的に歌うことができた。将校の仲間たちは邪魔することなく不服従者の訴えを聞いてくれたのだ。この出来事から、ボリスは一つの教訓を得、それを次世代の無政府主義的な歌手たちに贈った。セルジュ・ゲンズブールにも贈った――過去の戦歴についての思い違いを掻き立てるためだけに、ミュージックホールで騒ぎを起こす退役軍人たちとは、先ず話し合うべし。

その後はツアーもこれといった特攻隊の干渉なしに終了した。軍人恩給で暮らしているケチな商人たちでは、いつまでもツール・ド・フランスを続けることはできないのだ。ある晩など、ボリスは召集兵の観客たちのリクエストで「脱走兵」を二回も歌った。八月二十七日ブリュッセルでは、ベルギーTVが歌手とそのシャンソンを生放送で中継した。しかし、よく知られているように、ベルギー人は戦争をしたことがない。九月十四日の『カナール・アンシェネ』紙はディナール事件を詳述し、ヴェルネー氏をやり玉に挙げた。ヴェルネー氏は同紙に所感を寄せ、ボリスも紙上でディナールの市長に答える。「脱走兵」は有名になった。トロワ＝ボーデでは――と言うのは、九月二十日から彼はそこに戻っていたからだが――この歌を聴くために客が押し寄せ、退役軍人たちの感情を刺激した。しかし、それは好奇心以上のものではなかった。パリではこの種の不服従に危機感を持つような者はいないのだ。パリの外や電波に仲介された場所では、軍隊の美徳や軍による単純な解決策を未だに信じている者たちがいて、「脱走兵」はむしろ深刻な国家的事案になった。ある種の政界の重鎮たちは国家の名において憂え、戦没者追悼記念碑の大理石に刻まれた国民の名において騒ぎたがる。同じ理由で、彼らはレコード会社に――これはボリスの友人たちが疑っていることだが――「不可能なシャンソン」の発売を自主的に遅らせるよう働きかけたり、ラジオ局の局長に電話をかけることもある。

「脱走兵」は検閲を受けたのだろうか？　ある意味ではそうだ。娯楽番組の番組表の上には追放のスタンプが押されている。ただし、それは純粋に予防の意味だ。第一、番組編成者でシャンソンを流そうなどと考える者はあまりいない。その上、他のボリス・ヴィアンの作品を放送しようと考える者もいない。他の多くの芸術家も被っている無意識の排除や無関心による検閲。元々ボリス・ヴィアンのレコードはそんなに売れない。ラジオはいかなる販売促進ももたらさない。ラジオには個性も独創性もない。だから、一九五〇年代のフィリップスはそれほど熱心じゃあなかった。数百枚のレコードがプレスされたとすると、それは歌手という職業自体がその程度の人気ということを表している。ボリスだけが特別ひどい扱いを受けたわけではないのだ。検閲はあるだろう。アルジェリア戦争が始まってからは。

特に一九五八年からは。「一人の召集兵も戦場にやるな」とボリスはアルベール・カミュに言わせている……だが、一九五八年にはもうボリスは歌っていない。彼はフランスが戦争をしている時にはムルージやセルジュ・レジアーニに任せ、アメリカが戦争をしている時にはジョン・バエズに任せた。その他多くの歌手に、未来のすべての戦争に対して、彼に代わって検閲権力に抵抗する民主主義の能力を試す仕事を任せた。「脱走兵」は表現の自由度を計る万国共通のリトマス試験紙なのである。

アルジェリアの悲劇が明白になるにつれて、ボリスは時折ステージや新聞・雑誌上で質問を受けた。彼の答えは決まっていた――「脱走兵」は反戦歌ではありません。「むしろ、過激に市民主義《プロシヴィル》の歌なのです」。極めてパタフィジックな、とコレージュの仲間なら言うであろう、この正反対の観点を、彼は退役軍人でパリ市会議員ポール・ファベールに宛てた長文の書簡の中で明確に定義している。ポール・ファベールは、セーヌ県知事に「脱走兵」のラジオ放送禁止を願い出、一九五五年末にはこの歌を軍隊侮辱罪で告訴した人物である。ポール・ファベールが実際にこの書簡を受け取ったかどうかは定かでない。それ以上に、ボリスがそれを送ったかどうかさえ定かでない。しかし、この手紙は自分の思想を整理し、忍耐強い啓蒙を心がけ、皮肉に満ちた紋切り型の表現と『屠殺屋入門』の「底意地の悪い」滑稽ぶりを抑えた、戦争を拒否するボリスのおそらく最良の文章である。

「二つの問題のうちの第一点ですが」と彼は市会議員に書いている。「退役軍人であるあなたは、平和のために戦ったのですか、それとも娯楽のために？　もしも、平和のために戦ったのなら――私はそうであることを望みたいが――あなたと同じ陣営にいる者を責めないでください。そして、次の質問に答えてください。もしも、平時に戦争を攻撃しないのであれば、いつそれを攻撃すればいいのですか？　それとも、あなたは戦争が〈好き〉で――、娯楽のために戦ったのですか？（中略）一九四〇年に兵士を戦場に駆り立てた戦争をあなたは良い戦争と呼びますか？　武器は貧弱で、作戦もお粗末、正しい情報を与えられなかった（中略）一九四〇年の兵士たちは、戦いを拒むことで全世界に知性を働かせよ、という教訓をもたらしたのです。戦うことのできる者は戦い――そして、無残な敗北をした。しかし、無償の死が立派な行為だという観念は、機械的に殺し合う現代戦ではもう時代遅れです。（中略）確かに祖国のために命を捧げることは、立派な行為でしょう。しかし、全員が死ぬことはない。――全員が死ねば、祖国はどこにある？　祖国は国土ではないのです。それは人間なのです。それは兵士でもありません。それは守るべきものとされている民間人です。――そして、兵士は真っ先に民間人に戻る存在です。なぜなら、早晩戦争は終わるのですから。（中略）いいですか……〝退役軍人〟というのは危険な用語です。戦争をしたことを自慢してはいけないのです。そのことを後悔すべきなのです。——一退役軍人は戦争を憎む際に、誰にも増して有利な立場に立っています。ほとんどの脱走兵は最後の最後まで戦闘を戦い抜く力を持たなかった〝退役軍人〟なのです。誰が彼らに石を投げることができるでしょう？ そんなことはできません……たとえ、私のシャンソンが不快な思いをさせたとしても、それは退役軍人にではないはずです、親愛なるファベール殿[*6]」。

＊1　『芸術』誌、一九五三年九月十日号。

＊2　『アルク』誌（ボリス・ヴィアン特集、一九八四年）所収のセルジュ・ゲンズブールのインタビュー。

＊3　「原子爆弾のジャヴァ」には今日もっと過激な結びの部分のバリアントが知られている——「そして国は彼に感謝して　直ちに彼を選んだ大統領に」。ボリス・ヴィアンのシャンソン草稿の大部分を収録した『シャンソン集』（ジョルジュ・アングリックと協力者ドミニック・ラブルダンによる校訂と注釈、クリスチャン・ブルゴワ社、一九八四年）参照。

＊4　ボリス・ヴィアンのディスコグラフィとしては非常に希な不明部分。ジョルジュ・アングリックの長年の調査にもかかわらず解明できていない。これらのレコードの統合から、〈ベストアルバム〉「ボリス・ヴィアンと彼の歌」（ポリグラム社、一九九一年）が生まれる。

＊5　『芸術』誌、一九五六年二月二十九日号。

＊6　一九五五年作。『テキストとシャンソン』所収。

17　気管支に水

サン＝トロペでの静養

彼の近くにいた者は皆、ある日彼が呼吸困難に陥り、突然手を胸に当てて、呼吸パニックを鎮めるために長い間目を閉じる光景を眼にしている。それは極度の疲労の兆候なのだ。しかし、友人たちが心配して、彼を直ちに家に送ろうと申し出ても、たとえわずかな空気の吸入に苦しんでいる時でさえ、彼はまだ冗談を言うのだった。発作の目撃者が素敵な女性だったりすると、「ねえ、ぼくのポンプに触ってごらん。君のことを想って飛び跳ねてるよ」と彼は言うのである。促《うなが》されて皆少なくとも一度は、狂ったように動悸を打つ彼の心臓に手を当てる。これはお守りなんだよ、と微笑みながら彼は種を明かす。みんなのお守りなのだ。

だが、今回はしゃれた逃げ口上も役に立たなかった。一九五六年七月、ボリスは急性の肺浮腫に襲われる。彼の気管支は水浸しになった。危険な何時間かが過ぎると、医師は急死してもおかしくない状況だったことを伝える。丸二週間、ボリスは極度の衰弱のため家から出られなかった。シーシュ博士の処方箋に記された必要不可欠な薬のリストは二ページにわたる。食事の度に、粉薬や何種類かの錠剤、鎮静剤、注射の指示。ボリスはさらに腰痛も訴えた。そのための薬。腹痛――さらにその薬も。医者は療養心得の冒頭に次のように書く――「せかせかした行動と肉体の酷使を避け、普通の生活を送ること」。ボリスに与えられるすべての処方箋は、何年も前から同じような指示で始まっているが、心臓病の専門家は、ベッドに横たわって安静を守らないかぎり、また数ヶ月間厳しい食事制限に従わないかぎり、肺浮腫は繰り返すと彼に説明した。そして、いつの日か命を失うであろうと。もちろん、ミュージックホール出演は断念しなければならない。ボリスのステージは十五ヶ月間続いていた。言葉による対決でさえ禁止されているのに、力の対決なんてまったく無謀な行為である、と臨床医は考える。恐らくそれこそが、肺浮腫と異常な心臓肥大の初期原因だからだ。

了解。彼はもう歌わない。いずれにせよ、彼の実験は既に最終地点まで行っていた。大物の反逆者たち、ブラッサンス、フェレ、ブレル……は彼に賛辞を惜しまない。ゲンズブールが彼によって人生が変わったと告白していることは既に述べた。彼がカネッティの理論に従ってさらに歌い続けたとしても、結果は余り変わらなかっただろう。ボリスは、彼自身説明しているように「小唄《シャンソネット》への止むにやまれぬ情熱」を持っていたわけではない。彼がステージに立ったのは、先ず第一に、そういうパフォーマンスが自分にもできることを自分に対して証明するのが目的だった。次に、時代との格闘。恐らく無意識のうちに、遅れている世俗的人気への期待もまたあったであろう。だが、この第三点については、効果のほどははっきりしない。その上、物質的な生活は多少改善されたとはいえ、まだ負債があった。彼はシテ・ヴェロンの自宅に本物のセントラル・ヒーティングを設置し、屋内の改修も再開できそうだ。だが、シャンソンは遊んで暮らせるほど楽園ではなかった。

最初、彼は誰にも会おうとしなかった。次に、彼が「叔父貴たち」と呼ぶドグリアムとカストを迎え入れた。二人の友は彼の顔色が悪く、痩せて、骨張った横顔になったことに気づく。頭髪も次第に薄くなった。彼は地の果てから生還した人間の相貌をしていた。二人に向かって、彼は死人のような微笑を返した。「パタフィジック暦八三年 靴《タターヌ》月二十一日、俗暦一九五六年八月三日」に書かれたコレージュ・ド・パタフィジックの会員S＝J・サンモン宛の手紙――「先生、何通かお手紙《ミッシヴ》を頂きながらお返事も差し上げず、深く反省しております――ただ、私としましては情状酌＝量を賜りたい事＝情がございました。当方二週間ほど前から気づかないうちに急性の肺浮腫に襲われております（急性との診断ですが、私にはむしろ――正直申しまして――鈍性《オプチュ》に思われます）。元々完全ではなかった心臓に加え、途切れることのない過労が原因であります。それゆえ、私は心身ともに休息を余儀なくされ、二週間もの間ベッドの中で無聊をかこつこととなりました。悶々としていた、と申すべきでしょう。ちょっと無茶をし過ぎました。私は文字通りいつどこで倒れてもおかしくない（しかも、一番倒れてはまずい時に倒れかねない）状態でした。あなたは私が死ぬようなことはない［墓穴の外にいる］とおっしゃるかもしれません。ところが、そうではないのです。そいつは恐らく私を追い回し、私を刺し、切り刻むのです。何かで死ぬことは間違いありません。私のけしからぬご無＝沙汰［silence《シランス》の代わりにscie《シ》 l'anse《ランス》＝ノコギリ＋柄という当て字］の言い訳にはなりませんが、以上近況をご報告申し上げました[*1]」。

　ボリスは休養のためサン＝トロペへ出発する。だが、その直前に彼は数限りない義務の一つを果たさなければならない。彼はジャン・ドラノワ監督がアンソニー・クイン、ロロブリジーダと共に撮る映画『ノートルダムのせむし男』の枢機卿役を引き受けたのだ。八月八日、九日、十日、彼は熱に怯える高位聖職者を演じる。友情出演最終日の十四時三十分、クロード・レオンが車でブローニュ・ビアンクールのスタジオへ彼を迎えに来る。体調にもかかわらず、彼は列車で南下することを嫌がったのだ。「恐ろしい旅でした」とクロード・レオンは回想する。「彼がぶっ倒れるかもしれないほどの悪天候だったのです。全行程雷雨が途切れず、稲妻が猫を震え上がらせ、ボリスはぼくの横でドアに体を押しつけ縮み上がっていました。一晩以上かかってサン＝トロペに到着したのに、彼は休む暇なくポンシュへ泳ぎに行こうと言いました」。街に出ると、ボリスはポンシュのカフェからレストランへとはしごをした。彼には日光浴も海水浴も禁止だった。初めの間はマドレーヌ［クロードの妻］が注射を担当した。ヴィル＝ダヴレー時代のように、彼は注射器の接触を怖がる。幸いにも、ドッディ［クロード］がクロエという名の美人の看護師を見つけ出してきた。

　フランス最初のジャズダンス集団、ジョルジュ・レッシュの「バレエ・オー」のメンバーだったユルシュラは、パリを離れることができなかった。ボリスは彼女に手紙を書く――「ぼくの牝鹿ちゃん、ぼくは相変わらず――特に夜――軽い呼吸困難に悩まされています。だけど、正直言って、何も疲れることはしていないんだよ。ギターさえ弾けない。十分と持たずに息苦しくなるんだ。ぼくはこちらでドッディの友人のドロルム医師に診てもらいました。その先生がバカンス明けに、心臓の専門医ルネーグル先生のところへぼくを紹介してくれるらしい。ドロルム先生は一度手術をやってみたらどうでしょうと言います。いずれにせよ、これで歌うことも、サルヴァデュッシュ[*2]とツアーに出ることも、論外の話になりました。ぼくは彼とそしてカネッティにも手紙を書くつもりです。日曜大工もだめです。結局、何もかも諦めなきゃならない。ありがたいことに、宗教というものがあるんだよね。だから、ぼくはこんな状態でも修道院へは入れるかもしれない。すごい人出だ。だけど、ぼくには夜は関係ない。なぜなら、ぼくは下品なことを一杯考えながら眠れるから。ボディラインが徐々に改善されました。一段とスリムな、サヤインゲンってところです」。

　サン＝トロペは既に変わってしまっていた。そして、ボリスは彼の懐かしい村で期待したほどの元気を取り戻せなかった。パリジャンも昔のサン＝トロペ住民も新しいパリジャン、新しいサン＝トロペ族の侵入を嘆いていた。騒々しすぎる路地の至る所にナイトクラブが店を開けていた。多くのボリスの友人たちはもう戻ってこない。彼らはギリシャの島を発見したり、バレアレス諸島に別荘を買っていた。サン＝トロペで頑張っている連中も別荘に引き籠もるか、ラマチュエルやガッサンの方へ移っていた。ボリスやドッディのような貧乏人の常連にこそ災いあれ！　村の繁栄によって一番変わったのは、村の中心部だった。夜間、ボリスの夢はけたたましいスクーターの騒音で破られる。浮気者のサン＝トロペは、夏の賑わいをプレゼントしてくれたサン＝ジェルマン＝デ＝プレ［避暑地サン＝トロペを有名にしたのはサン＝ジェルマン＝デ＝プレ族］にお礼を言っているのである。映画『七月のランデヴー』［ジャック・ベッケル監督、ダニエル・ジェラン主演、一九四九年］は『素直な悪女』［ロジェ・ヴァディム監督、ブリジット・バルドー主演、一九五六年］に座を譲る。ボリスはもうあまりサン＝トロペを好いていなかった。何年か前までは、まだ彼も「ポンシュ」のマスターに心配することはないと言っていたのだが。観光客がモール山塊を越えて来ることは先ずないだろう。まもなく高速道路になる国道からも遠すぎる。その通りなのだ。だが、観光客はモール山塊を突っ切ったり、迂回したりしてやって来た。大衆化現象によって、コート・ダジュールは、富裕化する昔の漁師たちの半島に、溢れんばかりの人間をはき出したのだ。

　ボリスはしびれを切らしていた。彼は度々ユルシュラに手紙を書いている。「愛するウルソン［子熊ちゃん］へ、優しい手紙をありがとう。まだばっかなことをしでかす勇気はないけど、ほんの少し体力を取り戻した気がします。この調子が続くかどうか様子を見ましょう。（中略）ぼくのウルソンが倒れないように願っています。君が倒れると、ぼくは困ります。家の中に病人は一人で十分です」。数日後の八月二十八日――「ぼくのウルソンへ、ピエールに会えば良かったのに。彼は近況を伝えてくれたと思うよ。こちらは特別変わったことなし。ぼくはぼくの美しいアンディーヴ色［青白さ］をしっかり保っています。ここではそれがとても個性的なんだ。ぼくは手元にあるものは何でも読んでいるし、ベッドの近くにいる時は、たいてい眠っている。退屈な生活だ。ぼくは九月一日の晩（土曜日）ドッディと出発しようと思っています。海水浴ができない人間には、暑すぎます。余り疲れすぎないようにね。それは何のためにもなりません」。彼は自分は大丈夫だと思いたがり、注射は受け入れたものの、病気のことを言われるのを極端に嫌った。オーマル街の小さな家で、マドレーヌ&クロード・レオン夫妻は、彼のめまいや長時間続く虚脱状態を気にしないようにという指示をボリスから受けていた。病気の療養ではなく、バカンスなのだ。パリでは、マルセル・ドグリアムが心臓外科医を探して病院回りをしていた。だが、当時心臓外科の専門医はまだ非常に少なかった。

　皆は危機状態に陥る前の日々と同じように、どうでもいいようなエピソード満載の、普通の手紙を彼に書き送った。病気に触れる内容は、彼には耐え難かった。レーモン・クノーは、ボリスに手紙を書く時は、自分のことを話せば彼の機嫌を損ねないことを知っていた。八月二十七日――「親愛なるボリス、君は十分身体を休め、大人しくしているものと拝察します。ぼくもまた十分休養し、大人しくしています。セブ街には猫一匹、ボッタン街［ガリマール社］には犬一匹いません。ぼくは自動車旅行の歴史に関する動画にナレーションをつける仕事に取りかかるところです。その仕事は楽しそうで、君も気に入ってくれると思います。というのは、それはとても真面目な映画だからです。ヴェルス（フランスの有名な村）では雨が降っています［à Verse＝ヴェルスでは、とà verse＝土砂ぶり、averse＝にわか雨、とを掛けている］。ジャン＝マリー[*3]は妻とカシスに滞在しています。彼は土曜日に帰ります。大文字のRの小説、書いていますか？　大いなる祝福を捧げます。クノー[*4]」。

仕事をしないようにというアドバイスにもかかわらず、徐々に体力が回復してくるにつれて、ボリスは執筆計画について語ったり、最近の仕事のチェックを開始した。彼の身近にいる者たちは再びボリスの行動を気にし始める。しかし、それが的中することはなかった。彼はどうするだろう？　当面は彼らも答えることができた。一九五六年八月の一ヶ月は、ボリスがペンを持たなかった唯一の月だ。だが、明日は？　また、昨日は？　彼が歌のツアーに打ち込んでいた数ヶ月間、事実彼はエディ・バークレー音楽出版の会報『バークレーズ・アクチュアリテ』誌に書くために幾つかの新聞・雑誌の穴埋め仕事を断っただけだった。彼は今心情的に『コンステラション』誌と連帯している。バカンス明けにラバルト［社長］に提案する主題を思案中だ。媚びを売るサン＝トロペ――今はサン＝トロップと呼ばれる――に対する批判やブラッサンス、ゲンズブール、芸術家の社会的待遇とギャラの重要性、プロデューサーや友人カネッティのギャラについての論評。彼は彼やフィリップ・クレーやジョルジュ・ブラッサンスの背後で金儲けをするプロデューサーやカネッティを非難する。驚いたことに、彼はそのことでジボーにも声をかけている――どうして批評の役割について、ミュージックホールの歌手たちに大々的なアンケートを敢行しないんだ？

寝室で横になり、また玄関の前の椅子に腰掛けて、やっと少し回復期に入ったボリスは、健康な人でも数年は要するはずのプランの検討に入る。彼はガリマール出版の翻訳を再開したいのだ。セバスチャン＝ボッタン街の版権および翻訳権譲渡の責任者ディオニス・マスコロにその話を持ってゆくつもりだ。以前二人の協力関係は不仲に終わっていた。ボリスのネルソン・アルグレン『黄金の腕』の翻訳原稿提出がいつもより遅れ、ジャン＝ポール・サルトルのグループから苦情が出たのだ。シカゴの作家［アルグレン］はシモーヌ・ド・ボーヴォワールの二人目の人生の伴侶である。それゆえ、ガリマール社は翻訳出版を義務だと感じていたし、ボリスが翻訳の特権を与えられたのは、カストール［ボーヴォワール］の粘り強い口利きのお蔭なのである。抄訳は二年前に『タン・モデルヌ』誌に発表されたが、それは彼の望んだことではなかった——遠近にかかわらず哲学者との関係は彼にはうっとうしかったのだ。その上、彼はアルグレンが嫌いだった。ディオニス・マスコロはしびれを切らす。小説の映画版がパリの映画館で封切られようとしているのに、訳書がまだ店頭に出ないからだ。

　一九五六年一月、ボリスは平身低頭謝罪する——「ぼくの古い友ディオニス、（中略）ぼくは『黄金の腕』がほとんど完成しているだけに、とても恥ずかしい。後三十ページばかり残っているだけです。ぼくは全力を傾注して仕事に取り組み、大急ぎで君に渡します。そのことをぼくの奥歯に賭けて誓います。遅くとも三月十五日までには必ず仕上げます。ぼくを甜菜《てんさい》の莢《さや》の中で引きずり回してください。ぼくは犬（ポルトガル・スパイダー）ですから」[*5]。約束の日付をオーバーした一九五六年三月二十一日、ディオニス・マスコロは彼に次のような手紙を送る——「私がアルグレン『黄金の腕』の件で問い合わせた際、あなたは（たっぷり二ヶ月も遅れて）〈遅くとも三月十五日までには必ず仕上げます〉というお返事をくださいましたね。その間に、映画は封切られました。社内では皆大損をしたと嘆いています。皆を元気づけるような努力をしてくれませんか？」[*6]。

ボリスは原稿の最終部分を粗雑に仕上げる。彼のガリマール社への借りは益々増大した。

　キャバレーの芝居の失敗に苦い思いをしたが、『雪の騎士』の成功とジョルジュ・ドルリュによる評価には勇気づけられたので、ボリスはオペラ台本とミュージカル・コメディへの意欲を口にし始める。一つのジャンルの挑戦が次のジャンルへの意欲に火をつけ、彼は次々とすべてのジャンルを踏破するつもりだ。今後何ヶ月か何年かを必要とするこのプランに含まれないのは小説だけだ。その月はマドレーヌとクロード・レオン、次の数ヶ月はドグリアム、カスト、ボカノウスキー一家もまた手紙の中のクノーのように遠慮していた。小説は気を遣う話題なのだ。ボリスは昔彼が四つの小説の作者であったことを知らない人々との交流が増えていた。あるいはまた、作品そのものは知っていても、作者名がヴァーノン・サリヴァンになっていた。一九五六年、友人たちはついに公然と小説家ボリスの才能を称え、ずばり彼の文学者としての将来に言及することにした。昔の「コロンブの解体屋」——モーリス・グルネルの仲間たちとの友情溢れる世界——のプランを再び話題に乗せることにしたのだ。そして、一九五六年、彼らの間でついに気兼ねが取り払われるチャンスが訪れた。アラン・ロブ＝グリエとジェローム・ランドン［ミニュイ社の社長］からボリスにまったく思いがけない贈り物があったからだ。『北京の秋』の再版である。前年の一九五五年九月二十七日、ボリスはエディション・ド・ミニュイ社と二作品の出版契約を結んだ。『北京の秋』と『赤い草』である。『蟻』すら話題に上った。当時エディション・ド・ミニュイ社の顧問だったアラン・ロブ＝グリエは、ボリス・ヴィアンの愛読者の一人だった。ヌーヴォー・ロマンは闇に紛れて準備されていた。作家たちは新しい小説革命を巻き起こし、戦後文学を巧みにかいくぐる野心を持っていた。サルトル流の実存主義とジャン・ポーランの古典主義の狭間で誤解され、罵倒され、フランス解放時のクノー同様明らかに時代に先駆けていたボリス・ヴィアンは、はみ出し者たちの仲間と思われたのかもしれない。アラン・ロブ＝グリエは彼の二作品を擁護し、ジェローム・ランドンは一人の作家を発見した。「ボリスはそのニュースに狂喜しました」とユルシュラは語る。「彼はそのことを叫んで回りたい衝動を感じていました。でも、彼は過去に余りにも多くの幻滅を味わわされてきたので、性急に喜ぶことを私に禁じ、自分も自粛したのです」。

数週間の間に、彼は何度も作家［ロブ＝グリエ］と版元［ランドン］に会った。彼は自分の小説の賛美者が存在したことに驚く。彼は出版界にはガリマール社だけがあるのではないということを発見する。「ボリスはその出版をとても喜んでいました」とアラン・ロブ＝グリエは言う。「彼にとって、ミニュイ社は高級な文学でした。彼はもう高級文学の習慣を失っていたのです。ですが、その喜びの裏には、ある種の超然とした何か、ご自身の作品や恐らく死さえも超越した何かが感じられました」。ミニュイ社は苦しい経営を続けていた。存続の第一条件である財政状況が出版のリズムを作り、出版物は制限されていた。ボリスは内金や将来の印刷部数さえどうでもよかった。出版社は彼に彼の作品を大切にすることを約束した。それに、サミュエル・ベケットとの同業者的連帯［ミニュイ社はベケット作品の版元］があった。ベケットの『ゴドーを待ちながら』はボリスの愛読書だったのである。ボリスは『北京の秋』のプレイヤッド賞を巡る果たし合いに「けりを付ける」ことができ、マルセル・アルランの名前から「卑劣なやつ」という形容を外すことができた［アルランはプレイヤッド賞に反対］。彼は著者献本に「品のない紙」を使う突飛なアイデアを提案し、出版社を面白がらせた。ユルシュラとともに、彼は刊行を心待ちにした。サン＝トロペでは、そのことを口に出す勇気のないクロード・レオンが、相変わらず彼と一緒に待っていた。だが、この朗報は、不安な肺浮腫の患者にとって、幾分早すぎる祝福であった。

家族の緊張

モンターニュ博士のアドバイスに従ってパリに戻ったボリス

は、沢山の心臓奇形の専門家の診察を受けた。手術は時期尚早だった。大動脈弁の取り替え手術はまだ実験段階で、スイスと米国でやっと緒に就いたばかりだった。もちろん、彼はそこで永眠するために自分のアメリカとは別のアメリカ発見に旅立つ気はなかった。「ぼくの身体は大きすぎる」と彼は何度も繰り返している。「五年後には、移植技術も完成するだろうが、ぼくは大きすぎる。移植はまず子供から行われるはずだ」。医師たちは大量の薬を持たせて彼を追い返した。医師たちは手をこまねいて医学の進歩を待つ外なく、ゆったりした生活を勧め、食餌療法に頼るしかない。彼らはボリスに穏和な医学を勧めさえした。モーリス・メセゲの「磁気感知治療」を勧められて、彼はメセゲの診察を受けに行っている。一言で言えば、誰も彼に何もしてやれないのだが、医者とのコンタクトはだけは絶やさないようにお願いしたのである。ボリスは――フランソワ・ビエドゥーに言わせれば――「心臓専門医のモルモット」であった。

シテ・ヴェロンに戻った彼は、再び恐怖と不安の発作に見舞われる。彼は部屋の中をぐるぐる回る。プレヴェールがパリにいる時は、ジャック・プレヴェール宅まで押しかける。疲労困憊して、黙り込んだまま、ただ座る。プレヴェールは掛ける言葉がない。そこで、ボリスは再び出て行く。何日間か、彼はシテ・ヴェロンの空気を暗くした。ユルシュラは台所で疲れ果てているボリスを発見する。あるいは、不吉なことを口走る――「ウルソン、もしぼくの具合が悪くなって、床に倒れたら、君は電線をむき出しにして、ぼくの身体に放電させるんだよ」。そこで、今度は若い妻がプレヴェール宅に駆けつける。「私がパニックに陥るのは厳に慎まなければならないのですけど」とユルシュラは言う。「普通とは違う感じがしたのです。私はできる限り平静に暮らすように心がけて来ました。でも、それが徐々に難しくなりました。私はダンスを止め、絶えず巡業に出かける生活を改め、彼の側にいてやりたいと思いました。彼にそれを申しますと、彼は激怒しました。彼を可哀そうに思ったり、母親的に接することは厳禁でした。特に、私がそれをすることは」。

家の外では、彼は愛想良く、世話好きで、魅力的だった。むしろ、近年になく陽気だった。次々に新しい人たちとの出会いがあり、彼はほとんどの時間、病気のことを忘れることさえできた。異常に顔色が悪く、時には物思いに沈む風なので、多少奇異な印象を与えるが、それだけだ。ボリスはシテ・ヴェロンにいるときだけ本当の病人だった。ユルシュラに対してだけ、パニックに陥った。夜でさえ、と言うか特に夜間に、彼は彼女を起こし、言うのだった――「ぼくは間もなくくたばる。せめて、その時期が少しでも延びてくれたらいいんだけど」。息子に対しては、苛立ちやすく、怒りっぽかった。難しい思春期を迎えたパトリックが、何年か一緒に暮らすために家に来ていた。ミシェルでは息子の家出やちょっとした万引きや反抗を防止することができなかったので、彼女はボリスにバトンタッチしたのだ。すべてに苛立つ、自分探しの息子と疲弊し切った父親――それはむき出しの世代間闘争の様相を呈した。

学校制度に対する自分の反感は忘れて、ボリスは息子のいつまで経っても改まらない勉強嫌いが我慢ならなかった。「ぼくは小学校からリセへと続く階段を受け入れることができなかった」とパトリック・ヴィアンは説明する。「ぼくは次々と転校しました。ぼくはモデル＝高校［新しい教育法の実験校］のはしりだったのです。ぼくは授業をさぼり、彼を激怒させました。ぼくとしては、彼が〈仕事の鬼〉になっていることを察することができませんでした。昼も夜も仕事、仕事でした。そのために、彼は嫌な奴になっていたのです。彼には時間が残されていなかったのです」。パトリックは父親に似て音楽を愛した。しかし、家の中に静寂が必要な時には、しばしばうるさがられた。彼がテレビを点けようとするが、ボリスはテレビが大嫌いだった。父親はしょっちゅうテレビを動かして、画面を壁の方に向けた。「これでいいんだ」と彼は言い放った。しかし、下の階のテレビは点けっぱなしなので、ボリスとプレヴェールは苛立った。「彼には静寂が不可欠になっていたのです」とパトリックは述懐する。「どんなに小さな鋭い音にも彼は激高しました」。そして、激しい怒りの中で、市中に自分だけの仕事部屋を持ちたいという昔の考えが蘇るのだった。

ユルシュラに対しては、彼は自分の行為をすぐに謝り、思い切り優しくした。だが、彼は息子をどう理解すればいいのか分からなかった。パトリックはパトリックで狭いアパルトマンの中で自分の居場所を見つけることが出来なかった。彼は自分が邪魔で、余計者に思われた。それは間違いなのだ。多くの父親と同じように、ボリスは単に息子とのつきあい方が分からなかっただけである。それに、プレヴェールはいつもパリにいるとは限らなかった。尤もパトリックは、詩人がまだ酒の飲めた頃の方が良かっただろう。彼は酔った勢いでユルシュラのピアノをガンガン鳴らし、少年を大喜びさせたから。今はプレヴェールも体調を崩し、ボリス同様怒りっぽくなっていた。

父親と息子はこの時期、車に対する共通の情熱の中でだけ出会えたと言えよう。パトリックがイギリスへ無理やり短期語学留学に送り出される時には、ボリスが白のオースチン＝ヒーリーで連れて行った。それは父子にとって何時間かのスピードと発見の旅だった。パトリックは度々ボリスがコロンブの隠れ家へ行くのについて行った。そして、二人はモーリス・グルネルと一緒に黙って車の修理に打ち込み、部品調達のために解体業者を訪ねて回った。若者のサン＝トロペの思い出は、特にパナール・パノラミックでの南下と、アラン・ヴィアンと一緒に行った波瀾万丈なイスパニック1932での旅である。ボリスと同じように、彼の少年時代にはオイルの匂いが染みこんでいる。彼もまた横揺れのゆりかごに揺られ、匂いの染みこんだ古い「にゃんこちゃん」の縫いぐるみを抱いて後部座席で眠ったのだ。日曜日になると二人はマルセル・ドグリアムを迎えに行き、高速道路の最初の数キロメートルをフルスピードで疾走した。クロード・レオン、ドグリアム、コロンブの仲間たちは、ル・マン二十四時間レースの熱烈なファンで、ボリスは何回かアマチュア・レーサーになることを本気で考えている。「それはボクシングと同じでした」と彼の息子は指摘する。「彼はある種の知識人のように、明らかに自分たちの世界からかけ離れた世界、具体的で肉体的な活動に惹かれたのです」。

　とは言え、この共同生活は父と子の双方を傷つけるように思われた。ボリスはこの息子を前にしてお手上げの状態だった。彼は苛立ちの日々、息子をただ軽蔑するだけだった。パトリックが教育施設から追放される度にうんざりして、彼はカウンセラーに相談したり、ドッディやドグリアムやロジエールに息子の説教を頼んだ。パトリックは反抗期にすぎないのだが、ボリスは息子の反抗を激化させ、自分の疲労を彼にぶつけたのである。ある時、彼は少年を殴る代わりに日曜大工で作ったベッドの脚の一つを蹴飛ばした。また別の時は、はさみを握り締め、息子の長く伸びた蓬髪を無理やり切り取った。ユルシュラは男二人の関係を心配した。「パトリックは性格の良い子でしたが、騒々しいのです」とユルシュラは説明する。「彼はボリスを怒らせ、ボリスはしばしば息子に対して行き過ぎた反応を示しました」。若い妻は少年を引き離すのが賢明と判断した。アーノルド〔ユルシュラの父〕がスイスで民間施設を見つけ、そこがこの反抗生徒を引き受けてくれることになった。パトリックはスイスとドイツの国境の町ゴットマッチンゲンへと旅立つ。しかし、彼はすぐにそこから脱走し、パリへ戻る。アーノルドは落胆することなく、難しい生徒を預かる学校を探し始める。彼らがいてくれて本当に有り難かった——アーノルド、ユルシュラ、そして友人たちだ。ボリスはもう思春期ゲリラの問題などうんざりだったからだ。

　ボリスは家族関係のどこを向いても息が詰まった。フォーブール＝ポワソニエール街には、相変わらずミシェル、キャロル〔ボリスの娘〕、クロード・レグリーズ〔ミシェルの弟〕、ミシェルの両親が住んでいた。レグリーズ夫人〔ミシェルの母〕は次第に身体が不自由になってきた。クロードはアルコールに溺れ、自滅的崩壊に陥っていた。めん鳥母さん、ニノン〔ボリスの妹〕、ザザ〔母の姉〕の居住空間もさらに狭まっていた。ボリスは徐々に進行するこの破壊を食い止める財政的手段がないことを悔しがる。彼の幸せな日々、一九四〇年代末の日曜日毎の思い出さえ、苦い思いの中に消えてゆく。男の兄弟たちとも会う機会が減った。めん鳥母さんがシテ・ヴェロンを訪ねてくれても、彼は何もしゃべることがない。母親は彼を苛立たせ、彼はそのことで悩む。狭すぎるめん鳥母さんの食堂のテーブルで行う日曜日のカナスタゲーム［ラトプン］も耐え難くなった。シテ・ヴェロンさえ、時々息が詰まる気がする。こうした状況、こうした場所と家族にまつわる運命の展開からある戯曲のアイデアが生まれる。不運によって無慈悲にも窒息状態に追いやられる一家が、徐々に徐々に追いつめられてゆく物語だ。ボリスは『帝国の建設者』のメモを取り始める。

演劇。というか、とりわけ小説ではない何か。ユルシュラや身近な友人たちががっかりしたことに、『北京の秋』の再版は失敗に終わったのだ。今回本はきちんと発行され、批評家やボリス・ヴィアンを評価する作家ピエール・マッコルランにも贈呈された。だが、本は売れなかった。コレージュ・ド・パタフィジックの積極的なキャンペーンにもかかわらず、反響はほとんどなかった。批評ははるか以前、十年も前にこの作品を埋葬したが、十年後もそれを掘り出すことはなかった。例によって、敗者復活戦により死後の賞賛を得るためには作者の死を待たねばならなかったのである。ジェローム・ランドンとアラン・ロブ＝グリエは、ボリスを取り巻くこの慢性的、決定的な無視が誰よりもよく分かった。ジェローム・ランドンの質問に対するジャーナリズムや文壇大御所の好い加減な回答で分かることは、ボリスがもはや元小説家でさえないという事実である。せいぜい昔のトランペッター、大分前からその冗談にうんざりの、道化師と一緒に小唄を歌う、時代遅れの悪ふざけ屋。一九四七年当時同様、文壇はアマチュアリズムと不真面目の明白な証であるジャンルの混交が大嫌いなのだ。

ミニュイ社の財政事情が悪化し、『赤い草』を刊行するチャンスが奪われる。いずれにせよ、ボリスはもうその可能性を信じていなかった。警戒心を解いたのは間違いだったと彼は思う。元作家。道化師。まだ証拠が足りないというのなら、数ヶ月後の次の手紙が多分役に立つだろう。それは一九五七年十一月十二日ボリス宛のジャン・ポーランの書簡、好意で書いたと思われる書簡である。恐るべき内容――「親愛なるボリス・ヴィアンへ、ぼくはあなたの作品に対するジャック・ヴァンスの（熱のこもった）解説記事を受け取りました。私どもは出来るだけ早くそれをお渡ししたいと思っています。ところで、『赤い草』を拝読したいのですが。どこに行けばありますか？　心をこめて、ジャン・ポーラン[＊7]」。

＊1　コレージュ・ド・パタフィジック『記録《ドシエ》』特別号『ボリス・ヴィア

ン』。パタフィジック暦八七年ジドゥーユ月九日、俗暦一九六〇年七月九日発行。

＊2　アンリ・サルヴァドール。肺浮腫の発作が起きる前、サルヴァドールは夏の終わりのツアーに絶対連れて行くと言っていた。

＊3　ジャン＝マリーは、クノーの息子。

＊4　ボリス・ヴィアン財団資料。

＊5　ガリマール資料。

＊6　同資料。

＊7　ボリス・ヴィアン財団資料。熱のこもった解説記事が何を指すのか、はっきりしない。ジャン・ポーランの言っている作品は、多分ヴァン・ヴォークトの第二作の翻訳か、ナンシーオペラ座で上演された『雪の騎士』の台本。

18　気前のいいアート・ディレクター

ロックンロールの先駆け

ボリスは歌手としての限定された役割に満足できなかった。結局、それはジャック・カネッティのせいなのだ。アート・ディレクター〔カネッティ〕は一九五五年十月、彼にジャズ・レコードの出版を勧めることで、羊小屋にオオカミを入れることになったのだ。好奇心が強く、発明好きで、理解力に自信のあるボリスは、自分には関係のないことにまで頭を突っ込む。彼は自宅のような気楽さでフィリップスに通い、ミーティングを中断させて自説を述べた。夜歌うだけでは物足りなかった。昼間彼はレコードとミュージックホールの業界について調査する。彼は相棒のアラン・ゴラゲールと二人でアポロ・スタジオを頻繁に訪れ、録音技術に興味を示し、詩句に手を入れ、「Go……Go」はもう少しメロディの中にジャズを加味した方がいいなどと提案する。技術部門の人たち、歌手仲間たちは彼に出て行って貰うことも出来たはずだ。しかし、彼の魅力と優しさはすぐに事務所内に受け入れられた。その上、彼のアドバイスは実に適切だったのである。

数ヶ月後、オランダに本社を持つ行儀のよい大会社フィリップスは、迫り来る侵略者〔ロックのこと〕からもはや逃れることができなくなっていた。先ずレコード産業史上特記すべき信じられないような馬鹿笑いが広がった〔ボリスたちは、ヨーロッパ最初のロックをすべてコミカル・ソングにした〕。一九五六年五月、作曲家のミシェル・ルグランがアメリカからロックンロールのレコードを持ち帰ったのだ。それは少し前からアメリカの若者たちのびっくりパーティを激変させている新しいリズムだ。フィリップスを何気なく訪れたアンリ・サルヴァドールとボリスが、偶然ミシェル・ルグランの掘り出し物を試聴する。正直な話、二人ともその音楽は月並みだと思った。ブルースの借り物だ。彼らは直ちにそこに白人商売人による昔懐かしい黒人ジャズ再利用の企みを見抜いた。しかし、ルグランがこの海の向こうのリズムの爆発的な人気を保証し、「ボビーソクサーズ」の弟分たちがエルヴィス・プレスリーなるアイドルを生み出したと言うので、この新音楽に対して直ちに決着をつけることになった。

ロックは既に王様だったのだろうか？　彼らはそれを笑い物にする。ある日の午後、サルヴァドールとボリスはミシェル・ルグランを彼らの反逆に誘い込み、四つのパロディ曲を作ってお笑いの方にねじ曲げ、ロックを処刑した。ロックはまだ大西洋を渡っていなかったので、むしろ先取りのパロディ曲というべきだろう。しかし、たとえロックの大波によって一掃される恐れのあるジャズの巨人たちへの共感が背景にあったとしても、ロックの繁栄をきちんと予見すべきであった。故意に愚かで嘲笑的な四曲のロック。悪ふざけによって聴衆のインテリジェンスに訴えるために、歌詞は単純で、メロディに凝った、無学文盲のロック四曲。ルグラン作曲の「ロックンロール・モップス」、アンリ・サルヴァドール作曲の「しゃっくりロック」、「愛してると言って」、「ロック&おい、早く消え失せろ！」。

ボリスは歌詞を念入りに作った。「ロックンロール・モップス」の一節――

おれはあの娘を瞬時に誘惑した
おれの瞳の中にある閃光で
彼女は木の葉のように落ちてきた
おれの大きなオランウータンの腕の中に

「しゃっくりロック」中の、上記作品に勝るとも劣らない傑作――

おれはしゃっくり持ち
神様がおれをそのように作った
おれはしゃっくり、おれはしゃっくり
どうにも止まらない
おれは息がつまる
ジュ・ロック・エ・ジュ・オケット・ジュ・オック・エ・
ジュ・ロケット

ボリスは手帳の中でこの安物ロックのためのタイトルをあれこれ思案している――「棘＝ロック」、「メトロ・デュロック」、「シラノロック」……陰謀家たちは既に彼らの四つの爆竹をフィリップスに鵜呑みさせようと企んでいた。彼らは向こうの人の名前で「メイド・イン・USA」のレコードを出すことを提案する。ルグランは既にアメリカ人風の偽名を持っていた。ミグ・バイクだ。サルヴァドールには、数ヶ月前からボリスがヘンリー・コーディングという素敵な名前を用意している。ボリス自身は作詞家として、地味にほとんど異母兄弟［ヴァーノン・サリヴァン］ともいえるヴァーノン・シンクレアを選んでいた。しかし、ジャケットの裏ではジャック・K・ネッティというアメリカ人の歌詞の翻訳家に甘んじている。六月二十一日のレコーディングは悪ふざけの総仕上げとなった。アメリカにはエルヴィス・プレスリーがいるかもしれないが、フランスには、ロックスターのヘンリー・コーディングと「ロック&ロール・ボーイズ」がいる。ギャグの反響と彼らがフィリップス事務局に提供した有益なアドバイスの情報は、遠くオランダ［フィリィップスの本社はオランダ］まで届いていた。

　一九五六年のバカンス明けに、ボリスは彼に期待している会社とギャラ方式の契約を結ぶ。彼は病気なのでもう歌わず、ジャック・カネッティが一種の非常勤顧問として彼を雇ったのだ。謹厳実直な会社だが、一握りの狂気を受け入れざるをえなくなったという次第。任務の具体的内容は決まっていなかった。彼は監督し、気に入ったことを推進し、提案し、修正する。結局、これまで無報酬でやっていたことを有給でやるだけだ。そして、まもなく彼は一つのひらめきを形にする――彼の好きな女優の一人マガリ・ノエルにロックをレコーディングさせたのだ。雇い主の疑り深い眼差しの前で、ボリスは歌詞を磨き、ゴラゲールは作曲に打ち込む。一九五六年十月十一日、アポロ・スタジオで、ジュールス・ダッシン監督の映画『男の争い』の激烈な女優は、ロックのパンテオンに「ジョニー、私をいじめて」とその有名なリフレインを刻んだ――

私をいじめて、ジョニー、ジョニー、ジョニー
私を天国へやって……ズーム！
私をいじめて、ジョニー、ジョニー、ジョニー
私は爆発《ブーム》する恋が好き！

　ボリスと歌い手は小規模で慎重なレコード業界に驚くべき風穴を開けた。フィリップスはこの外部参加者が挑発的だという情報は持っていた。しかし、これほどまでとは！　ジャック・カネッティは上層部に釈明しなければならなかった。とりわけ

皆が驚いたのは、このように自由奔放な官能の謳歌及びその他の「ストリップ・ロック」、「アルハンブラ・ロック」のようなみだらで傲慢無礼な曲を、よく女優が受け入れたということだった。そして、「小石のロック」――

ベイビー、ベイビー、ベイビー、ベイビー
私はここにいて幸せよ
愛してる、愛してる、愛してる、愛してる
それは定理よりもずっと素敵
結婚しましょう、結婚しましょう、結婚しましょう
あの人たちが目を離したらすぐに

実は、マガリ・ノエルとボリスは、アメリカ流ロックの男性優位主義に対して女性サイドからの反撃を打ち出すことで了解し合っていた。ある意味で、「ジョニー、私をいじめて」はフェミニズムの先駆けと言ってよい。女性の側から欲望を訴えるのだから。世の中は変わったのだ。それでもボリスは、あたかも埋め合わせをして、男たちが失った面目を取り戻してやるかのように、この悪魔的なレコードのジャケット裏の解説文で、自分の憧れの歌手によって火を点けられた、震えるような情熱を、もっと常識的なやり方で漏らしている――

「簡潔に次のようにまとめることができるだろう。
一、マガリ・ノエルはマリリン・モンロー同様女である。
二、彼女はマリリンの持っているものはすべて持っている。
三、彼女はほんの少しだがマリリン以上の何かさえ持っている。
四、その小さな何かがマイクを通して伝わってくる。

もし、レコード針が跳ぶ箇所があっても、心優しいレコード屋さんに苦情を言わないでほしい。マガリ・ノエルが三次元の録音をし、レコード盤の上にその痕跡を残したことだけを思い起こしてほしい。レコードはしゃべる以上この上なく意識を持つ物体である。それは擬態によって自分を寸分違わず……に、似せようと努めるものである。えーと、ねえ、あなた、話題を変えませんか？　でなければ、鎮静剤をお願いします」[*1]。

この熱っぽい女性ロックはまた、ヘンリー・コーディングのパロディに引き続き、ボリスにロックに対する軽蔑を確認させる機会を与える。彼の新しい音楽観は先駆けとなる二枚のレコードで終わったが、それは「ジャズとの折衷体」であるこの白人音楽の進入を遅らせることはなかった。彼はアメリカに失望する、というか、彼の夢見たアメリカはこのようにお粗末なものではなかった。アメリカの孤児、ボリス。戦前から念入りに描かれてきた彼のアメリカ像は粉々に砕け散る。彼のロック嫌いには、多くの証拠がある。先ず、エルヴィス・プレスリーに

関して息子が回想する父子論争。次に、ジャズのレコードを出したいという強迫観念。一九五七年のマイルス・デイヴィス、クロード・ボーリング、アール・ハインズ、アート・ブレイキーのレコーディング。最後に、彼が間もなくフランスのメジャーとなる音楽に、流れに逆らって猛烈な攻撃を加えた評論。例えば次の文章――「しばしばとても愉快で、ほとんど常に完璧に健全かつ陽気な黒人風のエロティック・ブルースは、白人のお粗末なミュージシャンたちによる小グループによって徹底的に改変され、利用されて（ビル・ヘイリー・スタイル）、愚かな大衆向けの一種の滑稽な部族音楽にまで成り下がっている」[*2]。

恐らくボリスは、彼のアイドルのマルチーヌ・キャロルに歌わせたかったろう。だが、一九五六年十一月十六日、マガリ・ノエルに別のレコーディングをさせた一時間後に、アポロ・スタジオで運試しをしたのは、ブリジット・バルドーだった。歌は「パリジェンヌ」。ゲンズブールが後になってB・Bに曲をつける時に思い出したという、ヴィアン＝ゴラゲール作のもう一つの扇情的な逸品である。残念ながら、その試みは後が続かなかった。

モラルや束縛
私には関係ない
前進するために
世界がある
金髪であれば
そしてスタイルがよければ
あなたのために歌っても
あなたを誘惑しても
魔女ではないわ
私は売り物ではないの
私を奪って
私を守って

十一月二十六日、ボリスはベルトルト・ブレヒトとクルト・ヴァイルの歌のフランス語版を、カトリーヌ・ソヴァージュが準備中していた芝居のために数時間で書き上げる。半年の内に、二～三の危険で大胆な企画を実行する間に、ボリスはフィリップスにとって欠かせない人物になっていた。一九五七年一月、彼はジャック・カネッティの部下として、ポピュラーミュージック担当アート・ディレクター補佐のポストを承諾する。紙業局を辞めてから十年、彼は再びサラリーマン稼業を始め、上司と事務所のタイムテーブルに出会う。彼がそれを承諾したのは、彼がとても疲れていたからだ。彼は絶えず金を必要としたし、シーシュ博士とモンターニュ博士のところへ通院していたにもかかわらず、あまり病気の改善は望めない状態だった。彼は医師に昼間の勤務の後、夜の執筆は少なめにすることを約束する。一月十三日、彼は手帳に書く――「ぼくは片足を棺桶に突っ込み、もう一方の足は一つの翼でしか羽ばたけない」。

彼は既にアラン・ロブ＝グリエも指摘したように、不思議に超然としたアート・ディレクターであった。仕事仲間たちが触れるのを避けていた神秘的な苦悶のベールを被って、いつも目の前に居り、愛想がよく、気前の良いボリス。一九五七年と一九五八年に彼に会った者たちは、もはや彼について以前と同じ人物像を描いていない。「彼の死は既に既成の事実でした」と当時フィリップスの広報担当課長だったシルヴィ・リヴェは説明する。あたかもボリスは僅かな安らぎの時を得たかのように、他人のために時間を割き、ベアトリス・ムーランにパタフィジックの説明をし、フィリップ・クレーとアナーキズムについて話し合う。幾つかの証言によると、不思議なことに彼は少し若返ったようにさえ見えた。真剣な少年の顔つきをした彼は、周囲に伝染する気取りのなさで彼の公務を推進した。彼が就任するや否や、彼の職場は即席の討論会場に変わった。誰でもそこに参加できた。たとえ、会社の顧問の意見に反しても、ジャック・カネッティ自身の考えに反しても、彼がいなかったら、会社は一フランの金も使いたくないと思ったであろうアーティストとの契約に、彼はサインをした。彼のお蔭でフィリップスはまるで魔法にでもかかったかのように、収益を重んじる本来の伝統すら忘れて、突飛なアイデアを受け入れることになったのである。

ボリスは期待されたものを生産し、監督し、アレンジした。ムルージ、ジャクリーヌ・フランソワ、三人の吟遊詩人、ベアトリス・ムーラン、ジャン＝クロード・ダルナル、フランシス・ルマルク。そしてもちろん、マガリ・ノエル。彼は彼女のために恋の歌を書いた。もちろん、出来る限り多くの歌をアンリ・サルヴァドールに。ブラッサンスとフェレは他社と契約していた。そうでなかったら、彼らもまた次々とレコーディングしたことだろう。しかし同時に、如何ともしがたい彼の好奇心。ジャック・カネッティはそれを過去も拒んだはずだし、現在も拒む。そのため、ボリスは一九五八年初頭にフィリップスの子会社フォンタナへ移籍することになった。昇進――フォンタナ・レコードのアート・ディレクター、ボリス・ヴィアン。それはクノーの近くに移ることでもあった。と言うのは、彼の事務所はラスパーユ大通りに変わったからだ。それはまた独立採算制を意味し、それが前述の好奇心を加速させて、カネッティの不興を買った。

「彼は無数のアイデアを持っていました」とジャック・カネッティは説明する。「多すぎるアイデア、一秒に一個のアイデア。

でも、それはとんでもないアイデアだったのです。彼は人間的な魅力があったので、何を言っても許される状態でした。そんなわけで、我々の関係は不首尾に終わらざるを得ませんでした」。多くの芸人が、このミュージックホールにおけるボリスの代父の厳しい見方に反論する。事実はまったく逆だ。パタシュー「ブリュアンの歌」、グレコ、クレー、フェルナン・レノー、アルマン・メストラル、その他出演の「シャンソン１９００」を製作するのには、大変な勇気と、皆を元気づける狂気と、真の意味での自信が必要だったと彼らは主張する。最初の偽のフランス「ロッカー」、ロック・フェレール、最初の本物フランス・ロッカー、ガブリエル・ダラールを発明するのに必要だった空想力。彼が訳し、それぞれジャック・ファブリとイヴ・ロベールが演じたグリムとアンデルセンの童話を子供たちにプレゼントする教育的な配慮。

もちろん、こうした大河＝製作の中には、「フランス国王たちの歌」、コードリーとチャチャチャ、フレド・ミナブロと彼の音楽ピザ、コードリー曹長と彼の喜劇兵など、目玉が飛び出しそうなものもあった。音痴の歌い手たち。友人たちのガールフレンド。シュールレアリスムの残党。協力者たちによる定義不十分なパタフィジックの実験。ボリスはそのすべてを受け入れた。あるいは、進んで採算無視の冒険を提案した。ここでもまた、彼は無意識のうちに、いつもの限界ぎりぎりの対決を追い求めるのである。だが、親会社は、ジャック・カネッティの敵対宣言にもかかわらず、このがむしゃらな、何でもやりたがる男を庇護のもとにおく決意をしたようだ。ボリスは湯水の如く金を使い、ジャズ音楽の仲間たちと契約し、アラン・ゴラゲールに次から次へと注文を出して悲鳴を上げさせた。彼自身も皆のために書きまくった。実を言うと、彼はとりわけレコード製作に励んだ。ジャック・カネッティが非難するのはそのことであり、また彼の歌詞を歌う歌手たちだ。軽妙な小品、ロック、ポップス。アンリ・サルヴァドールとは数十曲のシャンソン・クレオール［中南米やカリブ海の音楽］。ボリスはもう一つの屠殺棒を手に入れたのだ。彼は自分の文体をすべてのジャンルに合わせて変え、言葉を職業的な道具のように発し、しばしば野卑に傾き、月並みや永劫回帰や捨てられた女など、あらゆるパターンの文体の悦楽を探求するのである。

オーケストラ人間

一九五七年九月、ボリスは二度目の肺浮腫に襲われた。前回同様に重篤だ。だが、シーシュ博士とモンターニュ博士はたとえ米国での手術であれ、手術を勧めない態度を貫く。率直に言って、大きすぎる「体型」。ボリスはついに妻が仕事を辞め、彼の側に付き添うことを受け入れる。ジョルジュ・レーシュのショー「大道芸人見習い《ファキール》」の後、ユルシュラはダンスシューズを脱いだ。一九五八年一月十日~二十五日、二人はマンシュ県オーデルヴィル近くのグーリーに滞在する。人里離れた荒野、強風に傷めつけられた数軒の廃屋、村とすら呼べない。プレヴェール一家はそこの灯台の建物を入手したいと思っていた。ウルス［雌熊。ユルシュラ］とビゾン［野牛。ボリス］は、ホテル・ド・ラ・メールに逗留する。ボリスは医師たちから絶対安静を命じられていた。ある日、彼らはゆっくりとランドメールまでドライブをする。彼は彼女にもう一つの少年時代のパラダイス、というか今は石楠花《しゃくなげ》のジャングルになっている家の跡を見せた。「私には彼が泣き出しそうに見えました」とユルシュラは回想する。

　ある晩、この『心臓抜き』の舞台となった荒野で、彼の容体が悪化した。当初ユルシュラは医者を呼ぶことを考えた。それから、彼女はボリスを支えて車の中に横たわらせた。「今でもよく覚えています」とユルシュラは語る。「父から貰ったBMWを私は平均時速百二十キロの猛スピードで飛ばしました。その時、ボリスはもう呼吸すらできない状態だったのです……」。

　彼はコンバーチブルのレーシングカー、青のモーガンを自分のために奮発した。初めての新車である。フォンタナに所属するすべての女性歌手は、車酔いするほどぶっ飛ばすパリ市内のドライブを受け入れなければならなかった。彼は頻繁に商売敵のエディ・バークレーのところに現れた。ミシェル・ルグランや往事のインテリア・デザイナーでレコードに詳しいフィリップ・ヴァイルと、男同士の昼食をとるためである。アンリ・サルヴァドールがフィリップスを去り、サルヴァドールがいるところにはたいていボリスがいたので、フォンタナの仲間たちは自分たちのアート・ディレクターを探すために、敵のバークレーに電話をかけなければならなかった。ボリスにとって、サルヴァデュッシュは親友以上の存在だった。彼の鉄の肺［鉄製円筒形の人工呼吸器。患者は首だけ出して、中に閉じ込められる］、彼の生命力だった。アンリ・サルヴァドールは周囲に楽天的な気分を振りまく希有な才能を持っていた。彼の笑いはクノーのそれよりも時代がかっていて、熱帯の海鳥の叫びに似ていた。皆は彼の笑いがおかしくて笑った。彼は音楽の天才で、十種類もの楽器に匹敵するビロードの声をしていた。彼は自分のために歌い、息の切れたボリスに声を添えながら、友の代わりにも歌った。二人は一緒に絶え間なく歌を作り、決して歌い切れないほどの歌を作り、商品化できないほどの歌を作った。それをリードしたのはボリスだった。サルヴァドールは本来怠け者なのである。それが彼の生地の島［南米ギアナ］の気風なのだ。メランコリーや不安に囚われると、ボリスはすぐにサルヴァドールの家へ飛んでいった。もちろん、告白や愚痴や打ち明け話は一切しない。フォンタナの仕事という名目で、歌を作るためである。ボリスは座って最初の笑いを待つ。「彼は一度も客間のソファにあるフロアスタンドにぶつかったことのない、唯一の人物です」と歌手は言う。「ぼくはその瞬間を待ち構えていました。みんな座る時にランプの上にぶつかるのですが、彼はぶつからない。彼は座ったまま、黙っています。だから、しゃべり始めるのはぼくです。それは別段難しいことではありません。問題は彼がインテリだということ。素知らぬ顔をして、彼はぼくに数年分の勉強をさせてくれました。文学、SF、科学……彼はすべてを教えてくれました」。

「こんな風に、ペンを持って、あんまり何も考えないまま彼は書くのです。ぼくはピアノに向かい、彼にジョークを連発します。その反応の素早さは、まるでゲームのようでした。そういうやり方でないと、どうも彼はだめらしいのです。手早く片付けること、それです。ある日、ぼくはアンティル島［西インド諸島］の少年時代に先生が話してくれた〈私たちの祖先のガリア人〉という、とても愉快な話を彼にしました。ボリスはぼくの話をさえぎり――いきなり書き始めたのです。三十分後には、一つのシャンソンが生まれていました」。「愉快にやろうぜ」――

愉快にやろうぜ
愉快にやろうぜ
天が頭上に落ちてくる前に

愉快にやろうぜ
愉快にやろうぜ
天が落ちるのを邪魔するために

一九五八年のかなり早い時期に、ボリスは会社を辞めたい、結局給料をもらうために会社勤めをしているだけだ、と打ち明けるようになった。彼は生活スタイルを変えたいと思っていた。身体を休めたい。だが、誰もそれを信じなかった――夜遅くまでスタジオに残り、歌詞に手を入れ、曲にもう少し「ジャズのしなやかさ」がほしいなどと提案をしながら、彼は猛烈に働いていたからだ。

だが、心理的には、彼は気持ちが乗らなくなっていた。彼がヒルデガルド・ネフのLP製作に全力を傾けたのは、彼がこのドイツ人女優に魅了されたからだ。彼女はイヴ・アレグレの映画『ハンブルクの娘』をダニエル・ジェランとの共演で撮り終えたばかりだった。ボリスはこの映画のタイトル曲の歌詞を書いていた。ヒルデガルド・ネフはアメリカ、ドイツ、フランスの三国で活躍しているというメリットがあった。七月、彼は当初軽い気持ちでこの若い女優を熱心に口説き、直ちに二枚目のレコーディングをすることに成功する。目的は彼女をパリに足止めさせたかったからだ。ピエール・カストやピエール・ヴェイユ、何人かのフォンタナの仲間たちは、ヒルデガルド・ネフとユルシュラが瓜二つなのにびっくりする。同じ短髪の美しいブロンド、同じアクセント、同じ好奇心に富んだ眼の輝き。何人かは——その中にはピエール・カストもいるのだが——ボリスの不作法な言動を非難さえしている。ユルシュラも歌いたいという願望を何度か口にしていた。彼女の夫は彼女を激励する最大の影響力を持ち、少し前から彼女もその野心を実現させる気になっていた。「私が彼の応援を求める度に、必ずうまく行くよ、ウルス、と彼は言ってくれました」とユルシュラは説明する。彼は確かにバレエ・オーに所属する女性ダンサーの一人のレコーディングを監修したことがある。しかし、それはニコル・クロワジーユだった。

　ヒルデガルドがボリスの人生に関与し始めると、ユルシュラが辛い立場になると考える者が何人かいた。だが、その心配は当たらないとボリスは説明した。彼は突然恋に落ちる。その気がなくても。ただし、彼はしばしば幸福感と罪悪感の板挟みに陥り、彼に尽くした女性をいつも傷つける結果に終わるという自覚があった。けれども、彼は相手に魅了されるのである。最初はフォンタナの仲間たち以外には内密の関係だった。それが、徐々に露見した。「ある日、ヒルデガルドが彼と一緒にシテ・ヴェロンへ仕事にやって来ました」とユルシュラは説明する。「私は壁にペンキを塗っていました。彼女が引き上げる時、ボリスは彼女の腕を取り、袋小路まで彼女を送って行きました。それから、しばらくして、彼は彼女と数日間ベルリンで会うつもりだと告白しました。どうしても行かなくちゃいけないんだ、と彼は言いました。彼の不在中、私は復讐のためにドグリアムと何度も外出しました」。

　ボリスはベルリンからばつの悪そうな顔をして帰ってきた。彼らは、お互いに自由なんだ、と常日頃公言してきた。長時間、二人は話し合った。彼女がシテ・ヴェロンにいるのは、彼女の意志である。彼女はパトリックが好きだし、パトリックのためだ。ボリスの心は整理のつかない状態になっている。話は簡単だ。ボリスは不満そうな顔をする。簡単？　あなたの回りには常時いくらでも女がいるし、妖婦もいる。なぜ、新しい人生に踏み出さないの？　お金だったら、二人はここまでなんとかやり繰りしてきた。私には仕事がある。ジョルジュ・レーシュとローラン・プティは私の舞台復帰を待っている。監督たちも私の映画出演を希望している。あなたは、書けばいい……カストが必ず映画に使ってくれるだろう。それに、どうして小説を書かないの？

　そのことがあってから、ボリスは前よりも公然と会社を辞めることを口にし始めた。だが、フォンタナの仲間たちは相変わらずその話を信じない。ストックホルムへの出張の際、彼は初めて［嫌いな］飛行機に乗ったではないか？　彼は非常に格式張った会議にも出席したではないか？　実は、フォンタナの仲間たちは、ボリスの内面的な変化に気付いていなかった。レコードの仕事はもうあまり彼の興味を引いていなかったのだ。彼はじっくり時間をかけて業界の内部システムに関する意見をまとめ、彼の中に住む論争家が再び彼の印税の不合理をやり玉にあげる。『カナール・アンシェネ』が芸能欄の反順応主義［反体制的主張］を強化するため力を貸して欲しいと言ってきた。ボリスは一九五八年十月二十九日、ジョルジュ・ブラッサンス弁護の記事「シャンソン・ファンに物申す！」を書いて寄稿を開始する。「ジョルジュ・ブラッサンスは最近のツアーで、〈アルシバルド小父さん〉、〈祖父〉、〈酒〉、等々のタイトルを持つ、厳しく、異様で、凝りに凝った詩を書いた。その多くは地味すぎる主題と言われる死をテーマにしている……これらの作品を集めたLPレコードは、このアーティストの歌の中でもとりわけ秀逸である。だが、このレコードは余り売れていないようだ。（中略）しかし、〈アルシバルド小父さん〉はまぎれもない傑作である。（中略）哀れな初期のジャズ愛好者であるぼくたちは、好きなアーティストのレコードを手に入れるのに想像を絶する苦労をしたものだ。そして、ぼくたちは彼らについて蘊蓄《うんちく》を傾けるために雑誌を創刊した。シャンソン愛好家の皆さん、皆さんは〈アルシバルド小父さん〉のレコードを持っていますか？　オランピアへブラッサンスを聴きに行きましたか？　理知的で、愉快で、官能的で、魅力的な、ミシェル・アルノーを聴きに行きましたか？　行ってない？　それじゃあ、お話になりません！」[*3]。

　ボリスは十一月十二日、セルジュ・ゲンズブールに捧げた最初の評論でも同じ姿勢を堅持している――「あなたたちはまた、その青年が疑り深いとか、物事を悲観的に見るのはよくないとか、〈建設的〉でないとか……私に言うのだろう（そうだ、あなたたちの物言いはまったくこんな調子だ）。それに対する私の答えは次の通りだ。こんな風な歌詞や曲を作る懐疑的人間は、新しいタイプの白けた人間像を創出するために熟考に熟考を重ねたはずだ……いずれにせよ、それは嫌いなものを破壊することに汲々としている熱狂的なばか者どもよりは興味深い……」[*4]。アンリ・サルヴァドールへのオマージュは『フランス・オプセルヴァトゥール』誌に発表された。そこにも同時代人の好みに対する同じ苛立ちが詰め込まれている。たとえ任務に反する形になっても、ボリスは率先してシャンソン愛好者を責め、彼らの見識のなさを非難する。自分の作ったレコードのジャケットの解説文においてさえ、彼は直接、不特定の買い手に向かって、挑発し、脅し、もっと自由な考え方をするよう諭している。

　しばしば冗談や余談によって脱線するこうした暗黙の誘いや嫌みな解説は、ボリスがレコーディングを監修する時に話す内容と同じだった。唯一の例外は、一九五四年に『文体練習』をレコーディングした時のクノーへの賛辞。当時ボリスはまだ内部からレコード・ビジネスを邪魔する立場になかったのだ――「レーモン・クノーはファンが彼の音楽を理解できるように、音階練習から始める必要があった」とその時彼は書いている。「大作曲家というのは、そういうものなのだ。彼らの決定的な作品の価値を大衆がすぐに認めたら、それは彼らにとって残念なことだ――それは結局彼らが大衆の遥か前方を走っていないことを意味する。クノーの場合、まだそういうことは起きていない。そして、彼の作品で一番人気があるのは、まさに音階についての本なのだ」[*5]。この賛辞が書かれた後、クノーはボリスに一筆書き送る――「親愛なるボリス、『文体練習』のレコードに寄せた君の解説文にお礼を言います。素晴らしい文章だし、とても友情を感じます。感動しました。カクテル・パーティにはぜひお越しください」[*6]。

一九五八年、フォンタナのアート・ディレクター［ボリス］は徹底的な秘密の暴露を提案する。彼はブラッサンスやフェレの駆け出し時代の話ができる気心の知れた場所、小さなホールを探し回り、次に、ある晩、もっと有名だがもっとどん欲なプロデューサーのいるホールへ引っ越す。大きなホールでは周囲の圧力、取り巻きの圧力が芸術的な要求を抑えるように働きかけるはずだ。批評の役割と宣伝の役割……彼はマルセル・ドグリアムと組んで――ドグリアムは何本かの映画の製作を始めていた。その内の一本はフランス・ロッシュがインタビュー役を演じる、ボリスについてのカナダTV用ドキュメンタリー映画だ――ミュージックホールの偽スターの作り方、才能がなくても、騙されやすいファンにモテモテの人気者になる方法を伝授する短編映画を作ろうとする。

同じアート・ディレクターは、一九五八年末にはシャンソン界の仕組みを楽しく解体する、啓蒙と論争の両方を兼ねた本も出版する。アミオ出版のシリーズ物の責任者だったフランス・ロッシュが、一九五七年ボリスに本を書くことを勧めたのだ。中身は作者の自由だった。彼は初めジャズの本を書くことを考える。それから、シャンソンの背後にいる商売人を追い詰めることは、もっと急務だし、一般受けもするように思われた。イヴ・ジボーが無理やり慎ましい小説家の苦悩から引っ張り出され、インスタント顧問にさせられる。彼らはポピュラー音楽批評に関する一大アンケートを実施するつもりだ！　ジボーは承諾したが、穴を掘って自分の孤独の中に閉じこもったままだった。

ボリスは昔の同室者［ジボー］をなおも追いかける。ジボーへの手紙――「シテ・ヴェルイヨン、六番地の二、ヴィアン。十二月四日ヴァンドル・ドゥイヨン［金曜日］。親愛なるジブイヨン、次のラン（デュワイヨン）、平明な言葉で月曜日《ランディ》十三時十五分、「ヴフール」（パレ＝ロワイヤル）でフランス・ロッシュ、版元のアミオ（これが正確な版元の名前です）とシャンソン本の契約のためのくわい食《デジユヌイヨン》をします。その気になりましたら、ぎょ一《テレフォヌ》報《イエ》ください。草々、ボリス。追伸——オブ・コース、自然に英語になりましたが、この本は我々二人の契約ということになっていますので、よろしくお願いします」[*7]。忍耐強く待ったおかげで、ボリスはジボーを説得して、ミュージックホールに対する意見と批評の役割について尋ねる質問票を、アーティストに送らせることに成功する。しかし、本を書くしんどい仕事は、ボリス一人でやらなければならなかった。ジボーは姿を見せなかった。フランス・ロッシュさえもがアミオ社のシリーズから脱走した。そして、契約金を使い果たしたボリスだけが、契約を守る義務を負うことになったのである。

刊行の翌日、『それ行けオンギャク……この道を行けば大金持ち』は、フィリップスとモンタナの事務所で十部ばかりが……奪い合いになった。ボリスは経営陣の不興を買うのではないかと危ぶんだ。「ぼくは作家、歌手、ミュージシャン、技術者、ラジオ、その他と常時つきあいがあるので」と彼は書いている。「自分が罵倒されたと思い込む（大変な誤解なのだが）すべての人たちを敵に回すことになるかもしれない。仕事の性格上それはとても困ることだ。ただ、幸運にもぼくは長い人生の中で、幾つかの職業を身につけるように心がけてきた。そして、建物はいつもどこかで建具師を必要とするのである」[*8]。

もちろん、フィリップスとフォンタナの経営陣は、社内に職業に関する有益な考察を発信できる、歌手兼作者兼その道の専門家がいることを頼もしく思うと言明した。そうなのだ、処罰は杞憂だった。従って、ボリスはフォンタナの仕事を続けた。スタッフ皆から賞賛され、心の支えとなっている彼の存在は、問題視されなかった。辞めたくなった時は、自分でドアを開けて出て行くしかないのである。

青い紙に書かれたシナリオ

ボリスは退職を考え始めた。なぜなら、彼は並行する活動のいくつかを長期間放置したままだったからだ。四年間。それは彼の場合永遠に等しい。彼のシャンソンとレコード製作の経験は、たとえ実務的な経験であったとは言え、映画製作の呪われた計画と漠然としたその重い強迫観念がなかったら、良い思い出となったことだろう。彼は一九五四年にあるプロデューサーが承諾した『墓に唾をかけろ』の書き換えシナリオ『ジョー・グラントの受難《パッション》』のことをほとんど忘れていた。はっきり言って、彼は嫌な思い出ばかりのこの話には触れたくないし、否定したかった。ジャック・ドパーニュは別のスクリプトで映画を作っていた。二人の作家はほとんど会うこともなかった。二人のテキストは新パテ＝シネマ協会の引き出しの中で埃をかぶっていた。やがて上記協会は最初の約束を反故にする。ただし、二人のシナリオ作家が誰か適当な人を見つけて映画の製作を実現すれば、配給の方は引き受けましょう、ということになった。よくある話だ。ボリスには、即座に金を出してくれる熱意に燃えた出資者がいない作品をめぐって何度も経験した、あの嫌な感情が甦る。彼にとって時間の経過はまったく何の解決にもならなかった。彼とジャック・ドパーニュは、映画化に興味を示すプロデューサーに出会う。だが、出会った数週間後にそのプロデューサーは死んでしまう。悪い予感。

一九五七年末、ボリス・ヴィアンの小説に基づいて『墓に唾をかけろ』の映画を撮る準備が進んでいるという記事を、ジャック・ドパーニュがどこかで見つけてくる。最悪の展開だ。選りに選って不愉快きわまる過去のよみがえり。パテ社はボリスとの契約で、単に計画に関する法的な所有権を第三者に譲る権利を獲得しただけだった。幸運な新しい所有者はオセアン＝フィルム新社となった。この会社の人々は友好的で、こちらの質問に答え、最初のプロデューサーと結んだ契約に明記された作家たちを守る条項は、当然保証すると述べた。しかし、協力関係をさらに緊密にするためと、その象徴としての映画製作実現のために、オセアン＝フィルム新社は一九五八年二月十五日まで、一年間のオプションを付与してほしいとボリスに願い出た。ボリスはそれを受け入れる。そこで前の契約に代わって新しい契約書が作成された。ボリスは「『墓に唾をかけろ』のオリジナル作品の映画用脚色」という文面の「作品」を消して「戯曲」に変えた。彼にはリー・アンダーソンに比べてジョー・グラントという名前の注目度がはるかに劣ることは分かっていた。硫黄の匂い［悪の匂い］と昔のスキャンダルだけが映画への食指を誘うのだ。だが、ボリスは余りにも囚われていた。苦い記憶で身動きできなくなっていた。彼に付きまとうあのタイトル、世間の誤解の元凶であるあのタイトルによって、彼はおそらく麻痺状態に陥り、多分幻惑もされていたのだ。

彼はまた法律用語による形式的な著作権の尊重という文言に無邪気にも励まされ、それ以上に将来映画化された時に受け取る高額の印税に期待は大きくふくらんだ。彼とドパーニュの双方に二百万フラン！　アート・ディレクターの月給の十倍だ。我々を解放してくれる天の贈り物！　ところが、ボリスがオプションを認める際に設定した回答期日前に、オセアン＝フィルム新社は雲隠れしてしまう。新たに登場したのは国際プロダクション協会SIPROだ。SIPROは書留便を送り、家主が借家人に命ずるような口調で、四年前に最初のプロデューサーと約束した脚色原稿を渡すよう要求してきた。この連中はビジネスライクな連中だった。仮面を脱いだ素顔が現れる。

ボリスは監督や作家にアドバイスを求めることもできたはず

だし、かくれんぼ好きなプロダクションの真意を探ることもできたはずだ。その上、ＳＩＰＲＯは改めてオセアン＝フィルム新社の関与する余地を残していた。ボリスはそこで終わりにすべきだったのだ。リー・アンダーソンの傀儡であるジョー・グラントのことはきっぱり忘れるべきだったのだ。

　一九五八年、彼は逆に関係を強化する。そして、一九五八年二月十日、七十五万フランと交換に新しいオプションを付与する。もちろん、四百万フランの話とは別である。しかも、ボリスはさらに踏み込む。というか、さらに危ない橋を渡る――書留便を送った人たちが要求したわけでもないのに、一九五八年四月十日までに百ページのシナリオを渡す約束をしてしまうのだ。まるでうんざりして、あるいは恥ずかしくなってまた逃げ出すのを恐れたかのような、出来るだけ早く敵との協力関係を終わりにしたいかのような、素早さだ。当然、彼は期限通りに百ページのシナリオを渡せない。ＳＩＰＲＯ関係者にはディオニ・マスコロ［ガリマール社］やアンドレ・ラバルト［『コンステラション』］のような冗談は通じない。彼は今度はオセアン＝フィルム新社からフィルム・デュ・ヴェルソー社への権利譲渡を告げる書留便を受け取る。そして、それは厳しい口調で契約の履行を迫っていた――「貴殿は一九五八年四月十日までに百ページのシナリオを当社に渡す義務を負っています。そのシナリオはまだ貴殿から当社に届いておりません。当社と貴殿の間で結ばれた契約に鑑み（中略）、当社は貴殿の怠慢およびそのために生じる結果については、責任を負いかねます[*9]」。

　ボリスはフィルム・デュ・ヴェルソー社へ挑戦的な手紙を送ったが、七十五ページの脚本も同封した。その後数ヶ月間、彼の耳には『墓に唾をかけろ』の話はまったく入ってこなかった。オセアン＝フィルム新社のことも、ヴェルソー社のことも。要求のあった百ページのことも、渡したページのことも。雑音がないのはありがたいことだった。ところが、その沈黙は一九五八年十二月五日に突然終止符を打つ。まるで人形芝居の筋書きのように、だが、もっとユーモアのない形で、どうやら新たな権利譲渡先らしいＳＩＰＲＯが再び登場し、お得意の木で鼻をくくったような書面を寄せてきたのである。ボリスはもう彼らの流儀について行くことができなかった。彼はただ彼らが自分の気力を奪うことしか考えていないと思った。一九五八年末、ボリスはついにこのタイトルをめぐるプロダクションのワルツ［たらい回し］――その幾つかは架空のプロダクション――を子細に検討し、自分の文学的、精神的資質の中からまだ使えるものを救出しようと決意する。アート・ディレクターの全任務を放棄する時が来ていた。

＊1　『オンギャクの裏話』（クリスチャン・ブルゴワ社、一九七六年）。
＊2　日付なし。ノエル・アルノー『ボリス・ヴィアンの平行的人生』、前掲書、に引用あり。
＊3　『ベル・エポック』、前掲書、に収録。
＊4　前掲書。
＊5　『オンギャクの裏話』、前掲書。
＊6　一九五四年十一月五日付書簡。「友情」の文字にアンダーライン。ボリス・ヴィアン財団資料。
＊7　イヴ・ジボー資料。
＊8　『それ行けオンギャク……この道を行けば大金持ち』（アミオ社、一九五八年）。
＊9　ボリス・ヴィアン財団資料。

19 「若者よ、恐れるなかれ……」

　一九五九年一月。ボリスはグーリーのホテル・ド・ラ・メールから元気の出る近況を母に書き送った。「ぼくの心優しい友へ、ぼくは食べて、眠って、仕事をしています。少し休息することにしました」[*1]。シーシュ博士は、彼に数日間空気のきれいなところで静養することを命じたのだ。そこで彼は、生活のリズムを少し取り戻すことにする。彼は荒れ野や海岸を散歩する。彼は彼の夢の家が――彼の表現によれば――「停泊している」場所、がっしりした岩礁を見つける。そこは大地と水との間の透明な隔壁に囲まれた場所で、魚が好んで集まってくる場所である。

　ボリスはフォンタナの営業部長ルイ・アザンに退職願いを郵送する。彼は礼儀正しく予告後三ヶ月間の出社を申し出る。幾つかのレコーディングがまだ気にかかっていた。残りの日々はむしろうまく行きそうだ。サルヴァデュッシュがグーリーにやってきた。このテクノロジーからほど遠い僻地にピアノはない。二人が作る小唄の舞台装置は、彼らのギターとホテルの狭いサロンだけである。霧の中で聴くサルヴァドールの笑い声はさぞ愉快だろう。エディ・バークレーが彼のレコード会社のアート・ディレクターとして雇いたいと言ってきた。給料は弾むし、拘束時間も長くない――ジャズのレコーディング・カタログを作る仕事の再開だ。実際は二人の間で何もしなくても良いという了解ができていたので、仕事はほとんどないに等しかった。クノー、ドディ、ドグリアム、カスト、コレージュ・ド・パタフィジック、もちろんユルシュラを含む他の友人たち同様、バークレーと占領下のコンサートの古い仲間たちは、ボリスが小説を書くことを願っていたのだ。しかし、彼の方はさらにそれが大金を稼いでくれたらいいと思っていた。

というわけで、ボリスは食べて、寝て、仕事をしていたのだ。ジャクリーヌ・サンドストロームと共訳のブレンダン・ビーアンの戯曲『朝の客』の翻訳が最終段階に入っていた。二年間努力した結果、彼はようやくアーノルド・キュブレール〔ユルシュラの父〕の雑誌『Du』のフランス語版を出すスポンサーも見つけることができた。特に、新たな映画の支配者たちの厳命に従い、『墓に唾をかけろ』の「脚本七十五ページ」に対し「百ページ以上」を渡すことができた時は、怒りに打ち震えるような快感を覚えた。ボリスはスクリプトの書き出しから既に、担当者が次々に入れ替わる摩訶不思議なプロデューサーたちとの申し合わせ事項を、可能なかぎり楽しくぶち壊す――「カメラはアメリカ南部の夏の夜――正確には七月十七日二十一時四十五分――の静かな森のショットを映し出す」と彼は書く。「前景、右方に、退職した国鉄職員が一八七四年に植えた一本のニレの木。高さは思い切り低く見積もっても九十七フィートに達し、地下十八フィート。大きさの異なる二つの枝が伸びる。この木から七フィート離れた左方の、約二フィート奥に、一本の育ちの悪いオーストリア松……」。

それは愚かな商売人たちへの侮辱と憎悪にみちた、長文の手紙だった。自分にうんざりした手紙でもあった。ボリスは『墓に唾をかけろ』をまったく撮影不可能なものにしてしまう。彼は登場人物と人物を取り巻く環境を、映画化できない妄想によって破壊するのだ。プロの台詞を要求された彼は、度々延々と続く味わい深い描写を中断する――「（物語のこの部分では、登場人物が誰もいませんので、またしても台詞の挿入を諦めなければならないことをまことに申し訳なく思います）」。彼は契約上のやりとりをせざるをえないことで、彼らを嘲り、自らを嘲っているのだ。映画の、というか反＝映画の終わりで、彼は二人の主人公ジョーとリズベス――小説の中ではルー・アスキース――のロマンチックな死を手早く片付ける。「車は急斜面の縁に止まっていたので、ジョーとリズベスが峡谷に向かって突っ込むのに大した手間はかからなかった」。

ボリスは、一九五九年用の数多くの計画と、プロデューサーでさえなければ皆大笑いできる、百七十七ページの皮肉っぽいおふざけスクリプトを携え、モーガンを駆ってパリに戻ってきた。SIPROは予期した通り一月二十三日に、相変わらず青い紙を使って返事を寄こした――「貴殿から脚本の書面を頂戴しましたが、私どもは貴殿が何をなさろうとしているのか（中略）理解に苦しみます――一、私どもには脚本が理解できません。二、私どもはこの仕事を継続するため他の脚本家と交渉に入らざるをえません。三、私どもは貴殿によって被った損害に対し、あらゆる手段を講じる用意があります（私どもは既に三週間撮影を続行しています）」。ボリスとドパーニュは何の幻想も持っていなかった。職業上の接触から得た情報で、彼らは既に『墓に唾をかけろ』の作業が他の脚本家たちの間で始まっていることを知っていた。事実、絶えず彼の手から逃れ続けたこの計画は、徐々に緊張感のない金儲け主義へとはまり込んでいた。アメリカ人監督でマッカーシズム〔赤狩り〕の標的にされたジョン・ベリーから、フランス人監督たちへ、そして新米監督ミシェル・ガストへと、監督のレベルも落ちた。ボリスはジョー役にロジェ・アナンを希望したが、アナンは諸般の事情から辞退した。

　程なく新聞・雑誌で映画の予告が行われた。四月からニースのヴィクトリーヌ・スタジオで撮影が開始されるという予告だ。奇妙なことに、どこからもボリスの名前は出なかった。ボリス・ヴィアン抜きで、スキャンダラスな効果と売り上げを狙う『墓に唾をかけろ』の映画。役者が決まる——クリスチャン・マルカンとアントネラ・ルアルディ。本屋役はフェルナン・ルドゥー、小説の中のデクスター役はポール・ゲール、娘たちの役は若い無名の女優陣だ。プレス発表で、監督は小説と一線を画したことに力点を置いた。『パリ＝ジュルナル』の一九五九年二月二十一日～二十二日号——「小説本体に信じられないほどの改変を加えることから映画作りは始まりました」と彼は強調する。「〝安易な〟柄の悪さと画面の過激さは修正され、脚色は映画ならではの多くの工夫によって内容豊かなものになりました——そのため製作には八ヶ月を要した次第です」。これを読むと、ボリス・ヴィアンのシナリオはずいぶん前から既に当てにされていなかったことがわかる。

　それは誰かが彼の代わりにヴァーノン・サリヴァンの背後に隠れようとしているからなのか？　その誰かは産みの親をあんなにも苦しめたスキャンダルをもう一度再現したいと考えているのか？　ボリスの対応がまず過ぎたのか？　契約は彼に金銭的な解決を保証している。それであれば、なぜ彼は自己主張しないのか？　なぜ、ジャン・ダリュアンのところに駆け込んで、小説のタイトルを買い戻させ、その精神的な所有者とならないのか？　とりわけ、なぜ彼は、大急ぎでこの公式書類を、まさにこの瞬間彼と交渉に入っていたプロダクションの協会、国際シネマ・テレヴィジョン（ＣＴＩ）に転売したのか？　ボリスはアルジェリア戦争の今、そして植民地解放機運の盛り上がった今、彼の信条である人種差別反対の主張に一段と名誉ある形を与えようと必死で考えたのだ。撮影開始から数日後の映画の準備段階で、ボリスは、自分の資料とセゲルス社の百七十七ページのシナリオを武器に、逆襲できると信じていた。映画が完成した晩に、「偽物」を告発するために提出する「本物」だ。横領者に対する、才能豊かな産みの親からの復讐。ところが、ＣＴＩは撮影中の映画のプロデューサーとつるんでいた。そして、敵対関係にあると思われたボリスの二人の交渉相手は、結束して彼に対抗する。結局、彼は何年も前からあらゆる手段を使ってタイトルを奪い去ろうと画策してきた連中に、自らタイトルを売り渡してしまったことになる！　それではまるでボリス・ヴィアンの人生、経歴、あるいは挫折においてさえ、ヴァーノン・サリヴァンの存在意義は決して小さくなかったと言っているようなものではないか。記憶から消し去った一九四六年の誤解と悪ふざけ、そして、忌まわしい冗談の結末！　夢、裁判、戯曲、スコルピオン社の冒険とポーランの侮蔑。コインの表である大きな収入と引き替えに、コインの裏の借金！　悲喜劇の十年間。蜃気楼だ！

法律的に争えないシナリオとタイトルの横領以上に、ボリスはこうした不快な過去の思い出へ引き戻されることの方が辛かった。二ヶ月の間に、彼は一九五九年用に計画したことを忘れてしまう。グーリーの透明な海中にある夢の岩礁。バークレーの庇護。約束された別の人生。疲労と不安が再び彼を襲う。異常な動悸の発作が頻繁になる。「一メートル離れていても動悸を拍つ音が聞こえたのです」とユルシュラは言う。彼女は彼が机に座って何時間もじっとしている姿を目撃する。あるいは、台所で内股になり、震える手で大きなカップを持っている姿を。再び彼の苛立ちが始まる。酸素の欠乏。時間。不可能な願望――もう一つの心臓がほしい。彼はユルシュラにどこでもいいからバカンスに行ってほしい、とか、ジョルジュ・レッシュと巡業に行ってほしいと言う。「老いぼれ」の見えないところへ行ってほしい。彼は再び不安な言葉を口にする――「ぼくは死ぬだろう。せめてその時期が少しでも先に延びてくれたら。」彼はシテ・ヴェロンの広々としたテラスをさまよう。突然ある考えが閃いて、彼は大急ぎでユルシュラのところに戻ってくる――「もし、ぼくが死んでも、カストとドグリアム以外知らせちゃだめだよ」。クノーが『地下鉄のザジ』の原稿を読ませるためにやってくる。ドディ［クロード・レオン］はもっと頻繁に立ち寄った。

他の極端な緊張状態の時と同じように、彼は苦悩を他人に見せなかった。彼はロジェ・ヴァディムがロジェ・ヴァイヤンと組んで脚色したラクロの『危険な関係』のプレヴァン役で映画出演することを了承する。彼の仕事仲間は彼の青白い顔に驚かなかった。彼の顔はいつも蒼白だったからだ。皆はバークレー社で、親切な彼、以前フォンタナの仲間たちに与えたのと同じ、突飛なアドバイスを気前よく連発する彼を見ていた。仲間たちはいつも誰かがシーシュ博士の病院まで彼に付き添った。博士のところへ行くのは、三年前からの習慣である。彼はジョルジュ・ドルリュと共に至福の日々を過ごす。二人の『雪の騎士』はオペラ＝コミック座での公演という栄誉を勝ち取ろうとしていた。

コレージュ・ド・パタフィジックにとって、一九五九年は行事の多い年だった。創立者サンドミール博士が他界したが、団体の活動停止や記録資料の封印という解決策が採られなかった以上、コレージュ・ド・パタフィジックはその後継者を任命しなければならない。任命手続きには難しい取り決めがあった。先ず、ジャック・プレヴェール、パスカル・ピア、ボリスを含む十人の太守《サトラップ》が規則を確認する。次に、「単独選挙人《ユニーク・エレクトゥール》」を指名する役目の大選挙人《グラン・ゼレクトゥール》を任命する。「単独選挙人《ユニーク・エレクトゥール》」は一人で「コレージュ・ド・パタフィジックの管財人代理、グランド・ジドゥーイユ勲位大師範最高会議の恒常的会長代理」を選ぶ。単独選挙人のレーモン・クノーは、管財人代理としてアルフレッド・ジャリとギヨーム・アポリネール双方の友人、ジャン・モレ男爵を指名する旨を厳かに宣言する。四月、シテ・ヴェロンの屋上テラスで、ボリス、プレヴェール、犬のエルジェ［プレヴェールの愛犬］の三太守《サトラップ》は投票の結果を確認した。

　五月二十八日、ジャン＝ジャック・ルソー街のレストラン「エピ・ドール」で、パタフィジシャンたちは「パタフィジック的忠誠の祝宴」を開き、彼らの新会長の栄誉をたたえる。ミシェル・レリスとボリスがモレ男爵を囲んだ。なぜなら、一九五九年はジャリの旧友たちだけのものではなかったからだ。ボリスもまたコレージュの中で最も賞賛された太守《サトラップ》の一人だったのである。彼の病気のことを皆が知っていたからだろうか？　ボリスが時代や出版社や劇場から彼らよりも不当な偏見を持たれていたからだろうか？　彼の人生、知識、興味の中心が、彼らの「想像力による解決の科学」にすんなり溶け込んでいたからだろうか？　いずれにせよ、宴会や置換地口だけにうつつを抜かしているわけではないコレージュは、ボリス・ヴィアンの人気を南側から、あるいは左岸［セーヌの南］から奪回することを企てた。生前に、小説家、戦争劇作家としての彼の名誉回復を企てたのだ。パタフィジシャンたちは彼の作品を無視したことを理由に、他の出版社以上にガリマール出版を恨んだ。彼らは『赤い草』の最後の何冊かを回し読みした。とりわけ、彼らは声を大にしてあなたこそ大作家であると作者に繰り返した。この春、ボリスは笑顔で、仲間たちの言葉を信じたいと思うのだった。さらに、五月には『クノーの手帖』の次の出版物として彼の未刊の戯曲が入念に準備された。極めて限られたサークルの中だが、『青白きシリーズ』、『将軍たちのおやつ』、『帝国の建設者』が存在を主張するだろう。

　六月四日、ボリスは手帳に記している――「若者よ、恐れるなかれ……」。この日、再び動悸の異常が発生した。彼はわずかな呼吸を取り戻すために階段の途中で長時間動かなかった。ユルシュラはボリスに懇願されてオレロン島にいる両親の所へ行っていた。ただ、若い妻はバレエ・オーのダンサーである女友だちのクローディ・ブルロンに、一見元気そうな彼の付き添い役を頼んでいた。彼はこの付き添い女性が彼の病状を心配すると、彼女に対しても苛立った。彼はシーシュ博士は藪医者だとののしった。だが、それはユルシュラへの苛立ちではなかった——彼の怒りは彼の人生の地雷原のただ中に一人の女性を残して行くという妻の心遣いや心配によって増大したのではなかった。

夜、彼はドクトゥール＝ブランシュ街のサルヴァデュッシュのアパルトマンに長居をしていた。新しいシャンソンをつくるためだ。アンリ・サルヴァドールは、二人にとってシャンソンが今特別必要なものではないことを、優しく説得しようとした。しかし、ボリスはシャンソンに固執した。作曲家はびっくりしてピアノに戻る。無理をしていつもの笑い声を発したり、熱帯の貿易風の匂い［カリブ海］を百回も話した後で、明け方彼がソファの上で眠り込んでも、ボリスは彼のそばを離れず、相変わらず作詩を続けるか、じっと壁を見ていた。夜が明けると、彼は誰もいないパリの街を青いモーガンで引き上げて行く。彼はクローディに前夜バスタブの中で気分が悪くなったと白状した。そこで、ユルシュラが呼び戻されることになった。そのため、彼は益々絶望的になった。

ユルシュラは恐らく六月初めに書いたと思われる詩を見つけた。赤インクで書いたか、もしくは、転写した詩で、サインはページの下に流れたか、消えていた。その詩の終わりの一節はこうだ——

ぼくは生きながらうじ虫に齧られ死ぬだろう
ぼくは滝の下で両手を縛られ死ぬだろう
ぼくは悲しい炎に焼かれて死ぬだろう
ぼくは死ぬだろう、少し、大いに
情熱もなく［花占いの、少し、大いに、情熱的に、のパロディ］、しかし興味を持って
そして、すべてが終わった時
ぼくは死ぬだろう

六月十一日、休みをとることができたすべてのコレージュ太守《サトラップ》が「ジャン・モレ閣下への厳かな喝采」のために「三太守」（ボリス、プレヴェール、犬のエルジェ）のテラス——ムーラン・ルージュの屋上の新しい呼称——に集結した。シャンパン、パタフィジック的スピーチ、ボタン穴のジドゥーイユ勲章。新たな太守がコレージュに加わった——サルヴァドールだ。彼は新生ルガトゥ・サークルの面々、クノー、イヨネスコ、ロジェ・グルニエ、ピエール・カスト、ドグリアム、シネ、ルマルシャン、ジャン・フェリー、ルネ・クレール等によって喝采を受けた。実験企画太守のボリスを喜ばせるすてきな祝賀行事

だった。

　それからまもなく、ついに決心したかのように、彼はユルシュラに『心臓抜き』の続編の話をした。第二巻は彼女のために書くつもりなのだ！　彼女はバレエ・オーで踊り、彼は小説に集中した。幾つかの穴埋め記事を断り、緊急の仕事だけを片付けた。彼は度々グーリーに滞在した。ユルシュラもそれを了承する。一九五九年六月二十二日、昔の仲間の一人ドニ・ブルジョワが、明日シャン＝ゼリゼ近くのプティ・マルブーフ・ホールでミシェル・ガストの映画『墓に唾をかけろ』の試写会がある、とボリスに電話をかけてきた。来た方がいいんじゃない？　映画が公開される前に、彼らがどんな映画を作り、君の名前をどんな風に扱ったかを知るためにもね。ボリスは迷った。この数ヶ月子供のことで時折会っていたミシェルは、電話口で行かない方がいいと言った。何人かの友人は来た方がいいと言った。出席するプロデューサーたちと顔を合わせて話をした方がいい。それに、アラン・ゴラゲールの映画音楽はジャズの業界で既に傑作との評判が高かった。

　六月二十三日早朝、ボリスはまだ迷っていた。彼はドパーニュに電話をする。脚本家［ドパーニュ］はプティ・マルブーフに行くことが分かった。ユルシュラが眠そうな目を開ける。前夜帰宅が遅かったのだ。彼女は一緒に行きたいと言う。彼は家で寝ていなさいと答える。気の進まない仕事なんだから。

　ボリスは自分の小説がどんな映画になったかを知ることはないだろう。六月二十三日午前十時、映画が始まってわずか数場面も行かないうちに、彼の頭は後ろにのけぞったからだ。心臓が止まっていた。彼の「巨体」はゆっくりと肘掛け椅子からずり落ちる。一九五九年六月二十三日、ボリス・ヴィアンはラエネック病院へ到着する前に絶命した。彼を悼んで涙を流した者たちの中で、シーシュ博士だけは彼の寿命が尽きたことを知っていた。

※

　ボリス・ヴィアン。一九二〇年～一九五九年。きっかり三十九年だ。エンジニアの計算は正確だ。いずれにせよ、四十歳は予言者［プレヴェールがボリスに与えた呼称］にとって決して望ましい年齢ではない。年を食いすぎているか、若すぎるかのどちらかだ。ヴィル＝ダヴレーの墓地では、一つのシーンが彼を喜ばせたはずだ。葬儀社の従業員がストライキを起こし、友人たちが皆で棺を運んで埋葬しなければならなかったからだ。『日々の泡』のクロエはもっとひどい扱いを受けた。そう、きっと彼は喜んだことだろう。「軍人も僧侶もいらない。なぜなら、ぼくの夢はいつだって仲介者なしに死ぬことだったのだから」と書いた彼ではないか。近親者以外で葬儀に参列したのは、主にミュージックホールの関係者とパタフィジシャンたちであった。サン゠ジェルマン゠デ゠プレが終わってから、もうずいぶん長い時間が流れていた。

＊1　ジャック・デュシャトー『ボリス・ヴィアンまたは運命の悪戯』（前掲書）に引用あり。

訳者あとがき

本書は、フィリップ・ボッジオ著『ボリス・ヴィアン伝』、フラマリオン社、一九九三年（Philippe Boggio : BORIS VIAN, Flammarion, 1993）の全訳である。ただし、巻末の書誌は一般の読者には不要と思われるので、省かせていただいた。また、二〇〇九年六月、ボリス・ヴィアン没後五十周年を記念して第二版が刊行されたが、再版の序と掲載写真を除いて内容は同一である。したがって、本書では、再版の序のみ訳出追加し、テキストと写真は初版本を使用（写真は一部再構成）したことをお断りしておきたい。

ボリス・ヴィアンの生涯と作品を扱った類書には、ヴィアン入門の古典とも言うべきノエル・アルノー著『ボリス・ヴィアン――その平行的人生』（拙訳、書肆山田、一九九二年）がある。おびただしい数の発表・未発表作品をちりばめながら、そこから浮かび上がる途方もなくマルチで、アナーキーな、「作者自身によるボリス・ヴィアン」を追い求めた秀作だ。その『平行的人生』が作品中心の構成を取っているのに対し、本書は「伝記」である以上、作品の背後にあった苛酷で想像を絶する「ボリス・ヴィアンの人生」そのものを克明に描き出したところに特徴がある。作品ばかりでなく、作者の生および思想信条自体が過激であったボリス・ヴィアンの場合、あまたの研究書や回想記、写真集が彼の生き様にページを割いているが、初期の優れたヴィアン研究書M・リバルカ『ボリス・ヴィアン、解釈と資料』（ミナール社、一九六九年）、中期のジュヌヴィエーヴ・ボーヴァルレ『ボリス・ヴィアン』（アシェット社、一九八二年）、本書と同じ年に出たマルク・ラップラン『ボリス・ヴィアン、反逆の人生』（オタワ大学出版、ニゼ出版、一九九三年）など評伝と銘打った著作も本格的な伝記と言うにはほど遠く、唯一本書だけが分量・内容ともに他を圧倒して、真に評伝と呼ばれるのに相応しい風格を備えていると言えよう。ボリス・ヴィアンの著作からアナーキーで多面体のヴィアン像を抽出する、明るく楽天的な『平行的人生』と、病気と困窮と人間的弱点を引きずりながらも、断固として精神的自由を貫くために苦闘する、孤独な実像の『ヴィアン伝』。その明暗二つの人物像が出そろって、初めて真のヴィアン理解は完成するのである。

それにしても、何というヴィアンの人生！　壮絶な非順応主義ゆえの挫折と経済的逼迫と不屈のゲリラ戦、『墓に唾をかけろ』の不条理な祟りによる運命の悲喜劇、ぎりぎりと万力のように彼の肉体と精神を締め付け、押しつぶしてしまう心臓病のリアリズム！　そして、本評伝で初めて明らかにされる妻のミシェル、長男のパトリック、過保護の母をめぐる家族間の軋轢！

その詳細は本書でお読みいただくとして、ここでは初めて経緯が明らかになった歌手ヴィアンの誕生と全国ツアーに押しかけた右翼退役軍人たちの妨害の嵐をとりあげてみよう。他界する五〜六年前に、ボリス・ヴィアンはシャンソンに転進した。「今回ボリスがシャンソンを始めたのは、突然の決心である。そして、本気だった。一九五四年の初めから、彼はそこに全エネルギーを傾注し、没頭する」とボッジオは書いている。『北京の秋』（一九四七年）、『赤い草』（一九五〇年）、『屠殺屋入門』（一九五〇年）、『心臓抜き』（一九五三年）と立て続けに小説や戯曲を書いてきたが、一向に埒が明かない。「シャンソンは、と彼はある日友人に説明している。価値がすぐに分かる。採用されるか、されないか。すぐに決まる。小説や戯曲やオペラはだらだらと長引く。」これが明快なシャンソン転向の理由だ。だが、ボリスの歌詞は小説や戯曲同様あまりにも過激なので、作曲家のジミー・ウォルターと一緒に音楽出版社を回るが、中々色良い返事がもらえない。「数ヶ月も続いた会社訪問にうんざり」した彼は、ジャック・カネッティに「ジプシーのような作詞家生活」をこぼす。すると、カネッティは、一度あなたの歌を聴かせて欲しいと言う。歌を聴いた彼の答えは、「解決策はただ一つ、あなた自身が舞台でそれを歌うことですよ」だった。

有名なカネッティ三兄弟（兄はノーベル文学賞受賞者）の一人で、新人発掘の名手と言われたこの凄腕のプロデューサーは、ボリスの歌をどのように聴いたのだろうか？　彼はまた、ステージでのあまりの不評に自信をなくしたボリスが、歌手を止めたいと言うと、事も無げに、次のような殺し文句を吐く。「芸人は少なくとも一年くらい続けないと、自分に才能があるかどうか分からないし、世間に認められる幸運にも出会えません。何も分からないまま、止めていいんですか？」。そこで止めなかったボリスも相当なものだが、カネッティのこの自信は何に由来するのだろう？　ユダヤ人のカネッティは、ナチスと闘い、ナチスによるフランス占領中は北アフリカに逃れて劇場をつくったというが、その反骨精神だろうか？　シンガーソングライターの時代を切り開いた男の使命感だろうか？　ともあれ、この「トロワ＝ボーデ」の支配人の慧眼、もしくは、腹の据わった庇護によって、異色の歌手ボリス・ヴィアンは誕生するのである。また、この型破りな歌手、歌手と呼ぶには余りにも常軌を逸した歌手、アンチ歌手の誕生場面に偶然居合わせた一人の若者が、もう一人のアンチ歌手として出発する決意を固めるのも人生の不思議だ。セルジュ・ゲンズブールである。「彼はとんでもない事や物を歌い、ぼくの一生を決定づけるほど強い印象を残しました。（中略）いずれにせよ、このマイナーな芸術で何か面白いことをしようと決めたのは、彼の歌を聴いたからです」とゲンズブールは告白している。後のゲンズブールの活躍ぶりを知る者は、このバトン・タッチの妙と歴史の偶然に、思わず唸ってしまうだろう。

さて、歌手になり、一九五五年初頭から「トロワ＝ボーデ」のステージで歌っていたボリスは、七月下旬「トロワ＝ボーデ」の芸人たちと一ヶ月間の夏巡業に出る。それは思いも掛けない大荒れの全国ツアーとなった。パリの舞台でも観客が凍りついたくらいだから（その第一の原因は、ボリスがあがり症で、観客を不快な緊張状態の中に巻き込むことによる）、陽気で古典的な首都の芸を期待する地方の観客に受けないことは予想できたが、そんな次元の話ではなかった。前年の一九五四年、仏軍は五月にインドシナ半島で敗北し、十一月にはアルジェリア戦争も勃発して、フランスは一挙に全植民地を失う危機に遭遇していた。ボリスの歌う「脱走兵」（一九五四年）の歌が、国難にいきり立つ退役軍人や右翼プジャード派をいたく刺激したのである。

ツアーの後半は、ブルターニュ半島の海岸線を大西洋側の港町ナントからロリアン、そして英仏海峡のペロズ＝ギレック、ディナール、さらにはベルギー国境に近いル・トゥーケへと一周する。ロリアンでは、ボリスがステージに立つと、客席の一団が一斉に「ロシアへ帰れ！」［ボリスはロシア風の名前であり、ロシアは左翼の代名詞］と叫び、ペロズ＝ギレックでは、罵声に妨げられて、ボリスは七回も歌い出しを繰り返さねばならなかった。妨害工作は、ディナールでピークを迎える。今回の騒ぎの首謀者はディナールの市長ヴェルネーであり、彼が各地の旧軍人や議員たちに電話をかけて、蜂起を促していたからだ。「ボリスが登場すると、彼らは立ち上がり、歌おうとするボリスに向かって、わめき散らした」。最後に、主役の市長がボリスに近づき、ステージの上まで上がってきて、騒ぎが大きくならないうちにどうぞお引き取り下さい、とすごむ。「ボリスは、乱闘が始まる前に退場した」。

翌日の会場は、かなり東に移動してベルギー国境に近い避暑地ル・トゥーケ。別の一団が騒ぎ、リーダー格の将校がやって来る。「今回はボリスも先手をとって」、相手との論争に持ち込み、「最初は観客の前で、次に喫煙バーで」話し合いを続ける。そして、ついに将校は「戦争が不幸な出来事であることを認めた」。

　ボリスは歌手になる少し前に『芸術《アール》』誌の論文で「人々はあなたのシャンソンを拒否できる、それは認めよう。だが、あなたがそれを歌うことまで、妨害できるだろうか？」と書いた。作詞家ボリスの責任は、ただ過激な歌をつくって世の中を挑発するだけでは十分に責任を果たせたとは言えない。それを自ら聴衆の前で歌い、聴衆の抵抗を直接生身の体で受け止めて初めて、そういう歌をつくったことの意味も責任も、そして手応えも感じることができるのである。「彼は単なる観客であることをやめてステージに立つことがどういうことなのか、それを知りたいと思った。舞台の上では、ボクシングのように、やられたらやり返すことが可能だろう。ボクシングは彼の好きなスポーツだ。さらに、高等教育の虚飾なしに、また文章のフィルターも介さずに、敢えて相手に一撃を加えることさえできそうだ。生身の肉体で……」と『脱走兵の歌』［スカリ社、二〇〇八年刊。ヴィアンのシャンソンの中でもとりわけ有名な「脱走兵」が、どのような形で誕生し、世界に広まり、今も平和主義者たちを鼓舞し続けているかを検証する本。近々国書刊行会から翻訳出版の予定］の作者マルク・デュフォーは解説し、「敬礼する将軍よりもこわばった突然の直立不動の姿勢。彼の身体はまるで軍人だ――軍隊が大嫌いな男にとって何というアイロニー。彼は水を飲まず、肥大した心臓を腹の奥底で溺れさせ、ロシアン・ルーレット遊びをする。彼は逃げ出したいが、たとえその場に留まる一瞬一瞬の代償がどんなに大きくても、逃げなかった」と続けている。

　こうして、ボリス・ヴィアンの壮絶な夏巡業は終わる。しかし、考えてみれば、彼の人生、彼と社会との関わりはこうした修羅場の連続であり、それに耐えうる彼の精神力、ゲリラ的に方向転換して苦境を突破してゆく、したたかで柔軟な能力こそが、ヴィアンのヴィアンたる所以なのだ。さらに、この伝記全編を通して感心することは、不思議なことに、どんなに追い詰められた時にも彼を支える応援団が存在することだ。それは彼の魅力なのか、フランスの魅力なのか？　ともあれ、緊迫した今回のツアーは最終的に〈話し合い〉で決着した。議論に持ち込む方も、それに応じる方も、これは自慢していいことではないだろうか？　そこには古代ギリシャ以来の〈ロゴスの伝統〉の余韻が、まだ残っている。これはフランスの（あるいはヨーロッパの）魅力であろう。

　以上、歌手ヴィアン誕生の経緯と地方巡業騒動のあらましを紹介したが、本書にはその外、ジュリエット・グレコの歌手誕生秘話も、レーモン・クノーとの友情も、尊敬するデューク・エリントン歓迎の大興奮も、『墓に唾をかけろ』裁判のカリカチュアも、サルトル・ファミリーとの奇妙な交流も、サン＝ジェルマン＝デ＝プレの隆盛と没落も、ノエル・アルノー『平行的人生』には出てこない数多くの興味深い挿話が目白押しに登場する。たとえば、ボリスとユルシュラが初めて所帯を持ったクリシー大通り八番地の最上階小部屋の隣室には、偶然にも反軍小説家［『いざ、祖国の子らよ』の作者］のイヴ・ジボーが住んでいて、自らも貧しく、家庭内のごたごたや社会的な不評に傷ついてどん底のボリスだったが、あるいはそれゆえに、ジボーに食事をさせたり、励ましたりして、せっせとこの内気で不遇な、軍人嫌いの仲間の面倒を見ている。本書の随所に挿入される、こうしたささやかな、心温まる珠玉のエピソードが、ボッジオ伝記の素晴らしさである。

　最後に、少佐《マジョール》について。ボリスと少佐《マジョール》ことジャック・ルスタロの出会いと交友は、ボリスがボリス・ヴィアンになる運命的な出会いの一つだから、当然本書でもアルノー『平行的人生』でも大きく取り上げられているが、是非とも触れておきたいのは、ボリス＝少佐《マジョール》のペアが、奇妙なほどシュールレアリスムの法王アンドレ・ブルトン＝ジャック・ヴァシェのペアに酷似していることだ。少佐《マジョール》が第二次世界大戦、戦中戦後の過激で虚無的な若者のメンタリティによってボリスに絶大な影響を与えたとすれば、ジャック・ヴァシェは、第一次世界大戦の戦場体験によって根底から既存の価値観を破壊された人物として登場し、まだサンボリスムの余韻を引きずり、ランボー、アポリネール辺りで止まっていた若き文学青年のブルトンを、ダダへ、そしてシュールレアリスムへと押しやる重大なきっかけをつくっている。

　十九歳のブルトンは、一九一五年四月から六月まで二等砲兵としての教練を受け、七月初めナント市立慈善病院へ救急隊インターンとして配属される。五ヶ月年長のジャック・ヴァシェは、一年前の十二月に第一次世界大戦に動員されて一九一五年十二月に負傷し、同じ病院でふくらはぎに受けた砲弾の破片の治療を受けていた。「私が最初にジャック・ヴァシェを知ったのは一九一六年、私が神経学研究所の臨時インターンとして動員されたナントであった。（中略）私より一歳年上のヴァシェは、美術学校でリック＝オリビエ・メルソン氏の講義を聞いたことのある、赤毛の非常に優雅な若者であった。（中略）私達は、（彼が常々嫌悪していた）ランボーや、（彼のほとんど知らなかった）アポリネールや、（彼の賞讃していた）ジャリや、（彼が不信を抱いていた）キュービスムについて、語り合った。彼は、いつからか、そのような私の近代主義好みを非難していたように思う」（『戦場からの手紙』神戸仁彦訳、村松書館、一九七五年）とブルトンは書いている。アポリネールに関しては、一九一七年有名な『ティレジアスの乳房』初演の際に、一人のイギリス軍将校の服装をした男が突然立ち上がり、拳銃を振り回して、発砲するぞと叫んだ。これがジャック・ヴァシェであった。後年アンドレ・ブルトンは次のように回想している。

「われわれは当然のことながら、陽気でセンチメンタルなテロリストだった」（『アンドレ・ブルトン伝』塚原史・谷昌親訳、思潮社、一九九七年）。「私が全面的に受けた影響があるとすれば、それはヴァシェの影響なのです。（中略）まず第一に、彼によってすべてが挑戦を受けたのです。（中略）あの時代の醜悪さを前にして、彼は、完全に無傷である唯一の人物、一切の伝染病を寄せつけない水晶の鎧を作り上げることができた唯一の人物として私の前に現れたのです」（『ブルトン　シュルレアリスムを語る』稲田三吉・佐山一訳、思潮社、一九九四年）。少佐《マジョール》とヴァシェは、その死に方が事故か自殺かはっきりしないところもよく似ている。少佐《マジョール》は一九四八年一月、二十三歳で、パーティの帰りに屋根から落ちて死ぬ。他方、ジャック・ヴァシェも、一九一九年一月、ナントのホテルでアヘンの大量摂取により死亡した。少佐《マジョール》と同じ二十三歳だった！

著者のフィリップ・ボッジオ氏とは、何回かメールのやりとりがあり、本書の不明な箇所についても幾つかご教示をいただいた。氏は現在五十九歳だが、二十年間『ル・モンド』紙の記者として働いた後、ニュース週刊誌『マリアンヌ』創刊に参加して編集の指揮を執り、引き続き『レヴェヌマン』誌を担当した。二〇〇一年に資金繰りがつかなくなって『レヴェヌマン』誌が廃刊になった後は、ジャーナリズムに失望して引退し、今は出版起業の相談に乗ったり、業界に健全なジャーナリズム精神を取り戻す活動をしているとのこと。ボッジオ氏の評伝作品は、本書のほかに『コリューシュ伝』（一九九一年）、『ベルナール＝アンリ・レヴィ伝』（二〇〇五年）、『ジョニー・アリデー伝』（二〇〇九年）がある。なぜ、ボリス・ヴィアン伝を執筆したかという問いに対して、氏は次のような回答を寄せた。「なぜ、ボリス・ヴィアンか？　コリューシュ伝を書いたことが大きく影響しています。私はコリューシュ伝を準備しながら、早世する人物の生き急ぐさまに胸を打たれました。彼は四十一歳で亡くなりましたが、まるで短命であることが最初から分かっていたかのように、慌ただしく、不器用に、様々なことに手を出して、生き急いだのです。（中略）ヴィアンを書きたいと思ったのは、もちろん彼の作品が好きだからですが、一九五〇年代の彼の生き様にも興味があったのです」。

社会や政治を笑い物にする挑発的なお笑い芸人であったコリューシュ（一九四四年～一九八六年）はフランスの国民的スターであったが、映画『チャオ・パンタン』でセザール賞最優秀男優賞をとった名優でもある。しかし、彼を最も有名にしたのは、彼の死後もなお発展し続ける〈心のレストラン〉運動である。〈心のレストラン〉というのは、日本で言えば二〇〇八年暮れの〈年越し派遣村〉のNPO全国版みたいなもので、一九八五年のラジオ番組でコリューシュが呼びかけ、生きて行くのが困難な人たちのために、せめて冬の間だけでも（十二月半ば〜三月半ば）無料で食事を提供しようという運動である。八五年十二月にオープンし、八六年三月の終了時にはボランティア五千人、八十五万食提供の実績を残した（二〇〇八年十二月現在、全国千九百五十ヶ所のレストラン、受給者七十万人、九千百万食）。

ボッジオ氏は、コリューシュと同じ運命をボリス・ヴィアンの中にも発見し、訳者宛メールでも繰り返された彼の主張は、再版にわざわざ追加した「再版の序」の中に尽くされている。つまり、成熟する時間を与えられずに早世した者たちの、人生の苛酷と無念、これである。したがって、その主張の中には作品の完成度に濃淡があるという指摘も含まれる。彼がボリス・ヴィアンの神格化に警鐘を鳴らすのは、そのためである。

一九五九年六月二十三日に三十九歳で急死したボリス・ヴィアンは、今年没後五十周年を迎える。それを機にボッジオ氏の序にもあるように、フランスの古典シリーズとしては最高のプレイヤッド叢書にボリス・ヴィアンを収めることが決まり、三十点余の新刊再刊（CD、DVDを含む）も店頭をにぎわせている。ボリス・ヴィアンも今や古典なのだと思うと不思議な感懐がある。加えて、訳者個人としては、没後五十周年という記念すべき年に、敬愛するボリス・ヴィアンのために本書を捧げることができ、この上ない幸せと言わねばならない。最後に、訳者の辞書代わりをつとめてくれた同僚で親友のセルジュ・ジュンタ氏と、本書の出版を快く引き受けて下さった国書刊行会編集長礒崎純一氏および誠心誠意立派な本作りに尽力してくださった赤澤剛氏に心からお礼を申し述べたい。

二〇〇九年夏

浜本正文

人名索引

ア

イ

ウ

エ

オ

カ

キ

ク

ケ

コ

サ

シ

チ

ツ

テ

ト

ヒ

フ

マ

ミ

ム

メ

モ

ヤ

ユ

ラ

リ

ル

レ

ロ

ワ

訳者略歴

浜本正文（はまもと　まさふみ）

1968年京都大学仏文卒。
愛知大学教授
訳書：オーギュスト・ブランキ『天体による永遠』（雁思社、1985年）
　　　フロラ・トリスタン『ロンドン散策』（共訳、法政大学出版局、1987年）
　　　ノエル・アルノー『ボリス・ヴィアン——その平行的人生』（書肆山田、1992年）
　　　ボリス・ヴィアン『サン＝ジェルマン＝デ＝プレ入門』（リブロポート、1995年／文遊社、2005年）

ボリス・ヴィアン伝

2009 年 9 月 21 日　初版第 1 刷印刷
2009 年 9 月 25 日　初版第 1 刷発行

著者　フィリップ・ボッジオ
訳者　浜本正文

発行者　佐藤今朝夫
発行所　国書刊行会
〒174-0056　東京都板橋区志村1-13-15
TEL. 03-5970-7421　FAX. 03-5970-7427
http://www.kokusho.co.jp

装幀　山田英春
印刷　株式会社シナノパブリッシングプレス
製本　株式会社ブックアート

ISBN978-4-336-05140-0